热点与前沿 上册

——青年文艺论坛 2013

祝东力　李云雷　主编

孙佳山　副主编

文化艺术出版社

Culture and Art Publishing House

前 言

自2011年6月起，在王文章副部长和中国艺术研究院领导的关心和支持下，中国艺术研究院马克思主义文艺理论研究所开始举办"青年文艺论坛"，每月一期，迄今已累计35期。论坛以当前最具时代症候的文艺作品、现象、事件、趋势和问题为中心，每期集中于一个专题，力图通过具体问题的讨论，提出新的观点和阐释，从历史的视野和理论的维度把握当代文艺的走向。论坛参加者以青年学者为主体，主办方坚持学术民主的原则，努力营造一个平等、宽松、畅所欲言的研讨氛围。论坛以"专题报告＋自由讨论"为形式，强调对话和互动性，希望把论坛打造成一个当代文艺批评的制度化的平台，一个知识和理论的生产车间。同时，每期论坛采用现场速记，速记稿由每一位发言者自己加工润色，然后整理、编辑成书。

作为马克思主义文艺理论研究所，我们的意图是：将当代文艺的活问题纳入马克思主义的理论框架，同时，以马克思主义消化与整合当代各种理论，用当下鲜活的经验和问题激发马克思主义原有的活力。

"青年文艺论坛"在文艺界、学术界逐渐产生了较为广泛的影响，在此基础上，2013年11月16日—17日，我们成功举办了"第一届全国青年文艺论坛"，引起广泛关注。本书即由"青年文艺论坛"2013年的12次专题讨论编集而成，将其中"第一届全国青年文艺论坛"单独编为下册，而将另外11次讨论编为上册。这些讨论勾勒出2013年中国文艺的一些重要方面，可供研究者及关心中国文艺前沿问题的人士参考。

目录

上 册

青年文艺论坛2013

下 册

第一届全国青年文艺论坛：
转型年代、青年与中国故事

附　录

青年文艺论坛2013

第一期

当前文化语境中的文风问题

关键词： 文风　洋八股　文化自信

主持人： 李云雷（中国艺术研究院马克思主义文艺理论研究所）

时　间： 2013年1月24日（周四）下午2：30 - 6：00

地　点： 中国艺术研究院334会议室

编者的话

五四新文化运动以来，我国通用的书面语由文言文转为白话文，现代汉语的形成迄今尚不到百年。1942年，中国共产党在延安和各根据地整顿党风、学风与文风，为新中国的建立奠定了坚实的文化基础。2011年，我国新闻领域开展"走转改"活动，"改文风"是其中重要一项。文风问题横跨文学史、思想史、政治史诸领域，在中国现代历史上周而复始地反复出现，甚至成为马克思主义中国化过程中的重要环节，它不仅是一个人的语言风格问题，而且与文化、民族、国家的未来密切相关。

当下学术界、文学界的文风问题起源于1980年代中后期的新潮理论和新潮文艺，1990年代以来的专业化、学科化、职业化趋势加剧并固化了这一问题，形成了新的困境。当前，不良文风已经严重阻碍了学术研究和文艺批评的健康发展。

本期论坛集中讨论了1980年代以来学术界、文学界的文风问题，对其中存在的症候进行了批判性的审视，并结合与会者自身实际，以批评和自我批评的方式进行了深入的剖析。

李云雷：今天我们的主题是"当前文化语境中的文风问题"。"文风问题"现在大家讨论的比较多。从"五四"以来，文风问题一直是一个很大的问题，既涉及一个作者写作的语言风格问题，也跟整个民族、国家，跟文化未来的建构有很大的关系。1942年的延安整风，涉及了党风、学风与文风等不同层面；2011年开始的"走转改"，主要是在新闻领域展开的活动，但实际上也不限于此。关于学术和文化方面，好像很少有人专门谈这样的问题，在准备材料时，我们发现涉及文风的文章不少，但真正深入谈文风的文章并不多。今天我们围绕这样一个话题展开讨论，发言是每人15分钟，可以重复发言。下面正式开始吧。

孟繁华（沈阳师范大学中国文学与文化研究所）：我觉得马文所举办的这期论坛非常重要，文风问题由来已久，大家都开始意识到了，但是专门开会来讨论文风，这么多年还是第一次，我们自己的文风都存在问题。我觉得文风问题是国家在一个时期里的文化方向问题，是这一问题在学术和文艺领域里的一个表征。看了发的几个材料，这些材料我们都很熟悉。文风问题，毛泽东讲的比较多，毛泽东讲文风是在20世纪40年代前后，那个时候毛泽东的思想已经成熟了，他的很多著作都完成在那个时期。文风问题的背景应该和王明有关，这些从第三国际回来的知识分子对中国革命具体情况不怎么了解，回来之后乱讲话，毛泽东非常反感。整风、延安文艺座谈会都应该和这个背景有关系，所以毛泽东连续发了很多文章。另一方面毛泽东对五四新文化运动以来的知识分子的文风也并不完全接受。知识分子经常书写当时的痛苦、迷茫、个人主义，讲个性、婚姻自由，在毛泽东看来，老百姓根本听不懂他们在说什么。毛泽东当时要动用所有的手段，实现民族的全员动员，建立一个现代民族国家，他要达到这么一个目的，一定要整顿文风。这也隐含了一个他非常重要的思想，就是对效率的追求。后来德里克有个非常著名的说法，就是毛要实现一个"转译"，就是情感方式、文风、思想方式都要转变，怎么实现这个转变呢？他想了一个办法，就是走向民间。我和谢冕先生编《百年中国文学总系》的时候，有一卷就是《1942：走向民间》，这一卷是李书磊写的，写得非常好。知识分子到了民间之后，情感方式、话语方式都发生了转变。这个时候一个重要的现象出现了：过去我们是有了很多文学作品之后才能提出一些理论，延安的时候是先有理论，才产生了一些重要的作品。通过向民间学习，我们有了《白毛女》、《小二黑结婚》等这样一些作品，把整个文学艺术的话语方式全部转变了过来，那个时候的文学艺术，对实现民族的全员动员所起到的作用，我们今天无论怎么估价都不过分。但是后来当然也出现了一些问题，特别是进入共和国时期以后，毛泽东把战争时期的思想带到了和平时期，把延安局部地区的经验放大到了整个中国，国统区、沦陷区解放之后，推行的完全是延安的经验，而且这么多年不变，这就有问题了。

联系当下的文风，我觉得也有一个很重要的背景，我们知道1992年谢冕先生在北大建立了一个"批评家周末"，最先提出来的一个问题就是学院批评。谢先生要强化学院批评，为什么要强化学院批评？谢先生讲，就是为了屏蔽庸俗社会学对文化和艺术的侵入，必须坚持专业的方式来进行研究和批评。当时谢先生提出这个想法，我认为是完全正确的。但谁也不会想到，就像改革开放一样，我们不可能知道怎么会发展成今天这个样子。学院批评也是如此，那时候提出是正确的，但20年过去之后，我们的文风就真出问题了。包括最重要的学术杂志，专业的，真正有价值的，能够提出一些看法的，并且阅读时感到赏心悦目的，这样的文章越来越少，这就麻烦了。现在的学术杂志很多，每年发表的文章不计其数，但是大多是学术垃圾，这和文风、学风是联系在一起的。现在培养硕士、博士越来越多，但有些学校规定要求研究生必须在核心期刊发一篇文章，博士研究生必须在核心期刊发两篇文章才有资格毕业。这是进一步恶化文风的体制上的误导，这个问题太严重了。

我举过一个例子，邓正来先生——今早上去世了，非常可惜，他曾给自己的书写过一个序言，讲什么是"学术的小路"。学术小路，就是跟这个学术体制一定要划清界线。他说后来我到体制里来了，但内在的学术要求和学术信念要求我不能走体制这条路。他对我们有很大的启发，但是能坚持这样做的学人毕竟是越来越少。作为一个学人，我觉得对自己确实应该有要求，参加这个会，也给我们提供了一个自我反省、自我检讨的可能，起码今后写文章要有一点自我暗示或自我要求。所以我觉得马文所召开这样一个会议，在当下确实是特别及时的。

李云雷：孟老师联系"讲话"，对延安整风的重要性以及建国后新出现的问题做了分析，并结合当下的学术体制，分析了文风问题产生的根源，我觉得很到位，接下来我们请贺老师。

贺绍俊（沈阳师范大学中国文学与文化研究所）：我对这个会的议题有所犹豫，因为谈文风似乎是现在的一个热门话题，我们的讨论会不会也变成一种跟风的讨论？文风问题是中央提出来的，跟风现象也愈演愈烈。开会前能宪说到一个事情，一个新的美术馆落成，举办一个很大的美术展览，自治区领导班子全部成员都出席了，但为了表示要落实党中央号召，所以会标没有，剪彩也没有，使得一个重要的艺术活动变得不伦不类。这就是一种跟风。我觉得跟风是我们社会的一个顽疾，很多问题都可以归结到跟风上。现在党中央有这个指令要纠正文风，并提出了一系列具体要求，这一段就发现各种跟风的做法，有时候真是非常可笑。包括作协，每年春节前都举办一次新春联谊会，这本来是作家协会联系作家的方式，作家本来就是分散的，既然说作协是作家之家，是为作家服务，那么在春节前夕用一个联谊会来交流感情，这虽然不能说是最好的方式，但至少还是受大家欢迎的。就因为跟风，今年也要把这种活动取消了。别看现在讨论文风和纠正文风非常热闹，但有些恰恰是在以一种恶劣的文风在讨论文风和纠正文风。

所以我想今天我们谈文风，千万不要把它搞成一个跟风的事情，我们不要跟在政治或文件的后面说些现成的话和现成的词。首先，我们不要把文风当成一种形式主义的东西来对待，以为从形式上改变就可以了。文风看上去是一个形式主义的表现，其实这种形式主义的背后所反映的是思想贫乏的问题，思想的贫乏只能用一种形式主义的东西来掩盖。反过来这种形式主义的东西又会遏制思想的创新，这种形式主义的东西体现在文风上就是党八股、学八股。我觉得现在有一种很严重的学八股，甚至比党八股还要严重，学八股是我们日益僵化的学术体制种下的果实。刚才老孟分析了这种体制下学八股的产生。我要补充的是，生活在这样一种学术体制下，就不得不变得学八股起来，因为不这样做，就得不到相应的利益，在大学不发表这样的论文就不能评职称，这是很切实的利益问题，是生存问题。但是从我们主观来反省的话，我们为什么很轻易地跟着这样一种文风走，跟着这种学八股走呢？是因为我们缺乏一种充满生命力的思想，我们的思想贫乏，只能用这种形式主义的东西掩盖。所以学术界在讨论文风问题时，也要反省我们主观上的原因。因为文风也揭示出我们的学术缺乏一种生机勃勃的思想，真正有活力的思想要表达出来，是任何一种八股都阻止不住的。其实学术界不少人是相当喜欢学八股这种东西的，因为有了学八股，没有思想，或者说也不必去费劲地思想，仍能在学术体制下活得相当滋润。当然还必须看到这种学八股遏制了我们思想的创新，有可能有一些真正有思想活力的年轻学者，就因为陷入到这种文风的陷阱中，思想也就慢慢被腐蚀。这是我想谈的第一点，文风与思想贫乏之间的关系。

第二点，我感觉文风还涉及一个文化领导权的问题。为什么政治家特别是执政的领导者以非常积极的态度谈文风？是因为文风本身涉及领导权的问题。刚才老孟讲到，毛泽东在延安时代为什么那么重视文风问题？老孟认为，"五四"以来的知识分子所创造的启蒙话语，到了延安时代逐渐蜕化成为一种僵化模式，不能有效地解答现实中新的问题，毛泽东要用新的、有活力的话语取代启蒙话语。但我以为，启蒙话语在当时并不是完全过时的话语，只是因为启蒙话语属于知识分子的话语，启蒙话语在确立过程中也确立了知识分子的话语权。如果认同启蒙话语，也就是认同知识分子对文化的支配和评判。所以毛泽东在延安时代是从无产阶级文化领导权的角度来看待知识分子的言说方式的，他找到了一个非常适当的切入方式，这就是文风问题。今天回过头看延安整风，我觉得当时在延安的知识分子并不是在文风上有多么严重的问题，症结在于他们在思想和立场上还不能符合党的要求，也就是一个如何与延安的革命以及人民相结合的问题。知识分子的启蒙话语并不能很好地解决这个问题，当然，延安时代的整顿文风不仅是要解决知识分子的问题，更为重要的是反对党八股。反对党八股虽然看上去是一个文风问题，但它同样涉及到文化领导权，涉及是由执洋教条的人来领导革命，还是由从中国土办法出发的人来领导革命。正因为文风关涉到一个文化领导权问题，所以我也非常理解十八大以后为什么习近平要提出文风问题。我也很欣赏他的提法，这种提法是不是暗示着，新的领导班子会在政治上有新的举动，我倒是很期待。因为这一套文风以及所伴随的整个官场上的形式主义问题，已经变成了能否在官场上站住脚的筹码，要学会这一套文风，要擅长这一套形式主义的东西，才能在官场上混下去，而这种东西也遏制了一些有创造力的、真正在政治上有所作为的人。今天越来越僵化的学八股，也涉及一个文化领导权的问题。尽管学八股危害越来越大，但我认为，在大量的按照学八股样式制造出来的文章包围下，仍然存在一些生机勃勃的文章。只不过这种生机勃勃的文章，很难得到体制承认，已经被体制化了的那些刊物也不愿意刊登这些生机勃勃的文章。为什么？就因为他们要这样做的话，就会感到领导权有丧失的危险。我觉得这是一个很大的问题。他们一方面看到学八股的文风对学术发展的约束，另一方面又不敢刊用那些真正有思想也有创造力的、生机勃勃的文章。在我们身边这种文章还是存在的，也许这些文章发在非核心、非权威的刊物上，发在一些游离于体制约束的刊物上，也许更多是发在网络上。这也说明一个问题，如果一个人有自己的思想、有生机勃勃的创造力，就不会被这种学八股所约束，哪怕他按照一定格式写，这种格式也禁锢不了他的思想。所以纠正文风一定不要纠缠于形式，特别不要止于形式。比方说，反对学八股，并不在于我们写文章要不要写主题词，要不要有引文。其实说到底，假如真的有思想的话，形式不过是一个载体而已；假如没思想，就会被形式所统领。我觉得这可能也是一个很关键的问题。我先说这些。

李云雷：贺老师讲的几个问题都很重要。学八股造成思想的贫乏，文风与文化领导权的关系，还有谈到不要跟风。其实我们也注意到，"走转改"这个活动，基本上是在新闻领域展开的，学术界、文学界基本上没谈这些问题，我们觉得这个问题挺重要的，尤其是我们看到很多论文都是不知所云，特别是学术杂志上这样的文章很多，所以跟祝老师商量讨论这样一个题目。

祝东力（中国艺术研究院马克思主义文艺理论研究所）：刚才听两位老师讲特别有启发，我接着说两句。文风问题，是横跨中国现代文学史、思想史、政治史的一个特别重要的问题，在中国现代历史上，很少有一个概念能覆盖这么广泛的范围，而且周期性不断地出现。比如说五四新文化运动同时也是白话文运动，像胡适、陈独秀都很尖锐地提出过文风问题；然后是延安时期的毛泽东，一直到我们今天，像中央最近提出的八项规定，其实有两条都直接和文风有关，像开短会、讲短话，力戒空话、套话等等。这个话题在中国近百年的历史上周期性地出现，特别是在中共党内，这其实也说明中国共产党是一个理论党，一个由哲学社会科学理论指导的党，我们很难设想美国共和党、民主党，日本自民党，能这样尖锐地提出改进文风的问题。文风问题非常重要，可另一方面，又很少有人研究。我们查阅资料，比如在期刊杂志上，标题中包含"文风"的文章，粗略估算，80%是研究古典文学的，比如说晚唐政治与文风，15%是讲新闻行业的文风问题，还有5%是莫名其妙不知道谈什么，真正从理论上正面地深入讨论文风问题的几乎没有。刚才讲，这是一个横跨面这么广泛、周期性出现的重要问题，但恰恰缺少研究，这也反映了我们学术界在文风、学风上确实有严重的问题。

　　从概念上讲，什么是文风？最粗略地下一个定义，就是行文的一种作风。不是风格，因为风格无所谓优劣，风格是"二十四品"，雄浑、淡泊都是风格，无所谓高下，但作风有高下优劣。从历史上讲，五四白话文运动第一次正面提出文风问题，像胡适的《文学改良刍议》讲文学八事，第一个就说"需言之有物"，第二个是"不模仿古人"，第四个"不作无病之呻吟"，都是正面讲文风问题。当时的社会背景是这样，大清亡了，科举制也早废了，原来承载文言的那个社会群体，就是士大夫阶层已经消失了，这时候文言成了一种语言僵尸，但是它在书面语言领域仍然占据霸主地位，这不正常。而这个时候，知识分子已经换代了，从士大夫阶层转换成留学生群体，以他们为主体形成新型的现代知识分子，在语言上一定要变革。但是，这个以留学生为主体的知识分子群体，在白话取代文言之后，又出现了一个新的情况，就是洋八股问题，毛主席在《反对党八股》里特别强调"党八股也就是一种洋八股"。一方面，他是针对"五四"以来启蒙运动的偏差，另一方面也是针对第三国际的洋教条对中国革命的干扰。毛泽东第一次谈文风问题，是在1938年9月六届六中全会上，那几句名言都熟悉："洋八股必须废止，空洞抽象的调头必须少唱，教条主义必须休息，而代之以新鲜活泼的、为中国老百姓所喜闻乐见的中国作风和中国气派。"六届六中主要针对王明，当时王明回国，肩负着第三国际的使命，第三国际认为，搞国共合作，那些和南京政府打了十年仗的人很难转过这个弯子来，必须要了解国际局势、有朝气、有新思想的同志回去做指导，这样的同志就是王明。王明回国，对当时抗战工作形成了很大干扰。所以当时的文风问题，是和党的领导权问题联系在一起的。到延安整风时期，情况同样如此，当时整"三风"，学风指思想，党风指组织，文风指行文讲话。从延安整风开始，奠定了一种新的文体，可以叫做毛泽东文体。我记得多年前《读书》杂志上龚育之写过一篇文章《毛与胡适》，说胡适讲过，共产党里面写白话文最好的就是毛泽东。我们今天读毛选，那些文章还是那么生动活泼、酣畅淋漓。毛文体应该说影响了几代知识分子，按李泽厚在《中国近代思想史》里的说法，至少三代：从抗战初期登上历史舞台的"三八式的一代"，到40—50年代"解放的一代"，再到"文革"中的"红卫兵的一代"，都深受毛泽东文体的影响。但是，这种文体经过几十年发展演变，也出现了程式化、泡沫化的现象，最极端的表现就是"文革"时期的大字报，大字报的特点是以势压人、盛气凌人，重立场、重结论，轻事实、轻逻辑。这种文风到"文革"后期已经让大家深恶痛绝，所以"文革"结束后，"新时期"一开始，文风呈现出一股清新之气。但是，刚才孟老师也提到，我觉得是到20世纪80年代后期，"八五"新潮之后，文学研究、文艺研究、文化研究乃至人文学科领域，又开始出现一种新的洋八股，一直持续到今天。那些学术垃圾可以不必谈，就讲那些最著名的、影响最大的学者，往往也都是洋八股习气非常严重。而其中的原因，我觉得就是20世纪80年代末90年代初冷战失败，造成了中国知识分子的文化自信严重丧失。我们写文章的时候，其实心目当中总是或隐或显有一个范文，有一个样板间，而上述那些学者，他们心目中好文章的范本多半是欧洲学者、美国学者，有多少人模仿海德格尔说话？有多少人模仿罗兰·巴尔特说话？洋八股的根源是洋教条，洋教条的根源是文化自信的丧失。所以，要改进我们的文风，首先一个前提，就是要恢复我们作为一个汉语写作者的文化自信，这是首要的问题。

李云雷：祝老师从五四新文化运动、延安整风一直到现在，做了一个很细致的梳理，并且对"毛文体"的演变有一个辩证的历史的分析，我觉得很受启发，王院长您讲讲。

王能宪（中国艺术研究院）：听了几位讲了之后还是很有启发。绍俊兄说我们跟风，不是批评我们，他是说现在中央的八项新规这肯定是好事，我们来组织这样一场研讨也是好事，但是社会上确实有那种盲目的、庸俗化的、简单化的跟风，那些是要不得的。我最近写了一篇文章，题目叫做《礼义之邦考辩》，是为去年底在澳大利亚墨尔本召开的"中华文化21世纪国际论坛"第七次国际会议提交的一篇论文。这个文章谈什么呢？就是我发现"礼义之邦"很多人用错了，写成了"礼仪之邦"，加了一个单立人。我注意到这个问题，后来查了很多文献，结果发现，古籍当中没有一处使用"礼仪之邦"的。这个"义"和"仪"差别可大了，天壤之别。

贺绍俊：那您查到流毒最开始是从哪？

王能宪：查不到，但是就这样莫名其妙的错着。

贺绍俊：1980年以来，报纸上多半都写成礼仪之邦了。

王能宪：是啊，你到百度去查礼义之邦，输入这个词条，莫名其妙地跳出一行字来，"你要查的是不是礼仪之邦"，用黑体提醒你。而且"礼义之邦"这个词条下面大概是70万条检索项，其中大部分实际上是"礼仪之邦"混杂其间。而你输入"礼仪之邦"，检索项竟高达600多万项。就是说，全社会把这个东西弄错了，从学者的学术论著到报刊网络，各种媒体，都写成了"礼仪之邦"。我在很多场合提出这个问题，有一次在全国政协一个座谈会上我发言。当时北大的金开诚老师也在场，我就提出这个问题向他请教。他也认为"礼仪之邦"肯定是错的，他说是什么原因造成的呢？是不是因为繁体字和简化字的转换搞错了呢？我想了想，觉得还不是这个原因，"义"和"仪"是两个不一样概念的字。在墨尔本的会上，我简单把我文章的观点说了说，会后引起了强烈反响。中华文化研究会许嘉璐会长说，你提出一个很重要的问题，很多人都没认识到错了，而且他也认为我的考证是对的。《光明日报》国学版的主编，要我压缩一下给他，很快就发表了。第二期的《文艺研究》将会全文刊登。我为什么想到这个文章呢？我想这是一个学风和文风的问题。你刚刚说为什么跟风，是思想的空虚，我认为导致这样的一种浮躁的文风，就是缺乏独立的思考、独立的思想。连想都不去想，就这么你错我错，大家跟着错。这样一个词语的误用，也是一个时代风气的折射。

今天我们讨论文风问题，确实是有意义的。十八大之后，新一届中央领导集体，提出八项新的规定。实际上这种新风从习近平总书记当选之后，在第一次和中外记者的见面会，新的风气、新的文风，从那篇讲话就开始了。文风的问题，与党风、政风、学风、会风，乃至于民风是紧密相连的，是相互影响的。确实一个时代有一个时代的文风，刚刚几位都谈到了，老孟说我们这样一个时代，每天各种杂志报纸、各种媒体，刊登出来的各种文章真是不计其数。我们的文件会议，真是文山会海，这些东西里面真正有价值的、有真知灼见的有多少？真是令人感到，身在其中，已经麻木不仁了！所以新一届领导集体，带来这样一股新的风气、新的面貌，让我们感到很振奋。

我们到台湾去，注意到台湾的领导人、台湾的官员，除了非常正式的场合一般都是即席讲话，没有谁念稿子。而我们的领导干部，离开稿子就讲不了话，这当然不是说我们的领导干部比他们的文化修养要低多少。这里面也有一个文风、学风的问题。确实，台湾的官员很多都是从欧美学成回来的博士，文化修养、文化素质确实比较高。我们现在的领导干部许多也都是博士，但是形成了这样一种风气、制度、传统，官员们不愿自己去独立思考，去写稿子，都是写作班子给他写好了，秘书给他写好了，甚至连秘书也不写稿子了。当然这也有另一方面的原因，就是不能过多地发表自己个人的见解，要保持一致，不允许去表现个人的魅力、见解，这可能也是一个原因。但是，这一次我感觉就不一样了。习近平同志、李克强同志召开各方面的座谈会，或者到地方调研，不允许念稿子了，就要谈真实的想法。我感到，党中央重视文风问题，有很深刻、很重要的意义。

李云雷：谢谢王院长，王院长讲的很丰富，从他自己的文章，联系到党风、政风、民风和文风，各个方面，包括台湾的经验，和我们新一届中央领导新的作风的建立等。

张慧瑜（中国艺术研究院电影电视艺术研究所）：对于"当前文化语境中的文风问题"这个话题，我以前没有思考过，文风、党风、作风作为一种特定的政治话语是否依然有效，这本身就是一个问题。刚才听了几位师长的发言，很受启发，也大致知道这里的"文风"不仅是指文章作法、学术写作方式，更是20世纪中国政治及革命实践的重要组成部分。在这个意义上，文风是思考、理解20世纪中国革命的路径之一。我主要说两个问题，一个是结合发来的阅读文章来看文风与20世纪中国的关系，二是文风问题与描述当下中国社会的关系。

第一，在这次佳山发来的论坛通知中有一段会议缘起，非常清晰地提到了这样三个不同的时代：一是1919年五四新文化运动，二是1942年延安整风运动，三是2011年开始的"走转改"运动。如果说"五四"是一战结束之后反帝背景下展开的思想文化运动，那么延安整风则是抗战进入相持阶段身在西北的共产党进行的党内自我清理与改造运动，成为建国后一系列政治社会运动的先导，而2011年的"走转改"则是在中国经济崛起、社会问题频发的背景下号召新闻工作者落实党的群众路线。从1919到1942再到2011，这样三个不同性质、背景、出发点的运动放置在一起，构成我们今天讨论文风问题的前提。

第一篇文章是胡适的《文学改良刍议》，发表于《新青年》1917年第2卷上，这篇文章被认为是白话文运动以及"五四""文学革命"的标志，胡适发表这篇文章时还是一名年轻的留学生，《新青年》也是一本刚创刊的知识分子同仁刊物。我的问题是为何胡适这样的新型知识分子以及《新青年》杂志会产生如此之大的影响。这恐怕就是五四新文化运动的意义使然，如果说1911年的辛亥革命在政治上改变了中国社会，那么五四运动则用一种新的文化实践使得此后的中国发生了巨大的转变，当然，与白话文运动同时发生的则是马克思主义在中国的传播。不过，五四文化运动的后果还在于使得现代知识分子与20世纪中国革命及政治密切结合起来，不管是写文章，还是投身革命，这些废除科举之后的新型知识分子登上了历史舞台，与此同时，文化与政治也成为20世纪中国革命的两个关键词。

第二篇文章是毛泽东的《反对党八股》，是1942年2月8日在延安干部大会上的讲话。在同时期的文章《整顿党的作风》中毛泽东清楚地指出："反对主观主义以整顿学风，反对宗派主义以整顿党风，反对党八股以整顿文风，这就是我们的任务。"这是延安整风的基本任务。在《反对党八股》中，毛泽东指出了延安整风与五四运动的关系，"从历史来看，党八股是对于五四运动的一个反动"。其实，延安整风有两个批评对象，一是面对来自莫斯科共产国际的普世价值，提出马克思列宁主义中国化的问题，二是面对从国统区来延安的新知识分子或小资产阶级，提出要与中国最大多数的人民即工农兵相结合的问题。与胡适不同，40年代的毛泽东不仅是党的领袖，而且也是理论上的权威。通过整风运动来改造共产党自身的品格和性质也是一种新的政治、文化实践的方式，直到建国后这种思想文化运动从党内扩大为全社会参与的运动，"文革"也是以这样的方式发动的。

第三篇是李陀老师写的《汪曾祺与现代汉语写作——兼谈毛文体》，发表在《今天》1997年第四期上，这之前李陀还写过《丁玲不简单 —— 毛体制下知识分子在话语生产中的复杂角色》，也发表在《今天》1993年第3期。李陀作为知识分子、《今天》作为20世纪80年代初期以发表朦胧诗而参与到20世纪80年代启蒙运动中的同仁刊物，似乎历史又重新回到了胡适和《新青年》时代，两个时代所采取的文化革新的方式都是相似的，正如朦胧诗本身是一种以语言朦胧化的策略来对抗20世纪50年代到70年代的政治话语。李陀把毛泽东对知识分子的影响归纳为毛文体，并试图呈现这种话语实践与其说是强迫知识分子接受毛文体，不如说也有知识分子主动接受的成分，因为20世纪40年代延安整风中所形成的毛文体本身是五四白话文运动、20世纪30年代大众语运动的产物。问题在于毛文体在文革后期逐渐走向僵化，直到最终瓦解。这也就为我们理解2011年"走转改"提供了重要背景，就是说在毛文体失效以及中国社会结构发生深刻变化的时代，如何使"走转改"不变成新的形式主义、新的套话？

第二，现在的文风之所以会出现问题，我觉得是因为出现了一种言不及物、词不达意的现象，就是说无法描述真实的经验，一种作为共识的阐释方式出现了问题，描述与现实出现脱节，这个问题恐怕是20世纪80年代、尤其是20世纪90年代以来始终存在的，我们究竟是借他人的酒杯浇自己的块垒呢，还是继续旧瓶装新酒？其实，文风背后是如何理解、描述当下中国的问题，我举两个刚看到的现象。

一个是第23部007电影正在中国上映，叫《007大破天幕危机》。有意思的是，007一出场就被自己人杀死，陷入危机之中。而其中最为重要的场景就是大俯拍之中的上海外滩，很像20世纪的纽约曼哈顿城，高楼林立、流光溢彩，呈现了一个新型资本主义国家的崛起。与此相参照的是007及其所属的英国的衰落。当然，日不落帝国在二战之后就已经衰落了，这部电影中的007很显然是金融危机下西方社会的隐喻。最终007寻找自信、打败敌人的方式，就是不断地往后推，回归过去，回到他出生的老别墅，穿过英国17世纪宗教改革留下的地道，最后才勉强获胜。这部电影的意义在于，当下的中国在西方大众文化之中开始被表述为一个与西方没有差异的新兴国家。

第二个现象就是近期央视媒体集中报道农民工讨薪难的问题，并且评论员发出这样的评论，说2003年温总理已经替农民工讨工钱了，为什么10年之后讨薪之路依然艰难，还有没有出路？暂且不说农民工如何讨回工钱，从这件事可以看到当下中国的另一面，相比007电影所呈现的21世纪高度发达的中国，农民工拿不到工资的现象很像19世纪工业革命初期的状况，一个连劳动者的正常薪水都无法保障的时代，这是马克思、狄更斯、雨果、托尔斯泰笔等19世纪批判现实主义作家笔下的现象，正如《悲惨世界》中法律根本无法保障穷人的基本权益。

由此，可以看出当下中国处在一种很荒诞但又很真实的状态，一只脚已经迈到了21世纪，另一脚还停留在19世纪，步子迈得有点大。其实，这两个现象又是互为因果的，或者说经济发展带来的异常绚烂的摩天大楼与资本主义发展对劳动力的压榨是同时并存的。

中国的双重景观在全球化时代并不是特例，发达国家有大量处在社会底层的非法移民，而第三世界也出现了与第一世界相似的后工业大都市。如何用新的语言、新的认识世界的方式来描述当下中国，确实是一个很重要的挑战，当然，这也为语言和理论创新提供了契机。我大概就讲这些。

王磊（中国艺术研究院马克思主义文艺理论研究所）：我觉得刚才祝老师把文风问题和文化自信问题联系在一起，触及到文风问题的一个根源。可以说自"五四"以来，文风的转变和文化自信密切相关。从五四新文化运动到延安整风再到新民主主义革命的胜利和社会主义革命的胜利，我们的文化其实有一个上升的过程，也是一个从不自信到自信的过程。但是自20世纪80年代以后，这种自信又开始瓦解。

我们今天的文风，是学风的体现，而我们今天的学风又是当代文化界、文艺界以及知识界思想状况的一个反映。我们今天的思想状况，学术、学科体制，很大程度上是文化不自信的表现，是新时期以来重新向欧美看、与西方"接轨"的结果。我觉得这种文化上的不自信、言必谈希腊的思想状况，直接导致我们在学风和文风上的一些不良现象。比如追求学术论文在形式、方法和概念上的"华丽"；过分强调所谓学术规范，且规范的标准是清一色的欧美标准；这就致使"学院八股"、"洋八股"盛行，也导致从学院体制中学习出来的青年学者和博士硕士们迷失在学术八股文中，没有自觉的反思意识和问题意识。今天我们谈学风问题对年轻的博士硕士们非常有意义，对于学术风气的改变，会有一个比较大的刺激。我觉得提给年轻学者的一个根本的问题，就是怎样面对现实生活以及现实的文艺、文化现象中出现的一些真问题，以及怎么去解决这些问题。我想如果一种思想观念是冲着发现问题和解决问题去的，那么这种思想意识、思想观念一定是朴实的，假如我们用一种比较朴实的思想观念去做文章、去论证问题，那他的文风一定也是朴实的。归根结底，能不能发现问题，能不能抛开那些华丽的概念和形式去考察和解决问题，归根结底还是一个文化自信和学术自信的问题，这是青年学者的重任。这是我想谈的。

李云雷：王磊跟慧瑜谈的挺好，王磊谈文化自信以及青年人如何发现问题，我觉得这是青年人面临的一个重要问题，现在很多青年还都跟在别人后面，说别人的话，想别人的事，青年人应该独立地发现、提出自己的问题，然后去解决，这样才能真正地面对这个世界，新的文风或学风才有可能形成。慧瑜结合这三篇文章，谈了对当下中国现实这样一种分裂状态的理解，并从文风角度来看，他提出不知道用什么文风能描述中国这样大的差异与变化，我觉得这个问题很值得我们思考。

鲁太光（中国作协《小说选刊》杂志社）：我先给大家讲个笑话，然后再谈点儿感想，跟"中央八条"有关，讲文风的。我一个特别好的朋友在老家一个政府部门当二把手，前段时间跟他单位的一把手来北京开会。孔夫子不是说过"有朋自远方来，不亦说乎"吗，朋友到的当晚我请他吃饭，我怕他第二天有事，就问他能不能喝酒。他说，我已经问了，明天一把手讲话，我不用讲，我可以陪你喝点酒。正喝着酒呢，他们单位一位工作人员打电话来，说明天你讲话。他就问为什么明天我讲，来的时候不是说好领导讲吗？他们就在电话中交涉起来。我听到的情况是，中央新文件出来后，不让念稿子了，脱稿讲又怕出问题，于是，领导就委托他讲了。这样，这位朋友就没能跟我喝酒，因为还要早点儿回去准备准备，理理思路。

关于这件事，后来我跟冯老师讲过，觉得这件小事反映很多问题。我们揣测，中央倡导开短会讲短话，尽量不念稿，其实不是不让你写稿。原因很简单，打个比方，假设开一个文学的会，让孟老师、贺老师、冯老师去讲，不用看稿，不用说讲一个小时，讲三个小时都没问题，因为大家每天都在研究问题，思考问题，业务都很熟练嘛。同理，中央为什么提出改造文风的问题？长时间以来，至少就官场讲，一些干部都不干活了，或者说不深入思考问题了，自己干的工作不思考、不研究，一有事，都是秘书写稿子，而且写完之后也不一定看，只是开会前看几眼。所以，我觉得改造文风，一个很重要的出发点是改造工作作风。只要你研究工作，讲个三条五条，十分钟八分钟的，自然不成问题。

这是我讲的笑话。再引申来谈点感想。

刚才各位老师都是从历史角度谈问题，从纵向角度谈，而这两天看到材料后，我一直在想一个问题，那就是：就今天中国社会来说，哪个阶层的文风最好？哪个阶层的文风最值得我们学习？我一直在想这个问题，这应该是横向的思考吧。官员这个阶层，是党八股，大家都讨厌。工人和农民，他们有自己活泼的东西，但他们不写，写了我们也很少看，那么就谈不到文风问题。至于知识界，我们说那是学八股，自然也好不到哪里去。想来想去，我觉得现在"资本家"的文风比较好。资本家的文风体现在哪里？体现在他的广告里。我看广告是真的好。我们家小孩才两岁多一点，经常跟着姥姥姥爷看电视，我发现，电视剧、新闻什么的，他都不看，可所有的广告他都看，而且一看就兴奋，就对着我"这这这"的叫。我知道他的意思，是说："爸爸，这个东西好，这个东西文风好，活泼，吸引人。"不用说他了，有时候我自己也觉得广告文风好，最近我看到一个洋快餐的广告，广告里有一个"年"，他跟人说你给我个薯条怎么怎么的。我就觉得这是一个很好的文艺片，生动活泼，让人动心。顺着这个思路下去，我又想：为什么资本家的文风好呢？想来想去，原因只有一个，那就是：资本家的脑袋比较清楚，很清楚自己想要干的事情是什么。他们想干的事情很简单，就是把别人的钱"掏"到自己包里来，而且是让别人主动送到他们包里来。要达到这个目的，没有更多办法，就是靠宣传。对他们来说，"文风"很重要。其实，这也反映了资本家的作风，一言以蔽之，他们一直有"进取精神"。

从这个角度来看，我们的官员——部分官员，不是所有官员，其实也清楚文风有问题，但不能或不敢改。为什么？因为多年来在官场里形成了一种"潜规则"，那就是：只要不别出心裁，即使不干工作，或者只是很少干工作，就那么"熬"着，只要背这个党八股，仕途就不会出问题，也能升迁。可是，只要想工作，尤其是想创造性的工作，就容易出问题，尤其是文风和党八股不一样的时候。就官员阶层而言，改文风，说到底，还是一个转作风的问题。

这就涉及到学术界。学术界的问题相对复杂些。文风不好，大概有两个原因：一是像刚才各位老师提到的，是学术体制的限制。这跟党八股的情况差不多。另一个原因，是不是一些人自己的问题意识就不清楚？往大里说，不清楚中国下一步怎么走；往小里说，不知道自己的文章要解决什么问题。于是，多少年来，我们的好多文章都是搬运学术名词，忙于跟风，人云亦云。

我觉得对我自己来说，如果想把文风改造得像资本家一样好，首先要清楚自己想干什么，问问自己：你从事学术研究的根本目标是什么？我觉得，把这个问题想清楚了，才有可能把文章写好。最近在写论文，在中国，近100年来，一直隐含着一个大问题，那就是中国社会性质问题的讨论，一直有这么一个线索，我觉得改革开放之后有一段时间我们有意识地"忘记"了这个问题，导致我们的好多研究"皮之不存，毛将焉附"。这个问题，一般人可以不去思考，但是知识界不去思考可能是不对的，或者说是不可理解的。总之，我觉得还是要想清楚自己想干什么，这样，文风可能会活泼一些。所以，我一直在想一个问题，我们是不是还要重新提起关于中国社会性质问题的讨论？在十八大报告中，中央有一个说法，既不走"邪路"，也不走"老路"，但这只是一个概要的说法，至于这个路的具体内容、构架，有很多值得探讨的地方。说到这里，我想起了20世纪30年代的中国社会性质问题的论战，今天拿出那些文章看，依然为其中燃烧的思想和感情所激动，里边很多说法，对今天都非常有启发。所以，我们要改造文风，首先要向资本家学习，要想清楚自己要干什么。谢谢大家。

冯敏（中国作协《小说选刊》杂志社）：刚才你们说的时候我一直在想，文风与文化领导权是什么关系？我在想什么是权力，坐在那个位置上就有权力了？不完全是，很可能二把手比一把手还有权力，因为只有当一个人说话有人听的时候，他才能真正实现自己的权力。从这个现象可以联系到文化领导权问题，我们现在的文风不好，空洞的大话套话太多，言不及物，久而久之，领导权会丧失。我非常感谢网络，众声喧哗嘛。但无论有多少种不同的声音，主流的价值观终能在网络上形成多数。歪理一出来，马上万炮齐轰。矛头主要针对那些官僚主义的领导，再一个就是挖苦某些专家教授，目前这两个方向都面临着大众民主的挑战。我们现在是科层化管理，科层太多分工太细，实际操作过程中很容易产生官僚主义和文牍主义，文风不正跟这个科层化管理有关。"文革"曾把这个深度模式的科层化管理打翻，搞了"三结合"。由领导干部、科技人员，加上有技术的老工人代表，共同组成一个三结合的领导班子开现场会，直接面对群众解决问题。这是一种浅表式、平面化的管理模式。但是后来发现也有问题，一个人本事再大报酬却和别人一样，平均主义的分配方式，难以持久地调动大家的积极性，所以必须改革。不过现在似乎又走到另一个极端，每一层面还要细分，在教授、副教授、研究员、副研究员上面还要再分，一级教授、二级教授越分越多。

我曾给领导写过发言稿，去年写发言稿感觉挺顺的，毕竟有过这方面的训练。可今年就不行了，中央领导带头不念稿了，所以要给领导写发言稿就很难，因为必须是口语版的，可又不知道来的是哪位领导，讲话有什么特点？性格如何？所以口吻拿不准，后来干脆按照我自己的口吻写了一个。领导来了就讲话，开始还是脱稿，但是讲着讲着不拿稿不行了，最后没办法还是念稿。可见不了解情况、不研究问题，脱稿讲话也并非是件容易的事，这样看，文风的确与党风有关。包括我们的文艺创作，找不准当下的问题，30年来一贯制的启蒙主题再加上伤痕式叙事腔调，基本就是这个东西，尤其在长篇领域更为突出。30年来的文学实践所突出的就是权力批判，这个我没意见，对权力保持批判的锋芒没什么不对。可我们对权力寻租的复杂性缺乏了解，对野蛮血腥的资本原始积累缺乏警觉，在我们的文学作品中鲜有涉及和表现。既然对现实问题少有关照和涉及，文学还要拥有读者，这怎么可能？文学反映的只是小圈子里的事情，这就不是写作技巧的问题，而与写作立场和文风有关。所以从这个角度看，当时云雷他们倡导的底层写作，意义还真不是一个文学题材所能概括的，它至少能让文学更贴近现实，踩踩地气，我觉得还是很有意义的。

王能宪：我觉得文风问题，有两点非常重要。什么样的文风是好的文风？第一点就是实事求是，讲真话，这个非常重要。温总理几次讲到这个问题，讲得很深刻。要讲真话，假话肯定是大家所讨厌的，套话、空话没有意义，肯定是不好的。第二点就是独立思考，有真知灼见，人云亦云的东西也是大家所讨厌的。我最近去河南信阳鸡公山一趟，有两句话对我的触动非常大。有一位叫韩安的植物学家，美国留学回来的，他和一个英国科学家在鸡公山搞了一个植物园，因为这里是南北分界线。他一方面在这里研究植物，另一方面冯玉祥将军要修铁路，让他植树，解决枕木问题。这位科学家在鸡公山留下两句话，也是他的座右铭，说："科学精神是把事当事，民主精神是把人当人。"这个话太厉害了，令人拍案叫绝，我们共产党人将"民主"与"科学"这两面旗帜举了近百年了，谁用这样通俗的语言把它表达得这样精辟和深刻，我没有看到过。科学就是把事当事，民主就是把人当人，我觉得他这两句话体现了一种文风。

贺绍俊：我也补充两点。第一点，我觉得文风既是个大问题也是个小问题，既可以从广义的角度来谈，也可以从狭义的角度来谈。我更倾向于从狭义的角度谈，刚才东力给文风一个定义，他说是行文的作风，行文的作风从狭义来理解，每个人写文章都会要碰到，甚至包括小学生也有文风的问题。从狭义的角度来看文风，文风问题就是一个常态问题，是一个会不断出现、需要反复对待的问题，也就是说，不可能一次性地解决文风问题。文风问题既是常态的，也是动态的，它是在发展过程中出现的问题，旧的文风问题解决了，慢慢地，在行文过程又会滋长出新的文风问题。为什么这么说呢，因为我们是用文字写文章，文字是什么，文字就是规范语言的一种工具嘛，文字的这一功能很重要，它要将语言规范化，规范的语言才能流传得更久远和广泛，才有利于交流。但文字在规范过程中间又会逐渐走向模式化，变成八股的东西，这时文风问题就出现了，就要反对八股，推进文字的更新。因此只要是用规范的语言行文，就永远都会有文风问题，不是说我们今天大谈文风，纠正文风，以后就再也没有文风问题了。把文风看成一个常态的问题很重要，不是说因为今天政治家提倡了，我们就都来纠正文风。政治家面临改革的一个关键时刻，要通过文风来灌输他们的思想。此时此刻，文风问题变得很重大，但我们不是因为政治才谈文风，即使政治上没有这样的运动，我们也存在文风问题。从小的范围来看，有时它并不涉及意识形态性的问题，可能就纯粹是一个学风问题，那我们就要把它当成小问题来对待，而且要认真对待。

第二点，我觉得文风问题不能用革命的方式来解决。文风既然是一个常态问题，我们就始终需要有一个关于文风的警钟，旧的模式打破了，可能会有新的模式产生，我们就必须要有这样一个常态的警钟。我们不能用革命的方式对待文风。文风是发展过程中出现的问题，当文风从健康的文风逐渐蜕变成八股式的文风，就会贻害学术，遏制思想，这时候当然要批判和否定这种文风，但应该看到它是在发展过程中产生的，不能因为反对这种文风就把过去所有文章一概否定。革命的方式往往就是这种结果。这是有教训的。包括五四新文化运动，也是一种革命的方式，当然这种革命方式是当时社会形势和时代背景所决定的。当时封建文化势力太强，新文化运动的倡导者不得不采用革命的方式，但即使如此，仍然留下了后遗症，因为在新文化运动中，完全是以决绝的态度对待文言文，来处理文风问题，这样一来，文言文的精华转移到白话文中的渠道就中断了，文字的传承产生了断裂，这是很大的遗憾。为什么白话文长期以来难以变成一种优雅的语言，就跟这种文字传承的断裂大有关系。同样，延安时代反对洋八股，这是对的，洋八股以教条的方式理解马克思主义理论，教条是不对的，但欧洲的马克思主义仍是个好东西，不能因为反对洋八股就不敢从欧洲的马克思主义理论来解释中国的革命现实了。我个人觉得，由于延安时代以革命的方式反对洋八股，对中国的理论建设还是有所伤害的。特别是新中国成立以后该如何建设的理论，关于社会主义社会的基本理论，假如有更多人真正够从"洋"的理论入手，也就是从西方的马克思主义理论入手进行思考，效果会大不一样。包括今天我们在学术上反对新的学八股，这种新八股是对西方现代理论的食洋不化，那么我们不能因为今天形成了这种洋味十足的学八股，就忽略甚至否定西方现代理论对于20世纪90年代以来中国思想文化的发展所带来的积极作用。20世纪80年代的思想解放和理论突破，就是从吸收西方新的思想营养开始的，但是西方的东西在我们的思想发展过程中逐渐被模式化，变成一种八股式的东西，约束了我们的思想，我们就难以在其基础上培植出真正属于自己的新东西，这个时候我们应该果断地反对洋八股，但是反对洋八股，不是把洋八股形成的过程全部否定掉。我就谈这两点。

孟繁华：东力讲，文风问题和文化自信心有关系，这个我同意，但是我觉得更重要的一点，是和我们方向感迷失有很大关系。比如说"五四"文风好，"五四"有方向，就是大清帝国大厦将倾，西方缔造了现代性，回应西方现代性的时候我们应该怎么办？中国向何处去？那时有方向感。科学也好、民主也好、启蒙也好，有方向。到了延安，要建立现代民族国家也有方向感。20世纪80年代以后摸石头过河没有方向感了，这也是中国现代性的不确定性。

王磊：我提出一个问题，就是刚才贺老师说的，文风要不断整顿的问题。我们姑且认为是文风整顿的辩证法，就像启蒙的辩证法一样，启蒙也需要不断启蒙，是一个无休止的过程，是一个普遍的问题。那么就会出现这样一个问题：文风背后是文化，文化背后是思想，思想背后是利益，当我们改文风和改利益是同一个问题的时候，怎么指望文风得到四平八稳的整顿，而又不涉及到革命问题？这是一个问题，刚才孟老师说到，尤其是在我们方向感都已经迷失的情况下，我觉得这是一个根本性的问题。

李云雷：徐刚是不是讲一下。

徐刚（中国艺术研究院科研管理处）：刚才听几个老师讲的很有启发。今天我们这个讨论，实际上涉及两个问题，一个是谈官场的文风，一个是谈学界的文风，这是两个不同层面的问题。就前者而言，"国八条"的提出针对的当然是官场的学风、会风的问题。究其根源，这个问题实际上和体制有关。这同样造成当下官场的文风问题。我们所批判的"假话""空话""套话"，在某种程度上延续了"毛文体"的遗风，也是它走向极端化乃至畸形化之后的一种形式，很难说这与现实具有相关性。这是个历史遗留问题，也是体制问题。习近平总书记最近提出改变文风，实际上就涉及到如何解决这个问题。

另外我觉得学界的文风问题，就是"洋八股"的问题。这个问题的根源要追溯到20世纪80年代以来的思想解放运动，直到20世纪90年代学术体制化的形成。我们批判所谓"洋八股"，表面上是批它的形式，学术论文写得四平八稳，繁文缛节，但实质指向却是它不解决实际问题的倾向。就这点而言，官场的文风和学界的文风具有一点共同性，都是不解决现实问题，和现实不搭边。

我们做学术论文，写博士论文，当然要服从一定的规则，要讲学术规范，当然这个学术规范的合理性在哪，我们也是可以质疑的，然而如果没有这个规范，学术会怎么样？恐怕问题会更多。有时学术规范会很有非常具体的要求，比如引文要严谨，要有一定数量，注释要规范，要引经据典。这样一些东西，有没有意义，我觉得当然是有意义的。但借助这种形式上的东西，论文要解决一个非常现实的问题，即直面中国问题，这才是关键。我们之所以批判"洋八股"，指的是这些空有形式上的好看，而不解决实际问题的学术。所以这种形式上的东西，也并不一定要抛弃掉，它有一定合法性。刚才孟老师也讲得很清楚，实际上学术的规范化，是为了对抗一种庸俗社会学的泛滥，因此如果把这个放弃掉，是不是又会回到一种庸俗社会学，这也是值得警惕的。所以我觉得，玩学术这项游戏，就要服从它的游戏规则，至于说我们做的事要体现出我们的情怀也好，追求也好，对现实的关注也好，这些都要在服从游戏规则的基础上完成。

李云雷：徐刚把官场跟学界分开，分别谈自己的理解，其实洋八股确实流毒很大。我在北大时候就听一个老师说，论文是"纯论文"，就是跟现实没任何联系的，像"纯文学"一样的纯论文，这个说法我觉得很有意思。另一个笑话就是，我们一个同学按学术规范写完了论文，问导师我自己应该有什么观点，他可以在没有任何观点的情况下，按照学术规范操作一篇这样的"纯论文"，也是我们学界不能往前进展的重要原因。

卢燕娟（首都师范大学文学院）：我把这个问题放在稍微远一点的视角来看，可能文风背后包含这样一个深层问题：它是一个民族在某个时代选择什么样的价值标准来建构自己的文化知识谱系。而这个标准背后就像刚才王磊说的，文风背后是思想，思想背后是利益。我想可能不仅是利益，也包含着政治、经济、社会甚至军事的内涵，这也就是为什么在古代文学的研究当中，晚明社会和文风，晚唐社会和文风，会成为一个专门的命题。这一点比较典型的是日本的学者宫崎市定，他写过一个小册子——《东洋朴素主义的民族和文明主义的社会》，他另一个身份是日本侵华士兵，他写这个册子的目的是要得出这样一个结论，中国文明在极度繁华之后已经腐朽了，而朴素的日本文明将成为整个亚洲的中心。从他这个论述思路，可以看到从一个民族的文明发展来说，文风背后是一系列复杂的社会关系。

具体到中国这一百年的现代历史，我感觉文风问题背后有一个很重要的关系始终存在着，我们一直在处理，但一直没处理好，这个关系就是西方文明价值体系和中国本土生活经验的关系。刚才很多人讲到文化自信问题，从这个问题我想越出一点文化的角度，这同时也是一个现代中国道路的问题。比如说我们讲延安整风，当时有一个很切实的需要，就是要摆脱不接中国地气的苏共的遥控，需要把问题的关注点放在中国自己本土的经验中，放在中国自己的问题上。由此需要重建一套知识文化的价值谱系，把曾经具有一种先验的优越地位的、西方的、苏联的、洋的东西，放在一个相对次级的地位，把中国本土的问题，放到价值的更高级地位。进一步，在中国的本土经验和本土问题中，又提出了要为中国的老百姓所喜闻乐见，又把那种政治上一直处于无权、经济上一直处于被剥削的这样一群人，把他们的问题放到一个更高级地位，其实这就是一个整体利益格局的重构，影响并呈现为一个文化知识谱系价值的重建。

从今天的文风来说，可以回溯到20世纪80年代，其实20世纪80年代还是重新进行了一次知识文化价值的洗牌，我们在空间坐标上，又把西方的、洋的，重新确立成一个更高级的文化标准。而且在时间的纵向坐标上，我们确立了一个进化论式的价值观：时间上越往后的越是先进的。这也就导致我们一度以来，学术论文等，以写得让中国广大人民看不懂为好、以充斥各种各样的时髦理论词汇为好的原因所在。因此，今天讨论文风问题，可能不是一个个人趣味或者个人评判的问题，还是整个中国一百年来这些社会关系怎么去重构的问题。从自己来说，我看到这个问题也开始反省，可能在接受教育的时候，作为范本的教育，也使我们总是担心这个文章写得太浅了。我前天看到一个笑话，考历史，有一道题说中国古代一项重要的针对少数民族的政策是什么？有一个学生死活想不起"和亲"这个词，于是他想了想就写："打，打不过就送个公主过去"。这个笑话让我觉得，没有什么东西是一定要建立起一个由各种专业词汇堆成的壁垒，没有什么知识真的是高深到一定要让人听不懂。我想这也是对我自己的检讨。

崔柯（中国艺术研究院马克思主义文艺理论研究所）：读论坛发来的材料，尤其是李陀老师的文章，有一些想法。李陀老师提到的汪曾祺是我很喜欢的作家，记得小时候家里有一本好像是漓江出版社的《汪曾祺自选集》，经常翻看，一直到现在也很喜欢汪曾祺的作品，尤其是他的语言。李陀老师把他放到"毛文体"的对立面，说汪曾祺挑战了"毛文体"，这个问题之前确实没想到过。不过我觉得，汪曾祺和"毛文体"，可能还不是一个层面的问题，放到一个线性的脉络中将其阐释成"挑战"序列，可能还是可以商榷的。讨论语言问题，应该和言说对象、言说目的联系起来。根据我的阅读经验，汪曾祺语言特色的成因，并不仅是将口语融入写作，我倒是觉得，他语言的那种韵味更像是来自古代文人传统，有一种古代文人写作的气质在里面——这一点和赵树理不同。这种文人传统构成了汪曾祺文章"形散而神不散"的"神"。而汪曾祺散文的接受者，应该也是以知识阶层为主。从功能看，汪曾祺文章更适合闲散生活的抒情，以抒发个人情怀为主，而他恰恰也是将自己定位为"通俗抒情诗人"、"小品作家"的。

而"毛文体"的目的是动员，其言说对象是文化程度不高的劳动大众。就像李陀老师所说，毛文体是要"经过一个语言的训练和习得过程来建立写作人在革命中的主体性"，"毛文体真正关心的是在话语和语言两个实践层面对言说和写作的控制，而不是汉语多元发展的诸种可能性"。当然，重新探索汉语多元发展的可能性肯定是必要也是必需的，但是，这种"多元发展"是不是也应包括"毛文体"所代表的那种面对劳动阶层的"文风"呢？或者，是否可以将其作为汉语发展的多种面向之一种，容许其继续存在、发展乃至探索一种新的可能性呢？

20世纪80年代之后的文学界、文化界恰恰是将语言重新拉回到了知识分子的趣味里面，而忽略了劳动阶层、普通大众的趣味。《反对党八股》第三条批评的是"无的放矢，不看对象"，抛开了言说对象和实践层面的考量，仅在语言层面进行形式探索，是不恰当的。而20世纪80年代以来的文学、文化发展确实有这种情况，乃至出现精英化、体制化的倾向，距离普通大众越来越远。然而，疏远是相互的。20世纪90年代以来随着大众文化尤其网络文化的兴起，大众开始发掘自己的文化空间，所谓"大话"现象，所谓网络"神曲"，都不是偶然的，是新时期以来文化分层的结果。知识阶层忽略大众，而大众一旦有了条件，就去探求自己的言说方式。

赵志勇（中央戏剧学院戏文系）： 刚才听完以后对大家的很多观点我特别同意，比如刚才慧瑜说的，文风的问题背后是一个自我定位的问题，一方面是对这个世界的认识，还有对自己身份的想象。前一阵我在豆瓣上看了一个很长的书评，题目叫《董桥和他的高贵冷艳有钱的朋友们》，写得非常有趣。作者揶揄董桥，指出他小说里各种特别俗烂的模式，比如女主人公一定是家世清贵，受过很好教育，又很漂亮，男主人公一定是儒雅有地位的中老年知识分子，然后女主人公一定会死心塌地爱男主人公云云，小说中各种对人物身份、地位的显摆，其实很迎合一批文艺中产和小资的自我想象。在我们自己生活中也会发现这样的情况，就是一个人写的文章或喜欢的文章是什么样子，其实反映了他觉得自己是或应该是一个什么样的人。

一看到这个题目，我反而感觉现在的文风跟20世纪90年代比，已经好很多了。之所以有这种感觉，可能是因为我老在网上看微博之类的缘故，像微博那样的东西写得都挺清楚。但是我就觉得20世纪90年代我上学那时候，文风是很糟糕的，现在想起来都觉得有血淋淋的教训。我印象最深的，是刚考上研究生，开学第一天去见导师，我导师是研究德国古典哲学的，他见我第一句话就说：这三年不要读中国人写的书，我就愣了，也没想这有什么不对。后来三年，读的绝大多数是那种翻译腔文章。当时不光我自己，包括身边的很多同学也一样，大家之所以去读某本书，坦率说其实不是因为那本书和那个理论对自己的生活构成什么相关性，而是因为大家都在读，或者感觉那本书或那个理论很高端、很洋气。我估计那个年代上学的学人今天回忆起来都略有同感。我们去深造求学，给自己确定一条学术道路，但那时候我们其实并不确定自己所思考的这些问题、所读的这些书，跟个人的生活经验、跟自己生活的世界有什么关系。现在的年轻人比我们那时候要强，我现在接触一些年轻的同学，他们有非常强的自觉意识。我想原因可能是中国社会经过这二十年变化，社会固化，壁垒森严，相应地每个人对自己在这个社会里的位置也能看得更清楚，自我认知比较清晰，而我们那个年代在这方面完全稀里糊涂。今天如果一个老师在课堂上跟学生言不及义的话，现在的孩子大概会直接把这个老师的课 PASS 掉。从这个角度看，我对当下的文风问题较为乐观，至少会比20世纪90年代好。

刚才有老师提到另一个方面，所谓官八股。我不是党员，领导开会我都听不进去，也不知道他们在说什么，所以不太在乎官八股。但有另一种文风是愿意去思考的，那就是现在大家在所谓公共领域里的讨论方式。在网络上，特别是从微博普及之后，我们开始有一个新的公共领域，这个公共领域里大家言说的方式值得探究。微博上特别好的一点是大家说话都特别直接。任何一个底层的草根都可以直接表达意见。以往我们的社会并没有提供这样可以不加掩饰地表达自我的平台。可能中国人都比较含蓄，现实生活中我们很少会特别直接地表达否定他人的负面意见。但微博上就不一样，如果我不同意你的观点，我会直接告诉你：你写的都是垃圾，因此微博给了我一个非常有趣的阅读经验。

祝东力：我补充两句。志勇说到微博，微博的语言非常好，生动活泼、妙趣横生，微博总的来说是所谓人民群众的语言，生活的语言。我觉得中国历史上有三次文化重心的下移，第一次是春秋时期，封建制瓦解，世袭的官学散落为民间的私学，这是一次文化重心下移。还有一次是"五四"时期，农耕文明进入到工业文明的时候，士大夫语言变成社会各阶层的语言，文言变成白话，带来的是教育的普及、文化的传播。第三次就是互联网，在信息社会到来的时候，原来的读者变成了写作者，上亿的人能够写作并且自主发表。微博的语言特点是和第三次文化重心下移相关的。

另外，刚才贺绍俊老师讲到一个问题，书面语言，因为要规范自身，所以文风是一个常态问题。历史上能证明这一点，文风问题被不断提出来，原因到底是什么？大概是这样，首先是"说什么"，什么问题，谁的、哪个群体的问题？然后是"向谁说"，说话的对象是谁，预设的听众是什么人，是哪个群体？最后才是一个"怎样说"的问题，"怎样说"属于文风的范畴。也就是说，"说什么"、"向谁说"决定了"怎样说"。所以，文风问题的背后，是一个人与人之间关系的问题，一个社会关系的问题。而这个社会关系在历史进程中，不断被调整、被刷新，又不断被修复并趋于僵硬或扭曲。这个时候，社会就需要有一个变革，把高度扭曲的社会关系调整过来，相应地就会有文风问题出现。刚才王磊也谈到，语言背后是思想，思想背后是利益，这是对的，但我觉得还需要梳理一些环节，把这个逻辑关系更具体化，才能说得更清楚。这是要补充的一点。

再有一点。刚才孟老师讲到，现在之所以出现文风问题是因为对未来没有方向感。我觉得好像还不是这样，比如说，曹雪芹当年没有方向感，迷茫、空幻，但是《红楼梦》的文风没有问题，当我们没有方向感时候，我们可以非常清晰、明白、老实地表达出我们的迷惘、失落和困惑，但这时候我们的文风是没问题的。我觉得还是文化自信心的问题，经常看到内蒙、河北或甘肃的电视台，那些娱乐节目的主持人都是本地人，但是他们经常在用一种闽南腔说话，为什么呢？因为大家认为只有台湾的娱乐才是正宗的娱乐，才够范儿，而内地的，特别是这种中西部相对落后的地区，没有时尚可言，如果用一种甘肃味的口语主持时尚娱乐节目，似乎会非常搞笑。学术领域也一样，为什么要洋腔洋调呢？就是因为似乎那样才是学术，特别是因为谈论的问题是从欧美照抄照搬过来的，言说的对象也是所谓国际学术界，即欧美的大 V 们。似乎只要是纯正的汉语，就不是学术。张承志说过，敢不敢朴素化是一个标准。就是说你敢不敢把话说明白了，有些著名学者，如果用大白话把话真说明白了，其实会索然无味，因为没什么真正深刻的思想可言。这就像许多当代艺术作品，根本没什么思想、创意，但一定要要弄得神秘莫测，让大家看不懂，这就是《反对党八股》里说的"装腔作势，借以吓人。"

孟繁华：我觉得还是有一点问题，比如说我们讨论"五四"，"五四"实际上完全被经典化了，比如讨论毛泽东，毛泽东也被经典化了；但是我们讨论的今天和当下恰恰是根本没有被经典化，我们不知道在讨论谁，变成了不及物的讨论。比如说我们评价一个时代的文学，会看它的高端成就：比如谈英国，我们要谈莎士比亚，谈印度要谈泰戈尔，谈现代文学要谈鲁迅。那么谈到当下文风的时候，我们可能谈的恰恰是低端的东西，比如我们讲杂志，发了多少多少东西，这个不能看，没有学术含量，这是低端的东西。要看高端的，我们随便几个例子，比如社会学一些学者，比如像清华的孙立平，孙立平文风不好吗？他文风很好。

祝东力：因为我们都是研究文艺的，我们指的主要是这个领域，社会学里面这个问题不像文艺领域这样严重，特别是孙立平，他往往能直接面对新的社会问题。有些学者在思想理论方面真不是战斗机，是运输机，而且是那种老式的螺旋桨运输机，只是贩运来贩运去，随便点几个名字，×××、××，够高端了吧？他们的文风怎么样？学风怎么样？实际上真不想说名字，大家其实都明白。

李云雷：我觉得也可以讨论一下什么是好的文风，您觉得李零不错，谈一下他好在什么地方。

祝东力：李陀那篇文章讲到汪曾祺，说汪曾祺的白话文给他一种解放感——原来白话文可以这么写！我80年代读过汪曾祺的东西，不像李陀评价这么高。但是李零的文章确实给我这种感觉：原来文章可以这样写！举一个例子，李零在《七十年代：我心中的碎片》这篇文章里说："郭路生是我们那一代的著名诗人，括号，地下诗人。"这个括号他是用汉语表示，不是用标点符号表示的，让人拍案叫绝，确实突破了平常引以为规范的行文习惯，非常生动。类似的例子在李零文章里比比皆是，他确实能够在语言的不同层面自由穿越。所以，我觉得纠正不良文风的方式之一，就是向口语靠拢，也就是向生活靠拢，这是方式之一。

孟繁华：这是不是还是在修辞的范畴里讨论？

祝东力：是涉及到修辞问题，文风实际上有两个层面，一个是和思想观念有关，马克思讲语言是思想的直接现实；还有一个就是和修辞，和写作知识、写作技巧有关。但第一个层面最终决定着第二个层面。李零的确是进得去出得来，如入无人之境，他的英文也很好。

陈瑜（中国艺术研究院《艺术评论》杂志社）：我接着祝老师刚才的话，讲讲自己的体会。我不是搞文学和文艺研究的，所以我只能从自身编辑工作的角度来谈。我觉得文风问题，当然除了祝老师说的是文化自觉的缺失以外，某种意义上也是个人话语风格和个人信仰的一种体现，更集中地体现了个人的学术气质、人文态度和终极关怀。刚才特别震惊的是邓正来老师去世，我看过他一本书，其中有一篇文章和文风、学术意识有关。他那篇文章对现在法学界的疯狂的知识生产和学术话语大批量复制的现状进行了深入分析。我就在想，为什么会出现这样的情况？我觉得这样的情况和长久以来我们所持有的西方中心主义有很大关联。我们习惯以西方的定义来把握我们的现实，把西方社会及其话语，当成一种理想引进和信奉，其实也为别人的话语霸权扮演了共谋角色。这一切都源于我们对西方范式缺少批判意识，就像刚才徐刚提到的，我们所进行的学术训练，就好像我们在一起做游戏，进入游戏之后必须遵从规则，但对这套规则为什么要这样制订，却没有冷静的思考。对西方的模仿渗透到我们学术的各个领域，我自己的一个感受就是，在音乐研究方面，从20世纪80年代民族音乐学引进以后，我们也想和西方学者对话，通过对话获得西方的经验，借鉴他们的方法，同时也希望把我们的一些成就介绍给他们，让他们认识我们。只不过，经过这么多年努力依然可以看到，互相的输出是不平衡的，大部分学者在积极使用西方的观念方法，但是我们能提供给西方学界一些什么样的借鉴？或者说如何让他们来更多地认识中国、认识中国的音乐文化？这方面还是有缺失的，当然也不是说我们就要完全排斥西方理论，我想说我们应该对这个问题有所觉察和警醒，特别是当我们已经发现，西方学者对我们的问题并不像我们之前想象的那么了解，他们的理论也不一定适合我们的社会现实的时候，我们就更应该抓住这个机遇，凸现中国自己的声音。

祝东力：西方的理论主要是从欧美的经验中提取出来的一套概念体系。关键就在于我们过了30年还是提取不出来自己的东西，所以我们只能无可奈何地继续用西方的东西。我觉得这是一个非常现实的情况，就是说我们不是不明白西方那一套不适合我们，但是如果不用西方的东西我们就什么都没有，就只能裸奔了。

孟繁华：我们只能跟着说，接着说，不能对着说。

祝东力：因为没的可说啊，除了提供一些土特产品，我们缺少独立的、能够与西方相抗衡的思想体系和核心价值观。西方看中国当代文学作品一般都是当作社会学材料，或者当作政治动向，不是当作文学性的审美作品来看，从艺术角度，他根本看不上这些东西。我们的学术也是，套用人家的理论模式，自己仅仅提供一些材料，要想在理论上同西方分庭抗礼，没这个前提。20世纪六七十年代我们曾经是文化输出大国，思想出口，国际大腕，像德里达，都在读外文出版社翻译的毛选。

鲁太光：我说一下我读马克思一些著作的感想，我觉得他有的文章文风特别好，因为他的问题研究得比较清楚。像他的《路易·波拿巴的雾月十八日》这篇文章，既有很通俗的话语，也有很高端的思辨，也引用了一些名言警句。有些地方并不一定字字句句都那么清楚，可能模模糊糊的，但也能理解他的思想、他的观点、他的情感，让人不得不敬佩他，让人觉得他不仅有思想，而且文风好、语言好，不仅是思想的大家，而且是语言的大家。

但他有些文章就很晦涩，我觉得原因之一就是他自己还没想清楚。比如他的《政治经济学批判导言草稿》，讨论亚细亚生产方式的部分，我就觉得文风不好。当然，这是一个"草稿"，我觉得他对这个问题还没有研究得很清楚。后来我们给他"总结"得很清楚，从原始、封建一路下来，一直到共产主义。其实，我看马克思的"草稿"处理这个问题时，他有时候说这个东西是有时间序列的，有时候又是并列的，也就是说，他的表述是飘忽不定的。我们现在读的一些文章也是这样的，仔细看，概念还没有弄清楚呢，但是已经到处说了。

祝东力：有些学者自己根本没想清楚，他的引文跟他的正文不大衔接得上，引文对于他来说主要为了炫耀自己博学。

鲁太光：可能跟新时期以来中国社会大转型有关，原来的路不走了，又换了一条路。一转型，原来中国自己创造的经验都"失效"了。

祝东力：原来的经验全不算数了，甚至变成负数了。还是冷战失败了，冷战要是胜出的话，美国就失语了。

孙佳山（中国艺术研究院马克思主义文艺理论研究所）：我觉得文风问题还有一个重要的维度，就是阶级趣味的问题，阶级趣味是一个养成的过程，并不完全依附于直接的经济基础。先举一个例子，我们论坛举办快两年了，经常有一些学生来参加，一方面我也像志勇刚才提到的那样，惊异于现在年轻一代的迅速成长，远比我们在那个年龄段的时候表现得出色；另一方面，有一些现象也很说明问题，比如上次我们讨论《1942》，一个89年的小伙子，非常认真地用国民性话语来分析那部电影。我当时觉得有些荒诞，在我看来，89年出生的小伙子和国民性话语之间的距离似乎太遥远了，早就换了好几轮人间了，我们那一代人当时对以国民性话语为代表的各式各样的知识，在精神上是有一个挣扎过程才完成自我选择的，但是在这两年我们接触的一些孩子那里，这些似乎是天经地义、理所应当的。扩招了十多年了，每年几百万大学生，来自中国社会各阶层，进大学之后，接受了几乎是一边倒的知识，全都倒向了哪一边呢？就是刚才大家从各个角度说到的，改革开放以来，特别是冷战结束以后，一边倒地倒向了西方话语为核心的各式知识理论，于是就出现了这样的问题，每年几百万人，在高等教育阶段，完成了人生中很重要的一个阶级趣味的养成过程。结果也很明显，对于自己上大学之前从哪里来，上大学之后到哪里去——这样的核心问题，完全本末倒置。体现在文风上，自然就要堆砌各种学术名词，这样才有学术范儿，因为他们的老师就信这些，一般学生有几个能挣脱出来？包括基本的日常应用文体写作，比如写邮件，自然是那种外企式的腔调，对于一般学生来说也确实只有那样才是规范。至于文学艺术创作就更不必说了，798式的艺术才是艺术，别的都不入流。所以我们讨论文风问题，也一定要结合到不同年龄段、不同阶级，特别是阶级趣味。那么为什么会形成这样的阶级趣味？这自然也是和这几十年的变迁息息相关。因此，今天的改文风也就有着别样的意义，"五四"一代彻底摒弃了传统士绅阶层的文风，拉开了白话文实践的序幕，延安时期是在这个脉络上更进一步，要将白话文延展到工农的层面，这不仅仅是战争动员的手段，更是在更深层次回应西方现代性的历史挑战。毫无疑问，改革开放的初衷，也包括要调整这一脉络在实践上的偏差，但今天也有些矫枉过正，今天的转文风和前两次一样，也都要涉及更深层次的问题。

鲁太光：孟老师，刚才你讲的一点我也很有感触，你说看了中篇小说创作后，觉得中国的中篇小说还活着，还活得不错，我也有同感。我觉得中篇小说的文风是比较好的，中国目前文学创作状况最好的就是中篇小说；但长篇小说的文风就很有问题，好多名家的作品拿来一看，读一半就读不下去了，结果评价却非常高。反倒是有些非主流作家的长篇小说，人家没有立下多宏大的理想，写得很简单也很朴素，虽不能说就是多么好的作品，但是文风的确比较好。所以，我觉得现在不仅是学术界文风有问题，文学界、小说界的文风也有问题，尤其是长篇小说。作为著名的评论家，我觉得您可以在这方面为我们更进一步地点拨一下。

孟繁华：我认为，作家和批评家所面对的对象是不一样的。作家面对生活、面对社会，而批评家面对的是艺术。从本质上来说，批评家更应该是一个艺术家，因为他们面对的是一个个艺术作品，对它们进行鉴赏，如果没有鉴赏力是难以从事这个工作的，所以批评家更应该是艺术家。

前几年帕慕克获奖对我触动很大，他的长篇小说很有特色。长篇小说最重要的是结构，而结构背后则是完整的价值观和历史观，当下的中国作家最缺乏的就是这方面的能力，无法架构出好的长篇结构的原因恰恰是价值观和历史观的缺失。这些年在创作上中篇真的有好多很好的作品，比如蒋韵的《行走的年代》，这部作品的感觉更接近20世纪80年代，20世纪80年代开始就是骗局，假诗人骗了女学生并怀孕。那里面有彻夜长谈、行走、饮酒、诗朗诵，20世纪80年代所有元素、所有符号都有，我们这些80年代过来的人，读这部作品的感觉就像我们1981年读礼平《晚霞消失的时候》一样，非常震动，我当时读完了之后整天都无法平复，后来评中篇小说奖的时候我坚定地支持《晚霞消失的时候》。包括《不二》等，这些年好的中篇太多了，长篇要达到这个水准，道路还非常漫长。

祝东力：中国大多数作家不胜任长篇，长篇小说创作要求作家有一个比较完整的价值观、历史观、世界观，而且有众多不同立场的人物支撑这么长的叙事，最典型的就是陀思妥耶夫斯基的所谓复调小说。而我们的小说人物还比较单一。

孟繁华：曹雪芹为什么写得好？他作品的结果是虚空的，但是他书写虚空的想象是绝对坚定和清楚的。因为他自己清楚所以写得清楚，反之就不可能，所以在这个意义上，曹雪芹的文学价值是毋庸置疑的。

祝东力：他是从实引出虚，他的细节都极其饱满。

孟繁华：即便在逻辑上都是非常严密的。

祝东力：对，在中国是只有第一没有第二，在世界范围都极其罕见。

冯敏：长篇是干什么的？长篇的功能不是用来说故事的，长篇是要书写人的命运。如果仅就那种现实的、市民的杂乱生活，《三言二拍》和《红楼梦》在描写形而下的层面有很多相似的地方，但是为什么《红楼梦》的成就高呢？因为它有一个太虚幻境，把虚和实比较着来写，呈现出了佛教那种循环的哲学观，所以就很有命运感。

孟繁华：《红楼梦》对我们来说是一个可遇不可求的东西，西方为什么好作品多呢？我觉得一个很重要的原因是，比如我们讨论长篇的时候，这个问题一直没有被清理，就是中国一直没有经过浪漫主义文学运动的洗礼。文学从本质说是浪漫主义的产物，西方在18、19世纪建立起整个文学世界的时候是从浪漫主义发端的。所以雨果、《包法利夫人》、司汤达等等都是在浪漫主义这样的范畴和框架中，所以福楼拜说，一言以蔽之，浪漫主义就是通奸，这些小说最核心的要素就是通奸。只有在通奸中这种相对日常生活化的但又是极端化的体验中，人性所有的东西才会暴露无疑，而我们没有这个东西，浪漫主义在中国几乎没有落地，所以这是非常难的问题。

李云雷：我觉得文风这个问题牵扯到的问题很多。这个问题既是一个理论的问题，也是一个实践的问题，按李陀文章的说法，他划分为三个层次，一个是语言层面，一个是话语层面，还有一个社会实践，从这三个层面来分析毛文体的问题。所以刚才崔柯讲，李陀讲汪曾祺其实只是在第一个层面上，在语言层面上来对毛文体有一个反拨，在后面两个层面都没办法形成一个对应或对话。

祝东力：崔柯说的我也有共鸣，李陀对毛文体的理解很片面，甚至是自相矛盾，毛泽东本人特别强调为中国老百姓喜闻乐见，而所谓汪曾祺要颠覆的那个文体，难道是这个东西吗，难道是老百姓喜闻乐见的文体吗？看毛泽东早年的文章，到延安时代，到建国后，包括20纪世六七十年代他的讲话，都是生动活泼，才思敏捷，和汪曾祺那些文字不构成对立关系。

鲁太光：20世纪80年代的时候，毛泽东的一切都是不好的，从文字到作风，全是不好的。我刚到北大的时候，钱理群老师研究"毛文体"，当时他也是从批判的角度研究，主要研究其"煽动性"和"魅惑性"。他在课上讲过，但不知为什么后来没写。但那也是一个时代的产物。

李云雷：我觉得这其实是一个很复杂的问题，包括几个层面，刚才李陀说的几个层面，语言、话语跟社会实践，还有理论层面跟实践的层面。其实对我们这一代年轻人来说，我们是受着洋八股的影响长大的，我们自己也有一个不断改文风的问题，我写文章现在也越来越不愿用引文，不愿意用那些名词。其实我们上学的时候，上各种专业课与理论课，学一个女性主义，学一个后现代主义，每一个理论都可以写一篇论文。我们可以用各种理论写不同的论文，但最关键的问题是，我们怎么能写出自己的论文？我们可以用各种理论操作，但是真正触动你的，自己最想写的，跟你的生命有关系的学术，我觉得才是最重要的，这个问题也是慢慢清晰的过程。比如说当我们遇到像底层文学这样作品的时候，也可以从女性主义角度来谈，但是最核心的部分还是意识形态批评与社会学批评，从这个角度进入最能表达我们的想法，社会功用也会更大。对于作者个人来说，不论是做学术还是写文学作品，最独特的才是最重要的，你通过自己的眼光发现新的问题，通过你跟别人不一样的人生体验、社会经验，你能提出新的问题，在这个基础上，有自己的分析、自己的思考，我觉得新的文风也是在这个过程中不断磨炼出来的。

像刚才谈到毛泽东的文风，其实也是马克思主义中国化的产物，在文学、语言或形式上的产物。20世纪80年代，我们也引进了各种西方理论，从最早的尼采、萨特一直到后现代主义，但是这些理论，没经历跟中国问题结合的过程，这可以说是中国知识分子的一个"失职"，这就涉及到祝老师刚才说的文化自信的问题，这是一个方面。还有燕娟提到的"精英化"的问题，知识分子自己认为，他的发言对象是精英知识分子，不是像20世纪50—70年代那样要与大众对话。还有一个层面是与20世纪80年代中期以后我们学院体制慢慢建立、逐渐强化有很大关系，学院化的生产造成了现在的很多问题。

对我们现在来说，反思文风问题不只是反思现状，也不只是反思别人，还有一个我们该如何去做的问题。

祝东力：学院化应该说是从20世纪90年代开始的，职业化、专业化、学科化，和社会的土壤、问题渐渐脱节，变成一个自我循环的状态。

李云雷：20世纪80年代的文章比较随意，90年代建立学术规范的时候也是批评80年代学风比较空疏。

祝东力：20世纪80年代确实有它的问题，用空洞观念代替细节的知识，但是80年代还是针对中国现实问题的。

孟繁华：有一个标志性的事件，就是1991年《学人》的创办，后记是陈平原1991年写的，1992年发表出来。当时一个最重要的思想倾向，就是从广场到岗位、从思想到学术，那么学术是什么呢？当时的理解就是，言必有据，据必可籍，但再往下就说不下去了。说话要有根据，这个根据要能找得到。现在看来，那时候对学术的理解我觉得可能还是相对简单化一点。

祝东力：他们想纠正的是20世纪80年代的偏差，但是遗漏了最重要的前提，就是问题是什么？那个"据"要论证的问题是什么？

李云雷：这可能跟知识分子的自我意识，以及知识分子这个阶层在整个社会位置变化有很大关系。20世纪80年代初的时候，知识分子在争取成为劳动人民的一部分，像《哥德巴赫猜想》影响这么大，传达了一个信号，在政策上不再将知识分子当作"团结、教育、改造"的对象，而承认他们是"劳动人民的一部分"。然后经过20世纪80、90年代，知识分子又逐渐脱离了"工农阶层"，成为了高高在上的"精英"。

冯敏：现在是不想成为工农的一部分。

祝东力：现在又成为劳动者的一部分了。屌丝已经进不了精英圈了，《哥德巴赫猜想》实际上是对知识分子的一种神化。所以，前有《哥德巴赫猜想》，后面才会有那句话，叫做"学者的人间关怀"，你把这个"学者"概念替换一下：工人的人间关怀，司机的人间关怀，干部的人间关怀，滑稽不滑稽？！你学者难道不是人，难道没活在人间吗？！好像是奥林匹斯山上神的角度。

学者的人间情怀，非常荒唐的一句话。

李云雷：时间也差不多，那今天就先到这里。

（根据速记整理，经过本人校订）

青年文艺论坛 **2013**

第二期

现代主义思潮再反思

■　　　　■　　　　■　　　　■　　　　■

关键词：现代主义　　20世纪80年代　　批判现实主义

主持人：王磊（中国艺术研究院马克思主义文艺理论研究所）
时　间：2013年2月28日（周四）下午2：30－6：00
地　点：中国艺术研究院334会议室

编者的话

现代主义思潮是一种形成于19世纪后期，兴盛于第一次世界大战前后，贯穿于20世纪的文艺思潮。现代主义思潮产生在西方资本主义现代性出现严重危机的时代。二战后，现代主义文艺在西方逐渐被纳入体制，为官方所接受，成为主流艺术，大多丧失了批判性与先锋性。

在中国，现代主义思潮在20世纪80年代产生过重要影响。直到今日，现代主义在中国文艺领域仍占据着重要位置。今天，有必要反思20世纪80年代以来现代主义对中国文艺、文化及社会产生影响所带来的得失利弊，反思如何超越现代主义的价值观。

现代主义思潮是马克思主义文艺理论的一个经典话题，卢卡奇、阿多诺、布洛赫、布莱希特等曾经围绕这一话题展开过激烈的争论。本期论坛力图在马克思主义的视野中展开，围绕现代主义思潮在西方的产生与发展，在中国的文艺表现及其文化政治策略等问题展开了热烈讨论。这些讨论，对于重新认识现代主义，对于青年学人澄清和梳理自身的知识和观念，都具有重要意义。

王磊：今天的主题是"现代主义思潮再反思"。

现代主义思潮开始形成于19世纪后期的欧洲，是与浪漫主义、现实主义相对应的一种文艺思潮，因此通常可以从浪漫主义、现实主义、现代主义这样一个艺术思潮的脉络中去理解现代主义。

如果从现代性的角度看，可能更容易把握现代主义的某些本质。一般来说，现代性是欧洲自地理大发现、文艺复兴、启蒙运动及工业革命以来形成的一种与中世纪有本质差异的社会文化，关于这种差异，英国学者吉登斯称作"现代性断裂"。现代性包括一系列价值理念和制度设计，比如相信进步的历史观、相信理性的力量，推崇个人主义、人道主义和平等自由的理念等，现代性与西方资本主义市场经济、工业化相伴随的，是体现新兴市民阶级价值观的一种社会、文化和制度理想。

而审美现代性则是对社会现代性的一种抵抗，工具理性对人性的压迫、社会的异化、严重的阶级矛盾等，这些资本主义现代性的问题在消极浪漫主义和批判现实主义那里都有所呈现，但是在现代主义这里则极致化了。现代主义思潮产生于西方资本主义现代性出现严重危机的时代，在哲学上深刻质疑西方的理性传统，在政治上完全拒绝资本主义现代性的制度设计，在艺术观念上则抛弃了再现论，主张在非理性和无意识层面来表现人，表现人性的压抑和扭曲以及世界的混乱、破碎和无秩序感，通常带有消极、颓废的精神气质以及强烈的个人主义色彩。

二战后，原先带有强烈批判性的现代主义先锋艺术，在西方被纳入艺术体制，演变为主流艺术，大多丧失了批判性和先锋性。

现代主义思潮对中国的影响，可以分两个阶段，一个是19世纪二三十年代，一个是20世纪80年代，直到今天，现代主义在中国还有广泛影响。今天反思现代主义思潮，重点是梳理20世纪80年代以来它对中国艺术、文化及社会带来的影响，反思它的合理性及其问题。比如，现代主义在20世纪80年代再次来到中国，仅仅是一种艺术理论和方法上的移植和模仿，还是有深层的社会文化乃至政治动因？现代主义与20世纪80年代先后出现的"伤痕文学"、"反思文学"异化、人性论、人道主义的讨论等等，之间有着怎样的联系？仅仅是流派、方法和领域的不同，还是存在某种内在的共同旨趣？现代主义对于个人主义价值观在中国的确立起到了什么作用？今天反思现代主义，是否与反思以个人主义为伦理基础的市场经济及其文化模式有内在的关联？

我想以这些问题作为讨论的一个引子，抛砖引玉，希望大家畅所欲言。

张慧瑜（中国艺术研究院电影电视艺术研究所）：看到这期海报，感觉设计得挺现代主义的，因为基本上看不出来海报是什么意思，很抽象，现代主义给人的感觉就是晦涩和不透明，这既是现代主义对"语言"的高度自觉和对陌生化效果的追求，也是现代主义不容易大众化、越来越精英化的重要表征。我有一种经验，就是现在面对一部新作品，小说或电影，很难用现实主义、现代主义或后现代主义这些概念来描述，似乎这些19世纪、20世纪的文学概念对于当下的文艺现状丧失了批评的意义，我们还没找到恰当的语言来指认当下的文艺现实。我主要说三个问题，一是20世纪80年代中国的现代主义，二是西方的现代主义，三是现代主义或后现代主义之后，我们怎么来描述当下的世界。

20世纪80年代的改革是另一次"农村包围城市"，先农村改革，后城市改革。现代主义或先锋派正是出现在1985年中国刚开启城市改革之际，终结于20世纪八九十年代之交。1985年之前是反思文学、寻根文学，1990年代之初是新历史和新写实小说，夹在这段历史中间的正是以余华、格非、苏童、叶兆言为代表的先锋文学。刘复生在《先锋小说：改革历史的神秘化——关于先锋文学的社会历史分析》一文中把先锋派解读为20世纪80年代中后期中国改革历史的隐喻。先锋派有这样几个特点：一个是强调文学回到语言自身；二是叙事不再是自明的，擅长使用叙事的圈套；三是书写极端的现代性经验，如暴力、恐怖等。人们对先锋派最大的诟病就是学习西方现代主义传统而缺乏中国主体意识。我想替先锋派辩解两句，先锋派是20世纪80年代文学与世界接轨、追赶西方文学最高峰的产物。对于欠发达国家，一旦把自己落后、西方发达作为一种认识论，就会陷入追赶西方、成为西方的渴望，而一旦成为西方又会发现自己处在中空状态，这几乎是包括中国在内的所有非西方国家的宿命。我的问题不是先锋派如何成为20世纪80年代的主流，而是先锋派为何会在80年代末戛然而止？90年代中国掀起更大规模的现代化，为何先锋派没有"重现"，出现的反而是先锋派的历史转向，比如转向民国故事的讲述。也许先锋派的逻辑如此内在于80年代的主流文化，随着80年代的终结，先锋派也就随之灰飞烟灭了。

下面说一下对西方现代主义的理解。我粗略地查了一下，西方文艺理论学者，尤其是偏马克思主义的，如詹姆逊、雷蒙·威廉斯、大卫·哈维等都写过讨论现代主义的文章或书，他们把现代主义看作20世纪西方文明危机的症候。现代主义是19世纪末、一战前，西方文明陷入自我怀疑时代出现的。现代主义对现代性的理解有两面性，一方面与浪漫主义相似，充满批判、反省和绝望，另一方面又对以新技术发明为代表的现代性抱有乐观情绪。我想引用詹姆逊对现代主义的理解，他用现实主义、现代主义和后现代主义来表征资本主义的三个历史阶段。现实主义对应自由竞争的资本主义时期，故事发生在民族国家内部，如《悲惨世界》《双城记》都是西欧资本主义国家内部的故事；而现代主义则是资本主义进入垄断阶段，殖民地、异域空间进入宗主国的视野，带来震惊和异化体验；后现代主义是垄断资本进入跨国资本主义时期，西方发达国家进入后工业和消费主义社会，历史纵深感开始消失，世界扁平化。我觉得后现代主义的出现也是1968年欧洲革命失败的产物，这样一次激进反资本主义的革命失败后，后现代主义出现了。后现代主义的特征是非常犬儒，除了认同当下世界，没有其他可能性。詹姆逊把现实主义、现代主义和后现代主义与资本主义三个阶段对应起来，我想这种阐释显然是以西方历史为中心的。正如在西方进入后工业社会之时，正是日本、四小龙、中国依次承担发达国家的制造业转移而完成工业化的时期。这种历史境遇的错位，使得现代主义在中国和西方具有完全不同的背景。

回到当下，我们又处在一个与后现代主义不同的时代，尤其是金融危机出现，使人们对全球化资本主义体制充满了怀疑，20世纪90年代那种高呼历史终结的情绪很难再出现。这两年最流行的大众文化之一就是19世纪经典名著的改编，如2011年的《简·爱》《呼啸山庄》，2012年的《安娜·卡列尼娜》《悲惨世界》和《远大前程》。这些都是19世纪的批判现实主义作品，问题不在于这些改编是否忠实于原著，而在于为何这些19世纪的批判现实主义作品会在危机重重的时代再度归来，或者说，当下的历史及文化想象为何会重新回到风起云涌的20世纪之前的岁月。19世纪的归来与20世纪政治、文化实践的终结有着密切关系，这些重新讲述的故事与其说携带着19世纪的记忆和情感，不如说更是对21世纪困顿和忧思的表述。

与《悲惨世界》所呈现的富人与穷人的两极世界相似，近些年一些科幻片开始把世界想象为天堂与地狱的两极分裂空间。如2012年有一部好莱坞科幻重拍片《全面记忆》，把未来世界呈现为两个空间，一个是机器保安、戒备森严的后现代大都市"英联邦"，一个是人声嘈杂、拥挤不堪的唐人街式的"殖民地"。技术工人居住在殖民地，每天乘坐穿越地心的高铁到英联邦工作。还有刚刚在国内公映的科幻片《逆世界》，又译成《颠倒世界》，也讲一个相似的故事。未来世界被想象为贫困肮脏的下层世界和光鲜亮丽的上层世界的双重空间，两个世界如镜子般相向而立。这种二元世界的想象比较多出现在金融危机之后，如电影《机器人瓦力》《阿童木》等。而这种关于贫与富、殖民地与宗主国、天堂与地狱的两极世界却是19世纪的典型图景。这种故事一方面表征19世纪的归来，另一方面也直接呈现了全球化时代富国与穷国、北方与南方之间日益加剧的分裂。有趣的是，《悲惨世界》结尾，老年冉·阿让在遍尝人间苦难之后来到天堂，画面重新回到1832年巴黎人民占领街垒、反抗权贵的战场，死去的革命者重新复活，人们高唱"跨过硝烟，越过街垒，新世界就在前方"。而叙事缜密的《云图》也用六个故事不厌其烦地告诉人们只要做出细微的改变，另一个美好世界就会到来。这或许是金融危机时代人们能想象未来的唯一方式。

我想当下的时代处在一种形式与内容脱节的状态，所以才会出现用19世纪的老故事来讲述21世纪的新寓言。

王磊：慧瑜的发言内容很丰富，描述了现代主义在西方和中国的不同发展脉络，然后又结合当代电影做了具体分析。他涉及到一个问题，现在所谓现实主义、现代主义、后现代主义好像混杂在一起，很难区分开，这种混杂状况，可能倒是后现代之后的一个艺术表征。

祝东力（中国艺术研究院马克思主义文艺理论研究所）：我觉得这个话题难度还是挺大的，因为关于现代主义或先锋派，其实很少有什么共识。我看材料，思考这个问题，觉得基本上是从头开始，从原始资料开始，已有的那些理论基本上没法凭借。我想比较一下传统艺术与先锋艺术。我赞同刚才王磊说的，先锋艺术是工业化后期出现的一种全新的艺术形态，它跟传统艺术的区别在于，传统艺术是对日常经验、日常思维的一种改造和升华，而先锋艺术、现代主义艺术是对日常经验、日常思维的根本颠覆。为什么会有这样的区别？肯定有多种原因，其中一个原因是艺术职能的变化。进入现代社会，艺术职能有一个细分的过程，比如说传统美术，在中国或欧洲都一样，都有绘影图形画肖像的职能，相当于摄影；小说在传统社会有传奇、讲故事的职能。而到了现代社会，有了摄影术，把美术的很大一块职能切割出来；有了通俗文学和新闻报道，传统文学中讲故事的职能很大程度上也切割出来，诸如此类。所以，这样就使得艺术越来越狭义，领地越来越窄小，使得艺术的探索、实验、创新的职能越来越突出，先锋艺术就是在这样的背景下出现的。原来的艺术也有这个职能，从屈原到《红楼梦》，也有艺术探索、实验和创新的职能，但这个职能是混杂在刚才说的那些通俗文学职能当中的，是多种职能之一。但在文化工业繁荣后，通俗文学的职能分离出去了，艺术的探索、实验、创新的职能突出出来，这正是先锋艺术的特征。艺术的这种探索、实验、创新，有形式技巧方面，也有思想内容方面。

拿现代主义文学来说，它是欧洲19世纪批判现实主义之后的一种形态。批判现实主义的基本特征，是揭示困境、控诉苦难，但是，批判现实主义却不能揭示一条出路。现代主义试图超越批判现实主义，却并不能解决批判现实主义留下的出路问题，而且，在现代主义那里，困境更恶化了。比如说卡夫卡，我多年前看到韩国一位左翼批评家白乐晴评论卡夫卡，他说，卡夫卡的作品，生动描绘了人类异化的内心感受，描绘了帝国主义的时代气氛，从这点看，卡夫卡可以被认为是现实主义的。但是，卡夫卡所描绘的毕竟仅仅是异化感受本身，是帝国主义时代氛围本身，仅仅再现这些东西，加以艺术处理，却不能从历史的因果关系上去理解这种异化的感受和帝国主义的时代氛围，不能引向克服这些困境的那种创造性的意识，反而把这种异化感受和帝国主义时代氛围，当作无法理解、无法克服的某种形而上的人类永恒处境，将人类某个阶段、某种形态的生活加以神秘化和绝对化。我特别赞同白乐晴的这个分析，他指出了现代主义文学的根本问题。

卢卡契在20世纪30年代和德国表现主义的争论中也提出过类似观点，其中特别有意思的是他引用论敌恩斯特·布洛赫对英国作家乔伊斯的概括："因无家可归而在高、宽、深、横等方面乱闯，千万条道路中却没有道路，千万个目的中却没有目的。"这就是所谓异化的感受。列宁死于1924年，卡夫卡也死于1924年，他们是同时代人，他们面对的是同样的时代困境，但是采取的应对方式却完全不同。有意思的是，列宁也提出过一个关于先锋的理论，列宁的先锋队可以和先锋派做个比较。先锋派总体上是一种失败的实践。后来又有一种社会主义现实主义，也是想超越19世纪的批判现实主义，想给出一条出路，一个前景。但是因为非常复杂的原因，导致社会主义现实主义变成一种模式化的创作。但是，它的初衷，的确抓住了批判现实主义的根本问题，仅仅揭示困境、控诉苦难是不够的，还必须揭示一条出路。实际上，这不仅仅是一个文学问题、文化问题，而是整个人类自近代以来的大问题。从19世纪资本主义到达巅峰，到20世纪的战争与革命，这样一波波浪潮当中，人们一直在寻找根本出路。这样，在文学艺术方面也必然会有体现。

王磊：从批判现实主义到现代主义、社会主义现实主义，涉及的是西方乃至整个世界的出路问题。西方有些理论家实际上是把社会主义现实主义，把列宁传统作为现代主义的一个方向来评价的。在他们看来列宁是政治上的先锋，也是艺术上的先锋，就是说从俄苏开始，所谓艺术现代性或审美现代性，有了另一条道路，就是强调文艺积极的社会作用，这和通常所理解的审美现代性的否定性意义是不一样的。在西方，讲审美现代性或现代主义通常只是一种精神抵抗，但没有现实出路，而俄苏的社会主义现实主义摆脱了现代主义对资本主义异化现实的绝对化和神秘化感受，在艺术上、在社会实践上作了第一次尝试。

黄纪苏（中国社会科学院《国际思想评论》杂志社）：问一个问题，关于中国现代主义文学这块儿，在座诸位有谁把上世纪初和上世纪末的情况做过比较？

李云雷（中国艺术研究院马克思主义文艺理论研究所）：现代文学作家很多都受现代主义影响，能举出很多人，包括李金发、艾青等，包括新感觉派那些人，像施蛰存、刘呐鸥等，他们是受到这些思潮影响的，但没有形成有整体性影响的思潮。而在20世纪80年代，我觉得形成了一种具有笼罩性影响的思潮。

陶庆梅（中国社会科学院文学研究所）：我觉得你说的有点太偏颇了。比如说20世纪30年代起左翼也受表现主义的影响，比如像珂勒惠支的版画，也形成了一支强大的力量。现代主义在20世纪三四十年代的面貌其实很复杂的。

李云雷：是对左翼有影响，也对自由主义文学有影响，比如象征派这样的诗歌流派，但没形成整体性的影响。而在20世纪80年代，现代主义是一种意识形态性的、笼罩性的思潮，很多人都被裹挟到这个思潮里。这跟20世纪30年代还不太一样，因为80年代大家都在谈这个话题，好像不谈就是落伍了的感觉。

祝东力：20世纪80年代有一个误解，当时讲四个现代化，以为文学艺术上的现代化就是现代主义。

李云雷：对，袁可嘉有篇文章就叫《现代派与现代化》，当时影响很大。

张慧瑜：20世纪80年代对现代主义的理解是很特殊的。当时把现代主义叫做"现代派"，是指除了社会主义现实主义之外的，西方从19世纪末期的自然主义、象征主义到20世纪的荒诞派、后现代主义等所有文学流派，都统称"现代派"。这种看法来自冷战意识形态，就是说只要是西方的就是非社会主义的，所以80年代既然要向西方看齐，那么作为西方最高级的文艺形态——现代主义，就必然成为中国文学要达到的理想目标。茅盾曾经在50年代写过一本《夜读偶记》的小册子，他把现代主义同样放在从古典文学、现实主义文学到现代文学的线性逻辑中，但他说现代主义并不是现实主义的进步，而是一种倒退，因为现代主义作家固然对西方资本主义制度有所批判，却找不到出路，所以现代主义作家很像夹板中的老鼠，这个比喻现在看很有意思。

刚才王磊提到现代主义80年代再次进入中国，其实在60年代，中国已经出版了那些被称为现代主义经典的作品，以内部参考书的形式，如卡夫卡、加缪、《麦田里的守望者》等，这些内参书"启蒙"了"文革"期间的一代文学青年，很多人是带着这些"西方病毒"开始80年代的文学反叛的，如《今天》群体。

黄纪苏：我是想，你们刚才的一个说法——很多人对现代主义也是这样的印象，就是说现代主义是一种"破"，对现状的不满，但没有一个清晰的前景，不知道未来在哪儿，因此比较颓废，站没站相坐没坐相。但是我想说，中国早期的现代派，例如创造社吧，他们这些人是跟社会主义思潮结合最早的，社会主义在当时是人类的朝阳啊。再就是苏联，苏联刚建国初期的马雅可夫斯基、爱森斯坦什么的，也都把现代主义跟十月革命连在一起。现代主义有颓废的一面，也有更积极、更建设的一面，两种倾向之间有内在联系，都是对资本主义现实的不满。

祝东力：历史上也是这样，像波德莱尔，参加过1848年法国革命，拿枪上街垒；兰波和魏尔伦参加过巴黎公社；还有马雅可夫斯基，也是拥护十月革命和早期苏联。但这些人心性都特别脆弱，只不过革命的同路人而已，后来的结局都不好，像马雅可夫斯基，自杀了。

黄纪苏：文人嘛，多愁善感，生性大都比较脆弱，这还真不分什么主义，基本上全这样。

祝东力：但这不是现代主义的主流。对社会进步，对未来有一个积极阳光的憧憬，这不是现代主义的主流。

黄纪苏：我接触现代主义最早是20世纪70年初期看的《摘译》，应该是人民文学出版社出的，内部的。当时有一个印象特别深的，叫"舰队什么访问"，苏联短篇小说。苏联的一个舰队访问了意大利，将士们参观庞贝遗址，一会儿两千年前，一会儿两千年后，混一块儿了，特别像今天编故事的都爱玩的"穿越"。这跟我们原来看的《苦菜花》《青春之歌》《红旗谱》什么的不太一样，感觉挺新鲜的。

我家过去有间小屋子，小屋子有个小窗子，20世纪70年代末、80年代初那会儿窗外的天空，蓝是蓝、白是白，我经常躺床上看窗外的蓝天白云。记得有一回，沈林到小屋里来，拿了一本忘记是油印还是手抄的北岛的诗，诗里有"这蓝色的斜线"。我问沈林"这是什么呀"？他说"应该就是雨"。"蓝色的斜线"以及"镀金的天空"之类确实很美，很主观——我从小一直觉得南美洲的天空应该是紫色的。其实，这些现代主义的东西跟传统也没什么本质上的不同，跟"毛主席是我们心中的红太阳"，跟"河如刀光马如狗"有多大差别？放在大的时间尺度里，真没多大差别。但不管怎样，我们那会儿不会这么说。同样都是棉纺或混纺布做的裤子，喇叭筒裤跟免裆裤也没多大差别，都是蔽体的、保温的，但一个上紧下松，一个上肥下收，就这点差别对一代人来说就足以标志一个新时代了。

所以我觉得，可能现代主义也没什么太多的新意，文学艺术嘛，基本元素像夸张、比喻、节奏什么的就那些，屈原、李白、苏轼翻来覆去而已。世界进入工业文明、进入现代，是需要一种新的表达方式。但不用现代主义什么的就表达不了吗？我看也未必。当时王蒙的意识流小说，不用意识流就不能思想解放么？其实一样解放。在一定意义上，新的时代登场，需要换身儿新衣服，戴个新徽章，现代艺术可能就是这么个新徽章。新徽章跟旧徽章的区别，也许比我们习惯上以为的要小。

回到20世纪初现代主义和20世纪末现代主义的区别，我的感觉，20世纪初的现代主义理由可能还要更充分一些，因为五千年的路走不下去了，要走新路，新路上的新东西旧口袋装不下，于是需要"新小说"、"新诗歌"、"新学术"、"新戏剧"。就像郭沫若说的，什么租界啦、凡尔赛和约啦、苏维埃啦、买办啦、律师啦，旧体诗里实在摆不下也不好摆，所以要新体诗。而20世纪80、90年代，只是"文革"十年的路走不下去了，还不能说"十七年"的路全走不下去，那些意识流啦、老三论、新三论啦，还有什么"非非主义"、"撒娇诗派"啦，其时代合理性就要差很多，因为实际社会人生的变化跟蔽日遮天的旗帜招牌根本不成比例。20世纪末的现代主义，它所提供的新东西，恐怕要大大少于现代艺术家们自己的估计。就说王蒙的无标点文句吧，有什么好飘飘然的？随便拿本线装书不是都没标点么！

总之，20世纪末的现代主义，我觉得必然性要少于上世纪初，徽章、发型的成分要大于上世纪初。

祝东力：你的意思是说，现代主义是一个偶然的现象，没有必然性。

黄纪苏：在一定程度上，20世纪末这一波的必然性或合理性没20世纪初的那么大。

王焕青（北京服装学院艺术设计学院）：我们从事实践的人往往不太注意理论，偶尔看一点理论书兴许更加重了对理论的不信任。我一直有些偏见，觉得文艺创作不是被理论所指导而是相反，创作为理论提供了某种依据。敏感的理论家会从作品里捕捉一些蛛丝马迹，提炼出或归纳出某些认识的逻辑。所以我比较喜欢苏珊·桑塔格关于"新感受力"的提法，她其实是从欣赏作品的角度提醒人们，你手里那把经典的尺子不一定能衡量一切，尺子不能衡量重量是不是？也不能检测咱们现在开会的这间屋子的空气质量吧？用心，而不是想当然地去评价我们经验之外的作品极其重要，这也是这么多年我看不上国内美术界搞批评的那帮人的主要原因。我在20世纪80年代就被看作是所谓先锋派，我和两位朋友的"事迹"被很多人弄进书里，但是，他们看不懂我们的意义，仅仅当成"八五美术"运动的边角料做点缀。我不是抱怨，我是说很久以来的现代主义文艺思潮并没有解决我们的眼力和心灵的问题。

接着，我想提另外一个问题，我是想说，现代主义它是一个太笼统的一种归纳。我同意刚才东力发言当中谈到"创新职能"的观点，我是这么理解的，打个比方，很多艺术是平面化的，这种层面的艺术，就是很多人可以亲近它，因为你走进去非常容易，比如写实主义作品，不管是绘画还是小说，你不需要复杂的知识准备，只要认字就能读《红楼梦》，长眼就能看明白画的是什么。今天的流行歌曲、电影这些通俗形式，都是平面化的文艺，它和欣赏者之间没有坡度，只要有闲情逸致就够了。但是，现代主义艺术产生以来，我们会发现这个坡道就开始有了，比如19世纪，印象派绘画的出现，和法国当时平面性的——我指的是充斥官方沙龙的那种写实主义的陈词滥调之间就形成了一种坡度，构成一种认识的坎坷。当时大多数人不能从习惯里自拨，也就不能认识这种绘画，理论家也没准备，看不出门道，当然会再三贬低他们看不上的玩意儿。但是，也就几十年工夫，就在那批画家还没死绝的时候，他们的意义就已经开始被放大了。莫奈晚年的门外，就开始聚集来朝圣的画家，去找他曾经画的小水坑、罂粟田什么的。说明这个坡度有限，路也不算过分坎坷，稍有一些认识新事物的兴趣，就能欣赏。然后是梵·高、塞尚他们那一拨，起初被漠视，二三十年后被看好，而且在欧洲构成了比如说对象征主义、对表现主义的深刻影响。

事实上当时那个小坡道，对旧有的艺术欣赏习惯并不算像样的难度，甚至都不用颠覆审美的心灵桎梏，只要对原有的艺术趣味、原有的美学稍做调整就能看出它的有趣之处。但是，到了20世纪，我觉得这个坡度变得越来越陡，有些东西，甚至已经变成立面的艺术。比如我举一个画家的例子，蒙德里安，大家都特别熟悉，就是画格子的那个人。一战的时候，他被困在中立国荷兰，在1914年到1919年创作了一批重要作品，那些东西在喜欢塞尚和梵·高的人眼里也应该算是不可识别之物了。因为他悖谬于人们对美术的理解，但是他有限的几位朋友，比如一些建筑设计师、一些平面设计师，还有一些画家，就认为他的这种东西包含了有待认识的因素，隐约意识到他提供了面对工业化现实的、不同于从前的认识维度。他重新以数学之美为艺术、为建筑、为设计筹划了基本起点。在实用设计这个领域的重新出发，从蒙德里安那儿开始，有了新的思想工具，不是在繁琐现成的知识上叠房架屋，而是在根源上就谦虚地面对新的事物和材料。

接下来像大家都熟悉的，荷兰风格派在20年代初，深刻影响了德国的包豪斯学校，接下来像多米诺骨牌一样，直到决定了我们今天开会的这座房子的样子。也许不止于一个蒙德里安，我想说的是，在一种特殊艺术形式出现，人们毫无准备的时候，就习惯把它视为异类，反感和警惕大于善意的质疑和了解，它就变成了一个立面的存在。今天谁都会同意蒙德里安是平面化的艺术家，这是因为你身处的这个世界有太多的事实，也就是建筑、实用设计的诱导和驯化，使你屈服于这个结果，只不过一旦面对他的作品，你还是会觉得空洞无物、简陋粗糙。这也变相地说明虽然老早就有人说"苟日新，日日新，又日新"，但落实到具体情境仍不过是一种愿望，在审美层面我们其实非常叶公好龙。

现代艺术闯入我们的生活以来，在对时间和空间、对人自身的认识上，有了太多的途径，因为艺术作为人的产物，它从来都不可能脱离不同领域的新发现和新成果，尤其是自然科学和哲学的成果。艺术家在创作时很善于面对这些资源想入非非、断章取义。这就使艺术在现代主义历程里变成一种知识的大杂烩，所以有时候我们面对一种古怪的玩意当然反感且很不情愿认真看待它，这也是我听到不少很有学问的人在议论当代艺术的时候感到很隔膜的原因之一。在这种局面下，艺术不仅有立面的存在，也会有顶面和空中的存在，因为它的确需要一点平面之外的知识。

其实在今天，有一些像是飞翔着的艺术，如果我们只喜欢牢固的、旧有的经验，其实就已经被牢牢钉在地上，很难把鸟和苍蝇看作同类。就像珠穆朗玛峰只留给个别人，只有做特殊准备才能上去。在那个高度缺氧的地方能够生存，世界在他心里一定是另一种感觉，这也是精神生活为什么差异巨大的原因。道不同，不相为谋，在我看来是在讲一种心灵桎梏。在日常的文艺生活中，一旦它转化成一种艺术制度，就会党同伐异，会从感觉层面有严重的不适应甚至反感。实际上在整个先锋艺术发生、发展的过程中，就是在拓展人们对艺术的理解，拓展艺术和人的关系以及艺术和社会的关系。在原先那种简单的，在消遣和一般化的功能之外，增加了不同的内容。

我的另一个问题是：真正的、有意义的先锋性作品出现的时候，它能被人真正识别吗？我以纪苏作为例子，他是我眼中少见的先锋艺术家。小陶曾经跟我讲过她的观点，她说什么叫先锋？先锋就是和社会主流的东西构成一种紧张关系。我同意她的看法，其实纪苏的戏剧，真的远远超出了以往中国的戏剧习惯，他是要拿这种媒介去做激烈的思想表达，而且他创造的形式也不是旧有的戏剧所能归纳的，这种涨破了旧体系的作品，在世界范围内都应该是杰出的先锋艺术作品，但是，在思想界有激烈反响的时候，戏剧界却基本上保持了缄默。东力和陶子他们从社会思想的角度写过很有力度的文章，但我一直期待有人能从艺术作品的角度来识别它，坦率地说，我一个都没碰到，我真的对中国的艺术界严重失望。一个极有意义和价值的东西出现了，我们是不是能正确理解和对待它，然后把它放大？因为这种东西一旦放大，才是作者真正的意图。就是他的某种理念催生出一种尖锐的形式，恰当的阐释会为作品和普通观众建立起幽会的小花园，没了这个环节，有意义的作品和那些无聊的东西就常常被混为一谈。

另一个极端的例子是杜尚的小便池，过度的阐释能把随便的事情变成传说和神话。因为按杜尚自己的说法，那个小便池根本就没有形成事实，当初他是想弄这么个东西来恶作剧。他和几个哥们组织了一个展览，他问一个负责的哥们，就像我问纪苏，说我弄一这个，你觉得行吗？那人看了两眼，说你瞎扯！就拿脚踢展壁后边儿去了，这个小便池根本就没出现在展览上。当杜尚被美国人挖出来，抬到神龛里开始再造他的神话史的时候，就把这件东西放大到了无以复加的地步。但是，实际上我想说的还是识别的问题。在当时，连杜尚自己包括他身边的朋友都不具有识别这个东西的能力。我老婆在教育我儿子的时候说过一句非常哲学的话，她说："你别说了，记着，以后别解释你还没意识到的问题！"对艺术作品意义的理解，也起码得从你意识到它的价值开始。杜尚的小便池，说到底不过是当时欧洲人建立的那套清规戒律不符合美国人的心思。后来的事情就不用说了，已经被说上天了，于是美国艺术取代了欧洲艺术，成了世界主流。我就想问，当时理论家干嘛去了？是不是作品引导着人的认识呢？小便池不仅不是个平面，简直就是一个深不见底的坑，到现在还有很多艺术家陷在里面爬不出来。

还有个例子，是我这两天正在经历的一件事情。我在中央美院做了一个展览，就是把我的作品布置在一个展厅里，他们建筑学院的学生，用三周的时间在这个展厅里去研究这些东西。他们可以用写实或任何非常规的方式来画，也可以依据这些展品去创作。三周之后，他们以我的作品为素材或起点的作业将在另一个展厅展出，形成一种对照。策划这个教学和展览方式的王兵，遇到了很多困难，他们建筑学院一帮老师每天要面对一堆麻烦，因为从前的教学是常规的、安全的、已知的，现在他们把学生带到未知的局面里来了。这是一种离经叛道。当然我高兴了，这种介入式的互动展览对学生的影响是显而易见的。可是当我带一些画画儿的朋友去看，只有极个别的人指出这种做法潜在的意义，大多数草草瞥上几眼，无非是哎呦你这个画挂这儿好看或不好看。他们用相当肤浅和外行的眼睛来看待这件事。其实我想说，这就是一种具有先锋性的东西，因为以前从没有一个艺术家的作品，在大学的课堂里把其整体交给学生作为研究的对象来形成作业，这在某种意义上说是对传统教学的一种破坏。在这个意义上，我同意刚才纪苏说的，先锋艺术有时候是"破"字当头。

陶庆梅： 焕青提出的第一个问题可以结合祝老师刚才谈到的，创新对艺术来说的必要性是如何建立起来的？创新，成为艺术，不说唯一的，也是非常重要的一个标准，这是一个非常重要的艺术史的问题。为什么会这样？为什么艺术可以剥离开其他领域的需要？为什么会这样？

祝东力： 我刚才是说，其他职能被通俗文艺之类的分担了，留给它本身的职能的越来越少。

王焕青： 东力说的分担，我一部分同意，也有一部分不同意。我是觉得人对自己的处境有特殊的感受，用常规的媒介不见得能充分地把它传达出来，现代主义以来，艺术家好像已经乐于也勇于去鼓捣适合自己的东西。刚才我还真不太同意你念的那个韩国人对卡夫卡的那种看法，因为我觉得要求艺术家指出人类发展道路的看法实在是一种苛求。如果能非常有想象力地把人类处境中糟糕的秘密揭示出来并且让大家有通感，就已经很了不起了。

陶庆梅： 还有一个问题想问黄老师，你刚才问的问题是说现代主义的表述方式和传统的表述没什么根本不同。但我觉得，你在这么说的时候是不是后面隐含着要回答另一个问题：就是在20世纪80年代，为什么大家都认为必须要用现代主义的表述方式？

黄纪苏： 其实我就想比较一下，一方面是中国"文革"之后、20世纪80年代之后的社会变迁与现代主义的关系，另一方面是近代以来，那个"三千年未有之大变局"和现代主义的关系。当然这里所说的"现代主义"都是广义的。

祝东力： 我接着焕青说两点，焕青讲的第一个方面，从平面到立面……

王焕青： 我那只是一个比喻。

祝东力： 对，那个比喻挺贴切，我觉得是对纪苏刚才那个问题的回答，就是说，先锋艺术到底是偶然的还是必然的？我觉得是一个必然现象，比如说到了现代社会，那种两倍于音速飞行的经验，是传统社会完全没有的。这是从人类的经验上讲，就是刚才焕青说的，经验的转译问题，确实需要一种新的形式，这是一个方面。再一个方面就是，到19世纪中叶，传统艺术已经达到了极致，比如写实主义的文学和美术，可以穷形尽相地来描绘人类生活。那么后来的那些天才艺术家，他觉得传统艺术里好像没他的空间了，如果还在传统空间里打转，他只能做达·芬奇、米开朗基罗的好学生。经验内容上的"新"和艺术形式上的"破"，这两方面的要求，就推动了现代主义运动。但是，也是以黄纪苏为例，包括他的《切·格瓦拉》，之前的《一个无政府主义者的意外死亡》，还有《我们走在大路上》，他确实很先锋，形式上先锋，思维上也很先锋。但是他的戏，不论是剧本还是舞台呈现，基本上没有障碍，不存在那个立面。比如《切·格瓦拉》演出时，上座率120%，过道台阶上都坐满了观众，从高中生到80多岁老人。他们看戏，不需要什么知识准备，他们没什么戏剧艺术、先锋艺术的知识。

所以，这种创新、探索、实验也有一个成功不成功的问题，并不是说只要实验、探索、创新了，社会就必须承认。纪苏的戏，好就好在，他提供了全新的形式，大家在思想上和艺术感受上，得到了非常新的体验，但是接受起来没有困难。

王焕青：这我同意，但这只能表明纪苏有他的特质。他是很奇怪的现象，一直以来他就很反感现代主义，但他的创作其实很现代主义。我觉得他是反感那个标签和姿势，反感那些滥竽充数的东西。在他写戏的时候，虽然用了一些中国传统的元素和手法，但总体上是在现代主义框架内的先锋性作品。只是他没有把来看戏的人当做不存在的东西，有心情去跟他们交流，所以作品里有的部分像刀子，有的像炸药，有的像焰火，这些部分就是他和观众之间的栈道和桥梁。其实我觉得，他的戏在很多人眼里，充其量，也就是某个晚上的一场焰火。

陶庆梅：我想最好不要用黄纪苏的作品做例子。倒不是说因为他在这儿，而是在我们今天讨论的现代主义的脉络当中，黄纪苏的作品不太具有代表性，他太特别了。

王磊：王老师刚才对艺术发展存在一个从缓坡到陡然变化这样一个过程的描述，很清晰，他实际上是在探讨艺术发展从量变到质变的一个临界点问题。如果按照您刚才的描述，那印象派，以及后来的塞尚、高更、梵·高应该不属于典型的现代主义或先锋派，我可以这样理解吧。

如果这个理解是对的，您说这个发展过程在20世纪初突然有一个陡然变化，这也基本符合艺术史对现代主义产生的时间界定，大约是在1910年左右，也就是在这个点，所谓的现代主义获得了本质的规定性。

祝东力：这个规定性是什么？实际上，就是颠覆日常经验、日常思维是吧？

王磊：对，就是有一个突破，就是刚才说的"陡坡"问题，有了一个质的变化，往往当这种艺术形态出现的时候，一般人可能不太容易理解，包括我们这个时代，对有些艺术作品，为什么就没有人能正确理解它们？我觉得这个问题能引申出一个和今天探讨的主题有关的更根本的话题——对一个新的艺术形式，或者一种新的审美经验，能不能去理解，什么时候才能理解，可能不是一个简单的大众和精英的问题，或者有无特殊准备和感受力的问题，还包含更深层的问题。艺术家可能会从感性层面去表达某些东西，但是他们可能意识不到，在艺术层面之外，还有更深层次的文化的、政治的和社会的因素，所以关于艺术发生质变的真正原因还得在现实生活当中那些复杂的社会关系中去挖掘。

黄纪苏：我就着大家刚才说的艺术"共通点"问题谈谈，原来的艺术的"平面"，实际上是具有普遍共通性的，而"陡面"甚至"立面"，那就基本上没什么共通性了，就是特别少数人的游戏。

传统艺术有一个长处，那就是传统艺术是在观——演、读——写的长期互动中形成的一套稳定的符号系统，表达方和接收方遵循共同的语法，默契配合，有很强的共通性。什么脸谱啦、水袖啦、典故啦、用词啦，是啥意思就是啥意思。当然了，"诗无达诂"，误读的情况也有，但远远少于我们对现代艺术的误读。对现代艺术，有时候说"误读"都勉强，我们甚至实在不知道该拿它干嘛。废名曾说过，写旧体诗哪怕意思陈腐，也很容易写得像诗。新体诗要没点诗意，就什么都不是。的确是这样，旧体诗的绝大多数形式构件经过千百年的流行，美轮美奂，而且标准化程度非常高，多生僻的典故，只要你戴上老花镜去查，都能查到"正解"。一个人用旧体诗创作，几乎相当于从超市买宫保鸡丁、糖醋里脊的半成品，回来搁锅里扒拉两下就能上桌了。旧体诗做到后来，光靠集前人的成句，就能集出洋洋洒洒的长诗。当然集好了也不容易，知识和天赋少一样都不行。而现代诗因为历史短浅，形式构件如文辞、音律什么的一穷二白，看着跟棚户区似的，除非访贫问苦，实在没什么好观光的。如果诗意再不行，下场只能或是直接扔垃圾，或是像"梨花体"，戏弄完了再扔。在这种情况下，现代诗只好孤注一掷，跟意象玩命了。由于千军万马都来挤意象这根独木桥，造成过度竞争、过度经营，势必把意象经营得跟密电码或地外生命似的，结果就更没共通性，更脱离广大读者了。

从好的方面说，现代主义或先锋艺术家要为这个时代、也为自己个人的独特感受找到新的、不同以往的表达方式。这个出发点当然没错，但途径有问题，没有处理好跟传统的关系，想彻底推倒重来，结果美学上丧失了共通性，越走路越窄，已经走成外国诗歌节扶持的"非遗"了。艺术的"常"与"破"的最佳关系应该是若即若离、即源即流、是也不是，能兼顾公共性、共通性，同时又能照顾到个性、独创性。流行歌曲虽然鱼目混珠，什么都有，但其中好的歌词就能比较好地掌握这种平衡——现当代诗歌史不把流行歌曲包括进去，真是岂有此理。现代主义文艺要自己立规矩，抛弃了大家都熟悉的舞台而另辟场子，风险的确实在太大了，弄好了什么都是，弄不好什么都不是。极少数什么都是，绝大多数什么都不是。像焕青刚才讲的艺术的"平面"、"立面"问题，其中的"立面"接近攀岩，属于艺术敢死队自己立规矩、开辟自家场子的事业。这种"立面艺术"不同于满街的寻常男女，更接近变性人。有一位变性人，据说手术就做了9次，这还是男变女，要是女变男，艰难险阻就更大了。理解现代艺术家，就像焕青说的，需要特殊的准备。因为这是推倒重来，我们也只能从头学起。这样的现代艺术成本太高，跟现代生活的快节奏、满信息、一次性的特点背道而驰，这是现代艺术自身的悖论。艺术的现代性和公共性、共通性始终是势不两立，不共戴天。听听沈林说吧，他一直在国外观摩现代艺术。

沈林（中央戏剧学院戏文系）：咱们国内讲现代主义、现代派的时候，我就没在。

黄纪苏：沈林整个20世纪80年代都在国外。

沈林：对，真是不太了解，而且出去之后，和现代主义表面近了，其实也很远。我学的是16、17世纪戏剧，学校对面就是伯明瀚学派的那个著名的文化研究所，雷蒙·威廉斯他们就在那里，天天说我们是传统文艺的巴士底狱。

黄纪苏：干脆围一圈铁丝网，把你们围里头劳动改造得了。

沈林：有些东西，回来以后，发现大家议论多，就关注了。在英国学校刚好有上海戏剧学院的同学，他就搞现代派，我的经验实在说也限于戏剧，就这也不是很清楚，看到什么就是什么。但是这同学搞了一套现代派戏剧选，迄今为止也就这套立得住了。这个体系是谁建的呢？是根据一本美国大学教材，现在教材也翻译了，就是《现代戏剧的理论与实践》。其实国人对现代派戏剧的认识基础可能就是这两本给奠定的。

国内谈现代派戏剧，谈的最多的就是荒诞派。而《荒诞派戏剧》虽只翻了大半本，但咱们相关实践活动还蛮热闹的。我们现代派的说法是从什么时候开始的呢？应该从荒诞派戏剧开始，国内对荒诞派有兴趣，要请荒诞派的人物来，这本书的作者艾斯林就来了。有朋友觉得这本书很差，也不是没有道理。老头见多识广，又是现代导演之父莱因哈特的弟子。他受的实际是传统教育，不是先锋艺术家，是逃脱纳粹迫害到的英国，后在BBC广播剧部工作，因此熟悉了一批新剧作家，比如品特就是他发现和推介的。他把这些人拢到一起，总结一些共同点，命名为荒诞派。这些共同点应该说，第一是不符合约定俗成的戏剧标准，第二是东力刚开始就卡夫卡说到的那个荒诞问题，他挑的作家基本上符合这标准。只不过现在看来也有不符合的，符合的都是那些认为世界不可理喻，语言无从表达，后来被称为后现代的那一路数的。但到后面他也做了扩充，把迪伦马特等人，一些存在主义者、马克思主义者，以及布莱希特的追随者都囊括了进来。我问他：你自己特别讲到马克思主义者泰南和荒诞派代表尤涅斯库的笔战，那你怎么可以把受马克思主义影响的一路也归纳到荒诞派？老先生不高兴了，说那你自己写一本好了。我回答说，我并没说我对，你可以接着说。所以我第一个感受，荒诞派也好、现代派也好，具体作家要具体分析，很难概括，不要囊括。第二个感觉就是我们对当时那些现代派的认识，更多是出于我们自己的需要。孟京辉当年是非常喜欢梅耶荷德的，可我们学院体制中谈梅耶荷德，好像很少谈他当时的处境，很少谈历史上的梅耶荷德。梅耶荷德的先锋精神的最突出表现是他投身十月革命，十月革命该是最先锋的事情对吧？人民教育委员会召集文艺界开会，据说只来了两个：马雅可夫斯基和梅耶荷德，这两个都可以说是最先锋的。今天一说梅耶荷德就是有机造型术，这个很专业的词汇其实不难理解，但是我们不大注意他的作品。他最重要的作品是纪念十月革命的《黎明》，宣告了苏联先锋派艺术的新纪元，演出结合十月革命的风云变幻，是史上第一个活报剧，也是今天"文献剧"的先声。戏剧移植了比利时作家艾赫·哈亨的长诗《黎明》，那首诗在帝国主义黑暗时代憧憬未来，但以悲剧结束。梅耶荷德把这个乌托邦长诗和当时的十月革命有机衔接，在十月革命一周年演出，给了它一个英雄主义的现在和乐观的未来。但是我们国内谈先锋派的人很少愿意谈这些。

他的活报剧后来影响了皮斯卡托。翻翻刚才说的那本教科书，就知道他是表现主义的一个祖师爷，作为德共宣传员和纳粹在街头打斗，他搞过题为《拉斯普金》的一个文献剧，回顾十月革命，鼓吹世界革命。这个传统在欧洲继承下来了，可咱们国内很少谈，也不愿意谈。

黄纪苏：沈林我问你一个问题，社会主义国家刚成立的时候是这样，现代主义什么的都能跟着百花齐放，但到了后来，斯大林时期呢，还是这样么？

沈林：对，这是大家都喜欢谈的。确实是有这个问题，但是谈的时候常常会这样说：瞧现实主义后来就成了社会主义现实主义了了，这社会主义现实主义就和斯大林主义沆瀣一气了。我没有深研究，也的确应该研究一下这个转变是怎么产生的。但是慢慢的，常常一提这个，就把现代主义和社会主义现实主义对立起来，进而又常常抹煞现代主义在开始的时候所具有的乌托邦式的理想主义，避而不谈现代主义直接干预政治的特点。我们国内戏剧界基本就是这么个基调，可能不完全是刻意，而是自身思想倾向和阅读面有限造成的。

举个简单例子，谁都知道戏剧界爱谈三大体系：梅兰芳、斯坦尼、布莱希特。当时西方舞台上的很多现代派人物都试图摆脱现实主义的束缚，梅兰芳的到来使得当时俄国戏剧现代派可以有一个话题，谈所谓恢复剧场的剧场性。但我们忘记了在这次梅兰芳访问莫斯科的时候，在场的许多重要人物不是我们想象的唯美的、纯形式的艺术家，而是爱森斯坦、塔伊罗夫这样一批怀有社会主义理想的艺术家，其中就有《怒吼吧，中国！》的作者铁捷克——那可是20世纪二三十年代演遍全世界的现代派巨作。1924年6月22日，时在北京大学讲授俄苏文学的铁捷克，见证了在长江畔万县英国军舰对平民的暴行，义愤填膺，旋即写成剧本《金虫号》，并立即转给了无产阶级剧院的爱森斯坦，不久由梅耶荷德更名为《怒吼吧，中国！》，于1926年1月23日在梅耶荷德剧院公演。1930年，梅耶荷德率《怒吼吧，中国！》赴柏林，铁捷克与布莱希特相遇。布莱希特和本雅明都认为，铁捷克以事实为准绳的编剧原则不仅反映真实，而且还改变现实，不仅是"报道"，还是"斗争"。徐懋庸洞察了后被称作史诗剧编剧法的行动力之后这样写道："是的，这是事实，这是我们见惯的事实；这是特征，但这是被我们忽视的特征。这对于事实的见惯和对于特征的忽视，可以解释为什么这样的戏剧的作者是俄国人而不是中国人……革命文学、民族文学我们有是有的，但……若问革命和民族运动，则老是'云深不知处'。这戏剧却将'怒吼的是谁'，'怎么怒吼起来的？'这真实告诉我们了。"现代派的这些历史我们很少谈，很快就忘掉了。其实我倒不在乎现代派艺术家后来是不是革命者，重要的是很多艺术家都有过这种情怀。他们所创作的是啥样子的形式，和这种情怀难道没有关系？我觉得确实有关系。咱们好像认为包豪斯就是纯粹工艺传统，其实背后还有"新村"的概念，新村后面是"新人"的乌托邦向往。建筑家豪亥和莱特一样重要，我在巴塞罗那看到过他的一个设计作品，唯美，玩空间，这也就是今天大家对他的认识了。但是谁想到他曾设计过斯巴达克团纪念碑，纳粹一上台就专门派人给炸毁。"新村"和"新人"的这一面，我们现在很少谈，因此特别容易把现代派简单化甚至扭曲为：一定不仅要非写实，而且必须得是无关乎现实。这一点特别糟糕，是个巨大的谬论。对于当下中国艺术界，理解西方先锋艺术家的背景，我觉得更有用，能帮助我们避免望文生义，也可以给我们提供资源。

我们当年搞戏剧实践的时候，还是受过以上说到的这些现代派的影响的，刚才我说的这几个人，你叫他表现主义也好，或者其他什么主义都不要紧，关键是他们关注的事情和他们对世界的看法。对这些人和他们的传人，其实西方现在也是冷落的。像英国的利托沃德是公认的现代派戏剧的一位祖母，但官方一直刻意漠视。在老太太80多岁时，业界给她了个终身成就奖，老太太特意灌了威士忌，一上台就破口大骂，控诉当代欧洲这种无耻的政治迫害。

老太太的一位弟子，如今已然大师的法国的姆努什金，曾经执导过《1789》，从《洪水中的鼓手》之后开始反华。不管她的政治立场怎么摇摆，但始终离不开意识形态。

就是荒诞派本身可能也有自己没意识到的历史感。几年前看过一个欧洲很受捧的独角戏，堆满日常用品的小房间里，一个女屌丝向观众倾诉她对"荒诞"的感受，不时破口大骂，痛经了骂，牛奶馊了骂，骂够了就是支离破碎的童年回忆：红领巾、团体操、父亲的教导，以后就是当今欧洲自由之声的广播、政客的废话套话，最后一句话就是"fuck 欧罗巴"。凌乱又鲜活，有效果又不唯美。后来借罗马尼亚新片子看，其中德国人搞的罗马尼亚政变纪录片，怎么看怎么像荒诞剧。罗马尼亚新拍故事片虽然不是刚才说的屌丝剧一路，但本质还是骂街：政权更换后普通人民生活的穷困，类似我们改革开放初期经历的留洋热、出国潮什么的。我查了一下荒诞派戏剧最重要的代表也是来自罗马尼亚的尤涅斯库，发现他写作时的背景和这个女屌丝写作的背景几乎一样：二战结束，罗马尼亚作为德国附庸承受了战败痛苦，人民流离失所，没工作，作者为谋生想到美军基地去端茶倒水，就学英语，弄一套"林格风"读，越学越痛苦、越觉可笑。这边自己生活如此困顿，那边斯密斯先生一家几个孩子，几条狗，种了苹果又种梨，花园还阳光灿烂。这就觉出了荒诞，写入剧本里，台词很多就是林格风来的。我们当时没想到，这么荒诞的戏居然有这么现实的背景。

不了解这些，就会搞出一些让人哭笑不得的东西来。收到过投稿和论文，谈表现主义戏剧和中国的模仿者，批评中国模仿者喊标语口号，这也太雷人了吧。表现主义本来就爱喊标语口号，本来就满台符号："资本家""军阀""工人""妓女"，本来就没今天我们必备的什么"人性"。这类文章有个调子：中国左翼文学路子走歪了，你谈主义，所以你就堕入了意识形态的地狱，真是压根没面对研究材料就能得出这样的结论，是不是太雷人了，不谈立场，起码的学术素质都不具备。现代派戏剧确实有很独特和有力的形式，但是如果搞不清楚这种独特和有力是怎么来的，是不会搞清楚现代派的形式问题的。是不是作家新的社会生活体验催促他们寻找新的表达方式？比如，未来主义的表现方式是新的工业化社会生活带来的，绝不是生造出来的。

我有时怀疑是因为自己不懂所以胡说，但确实就有那种现代派艺术，实在搞不清到底是真的高妙还是故做高深。故做高深固然对有些人是有用的，但也可能是文艺屌丝不满现状，需要排泄情绪。你们那儿玩麻将，我掀桌子，让你们没法摸碰杠胡，我搅局，咱们得重新开局。当然费尽心思强出头，刻意求新求变的也有，还有一类可能就是上面那样：我怕谁，我就砸你场子了，我就先锋戏剧了。

黄纪苏：我不太了解美术界的情况，现代主义戏剧的确有砸场子的功能。过去年代夜里排队挂号或买球票，原本先来后到排好好的，忽然来一"大喇叭"、"牛屁股"什么的，强行要求重排，重发号！大家看他五大三粗，后脖埂子肉一层层的不好惹，排后面的再一拥护，"革命"就成功了。戏剧界的现代主义和传统写实主义大概也是这么个关系。原来资源都在写实主义戏剧那边，孟京辉他们冲过来，又是拉电闸、又是掀翻牌桌，如今已经把戏剧资源，包括审美定义权、年轻观众群什么的都争取过去了好多。当然除了这个社会学因素，肯定也还有其它因素。

卢燕娟（首都师范大学文学院）：我想我们今天讨论的现代主义，其实应该包含着两个层次：第一，它应该是现代生活经验的产物；第二，它也是一种文化政治策略。

先说现代生活经验的产物。我比较同意沈老师的话，所有的艺术形式背后，一定都会沉淀着意识形态，会沉淀着置身于历史当中的人们的生活经验。现代艺术的产生，至少是在两个历史意识已经建立起来的前提下。这两个历史意识，一个是现代时间观念的产生，决定了"新"和"旧"变成一种价值区分。传统的那种循环的、圆形的、基督教的时间意识崩溃之后，直线矢量时间成为新的历史意识。它的直接后果，就是"新"和"旧"变成一种价值区分，而不是一种客观状态的区别。在传统观念中，"新"和"旧"是没有价值等级的，"新"并不一定与进步、正义等正面价值判断相联系。第二个历史意识，是"新"、"旧"成为价值标准，改变了现代人对自己生活和整个世界的认识方式。传统的、稳定的、治乱循环又生生不息的世界结构和生活方式一去不复返，时间一往无前，人的生活和整个世界都不断被往后抛，处在一种方生方死的状态中，刚产生就过时，就被淘汰。所以，现代世界和现代生活往往呈现为一个不断破碎、不断消耗而没有稳定感的体验。正是在这样的历史和生活经验之上，现代艺术的颓废、断裂、破碎和荒诞，都有它们产生的历史必然性，或者叫现实生活经验基础。因此，我觉得并不能说，现代艺术只是一个符号标志或一个形式。

也是从这一点出发，我们更容易理解，西方很多提倡现代主义的人为什么被划到左翼阵营。我想可能是因为他们总是追求表达和自己的社会环境相紧张、不和谐的生活体验，也就是说，所传达的基本是对外部世界的否定性认识。因为他们置身于整个西方资本主义的兴起、发展、繁荣和扩张的过程中，所以这种否定性经验、这种不认同现存世界的表达方式，也就指向对资本主义的反抗。但如果要将这种反抗说成"批判"，是要打一个折扣的。根本原因，在于单纯经验层面的渲染，无法成为一种真正的、有力度和深度的批判。批判，需要有一个整体性的视野，对一整套结构进行高度理性的认识和反思，这是沉溺于个体经验的艺术家无法达到的。但无论如何，在这样的导向之下，西方现代主义艺术有效传达出现代资本主义对人和世界的破坏，这是值得肯定的。

具体到现代派进入中国的情况，也就是黄老师提出的问题，是否可以把20世纪30年代和80年代以来的现代艺术做个比较。从整个中国现代历史发生过程说，20世纪30年代的现代艺术与西方现代艺术有本质区别。西方现代主义源于自身历史进程中宗教传统崩溃的历史经验，而中国20世纪30年代的现代艺术，首先是与现代中国的被殖民历史一起发生的，它不是一个从自己传统中自然而然进入现代历史的文化体验，而是一个被西方侵入而强行中断的历史经验。所以在20世纪30年代出现的那些可共享的现代经验里面，不管是新感觉派或李金发、张爱玲，会更多呈现出面对一个突然到来的现代世界的那种茫然无措，而且这种茫然无措里面总隐含着屈辱、愤怒等被侵略民族的整体情绪。他们的颓废、破碎和幻灭，更多带有19世纪弱小民族的被殖民记忆。也正是在这一点上，中国20世纪30年代的现代主义，有效地传达出整个民族的历史经验，是一种有内容、有历史感的现代主义。

那么到了20世纪80年代，其实现代主义是更多地从现代生活经验的表达方式之一，变成了一种文化政治策略。具体说，20世纪80年代的现代主义，移植了西方现代派那种否定性和反抗性，但是把反抗对象置换成国家和具有整体性的宏大历史 —— 主要是现代中国革命的历史等概念 —— 在很多人那里，这几个概念是不作区分地被通用的。而就其所传达的时代经验的有效性来说，并未真的超越现实主义艺术。这一点构成了20世纪80年代现代派和20世纪30年代现代派的重要区分。

回到今天，我比较关心的是这样两个问题。

第一，今天的中国，存在着很多需要表达、反思的问题，这些问题很大程度上确实产生于资本主义变成一个全球性制度这一历史进程，而现代派艺术最早产生于对资本主义压迫性力量的反抗中，虽然这种反抗显得无力且无效。但是今天，资本主义几成普世价值，"享受"资本主义比"反抗"资本主义更流行，现代主义产生之初的那种反抗性，是否有可能在新的时代产生新的有效性？

第二，中国的现代历史进程毕竟和西方有本质区别，我们不仅有被殖民的历史记忆，也有社会主义革命和实践的历史记忆。这些历史产生了独特的文化实践和遗产，中国是否可能从中产生一种超越性？在现代派的反抗的、否定性的体验和表达之外，产生一种指向未来的、建设性的文化实践？

陶庆梅：我不太从纯理论的研究出发，而是偏重于当代戏剧史研究，把理论问题置于历史层面来考虑。刚才沈林老师发言，可以说重构了现代主义戏剧的图景 —— 他其实是把现代主义的乌托邦带了进来，而中国戏剧界对现代主义戏剧的接受，恰恰表现出想彻底把现代主义戏剧背后的乌托邦打掉这么一个过程：现代主义在意识形态上是被用来对抗社会主义的文艺思潮，这成了默认的前提。

在做当代小剧场戏剧研究的时候，我一直没处理好20世纪80年代的现代主义接受问题。而我个人对于现代主义，或者所谓的先锋派，态度是矛盾的。一方面，我对中国对现代主义的接受非常不满；另一方面，现代主义，或用另一个词，先锋派，至今也仍然是个"好词"。我曾参与写一部谈亚洲先锋派的英文书，负责写中国大陆部分。我知道 Avant garde 这个概念在西方主流的意义，迄今还是个"好词"，所以我会用这个词来重新梳理20世纪90年代以来的中国戏剧，我要把我认为在当代戏剧创作中一些有意思的、有趣的东西告诉他们。我是对"先锋"重新定义，希望在和西方主流戏剧界对话的时候，能把一些新的创造带进来。这就是刚才焕青讲到的"紧张" —— 与"体制"的紧张。当然，"体制"有不同层面。首先，我比较唯物，会把戏剧的生产机制作为"体制"的最重要部分。其次还有意识形态和政治。再往下还有美学。当然这三个层面是无法截然分开的。

生产机制用黄老师的话说，就是资源，资源从哪来？尤其是戏剧，戏剧没有钱、没有人、没有地方是做不出来的。在中国，还牵扯到有没有演出许可，没有的话都上演不了。这个生产机制是非常硬的规定，当然这个体制一直在变。比如原来的硬约束是院团，只有在院团里才可能生存、搞创作，在院团以外不可能进行艺术生产。但是到了20世纪90年代，尤其到了21世纪以后，文化市场、戏剧市场都开始出现，只要是有演出资质的文化公司，就可能拿到演出证。这个约束条件不断在变。像20世纪90年代牟森基本是在体制外，但他有另一套机制，即国际戏剧节的机制。国际艺术节给他投资，购买他的产品，他去巡演，按照这样一个体制进行运作。2000年前后，孟京辉把市场引进来，他在一个模糊的区域，和市场的力量结合，市场的力量还真在原来那个生产机制外另立了一套机制，他的作品也就变成了主流。黄老师他们2000年做格瓦拉的时候，其实想在生产机制上做个突破，他们要"集体创作"，但是昙花一现。包括后来做《我们走在大路上》，资本与创作方都不太以营利为目的，更不具有代表性。像你们这样的组合，是不太可能重复的。但我还是较乐观地认为，在这套商业生产机制中，还是会看到一些新的现象，比如像新工人艺术团这样的 —— 我们暂且称之为公民社会自发组织的形式吧。他们自己演，不为利益，为的是争取这一团体的权益。我把这种在不同生产机制中对主流机制作出对抗的艺术实践，称之为先锋派。

体制的第二个方面，意识形态或者说政治 —— 当然这是和生产机制绑在一块的。比如牟森，他的作品反乌托邦性特别明显。从20世纪80年代到20世纪90年代，以个人主义对抗集体主义，是很明显的政治性冲突。从孟京辉的创作来看呢，他的意识形态特点不是很强烈，他是要在另一层面，即美学层面上和主流做对抗。现代主义对他来说意味着，我的这套方式、这种游戏你看不懂，你不懂我就赢了。他就是要用主流文化不能消化的方式，来确定自我。当然他也在慢慢变，从主流戏剧不能消化，到慢慢要市场来消化他。《恋爱的犀牛》就是最大的转折，他从早期的对抗方式开始有所转变，把那种反抗变成一个爱情故事：我就是不接受你的爱情。他把原来跟体制的比较大的戏剧冲撞弱化成爱情故事，这个故事被接受，最后完全市场化。他不在意识形态上做对抗，他把美学放大，形成一套自己的美学，最后调用市场的力量。他基本上不是颠覆，而是替代了主流戏剧美学，成为市场的主流，也成为院团生产的主流。

最后讲一下美学。美学这东西太含糊，西方理论给美学赋予了特别多的意义，我其实不爱用这个词，好像特别理论，我愿意用更直接的表达方式。牟森最开始基本上用的是一种比较暴力的表达方式。比如《流浪北京》的那些人，经常是吃了上顿饭不知道下顿去哪吃。正是由于和体制的关系非常紧张，所以他最后选择了非常暴力的表达方式。

为什么《零档案》的舞台是钢铁的，在舞台上最后要把苹果这些脆弱的东西打碎，苹果沫四溅？这种表达方式与他们对体制的态度有关。

所以为什么《零档案》在整个欧洲戏剧界那么受欢迎，我觉得它较为准确地反映了这群人的走投无路，这和欧洲人对中国的意识形态印象是一致的。

他们显然都是从现代主义这里获得非常多的营养，但是，中国对现代主义的接受包含着去历史化的倾向，包含着对西方现代主义的误读，但这种误读也是有创造性的。

我现在为什么对现代主义这个词既爱又恨？还是因为觉得这里面有很大的空间。

黄纪苏：提一个问题，因为从你刚才提到的暴力美学来看，你还是认为它是某种程度的先锋派对吧？从美学的角度，从艺术、技术层面上看，这种暴力美学和现实主义美学的本质区别是什么，有什么本质区别吗？

陶庆梅：我觉得还是有的。用焕青的话来说，就是已经调转90度了，然后要转个弯才能跟上。

黄纪苏：或者咱们不谈现实主义，就说传统的，现代主义、象征主义、表现主义，它们和中国传统艺术有什么本质区别？

陶庆梅：比如打破叙事完整性。

黄纪苏：传统文学里也有这个。

陶庆梅：这个要从理论上说，是非常困难的。大致做个比较，比如像牟森的《零档案》的基本模式是每个人讲自己的故事，而且每个人的故事都是片段性的，都是不断地被打断。而且他们都用方言在讲，还是在国外讲，讲给外国人听。其实他们说的这些话外国人听不听得懂无所谓，只要把当时对体制的仇恨传达出来就够了。他不需要用传统叙述讲一个完整的"故事"。

黄纪苏：那是政治波普。

祝东力：现代主义建立了一套标准，不要你看懂，只要你看明白他的姿态和情绪就够了，坐上两个小时，就是看懂他的姿态情绪，中产阶级观众就会礼貌地鼓掌。

刚才燕娟跟小陶说的，都涉及到资本与先锋的关系问题，比如说先锋是一种新的东西，新与"旧"构成一种二元对立的关系。实际上人类史前和史后的历史，绝大多数时期是简单再生产，爷爷跟儿子、孙子的生产能力和社会经验都差不多。可是从地理大发现以后，开始了扩大再生产，一直到今天，人类都处于一个扩张期，资本不断增殖，推动所有变化，包括技术创新——我们都能看到工业革命以后两三百年资本对技术创新的推动作用。而这一点跟先锋艺术相关，"资本"的性格是自由主义的，往往能消化、包容先锋艺术，比较而言，"国家"的性格有时是保守主义的，就不太能适应，所以很多国家与先锋派的关系都曾经比较紧张。沈林说现代主义很多都有左翼背景，是这样。但实际上，很多革命成功后可能都有一个"保守化"的过程，要恢复秩序，比如法国革命、俄国革命，等等。比如苏联，很多时候是计划经济加管制型社会，按一个步调、节奏去生产消费。这对于一部分人，特别是那些艺术家，就会造成逆反。这是需要反思的地方。

资本不一样，一个新的艺术样式出来，资本很快会消化掉，变成一种新的时尚、新的商品，再推向公众和市场。在这方面，资本的适应能力特别强。所以，资本和先锋艺术的亲缘关系，不是偶然的，所以我不完全赞同河清那本书《艺术的阴谋》，资本和国家相比较，更有能力利用花样翻新的先锋艺术。反过来，国家就很难利用先锋主义去颠覆资本。

陶庆梅：欧洲我不是很清楚，但美国戏剧这一块，他们不仅仅是资本，国家是用一套体制，把破坏性的东西限定在一个组织内，这样就不会对社会造成冲击，戏剧只能在这个组织内部折腾。美国最明显的是20世纪60年代的学潮，学潮很热闹，戏剧人也上街。但学潮之后就有了百老汇的体制，让戏剧就在百老汇里折腾，所以也就折腾不到哪去，然后慢慢就消磨掉了锐气。今天看百老汇是什么？它什么都不是了。资本主义国家机器其实是特别有能力控制文化艺术的。而在中国，20世纪80年代现代主义的推广，就是要从上往下打破原来毛时代的意识形态。所以，在不同时代，国家、资本和先锋艺术的关系也是在变的。

祝东力：对，但即使是20世纪80年代的国家，也有两面，一方代表传统国家体制，一方代表资本和市场，所谓的两派。

石一枫（《当代》杂志社）：我特别同意您说的，说白了吧，现代艺术有一个最大的特点，就是话不能明着说。比如按照传统现实主义，写一小说，说现实有问题，你就得直说，但现代主义可以不直说。不直说，就有可能存在着某种共谋，一个愿打一个愿挨，一个摆姿势，一个很配合。

祝东力：20世纪90年代末我看孟京辉的戏剧，就觉得是一个刚走出高考体制，经过那样应试训练的年轻人，在舞台上找一个地儿撒野、宣泄。如果现实主义的话，他就要精雕细刻，满足不了他那个撒野的需求，而现代主义呢，他可以不要那么多规矩。

黄纪苏：中国整个社会结构这些年发生了巨大变化。原来的结构就是国家这一块，毛时代最典型，国家把一切都覆盖了。在文艺这里就是作协、院团体制。后来改革开放，又生出西方这一块，西方的艺术节、奖项、出访、交流，特别是西方文艺的今天等于中国文艺的明天这么一种观念，使得中国的艺术家趋之若鹜。1985年城市改革之后，又生出一个文艺市场来。艺术家"走穴"，从那儿挣到的外快比国家工资多多了。刘晓庆她们一天能挣以前一个月的，感觉腾云驾雾了。后来又出现第四块，也就是社会，以互联网最典型。大家在其中自娱自乐，国家和市场谁也管不着，就图自己舒服痛快。社会结构的变迁，跟现代主义、先锋主义形成什么样的关联，是值得好好思考的。

像小陶你刚才说到的，20世纪90年代这帮艺术家饿得奄奄一息，于是跟国家翻了。但国家只占资源的几分之一，从国家这块儿拿不到未必从别处也拿不到。20世纪90年代国家的钱不多，能花在艺术家身上的更有限。那时人都往所谓的"体制外"跑，也就是往市场里跑。国家院团领导一个个跟能扎钱、拉赞助的个体制作人讨价还价，精诚合作。美术界我不太清楚，但在同一个时代大环境里，情况应该差不多吧。我的印象是牟森当时是持续地从西方基金会获得资助的。

陶庆梅：那是在1994年以后。

王焕青：在吴文光拍《流浪北京》那个纪录片的时候，他还是很惨的。

陶庆梅：1989年、1990年、1991年的时候都很惨，1994年以后他基本上跟国际艺术节接轨了。

黄纪苏：而孟京辉则转而走市场路线了，他把先锋主义的滞销品成功转化为戏剧市场上的畅销货，我一直觉得他在这方面功劳不小。

陶庆梅：市场可以消化。

黄纪苏：艺术家通过艺术实现利、名、位、美学追求、社会理想等。那他从国家那一块能得到哪些呢？他们20世纪90年代从市场拿的，要比从国家那儿拿得多。但国家那儿可以拿到"位"，也算是成功标志，可以跟老婆、老同学那儿显摆去了——老婆、老同学不一定分得出艺术的优劣，但职位、职称的高低简明易懂。"名"则要看怎么说了，"文革"结束后，国家的名声在知识分子那里"负"的时候多，"正"的时候少。莫言就因为挂了个作协虚职并抄录了延安文艺座谈会讲话而被批斗得跟当年"现行反革命"似的。

再补充说点艺术家跟西方及市场的关系。按沈林刚才的说法，西方的现代艺术家多为左倾，而中国的现代艺术家全是右倾，按说"接轨"是接不到一块儿的，但事实上照接不误，左倾不左倾不重要，西方才重要，美元、马克才不分左右。我的印象，从20世纪90

年代末期开始，外币逐渐让位给本币了，中国市场上的钱开始多起来。刚开始也就是大款瞄上了女演员，于是要热心表演艺术。后来觉得文艺也是个投资的去处，虽然投资不大、回报不丰，但净是红男绿女，比投资鸡饲料、无缝钢管要赏心悦目多了。再后来，股市低迷，楼市人满为患，制造业产能过剩，于是热钱滚滚而来。

近10年还有个有趣的变化，那就是无所谓什么现代不现代、传统不传统、先锋不先锋、写实不写实了，曾经的冤家对头如今都在商业的大旗下握手言和、通力合作。这就是东力你刚说的，商业的包容性特别强。

关于市场和艺术或先锋艺术的关系，我还想说这么一个观点。我相信商业对艺术形成巨大的推动力，但它的推动更在于推广；而艺术最有生命感、最具创造力的那部分，跟商业或市场没什么关系，它只能来自真正独立的，让官、款全一边凉快去的，不吐不快、非吐不可的冲动。商业或市场一看有利可图，立即跟风推广，如此而已。

祝东力：还有风投。

黄纪苏：风投也好像盯上了艺术这一块儿呢。

祝东力：对，实际上艺术上也应该有风投。

黄纪苏：风投的意思也还是推广，就是把有利可图的冲动和创意转化为市场收益。这创意和冲动并不是因为你先有风投我才产生，而且风投瞄准的也未必就是真正有创造性的东西，而是有市场潜力又有风险的任何冲动和创意。这些年，真正有创新、有想象力的文艺作品大多出现在公民社会，特别是互联网上，其中有市场潜力的便被资本转换成了商机。

陶庆梅：你这么推导我同意。

但是我有一定的怀疑，比如说戏剧创作有一定的技术性，而技术性是有条件的，不那么容易。

黄纪苏：市场的创作模式背后是盈利模式。有个做编剧的朋友有回跟我说，他"接三拒四谈五"——接了三个本子，推了四个，正在洽谈五个。后来有一阵这兄弟消失了，他的朋友告诉我说他被签约公司圈在一个旅馆里，左右对面都是公司的人，每天固定时间放风。你说弄得跟服刑似的，他能由着性子写吗？他只能写老板最希望他写的。有个剧作家曾总结他的创作配方：性、暴力、红色三合一。那帮制作人、导演跟"浩特"（心脏二十四小时监视器）似地坐剧场里数着今晚这场演出一共笑了41次，比上场少4次。现在剧场上演的戏剧从题材、主题到表达方式都非常单调，出于同样的盈利——创作模式，它能不一样？多样性有钱赚么？个人主义有规模效益么？所以我说这是一种"市场集体主义"。总之，市场有它的长处，焕青说的那个"立面"，市场有可能推广，形成时尚，造成风气，但创作的原始动机、创新部分，一般不会来自市场那儿。

不过艺术家跟市场的关系应该好于跟国家的关系。除了冒险家，艺术家是最需要自由的。对于发挥艺术家的长处，市场要比国家强。刚才大家提到革命以后的保守化，越来越扼杀文艺。我们今天再谈艺术，再谈国家和知识分子特别是和艺术家关系的时候，就一定要面对这些。市场化的文艺格局和革命化的文艺格局，有着相似的结构。

李云雷：我们的主题叫现代主义再反思，其实就是想从现在的角度重新去看现代派，刚才几位老师跟我们讲了他们的思考以及20世纪80年代现代主义艺术运动一些情况，这对我们理解现代主义在中国的具体情况很有启发。

其实对现代主义反思有好多种，现代主义刚兴起的时候，就已经有人进行反思，比如像托尔斯泰对现代派有一些批评的意见，批评他们道德混乱，美学上也支离破碎。后来像卢卡奇对卡夫卡的批评，卢卡奇有一种总体性的理论。

他的现实主义理论认为，通过典型人物与典型的人物关系，可以总体上来把握这个社会、社会的本质以及社会未来的发展。但是我们看卡夫卡的小说表现出来的东西，其实是卢卡奇的现实主义理论没办法把握的。就像刚才王焕青老师说的，从一个平面到一个立面，卢卡奇的理论还处于平面的状态，没办法解释卡夫卡的困境、焦灼。所以在这个意义上，我觉得现代主义其实为我们提供了一种更深入的方式，就是对20世纪初的那种处境的把握，我觉得卡夫卡应该比卢卡奇更深入，当然卢卡奇后来也有所反思。另一种对现代主义的反思，比如茅盾《夜读偶记》，基本上用现实主义跟浪漫主义这样一组概念来把握整个文学史。他把现代主义称为新浪漫主义，基本上对之持否定态度。这可以说是保守期的左翼文艺对现代主义的态度，但茅盾比另外的理论家强的地方，在于他的视野里有这些东西。

在我们现在看来，现代主义与社会主义现代主义都是针对19世纪批判现实主义的一种反抗，或者在美学上一种超越。现代主义是在西方资本主义社会中，对当时人类社会的一种批判性的认识；社会主义现实主义，是在现实主义概念里增加了未来的向度，它将理想主义和对未来的想象，内置在文学的构架里面。这样两种对批判现实主义的超越，在不同的社会思潮里展开，并在冷战时期构成一种竞争关系，现在看，都有一些合理的地方。现在对社会主义现实主义批判更多，但是如果仔细看，社会主义现实主义跟现代主义，其中有很多内在相似的地方，比如从一个现象看，不论是对现代主义或者对社会主义现实主义来说，他们的理论都比实践更重要，理论总大于创作，这也是经常被人批评的一点，就是他们会不断提出一些新的想法，但很难落实在真正的作品上。

这也可能跟整个20世纪以后文艺的运行机制有很大关系。20世纪以来，文艺总是以一种运动或思潮的方式来发展，我觉得这跟刚才黄老师提到的重新排号类似，文艺界风起云涌，你方唱罢我登场，不断在重新排号。

但是这种文艺的发展方式，我觉得到20世纪80年代末已经终结了。可以看到，20世纪90年代以来到现在20多年，我们很少再以社会思潮之间的运动，不同思想派别之间的论争，不同文艺流派的竞争这样的方式来发展文艺，而换了另外的方式。但是正因为不再用这样的方式发展文艺，所以20世纪80年代那些遗存也就没得到有效清理。比如对现代主义的无意识的认同，还存留在我们记忆中，在很多人心中成为一个好的文学的标准，或者新的文学标准，或者是不是文学的标准。所以今天重新反思现代主义，就应该在这样一个新的角度，在我们这样一个新的时代，重新去看整个现代主义运动。尤其20世纪80年代未经清理的遗存，不只是美学上，也包括在社会历史中发生的作用。

计文君（中国现代文学馆）： 云雷终于说到文学上了。

黄纪苏： 他刚刚说的特别有意思，20世纪八九十年代，文艺是靠思潮推动的。各个领域都一样，历史学有新三论、老三论。文学有这"主义"、那"主义"。1986、1987年各种诗派，发表了好多宣言。我记得1983年到北戴河，和一位搞藏学的新秀聊天，一不聊天葬、二不聊一妻多夫，老是聊"方法"即"主义"，说那才是真正重要的。但再看最近这些年，主义、思潮、流派、方法都一边凉快去了。就说历史研究吧，这些年搞的其实挺传统，老实巴交跟农民种地似的。潮水带走了泡沫和七色光，留下了最基本的东西。希望在座的哪位分析一下其中的原因。

李云雷： 比如，我们现在命名作家或命名评论家都是用70、80后，这样一种以年龄来划分的方式，看似很自然，其实这样的命名取代了以前的命名方式，不再像以前比如说寻根小说或者先锋派，这样一种以思想、思潮、艺术流派的方式相区别和命名。

黄纪苏： 因为什么？

李云雷： 有一些因素，比如文学的去思想化、去政治化，以及文学观念的转变，文学位置的边缘化，等等。

祝东力： 还是没有思潮，文学内部不再把思想作为自己向前发展的动力。

王磊： 不是不需要靠思潮推动，而是新的思潮没有出现。

祝东力： 是新的思潮产生后，不像过去有那么大的力量。

石一枫： 过去提伤痕文学的那个时代，文学不仅在文化界的中心位置，也在国家政治生活的中心位置。但是像寻根文学、先锋派，就不在中国的社会生活中占那么中心的位置了。现在文学界再提出个概念，更不会有过去那么大影响了。

祝东力： 我觉得还是因为没有抓住这个时代的关键点。

李云雷： 也不是完全如此，比如"底层文学"，比如"非虚构写作"，应该说也都抓住了时代核心的部分，但影响也不像以前那么大了，当然在文学界内部会有较大的影响。

计文君： 作为一个写作者，我们在默默承受着先锋派。就文学这一块来说，我们没有被迫接受一份必须清算的遗产。刚才云雷说得特别好，就是说，我们并没有真的去反思，于是先锋派就成了"经典"，打引号的经典，就成了一个标高，所有的人都在说，像你们这样年龄的时候，先锋派已经创造出了什么什么，好像显得我们特别无能，特别没有创造力。

其实，当人们这样指责的时候，我觉得是整个大的时代空间变了。刚才说，20世纪80年代，特别是1986年之后，文学上各种各样的派别和思潮，毋宁说是整个文化、整个政治生活中间的思潮，它们是相互呼应的。当时文学只不过是在充当一个比较先锋的角色，甚至我觉得可能跟戏剧相比，文学走得更早一点；而且因为参与的门槛比较低，看上去全民都在搞文学，于是就有了那种广泛的社会影响。20世纪90年代之后，文学在整个社会开始边缘化，今天看电影的人比读小说的人要多，比读纯文学小说的人更多，文学整体的边缘化是个大趋势。我能感觉到很多写作者的那种焦虑、那种状态，而且我觉得，为什么今天很多写作者，采取了更接近传统现实主义这样的写作姿态？从美学形态上讲，这很特别。做编辑的应该很清楚，当下这种写作形态特别现实主义，特别传统，我觉得特别值得思考。一般人是没胆量再去选择先锋派姿态，在写作上完全放弃了那种形式上的探讨。

其实我觉得，某种意义上讲，是文学的成熟。作为写作者，他们真的在寻找新的思想生长点。但是面对当下、面对中国现实，我觉得作为写作者，至少我们没有找到特别有效的表达当下这30年中国经验的途径。如果谁找到了，那他就真的完成了一个历史使命，我们今天确实需要有一个人找到表达这30年中国经验的途径。20世纪80年代表达的固然和那个时代的经验有关系，但更多的先锋姿态是反对宏大化，反对宏大国家的政治化。就像刚才说重新排号或者一群人在造反，我们拆了一个旧房子，现在是一片废墟，我们需要盖新房子。

建构，是一个更艰难的事。而且特别需要各种思想，给文学提供包括哲学的、美学的支持，好像也还不是特别够。现在有一种万马齐喑的感觉。中国现在一千多位作家，当年都曾先锋过，现在都是眼前无路想回头，都已经恨不得回到《红楼梦》那儿去。前一段刚完成对2012年小说创作的梳理，你会发现都是特别传统的形态，都要去接续中国诗情小说的传统。就是这种写作者的姿态，你要说没有寻求形式上的变化？这种努力也有，只是他们不知道哪种形式更有效，他们对自己写作的有效性，也是处于一种探索的状态，而且这种迷茫和无措的情绪是相当普遍的。这个时候谁如果找到出路，真的是特别值得尊敬的。

石一枫：回到传统小说，这种写作方法可能有无奈的地方，但也可能有相对合理性。跟现代主义做对比，祝老师已经说过现代主义有一个特点，就是第一诉求不是好看。文艺有几个诉求呢？假如说有一个诉求是抒发感情，再发展就有教化功能，解闷也是一种功能，可能还有一个功能就是提供精神安慰，没当官、没发财，也不至于死去，念念诗歌照样能活。但是现代主义在功能上好像打破了这些东西，它以不断的出新作为第一价值。跟奥运会跳高似的，比如跳过两米，就得跳过两米一才能有意义，两米一之后，你得跳过两米二才有意义。有一回跳了两米零五，哪怕得了金牌其实也没意义。还有一点是不可重复性，必须得独创。但传统文学是可重复的。

祝东力：传统文学也有创新，从四言到五言，到七言，从诗到词，到曲。但是第一，创新的节奏特别缓慢，第二，创新的要求混杂在其他很多要求中间。

石一枫：起码它在可持续生产方面占优势。说到比较具体的，中国先锋文学的产生，究竟是反体制的政治策略，还是自我保全的政治策略？先锋文学说不参与政治，用不参与政治的方式反抗政治，但为什么不能直着说呢？

祝东力：其实，先锋艺术表达的还是一种很宽泛的经验和情绪，并不是一种狭义的政治诉求。

石一枫：在中国当时的文学界，政治的重要性特别大。

祝东力：北岛他们20世纪60年代末70年代初开始创作，表达的还是人生的迷茫，这种体验对于他们来说是最重要的。我说的那种整体氛围是一个宽泛的所指，是说管制型社会的方方面面。

计文君：我觉得中国先锋文学，最重要的一个遗产就是使个人主义写作具有天然的合法性。以至于今天，没人敢公开宣称自己不是个人主义的写作，那样自己都会有点心虚。虽然先锋文学、尤其是先锋小说那种颠三倒四、云山雾罩的叙事方式，也许今天已经不再有人坚持了；但是当时那种对个体的重视，对作家主体性的张扬，作为与体制、国家、集体相对立的个人，对于今天的写作者来说，已经是天然的权利，成为一个非常重要的文学遗产。这种理念某种意义上也会构成一种遮蔽性，当它铺天盖地的时候，也许需要一些审视。中国有文以载道的传统，后来文学在相当长时间内是作为宣传工具，20世纪80年代后期，先锋文学对此做了一个极端的反动。作为整个新时期文学重要产物的个人主义写作，在今天需要从新的层面上予以审视、判断和调整。对于今天的写作者，最大一个困难就是，每个写作者站在哪儿表达个人经验，这就是每个写作者最基本的立足点。今天人人可以开博客、写微博，那么我写小说的动力是什么？作为读者，我为什么还需要这样的小说？就是说，写作的意义、写作的有效性和作家的立足点，是特别值得思考的问题，这个问题我也没想清楚。我相信对于今天的文学杂志编辑，在他们看到的所有稿子中间，大部分应该是表达个人经验的，我们还在承受着20世纪80年代以来的历史后果。

李云雷：现在看20世纪80年代的这些作家，之所以这么快成长起来，其实是延续我们以前社会主义文学传统培养"新人"这样一种体制。

陶庆梅：自上而下的。

计文君：我都不知道当年余华、莫言他们，都曾经在北京徘徊过一阵。

李云雷：包括去年马原的那个小说，我们看后觉得不好。但是如果我们现在再重新去看这些作家的成名作品，我估计跟读这部应该也差不多，可很少有人重新去清理这些东西。

祝东力：你刚刚说思潮，其实如果思潮不起作用的话，一定程度上文学就"回到了自身"，这东西好看不好看，由作品本身说话，而不是被思潮所裹挟，用思潮中的那些理论来自我论证。从这个意义上讲，我对先锋派总体上评价不高，因为很少有先锋派艺术靠作品本身打动我。这也是判断是不是好的艺术作品的一个标准，因为艺术毕竟是一种感性的东西。

王焕青：其实从20世纪80年代以来，中国就没有什么像样的先锋派，也没有真正的现代主义，绝大部分是对现代主义的模仿。有些人模仿烦了，也不得其门而入，自然就会放弃。就美术界的状况而言，现代主义兴起，是因为从门缝里看到了艺术的多样性，重回平面艺术，是因为青睐商品社会的钱堆儿。就像慧瑜前面分析的，文学回到传统的写作，绘画又回到保守状态。但是，现代主义在西方蓬勃发展的时候，坦率讲，我的看法也许过于简单：它真的是感受力的一次解放，是人类借助艺术形式对心灵桎梏的突破。我的这种看法也许是孤立的，

心灵桎梏管控我们的头脑和眼睛，现代艺术的总体倾向是对陈规旧俗的不屑，至于建树或许没有多重大，但的确不应该低估。比如立体主义的出现，它不是为了一个宣言，也不是为了制造一个风潮，而是一两个画家突然觉得可以这样去看待这个世界。像构成主义的出现，它开发了我们在平面上的表达能力。或者像荷兰风格派，就是那少数的几个人，但我认为是现代主义作品中非常有价值的部分。任何主义其实都良莠不齐，主义和主义之间也千差万别，有的像金属、有的像火焰、有的可能就是垃圾，他们本来是不可以归为一个东西的，在我们使用现代主义或者先锋派这些词的时候，我觉得可能有点太笼统了。

陶庆梅：我接着你的话说。其实今天我们要讲反思现代主义的话，我觉得有两个层面。现代主义其实说白了是在西方艺术的脉络当中生产出来的，跟着西方艺术脉络往前走，解决的是西方艺术生产过程中存在的问题，同时又跟工业化进程有关。在这个过程中，这个机制也在变。就是刚才我们讲的创新，为什么创新会变成一个这么迫切的要求？这里面有非常大密度的变化。

另一个脉络是中国对现代主义的接受。这是两个问题，我觉得是要相对分割来看，包括今天沈林讲的，他把现代主义的乌托邦面向带进来，这对于今天认识我们20世纪80年代接受的现代主义，其实是有参照意义的。就是说，中国是怎么接受现代主义的，接受现代主义以后变成了什么？第一个层面可能在艺术史层面；第二层面要更多从政治经济学的角度，要做一些分析。今天从艺术史层面，去探讨、反思西方现代主义，中国整个学界都做的不够，历史脉络的梳理都还没做过。

王焕青：另外我还有一种感受，在西方现代主义的历程中，我认为某种程度上比较接近理想主义，或者说是理想主义的一些变种，很多流派的诞生，都或多或少带有艺术家的抱负，还不仅仅是要掀桌子、抢地盘，不仅仅是追名逐利。

陶庆梅：但是你在讲个人的艺术抱负的时候，你要同时看到他在工业化资本主义进程

中资本主义体制对他的约束。资本主义体制，艺术生产体制对艺术家的要求与艺术家的创造，这两个东西同时存在。

沈林：现代派还有一点很重要，跟市场化很有关。今天咱们这儿占主流的这种写实主义的传统，看起来挺保守的，但第四堵墙、当众孤独这套，其实本是现代派戏剧的第一章：舞台上的写实主义。因为之前占统治地位的是法国搞悲剧的那一套，都是炫技的、玩范儿的。演出无视观众在场，这在当时可是不得了的先锋派。一百多年前的事了，这些先锋都是业余的。从舞台美术到表演到对话，全由业余人、业余团做的。剧团无论从德国、法国、英国全都自我标榜"独立"、"自由"。针对谁独立？从谁那儿自由？针对商业戏剧，从明星制那里争取自由。法国林荫大道一路都是商业剧场，其实梅兰芳也是在商业剧场演出，也是明星制。当时先锋派反对的就是英法的明星制，明星制和商业剧场互为表里，反商业和明星制是先锋戏剧的一个特点。

再说业余，这个业余被咱们翻译成"爱美"。我们业余的爱美，你们商业的不美，你们是要赚钱的，你就不能唯美。我们追求美，不追求钱。唯美主义也有对资本的反抗。沃尔夫嘲讽唯美主义的王尔德是安乐椅上的社会主义者，不是没有道理的。一旦钱到手，就不再碰戏剧的都不是先锋派。你看看中国戏剧界谁过上安逸日子就不再做戏了，谁就是伪先锋派。

王焕青：等于是寿终正寝在荣华富贵里。

沈林：有钱就不做了，游游泳，发发博客，看点闲书，你会觉得很可惜，怎么会这样，十几年就不做了。

陶庆梅：也是被"抛弃"。

沈林：可以说被抛弃了，已经有钱了，生活已经安稳了，这时候为什么不做了呢？按说更应该做啊。我这可能小人之心度君子之腹，但看历史，常常有这么一个过程。

陶庆梅：我觉得这也是国际艺术节的生产体系，随着中国强大，随着中欧关系的变化，抛弃了那样一种方式。

沈林：《艺术的阴谋》挺有道理，它有考察根据——桑德斯的材料。冷战花钱在艺术上是要争话语权。现在有种感觉，好像西方资本没那么牛了。现在中国有钱人不玩先锋艺术。有个朋友托我找人买他的毕加索，要1亿2千万人民币，香港流拍的，日本人当年买了些西洋东西，经济不好，抛出来了，到这里找买家。人家说谁买毕加索啊，中国有钱人买中国古董。我觉得这也是一个变化。

黄纪苏：中国崛起了。

王东声（北京理工大学艺术设计学院）：我有一个例子，因为刚才沈老师说到，关于一个人搞创作，一旦有钱了他们就"停止"了。马奈被誉为印象派的始祖，事实上他的地位也不比塞尚低。马奈在当时古典主义之后，利用了一个非常反叛的方式，比方说他的

《奥林匹亚》，尤其是他的《草地午餐》那张画，画的场景是在非常绅士的那些男士中间，坐着一位裸体女人。这张画在当时引起强烈震动。可以说，画面的主题肯定是颠覆性的。我觉得，当时马奈的这张画比杜尚的小便器也不差。而且，他也确实令那些热衷于印象派风格的年轻画家们去朝拜他，他后来也就被誉为印象派之祖。但是，其实马奈一次印象派画展也没参加过，而且一个纠结的问题是——其实马奈在老年的时候创作上没什么提高了，甚至反过来临摹莫奈的作品，真是有点江郎才尽的意思。

这个例子说明，创作者，或者说人，确实有某种复杂性。他有时候很纠结，有时候受制于某些东西，有时候又在抵抗这种受制，但有时候又因为自身现实境况而打着自己的小算盘。

所以，我觉得那句话说得好：越是光亮，可能阴影也越黑暗。确实，这就是人的复杂性。另外，说到先锋主义，说到艺术创作，或者人类历史，其实都是一个"争夺话语权"的过程。

另一点，就是刚才祝老师、王老师说的那一点，我想，在艺术创造里面，确实有人可以有那种"先声夺人"的能量，有那种超乎寻常的质地或能量；但是有的人没有，有的人能看到，但是做不来，有的人连判断的机会都没有。这一点，确实是有差别的。再有，黄宾虹有一句话，就是曾经震撼傅雷的那句话：笔墨精神千古不变，花样面目刻刻翻新。我觉得包括对我们今天谈话的总结，也似乎可以归结为这样一句话。

无论传统还是现代，不论新还是旧，其实包括我们今天的这种谈话，都是在"词汇之间"的一种纠结，或者说是一种看似交流或总结，事实上不过是在"词汇之间"的一种转换与纠缠而已。

另外，说到创作者的复杂性，你要生存，还是要艺术，在这二者之间，需要个体去拿捏和摆布。这其中，确实在你的饥饿和吃饱了撑的之间肯定是有差别的。艺术创作确实比较复杂，毕加索的方式是在不断往前开辟，当时他受塞尚的启发，但是在20世纪还有像莫兰迪那样的人物，面对的只不过是一些孤零零的瓶瓶罐罐，却画得那么安静。艺术创作在某一阶段会有这种"交错"，并不是说好像翻过去就翻过去了，不是这样的。包括咱们今天谈到的"先锋性"，是不是春秋战国也有，肯定也是有的——就是所谓的"新"与"旧"的交替吧。有时，我们现在感觉很新，但就像黄宾虹说的那句话，其实不过在变换着玩花样。

还有王老师说到"平面"与"立面"的比喻。其实历史也好，文艺创作也好，我觉得还体现出一种"折线"的性质，或者说是波动性的。当事物发展到一定阶段，感觉没什么力量了，或者说顶峰的东西已经出来了之后，那么想要抬升一点，就更需要另一种"折线"来变换；但是这种变换有时候有他的"轮回性"，比方说禅宗，包括杜尚的作品，包括塔皮埃斯、劳申伯格等人的作品，其实都有对禅宗的感悟或理解。比方说，到底是遵循传统，对传统顶礼膜拜，还是反传统甚至于呵佛骂祖？有时需要绕过来往前走，然后又反过来，这样来回，甚至于这种"循环往复"往往被裹在所谓历史的进程里面，形成那个阶段或者时代里的一个波动。

另外，有些问题真的就像面对一个金字塔，我们站在哪个位置很重要，是站在低层位置，是中间地带，还是顶峰，是有巨大差别的，比如八大山人就是站在尖顶的，他和我们所看到的不一样。所以，就是一种站位，一定会有差别。人是一种很纠结的"载体"，艺术家也是非常纠结，与生存、与体制，也就是说，在选择"处江湖之远"与"居庙堂之高"之间肯定是充满纠结的。

王磊：今天的讨论很丰富，气氛也很热烈，既有关于现代主义理论层面的探讨，也涉及现代主义在戏剧、文学、美术领域的实践，对进一步认识现代主义在西方的历史发展和在中国的现实状况很有益处。

（根据速记整理，经过本人校订）

青年文艺论坛 2013

第三期

《归来》：
美学批评与历史批评

■　　　　■　　　　■　　　　■　　　　■

关键词:《归来》　底层文学　艺术性

主持人: 孙佳山（中国艺术研究院马克思主义文艺理论研究所）
主讲人: 文珍（人民文学出版社）
　　　　　石一枫（《当代》杂志社）
时　间: 2013年3月21日（周四）下午2:30－6:00
地　点: 中国艺术研究院334会议室

编者的话

　　《归来》是当代著名作家王祥夫的一部短篇小说，原载于《天下》杂志2012年第2期，《小说选刊》等相继转载，并获2012年中国小说学会评选的"中国小说排行榜"短篇小说第一名。

　　恩格斯曾提出"美学的与历史的观点"，本期论坛旨在从这一辩证综合的角度出发，通过对《归来》这一具体作品的讨论，以文本细读的方式深入作品内部，讨论艺术问题及其与时代、历史的关联，反思当前的评论方式及风气。以《归来》为代表的当下底层文学，特别是有关底层文学的艺术性问题的争议，有着复杂的历史成因。尽管21世纪以来，中国当代文学呈现出明显的"底层文学转向"，但当代作家在创作观念上依然还在受着20世纪80年代以来纯文学观念的影响，限制了底层文学的艺术表现力和思想空间。本期论坛以《归来》为切口，正是力图直击当下鲜活的文学现场，既以文艺理论指导文学实践，又以文学实践促进文艺理论的升华。这种开放式的讨论进一步开阔了与会青年学者的理论视野，拓展了学术探讨的深度和广度。

孙佳山：欢迎大家出席第二十二期青年文艺论坛 [①]，今天的题目是"《归来》：美学批评与历史批评"。在过去近两年时间里，我们已有的二十多期论坛虽然每期都各有侧重，比如文艺思潮、理论话语、文艺作品，但实际上都是贴近当代文化艺术的热点与前沿，有着内在的连贯性、统一性，也有清晰的理论框架，就是以马克思主义文艺理论为指导，来看待和理解当前文艺现象，旨在深入梳理当前文艺领域的种种流变，真正触摸到时代脉搏，探寻和把握文艺发展的规律。

我们这期讨论的小说《归来》，作者是当代知名作家王祥夫，他的作品在当代文学界产生了较大影响，《归来》也是 2012 年中国小说学会评选的中国短篇小说排行榜第一名。我们讨论具体作品，目的是以文本细读的方式，讨论文艺与时代和历史的关联，同时反思当前文学批评的现状和风气，以期建立恩格斯所说的美学批评与历史批评之间新的话语连接方式。

文珍（人民文学出版社）：这次因为要着重谈《归来》，促使我把他这几年的作品系统阅读了一次，收获颇丰。总的说来，用底层文学的概念归纳王祥夫的作品勉强可以，但是完全把它称作乡土文学就太笼统了。虽然他最知名的作品大部分都跟乡村有关，但事实上，王祥夫自己也说过，他是一个生于城市、长于城市的人，他对乡村的写作其实是一种城里人对乡村的想象，这可能也是他和很多其他知名乡土作家不太一样的地方。与其说他是关注乡土题材，不如说他是关注弱势群体。特别是 20 世纪 90 年代以来，在乡村城市化的变迁中，出现了大量城乡结合部和进城务工人员，王祥夫就是关注这个群体进城后所遇到的种种困境和问题。这些人堪称我们的社会中被剥夺大部分生活资料的被侮辱和被损害的人。王祥夫对乡村题材的表述有些地方挺奇怪的，他说他对乡村题材是一种俯视和把玩，实际上我觉得不准确。他至少是在写作的瞬间完全进入了角色，至少是努力进入

[①] 即 2013 年度"青年文艺论坛"第三期。

了角色。

我想举一个他之前写过的一篇叫《堵车》的短篇小说为例。小说内容是一头老牛从小就被买下，在田间耕作，一直到老得不能再劳动，也就是25岁的时候，被主人给卖了。但这事生出一个波折，就是高速公路突然大堵车了，运载这头牛的车也堵在路上，路上的人可以去买路边村民的方便面、水、蛋、各种蔬菜水果什么的，像我们在报纸上看到的那样。但是路上被运输的一车一车的猪牛羊就什么都没得吃，非常惨。这时卖掉老牛的那个老农民就从家里赶到高速公路上，千辛万苦找到那头牛，和以前一样喂它吃豆饼、草料，一边喂一边叫它的名字。这是一个非常妙的视角。

在我看来，这就像是一个固有的乡村经验被残酷的现实打破了，作者用一种审美的态度，徒劳地想要回到以前的乡村图景。这种方式也包括《归来》。《归来》里面有家族礼法、有招魂传统，但是这一切反映出来的现实镜像其实是支离破碎的，因为所有人再也回不到以前了。就好比这头牛跟这个老农有25年很深的感情，最后老得干不动活了，在老农万分舍不得地卖给牛贩子的当天，他把它洗得非常干净，类似亲人一样的感情——可是他终究为了400块钱把它卖了。《归来》里面的三小也是如此，他对母亲自然怀有很深厚的感情，小说中说他还没进门，未见其人先闻其声，这段奔丧写得非常动人。但是他没有见到母亲的最后一面，只有在她去世后他才敢回到家乡，就是因为他在事故中被机器轧掉了一只手，怕母亲伤心，一直不敢这样残缺地回家，哪怕已经娶了媳妇，也不敢带回给母亲看。王祥夫描写这种温情和乡情实际上是非常残酷的，他描写了弱者之间的温情、怜悯、互帮互助，但是这就像手电筒的一束光，照亮了一部分地方，但却会映衬出周围更广博、深邃的黑。他这种以温情来写残酷的方式，在文学史上并不是唯一的，但这种写法在当下以血腥、惊悚为主的底层文学叙事中，特色非常显著。看他的作品，你会相信王祥夫是一个非常善良的人，能饱含怜悯地体察到这些弱者的非常细微的痛苦，即使他不是一个真正的农村人。

《归来》让我想起一年多以前在《天南》创刊号上看到阿乙的一个小说，叫做《杨村的一则咒语》。小说的主题和《归来》很像，但是阿乙的切入角度是两个农妇互相诅咒。其中一个家境好点的农妇被怀疑偷了隔壁较穷一家人的一只鸡，鸡的主人非常厉害地指桑骂槐，说有钱的农妇要偷了鸡就不得好死，而那个有钱农妇就说你要是冤枉我，你的儿子就不得好死。在互相诅咒过程中，事情很平淡地过去了，事实上，富一点的这家人的确被冤枉了，她的孩子很快就衣锦还乡，生活越来越好，很有希望。而故事的尾声，穷的那家人在城里打工的孩子总算也回到村里，他的母亲高兴地要发疯。然后魔幻现实主义开始了，他母亲眼睁睁看着他回到家，躺在床上，肉体慢慢趋于消亡——因为他在城市也是受到各种各样无法想象的损害，回来的第一天就死在了床上。最后，富人家那个赌咒就成真了。我在想，王祥夫和阿乙这两篇小说，完全是两种写打工者归来的方式，大概反映了作家对待现实的视角和处理上的偏好。可能就王祥夫而言，他更加接近托尔斯泰、陀思妥耶夫斯基这样一种现实主义的传统，他书写善良的人，写广泛的人性，他笔下的主人公都是些很正常的好人，却最终遭遇了悲惨命运，他用这种看似善有恶报的方式，写世界的不公平。而阿乙则采用一个更新的，用恶的、阴郁的、诅咒的方式，很难比较这两者的手法哪个更好，但王祥夫显然没有阿乙那样容易迅速地引发注意，在文坛被广泛讨论，因为他的方式比较旧。王祥夫谈论自己的写作，也说文学要有"道"，作品中要有"人"，这种说法也是相当传统的。他对题材的截取就好比生活是一条浩浩荡荡的大河，他掬起其中一小段来编排。他擅长写短篇，擅写短篇的作家和擅写长篇的作家的气质，归根结底是完全不一样的。短篇作家的灵感可能来源于看到一个人、一个背影，偶然听到了一个故事，这个故事不必有头有尾，传递出一种独特的韵味就可以。回到刚才我说的小说《堵车》，即便老人最后良心发现把那头牛买回来，想尽办法把牛从车上弄下来，然后带回家，看上去这牛可以安度晚年了，他的感情也获得了慰藉。但是最初让他决定为400块钱卖掉牛的贫穷还在，他必须面对的生活困境还在。这就是王祥夫短篇的魅力，看上去很短但是很完整，虽然是从大河里截取的一小掬水，但是麻雀虽小五脏俱全，里面各种生活的矛盾冲突都在。

他还有一个自述也很有意思，他说好作家要白日见"鬼"，他所谓的"鬼"可能就是人生某一个瞬间的戏剧和冲突。此外，他对弱者的认识也很独特，他还有一个故事叫《桥》，情节很很简单，同样一个被侮辱、被损害的孩子，背景在一个县城而不是大城市，县城有一座年久失修的桥，掉下去过很多人，他在过这座桥时同样掉下去淹死了。这个悲剧让县城的人都觉得，县城欠了一个那么好的孩子的一条命，他在农村的父母悲痛欲绝地来县里收尸的时侯，所有人都很同情他们。可是这个父亲做了一个让所有人都吃惊的决定：他不要县里给他的抚恤金，而是要把这个桥修好。我想念一段小说里面的原话："老宋的话说到了这个份儿上，他的家人便不再说什么，这是一家心地十分亮堂的人家，就像在心里点了灯，即使是出了这种事他们也心地亮堂知情知理。他们的身上有某种植物的气息，浩荡而阔大！无论碰到什么事都来得清清爽爽，毫不浑浊腌臜。"王祥夫小说里的弱者都是有理有利有节，他们只是出于各种各样的原因落到目前这步境地，但即便如此，仍然努力维持自己的尊严，保全自己的感情，想要安排好自己的生活，在困境中把日子过下去。

这可能就是王祥夫小说中最温暖有情的地方：小说主人公都是可以让人理解的、同情的人，不会流于表面化、脸谱化。虽然他是男性作家，但他也喜欢张爱玲，事实上，他的情怀的确有阴柔和绵密的地方。这可能也是他会成为一个很出色的短篇小说作家的原因：感受力很敏锐。和张爱玲一样，他对自己笔下的人物也是有同情和了解的。刚才佳山说当代的文学批评、美学批评应该朝着怎样的趋势发展？我看了那么多关于王祥夫的评论，记得最清楚的是郑福林说王祥夫的写作手法是"疏可走马，密不透风"。以我的理解，大概是说他的结构很简单，因为他说的通常都是一个前因后果不那么复杂的故事；但与此同时，他却会动用大量细节写闲笔，一个短篇《婚宴》，却用《红楼梦》那样的铺张程度来写一顿婚宴的制作过程。他的包袱并不是很大，但是用了大量看上去和主旨毫无关系的闲笔，来书写这样一个正逐渐分崩离析的乡土中国所遭遇的现代化困境。而且他喜欢画画，爱好古玩——对一个作家的认识可能不止要通过他的小说，还要对他各方面有充分把握。这样才能多方位深入了解一个作家的创作美学，这样的批评才能成为真正的美学批评和历史批评。

石一枫(《当代》杂志社)：我主要谈三个方面。第一个还是想就作品谈作品，谈谈《归来》作为一个短篇小说的优劣。首先，什么是短篇小说，或者说我们中国当代的短篇小说有什么普遍的特点？很有意思，在国外说小说，短篇、中篇、长篇这种体裁上的分别好像没咱们这么严格，也没分别得这么细。比如说短篇小说可能就叫 story，或者是 short story，就是强调短。长篇就是 novel。这是一个很简单的区分，只有中国才会把小说都区分成非常标准的短篇小说、中篇小说、长篇小说，各有各的一套评奖制度，各对应一套审美规范，日久天长就形成了一套反过来又对作家很有影响的写作范式。很多作家不承认写小说有规范、有范式，可是看多了发现，确实有，有的时候甚至挺八股的。这些写作模式是和作品的体量或者体裁很有关系的。比如一般的标准，两万字以下是短篇小说，中篇小说大概是 3 万到 5 万，那常常弄不清楚 2 万到 3 万是什么。长篇小说，茅盾文学奖的硬标准是 13 万字以上，用过去的说法，把 10 万字都叫大中篇，但是现在 10 万字也是长篇。什么叫中篇、什么叫长篇我们可能分不清，但是中篇和长篇这两个概念却铁打的一样。这种情况可能跟中国文学发展的特殊情况有关系，因为放眼全世界恨不得只有中国文学的黄金时代是和文学杂志密切相关的。而实际上中国中篇小说的兴盛，比如苏童、王朔那代作家基本上早年都是写中篇的，这种作家的形成也跟当时文学杂志需要大量中篇有关系。甚至中篇小说可以被看成改革开放 30 多年来所形成的、非常独特的文学新文体。我们印象里面，世界文学中有什么特别标准的中篇小说？想不出来几个，托尔斯泰有个《克莱采奏鸣曲》，翻译成中文大概 5 万字，体量上算中篇。但实际上在国外文学里，中篇小说是非常少的。可以说只要在这个文学场里写作，中国的任何一种小说，可能都和改革开放 30 多年来所形成的文学范式有关，这个范式是文学刊物、出版社、作家、读者、评论家在高度互动中形成的。到现在，我们在看一个短篇小说时，很自然就会琢磨，这个小说应不应该达到某一种短篇的标准，应不应该带给我们某一种短篇小说特有的审美的快乐。拿到中篇小说、拿到长篇小说也是这样。审美往往跟作品的体量、体裁高度相关。我有一个体会，可能计老师不是非常认同，也是我自己看稿子摸索出来的：短篇小说以意味取胜，因为一万来字的东西写不了人物命运的大起大伏，写不了非常精妙的复杂的情节；中篇小说是以情节取胜的，中篇要讲一个完整的故事，这个故事要精采。当然我说的是大部分。也有个别的，比如前一阵子魏微写了一个很短的，用一万字写人的一生，这在短篇小说算是特例了。但是大部分跟我说的不太走样，就是短篇以意味取胜，中篇以情节取胜。长篇可能更复杂，要求构造一个完整的世界，有人的大命运，有与这个命运相关的世界，有与所有命运相关的时代。长篇小说是要营造出一个世界和时代的。

按照我们通常对短篇小说审美的标准来说，《归来》是一个写得非常精到又很标准的优秀短篇小说。我相信王祥夫自己写的时候是应该知道短篇小说拼的是什么，短篇小说家之间互相竞技的是什么。他不会在短篇小说里用力写情节，他反而要故意淡化情节。《归来》就是写一个叫三小的年轻人，在外地打工，娶了四川媳妇，有孩子了，他的胳膊给温州老板干活时断了，他妈妈去世了，他回来奔丧。整个的行文是从一天的早上写到晚上，然后再从早上写到晚上，一直在写他妈妈的葬礼过程。从情节来说没有任何的波澜起伏，没有任何出人意料的地方，更没有戏剧性。按照戏剧性的标准来说，大家集中在一起，得有矛盾、有冲突，最俗的方法就是，大哥跟二嫂子有矛盾了，二哥跟三嫂子有奸情了，很庸俗的写法就会有高度的矛盾。张爱玲从这个角度就很庸俗，基本上不是老爷偷丫鬟就是丫鬟偷老爷。但是王祥夫故意淡化戏剧性的冲突，我相信他作为一个写作的老手，应该很清楚地意识到短篇不要戏剧性，甚至短篇就是要去除戏剧性。《归来》写得非常淡，很从容，不强调冲突，不强调情节的起、承、转、合，这恰恰就是这个小说在审美上有特点的地方。刚才文珍也说，他会很细地写民俗，很细地写人之间的善的情感，也很细地捕捉在很常见的生活里面能打动人的某一点。比如说三小把钱给了哑巴哥哥，吴婆婆留下的腊肉分给几个儿子，一个侄子为吴奶奶哭，可见这个老太太人非常好……小小的一点一滴的温暖构成了小说整个基调，整个的行文风格又是很淡很从容，刻意去掉了戏剧性。这里就要对比两个小说，一个是王大进写过的小说叫《葬礼》，他那个就是高度强调冲突，一个人死了，死了之后亲戚都来了，相当于舞台摆开那就开始冲突吧。当然他写的是中篇小说，中篇强调情节和冲突。还有王祥夫自己写的《婚宴》，一开始写结婚，好开心好爽，煎炒烹炸，烈火烹油，最后一笔抖出来告诉你这个是冥婚，是给死人娶媳妇的。这种小说对于王祥夫来说不具有特别大的挑战性，因为这是一典型的欧·亨利小说，或者叫最后一句话小说，这个不难，尤其是一个写作老手写这样的东西更不难。但是写《归来》这样的东西我觉得还是有难度的，因为他真的去除了戏剧性。我看的时候总在捕捉，你不是写的很从容很平么？但是越平我越想，你在哪儿该起来了，或者在哪儿该把冲突交代出来，不明着交代也要把冲突暗线藏下来。但是他还真没有，真没有矛盾，真没有戏剧性，这种写法给人带来了挺耳目一新的审美感受。我说这种效果的前提应该仅限于短篇，我相信，写《归来》这样一万多字的篇幅，用这样的写法是可以的，基本上是一种古代文人笔记的笔调，没有戏剧性都是靠文字、靠白描、靠细节的描写支撑。但是我认为这样一个写法写中篇、长篇，基本是没什么希望的。因为第一，短篇是以意味取胜；第二，短篇经常是一个切片，生活里的切片。就像过去咱们上生物课都有切片的实验，切下来一个洋葱，放在显微镜下面一看，洋葱原来是这样的。它就是用一个很短的时间段，用很短的人物格局反应出一个漫长的生活本质。当然，这种小说也可以比喻成一棵树的年轮。从这个角度说，《归来》做到了以小见大，以平淡见广阔。从短篇小说独特的审美要求来说，它还是挺成功的。这几年中国作家写短篇的很少，纯文学作家都主要写中篇，不那么纯的作家主要写小长篇，因为小长篇卖书，中篇能在杂志上评奖，专门写短篇的很少。短篇在一个刊物里经常放在后面，不能引人注意。实际上这些年我们短篇小说的经验探索并不像中篇、长篇那么多。现在公认短篇写得比较好的，刘庆邦算一个，王祥夫也算一个。这是从短篇小说的特点和《归来》这个小说的特点来说的。

第二还是说说王祥夫这个作家给人带来的气质上的感觉。阅读经验很丰富的人都说，看书是尝尝什么味道。以前好像有一个现代文学大腕儿的母亲，看到儿子的作品以后，跟儿子说这是谁谁的"味儿"。这种"味儿"，现在也可以叫"范儿"，可能只能意会不能言传，但的确是对审美很重要的东西。贾平凹有他独特的"味儿"，王朔也很明显，刘震云也是风格化的。像王祥夫这种作家，他的个人风格没前几位那么明显，但味道也很足。他很有中国传统文人的味道，用了大量白描，写的又是乡土题材。王祥夫的大量作品其实都是这个味道，比如说原来他获鲁奖的《上边》也类似于《归来》，很淡的一个故事，靠着中国画一样的勾勒，不像水墨画像工笔画，很从容地把故事讲完。当然他也有一些工厂题材、城市题材，比如像《我本善良》，就讲下岗工人的故事。还有《塔吊》，一个老师把学生接到城里来，你给我干活吧，学生带女朋友来，长得不错，老师就把女朋友一块霸占了。但构成王祥夫写作主要味道的，还是中国传统文人的这么一个范儿。这种味道我们从汪曾祺身上也可以看出一点影子，赵树理也有，包括马烽。

其实中国传统文人的风格也可以再分类。陆文夫就是典型的南方人的风格，汪曾祺也偏南派一点。北派的可能就是赵树理、贾平凹。贾平凹的短篇小说和散文有的地方跟王祥夫非常接近，就是陕西、山西传统文人的感觉。这种感觉究竟是自然而然地继承的，还是有意地自我形成的？我相信是自然继承和有意的自我修养、自我锻炼的合力的结果。因为很多作家基本上十来岁进了城以后都住在城市里，如果不是有意自我修养，那个味道不会表现得这么浓郁，自我修养肯定是必不可少的。由此也可以看出中国传统审美在当代小说里的流传。这种美学追求没有断掉，而且是一个相当重要的风格。即使是20世纪八九十年代，马原、余华、孙甘露那样西方化的写作大行其道，一波又一波新的审美风潮来了又去，但像从汪曾祺到贾平凹、陈忠实，再到王祥夫，他们这样的一个中国传统的审美追求并没有断。现在也有很多年轻一点的作家更倾向写中国独有的东西，倾向接受中国传统的审美标准。

第三个问题，就是从王祥夫的作品和王祥夫写作的风格谈开去一点，说说什么叫在写作之中继承中国传统文化。在写作之中继承中国的传统，是怎么继承的，继承什么？从

20世纪90年代之后，当一个作家写的东西有中国味儿，那个味儿往往是乡村秀才的味儿，还有点儿野狐禅的味儿。比如汪曾祺写过《受戒》，又是和尚又是男女的，写得是很雅气，但把这个东西放到中国传统文化里来看，处于什么地位？基本上是《聊斋》，是《子不语》。是蒲松龄是袁枚，是纪晓岚下了班之后的状态。贾平凹比较早的时候，也写过很多这样的东西。比如说《五魁》，多么传奇，讲到一个大少爷，腿被炸断了，他还想做爱，让丫鬟抬着他去做爱。这种气质的作品更早可能也有，但是20世纪八九十年代尤甚。一说写中国传统美学，一说写传统中国的东西，全是这种作品。但是中国传统文人的风骨，传统文人的思想境界，不只是这些东西。蒲松龄那种人基本是古代文化的支流，属于边缘化的传统文化。但现在，支流反而在当代文学大行其道，成了大多数人眼中的中国味儿、中国传统、中国气派。但中国除了蒲松龄、除了袁枚，起码还有白居易吧？还有杜甫吧？杜甫作品的思想感情里会有家国，会有所谓的为往圣继绝学，为万世开太平。再往多了说还有韩愈、柳宗元那种，那才是中国传统文化的主流。甚至于孟子所说的诛独夫，一次一次的农民起义，陈胜吴广，这个传统也恰恰是古代中国文化的主流。但是对这些传统文化主流的继承好像在中国当代文学里是很少的。比如很早看贾平凹、看汪曾祺，觉得写得很好、很美。但是你说他们像古代的哪种知识分子？绝对不像白居易，只能像蒲松龄。现在我觉得更年轻一点的作家，可能给人的感觉还是有点欣慰的，比如有的时候看文学期刊，一批中短篇小说也是很质朴、很古朴的行文，一看就不是卡夫卡、福克纳那个脉络下来的写作，不是喝狼奶长大的作家。比如说侯波，我对他印象比较深。当然还有王祥夫的一些作品。《归来》和《上边》都明显属于这种类型，既有中国传统美学的追求，同时又有对中国传统文人精神、传统文化精神的继承。做不了杜甫，起码做白居易。做不到个人的思考，起码做到表现现实。我并不觉得当个鬼魅的蒲松龄就是写作上的光荣，作家应该有写作上的正统精神。以王祥夫为代表的这批作家，还是挺难能可贵的。

具体到王祥夫个人，他好像写小说的时候很容易进入白居易的状态，他画画就不太进入白居易状态。画的不是蝈蝈就是蛐蛐，画还是很蒲松龄，小说写得很白居易。这个也比较正常，中国过去说"文以载道"，从来没要求"画"以载道。放在今天看，我们如果要求"文"都是为了"载道"而存在，未免僵化了一点。但可以反过来想，如果没有"道"，是不是也不行呢？我不确定王祥夫常说的"道"是什么，可能还是说作家的世界观、作家的思想，这里是有中国传统文人精神，有传统儒家的社会理想。没有"道"吧，这个"文"也没劲。从这个角度说，王祥夫这两年的写作我觉得很有价值。

丁国祥（作家）：王（祥夫）老师曾经说："有人说艺术创作来源于生活、高于生活，艺术怎么会高于生活呢？""艺术怎么会高于生活呢"这句话具体到《归来》这个小说，基于我的生活经历，想说一下《归来》给我的震撼。我们每个人在读小说时都会对小说产生判断、共鸣或者是反思。

祝东力（中国艺术研究院马克思主义文艺理论研究所）："艺术怎么会高于生活"，是否定的意思？

丁国祥：应该是否定，艺术怎么可能高于生活？

祝东力：那他还要文学干什么？

丁国祥：我没具体跟他探讨过这个问题。但是，王祥夫这个说法，应该类似于《人民文学》提倡的"非虚构"。当然，"非虚构"这个理念20世纪60年代早就在美国被提出，产生了《夜晚的军队》、《马尔科姆·爱克斯的自传》等好作品。这些年来，我的写作基本是"非虚构"，不过，我更愿把"非虚构"的提法换成"原生态"这个词。所以，我阅读小说有一个习惯，会在小说里寻找"原生态"生活。我读《归来》，里面有些生活细节让我感同身受。小说的开头写了吴婆婆摔一跤，大家想象一下，如果是自己的亲人摔了一跤，会怎么样？我父亲3月18号摔了一跤，肩膀骨头摔裂了，医生说观察一个星期看看，如果骨头错位，就要打钢板。老父亲八十三了，这苦受得起吗？多年前，我二姑也是摔了一跤后屁股骨头碎了，在床上瘫痪一年后去世了。所以读到这"摔一跤"后，长时间，我停止了对小说的阅读，东想西想，心情也不好。《归来》还有一个细节，三小的侄子跟他奶奶睡在一起，这个细节让我非常温暖。我小时候也曾经跟我爷爷睡在一起，而且是睡了七八年，直到我上高中，要去县城了，住宿，就不能天天给爷爷暖脚了。老年人脚特别凉，需要有个人给他取暖。第二年春天，我爷爷居然走了，很多人说是脚下没有我的原因。爷爷的灵堂前，我哭得特别伤心。王老师小说里常常有这样一些生活细节，读完能让人产生回忆，产生共鸣。实际上，王老师也是这样一个人，他照顾他弟弟，他弟弟瘫痪在床很多年了，吃喝拉撒什么都要照顾。

李云雷（中国艺术研究院马克思主义文艺理论研究所）：所以他小说里面有很多描写残疾人怎么日常生活，吃饭、穿衣服等细节，经常会有这样体贴的描写。

丁国祥：这种描写来源于作家的切身感受，所以他会写得很真实。还有就是，三小3年以后才回来，带回了吴婆婆永远看不到的孙子、媳妇，这对我的触动也相当强烈。我小侄女出生后一个月我母亲才去世，她就一直等着，等她的孙女出生以后才死去。读《阎锡山日记》时，我读到"事亲无状"这四个字，一下子愣住了。我们谁"事亲有状"了？还有一句"男身之成，为母所赐，男之所获，母享全无"。三小在吴婆婆灵前之悲痛，我感觉尤为强烈。这里面，实际上有一个尖硬的现实，吴婆婆肯定等他儿子带着媳妇、孙子回来，这是传统的天伦之乐的等待，无法满足。他儿子为什么不回来，因为他没办法回来，手断了，钱也没有，回不来。

这些信息，在小说开头几百个字里就完成了，三小在生存与孝道上产生了极大的冲突，为了生存尽不了孝道。而吴婆婆也是为了忙于生活，不小心下雪天摔了一跤去世了，小说开头死亡与伤残都产生了。

书写生活的坚硬从来不是王祥夫的最终目的。我读过他大量小说，除了一两个长篇没有读，几乎读了他所有中短篇小说。《上边》之美是他众多小说中的例外。《半截儿》、《桥》、《真的心乱似麻》、《五张犁》等都写得非常狠。《明桂》也写得狠极了。然后，王祥夫才会耐心而善良地在小说里呈现"理想主义的力量"，试图对这个时代持续不断的生存困境，寻觅一个个出口。

《归来》写到最后，是关于钱这个问题。一个小的家庭里，母亲往往是爱心最丰富的人，小说最后把这个包袱揭开，吴婆婆身后有一万多块钱留着，大哥做主，二哥同意，钱先给了生活看起来最困难的三小，而三小最后把钱拿出来给了二小。王祥夫处理金钱这个主题，特别显现了他的理想主义。作家应该有这个自信心，对善的书写是坚定的。托尔斯泰有一个短篇小说《人靠什么活着》，他给人类的指示是：人有爱心，人类才得以生存，从来不是自顾自。因为爱别人，天使执行了上帝的旨意让他与她活着，母亲死了，还有他人来养育她的子女。我倒觉得当代作家对善的想像力太缺乏了。

文珍提到《桥》，《桥》其实是王老师小说里类似于《归来》的，写死亡的小说中最浓情的之一。老宋的儿子掉下桥后，老宋要去把那个桥修好，在桥旁边修两个桥墩，防止别人骑车、走路掉下去。他把桥修好后，县政府突然重新修桥了，把他砌的砖头全拆掉了，砖头与泥灰上的水分还没干。在砌每块砖头时，老宋都叫他儿子一声"建设"。王祥夫把一个冷色事件努力用温暖来烙热，对现实满怀焦虑的他，真诚而竭力地、用心良苦地进行着道德自救。

李云雷：我简单介绍一下王祥夫的为人和我对他作品的理解，供大家讨论时参考。我平常跟他接触比较多，他是一个特别性情的人，像喝酒，他总是很快把自己喝醉，然后拉着我们聊天。有段时间，王祥夫嗓子发炎，不能喝酒，但是一见到我们，就忍不住了，一开始小口喝，后来就放开了。王祥夫喝酒，气势很猛，很快就把氛围带到了高潮，即使不爱或不能喝酒的人，也会受到感染。

王祥夫多才多艺，不仅小说写得好，他还是画家，他的花鸟与山水，据说已卖到了很高的价钱。王祥夫还是一个收藏家，收藏金银器、玉器、瓷器，曾经在潘家园开过一个店，收这些藏品。记得有次他来北京，我们在咖啡馆喝茶，他拿出一个唐代的酒盏，在微暗的灯光下欣赏。我们都看不出什么，他却说，"想象一下唐代人曾用它喝过酒，一千多年的时光都凝聚在里面了"，从中我们也可以看出他的修养、眼光与诗意。王祥夫还是一位红学家，和红学会的人交往很多，我每次见到张庆善、孙玉明老师，他们都会问起王祥夫。此外，他还是一位美食家，不但会吃，而且会点菜，我们每次在一起吃饭，都是他点菜，他总是能点出好吃而又有特色的菜。

以上这些，看似和他的小说没有关系，但是这些又都融入了他的小说创作中，让他的小说别具特色。比如在小说《婚宴》中，他不仅描绘了婚宴中的各种菜，而且细致地描述了做菜的过程，如果不是美食与生活方面经验的积累，是不会写出如此精彩的篇章来的。再比如，他小说中风俗画似的世相描写，对人际关系的细腻理解与把握，可以说继承了《红楼梦》的传统，而他小说中白描的手法，细致的勾勒，则无疑和他作为一个画家的训练有关。王祥夫小说最大的特点是生活化，他能把看似无事的故事写得极为精彩，这得力于他语言的灵活、自然与随意，他总是在东拉西扯的闲谈中，就能将读者吸引住。

更难能可贵的是，王祥夫还对底层民众有着深厚的情感。他的小说写得最多的是底层民众，写他们的生活，他们的困境，他们的情感。王祥夫关注着他们的生活，感受着他们的情绪，写出来就特别感人，或者引起人们思考。表面上看起来，王祥夫"士大夫"一样的性情，与底层之间似乎有不小的距离，但是我们可以看到，他与底层接近不是依靠知识或思想，而是靠一种直觉，这是在生活与经验中建立起来的深厚情感。我们也可以看到，在思想上整体思考底层的处境与命运，并不是王祥夫所擅长的，他所擅长的是在具体可感的经验中描述他们的生活。

王祥夫的小说，从文学传统上来讲，远的可以说继承了《红楼梦》的传统，在20世纪"新文学"中，可以说继承了废名、萧红、沈从文、孙犁、汪曾祺等"抒情诗"的传统，但他又有自己的发展与变化。王祥夫的小说，更像"中国"的小说，而不像西方小说观念中的"小说"，他不注重故事、人物或思想，而更重视生活中的细碎琐屑之处，更着意于小说整体意境的营造，更注意发掘人内心深处或人与人之间关系的微妙细致之处。

但与废名、沈从文、汪曾祺等人专注于想象中的童年或"理想的人性"不同，王祥夫的小说并不着意于回忆或想象，而是从广袤的现实生活中汲取诗意，他所关注的都是一般的社会题材或"小人物"，如《五张犁》中的失地农民，《狂奔》中从农村进城的儿童，《半截》中的残疾人等等，这就使王祥夫小说打开了一种社会的视野，而并不是仅沉浸于创作者的主观世界，可以说在这方面，王祥夫更接近萧红与孙犁。我们可以拿汪曾祺与王祥夫做一下对比，两人都有很深的"文人气"，汪曾祺身上似乎更浓一些，汪曾祺小说很耐人寻味，但如果集中阅读他的一本小说集，读到一半时便会感到吃力，因为他的小说大多取材于个人"主观的世界"，笔法、语调也颇相似，读多了便难免会有"审美疲劳"。而王祥夫的小说则不同，他的小说取材于现实社会，笔法、语调也能"随物赋形"，根据不同题材有所变化，因而即使集中阅读，也很少会产生阅读的疲劳感。

在最近的小说中，王祥夫关注的是当下社会的精神状况，而这又集中表现为对道德的脆弱性的关注。在《驶向北斗东路》中，一个出租车司机捡到了10万元钱，他既想归还失主，又想据为己有，在内心的矛盾与复杂的社会关系中，小说通过一幕幕富于戏剧性的转折，写出了我们社会当前的道德状况。在《寻死无门》中，一个得了肝癌的下岗职工，在去世前为给妻儿留下一笔钱，想尽了种种办法，先是想卖肾，后又想撞汽车以获得巨额赔偿。作者在他一次次寻死的冲动与求生本能的挣扎中，写出了"贫贱夫妻百事哀"的无奈，以及底层人在被极端剥夺之后在精神与道德上的困窘状态。《我本善良》也是一篇关注普通人道德状况的小说，故事的核心是要不要"救人"的问题，这是所有情节的出发点。如果简单地从抽象的"道德"出发，"救人"应该是天经地义的，在任何一种价值观念体系中，"见死不救"都是为人所不齿的。但在具体的现实生活中，却又并不如此简单。在小说中，我们从各种人与事的纠缠中，可以看到对这一天经地义的原则的挑战。王祥夫在浮世绘式的世相描绘中，以一种戏剧性的情节推进，展现出了当前社会复杂的道德状况，这同时也是他的拷问与反思。可以说，王祥夫所面对的问题，也是托尔斯泰、陀思妥耶夫斯基、萨特、加缪等人在他们的时代所面临的问题，这也是我们这个时代每一个严肃的思考者不得不思考的问题。

选择王祥夫的《归来》，主要是想通过这篇作品，具体探讨一下小说内部的艺术问题。现在文学界很少集中谈艺术问题，也似乎没有为一篇短篇小说开过会，我们想通过这个讨论，倡导对具体作品与艺术问题的研究。我们的主题"《归来》：历史批评与美学批评"，借用了恩格斯的著名命题，也想借此呼吁历史批评与美学批评的"归来"。

石一枫：一般所谓底层作家，基本上更关注写什么，曹征路就是这样。王祥夫跟其他人不一样，他更关注怎么写，不是靠直击事件和社会现实的震撼性来打动人，是靠文学才能表现出来的微妙来打动人。

计文君（中国现代文学馆）：他在艺术上更为自觉。我觉得《归来》是个特别好的典型，可以让我们拿来讨论。我也从三个方面来说，基本上跟石老师的三个方面相对应。

第一个是长篇、中篇、短篇这样的小说内部的文体分类。从某种意义上可以说《归来》是我们熟悉的最经典的短篇小说，而且写得非常好，但这样的小说分类的概念是来自西方的，就是 story 与 novel 的区别。我们回看中国传统小说，和西方小说的区分标准有着质的不同，不只是字数问题。中国古代对"小说"这个概念的理解和 story、novel 完全不同，由于翻译的原因，现在我们都称之为"小说"。蒲安迪在《中国叙事学》中，将中国古典小说，称之为"奇书体"小说，对于这些"奇书体"的长篇小说，他翻译为"full-length xiaoshuo"。中国人对传统小说的这一叙事文体的理解和现代之后我们理解的汉语小说，是不一样的。这一断裂发生在"五四"，五四新文学运动开天辟地，从一片空白中重新建立自己的文学范式，重新定义自己对各种文体的概念，这中间所借用的资源，基本来自西方，从而造成了和中国古代文学传统的断裂。毋庸置疑，《归来》显然是一篇现代短篇小说，具有一切现代短篇小说的要素。譬如刚才说短篇不能写一个人的一生，《胡文清传》却写了一个人的一生。我在2011年也有一个小说，用了不到两万字写了100年，这是一般写成长篇小说的家族史题材。我在小说里用一天写了这样一个家族史，对于通常我们理解的短篇小说，似乎具有一种实验性。但中国的短篇小说并没有只能写人生片段、横截面的艺术规定。我觉得这是当代作家在修复和中国叙事史传传统的关系。中国小说传统有两大来源，一是史传，一是传奇。当代小说创作一直在寻求多方面的文学资源，各个方面都有人在尝试。王老师的这篇，严格遵循现代小说对人生片段化表现的艺术规定，这是当下文学创作中最经典的短篇小说样态，其实也是我们渴望去冲击的一种样态。我们渴望有一种不同的、至少能和这样的经典小说样态构成一种对话的新样态。从另一个意义上，我觉得他确实继承了中国小说艺术中的某些方面，譬如白描和对复杂性的追求。白描手法用得很精到，工笔画一样，这是我最喜欢的小说，淡然却隽永，我也认为王老师深得《红楼梦》精髓。比如他用白描手法写人，非常传神。尤其在《上边》里，精致细密，在一片黯淡中的一点色彩，特别有冲击力。这种白描手法鲁迅用得也很精到。虽然新文学基本否定了传统文学，对很多东西的判断都是否定性的，但对《水浒》和《红楼梦》等小说是肯定的，主要体现在继承具体艺术手法上，例如白描。

祝东力：什么叫白描？

计文君：白描，我理解的就是不做渲染，不带过多色彩，用线条勾勒出来，用最直接的话语，也不做内心描写。

石一枫：其实也可以用比喻的。

祝东力：不是工笔，白描是没有色彩，色彩概念转换到文字上是什么意思？

文珍：比较像西方的自然主义。

石一枫：不是不是，我个人的体会，这确实是现在文学研究的一个问题。有很多行话很难理解，也未经反思，未经精确定义。比如说赵树理是白描大师，好像就可以认为，白描就是赵树理那样。具体到了语言学层面，我感觉是他的句子里的第一要素是动词，不是形容词，不是状语。

祝东力：比如我要描写一个屋子里的陈设也可以不用动词。

石一枫：对，所以我的定义肯定也不准。

计文君：比如鲁迅《故乡》中描写杨二嫂像圆规、说阿 Q 的毡帽等。

石一枫：本身没有很严格的定义。

祝东力：好的文学语言都是要求用尽量少的文字。

石一枫：言简意赅。

计文君：我觉得是相对于渲染。

祝东力：渲染是西方文学比较喜欢用的，比如大量使用排比。

石一枫：赵树理典型的写法是白描，王蒙大段的排比就不是白描。但这么说肯定是不精确。

文珍：就是判断的话比较少，陈述性的话比较多。就像现在西方流行的所谓零度写作，尽量不把价值判断引入叙述。

计文君：我觉得恰恰和零度写作不一样。刚才丁老师为什么就第一段话产生了那么多的感觉？白描恰恰不是零度的。白描本身留下了巨大的空隙，导致了复杂性和多义的产生，留下了巨大的理解空间。《红楼梦》中的一个例子，林黛玉和贾宝玉有了一个直抒胸臆的契机，写到爱情高潮的时候，作者的处理看似是非常简单的动作：贾宝玉看见黛玉在擦泪，他说妹妹你站一下，我说一句话。黛玉说，你要说的话，我早就知道了。黛玉走了，宝玉站在那儿发呆。作者的态度是什么，如何理解？宝玉的话该说不该说？作者没说，读者就有了理解的空间。《红楼梦》里有很多这样的例子。刚才丁老师说小说里的老人摔了一跤，王老师没解释摔了一跤怎么就会去世呢？这里头有一定生活经验的人会想，如果能得到很好的治疗，还会去世吗？阅读者本身可以加入自己的理解。

文珍：从人物的角度，不是俯视的视角，不是上帝的视角，而是尽量贴着人物。

计文君：不给读者建议，不多解释。

石一枫：作者的判断性的情感少，但不等于没有情感，情感反而可能更强烈。

祝东力：有点像固定机位，不用特写来捕捉，很客观。

石一枫：也有强烈的情感。

祝东力：情感色彩还是相对要少。

文珍：看似是不成文的，没有一个定义，但是可能更贴近真相。

计文君：而且更容易召唤出感觉来，更能激发读者感情。阅读的人可以加入很多理解，对于《红楼梦》，另写一本的都有。这种方法留下了这样的空间，如果他写得很确定或者写得很密，或者他自己加了很多感慨，反而削弱了这个力量。

再说第二个方面。我觉得大家把王老师这个小说定义为底层写作，其实这样的标签贴上去对其中的复杂性是一种削弱。我认为这篇小说更复杂，王老师说了一句话叫"俯视和把玩"，他说的是实话，是很真诚的表达。我们有一个关于乡土中国的建构，也是从新文学开始一直到现在，这个建构始终没有停止。这个文学里的"乡土中国"其实跟我们真实的"中国乡土"是两个概念。所以，我就更认为这个《归来》里的乡村跟中国现实乡村二者关系不大。这是作者设计出来的实验性质的空间。在这个空间里，传统的伦理秩序尚在，人性的美好也在，但是风雨飘摇，各种压力之下脆弱得一如故事中老太太的生命一样随时可能去了。实际上，小说里本来该停灵几天，因为大家忙着去卖葱，停灵时间要缩短，这是最后一群人在竭力地维系着一个美好的伦理秩序，保留着一点点温暖，但是各处都是破洞。这个世界其实已经维持不住，只是因为这些人内心这么渴望，但这么强烈的渴望依然没有力量去抵御那些破坏性的压力。这个世界没有破碎是一个偶然。这就是为什么作者说他在俯视和把玩，这个脆弱而美好的世界是作家的主观想象，我希望它存在，它存在吗？他希望有这样一群善良的人，有这样一个温暖的家，给这些经历过残酷生活的生命个体一个温暖的慰藉。我们去看看梁鸿的《出梁庄记》和孙惠芬的《生死十日谈》，那是非虚构作品。所以我觉得这个空间是比喻性质的，某种意义上《归来》可以理解为一种呼喊。王老师完成了一个完美的作品，但是我们在他的"完美"之后怎么办？这个小说写得很好，我只是想，在这样的"好"之后，王老师怎么办？我们如何面对当下的中国的经验？如何面对我们正在进行的非常惨痛的城市化进程？我们该怎么办？该怎么言说我们的经验？这真是特别值得思考的问题。比如说河南的平坟事件，这也是对传统伦理的冲击，你想，碰谁家祖坟，都是冲击中国人底线的事。为什么会发生这样的事？哪儿有那么大的的力量使基层干部去做这个事？我们今天遭遇各种各样的戏剧性的问题，以至于说，让我们作家真的在思考文学怎样才能高于生活？生活本身的戏剧性，本身的这种新鲜感，这种冲击力，真的在挑战文学。实际上文学不能在这个层面和生活竞争，文学的思考，不是说我要想出一个比生活更新鲜、更刺激、更富戏剧性的故事，这不是文学的使命。文学是要对生活做出思考，给出意见，或者构成对话，文学不能失语。

另外，刚才一枫谈到中国传统文学中的诗文传统。诗文传统是中国文学传统的正统，这个正统被新文学运动打倒了，打倒之后又需要建构出一个可作为当代文学参照系的传统。我们也在追求自己的小说美学形态，不能永远靠托尔斯泰，向俄国、法国学习，我们也希望产生自己的东西，但是又不可能直接借助中国传统的资源，诗文传统以前没有通畅的渠道进入到我们当代作家中来。这个情况经过80年代"全盘西化"的"洗礼"之后，稍微好一点，创作者在这一点上还是可以做更多的。《归来》里头有温暖，但这温暖其实想想还是蛮冷的。就像刘恒的《张大民的幸福生活》，惨事都落他一家头上，他还幸福。这里面有作者的态度，作者对笔下人物深切的同情，是永远要跟这些人站在一起的，也就是所谓"为天地立心，为生民立命，为往圣继绝学，开万世之太平"，作家也应该有这样一种担当。

石一枫：《归来》还没到那个份儿上，《归来》就是白居易那个《观刈麦》的品质，还达不到所谓儒学正宗的份儿上。

计文君：这儒学思想其实并没有作为有效的文学资源充分进入到今天的文学创作现场。如何将传统的思想资源进入到今天的文化生活，是全体知识分子的责任，不光是作家的责任。现代与古代思想资源的打通，具体怎么做，如何在现代语境下进行这样的打通，如何成为我们真正的写作资源，显然有许多的理论上或思想上的工作要做。

王磊（中国艺术研究院马克思主义文艺理论研究所）：我先问一下云雷，从王老师这篇小说看，他怎么对北方农村的生活这么熟悉？小说的真实性特别突出，看了之后觉得特别熟悉，特别能引发共鸣。但刚才听你的描述，王老师似乎是一个很有"士大夫"气息的那种知识分子。

李云雷：他从小生活在城乡结合的一个地方，对农村也很熟悉。

王磊：如果不是在农村有过常年的生活，我觉得他应该写不出来。

石一枫：我觉得应该这么理解，中国20世纪五六十年代的人，如果不是生活在北京、上海这种超级大城市的话，即使是个城市人，他的文化气息也是倾向乡村的，和中国乡村文化是更贴近的。

计文君：谁家没有几个农村亲戚啊。

王磊：包括他写大小的儿子睡在奶奶的床头这些细节，如果没有切身体验，真的很难写到位，而且不能让我们看完有共鸣。

李云雷：但是有另一个问题，比如说一个真正生活在农村的人，这些细节也可能不会当作一个特别要写的东西。

王磊：我觉得真实性是这个小说很重要的特点，刚才丁老师想表达的我觉得也有这个意思。

计文君：我认为他是一种拟真状态。

王磊：你刚才给了一个比较丰富的解释，就是现实生活的戏剧性、复杂性的确是小说无法相比的，小说写得再好也不可能超越现实生活。所以艺术作品不能在这个层面跟现实生活比高低，只能是在另一个意义上高于生活。刚才丁老师用了"原生态"，可能是想说王老师小说的真实性，想说他对生活真实感的把握。

丁国祥：我个人写小说，就不需要虚构，我每一篇小说，包括语言、故事，都可以从生活里找出。

祝东力：这看怎么理解了。

计文君：丁老师，我请教一下，你一般创作是不是调用你在此前就知道的东西，然后通过语言加工把这个事叙述成小说，还是写一个小说，生活当中凑巧有这样的事呢？

丁国祥：原型，肯定的。

石一枫：加工的尽量少。

丁国祥：加工肯定要加工，事件不需要编，根本不需要编，当然语言这些东西本身就是一个作家的标识。小说里的东西就是生活本身有的，我所知道的，我切身体会的，不是你的亲人就是你的朋友，不要道听途说，就是眼睛看，多得是。王老师这个小说里面的内容，王老师这个开头，是需要读者本身有丰富的生活体验的，读这个小说震撼力特别大。刚才佳山说，为什么那么多人要自杀，他就不理解。

孙佳山：对，在会前我们讨论了时下自杀率偏高的问题。在当下我国自杀率较高的情况下，这个问题就比较复杂了，不是文学能够把握得了的，文学似乎也从来不具备这种功能。当下的作家虽然在题材上开始了普遍的底层转向，但实际上在观念上，还是处于后20世纪80年代的层次和状态，还是认为文学本身就具有自足性和自律性，于是就顺带着认为他们所能看到的"生活"理所应当具有美学的合法性；再加上后工业社会中文学功能的缩减和转移，现实生活又呈现出了更为复杂的样貌，这些原因导致了当代作家实际上处于看啥啥新鲜的精神状态。现今的文学状况也很好地说明了这样的后果，底层文学没有大家期望的那么给力也是这个原因。当下现有的文学作品实际上连头痛医头、脚痛医脚的效果都未必有，倒是更接近盲人摸象，特别是在没有大历史观支撑的情况下，不管摸到哪儿都会有特别夸张的感受和反应。

丁国祥： 我仍然要说这是不了解那些人的生活。我的小嫂就是这样的自杀者，这个事件让我写出了小说《疼痛》。她就是因为对疾病的恐惧，或者说对即将到来的生活的恐惧而自杀的。不过，现在我还在想这个问题，她到底为什么自杀？

王磊： 这篇小说让我感觉很突出的一点就是它的叙述方式。刚才一枫说短篇小说重要的问题是"怎么写"，就这篇小说来说，它从感情上我觉得始终是有控制的。整个叙述过程感情很充沛，但又是含蓄的、压抑的，让读者的感动每每喷薄欲出。这是它的一个长处。小说通过这些含蓄的感情表达，既感动了你，也在现实层面，展示出了农村的生产、生活状态，展示出了打工者的生活遭遇。所以我觉得这篇小说从现实、历史层面和审美方面看，都是很好的。

计文君： 像一个物件一样做得很好，这也是为什么说"把玩"这个词是很真诚的一句话，他的雕工非常细，处处可见。

王磊： 所以从真实性、历史性和现实性的角度讲，我倾向于认为这篇小说是一个批判现实主义的作品。

计文君： 是这样的，尤其在真实性这个问题上，好多人一直很纠结，丁老师给了一个很典型的表述，但我认为小说艺术天然的法则或基本的属性就是虚构。虚构与现实主义并不矛盾。我认为中国特别需要批判现实主义的作品，批判现实主义的任务在中国并没有完成，我们有了先锋的各种实验之后，给人的错觉是批判现实主义已经"过去"了。其实不是，批判现实主义的任务需要我们继续完成。一般情况下，我们一提"怎么写"，就被认为是玩形式，其实不是这样。"怎么写"是我们该如何把生活中的现实变成高度凝练的艺术现实。这个小说特别值得我们学习的一点，就是人家活儿做得好。

文珍： 刚才说到原生态和批判现实主义，我恰恰觉得王祥夫的小说其实在很大程度上是一个提纯的、美化了的乡村。实际上像这样的家族，这样的礼法传统，在农村可能早就已经不复存在了。

王磊： 我觉得它的真实就在于，它所叙述的这种家族、家庭的亲情和伦理关系，现在依然是存在的。

文珍： 但是他用了一种艺术的提纯。

祝东力： 他把它完整化了，这些现象作为片断肯定还是存在的，他的工作一是提纯，一是修复得比较完整。

王磊： 这些东西在现实当中已经受到了很大的冲击。

祝东力： 他裁剪掉了一些构成干扰的现象，肯定有很多同时发生的甚至和这个丧事直接相关的事，但是小说里没说。

文珍：就好比在一艘破船上面，保留下来的相对比较完整的一个陶罐，其实可能很多其他同时期的乡村的陶器早就已经破损了。还有一个问题，因为王祥夫是城里长大的作家，刚刚说到他自述的"俯视和把玩"，我觉得恰恰因为他是一个城乡结合部出来的作家，他对乡村的观察，可能会比其他乡土作家更多地寄托了一种理想，他会有一个审美的想象。我举一个例子，李师江的《福寿春》，他是一个在福建农村长大的孩子，对农村的那种小奸小坏，对农村礼法中那些很愚昧、很封建的地方，可能一动笔就绕不开。而王祥夫的妈妈在农村，他从小回村里是去看望母亲的，这就决定了他自小接触到的乡村是一个充满温情和家庭温暖的地方。因此他写乡村，必然会有提纯和美化的一个倾向。我不是说这样写不好，这样写恰恰更加凸现了他的力量，好像一个画家画油画，讲究冷暖调子的对比。作家有意识把暖色调提纯到一个度，然后才更能映衬出现实的冷酷和黑暗，这个在艺术上面是很成功的。

计文君：这一点点暖，油画之间对光的强调其实使黑暗更沉重。

王磊：我阅读过程中没有感受到这种温暖，我倒认为小说整个的基调是悲凉。

祝东力：温暖还是有的，他们哥仨之间，还有嫂子那些人。

石一枫：人与人的关系基本上还是建立在善的基础上。

计文君：这篇小说所设置的戏剧性冲突，是小说情节发展和读者的"成见"构成了冲突。当你阅读的时候，与媒体上经常可以看到的社会新闻构成冲突。譬如小说里的第一个悬念，主人公为什么不回家？这孩子在外面怎么样？不回来的原因给了你，然后出现钱的问题，怎么办？小说仿佛还有一个文本之外的潜文本，小说和我们整个社会的"成见"构成一种博弈、一种冲突，我觉得这是特别值得关注的一点。"小人之心"的读者，读这个小说会有不断的意外。

石一枫：这也跟文化传承和文化传统有关系。昨天我看一个日本动画片，那是一典型的日本通俗文化。就讲一个小男孩跟小女孩谈恋爱的事，毫无戏剧性，好像日本那个国家更倾向于这种审美。美国片子就不这样，半分钟必须出来泪点或者笑点，人与人之间的关系必须极端。东方式的审美，在通俗文化里都可以大行其道，有自觉追求。

祝东力：在20世纪80年代的先锋实验之后，文学绕了一大圈回来，重新面对中国的现实和问题，这是底层文学的价值。底层文学本身当然也是中国现实和问题的产物，具体说，是20世纪90年代经济社会周期的产物。1992年小平南巡，经济高速增长，1993年—1994年就出现经济过热，开始调控。20世纪90年代后期，经济放缓，接着衰退，大批企业，包括乡镇企业破产，出现工人下岗潮。因为就业形势紧张，农村劳动力转移不出去，于是引发三农问题。这一切，又因为亚洲金融危机而被加剧，城市农村积累了大量贫困人口。反映到文学领域，世纪之交，就出现了底层文学。这是底层文学的背景。下面试着说一点对小说写作的观察。

我觉得一枫的问题挺有启发，这小说没有戏剧性，那么靠什么吸引读者看下去？一般小说没有戏剧性肯定不好看，不吸引人。如果既没有戏剧性，同时又能让人看下去，就肯定有别的东西在里面。刚才王磊涉及到了，我觉得一开始就有悲伤，比如落雪这种天气，就像雾霾给人带来情绪上的阴影，一上来就说吴婆婆摔了一跤去了，然后开始讲丧事。有一股悲情始终含着，压着，又蠢蠢欲动，我读的时候觉得这一点在牵引着我。读一个叙事作品肯定要有一个牵引的东西，比如凶杀故事是最明显的，靠这种明显的悬念来牵引人。这篇小说是靠悲情往前推动，这是吸引读者不断看下去的动力。这是相当好的一篇小说。但是，一方面我作为一个普通读者，另一方面又从一个特别高的标准来苛求，还是有些不满足。我看这个小说，觉得太慢了，这是为什么呢？明清时代主流的叙事形式肯定是戏曲、小说或评书之类，而我们时代的主流形式当然是影像叙事，包括那些电视法治栏目或网上那些视频什么的。影像叙事足够生动足够抓人，前十几年有个说法叫"读图时代"，其实读图时代也过去了，现在是影像时代，更直观，更吸引人。相比较，看文字就觉得费劲。整个文化生态、文艺生态每天都在变。比如说没有摄影的时候，绘画有肖像功能，有了摄影就把绘画的肖像功能切分出去，文艺的生态格局变了，绘画要重新给自己定位。文学也是这样，既然影像成为主流形式了，文学的定位到底在哪儿，这是个需要思考的问题。看王祥夫老师的这篇小说，特别像在工业时代观赏慢工出细活的手工艺。总之，有点慢。

我读了两遍小说。吹毛求疵地看，标题不太准确，因为三小回家就是暂住几天，怎么能叫"归来"呢，回到故乡不走了，至少住比较长一段时间，这才叫"归来"，如果是匆匆忙忙探亲奔丧，不宜叫"归来"。小说语言有些矫揉造作的地方，比如第一句话"怎么说呢"，自言自语，感觉端个架子，多余，如果删掉更自然。还有，情感描写有的地方过于夸张，像这种受苦受罪的农民，一般感情会比较深沉，不那么外露，特别是三小这样在外面磨砺了那么多年，像"这么一拉，三小就又大哭了起来，顿着脚"，有点作秀的感觉，特别是"顿着脚"。三小其实是心中有愧的，他胳膊断了，这么长时间没来看母亲，最终也没能看上一眼，会有一种内疚在心里面，这时候顿着脚大哭就有点像哭给大家看。

石一枫：是不是也是一种礼仪啊？

祝东力：别人没这样啊，这时候最好还是搂着点。还有，"三小的大哥把自己筷子伸过去，有些抖，他挟菜，挟准了，筷子没收回来，却送到三小媳妇的碗里。"我觉得"有些抖"，好像生怕别人不明白他心里的伤心怜爱，其实"挟准了"这一句已经说明他心情的沉重。然后又讲三小大嫂也跟着挟菜了，"挟一块肉，也没收回来，也送在三小媳妇的碗里，又挟一筷子，想想，放在三小的碗里"。"也没收回来"这句也多余，因为大小已经这么挟了，他媳妇站起来接着做非常自然，所以"也没收回来"这句就没有必要。然后给三小挟之前还要"想想"，根本不用想，大嫂从小带大的三小，感情有多深，已经不用说了，没有必要再"想想"。其实，这些都是作家要提醒读者，这里面有意味啊，你可别没看出来啊。这种意图太明显了。还有，三小大嫂出去叫三小吃饭，"三小大嫂的声音从外边传了进来，声音只是颤，只隔片刻，三小大嫂的声音忽然变成了哭声。"这也夸张了，把农民写得太多愁善感。还有写羊的那段，近乎怪力乱神，那种描写要更模糊、含蓄一些，似有还无，不能弄得真像灵魂附体一样。

文珍：羊这个部分，让我想起《少年派》里，最后老虎也没有回头看少年一眼。

石一枫：羊那段是这个小说最戏剧化的部分，通篇的情节和人物关系都没怎么编排，羊这块看出作者在编排了。

祝东力：这段破坏了整篇小说的细节现实主义的语法，近乎魔幻现实主义了。

丁国祥：这个我跟王老师沟通了，当地风俗就是这么做的。这里我想提另一种说法，就是我们民族的精神生活史。羊，以及羊一样的风俗，是精神生活史的重要组成部份。南方与北方，各族人民都拥有自己的精神生活史。王老师对他们的描写是真诚的，这种真诚更是小说里的人物的灵魂支撑。死者与生者阴阳相隔，羊就出现了。

祝东力：风俗没问题，关键是羊的反应，太夸张了。

石一枫：您这是说老师傅手艺还不够。

王磊：北方农村有的风俗，即便可能不动感情但是也嚎啕大哭。

祝东力：是情感把握的分寸问题。

王磊：我想从作者的角度讲，他为什么把温州的老板描述得那么好？说他也没有办法，也不容易。

石一枫：风俗需要，西方的葬礼都不能乱叫，中国的葬礼一定要声大。

祝东力：女的哭声大，男的一般声音低。

王磊：小说似乎并没有对"资本"的控诉，对所谓民族资本的态度是同情的。

石一枫：刚才祝老师说的，从另外一个角度讲，可能和作家在写作上的自信心有关系。比如您说他笔墨过重的地方，就是因为这儿有货，他也特想让读者知道这儿有货，但同时存在一个自信心的问题。第一是对自己没信心，这个货我埋得好不好？还有对读者没信心，这儿有货你看得出来看不？现在每个作家都是抱怨读者差，你们这些读者读东西太快了，你们不会细读，你们一个作品不读两遍。一般我理解作家，在展现他的余韵和隐藏他的信息量的时候，往往怕读者看不出来。会因为自信心不足埋得浅一些，作家自己肯定知道埋深了好。只要受过文字训练和写作训练，都知道深沉、含蓄是最好的，但是生怕读者看不出来。这就是一个现实问题，是作家和读者的关系问题，确实会影响作家。

文珍：而且我觉得和作者本人的性情有关，王祥夫应该是一个很热烈的人，他这样写的时候，他自己应该相信这是很自然的。比如像鲁迅笔下的魏连殳，在他祖母的灵前也是磕着那个棺材大哭，这对于中国文人来说，其实是可以想象和理解的。

祝东力：那也可能是因人而异吧。其他几个例子，像大嫂给三小挟菜之前还要"想想"，实际上就是作家想告诉你，人物有心理活动了！

石一枫：过去的老作家，王蒙那代人，他写作的前提是我什么都知道，你什么都不知道，我生怕你不知道，我得写透了。为什么那个时候作家写一个长篇恨不得五六十万字啊，其实现在看起来很多都是废话，因为都得写透了。现在看起来很浅薄，但是有的时候写得太深了，太简约而凝练的时候，又对读者没有自信，这就是写作的现实问题。

文珍：而且故意不写出来是不是也是一种造作？

祝东力：就从生活本身的逻辑讲，大嫂在这儿是用不着想的，因为她从小带大的三小，前面抱着自己的儿子后面背着这个弟弟。

文珍：我来试着揣摩解释一下，比如说因为三小已经太多年没有回来了，已经变成一个有点陌生的人了，大嫂如果过于殷勤会让他觉得是在怜悯？

祝东力：这可能是过度阐释了。

石一枫：换一个角度，一般来说，编辑有个经验，一旦读者产生了这样的疑问和争论的时候 —— 比如这个地方写的细节好不好，那个人物刻划得真不真 —— 一旦有了这个层面的争论，恰恰说明成功了。为什么呢，人物把你带进去了。如果说人物没带进去，你就连这些争论都没有。这说明初试及格了，先达到发表标准了。至于更高层面的好不好、深不深，那另有说法。

祝东力：我肯定是按我最高的标准看这篇小说的嘛。

崔柯（中国艺术研究院马克思主义文艺理论研究所）：我觉得小说中这句话是整篇小说的主题句："乡下人过日子，是，这一天和那一天一样，是，这一个月和那个月也一样。是，这一年和任何哪一年也没什么两样。"小说以这种不变的日常生活状态被打破开头，以回归这种状态为结尾，其中包含了作者对乡村生活的理解。这里不妨借用形式主义文论的"陌生化"概念来解读一下。

俄国形式主义认为艺术作品的意义在于打破日常思维的惯性，以一种"陌生化"的手法来恢复人们对生活的感觉。《归来》里这个主题句所描述的，正是乡村日常生活的惯性。吴婆婆的去世是一个"陌生化"的事件，这一事件使大家打破了平时随惯性生活的轨迹。在"陌生化"事件的参照之下，有些东西似乎归来了。小说要表现的似乎是：归来的依然陌生，离去的渐行渐远，不变的，是来来去去的生命流程。我觉得可以从三个层面来理解"归来"的含义。

首先，小说确实讲了一个"归来"的故事。由于吴婆婆的去世，大家日常生活的惯性被打破，一些平日里被忽略、被遗忘的东西归来了，比如，因伤残不敢回家的老三携家人归来了，古老的乡村伦理，还有人们平时忽略的亲情与温情归来了。而且，吴婆婆也"归来"了，小说中写到："像吴婆婆这样的老婆婆，只有在她没了的时候人们才会想到她曾经的存在。"平时被大家忽略的吴婆婆，以及吴婆婆所携带的那种过往生活的痕迹，也"归来"了。

然而，这并不只是一个关乎温情的故事。小说以"反常"开头，以"回归"日常生活结束——结尾写大嫂打下香椿去城里卖，看似是若无其事的闲笔，实则意味着一种"日常生活"秩序的回归，"陌生化"事件结束，一切好像没发生过。于是，因此事件而"归来"的一切，就烟消云散了。甚至，从此之后，吴婆婆会彻底消失在大家的视野中，老三也可能彻底断绝了与乡村的联系回到城市生活。而吴婆婆所代表的那种生活记忆，也就离去了。小说中详细描写的"领牲"仪式，正意味着彻底的告别。人们欣欣然地埋葬了昨天，回到各自生活的轨道。有些东西，就永远地离去了。

在第三个层面上，小说要描述的是一种生命状态。"归"也有"归去"的意思，文章既写了"归去"，也写了新生命的到来，比如小说提到，三小侄子媳妇怀孕，刘国跨媳妇要生了，而且，多处描写了一种春天的景象。可以说，和"归去"想伴随的，是新生。小说写的，是这种"归"与"来"之间来来去去的生命状态。这里包含了作者对乡村生活状态的理解。与形式主义以"陌生化"为目的的诉求不同，小说的叙事以消除"陌生化"、回归惯性为目的。这除了前面所说的，小说在结构上以"陌生化"开头、以常态化结束之外，还表现在，即使在"陌生化"事件的过程之中，日常生活的气息始终笼罩，主导了作品基调，这主要表现以"种葱"为代表的日常生活事件反复出现，使大家时时心不在焉。比如，按丧葬规矩，吴婆婆的侄子要住到姑姑出殡，但他挂念的是往地里送葱苗的事。大家晚饭时聊的是葱涨价的事情，村长挂念的是秋天葱的行情。而且，因为村长觉得，"谁现在不是地里家里一大堆事"，于是吴婆婆本来要在家停14天的时间也就减了一半。小说中也提到，仪式只要"不走样就好"。传统的乡村丧葬仪式抵不掉大家对各自日常生活的惦记。

可以说，小说写了"归"与"来"之间乡村人的生活状态。小说似乎是想说，支配乡村人生活的就是这种生生死死的逻辑，去的去、来的来，在世的则忙活劳碌——"活在这个世上就没有不受罪的"，小说对"受苦"的态度也似乎是逆来顺受的，乡村人遵从生活惯性，这种古往今来的惯性是保证大家生活延续的动力。当然里面也有时代的痕迹，比如，小说写到三小去温州人的工厂打工的遭遇，写到葱的市场行情，写到喜欢吃香椿的城里人，还有丧葬仪式上的馒头被面包取代。但与很多写乡村的小说不同——比如很多小说会写现代化逻辑对乡村伦理的冲击，写现代化带给人们的苦难，写人们在都市受到的冲击以及引发的人性的裂变等等。《归来》不是以现代化视角来审视乡村，而是直接截取了乡村生活的一个事件，从这个事件透视出人们的生活状态。

这篇小说让我想起台湾电影《一一》，电影里，婆婆因中风而昏迷，一家人轮流陪伴，给昏迷的婆婆说话。但在说话时大家发现了自己日常生活中可怕的惯性。就像婆婆的女儿，她发现每天说的都是一样的话，做的都是一样的事，几分钟就讲完了，觉得自己"好像白活了"，"每天像个傻子一样"。在电影里，每个人都试图去反思自己生活中出现的问题。影片中的小男孩拿相机拍人们的后脑勺，他是想告诉大家自己看不到的一面。电影对日复一日随惯性重复的日常状态的批判与反思，是显而易见的。而小说《归来》对这种日常生活状态是没有明显的反思的。作者同样发现了是一种"自动化"的逻辑，一种生活的惯性。但我们不清楚作者的态度，因为小说是以一种闲散的、不动声色的笔调来叙事的。小说似乎是想说，乡村的传统伦理和仪式在逐渐失效。难道乡村人不是一直这样依靠惯性顺流而动么？即使有些东西消失了，但归来又能如何？我们还能如何做？小说只是不动声色地描述，在温情、温暖的文字缝隙里，小说似乎是要写悄无声息的裂变。但我觉得这种态度是不确定的。

张慧瑜（中国艺术研究院电影电视艺术研究所）：我记得最初的两次青年文艺论坛讨论的就是文学批评和底层文学的话题，今天再次聚焦于一部文学作品，正好可以与那两次讨论形成某种呼应。王祥夫是近些年在短篇小说创作方面很有成绩的作家，可惜我读得很少，今天主要谈一下读《归来》的感受。大概涉及三个问题：一个是《归来》的乡土意识，二是这种乡土意识的历史局限，三是当下作家的自我想象。

昨天读完这部作品，我最直接的感受是这是一部能够读下去、但不满足的小说。能读下去是因为王祥夫用一种拉家常式的语言讲述了一个打工者回家奔丧的故事，简洁明了，像乡土风景小品。不满足在于这篇小说对于乡土的叙述和想象并没有多少新意。我留意到一种现象，很多批评家对王祥夫的评价采用这样的句式：王祥夫虽然是一位底层文学作家，但他更是一位有艺术风格和艺术自觉的作家。有意思的是，为何底层文学作家与有艺术风格会成为一种对立的关系，似乎底层写作因为关注底层人物的命运而丧失了艺术价值，这种想象本身就是20世纪80年代反思现实主义革命文学的后遗症，其症状或者流毒在于认为作品的主题与风格、内容与形式是可以分离的，或者说作品的艺术形式可以完全与其填充的内容没有关系。我发现在评价王祥夫或其他底层文学作家时，经常会使用这种"偏见"，先用底层的标签圈定他们的身份，然后就抛开底层来探讨他们特殊的艺术风格，这种艺术风格与他们所书写的底层故事没有内在的联系。我想这不仅是底层文学的问题，也是如何理解文学艺术的问题。在我看来，主题、内容与艺术表现方式的脱节是当下文艺创作最大的症候。

对于王祥夫来说，他确实是一个有自己"腔调"的作家，他的作品就像一枫所说的，戏剧化的东西比较少，反而继承了很多中国古典小说的白描传统。刚才文珍说这部作品就像一个陶罐一样，很精致，适合把玩，正好王祥夫本人也是一个收藏家。首先，如果把这部作品比喻为一个刚出土的陶罐，我觉得这应该是一百年前的陶罐，是一个与鲁迅同时期的陶罐。之所以这样说是因为这部作品很像鲁迅笔下的乡土。《归来》讲述一个从城里来的人，回到故乡并不是要留下来，而是为了给母亲送葬，最终又离开了故乡，这是一种典型的现代人的故乡或乡土经验。正如鲁迅在《故乡》中写到，这次"我"回故乡是为了离别故乡。因为离开土地、到城市来，过一种原子化的、个人主义的都市生活是现代人的宿命。所以，前现代的田园、土地、母亲、乡愁在浪漫主义文学时期就成为一种书写传统，用故乡、乡愁来反思工业化、城市化对传统伦理秩序的破坏。《归来》某种程度上也通过葬礼的仪式来建构一种充满亲情、人情味的文化想象。

刚才一枫提到王祥夫与《红楼梦》等古典小说、与士大夫诗文传统之间的传承关系。我觉得这种诗文传统、古典小说的世界与一种政治经济学的事实相关。支撑士大夫诗文传统的在于古代中国是一个以乡土、以农业为中心的社会，正如衣锦还乡、告老还乡、落叶归根只有在古代社会才能理解。或者说对于古人来说，家乡是一个可以回去的地方，而对于现代人来说，故乡的丧失是不可挽回的乡愁，飘泊、无根、没有归属感是孤独的现代人注定的命运。相比之下现代社会则是以城市为中心，农村、乡土对于城市、现代人来说只有两种形象，一个是野蛮、落后、需要被消灭的地方，另一个是天真浪漫的前现代的美丽田园，拥有传统的、温暖的价值理念。这种双重乡土想象能够成立的前提在于"城市是现代的"、"农村是前现代的"。所以，鲁迅的少年闰土和成年闰土恰好就是故乡的正反两副形象，但问题在于这两种彼此矛盾的乡土叙事从来不会出现在同一空间中，而鲁迅的悖论在于"我"回故乡的过程中，少年闰土与成年闰土正好都生活在"铁屋子"里面，这也就是像中国这样的第三世界在遭遇现代性的过程，总是处在一种既要追寻现代、又要批判现代的暧昧状态中。

其次，《归来》中三小是儿子，故乡是一个母亲或母性的故乡，父亲是早就不在的，舅舅也已经死去。这种无父的只有母亲与儿子的空间也是鲁迅书写的主题，鲁迅的小说中经常出现母亲与死去的儿子，如单四嫂子、祥林嫂等。在鲁迅的作品中，故乡有两副面孔，一个是害死父亲的故乡、吃人的故乡，还有一个就是母亲的故乡，是去母亲家看社戏、遭遇少年闰土的故乡。如果说父亲的故乡是黑暗的、充满创伤的，那么母亲的故乡则是温暖的、值得留恋的。在《归来》中也呈现了一个父亲不在的母亲的故乡，小说叙述了母亲对子女的爱，当然，更多的是把这个母亲的故乡叙述为一个前现代的、带有灵性、传统伦理的地方。从这里，可以清晰地看出《归来》是一个父权衰微的、后革命的、20世纪90年代之后的乡村，或者说一个被现代化所抛弃的乡村。也正是这样一个乡村，与革命之前、"五四"前后鲁迅笔下的乡村很相似。如果说20世纪80年代家庭联产承包责任制、人民公社解体使政治权力从乡村撤离，那么20世纪90年代随着现代化城市化，乡村再次被市场经济所抛弃。乡村对于城市或市场经济的意义在于成为一个劳动力的蓄水池和老幼病残的收留所。小说中三小打工失去一条胳膊，如果不是遇到一个好心的老板，恐怕回到农村是三小唯一的出路。可以说，《归来》所呈现的乡土叙事一方面与当下农村处在被现代化、城市化所抛弃的状态非常吻合，另一方面又非常自觉地跨越了几十年的记忆，回到了鲁迅的时代。

这部作品的局限在于，这种乡土想象并没有超越一种现代关于乡土的固有想象，与鲁迅的故乡相似，但又缺乏鲁迅对故乡的批判，《归来》还是把故乡作为一种精神或灵魂的拯救性力量。小说用较大的篇幅书写领牲的仪式和妯娌收拾吴婆婆箱底的细节，这是一种从历史中抽象出来特定的对象并将其恋物化，就像一个收藏家拂去藏品的尘埃尽情把玩。在这个意义上，这篇小说有意回避或者说遗忘了20世纪土地革命以及50年代——70年代农业合作化运动的"暴风骤雨"般的历史，而采用一种去历史化或把历史抽象化的方式讲述故事。小说用如此大的篇幅写妯娌整理母亲的房间，对于如此年长的生命来说，她的房间、她的衣箱应该是一个丰富的历史沉积物。在这里，包括吴婆婆、三小在内的人物塑造相对单薄，是抽空了历史的扁平化的人物，而且人物与人物之间的关系也非常单纯，就是亲疏远近。显然，他们除了是与吴婆婆有关的亲属之外，还是一个社会化的、被市场经济深深卷入的"人"。

石一枫：按照祝老师刚才的标准，这个地方停下来写细了，又是蛇足了。

祝东力：你这个感受我也有同感，百宝箱打开看，实际上是一个历史的收藏。比如佛像代表一个时代，毛主席像代表一个时代。

王磊：实际上他是把一个民族资本的小代表放在一个大的恶劣环境里，也是作为一个受害者，从这个角度讲可以理解小说的意味。

张慧瑜：如果说这些不足受限于短篇小说的篇幅，那么我觉得更为重要的是这种乡土想象丧失了另一种叙述乡土的视角。说到这里，不得不提20世纪80年代的中国农村正在实践着一种与20世纪90年代不同的现代化之路，就是依靠乡镇企业来完成的农村现代化，是"离土不离乡"的方式，而不是现在所看到的2亿多农民工"背井离乡"、长途奔波。20世纪80年代初有一首很流行的歌叫《希望的田野》，这首歌的意义在于，刚刚实行家庭联产承包制之后的农村也可以成为"希望的田野"，而不是老弱病残的收容所。从这里可以看出20世纪80年代和90年代对于农村来说是完全不同的现代化之路，而乡村的城市化正是当下中国进一步改革的焦点，我们应该有更多的视角来思考乡土与城市化的问题。

最后，我听到很多人把王祥夫比喻为一个手艺人，是一个手上功夫很精湛的老师傅。正好2012年我跟云雷参加了一次格非的小说《隐身衣》的讨论会，这部小说的主人公是一个安装、收藏音响的师傅，也自称是手艺人，我想这也是作家格非的自指。为何现在的写作者、作家会把自己想象为一个手艺人，这是一个很值得讨论的问题。手艺人是一种与现代化、工业大生产相对立的手工作坊式的生产，手艺人的另一种称呼就是工匠。工匠是籍籍无名的、依附性的，艺术家、作家则是一种有自我签名权的艺术生产者，这种签名权使作品可以自由交换，他们是一群依靠创作在市场上谋生的现代文人。不仅如此，手艺人、工匠与艺术家、作家的区别还在于，经历启蒙文化、现代转型，艺术家被赋予一种有创造力的主体，其至可以取代上帝的位置，就像浪漫主义文学对于诗人天才的想象，而在现代化进程中，作家、艺术家成为特殊的知识分子，承担着启蒙、革命的任务，尤其是在20世纪社会主义和民族解放运动中，很多作家就是革命者、政治家。在后革命时代，艺术家、作家再次蜕变为一个带有怀旧气息的手艺人。我想王祥夫也许就是以一个手艺人的身份把乡土书写为一抹现代化之外的残阳。从这种作家的自我想象以及《归来》对乡土的书写方式，可以看出我们时代艺术创作的界限。

李云雷：他是相对传统的。

张慧瑜：对于王祥夫的《归来》，革命乡村是看不见的，所以能够从现在直接穿越到鲁迅的时代，仿佛我们离鲁迅的经验更近，离20世纪50年代——70年代、20世纪80年代更遥远。这种感受显然也是我们时代的基本经验，或许说，只有特别有意识才能回到那个相对异质的时代。

祝东力：但《归来》里的乡土不完全是母系的，因为里面有王伯，他代表家族，代表乡村的传统以及祖先之类的，当然比较弱。

张慧瑜：在这个后革命乡村中，村长的角色也是很弱的，他在乡村秩序中没有位置，就连吴婆婆哪天下葬也要听风水师的，村长的父亲王伯能够领牲也是因为他是长者。政权离开乡土之后传统宗族又重新成为乡村秩序的填充物。

崔柯：小说要写的就是没有历史的那种乡村，就是年年月月日日没有改变的那种状态。

祝东力：不对吧，这样理解乡村不对，每年每月每天都在变。

张慧瑜：值得思考的是为什么王祥夫要把乡村书写成没有历史的空间，这种关于乡土的想象为何成为当下我们理解农村的主流意识。

石一枫：还是归结到中国文人的想象。我觉得这个小说集中着力的地方倒不在于农村社会的衰败过程。他着力的应该是在一个残酷而又功利的现实中寻找温情。这个社会很残酷，比如三小的胳膊没有了。然而在这个世界里面，作者想要寻找一点温暖和温情，用这点温情来寄托情感也好，来打动读者也好，或者是表达他对社会、对世界的观念也好，我觉得作家所着力的是这个地方。鲁迅着力的是旧农村的瓦解，王祥夫好象不是，他是自然而然带出来的。我想他完成的首要任务，是社会的冷酷与人的亲情。

张慧瑜：我觉得这种把乡村书写为人情社会、熟人社会的想象，是对乡土的第二次剥夺。本来在以城市为中心的发展之路中，乡村就没有任何现代价值，但在我们反思现代性的时候，却又再次把乡土赋予现代所缺乏的乡愁空间，仿佛那是一个桃花源，可以填补我们现代人的道德和精神匮乏的空间。

祝东力：倒不完全是想象，看春运就知道，大家这么玩命地回家干什么？还是要回到一个有归宿感的地方，是跟你的工作环境中的人际关系不一样的地方。

崔柯：那个佛像，小说中也提到，吴婆婆并没有供过。而佛像和毛主席像放到一起，似乎是相互消解了。我觉得小说是有意去除历史氛围，似乎是要说，无论大时代如何变，生命来来去去的流程是最根本的。

张慧瑜：20世纪80年代的乡土小说即使是伤痕故事或从愚昧走向文明的现代化叙事，都能感觉到它与毛时代的密切关系，《归来》则完全看不到当下的乡村与毛时代有什么关系，而可以直接穿越到100年前。

石一枫：箱子在小说里的意义应该是那些钱，是老人从嘴里给孩子节省出来的钱，让孩子生活好一点。

祝东力：钱我觉得好像太多了，15800元对于一个没有收入的老太太似乎太多了。而且她平时也一定会不断补贴自己的孙子、儿子，会有开销。

卢燕娟（首都师范大学文学院）：我想谈一个刚才大家谈的问题，就是艺术怎么高于生活？我对这个问题的理解是：艺术高于生活，不是虚构出一种不存在的生活，那是脱离生活，不是高于生活。艺术高于生活有两个层次，一个是艺术对现实生活做精准的提炼，从芜杂的生活现象中呈现出生活的内涵和本质——这就是石一枫刚才说的白居易的层次，反映社会现实、书写人民疾苦。还有一个层次，是艺术按照生活的逻辑创造出一种更好的生活的可能性——这是给人以历史方向、给人类希望的文艺，应该是艺术高于生活的最高境界。

从这个小说来说，我觉得在艺术怎么高于生活这一点上，可能最中心的不是作家白描，不是渲染、摹物，不是写人的手法和功力，最中心的可能还是作家的思想境界和世界观决定的情怀。这一点，决定了作家选择生活的哪些层面来写，在写的过程中做什么样的提炼，通过这样的提炼给小说什么样的品格。否则的话，就像刚才大家说的，这个小说的写法、风格，包括艺术感觉，和汪曾祺他们挺像的。但是这个小说的境界显然比汪曾祺高，这恰恰是在艺术高于生活的意义上显示出来的差别。

当然我这个感觉可能是比较狭隘的，因为我太久不读当下作品了。但小说有两个地方显示出作者对生活的理解和把握的境界，确实打动了我。

一个是翻出钱的地方。按照我此前形成的陈旧的阅读经验，我想坏了，又是那套人性在利益面前的卑微、纠缠的所谓"真实性、复杂性"要来了。结果不是，钱无波无澜地被处理了，处理得特别温暖。刚才大家说这是一种简单化，我有点不同想法。短篇小说不是长篇，它不可能追求表现生活的全面性，它只能截取生活的一个层面。长期以来，文学似乎形成了一个定势，只有截取人性中恶的层面，才是真实的。尤其是处在生活最底层的人，一定要写生活的艰难逼得人性扭曲才叫深刻，否则都是虚伪、浅薄。而事实上，这种所谓的"真实性、复杂性"同样是对生活的省略和简化。所以，卑微的生活中，利益面前，把人性写得美好，或者把人性写得扭曲，都是艺术对生活的提炼，而作者提炼什么，决定于作者自己对人的理解和对世界的判断。这个小说至少让我们觉得，即使在最卑微、最底层的生活中，人也是可以选择的。所以我个人很欣赏小说在这里的提炼。

第二个地方是，王伯对着羊 —— 也是大家想象的吴婆婆的在天之灵说，你安心吧，三小在那边生活得很好，吃得好、住得好，马上就要买房子了。其实这个地方是整个小说里特别沉痛的地方。这个细节，使他文字里萦绕的脉脉温情顿时还原到尖锐的现实中：小说中出现的人物是温暖的、美好的，但是这些温暖美好的人所生活的大环境是惨烈的。这里是惨烈现实的冰山一角，就像给脉脉温情的氛围撕开了一个口，刮进现实的寒风。这些尖锐的东西我觉得其实是隐含在小说背后，通过王伯跟吴婆婆在天之灵的这段对话，凸显在我们面前。

王伯对吴婆婆灵魂的安慰，某种意义上也有点像这个小说给我们的安慰：它努力给你一些温暖，但给的人和接受的人都知道，后面是多么惨烈的现实。所以这种安慰，只能暂时抚慰个体情感，不指向对任何现状的改变。这一点，也正是小说在"艺术高于生活"这个要求上，所达到的极限：提炼了现实中应该提炼的、揭示了现实中应该揭示的，可是没有创造出生活的未来可能性。正如刚才文珍讲到那个牛的故事，最终把牛买回去了，主人公获得了心安，读者也获得了心安，可根本的贫困没有改变。而这个小说其实也是一样的，当三小离家之后，兄弟情谊、人情温暖安慰了大家，但他们的生活，包括整个社会的一切都没有改变。

这两个地方加起来，我觉得我对艺术高于生活的理解恰恰在这里。刚才大家说这个小说接续了中国古典文学中的雅正传统。事实上在社会主义文学里，我们早已在中国古代文化里建立起了一个"人民文学传统"的脉络：把反映民生疾苦、揭示社会现实的文学纳入这一脉络中。就是在这个标准下，对杜甫的评价高于李白。这个小说在一定程度上也是还原了这一传统。这是这个小说在根本上超越沈从文、汪曾祺的"晚明小品"传统，超越贾平凹的"蒲松龄传统"的地方。但同时我对这个小说不满足的地方恰恰也就在这里：在这样的艺术层次上，是不是还适合用这样一种，用祝老师刚才说的，其实是有点矫揉造作、故作文气的方式来表达？因为当平淡自然成为一种刻意追求的时候，所谓平淡自然也就不那么平淡和自然了。作家已经看到现实的惨烈，并且在惨烈的现实中追求美好，这其实是一个比较高的境界，所以特别刻意的、文人白描传统的艺术手法，是否真的是提高了小说的艺术价值，还是其实反而消解或损害了作家最宝贵的东西？我至少是存疑的。

李雷（中国艺术研究院《艺术评论》杂志社）：我简单说一下比较感性的阅读体验。读这个小说，让我想起了高中时我奶奶去世的场景，和小说的许多情节颇为相似。其中乡里乡亲们的热情帮忙，兄弟仨之间的谦让和关爱，的确让人倍感温暖。但可能是自己有限的阅读经验的缘故，总感觉短篇应该如欧·亨利的小说那样，有一个出人意料的结尾，获得某种阅读的惊喜和快感。可能是这方面的原因，在第一次读时感觉这篇小说的叙述比较平淡，波澜不惊，直至结尾时，才发现了自以为惊喜的部分。当然，这种惊喜是建立在我个人的误读上的。结尾处，当大小发现了三小留给二小的吴婆婆的头巾包时的反应以及大小媳妇的反应，可能是作者叙述语言的缘故，让我有些疑惑，"大小没说什么，打着手势要哑子二小把钱赶快放起来，放在谁也看不到的地方。"然后下面，"三小的大嫂是个厚道人，什么也没说"，他们为什么没有声张，尤其是大小为什么表现得如此紧张？我当时有种感觉，是不是前面所有温情的你谦我让，所有让人倍感温暖的东西就此被打破了，而陷入到常见的遗产纠纷之中去？如果真是这样的话，那这的确给了我们一个令人意外的结尾。但事实情况并非如此，结尾处大小、大嫂的举动是他们之前谦让仁义行为的自然延续，并没有我所想的"意外"。作者始终就是在云淡风轻地叙述着整个丧葬的过程，并传递着对传统的亲情、伦理、良善、宽容及人性善等的呼吁。作者笔下如此动人美好的乡村社会图景，对比当下市场经济时代道德滑坡、善心泯灭的种种令人失望的现实，自然让人感动，我想这也是其获得认可的关键原因所在。

但根据我个人的生活经验来看，总感觉小说所呈现的真实，只是部分的真实，是经过其有意识提纯后的真实。包括刚才崔柯解读出来的一些细节，我觉得确实值得大家思考，如果这个家庭一直非常和睦，彼此体恤帮扶，那为什么这个孤苦的吴婆婆会一个人住？因为在农村中比较普遍的是，分家以后，如果兄弟之间感情还不错的话，会轮流照顾老人，很少让老人独居。所以，从这一点看，让我觉得作者所描绘的他们家人之间的关爱有失真实，至少是作者有意美化的结果。

张慧瑜：吴婆婆也有可能是去世之后才回到老屋。

崔柯：小说中写到了收拾吴婆婆屋子时的细节，从小说描述来看，吴婆婆应该是生活在老屋里。

祝东力：没有说单过，但和儿子确实不在一个房子里住。

李雷：所以，我还是觉得这个小说有它非常真实的部分，但里面也规避了好多东西，可能把乡村的，鲁迅所揭示的那种乡村中根深蒂固的劣根性的东西完全规避掉了，反而给人不真实感。总之，他所呈现的还是一种理想化的乡村世界，某种程度上削弱了小说的力量。

祝东力：他对乡村，包括兄弟三人间的关系，还是有所美化的。

文珍：这个反映了一个作家的人生观，比如同样一件事，可能在一个乡村里面有一家人会闹得特别不堪，可能会杀人或者怎样。但是也有可能一家人就是很规矩，合乎礼法。大部分作家会写前者，但王祥夫着重写了后者，给我们一个很戏剧性的反高潮，通过期待落空，结果到最后高明的地方居然是反转。

石一枫：这种写法只能是短篇，不能中长篇。

张慧瑜：《归来》中对温州人的想象也挺有意思。根据三小媳妇说，三小被老板安排在厂里看大门，三小养了一只羊，还在房后开了一片菜地，对于丧失劳动能力的三小来说，通过"复原"一种农业式的自给自足的生活可以获得一种母亲般的、故乡的抚慰。

祝东力：那是生产自救。

张慧瑜：如果是别人，像三小没有胳膊、丧失了劳动力，肯定在城市里活不下去，只能回家了。当然，这也是中国特色或土地革命的遗产，至少还能有一个地方、一块属于自己的承包地可以让农民工回家。

石一枫：我对这一段比较感动，就是说他在人家看大门的地方，弄点菜，弄个羊。你想他背井离乡，带着媳妇去打工，别说买卖做不了了，连工厂都进不了了，这说明这个人废了。废了还很温暖，还能自己有点自得其乐 —— 当然可能不是自得其乐而是安慰他的亲戚。这点挺让人感动的。

祝东力：那个温州老板还是不错的，肯定是夫妇俩非常了解老板的情况，他们觉得不错，就不会太离谱。再有就是这个老板没把他踢出去，还是收留了他。

王磊：他为什么把温州的老板描述得那么好，讲他也没有办法，他也不容易。他似乎没有对资本或者所谓民族资本的控诉。

祝东力：没有那么直接，实际上逻辑都在里面，温州的小老板也遵循这个逻辑，他没办法。我觉得这是作者高明的地方，如果把一切不好的东西都归结到某个个人，就太浅了。

石一枫：碰到一个好老板你要是命还惨，就是时代的问题，你要是碰上一个坏老板命惨，那就可能不是时代的问题。

祝东力：这确实处理得不错。另外语言是哪儿的语言？老爱用"亦"这个词。

石一枫：这个应该是文人语言。

文珍：我一直在想其实是王祥夫的整个作品是温柔敦厚，一直就像刚才祝老师说的做得高明的地方，一直强调害了三小的"温州老板其实还不错"。但是我觉得这里其实过度强调了。王祥夫有篇小说叫《半截》，同样过度地强调了善，里面是写两个残疾人结婚，因为残缺的程度让人看着触目惊心，周围街坊邻居都不爱搭理他们。但是最后女残废要生孩子了，和男残废去医院之前吃了碗面，结果一到医院发现那些邻居其实还是关心他们的，发现他们消失得太久了，特意去医院来看望他们。一味地强调善良，其实从某种程度上降低了批判性，刚才大家说他是批判现实主义，我恰恰觉得王祥夫是一个"浪漫"现实主义，也就是浪漫化的现实主义。

石一枫：这不应该算，王祥夫的写作应该算现实主义。

张慧瑜：我觉得批判现实主义就像《悲惨世界》那样，背后有一个大的世界观和对历史社会的判断。雨果正是认识到贫富分化、阶级对抗是19世纪的主要矛盾，所以他让冉·阿让式的人物来拯救这个时代，这是他对19世纪问题的解决方式。

文珍：作家其实永远不可能真正代表某一群人，在作品里呈现的，只有他自己的世界观和他对人生的看法。记得王祥夫在一个访谈中提过，他希望他的写作引起更多人注意弱者、注意底层。因为其实真正的底层人民看不到这些底层文学，看到这些文学的只有我们。而他之所以要这样处理他的文学创作，大概是觉得用一种审美化、浪漫化的方式来歌颂真善美，寄托一种日渐式微的乡村美学理想，可能比对纯粹恶的描写更容易打动读者，更有力量。

孙佳山：今天的讨论，深化了我们对当下历史批评与美学批评问题的认识。以后论坛还将持续关注当下来自底层、关乎底层的文化艺术现象。咱们今天就到这里。谢谢大家！

（根据速记整理，经过本人校订）

青年文艺论坛2013

第四期

新工人艺术团：创作与实践

■　　　　■　　　　■　　　　■　　　　■

关键词：新工人群体　　劳动　　美学

主持人：崔柯（中国艺术研究院马克思主义文艺理论研究所）

主讲人：孙恒（新工人艺术团）

时　间：2013年4月25日14：30—18：00

地　点：中国艺术研究院334会议室

编者的话

　　"新工人艺术团"组建于2002年，成立之初叫"打工青年艺术团"，后改名为"新工人艺术团"。自成立以来，新工人艺术团出版了7张原创歌曲专辑和多部小型电影、纪录片、戏剧作品等，并从事多种文化及社会实践活动。新工人艺术团的作品以3亿打工群体真实的劳动与生活为题材，力图站在劳动者的立场上对社会现实做出艺术的回应。在"五一"国际劳动节到来之际，"青年文艺论坛"以新专辑出版为契机，邀请新工人艺术团创始人孙恒系统介绍了他们的音乐创作、演出及社会实践活动，及其努力挣脱小我、融入大我的心路历程。论坛集中讨论了新工人艺术在当今社会文化环境中的意义与价值，探讨了艺术与生活、艺术与劳动的关系，以及艺术怎样介入现实，个人主体与集体主体的差异等问题。大家高度评价新工人艺术团的音乐创作，指出艺术对于底层群体在精神上具有特殊的"赋权"的功能，同时也对新工人艺术团的未来创作提出了一些期待。

崔柯（中国艺术研究院马克思主义文艺理论研究所）：欢迎大家参加第二十三期"青年文艺论坛"[①]。再过几天就是"五一"国际劳动节了，我们今天讨论的话题"新工人艺术团：创作与实践"恰恰和劳动、劳动者相关。

"新工人艺术团"成立于2002年"五一"劳动节，成立之初叫"打工青年艺术团"，后来改名"新工人艺术团"。自成立以来，出版了七张原创歌曲专辑和几部电影、纪录片、戏剧作品，策划了打工春晚。新工人艺术团最突出的特点，一是旗帜鲜明地"为劳动者歌唱"，他们的歌曲都是与打工群体的生活状态、劳动状态密切结合在一起。二是艺术创作和社会实践密切结合在一起，他们的创作，是和建立同心实验学校、工友之家、打工博物馆、新工人剧场、同心互惠商店、工友影院等社会实践紧密联系在一起的。

最近，新工人艺术团出版了新专辑《家在哪里》。这张专辑除了一如既往坚持歌唱劳动和劳动者外，更宣布"雄关漫道真如铁，而今迈步从头越"，那么我们是否可以理解为，"新工人艺术团"的音乐号角有了一些新的声音、新的音符呢？就让我们一起来探讨一下。

首先请"新工人艺术团"的创始人孙恒老师为我们做一个报告。

孙恒（新工人艺术团）：接下来我给大家分享一下我们艺术团的一些创作和经验，今天我们也带了吉他，如果有时间后面可以给大家唱几首歌。

首先介绍一下艺术团产生的社会背景。中国的改革开放是从1978年开始的，伴随着改革开放，农民也开始流动进城打工。20世纪80年代的乡镇企业，1992年邓小平南巡讲话之后，沿海地区的大量工厂以及各大城市的建设，都需要大量工人劳动者，他们主要就是从农村进入城市的打工者。伴随着中国工业化、城市化的发展，产生了世界上最庞大的一个群体——我们称之为"新工人群体"，当然外界和官方的称呼是"农民工"或"民工"，我们很不喜欢使用这个词。我们提倡使用"新工人"，我们的户籍身份虽然是农村户

[①]即青年文艺论坛2013年第四期。

口，可是我们已经不再从事农业生产了，已经进城打工了，靠出卖自己的劳动力获取劳务报酬，已经是工人了。为什么是"新工人"？还有一个原因是为了区别于之前国有企业的"老工人"，其实都是工人，无所谓"新"、"老"，但是两者还是有些区别。国有企业的工人有一整套社会保障机制，可是"新工人"是农民身份转换而成的工人群体，现在连基本的社会保障还没建立起来，整个工人群体正在形成过程中，工人是这个群体未来发展的方向，所以称之为"新工人"群体。

伴随工业化、城市化的大规模流动过程，出现了大量社会问题，比如说：收容遣送。大家都知道"孙志刚事件"，这个事件导致了收容制度的取消，这对于我们工人群体来讲是身心上的解放。我是1998年来的北京，那时候我租房子住，晚上睡觉要把自己反锁起来，因为没有任何安全感。警察、城管、村联防队，他们可以随时晚上破门而入，把你抓起来送到昌平去翻沙子，然后把你遣送回老家。所以孙志刚事件和这个制度的取消对我们工人群体来讲，是一个非常重要的历史事件。还有拖欠工资，工人的基本权益得不到保障，尤其是建筑行业，工人的工资应该是以月为单位按时发放，但是建筑工人的工资有时候是以年为单位，工程完了还被拖欠工资。所以出现了2003年温家宝总理替熊德明讨工钱的事情，可是工人自己讨工钱就没那么容易了。我前几天看一个报道，一个工人追讨5000块工钱，要了25年。建筑行业拖欠工资现象是非常普遍的。还有大量的工伤事故、职业病，"开胸验肺"是比较典型的事件，张海超也是我很好的一个朋友，现在他还在郑州的医院住着，他是尘肺三期，中国目前有600万尘肺病工人。

伴随这种流动还产生了2000万流动儿童，他们跟着爸爸、妈妈打工进城，可是这些孩子却因为户籍制度的限制，享受不到城市公平的教育。所以在北京，现在还有100多所打工学校，如果进入公立学校，门槛很高，要办很多证件。我们学校有一个孩子在北京生活了3年，搬了20次家，流动对孩子们的影响可想而知。

在农村还有5800万留守儿童，长期不能和自己的父母、兄弟姐妹团聚，留在老家基本上是由爷爷、奶奶等老人们照顾。我看过一个留守儿童写给爸爸、妈妈的信，他说："爸爸、妈妈你们再不回来我就要自杀"。2000万流动儿童和5800万留守儿童，这是2005年的数据，2010年这个数据反了过来，进城的孩子超过了留守儿童。

还有最近这几年大家知道的"富士康工人跳楼"事件。在"十二跳"以前我都非常的麻木，因为这种事情好像很普遍了，觉得没什么，习以为常地变得冷漠了。可是听到"十二跳"的时候，真的再也没办法进行自己正常的生活了，我在想：中国人真的没有爱心和良知了吗？其实我们对待自己的亲人和朋友是非常有爱心的，而对待不认识的人就非常冷漠。当"富士康工人跳楼"事件发生的时候，我们听不到工人的声音。老板郭台铭第一件事就是跑到五台山去请了一个风水法师，说这是风水问题；第二件事是跑到清华大学请了一个心理学教授，经过一番调查研究，说这是年轻工人的心理素质太脆弱。

　　紧接着又发生了"本田工人罢工事件"，这两个事件对比来看非常有意思。同样是年轻工人，可采取的方式不一样，一个以牺牲生命为代价消极抗争，一个是通过工会组织力量，积极争取合法权益，而且取得了成功。

　　我们现在开始关注80后、90后新生代工人，在中国已有近1亿人。我们去年做过一个调研报告，基本结论是：回不去的乡村，待不下的城市。这些年轻人不会再回去种地了，中国人多地少，而且资本也开始进入土地，很多农民都已经没有土地了。待不下的城市就是：城市在发展过程中从没有把"新工人"群体看作城市的一部分来接纳。我记得有一个政府官员说，打工群体就像自来水一样，需要的时候就把闸门打开，不需要就把闸门关上。去年我们这本调研报告出版了，叫《中国新工人 —— 迷失与崛起》。

　　那怎么办？我们也是新工人群体中的一份子，面对这么多困难和问题，怎么办？其实10年之前，我们并没有想到这些问题。10年以前我们只是一个自发的、业余的文艺演出队。我自己是1998年来到北京，之前我在河南老家开封一所中学做音乐教师，后来辞职来北京。在出来打工的过程中，我认识了几个有文艺特长的朋友 —— 包括许多，今天他也来了，我们就开始唱自己的歌。在2002年5月1号劳动节这天，我们搞了一个小型演出，正式宣告成立"打工青年文艺演出队"，刚开始规模很小，那时候只有三五个骨干成员，利用业余时间去工地、工厂、社区给工友们做义务演出，每一场演出都会有一些新的成员加入。之后，逐渐发展出我们艺术团的宗旨："用歌声呐喊，以文艺维权！""用歌声呐喊"大家比较好理解，可是"用文艺维权"很多人就不理解，我们觉得很多人对"维权"有狭隘的理解，比如说只有追讨拖欠工资才叫维权吗？其实作为一个现代公民的权益应该包含：子女的教育、社会的交往、精神文化，也包括政治权利，而不只是经济权益和劳动权益。所以我们就把工人遇到的一些权益侵害的案件，改编成相声、歌曲、小品演给大家看，通过文艺的方式来提高大家的权益意识。

　　我们的演出形式除歌曲外，还有相声、舞蹈、器乐、小品，没什么门槛，只要愿意无偿、义务地为工人演出，我们都欢迎，所以大家参与比较踊跃，但是流动性也很大，有的参加一场就离开了，有的能坚持半年。虽然艺术团迄今为止流动率非常大，但在这个过程中，我们也形成了大约10个左右、相对稳定的文艺骨干。歌曲承载的信息比较少，所以这几年开始创作戏剧，我们学习到一些民众戏剧的方法，戏剧包含的内容、传递的信息及文艺形式更综合、更多元、更广。我们有两部戏剧公演过，一个是《我们的世界，我们的梦想》，另一个是《城市的村庄》。我们也开使用一些电影和纪录片记录工人的生活，比如《顺利进城》是我拍的一个电影，很短，45分钟，讲的是一个河南打工青年进入城市，刚到城市半年的过程中，不断上当受骗的故事，这种事对工人来讲是很普遍的。《皮村》是艺术团另一个同事王德志拍的纪录片。我们的传播方式除了演出之外，还出版专辑唱片，举办工人文化艺术节，通过媒体和网络进行传播。我们演出的场地主要是工地、工厂、学校和社区。演出规模大小不等，有时候上万人，有时候几十个人。对象非常明确，就是我们的工人群体。

我们也做过几次全国巡演，2004年、2007年和2012年，我们做过三次巡演，到全国各地，和当地的一些劳动团体合作，主要也是为工人演出。

2004年，我们出版了第一张专辑叫《天下打工是一家》。出这张专辑很偶然，因为很多工友特别喜欢听我们的歌，说能不能教我们传唱，所以我们找一个录音棚录音。在录音过程中，遇到了京文唱片公司的一个工作人员，听到我们的歌特别喜欢，就拿回去给公司老总许钟民听，他说做唱片20年了，很少有歌曲打动他，因为流行音乐都是商业化的生产运作方式，可是当他听到我们这些歌的时候一下子就打动了他。另一个原因是，他也做过建筑工人，也有过打工的经历和体会，所以很快就帮我们在全国发行了这张专辑，销量很不错，据说发行了10万张。我们现在已经出版了7张专辑：第2张专辑《为劳动者歌唱》、第3张《我们的世界，我们的梦想》、第4张《放进我们的手掌》、第5张《就这么办》、第6张《反拐》。《反拐》也要特别介绍一下，《反拐》专辑是我们和国际劳工组织一起合作的。提到传统意义的"拐卖"，大家都会想到拐卖妇女和儿童，可是我们今天说的是以劳动剥削为目的的拐卖，这是联合国对"拐卖"的最新定义。尤其在中国，现在情况越来越严重，比如说童工、智障工人，还有学生工，所以我们通过这张专辑创作了10首反拐歌曲，并在全国做巡演宣传，通过这种方式提高大家的反拐意识。我们第7张专辑《家在哪里》，主题是讲工人的居住权。

我们也举办全国规模的工人文化艺术节，我们的口号是"自己搭台自己唱戏"。我们也经常会受邀请，比如一些晚会或一些娱乐性节目。可是每次去的时候，我们觉得特别不舒服，因为那个舞台不是我们的，所以主导权根本就不是我们的，只不过把我们拿过去作秀。所以，我们就说我们要有自己的舞台。

我们是真的"自己搭台自己唱戏"，就在皮村自己建了一个"新工人剧场"。最初是日本的一个帐篷剧团在我们那里演出，演出完之后就捐给我们，是一个木质的空壳圆球框架，我们就用二手物品，动员社区的工人把它改造成了一个"新工人剧场"，我们艺术节的主会场就是这里。已经举办过三次工人文化艺术节，每次有三天，有歌曲、戏剧、论坛、工作坊、影像、展览，每次都会有来自全国各地的工人团体代表参加，非常热闹。

我们在皮村还建立了"社区工人文化活动中心"，里面有剧场、工友影院、图书馆、博物馆，是一个综合的文化活动公共空间。工友们下班之后就会来到这里看书、学习、看电影、演出、聊天、认识新的朋友。

这两年我们也做了"打工春晚"，请到崔永元帮我们主持，晚会视频放到网上有几十万网友观看，我们与农林卫视合作还面向全国播出了"打工春晚"。为什么要办"打工春晚"？因为我们每年都看央视春晚，越看越难看，因为节目内容越来越脱离我们的现实生活。所以我们办一个自己的"打工春晚"，搭建一个平台，通过网络传播让社会各界听到工人的声音，看到工人的现实生活。

新工人艺术团从成立以来有10年了，累计演出超过500场次，直接看过我们现场演出的观众超过20万。我们的歌很多都是来自工人真实的故事，比如有一首歌叫《彪哥》。1999年我在全国流浪了一年，在这个过程中我自己的创作发生了很大转变，对我的人生改变也很大。这一年我接触到很多各行各业的底层劳动者，我曾经在一个工地上待了三天，每天傍晚等工人们下了班，端着饭缸子往那儿一坐，他们一边吃饭，我就一边给他们唱歌、聊天。彪哥就是其中一位，他是一个安徽的建筑工人，个子矮矮的、瘦瘦的。头两天他一句话也不说，就坐在我身边，第三天他开始跟我讲一些他的心里话。他当时就把一双手伸到我面前，他说你看：我只有这双空空的手，但是我要靠这双手养活我的孩子、我的老婆、我的爸爸妈妈。他说在建筑工地干活儿非常累，每天十三四个小时，有时候十七八个小时。他说累的时候就喝酒，喝完酒就想家，他也想不明白为什么我们从农村来到城市，我们用我们的双手血汗，盖起了高楼大厦、建起了大街桥梁，而城市里很多人还瞧不起我们，说我们脏乱差、素质低。他也相信每天只要拼命地干、努力地干，日子就会改变，可是一年到头来剩下的只是一双空空的手。彪哥的这些心里话就变成了我的歌词，我要唱给更多的人听。

像彪哥这样的劳动者的故事每天都在发生，可是往往主流的文化当中只看到高楼大厦、看到鸟巢、看奥运会，看不到这些高楼大厦背后的故事，听不到工人的声音。所以那时候我开始想，可以通过歌曲传递工人的心声，比如说《团结一心讨工钱》，就是一首工人维权的歌曲。

有八十多个工友在一个建筑工地上辛辛苦苦干了一年，该回家过年了，老板拖欠工资不给，他们就团结起来把工地占领了，然后跟老板谈判。这个老板特别狡猾，先是找了一些工友让工人之间引起内讧，后来找了警察吓唬他们说要把他们收容遣送。后来因为工人们特别团结，斗争最终取得了胜利，到天亮的时候要回了工资。这是一首用陕西方言创作的歌曲，记得艺术团第一次去演出的时候没有经验，那是在一个建筑工地演出，唱着唱着全场的工人跟我们一起喊："团结一心跟他干，条件一个结工钱！"那个老板吓得出来就说："唱的什么歌？滚！"就把我们赶跑了。后来我们就有经验了，把这首歌放在最后唱，唱完我们就走了。

还有像"富士康事件"出来的时候，听不到工人的声音，甚至最开始连政府都不出来说话，我们只看到老板郭台铭出来说话。在第十二跳的时候，我们动员了很多人一起为死难的工友们写诗、唱歌，我们在新工人剧场里面举办了"生命尊严：富士康工友悼念晚会"。这个晚会中一首歌叫《生命之歌》，就是讲工人对生命尊严的抗争，这首歌放在网站上，几天就有好几万人点击。

艺术团除了歌曲创作之外，还有一系列社会实践活动。在艺术团的基础上，我们成立了一个劳工 NGO 组织叫"工友之家"。为什么要成立这个组织？我们最开始想法很简单，就是到工地唱唱歌，提高大家的权益意识。可经常是唱完之后，工友们就围上来拉着我们的手说："我们被拖欠工资怎么办？我们受工伤事故怎么办？我们也想看书学电脑怎么办？我们的孩子上学怎么办？"一系列这样的现实问题摆在我们面前，我们很尴尬、很无奈。唱几首歌，现场很热闹，可是唱完，什么事也改变不了。所以我们在想，这是什么原因？后来我们觉得一个很重要的原因，就是中国是个二元体制社会。在农村，我们有一整套生产方式、社会交往、社会关系、生活方式及文化价值观，可是当我们离开农村来到城市，就失去了原有的一切社会关系。在老家我们有一个家，爸爸、妈妈、同学、老乡、朋友，这就是一个社会支持体系。当我们个人遇到困难，就可以通过这个网络互相帮助。可是当我们来到城市，我们一无所有，所以当时我们就说，也要在城市建立一个自己的"家"，这个"家"就是一个社会支持网络。

2004年，艺术团出版了第一张专辑《天下打工是一家》，拿到了7万5千元版税，那时候7万5千块，对于我们来说是一笔不小的钱。我们开了一个星期的会，讨论怎么把它分掉，改善一下生活。可是我们经过讨论说，这点钱分了也就没了，还不如做点有意义的事。我们演出的时候经常看到，很多孩子到上学的年龄在社区里没有学上，包括我们自己年纪也大了，我们自己也要有家庭有孩子，我们的孩子也没有北京市户口，上不起学怎么办？干脆我们自己办一所学校，让我们的孩子有学上。所以，2005年7月，我们就来到北京市朝阳区金盏乡皮村，租下一个废弃的工艺美术厂，动员了100多名大学生志愿者来参加建设。还有很多工人，我们帮他们讨工钱，他们就来帮我们盖房子。通过这种互助合作的方式，用了一个半月时间，用我们自己的双手建起了一所崭新的学校 —— 同心实验学校。当时我们想能招到50个学生就不错了，第一学期还不错，招了100多个学生，现在我们的学校有800多个孩子。同心实验学校是一所小学，三岁就可以来上幼儿园，一直到小学六年级，全部都是来自全国各地的打工者子女。

这个学校也是一个开放式的社区学习中心，比如说周末、节假日，其他学校就锁门了，老师也放假了。可是我们的学校是开放的，因为我们的孩子的爸爸妈妈们根本没有休息日，所以我们就动员很多志愿者给孩子们支教。节假日或者暑假，我们把教室拿出来开办工人夜校，请大学生志愿者做老师，给社区里的工人开很多课程：社会工作、家庭教育、法律常识、电脑知识、大众文艺等，学校就成为一个开放式的社区学习中心。

去年这个学校因为"同心事件"变得很有名。去年当地政府要关停我们学校，在没有任何妥善措施的情况下，非常强硬地让我们写承诺书，要我们关停学校，而且不允许上访，不允许接受媒体采访，后果自负。这是非常不讲道理的，所以我们动员很多人进行抗争。当时他们的挖土机、警察全部都去了，最严重的时候他们把学校门口的水管挖断了，整条街被几百人堵上了。到傍晚的时候，事件很容易升级，当时我们也讨论控制了一下，没有再继续让它升级为群体事件。内部我们的家长特别团结，几百个家长和我们一起，心非常齐，就是要保卫学校，而且崔永元等联名给教育部部长写信，后来经多方面协调，最后北京市政府、体制内很多人都表态支持我们。

我们还做了一个二手商店叫"同心互惠商店"，商店是扎根在工人社区的，商店里的物品全都是募捐来的。因为城市里都是以消费主义为主导，不断要买新的东西，而旧的东西其实还可以用。我们就把这些东西募捐来，维修处理后进入我们的商店，以很便宜的价格义卖给工友。比如夏天的衣服一般不会超过10块钱，冬天很好的羽绒服也20块钱左右。这不是一个普通的商店，它是多功能的，里面也有图书角，工友们可以看书、学习，遇到什么困难、问题也可以通过商店来找我们。

很多人就是去找老乡找朋友，不买东西，因为工人社区里没有公共空间，所以商店变成了一个社区公共空间。很多小孩到我们商店里玩，很多男女朋友约会也到商店。所以商店从2006年开第一家到现在已经有12家连锁店，为20多个工友解决了就业。去年的营业额超过100万了，所以每年可以帮助工人降低生活成本大概1000万元。这个1000万怎么得出来的，就是我们商店的物品，基本上是市场价的1/20或者1/30。

金融危机以后工人的工资几乎不上调，而物价上涨非常快，工人对二手物品的需求更大了。虽然我们不能帮工人赚多少钱，但是可以减少社会资源浪费，帮助工人降低生活成本。

我们有一个呼叫中心——400 659 0098，拨打这个捐赠电话就会有人记录，会跟你约接收时间，我们有三辆车，每天都会上门接收。当然有一些要求，比如捐赠前需要清洗干净，因为我们倡导的是有尊严的捐赠，而不是同情和施舍，我们希望按照企业的方式持续地运作。

我们还创办了全国第一家"打工艺术博物馆"。我们博物馆有一个理念就是"没有我们的文化就没有我们的历史，没有我们的历史就没有我们的将来"。什么意思呢？我们经常也在反思，从小受教育说：劳动人民创造了历史、劳动创造财富、劳动创造一切。我们发现：劳动人民创造了历史，可是劳动人民从来没有进入历史。来到北京最想去的就是万里长城，当我们登上万里长城的时候秦始皇进入我们的脑海。我们也知道是那时候的劳动人民建造的，可是不知道具体他们是谁。只有一个民谣流传了下来：孟姜女哭长城。

我们反思这是为什么？因为文化和历史都是需要有载体记录才能够流传。可是在古代，劳动人民对知识的掌握很少，掌握知识的这些人都是为统治阶级服务的。今天随着科学技术的发展，随着人民普遍教育水平的提高，已经具备了劳动人民掌握、记录自己文化历史的物质条件。比如说工人群体，67%以上都是初中、高中毕业。今天很多工人用的都是智能手机，可以上互联网，很多工人唱自己的歌、演自己的戏、写自己的诗歌小说。

这个博物馆就是希望记录当代新工人群体的文化和历史。

博物馆面积大概有300多平米，也是一个闲置的厂房改造的，有5个展厅。里面有2000多件物品，都是全国各地工人无偿捐赠的，包括各种证件、书信、工服、工具等。每一件物品都记录着一个工友真实的生活和故事，比如说像平板车，在北京的大街小巷经常见到，北京有几十万工人从事废品回收行业。其实这是一个很重要的社会工作，记得有一年外地人都回家过年，一夜之间北京城都变成一个垃圾城了。可是这种工作是不进入社会公众视野的，大家不认为这是一个值得重视的工作，也没有劳动保障，劳动者也得不到基本的尊重。

这个博物馆日常免费面向公众开放，也是一个公共教育基地，很多大学生、企业员工来参观，很多专家学者来做调研，包括一些政府部门的人也会来看我们这个博物馆。

我们还办了工人大学。中国目前有一亿新生代工人，我们现在特别关注这些年轻工人。因为他们跟父辈的诉求是不同的，父辈就是打工赚钱，回老家还能种地，在老家生活。这些年轻工人，从主观上他们更愿意在城市生活，而且客观上他们也回不去了。我们身后有8000万流动留守儿童，5年、10年以后这些年轻人都会成为社会的主要建设力量。他们进入社会、进入工厂，很难再有继续学习受教育的机会，如果社会不给他们支持，他们就会走向消极的一面：像富士康工人，正是因为生活充满绝望，没有前途才会自杀。我们希望给他们建立一个社会支持体系。

我们面向全国招生，16岁以上打工青年都可以来，半年脱产学习。学习内容有两方面，一方面是跟就业相关的，比如电脑维修、平面设计、办公软件使用；另一方面是跟他们的人生观、价值观相关的，比如劳动价值、工人文化、公民权益、社会历史等。半年一期，每年办两期，每期的规模大概是二三十人到五六十人不等，累计已经有200多名学生参加过我们的培训。学员毕业以后有一部分会进入一些劳工NGO工作，特别优秀的学员也会去创业，比如我们有学员在广州成立了女工服务中心。有一些留在我们工友之家的社会企业工作，当然还有的就是继续进工厂打工。学员毕业以后并不是完全失去联系，会成立一个校友会，每周他们都通过QQ开网络会议，大家可以分享在工作中、生活中遇到的困难和问题，彼此互相支持。

这就是我们工友之家10年来所做的一点点社会实践工作。对于我们身后庞大的3亿"新工人"群体来讲，我们所做的工作是非常有限的，有时候甚至觉得越来越无力。不过还是可以简单回顾一下，从最开始我们都是一个人来到城市，因为文艺上的爱好，所以我们这些人走在一起，然后成立艺术团，办打工子女学校，建打工博物馆、同心互惠商店，办工人大学。10年来，我们这样一步一步根据工人的需求走过来。中国3亿"新工人"群体，他们将成为城市的新工人、新居民，也将是中国新乡村建设的主力军，他们在城市里面开拓视野、学到知识技能，再回乡创业带动乡村发展。中国"新工人"是中国城乡之间的桥梁和纽带，也是中国的力量和希望。

我们工友之家基本的理念就是：人民生计为本，互助合作为纲，劳动文化为根。我们提倡通过集体互助合作的方式，共同发展。我们提倡劳动文化，因为我们觉得主流的文化其实就是消费主义的资本文化，加上官僚文化，这种文化对人的成长是有阻碍性的，马克思讲叫异化。而我们认为劳动文化才是以人为本的文化。它让我们面对现实，在现实中一边实践，一边思考，从而找到未来的方向。

我们有一个愿景：希望每一位劳动者都能有尊严地生活。我记得温总理也说过，让我们的人民有尊严地生活。可是我在想，"尊严"这两个字谈何容易？最起码应该有一些基本的物质条件保障，比如劳有所获、学有所教、病有所医、住有所居、老有所养。这几条对工人群体来说还远远没有实现，但是这是我们追求的方向和目标，我希望每个人作为劳动者都应该有尊严地生活，谢谢大家！

崔柯：谢谢孙恒老师。孙恒老师为我们介绍了新工人艺术团的发展历史，并着重介绍了"新工人艺术团"所做的一系列社会实践，让我们看到了促进他们艺术创作的社会动力。我觉得也正是因为有了这些社会实践作为支撑，"新工人艺术团"的创作才始终保持着活力，不断带给我们新鲜的艺术体验。在文学史上有"饥者歌其食，劳者歌其事"这一古老而朴素的现实主义传统，我想在新工人艺术团最初几张专辑里面，就保持了这种可贵的传统。当然，在后来的专辑尤其最近出版的这张《家在哪里》里面，"新工人艺术团"也超越了这一层面，有了文化上的自觉，力图用艺术来引领现实、指导实践。如果联系当下的音乐生态来看"新工人艺术团"的话，我们可以得到一些启发。

首先，我们"青年文艺论坛"之前讨论过"中国风"问题，我当时提出的看法是，"中国风"是中国古典音乐和西方现代音乐形式的结合，当下的中国现实在"中国风"的歌曲里是缺失的。而新工人艺术团的歌曲恰恰把当下中国的现实，真实而鲜活地表现了出来。

第二，与其他类型的流行歌曲相比，新工人艺术团是独具特色的。不妨从歌曲的抒情主体上来看待这种区别，新工人艺术团的抒情主体是群体——而几乎一切流行歌曲的抒情主体都是个人主体，为情所困的哀怨男女不消说，即便是那些具有批判和反思精神的歌曲，如罗大佑、崔健等，也都是个人主体。包括《春天里》，"有了信用卡，有了二十四小时热水的家"之后的那种回望，都是凸显个人情怀，其背后所赖以支撑的是个人主义价值观，以此生发出各种通过个人奋斗实现人生价值的"个人梦"、"英雄梦"，最近几年流行的选秀、PK、中国好声音等音乐节目，都不离这一观念。我们论坛之前讨论过小资与文化领导权的问题，其实今天的小资所接受的也是这套个人主义价值观。但一个孤立的、原子式的个体，在今天是不具备社会实践力量的。新工人艺术团旗帜鲜明地歌唱集体，号召团结，是难能可贵的。

第三，前年"青年文艺论坛"第四期讨论流行音乐的时候，评议人孙伊博士就把当前流行音乐突破的契机寄托在新工人艺术团身上。她认为，当前流行音乐呈现"分众化乐听"的趋势，听众基于趣味的不同组合成不同的文化消费的圈子。比如在豆瓣网搜"摇滚"这个关键词，搜索结果有一千多个小组，往下又以摇滚内部更细的音乐类型划分为无数小组，她用了"碎片化"来形容这一状况：音乐只在一个社群内自我循环，流通管道很狭窄甚至被堵死了，这会造成一种社会区隔。而20世纪八九十年代之交的摇滚乐的受众则包括了个体户、知识分子、青年学生、工人等不同的群体。她认为，由于新工人艺术团有强烈的主体意识，而且与知识分子之间有很多连通互动的渠道，所以有可能打破当前社会区隔，为流行音乐发展提供契机。那么新工人艺术团最近的专辑里面有一些新的突破，我觉得确实像孙伊当时提出的，在当前流行音乐发展出现种种尴尬与困境的时候，新工人艺术团不仅提供了一种新的音乐类型，而且也可以为当下流行音乐的发展提供一些启发。

卜卫（中国社会科学院新闻与传播研究所）：我从2005年开始听他们的歌，也跟了很多次演出，包括反拐巡演也是我们一起策划的。在这个过程中，包括我参与反拐巡演，或者参与他们的工人艺术节，我觉得不能把艺术团的作品单纯看作音乐或者音乐文本，这是社会运动的一种形式，这是新工人艺术团跟其他所有音乐团体不一样的地方。在这里应该讨论一个概念，就是艺术行动主义。工人音乐本身是一种行动，比如说对富士康工人跳楼有感觉，新工人艺术团就会做一台晚会，通过传播形成一种行动，这是最重要的。工人音乐是用音乐来干预社会，不是单纯的音乐文本，也不能以流行音乐为坐标来讨论工人音乐的长处与短处。我们讨论工人音乐，要看到是谁来创造这个音乐，谁来听这个音乐，这个音乐到底用来干什么，这是非常重要的，我们要找到工人音乐的主体及其主体性。我自己长期研究边缘群体如何利用媒介和文化来改善自身的状况并促进社会变革，这个研究已经做了20多年，有大量机会与流动人口、农民、艾滋病感染者、贫困人口、被拐卖的妇女儿童、暴力受害者等各种群体一起工作。在这样的群体中，你会发现艺术特别有用。因为对最贫困的人群来说，他们面临的剥夺不仅是经济上的剥夺，也是精神上的贫困，会让这些人变得特别地无助，而且在这个社会他们站不起来，这时候，你会发现艺术比其他方式更有用。因为与 UN 的很多机构合作，项目经验告诉我们，贫困儿童通过图画等艺术形式能够表达自己。我们也做过汶川地震儿童的访问工作，从8岁到11岁的孩子，从大山里走出来的时候，他们其实心灵上很受创伤，因为看到亲人去世。这时台湾的心理援助团队给他们做舞蹈工作坊，这个工作坊可以帮助他们打开身体、打开心灵，通过几个小时的工作，你就会发现小孩挺起胸来了。很多的音乐和戏剧活动，让最贫困的人敢说话，可能是第一次在公共场合说话，第一次在公共场合表演，所以艺术特别有我们叫做"赋权"的作用。艺术是他们最容易接近的形式，通过戏剧等各种适宜的艺术活动，让他们感受到自己有力量，有改变自身处境的力量，而且能团结起来，这是工人艺术最重要的作用。多少年来，我们也跟一些大的企业或一些大艺术家有一些联合，就是希望做艺术行动主义，目的为了帮助这些人赋权。经验表明，适宜的艺术是最能让边缘群体获得力量的一种手段，正是在这个意义上，我肯定工人音乐的意义，即用艺术来干预社会。

王洪喆（香港中文大学新闻与传播学院）：我之前的研究是关于东北老工人的文化空间和文化表达，所以在进入"新工人"文化的研究之后，就带着一些原来的问题意识。刚才主持人提到三点对我有一个激发，我想到额外的一点，因为你提到三点，其中包括中国风和现实主义的结合，然后提到其中的集体的主体如何超越个体的主体，还有知识分子和不同阶层的联结。而我一直在问的一个问题就是，所谓两种集体主义之间，在今天有没有结合的可能？就是社会主义的集体主义、老工人的文艺主体和现在新工人的文艺主体，是不是可以勾连起来？我想到了一部影片《耳朵大有福》，是《钢的琴》的导演张猛拍的，《钢的琴》是他的第二部影片，《耳朵大有福》是他的处女作。在这部片子里，范伟扮演的王抗美是个下岗铁路工人，原来是单位里《长征组歌》的领唱。他在下岗后找不到工作，遭遇到各种各样的歧视。如果你注意到这部片子的"声音"就会发现，找工作的过程一直是伴随着一种背景"噪音"——各种各样的流行歌曲、二人转。王抗美一直试图在噪音当中发出他的《长征组歌》的声音，他就是发不出来，找不到任何一个点可以跟这个充斥背景噪音的环境对接上。这种"失声"的状态，也就是文化主体性的困境，我在东北失业老工人身上大范围地感觉到这种困境的存在。等我再回过头来观察新工人文化，从孙恒他们的音乐中爆发出来的那种强烈的自我命名、对身份进行确认的需求和冲动，同老工人的失声形成鲜明对比。虽然他们的文艺都是与当下的消费主义相对抗的、某种集体主义的表达，但是却被分割成两个迥异的彼此不相关的故事。老工人的解体和新工人的生成，本来是同一个历史进程的产物，是同一个硬币的两面。所以我想跟今天在座的老师、同学探讨一下，新老两种集体主义主体的团结，可能性在哪？记得前一阵子还看到黄纪苏老师在《参阅文稿》上写过一篇对中国工人阶级的观察，也提到了这个"新老"的问题。

崔柯：确实像卜老师说的，音乐应该具有干预社会的功能，我觉得音乐除了能直接促进社会实践，比如说可以作为"维权"的手段之外，更重要的是可以改变人的精神状态。长此以往，当一代人成长起来之后，就有可能带来新的社会状态。王老师说的两种集体主义能否结合的思路，"新工人"的前身当然不是"老工人"，而是"老农民"，不过从这个比较研究的思路，我觉得应该会发现一些很值得探讨的问题。

赵志勇（中央戏剧学院戏文系）：我是2009年元旦那天去皮村看的第一届新工人文化艺术节，接受了人生中很深刻的一次教育，这些年来就一直关注他们。我特别同意刚才卜老师说的，我自己带了一个家政女工的戏剧小组，带了一年半，我能深切体会到文艺对于这些普通劳动者所起的作用。其实家政女工也是都市里面新工人的一个群体，对她们来说，首先确认自己的身份是一件特别困难的事情，没有任何一个家政女工会说，我在这个地方做这个工作要怎么样，她们最终一定都会回到农村的家里去的。而且这个工作要求她每天住在雇主的家里，会导致一种寄人篱下的感觉。家政这个行业很不稳定，流动性非常大，参加我们工作坊的成员的面孔也是不断地在改变。我们工作坊里的那些大姐就会不断地有人失踪，因为其中某些人会突然失业了，就来不了，或者家里出了什么事儿，她就消失了。去年我们去皮村演出之前，有一个之前一直在参加排练的大姐就这么突然消失了，而少了她，我们的一场群戏就缺了一个人。没办法，我只好临时抓了另外一个大姐来参与。这位大姐有段时间经常会来我们工作坊，但是她从来不参加我们的活动，只是坐在角落里看我们。那天实在是没有人了，我就问她可不可以参加演出，她显然被我吓坏了，连连拒绝。我跟她说我可以重新分配角色，给她一个戏份少，没台词的角色，减少她的负担。没办法，因为我们必须凑够人数。结果那次赶鸭子上架之后，她居然成了我们工作坊里最积极的骨干成员。后来慢慢熟悉了，这位大姐就放松了。她是个特别腼腆的人，在雇主家里从来不敢提自己的要求，雇主要求什么她也从不敢反对。她在工作坊里讲自己的工作状况，说她以前有一个雇主家住在二十几层的高楼，那个雇主对她特别不放心，每次只要离开家就把她一个人反锁在家里。我听了非常震惊，问她这样万一出事了，比如火灾什么的，怎么办？她说她从来没想过，也没跟雇主提过。我们工作坊所有人都觉得太不可思议了。这位大姐由于胆小，从来不敢跟别人讲她有什么要求，于是她的权利被压抑到了这样的程度！

　　参加我的戏剧工作坊之后，我能感觉到她性格的变化，连她自己也说自己现在敢说话了。有一件事情特别逗，发生在上个周末（4月2日）我们在9剧场演出的时候。因为之前这些大姐从来没进过这么正规的剧场，到剧场走台的时候大家都非常紧张，而且由于她们工作时间的限制，我们只有一天时间适应剧场、走台，当天晚上就要演出，她们的紧张让我也很焦虑。当时这位大姐是所有人中最紧张的一个，彩排的时候只要一轮到她的戏份，她就止不住地打哆嗦，说话声音都打颤。后来排练完了她来到我跟前，说："老师对不起，我今天生病了，我牙疼，所以发不出声音。"我对她说："没关系，你看你行不行，要是实在病得厉害上不了台的话，咱们再想办法看怎么安排。"她说："没关系，没关系。我可以的。"到了晚上，她坚持着完成了演出，效果还不错。

　　说实话，其实我不知道她那天彩排时的紧张跟牙疼的关系有多大，但给我印象特深的是，她知道自己彩排表现不好，主动来找我沟通，而且在沟通当中她否认自己表现不好是因为紧张。因为参加工作坊的经验告诉她，出现任何问题都要积极寻求沟通，而且因为紧张而不敢说话、不敢表达，这在她看来已经是一个非常负面的事情，她宁可用"牙疼"做托词。我想说，这是民众性的戏剧艺术对参与者的改变的一个活生生的例证吧。我亲眼见证了这个过程活生生地在我眼前发生，所以我觉得这种民众性的艺术真的非常有力量。包括像新工人艺术团演唱的那首《劳动者赞歌》，原本是20世纪80年代"光州事变"的时候韩国工人反抗阶级剥削和压迫而创作的一首歌，现在已经有了不同语言的版本。去年去香港参加2012年工人文化艺术节，听不同国籍的劳动者用不同的语言，演唱这个歌的不同版本，表达劳动者维护自己权益的愿望和意志，我的感觉非常震撼。我相信民众的文化艺术在维护劳动者权益的过程中所起的作用。这是我的感触。

崔柯： 刚才卜老师提到艺术的"赋权"功能，我就想起当时看你导演的、打工妹出演的话剧《我的劳动、尊严与梦想》的感受。在演出之后与演员的交流环节中我发现，虽然她们在现实中非常辛苦，受到了很多不公平的对待，但是她们的精神状态和我之前想象的——比如说可能会很痛苦、很委屈、很压抑——不一样，她们的精神状态是阳光的、积极的，有种轻松和幽默的气质出现在她们身上。我觉得这个可能和艺术带给她们的改变有关系。

卜卫： 除了关注新工人艺术团，我还研究其他的团体艺术实践，我觉得，艺术在这里主要有两个作用。最主要的作用是自我赋权，赋权不是外人强加给劳动者的，而是他们通过自己的创作、自己的反思，形成一种力量，一种非常宝贵的集体力量，找到自己的位置，站在一个立场来开展行动。孙恒的那个团体有一个宝贵经验，就是集体创作，他没有来得及讲，我觉得这是非常宝贵的经验。大家一起创作一个艺术作品，在这个过程中大家会有一些交流和提高，这完全不是流行音乐操作的那种商业化的程序。这里有一个自我赋权的作用，自我赋权包括身份认同，也包括他自己要获得一种改变自身处境的力量。因为贫穷，劳动者被剥夺的不只是经济权利，还让他们有一种对这个社会的无力感、无助感，这是最恐怖的。实际上，我觉得这是对最底层人的另一种压迫。通过艺术活动，使原来没有资源、没有权利的人重建自我认同、重建集体归属感。这让我想到另一个案例，2004年，在一个村庄，很多农村妇女遭受家庭暴力，她们基本不出门，也没有机会交流这个问题，只能认命。当时当地妇联做了一个活动——腰鼓队，所有的妇女就都和自己的丈夫说，妇联现在组织集体活动找我，你应该让我出去。出去以后那些妇女们就开始有这方面的交流，刚好我们项目到了那个村，也就顺势建立了一个演出队，组织大家讨论自己的家暴经历，并辅以社会性别培训，演出队演出自己的故事，到最后这个村的家庭暴力现象就没了。后来，我到这个村去看望被家暴妇女，她们的丈夫就说，北京来人了，你赶紧走，我看孩子——这是他们第一次说看孩子——他们知道了看孩子也是男人的责任。其实我觉得这就是通过民众戏剧运动改变了他们原有的生活。第二个作用就是，孙恒他们是有产品的，有他们自己的文化产品，这个文化产品最重要的作用是可以与社会做交流，让社会听到这个群体的声音。在他们的每一首歌曲背后都有他们的故事，刚才讲了《彪哥》的故事，还有《生命尊严》那首歌，并不是在富士康工人跳楼之后创作的，之前就有，这种声音一直就有，但是之前都没有被社会听到。做成专辑，或者做成大型活动，就可以利用这个平台与社会交流。打工春晚也是艺术行动主义的一部分，为什么不只在皮村做，也要在电视台做？就是要利用电视这个平台与社会交流。当然电视是一种大众媒介，这里面就会有很多与大众媒介的艰难的协商过程。协商的目的就是要保证"原音重现",而不被大众媒介再现为"他者"。其实这里面也还有好多可讨论的东西,但无论如何,这两个作用是非常重要的。

张慧瑜（中国艺术研究院电影电视艺术研究所）：今天感觉来的朋友挺多的,说明大家对新工人艺术团很感兴趣。我想谈三个问题,一个是新工人艺术团的艺术创作,二是新工人的身份,三是新工人与下岗工人、农民的关系。一个时代一般由三种文化组成,一是残留文化,是上个时代遗留下的、已经失效的文化,如革命文化、革命叙事以及依附于作协等体制内的文化生产,这些文化在前一个时代可能是主流文化,现在被边缘化了;第二是主流文化,我们这个时代的主流文化就是消费主义文化,有以下几个特点:城市文化、个人主义文化、消费文化和青少年文化,也就是20世纪90年代市场化以来出现的大众文化、流行文化;第三种是新生文化,虽然处在萌芽、边缘状态,但预示着新的未来和新生力量,我觉得新工人艺术团所创造的工人文化就是新生文化——新工人是这20多年中国再一次高速工业化的产物。相比消费主义的主流文化,新生文化更强调协作伦理、劳动价值和尊严。

自2004年以来,新工人艺术团已经出版了7张专辑,其中我印象比较深的有两类歌曲,一类是与劳动、打工者身份相关的,如《打工,打工,最光荣》、《天下打工是一家》、《劳动者赞歌》等,还有一类是关于个体的生命之歌,如《彪哥》、《电梯姑娘》、《老张》等。听新工人艺术团的歌以及看打工春晚,让我感触最深的就是,这是打工者自己的生活,朴素而真挚。与革命文化或革命歌曲不同,这些歌更偏流行歌曲和民谣风格。在主流文化中,农民工被描述为"他们",在这些歌曲里"我"、"我们"是主语,这是一种非常主体性的表达,而且在"我"和"我们"之间没有冲突,个人与集体是和谐统一的,这也反映了新工人在社会结构中处在极其相似的位置上,"我"和"我们"都彼此感同身受。在第一张专辑《天下打工是一家》的封面有这样一句话:"这是一个沉默的群体,他们不能表达自己,而'打工青年艺术团'却能通过文艺发出我们自己的声音。""发出我们自己的声音"也是新工人艺术团最基本的诉求。

在主流文化中几乎看不到新工人的身影,新工人经常出现在讨薪、跳楼等社会新闻和法制节目中,因为新工人是生产者,他们只能隐藏在消费主义橱窗的背面。新工人艺术团的意义就是让这些不可见的群体和声音重新让人们看见和听见,而且是用文化、文艺的方式。新工人、农民工一般被作为社会弱势群体,弱势群体的说法来自2002年温总理的政府工作报告,在这份报告中"下岗职工、'体制外'的人、进城农民工和较早退休的'体制内'人员"被归为弱势群体。80年代末民工潮第一次出现时,打工者是突破黄土地的"勇者",是奋斗的"外来妹",而新世纪之交在中国成为世界加工厂、加入WTO之际,农民工已沦为需要政府和全社会救助的弱势群体,这正是2002年新工人艺术团成立的历史条件。

新工人艺术团的原名叫打工青年艺术团，从"打工"到"新工人"的称呼转变，可以看出新工人艺术团有了越来越清晰的主体认同。"我们"不是打工仔，不是外来妹，也不是农村来的农民工，而是从事工业生产的全职工人，是离开土地的、市场关系下的雇佣劳动者。这里的"新工人"更多的是指80后、90后新生代农民工，正像孙恒老师所说，他们与历史上生活在体制内的国企老工人不同，也与第一代挣钱返乡的农民工不同。关于农民工的讨论，身份和名字是一个经常被讨论的问题。网上有一首打油诗《打工的名字》："本名民工、小名打工仔/妹、别名进城务工者、曾用名盲流、尊称城市建设者、昵称农民兄弟、俗称乡巴佬、绰号游民、爷名无产阶级同盟军、父名人民民主专政基石之一、临时户口名社会不稳定因素、永久宪法名公民、家族封号主人、时髦称呼弱势群体"。这些称呼出现在不同的语境和论述里，在当下中国恐怕很难找到其他的群体拥有如此多的名字。这些名字突出了新工人的农民出身、乡土气息以及其工作的流动性、暂时性，仿佛是一种过渡形态。这种农民的身份在中国现行制度下意味着在乡村有一块可耕种的土地，这也是中国的农民工与其他国家或地区工业化进程中一无所有的城市无产者大军的最大不同。

21世纪以来，下岗工人、农民工和农民是三大社会弱势群体，对于这三个群体又引出三种不同的故事。下岗工人是国有企业破产重组、传统社会主义工业体制瓦解的产物，是计划经济转型为市场经济产生的问题，是"旧包袱"；农民工则是改革开放以来农民离开土地进城打工的故事，是现代化、工业化、城市化的产物，是新现象；农民则是农业、农村问题，是现代化之外的空间如何获得发展的问题。在社会学研究和文艺作品中，他们也被处理为不同的议题和故事。比如下岗工人是下岗再就业、城市社会保障问题，农民工则是保护农民工合法权益的法律问题，农民则是农村建设的问题。在文艺作品中，这三类群体也处在彼此分裂的状态，讲述下岗工人的电影、电视剧看不到民工的身影，关于农民工的影视剧也很难讲述农民和下岗工人的故事。就像孙恒老师所叙述的新工人自己的历史中，很难纳入下岗工人和农民的故事。这样三类群体和三个彼此分离的故事本身是有道理的，他们确实是不同的社会制度下的产物。但是，这三个群体和故事又是同一个历史进程和社会转型的产物。下岗工人、农民工进城和乡村的凋敝是同时发生、互为因果的。我的困惑在于，能否用一种相对整体性的眼光和视野来理解这三类群体的历史，理解他们彼此的困窘。比如讨论新工人问题，离不开对老工人以及对乡村问题的讨论，工人所代表的劳动政治在消费主义时代有没有其他出路？乡村在主流文化中为何会被想象为现代化之外不适合人类居住的地方？中国能否出现一种返乡运动？乡村能不能回去，这不仅涉及农民，也关系到新工人的命运。

崔柯：关于命名方式的那首诗，我觉得用"新工人合唱团"的一首歌回答，就是"我的名字叫金凤"，"金凤"是什么？是身份证上的名字，是我作为一个公民的名字，而不是由社会分工不同而赋予的、带有歧视意味的称呼。

李玥阳（中国传媒大学）：我之前去过皮村，也听过这些歌，很感动。今天听孙老师系统性的论述，我更是肃然起敬，觉得自己做的事情太少，所以我决定明天把这些歌给我的学生讲讲。我刚才听孙老师讲，听张慧瑜讲，想起我曾经看的一本书，很受启发。大卫·哈维在他的《新自由主义简史》中提到，在整个世界范围内的新自由主义脉络，首先都是以削弱工会的力量为它的诉求。书里面提到，美国削弱工会的力量，是通过美国产业中空化来完成的，也就是说，把美国制造业转移到第三世界，或者转移到工会力量比较薄弱的南方，美国的工会力量就削弱了。而我们也是在同样的脉络中削弱了自己的工会力量，通过下岗，把工人群体从"老工人"转变成另一个暧昧的不稳定的身份——农民工。而在当下，比如说工人转化成了一个韦伯式的合理化的表述，变成一种职业伦理，在很多年前五一劳动节的晚会上，工人就已经变成一个职业伦理的表述。还有就是农民工的问题，现在基本上被纳入三农问题，而三农问题又很容易转化成为一个右翼叙事——三农问题是怎么造成的呢？是城乡二元对立的制度造成的，这是个由毛时代遗留下来并一直没有解决的问题，怎么解决呢？通过城市化。在这些时髦的叙事当中，一个特别沉默的身份就是工人。我们应该在一种更加政治化和更具批判性的意义上重建新工人的身份，这是特别重要事情。同时，当下的混乱现象让我很纠结，这个问题很大程度上是，左翼一直缺少阶级基础，并不是说没有阶级基础，而是它的阶级基础在主流的视野中是不可见的。所以我想通过孙恒老师这样的行动和社会实践，可以让这个阶级发出它的声音，我觉得特别重要，谢谢。

许多（新工人艺术团）：说一点体验吧。这么多年，自己在创作上有一个转变，就是从个人的、小我的状态出来，来关注整个打工群体。当年我听了些摇滚乐就跑到北京来，想做个摇滚青年，一开始写的歌曲的确是写自我世界里的一些情感，里面会有很多愤怒，但是这愤怒更多是自己的想象，自己只是在旁观，没有进入到这个社会，也看不清这个社会，在表达上也是更感性化的，是一种宣泄。后来跟孙恒认识了，成立了演出队，我们去工地给工友们演出，开始我还是唱那些自我状态的歌。后面慢慢地在创作上有了转变，开始从自我的状态出来，开始关注周围的工友，写工友们的生活。这个过程有点漫长，包括会有些阵痛。当然这个过程也是潜移默化的，自己去工地看工友们的生活，后来在打工子弟学校当音乐老师，慢慢的，自我身份认同从一个摇滚青年转变到自己就是一个打工青年，就是一个劳动者，所以说身份认同的确很重要。

这么多年，如果说我们有什么总结，那么我觉得我们是在摸索、实践一条民众文艺的路线，民众文艺相对主流的精英文艺，首先是把发声、表达的内容放在第一位，你要表达什么，有什么话要说，这是第一位的，其次才是怎么更好地表达。而主流的精英文艺，是把怎么表达放在第一位，甚至你的表达形式得达到一定标准后才有资格去表达，但是我们所说的民众文艺首先是给你表达的权利，其次才是怎么样更好地表达。关于表达的形式，怎样更好地表达，表达的内容就像一颗种子，它会有一个自我生长的过程，也就是说，表达者对于表达的认知、自我探索需要一个过程，我们可以找到工人自己的一种美学，这些年我们也在思考和探索。

刚才卜卫老师说到，主流商业化的流行音乐可能更多是一种个人式的创作，自己在屋子里写，或者是流水线的程序化操作。我们的创作，也有自己在屋子里写这个环节，但是一些素材可能是工友写的一些信或一些诗，然后进行再创作，我们也有集体创作。

黄纪苏（中国社会科学院《国际思想评论》杂志社）：你能把自己大概的经历介绍一下吗？

许多：从上高中开始，自己比较厌学，整天在篮球场上，成绩也不好，到高三开始想将来干嘛。突然有一天看着窗外，窗外下着小雨，操场上放着一点音乐，突然有一种画面感震撼了自己的内心，于是我决定得当电影导演去，因为感觉自己有很多话要表达，而画面感是一种出口。后来一查发现北京有一个电影学院，但那一年导演系没招生。后来我高考成绩也没上线，想着回头再考，做艺术得了解生活吧，于是我去派出所当了协警。在那个城市，我认识一些哥们儿，听了一些摇滚乐，觉得这个摇滚乐比电影好操作，成本低，那时候玩电影成本太高。后来知道北京这边有音乐学校，然后就要死要活跑北京来了。之前我都没摸过吉他，我以为学校会发一把吉他的，后来说你得自己买，正好有一个同学有一把，让我可以分期付款买，于是我到外面打工挣点钱。从那个学校出来之后，我就搬到霍营去住，当时好多玩地下摇滚乐的都在那儿住。2001年"9·11"之后的一天我出去卖唱，正好看见报纸上一个很大的照片，那两栋楼倒了。那天我去西直门的一个地下通道卖唱，突然一个哥们跑过来说，他在西直门地铁站卖唱，被警察抓了，没收了吉他，警察让他拿一两百块钱赎吉他，他跟那警察软磨硬泡，那警察说那你拿20块钱吧，但他还是没钱，便跑到我那儿跟我借钱。出于阶级感情，我就把钱借给他了，他赎回吉他，跟我聊天。之前他也是卖唱时认识了孙恒，后来在一个阳光明媚的下午，他骑着自行车带我去找孙恒，于是我们就认识了，最初打工青年文艺演出队，就是我们三个人成立的。

李云雷（中国艺术研究院马克思主义文艺理论研究所）：刚才你说那种自我意识发展成一种集体阶级意识的过程，是一个痛苦的过程，能否再具体谈一下。

黄纪苏：哪儿痛苦了？

许多：一开始主要是自己还是那种摇滚青年的状态，在旁观，没有真正进入到这个群体当中去，所以在身份认同上也没有转变，还没转变到打工青年、劳动者的身份认同，还是一个很小我的状态。而从个体的"我"到"我们"，到一个大我，是需要自觉地把小我打碎，这肯定是有阵痛的，当然这也是一种自然的分娩，潜移默化、水到渠成。

黄纪苏：你这个从"我"到"我们"的过程大概用了几年？

许多：可能有一年吧。

黄纪苏：我听的唱片里头，你的摇滚特点特别鲜明。

许多：我觉得现在更摇滚。

祝东力（中国艺术研究院马克思主义文艺理论研究所）：其实如果是同吃同住同劳动，生活在一起，成为他们当中一员，这时候，就不太容易采取旁观的立场了。生活方式一般会决定观念。

许多：一开始也在村里住，村里住了很多打工者，都要被查暂住证，但是当时的身份认同是，你是玩摇滚的，和他们不一样，所以就是一种旁观的态度。但当你认识到自己其实也是一个打工者，和大家一样，这时你的表达就有了立场，看问题就更清楚了，你的呐喊就更有力量。我转变后写的第一首歌《打工号子》，音乐上很摇滚，歌词上呐喊的是对打工者感同身受的社会歧视与不公的抗议。

黄纪苏：另外问一个小问题，刚开始肯定是一个较小的集体，到了后来是整个"新工人阶级"的意识，这中间感觉上有明确区分吗？

许多：这个也是，一开始的确也没有认识到这个事有更多的社会意义，没有看得那么远。但刚开始工友们那种鲜活的生活会给我很大吸引力，当我听到工友们这样的故事，进入他们的生活，会让我有种血脉喷张的感觉。所以先是感情上的认同，后来一路走过来，就有了更多理性的认同，对整个新工人阶级的归属感，甚至使命感，这都是自然而然产生的。

黄纪苏：你写《老张》的时候是"我"还是"我们"？

许多：那是"我们"了。

祝东力：那是哪一年？

许多：这个歌最初是在2005年吧。

李云雷：现在你的艺术风格还是比较接近摇滚，你觉得跟你当时那种摇滚有什么区别？

许多：那时候摇滚对于我来说更是一种形式上的符号，是寻找自我的一种符号，不被这个世俗世界吃掉的自己的符号，在表达上也就更情绪化，更歇斯底里，感觉这个世界很脏，但又看不清它到底怎么了，所以就用摇滚来发泄。看不清，因为是在旁观，把自己封闭在一个屋子里，隔着一个窗子看世界，没有立场。而现在有了劳动者的立场，对这个世界看得更清楚了，有了更有生命力的内容，对世界也有更深入的反思，在表达形式上也更自信了，现在更摇滚。

黄纪苏：另外我想问你《小妹妹来看我》这首歌，你们主要的改动是什么？是词改了还是曲改了？和原来区别大吗？

许多：主要是第一段，原来是"不要走山路"，我把它改成"我"在工地上做工的，"我怕妹妹看到哥，会心疼得把泪儿流"。

孟登迎（中国青年政治学院）：我是来学习的，孙恒以前有些接触，但还有一些情况想问一下：1999年前后，你是怎么与来自高校的志愿者开始有接触的？你参与志愿者活动与刘老石倡导青年大学生支农的活动是不是同时发生的？

孙恒：那是我们艺术团刚成立的时候，最开始我们也参与《中国改革》杂志社的一些工作，因为这个事开始和一些大学生社团有联系。

孟登迎：大概是哪一年？

孙恒：2002年、2003年的样子。那时候三农问题比较严重，温铁军、刘老石他们就组织大学生去支农，我就为他们改编一些支农歌曲。

孟登迎：你们跟他们的活动是交叉发生的？

孙恒：2002年我们这个组织成立，老刘他们更多是关注农村，我们就在城市关注工人群体。

纪苏老师刚才问我们，我觉得如果有一个分水岭，就是我们艺术团成立的时候，就是一个组织，不是一个人了，之前我们是个体，在迷茫中慢慢反思寻找自己。比如我创作歌曲也是这样，早期创作特别迷茫，只关心自己，觉得很有个性，可是越来越迷茫，找不到自己。所以1999年我就在全国各地去流浪卖唱，对我人生改变很大，不仅是歌曲创作，也是我人生的反思。比如我会看到彪哥，会看到那么多的工人，大家在城市生存那么艰难，同时也看到他们为了生活、为了梦想，那种不屈不挠的乐观奋斗的精神。在那个过程中，可以把自己暂时忘掉，可以去关心别人，唱一些歌，讲述他人的故事，结果反倒开始找到了自己。比如我去工棚，工友就在你面前，他会给你直接的反馈，只有在那种场景中，突然之间，你才会意识到你是谁，我觉得他人就像一面镜子，我们从他人那里看到了我们自己存在的价值和意义。

冯巍（中国传媒大学）：我想问一个具体问题。你提到拍过一部电影《顺利进城》，你拍这部电影的初衷是什么？演员的构成情况怎么样，都是新工人吗？这部电影的放映情况如何，对于你经常接触的新工人群体会有什么样的影响？

孙恒：当时没想那么多。那是2006年暑假，那时候我有一个小DV，我特别喜欢去拍东西——但现在已没时间精力了。在那期间，接二连三很多工友跟我讲很多刚进城打工的经历。一个工人到一个陌生城市，头半年是最容易上当受骗的，你去找工作，黑中介、黑旅馆、传销等一系列这样的故事听了好几个。我们那个片子就是把这些故事综合在一起，讲这样一个故事。拍的过程特别有意思，因为我们没有剧本，只有这几个故事，又没有专业演员，演员构成是学校的老师、学生和家长，还有我们机构的同事和志愿者。拍的过程全部加起来应该不超过一星期，但是整个下来好像是一年多，因为大家凑不齐时间。拍完之后我们给一些劳动团体去看，作为一种教育教材，很多劳动机构组织工友来看，看完了就开始交流分享，有的时候就变成了诉苦大会。

许多：是早期的微电影。

赵文（陕西师范大学）：我想问一下，刚才您说拍电影是一个集体创作的过程，也提到你们的歌曲里面也有很多是集体创作，我想了解一下在集体创作过程中，形式和内容都需要磨合，这是怎么完成的？

许多：我去给工友上文艺课，会和大家集体创作歌曲。首先会先从音乐方面入手，音乐主要是旋律和节奏，相对旋律来说，节奏是大家更容易掌握的，因为平时的劳动、生活中都有节奏。我们会从节奏基本训练开始，形成一些简单的、有节奏的乐句，让大家唱出来，然后告诉大家，如果填上词就是说唱，再填上音符的话，这是一段旋律、一段歌曲了，这是基本的套路。关于歌词创作，我会问大家，如果写一首歌，大家最想表达什么，然后头脑风暴，先让大家说出关键词，找出要表达的主题后，由词形成句，然后把歌词填到之前的节奏当中，先形成一个说唱的东西，再在吉他和弦的刺激下，大家就能自然而然形成歌曲的旋律。

赵文：一首歌演出几次有没有反馈再修改的过程？

许多：也会有，在演出之后，包括录制时，肯定会有修改、打磨。

孟登迎：旋律的资源主要来自于哪里呢？好像除了民歌，还有国际上的一些工人歌曲。你们对20世纪二三十年代左翼文艺运动的那些音乐文化有没有注意，好像也有一些痕迹？

孙恒：没有系统关注，比如说早期我们互助合作歌其实用了很多革命歌曲的调子，包括《劳动者赞歌》，用的是韩国工人运动的曲调，这首歌在亚洲很多国家地区都在唱，我们也这样尝试过。我们也讨论歌曲的社会作用，我个人认为是需要多元化的，不同的歌曲要适合不同的场合。《劳动者赞歌》，台湾也有工人乐队在唱，香港也有，我们同时演出，有人拿这三个做对比，台湾的版本斗争性非常强，香港很抒情，我们也不是斗争性特强，但也不是很抒情。为什么我们没有那么强的斗争性？是因为我们现在虽然也有工人抗争，但没有形成台湾那样的工人运动。那个歌曲是在台湾20世纪80年代的工运过程中产生的，台湾唱起来显得斗争性那么强跟这有关；但我觉得，应该多元化，有口号式的、运动式的，也应该有抒情性的、叙事性的，包括我们的爱情歌曲，包括给孩子们写的儿童歌曲。

黄纪苏：爱情歌曲，我看你们创作的比较少，为什么？农民工在城市犄角旮旯里，男女婚恋肯定是一个普遍的问题，我听过一些表现这个题材的歌曲。为什么你们没有这方面的创作？

孙恒：有几首歌，有一个是《小妹妹来看我》，还有《有你在身旁》、《男工宿舍》。

许多：爱情元素在我们的歌曲里是一个部分，在一首歌里，会有爱情的元素，但是这首歌可能是在讲一个更大的东西。

王磊（中国艺术研究院马克思主义文艺理论研究所）：这是个主要矛盾和次要矛盾的问题，爱情主题不是当下最激烈的、需要解决的问题，那种题材反抗性、反思性、批判性不强，而且谈爱情和小资的、有闲阶层的艺术该怎么来区分？大家都谈人性、都谈爱情，就容易把本来很具体的、很现实的东西变成一个很抽象的东西，很容易用所谓普世的、人类的东西把具体的东西掩盖掉，我觉得这是根本原因。

许多：我们现在正尝试把批判性的歌曲写成爱情歌曲，比如《和这世界谈恋爱》。

孙恒：还有我们自己，可能没那么关注这个问题。我一直尝试想写，但是好像没那个感觉。

孟登迎：我有同感，对于从很艰苦的环境出来的男性青年，他们对爱情的东西是非常不愿意触碰的。因为有很多的伤害，其实写不出来。比如路遥写《平凡的世界》，那个田晓霞的形象，就是败笔。因为她是一个想象中的人，不是一个立体的人，所以最后只能是用一种煽情的、韩剧式的、毁灭青春式的方式，让她停在一个美丽清纯的瞬间，如同美丽的蝴蝶标本，那其实也是困境的表现。所以实际上很多真切的体验很难写，爱情在劳工的情感世界很难表达。

黄纪苏：你说的跟王磊说的正好不一样，你是说这个问题太重要了，太难触碰了，他说的是"次要矛盾"。

王磊：大家都谈人性，都谈爱情，就很容易把新工人群体需要解决的物质性的问题、政治性的问题，甚至包括爱情问题本身掩盖掉。

文珍（人民文学出版社）：我觉得这样说特别片面。

孙恒：爱情在工人的生活当中是非常非常重要的，这是最日常性的，往往会被人忽视掉。比如说拖欠工资，可能打工10年碰到一次，但日常的就是亲人、孩子、家庭、爱情……不太那么容易表达吧。

黄纪苏：城市小白领生活相对稳定，表达爱情特别容易，照着琼瑶、席慕容的风花雪月路子来就行了。农村进城的一对儿在老家可能算是天造地设，到了城里的婚姻市场上就不一定般配了。这里的纠结、矛盾、难言之隐不大容易表达，有点像20世纪90年代海外中国留学生的情况，《北京人在纽约》的主题曲就写得五味杂陈。我同意孟登迎说的，爱情对新工人歌曲是一个不太好处理的题材。

崔柯：我觉得也是因为对当前其他流行歌曲的反叛，爱情主题是重要，但是不是一定要拿到艺术层面上浓墨重彩地表现。

孙恒：10年前，我写《团结一心讨工钱》，同时写的有一首歌就叫《爱情》，就是一个工友他跟我讲的，那个歌我都写完了，我一直不愿意公开唱。他讲他的爱情故事，他是一个在建筑工地的电焊工，他也会弹吉他、会唱歌，他喜欢的一个女孩儿在办公楼里做文员，就天天找她。他真的很喜欢那个女孩，他的表达方式就是写首歌送给那个女孩，那个女孩一听，说你神经病，他备受打击，回去之后，在出租屋里，把灯关掉准备自杀。他真的想自杀，他说他想自杀的时候，突然之间看着天花板，好像看到他去世的妈妈，然后就喝二锅头。故事就是这样，那时候就写出来了，就是讲那个故事。有时候这个领域真的很难，因为如果你唱出来，就变成了一个公共的东西……还是挺纠结的。

赵志勇：我补充一下，2009年我去皮村看第一届工人文化艺术节，给我印象很深的是当时来自深圳的"小小草"劳工机构。第二次再见面，他们里面已经有两对结婚了，再过一年其中一个女孩子已经当妈妈了。他们都是2009年来皮村演戏那次认识的，然后走到一起，结婚生子。我感觉，我所认识的劳工朋友对待恋爱和婚姻的态度比我们城市白领小资要自然得多。城市的白领小资一提结婚，首先考虑你要有什么房、什么车，而这些打工的年轻人因为演了一出戏认识了，彼此喜欢了，然后就结婚了，这是白领小资做不到的。但小资白领还非得说工人没有爱情什么的，我不认同。像我认识的朋友，深圳的董军写的歌《男工宿舍》，歌词写工厂里的男工、女工同住一栋楼，男工每天下班后在宿舍门口喝着啤酒，看见那个自己喜欢的姑娘每天从门前过，喜欢她但不知怎么上前表白，特别动人。我感觉工人的生活和感情没有那么悲情。

孟登迎：那是因为你看到的是一个相对稳定的、区域性结构里的情况，如果跟其他的结构一发生互动，马上问题就来了。刘老石在世时我去过他那儿，他就策划过5桩婚姻，每对青年人花2万块钱就可以结婚而且是集体的，也是搞得很浪漫，确实很好。他是主动去把这种理念用好几年时间跟年轻人交流，才使人们相互认同，但这不具有普遍性，是区域性的。我们从整体看，这个问题很困难。

黄纪苏：浪漫的肯定有，但纠结的一定更多。当年负笈海外的中国留学生，男的在国内都是被媒婆前堵后截，一个个都挑花眼了。出去之后，国内高处不胜寒的女生跟越狱似的都跑了。农民工进城和这差不多，报纸上、杂志上报道了不少打工妹嫁给城里老老头、小老头的情况。城里老头当然高兴了，但原来跟姑娘相爱的小伙子就难受了。

崔柯：我觉得还有一个问题，孙恒老师说的那个要自杀的小伙子，就是听流行歌曲里的爱情神话太多了，以为世界上除了爱情就没啥了，所以才去自杀。让他进入集体，知道除爱情外，还有很多重要的事要做，等于扩大了他的精神世界。

文珍：我觉得，文艺首先要表达的，肯定是最打动人心的东西。新工人艺术团之所以成功，意义就在于把普通工人的喜怒哀乐让其他欠缺这方面经验的阶层知道。爱情其实是一个很容易引发共鸣的话题，而且爱情在这个群体中又面临非常现实的困境，有人做过一个统计调查就是关于性的，二三十岁、三四十岁的进城务工人员普遍解决不了这个问题。比如说，我常常看到的东直门工地上的工人们，总是很多很多男人在一块，他们可能一年回一次家，中间有5％的人坦承自己找过小姐。怎么能说这么大的群体没有爱情需要，没有对感情的需要，没有对正常的家庭生活的需要？但是，在日新月异的现实里，很多人即使家里给成了亲，也差不多半年才能见妻子一次。也许男的在云南打工，女的在广东打工，因此男的很可能跟附近打工的人，附近发廊的洗头小妹或其他更可能的对象发生感情，这些情况都是很复杂、很微妙的，是不能忽视的。我自己的一点看法是，其实打工文艺很像屈原的《离骚》，是可以用香草美人来比喻打工者对城市的无望的恋慕的，是一种很强烈的感情，很像爱情的状态。他希望获得各种正常的情感，他爱慕城市的便利发达就像爱一个美人，但是他即便生活在附近，也永远无法真正得到她，我觉得这完全就是一个隐喻。如果把这样的感情表达在歌里面唱，会很有意思。刚才听大家说的时候我还在想，我们现在搞的所谓底层文学，也面临一个困境，就是写底层小说到底给什么人看？而且就算在写这个题材，能不能写好并真正代表其中的劳动人民？如果有一个很好的交流渠道，比如说，我们可以去打工子弟学校支教，也可以做更多的社会调查，可以让底层文学也好，新工人艺术团也好，能够真正发挥这样一个沟通的作用。真正好的底层文学还可以拍成微电影、排成话剧让更多的人看，在社会上引起更广泛的影响，比如说一个微电影《神探亨特张》——其实我不喜欢这个电影，不过这是一个很好的形式。我们究竟可以做什么？我们的文艺作品到底怎样才能真正为改变现实而服务？如果能有好的文学作品，大家互相交流，并且请身处其中的人来演这个电影、排这个话剧，然后在社会上获得更广泛的影响，我觉得效果更好。在这个沟通表达过程中，爱情其实是不可回避的一个环节。我自己写过一个小说《安翔路情事》——不知道这个小说成功与否，但最初的动机，就是因为我常常看到我住的附近有许多表情漠然的工人或小贩，他们每天都在做同样的事情，忙忙碌碌，我看着就一直在想，这些人心里怎么会没有爱的渴望？怎么会不希望自己过更好——更富有情感的生活？只是因为没有钱么？这个问题就遮盖了一个人对所有美好事物，包括爱情的正常需求，这结论也未免下得太残酷、太简单了。

祝东力：刚才那位同学讲，说资产阶级没有爱情，只有无产阶级才有爱情。听上去有点"极左"，但如果补充一点，道理还是很清楚的。资产阶级的价值观归根结底是金钱价值观，但是现实中活生生的、有血有肉的人，哪怕是资本家，也不一定百分之百是资产阶级，可能是70%，那么他在谈情说爱的过程中可能70%是功利的、算计的，是一桩生意。但是毕竟还有30%是动真情的，所以，这30%就是非资产阶级的部分。马克思说过，资本家是资本的人格化，但实际上现实中的人不可能100%都是这个身份，只是说这个身份在他的整个生活中起主导作用。

今天听了孙恒的主讲，他讲的内容跟我听专辑时的感受特别吻合。我很少听到过这样的歌，那么明确的阶级意识，而且这种阶级意识不仅不显得空洞和教条，而且特别能打动人。今天孙恒讲的大多数内容和音乐创作没有直接关系，都是社会实践方面的内容。刚才卜老师发言讲到孙恒他们的音乐是社会运动的一部分。这样说特别准确。艺术是一种载体，就像一个器皿要承载一定的内容。但是，我听到的流行音乐中的大多数，应该说承载内容相当少，有的完全是空洞的，徒有其表，像一个晶莹剔透的玻璃器皿。这是很多流行音乐给我的感受，跟我无关，没有表达任何能打动我的东西。孙恒他们完全不一样。我曾在微博里说，一个阶级的命运，几亿人的悲欢，凝缩在一首歌里。他们的音乐歌曲的确是有内容、有分量的。

刚才文珍说的对，这个群体有巨大的情感需求。我们有非常丰富和强大的传统社会主义的思想文化遗产，包括阶级理论。我猜想，有没有可能，孙恒他们在创作，在理解自己创作的时候，是不是比较多地受到过去传统阶级理论的影响，认为爱情这个话题是一个个人化的，跟阶级意识没什么关系，不应该作为一个主要关注的对象。是不是有可能在这样的意识或潜意识影响下，造成在创作题材上这方面的歌曲比较少。但实际上，在现实生活中，这方面内容非常丰富，情感需求非常强烈。结果，导致新工人几亿人只能去临时借用那些——现在泛滥成灾的主流小资的言情歌曲，那种聊胜于无的代用品。

黄纪苏： 其实农民进城打工早在20世纪70年代末就开始了，那会儿只是弹棉花的、卖馄饨的，零零星星。20世纪80年代中后期开始，随着城市化的进程，几亿农民工进城。这是一件非常大的事，不但改造了中国，还冲击了世界。现实中这么一件铺天盖地的事情，与文艺作品对它的表现真是太不成比例了。我一般不看电视剧，但有一部《春草》我却从头到尾看了两遍，感觉特别有意思。春草是一个农村女孩，没上过什么学，丈夫是个高中生，在她感觉里简直就是身边睡了个李白。俩人进城打工，春草吃苦耐劳，拉扯着孩子和老公终于在城里站住了脚。最后她带着孩子在护城河边上高呼："我也要当北京人！"改革开放的成功在于成就了许多人——的确是许多人的个人成功梦，但对于有些人来说，已越来越成黄粱梦了。孙恒他们和这个不一样，他们站在"我们"的立场上为整个"新工人阶级"争利益。这个意识或观念成熟得相当早，这大概是跟他们一来到北京，早就等在那儿的思想理论界的一拥而上有关。这使得他们的创作有主心骨、有大方向，而这些恰恰是我们这个时代的一般艺术家所没有的。孙恒刚才的发言里就能听到不少社科理论词汇。我刚才为什么没完没了地讨论爱情歌曲，就是因为我觉得他们不大创作爱情歌曲，除了难于表现这个原因之外，他们所接受的左翼文艺理论观念里没有爱情的位置，可能也是一个原因。我是想说，左翼文艺理论有抓住本质、抓住主要矛盾的一面，也有和现实脱节的一面。"文革"十年的文艺作品基本上就没有表达爱情的，这正常么？后来革命文艺被清算，历史一路反弹到下半身写作，偏颇的文艺理论及实践是有一份责任的。因此，我希望孙恒他们的创作，既能得理论观念之长，同时又能摒弃其短。

王磊： 我们谈爱情的时候，实际触及一个非常重要的问题，也是左翼文艺传统面临的一个困难，就是当我们从阶级意识出发去指认很多东西的时候，比如经济的、政治的甚至关于尊严的，我们发现它是一个很有利的工具。但是当我们用阶级意识来指认爱情和艺术的时候，就遇到了困难。没有任何一个正常人会否定一个活生生的人有爱情的需求，有艺术的需要，但是既然艺术和爱情本身没有问题，那么问题出在哪里了？我认为是出在我们的爱情观和艺术观上。我们现在之所以对爱情和阶级问题处理起来极其困难，很难把它们融合起来，就像左翼文艺传统中"革命 + 恋爱"的主题是失败的一样，是因为我们所奉行的关于什么叫爱情的观念、什么叫艺术的观念出了问题。以艺术观为例，我们通常关于艺术的认识，表面上是对艺术的一种普世的认识，实际上却是现代以来历史形成的资产阶级艺术观，这种观念告诉我们艺术应该是纯粹的领域，是远离生活的领域，甚至是独立的、与现实的政治经济无关的等等。当你以这种标准衡量左翼文艺，衡量新工人音乐的时候，你会发现他们的音乐叙事，往往是内容、主题先行，其次才是关于形式的问题——怎样更好去表达的问题，怎样去形成一种工人美学。就像刚才许老师说的，我觉得他已经触及问题的一个重要方面，孙老师关于工人艺术家的情感立场的转变问题也与此有关。所以，首先要改变的是一种艺术观，改变看待艺术的根本观念，才能在无产阶级的意识和立场上重新建构一种从这个阶级的生活和情感出发，去思考人类艺术与人性问题的理论。

黄纪苏：孙恒有一首歌我特别喜欢，《家在哪里》，回忆打工子弟学校的过去，从出了一张唱片，赚了几万几千块钱一路说来，节奏欢快，像在朝阳里走，兴冲冲地赶路，但最后走到学校被停水停电的现实中来，非常感人。孙恒他们有独特的地方，但也有符合一般艺术规律的地方。我们不要匆忙地提出"工人美学"、"无产阶级美学"，言过其实以后会说不下去。我刚才说他们观念先行、早熟，只是强调他们有这种观念化的倾向或因素，并不是说这是他们创作的整体特征。其实他们的作品还是比较成熟的，既有大的观念，也拿得出感人的细节。

李萌昀（中国人民大学国学院）：首先向孙恒表示敬意，我想在座各位中我是最早听到您现场演出的观众之一。我记得是1999年还是2000年，在北大艺园四楼的一次民谣演出上，那是第一次听您唱歌。

孙恒：我那时候在北大还被抓过一次。

李萌昀：我觉得如果按照当时您的那种音乐发展道路，您会成为周云蓬，在江湖或者进酒吧唱歌。但是后来有一天我知道了新工人艺术团，眼前一亮。这是我们一直期待的东西。刚才听了各位老师的发言，有一些想法跟您交流一下。首先是阶级意识的问题。新工人艺术团的阶级自觉是非常强的，那么有一个问题就是，你们面对的群体——打工者，他们的这种阶级自觉有多强？面对他们，你们怎么去和"凤凰传奇"PK？进一步说，反映打工青年生活的底层小说怎么和起点中文网PK？我前几天搬家，工人们闲着的时候都是拿手机上网看小说，看网络小说、YY 小说，他们从中接受一种意识形态灌输。那您在用音乐同他们进行交流的时候，是否会把您所代表的群体理想化？是否还需要一个对他们进行启蒙、教育的过程？你如何让他们认同一种新的美学？如何与大众文化背后的资本运作对抗？第二个问题，乐评界一直很期待我们中国会出现所谓的"抗议歌手"，我不知道您对这个怎么看，你有没有试图成为抗议歌手？乐评界曾经把《中国孩子》时期的周云蓬塑造为一个抗议歌手，但是他的反应是，下一张专辑马上转向另一个方向，从中国古典诗歌里寻找灵感，与现实拉开距离，与抗议歌手这个标签拉开距离。第三个问题，我以前另一个偶像杨一——现在变成杨一大师了，他早期的歌有两首我非常喜欢，一首是《样样干》，一首是《烤白薯》。这两首其实都是以打工群体为素材的歌，但我想杨一是没有阶级意识的。杨一有他代表的传统，美国城市民谣的传统，以及他自己骑着单车在陕北采风而收获的中国民歌传统。我很支持也很认同你们的音乐和社会实践，我想最让我遗憾的是，您的创作里面还没有杨一作品中那种能一下子特别触动我的东西，还没有形成一种特别鲜明的美学面貌。

黄纪苏：他不是提到周云蓬么，也可以和旭日阳刚做个比较。

孙恒：第一个问题，新工人群体，我觉得非常不乐观，如果从阶级意识来讲，其实你要去问工人，满脑子都是当小老板发财致富，可这正是我们需要做的工作。工人阶级如何形成？我觉得需要两个条件：一个是阶级意识，一个是阶级组织，有了意识没有组织也是没有力量的，当然组织是另一回事。我们希望用我们的文艺探索来促进阶级意识的生成，文化和教育是促进一个人的阶级意识形成的重要方式。所以在我们看来，新工人艺术团有很重要的社会价值。

李萌昀：您说我们需要通过艺术创作来教育他们，但是我从您现在的作品里看到的其实更多的是对他们的对立面的批判，比如说拖欠工资的老板，是不是以后你们可以考虑以艺术的方式对工人群体自身进行反思？

孙恒：这个确实挺难，作品出来之后能不能发挥那样的作用不是由我们说了算的，这个东西之前我们也比较困惑，唱几首歌就想改变什么？真的改变不了什么。可是有一次一个故事给我影响挺大。2004年在甘肃敦煌，有一个工友被拖欠工资，特别郁闷，他也不知道该怎么维护自己的权益。有一次他在小酒馆喝酒，电视里正好放我们那首歌《团结一心讨工钱》，看完之后他就把桌子掀掉回去找老板要工钱去了。还有一个例子，有一个工友每天干12个小时，两班倒，一个人两班倒就成机器了，他下班以后很晚，夜里一两点，车上没几个人，特别郁闷，觉得像机器一样。突然前面有个工友的手机响了，是我们的歌，他听完之后就重新打起精神了。

这给我的启发就是，对于创作者来说，首先自己要有感觉，这是我创作的基本原则，创作的真实性非常重要。刚才你说到周云蓬、杨一都是我特别喜欢的音乐人，从抗议歌手身份来讲，我也特别喜欢美国的伍迪·格斯里。曾经有一个片子叫《奔向光荣》，讲他一生都在流浪，为底层人民歌唱。身份对于我来说不是特别重要，但是也很讨厌别人贴标签。我上初中、高中的时候，也是一个摇滚乐迷，但是我更喜欢摇滚乐的反叛精神。我觉得中国摇滚乐走入了歧途，所有西方摇滚乐的形式都有，但是内在反叛精神越来越少。

许多：我再回应一下刚才第一个问题。对工友来说，流行歌曲像资本逻辑一样，会在工人的大脑里具有强烈的侵入性。比如说，工人在白天做着很繁重的体力劳动，晚上回到宿舍，可能就会喜欢去听情情爱爱的流行歌曲，这种逃避的方式，是麻醉的快感，而直面现实是会痛楚的，需要意志。这种把工作和生活剥离开的方式，也是当下比较流行的面对现实的方式。但是我们要做的，就是要和工友们一起来直面现实，我们创作的这些讲述工人现实生活的歌曲，是粗糙带刺的，有的工友可能就是不爱听，而更喜欢那些让人产生美好幻觉的流行歌曲。但幻觉终会破灭，工人的文化、工人的歌曲，就是在催生大家赶快醒来，直面现实，一起寻找真实的希望。

李云雷：我觉得，"新工人美学"还是可以继续讨论的一个话题，包括你们做的音乐与实践，包括打工文学、底层文学，都处在一个发展过程中。其中有一些"新工人美学"的萌芽，还不能说它是一个有体系性、有说服力的、有文化领导权的美学，但是能出现这样的萌芽已经是一种历史进步，而它此后的发展需要我们继续努力，包括理论上的讨论，实践中的探索，也包括像今天这样面对面的交流。

在当前文艺的整体格局中，新工人艺术团除了探索"新工人美学"之外，还有另外的价值，或许是更广泛的价值，那就是他们的音乐是"活的音乐"和"真的音乐"。"活的音乐"，是指音乐并非来自对西洋或东洋音乐的模仿，也不是来自流水线的批量生产，而是来自现实生活，是与社会现实联系在一起的音乐；"真的音乐"，是指音乐表达了创作者的心声，表达了他们的生活与情感，他们的生命体验与内心世界。比如将你们的"打工春晚"跟"春晚"对着看特别有意思，春晚的节目和歌曲很华丽，也很空洞，似乎与现实生活没有关系，但是你们表达的都是真情实感，都是从生活中来的，跟生活有密切的联系。在这一点上孙恒他们在音乐创作上具有先锋性，不管什么艺术，表达的都应该是人的心声，应该是"活的"和"真的"，哪怕是资产阶级的艺术也是这样。

还有一点，除了"活的"与"真的"这两点，还有对音乐的另一个要求，就是"美的音乐"，在这一点上我们还需要进行实践上的摸索和理论上的探讨。"美的音乐"像"新工人美学"一样，也是一个需要不断发展，需要在"活的音乐"和"真的音乐"之上去继续探索艺术的表现形式，当然我们这里的探索不是向旧有的美学原则就范，而是要创造"新工人美学"的新的高度。就像葛兰西阐释马克思的美学思想，认为无产阶级艺术应该有两点，一个是人民的立场，另一个是高级的美学。这个美学要可以跟资产阶级几百年来产生的最高级的美学相竞争，只有在这个意义上获得胜利，无产阶级艺术才能真正掌握文化领导权。当然这并非一件容易的事，在这一点上，我们还需要继续做各个方面的探索。

孙柏（中国人民大学）：有一个问题，刚才孙恒提到组织方面的问题，我知道你们工作中也有工会活动这一部分，我想听听孙恒和许多介绍一下这方面的情况。因为我比较关注珠三角地区频发的罢工事件，以及眼下的香港码头罢工，还有像从前段时间一直持续到现在的欧姆工厂直选工会的问题。类似那样的事件在很多地方也都存在，想听听你的意见，包括你们自己组织的工会方面的活动。

孙恒：首先工人的组织应该是工会，在国内现在出现了一些以工人为主的自主的劳工NGO组织，规模很小，数量不多，全国30多家。

祝东力：新工人这个概念最早是哪儿提出来的？

孙恒：不知道最早谁提出的，但这么多年我们一直在提倡。我们是先从反对使用"农民工"这个词开始的，2009年因为这个词在艺术节上跟人打了一架，之后我们专门做了一个新工人辞典工作坊，都是和一线工人一起来讨论。我们用了一些方法，比如从媒体报道中选择一些有代表性的词语，然后和工人日常使用的一些有代表性的词语结合在一起，来讨论分析，每个词语都有工人的解释，形成一部辞典，已经编完了，非常有意思，每一个词语故事背后都是活生生的工人。

祝东力："新工人"的概念特别有意思。中国20世纪90年代存在一个经济周期，从1992年开始高速增长，到20世纪90年代后期经济衰退，出现大规模下岗潮。与新工人相对照的老工人，传统社会主义体制内的那个老工人阶级，在90年代后期完成了转型。这样也就可以理解，新工人的阶级意识还比较含糊，处于比较初级的状态，因为时间太短。所以，你们的工作，首先通过一种文艺形式，然后又通过社会实践，促进这种阶级意识的成长、成熟。刚才卜老师讲"赋权"，我觉得应该这样理解：艺术首先是感性的，而人首先也是感性的，这种感性力量能够打动感性的人。一个人原来可能由于在生活、工作或社会环境中备受挫折，垂头丧气，这时候听到新工人艺术团的歌曲，就像吹进了一口气，给他注入了精神，这个人可能一下子就振作起来了。有时候，就是一首歌，就改变了一个人的精神状态。从感性的感动经过一个过程，最终可以达到理性的觉悟。这是新工人艺术团的价值和意义的重要方面。刚才许多说到"工人美学"，我第一次听到这个概念，它比所谓"人民美学"这个概念要清晰得多。人民美学其实相当含混，因为"人民"概念按传统理解，包括工人、农民、小资和民资，是多个阶级的混合。工人美学的内涵就可能清楚得多，而且有新工人艺术团的实践经验，可以结合起来丰富、完善。这也是咱们应该做的一个工作。

孟登迎：这几天我还在读一些有关工人阶级的书，因为孙恒讲到工人阶级的形成，不知是否读过E.P.汤普森写的那本书《英国工人阶级的形成》，这本书很厚。孙恒其实从经验和实践中总结出的两点——一是要有阶级意识，二是要有工人组织，与汤普森的历史描述很吻合。汤普森重视工人的阶级意识，重视工人的日常生活。刚才那个老师也提到抗议歌手之类的称谓，我觉得所谓抗议歌手还是一种过分个人主义风格的展现，孙恒他们追求的不是这玩意。我觉得有一个核心，工人阶级文化是共享性的，它具有开放和分享性。而抗议艺术都具有个人的展示性，工人阶级最可贵的就是互助和朴素，是一种平实的美学。在这个意义上，可能好多传统的现实主义风格的作品，好像在很平静的河面下有暗流汹涌。像黄纪苏老师说的细节的捕捉，包括刚才谈到的爱情问题，它下面埋藏的东西比可见的东西要更微妙复杂。我们的经济权利被侵犯了，我们可以找一个抗议的对象；我们没有爱情，或者被剥夺了爱情的权利，我们没有可抗议的很明确的对象，因此这种伤痛是很难表达的。当然，这也使有关爱情的描绘变成了一项更具有挑战意义的创作。从世界范围来看，最好的那些名著，在处理这个问题上都有相当的穿透力，而这些大作家不见得是无产阶级的，可能是无产阶级文艺产生之前托尔斯泰那一类作家，但是这对我们观察此类问题是很有启发的。

崔柯：孙恒老师今天带了吉他过来，让我们一起来欣赏一下孙恒老师的现场演唱。（音乐演唱）

崔柯：谢谢孙恒、许多老师的演唱。我们今天的论坛到此结束，谢谢大家！

（根据速记整理，经过本人校订）

青年文艺论坛2013

第五期

青年亚文化与当代社会思潮

关键词：青年　亚文化　主流文化

主持人：李修建（中国艺术研究院艺术人类学研究中心）
主讲人：刘悦笛（中国社会科学院哲学所）
　　　　　孟登迎（中国青年政治学院中文系）
时　间：2013年5月16日下午14：30—18：00
地　点：中国艺术研究院334会议室

编者的话

"青年"指人的生命历程中的一个特定阶段。中国古代并无"青年"这一概念，而是以"年少"、"少年"、"小子"、"后生"等称谓，在传统的父权制社会中，它们多包含负面性价值。在中国，"青年"作为一个群体登上历史的舞台，肇始于五四新文化运动，青年被赋予了诸如朝气蓬勃、激情奋进等正面价值。自此，青年在社会结构中的位置得到突显，成为不容忽视的社会力量。正是在这一大背景下，青年亚文化方才成为一个话题。进入全球化和互联网时代以来，以青年为主体的大众文化大行其道，青年亚文化呈现出更为光怪陆离的、复杂的面目。特别是在今日中国，社会分层而多元，社会结构趋于固化，社会思潮亦众声喧哗，青年的生存压力普遍较大，精神追求也相对贫乏。在这样的时代背景下，青年话题更值得关注和探讨。本期论坛围绕"青年亚文化"这一颇有意趣却并不轻松的话题，探讨了当代青年亚文化与其他诸种文化之间的关联，以及建设新型青年文化的必要性和可能性等问题。

李修建：大家下午好，论坛现在开始。本期论坛的主讲嘉宾是中国社会科学院的刘悦笛和中国青年政治学院的孟登迎两位老师。这一期论坛题目是"青年亚文化与当代社会思潮"，是一个比较有意思的话题。

"青年亚文化"包括两个关键词："青年"和"亚文化"。"青年"主要有两层意思：第一层，指一个年龄段，是人的生命历程的一个阶段。不过具体指哪个阶段，并没有固定的说法。一般将15岁作为下限，但上限并不固定，有的说是24岁，有的是28岁。比如共青团，28岁以后就超龄了，而国家统计局的数据是34岁。最近网上热传，世界卫生组织认定44岁以前是青年，不过后来世卫组织辟谣，说并没有给出这样一个官方标准。

这说明什么问题呢？说明"青年"是一个年龄跨度相对比较大、比较模糊的概念。实际上，这个概念在中国的普及，应该是五四新文化运动以后，中国古代很少用这概念。在古代，谈一个年轻人的时候，更多是说这个人"年少"，如诗歌中有"当时年少春衫薄"；或者说"少年"，如"少年不知愁滋味"，"老夫聊发少年狂"；或者说"后生"，如"三五痴后生，作事不真实"；或者说"小子"，如李泽厚给宗白华《美学散步》写的序中说"藐予小子，何敢赞一词"。从这些称谓可以看出，青年在传统社会经常被赋予比较负面的价值。比如不够成熟，孔子讲"四十不惑"，四十岁之前可能还处于"惑"的阶段；还有不负责任，宋词有一个词牌叫"少年游"，"少年听雨歌楼上，红烛昏罗帐"，少年人经常被呈现为贪欢、轻狂的形象。这还典型地体现在戏曲行当中的"老生"和"小生"的区别，"老生"和"小生"的外在形象上的主要区分就是有没有胡子，"小生"都没胡子，"老生"有胡子，叫"髯口"。"老生"又叫正生，往往是比较正面的形象，代表社会中坚力量，而小生常会犯一些错误。

青年被赋予正面价值，应该说是"五四"以来的事情。当时《新青年》刊物的影响非常大，对"青年"概念的普及有很大的推动。陈独秀在《新青年》"发刊词"里面，对青年予以盛赞，他说，"青年如初春，如朝日，如百卉之萌动，如利刃之新发於硎，人生最可宝贵之时期也。青年之于社会，犹新鲜活泼细胞之在人身。"1957年11月17日，毛泽东在莫斯科大学接见中国留学生，发表了一段著名讲话："世界是你们的，也是我们的，但是归根结底是你们的。你们青年人朝气蓬勃，正在兴旺时期，好像早晨八九点钟的太阳。希望寄托在你们身上。"青年被赋予了正面价值：朝气蓬勃、斗志昂扬、锐气十足，是一种革新性力量，代表着社会的希望，等等。最近有两个例子比较有意思，一个是前几天《人民日报》上发了一篇文章，批判80后青年暮气沉沉，未老先衰。二是易中天在五四青年节那天，发了一篇博文，题目叫《我是66岁的新青年》，后来改成了《新青年易中天》。他在文章中声称要花五年时间写36部"易中天中华史"。有人评论说他是不是疯了。当然，他这种大无畏的进取精神还是很值得我们这些暮气沉沉的青年们学习的。这可以说是"青年"的第二层含义。

我们"青年文艺论坛"就有这么两层意思，一是参与主体，以我们这些70后、80后的青年人为主。再有一个，更重要的是，我们提倡话题的开放性和当下性，讨论的参与性和平等性，我们意在营造这样的氛围。以上是对"青年"概念的梳理。

"亚文化"的概念来自西方，对这个概念的梳理，孟登迎老师有一篇文章已经发给了大家。我主要提一些亚文化的现象。在西方，我们知道，20世纪60、70年代以来有垮掉的一代、嬉皮士、雅皮士、朋克、摇滚等等。在中国，新中国成立以来一直到改革开放前的这一历史阶段，处于高度集体主义的文化氛围中，青年亚文化可以说处于隐而不彰的状态。20世纪80年代以后这30年中国社会发生了剧烈的变迁，出现了众多亚文化现象，20世纪80年代有星星画会，有圆明园画家村，还有以崔健为代表的摇滚。到了20世纪90年代末，尤其是新世纪以来网络的出现，可以说深刻地改变了我们的生活。我们这次论坛海报上的图案就很典型，这个东西叫二维码，这就是网络时代的一个符号。

还有一些现象，周一我在办公室跟王磊、孙佳山聊天，我问王磊是否听过耽美、cosplay、快闪族这些东西，王磊一概不知，我也是刚知道，但是80后"小青年"佳山对这些现象比较熟悉。我回家坐地铁，正好身边有两个高中生，一个男孩、一个女孩，肯定是95后，我听到他们在聊天。男孩就聊到cosplay，染红头发，还有穿刺，在嘴唇上穿个钉子。这些可能就是90后小孩玩的东西。苏州大学出版社去年出了一套叫做"新媒介与青年亚文化"丛书，我读一下书名：《御宅：二次元世界的迷狂》《黑客：比特世界的幽灵》《网游：狂欢与蛊惑》《恶搞：反叛与颠覆》《拍客：炫目与自恋》《迷族：被神召唤的尘粒》。在一本名为《大众传播时代的青少年亚文化》书中，提到了恶搞族、动漫族、粉丝族、游戏族、韩流等现象。

侯百川（中国艺术研究院艺术人类学研究中心）：我补充一个词，中二病。在初二的时候，小男孩、小女孩都比较狂热，自我为中心，什么都不懂，什么也不知道，但是特别自信。这个词语也是从日本过来的，像江南的《龙族》里面，还有很多文学作品提到"中二病"。我开始不知道什么意思，在百度中搜了才知道。

李修建：还有很多新鲜的东西，咱们没听说过。还有李银河写过两本书，《虐恋亚文化》和《同性恋亚文化》。还有上一期我们青年论坛的主讲人孙恒所代表的新工人艺术团，是不是也是青年亚文化？上面我提到的这些形形色色的现象，都被贴上了亚文化的标签。作为一个西方概念，青年亚文化能不能涵盖我国新出现的文化现象？我们今天的两位主讲人题目里边都没有用亚文化，刘悦笛用的是"新青年新文化"，孟登迎用的是"建设新型青年文化"。那么，"新青年新文化"和青年亚文化有着怎样的区别？为什么用这个概念而不用青年亚文化的概念？"建设新型青年文化"有怎样的可能性？接下来欢迎两位主讲人开讲。

刘悦笛：首先感谢东力老师、云雷兄和修建兄的支持，特别是老孟能够来，因为他们组织了一个编辑组，翻译青年亚文化，而且特别是后亚文化的书籍。这个话题对我来说是一个业余的事业，怎么说呢？我是做哲学的，但是做青年文化研究完全是个人兴趣。突然有一个机遇，就是发现"新青年新文化现象"都在我的身边，而且我感觉，再过5年，我可能就写不出这些东西了。我利用6个月的时间做了这样一个研究，还是蛮有意思的。在青年文艺论坛的博客上面，祝老师有一个回复，说青年与现代性的关系是一个很重要的问题，我觉得确实是。因为自五四新文化运动以来，中国新青年和中国启蒙现代性之间有非常重要的历史瓜葛，一直到现在仍是如此。

在新中国成立之后，我们曾经有一个"第三代人""第四代人"的说法，那时候特别热，《第四代人》《第五代人》的书都出过。但是，这种说法比较政治化，后来被80后、90后甚至是零零后这样的"年代学"的划分所替代。不可否认，在80年代的启蒙和西化思潮当中，起码从接受者角度说，当时青年民众的确是推动中国现代性的一个主要动力。

但是我说的与之不同，我们关注的青年亚文化或青年文化，指的是在20世纪90年代之后特别是新世纪以来兴起的新文化，它产生了非常重要的转变。21世纪以来，青年人从一个"社会的立法者"转化成对自己的"生活的阐释者"，假如使用社会学家齐格蒙特·鲍曼"立法者和阐释者"那个说法的话，那么，这真是立法者衰落和阐释者兴起的时代。

所以我想说，能不能从文化研究的角度来研究。2005年，我也曾经参加过孟繁华主编的那个"都市文化书系"，写过一本有关中国卡拉OK文化的书叫《夜半歌声》。从真实体验出发，采用文化研究的角度，使用了社会学的研究方法，讲述KTV空间的一本书。现在我想能不能把这个新文化呈现出来，我把它称为"新青年"的"新文化"。当然，"新青年"这个词在中国有特定含义，这波新青年对政治有着非常暧昧的态度，像韩寒2011年初《论民主》三篇文章所表现的那样，是非常暧昧的态度：一方面说这样的，不满意现实的，一方面说那样的，又相当妥协的。但是，他们这一代"新文化青年"在文化上又是异常强大的，所以，我觉得我们可以把它看作一个重要的文化现象。

我甚至觉得，这种"新青年文化"在中国当代文化中是占了五分之一强的一个群落、群体。最近大家都知道，赵薇那个电影《致青春》刚刚过了6亿票房，《人民日报》随后评论说，当代青年人暮气沉沉，它背后想说，青年人应该是朝气蓬勃式的。为什么80后、90后这么容易怀旧呢？崔健那个首歌很清楚，"不是我不明白，这世界变化快"，是这个社会的急遽变化使青年太早就怀旧了。青年题材电影潜力巨大，市场庞大，恰恰证明了当今"新文化青年"与"新青年文化"的强大存在。

大概在去年，主要是在美学和哲学研究的工作之余，我想做两本书，这两本书很有趣，一个是我写的，另外一个是90后北京小女孩写的，她现在在香港中文大学也读文化专业。我们共同完成了这套书，我是一个"旁观者"的角色，她是一个90后，从初中开始就是一个小作家，也是最早介入网络的那一代，是"当事者"的角色。我们两个人写了这样两本书，我写的是《新青年新文化》，她那本书叫做《新青年"独立宣言"》。

对于中国现在这群青年人，我个人不完全赞成用西方的"亚文化"和"反文化"方法来研究。我也研读了一些书，我觉得"后亚文化"可能更接近中国的当下现实。这也是我对"文化研究"的一个基本看法，真是"西方出理论，中国出实践"，到现在，我们没有一位理论家提供出文化研究理论上的东西，我们更多的是把西方理论和中国现实进行结合。所以，当我们运用的时候，就会出现很多问题。比如说，英美文化研究中非常重要的"性别""种族""黑"与"白"等问题，是欧美多种族国家的主要问题，这在中国恐怕不存在，不得做一些调整。

更重要的是对待政治的态度，这一点上，中国的亚文化和反文化至今没有形成一个明晰的群体，所以我宁愿用"青年文化"这个中性词，西方人也用 youth culture 这个主题词进行阐述。我用这个词描述作为青年群体的"新文化青年"，描述作为新文化类型的"新青年文化"。

为什么研究这些东西呢？新文化青年涌现在纸质媒体和电视媒体上时就构成了"媒体的景观"，涌现在音乐剧场和小众剧场的时候，就是"族群的景观"，涌现在电子媒介和在线网络的时候就是一种"虚拟的景观"。正是由他们构成了我们当代社会一波一波的文化浪潮：这些新文化青年现身在传统艺术界，往往是先锋戏剧的拥趸，视觉前卫艺术的推手；当它出现在现代流行世界，便成为选秀节目的对象，成为超女影星的粉丝，成为青春题材电影的观看者；当他们出现在当代网络的时候，就是发布微博的牛人，狂扫二维码的达人，恶搞文化的先锋，虚拟社区的主人。

所以说，除亚文化和反文化这些理论之外，是不是还有更中国化的阐释方式？因为亚文化理论难以穷尽中国青年文化各种各样的形态。而且，我觉得"反文化"研究更不适合中国，特别是在大陆。"反文化"一定程度上是要取代主流价值，是有政治色彩的，我觉得，中国青年文化中大多数不具有"反"这个性质，很难用这种极端化的"反"与"不反"的格局来阐释。

第二点，怎么看待新文化在整个文化系统中的位置？我有一个总体看法，刚发表出来。在当代中国文化格局变迁中，20世纪50年代开始曾是政治化的、一统的；到20世纪80年代出现了精英文化；到20世纪90年代，大众文化真正出现以后，形成了一个"文化三角形"：就是政治文化、精英文化和大众文化三分天下的文化格局。

但是我个人认为，是不是这10年又产生了一个变局？这个新的变局主要在两个方面，一是主流文化和政治文化相脱离。另一个方面，就是青年文化已经相对独立，以"新青年文化"为载体出现了一个新的文化形态。

所以我要说，当代中国文化那种"三角结构"，也就是政治、精英、大众的对立与关联，已经变成一个"五角星结构"，也就是我所说的当代文化的"五分天下"。这个五角星最上面那个角是主流文化，左上方是政治文化，右上方是大众文化，最下面的两角，左面是精英文化，右面是青年文化。恐怕当代中国文化已经变成了这样一个五角星的结构，而不是我们在20世纪90年代开始被大家公认的那个三角形的结构。但是这里必须承认一个观念，主流文化是多元的，只有多元的才能是主流的，这才是一种健康的文化形态。

我觉得，现在的主流文化倾向于与政治文化产生分离，这个五角星结构当中，形成了一对四、四对一这样的网络关系。人数最多的就是最主流的，就是主流文化，政治文化和大众文化形成第二个层级，那么，被排除在主流以外的精英文化和方兴未艾的青年文化则居于五角星的最底层，但是青年文化还会愈演愈烈，精英文化恐怕还会继续衰落下去。

如果从功能来看，主流文化形成了一个文化"中轴功能"。政治文化起范导作用，大众文化形成了市场效应，这二者拉开了五角星的两翼。精英文化的引导功能和青年文化新兴的力量，打开这个五角星下面的双角。从"一"比"四"的角度说，新青年文化和这四种文化都产生着关联，它可能为主流文化所指导，为政治文化所范导，为大众文化所吸引，为精英文化所主导。青年文化经常为主流文化所吸纳，为政治文化所收编，为大众文化所收买，为精英文化所升华。所以，这是一个整体的格局，当代"新青年文化"是处在当代文化这样一个五维结构的格局当中的，这是第二个问题。

第三个问题，中国新青年文化是一个沙拉碗，沙拉碗不是大融合，不是文化的相互整合，而是多元素、多纬度相互杂糅和拼合。但是，它还是有一个结构的问题，有"四方的格局"需要解析。

从新青年文化的格局来讲，我称之为"青年圣文化"、"青年俗文化"、"青年游文化"，"圣 —— 俗 —— 游"的结构模式是法国社会学家 R. Caillois 提出的，社会学研究者陈映芳最早用这个结构来分析中国青年文化。在圣文化、俗文化、游文化之外，我再加一个"青年超文化"。

我想结合例证解析一下什么是"圣文化"。圣文化之所以"圣"，乃是因为这些"新文化青年"追求文化的神圣性，他们秉承了精英文化群所具有的文化精英意识，强调文化本身所具有的超越性和圣洁性。在这个圣文化里面，我主要分析了三个现象，第一个是后先锋的新戏剧实验，这个要从戏剧导演牟森在关于《查理三世》的讨论中谈及当代中国先锋状态开始说起。我讲到了当代既面对市场，又影响大众的那些新的先锋戏剧实验，在市场化情境下戏剧的先锋性该如何坚持？第二个讲的是"卡里斯玛"形象。具体讲的是自杀诗人共同体，以顾城和海子为核心，加上周云蓬对海子构成某种延续的文化阐释。第三个说的是"超前卫"的视觉艺术。

第二，"青年俗文化"。社会学意义上的俗，是指对传统规范的遵循，绝不逾越一定的社会角色，比如说20世纪80年代我们常说的"好孩子"、"好青年"都属于社会学意义上的俗文化。但是我想，文化学意义上俗文化指的是"世俗性"而言，实际上青年俗文化已经成为大众文化原地产之一，并且推动了大众文化年轻化的趋势。

这里面有必要区分的两种重要的文化，这在西方文化研究里也有区分：popular culture与 low culture，通俗文化和低俗文化。我们现在总是把低俗文化看作是通俗文化、大众文化。通俗文化是被大多数青年人普遍认同的共通的那种流行文化，而低俗文化则是底层青年文化所分享的低趣味的文化。比如说，恶搞文化就是最典型的例证，最初是来自于对电影的恶搞，后来出现了对图像的恶搞，如对中学语文课本上的杜甫像所进行的狂欢性恶搞，这些都是最典型的低俗文化。

青年低俗文化我讲了三个现象：第一个是从个别的粉丝到追星族的各个群落，粉丝可能是是孤独的，比如说，追求刘德华的粉丝杨丽华是孤独的追星者；第二个讲的是从恶搞文化到山寨的风潮，包括文字的恶搞、图像恶搞、影像恶搞等；第三个讲新写手代言潮，讲的是青年写作和网络码字的文化，从北京女孩春树的写作谈起，以她的创作为主谈到了青年写作的各种类型与风格，特别关注到不同的写手所代表的那个青年群落的特质。

第三个还有"青年游文化"，游文化是一种逍遥化和具有边缘性质的文化，逍遥于体制以外，位于社会的边缘。现在这个游文化和20世纪80年代的不一样，20世纪80年代讲的社会学意义上的游文化，是落后青年、痞子青年这些人，我们讲的游文化指的是那种游离于主导文化之外，甚至是游离于青年文化主潮之外的，"悠游型"而甘居边缘的那种文化类型。这方面我分析两个现象，一个是"新摇滚"，即新摇滚的反抗和它的媚俗取向，这里面讲了很多人，继承了雷鬼音乐风的谢天笑、万晓利具有媚俗意味的音乐，拿他们和前一代的摇滚歌手进行了对比。第二个讲了网络社区和"同城小组"，特别以豆瓣网为主，分析它的网络社区和构成方式。

这三者，高高在上的圣文化、沉沦在下的俗文化和边缘存在的游文化，形成了当代青年文化的内在结构。但是在此之外还有一种文化，"青年超文化"，是为主流文化所收编，被大众文化所同化的一种文化，它超出了青年文化的边界，具有很大的吸引力和向心力，甚至可以把其他文化类型吸纳和整合在其中。

我聚焦于两个现象。第一个是全球化选秀节目，从超女、达人秀，到相亲类电视节目，这是超文化的第一个例子。第二个讲的是跨界三维影像，主要讲的是微电影，还有网络视频当中也有。比如说，老男孩组合以及相应的网络视频。所以我觉得，可能在当今"新青年文化"中，如果从整体格局来说，圣文化、俗文化和游文化形成一个金三角，那么，超文化则形成了一个包围之势。我想说的是，这可能就是当代中国青年文化的一个基本格局。

这四个不同方向的文化命运是不一样的。圣文化的地位越来越低。相比之下，俗文化软实力却越来越强，只要新青年一代还在，文化低俗化的走向就不太会有太大改变。游文化的命运也类似于圣文化。这里面青年超文化的命运是最好的，它成功地利用了市场优势，但是超文化一旦成长起来，不是被市场所利用，就是被主流所整合。

在我看来，一个健康的青年文化格局还是：圣洁的归圣文化，低俗的归俗文化，游离的归游文化，越界的归超文化，文化之间要有基本区别，这恐怕是"新青年文化"的一种各归其位、相对间隔、非常健康的理想格局。

总之，我作为对青年文化这个问题特别感兴趣的一个研究者，超出自己的专业进行了一点研究。我觉得，对中国当代文化研究而言，一方面我们要进行个案的研究，另一方面要形成自己的适合中国的文化理论，只有这样才能把中国文化、中国青年文化的身份呈现出来。

李修建： 刘老师从圣文化、俗文化、游文化、超文化这几个概念，对当代中国青年文化的特质进行了分析，探讨了这几种文化之间的张力关系。接下来有请孟老师。

孟登迎： 非常荣幸能再次来到咱们青年文艺论坛讨论问题。刚才听了刘悦笛老师的一些概括，感觉毕竟他是学哲学的，宏观驾驭问题的能力很强啊！他总想对纷繁复杂、交错变幻的文化现象进行概括，这种努力我很敬佩。但是，我们是否要考虑一下，有没有别的更好的方式去理解青年文化现象？刚才刘老师提到一些，我觉得还需要补充。

我们这些关注青年亚文化的人，基本上都是票友，因为这个领域在我们中国好像并没有多少专职的人去做它，我跟几位同事一起翻译了一些西方亚文化研究的成果，发现里面跟社会学有一些交叉，这对于我们学文学的人来说有不少困难。我今天只想跟大家简单分享一下我对一些西方研究成果的体会。其实从历史来看，在200年以前，人类基本上就没有现代的"青年"这个概念。从全球讲，中世纪，青少年外出打工的方式，多是被送到亲戚朋友家做佣工，跟随的是成人，而且是分散的，没有什么群体，更没有青年群体。后来因为这种佣工制度被逐渐替换，慢慢使得青年在经济领域里逐渐可能结团、结社，所以说青年这个概念是跟现代经济的增长方式密切相关的，当然尤其与法国大革命的绝对平权思想有关。从法国大革命中产生的法典，在法律上规定了下一代不受上一代人的统治，这种声明对于人们理解代际关系相当关键。

还有一点需要大家关注的，有些西方的研究者认为，1870年以后青少年的生活形态有一个比较大的改变。刚才说的是经济增长方面的原因，其实还有一个教育领域的逐渐改变，这就牵涉到强制性义务教育制度的发展。强制性义务教育制度使青少年受教育的年限拉长了，使一些相同年龄的人在一起聚集。比如，1870年英国颁布初等教育法，将受教育年龄延长到13岁，到1880年延长到14岁，1944年要求必须到15岁，1972年延长到16岁，2007年则要延长到18岁。换句话说，青少年在18岁之前肯定是在同龄人聚集的地方生活，这样的话，就会形成一个所谓的青年群体，因为有一种在空间上、生活阶段上结成团体的可能性。所以culture这个概念，subculture这个概念，往往是两层意思。一层是指一种文化形态展示出来的生活方式，还有对这种生活方式的符号化的表现。可以说这样的生活方式本身就可以被认为是一种文化，另外，如何用符号化的方式彰显这种生活方式，比如我要留什么样的头型，我要穿什么衣服，也是一种文化。文化、亚文化这类概念除了直接与生活方式以及生活方式的符号化显现相关，还有第二层意思，它们可以指以这种生活方式生存或展现意义的社群或群体。一种subculture就是一个群体，subculture后面往往加一个S，以复数形式出现，这说明群体是多样的。亚文化和亚文化群体是放在一块研究的，你要研究亚文化必须研究群体。从这一点来理解亚文化这个概念，我感觉比较好理解一些。

祝东力（中国艺术研究院马克思主义文艺理论研究所）：你讲的复数是说有多种亚文化的意思吗？

孟登迎：既指有多种亚文化形态，也指群体的多样，指多种群体展现不同的文化形态。

祝东力：就是说，主流文化只有一个，亚文化有多种。复数是指这个，还是指这个亚文化群体内部涵盖的人群是一个复数，因为有很多人？

孟登迎：亚文化是复数，亚文化涵盖的人群也是复数。因为每一个群体跟别群体的是有区别的，才叫做"亚文化"，如果没有区别就不是亚文化，所以多样性就出来了。

我接着做刚才关于青年文化的历史梳理。从青年在1870年后作为一个受到关注的政治群体，过渡到后来人们常说的"青春期"问题。青春期这个概念，大家很熟悉。1904年美国心理学家G.斯坦利·霍尔（Granville Stanley Hall，1844—1924）提出了这套关于青年期的风暴假说，其实与中产阶级子女在新世纪面临的身份认同问题相关。这套假说影响很大，认为青少年必然经历一个过渡性的人生阶段，而且把这一阶段附会成与人类进化相近的事；认为人类也有这个童年期、青春期，所以每一个个体也要经历这个阶段。他认为这种脱胎换骨式的风暴阶段是非常难监控的，并且因为家庭对青春期的难以管制，加之同龄人在生理、心理方面的变化甚至使得家长无法应对，于是青春期就具有了某些神秘性，一些研究者甚至给它一种夸张化的表达。后来到了芝加哥社会学学派，在1920年到

1960年这段时间，集中研究了一些越轨和边缘青少年的问题，他们开始认为青春期问题并不像霍尔等心理学家描述的那么夸张，它应该更多与社会问题相关。因为他们研究的大多是边缘人群，边缘人群无法接受正常的教育，逐渐被主流社会抛离，而主流社会反过来给它贴一个标签。边缘青少年确实有犯罪和不轨行为，他们犯罪是事实，但是我们怎么说他犯罪却是另一件事。

其实，我们怎么说他们犯罪就成了文化问题，因为文化更多涉及我们怎么说。一旦被贴标签，那些越轨的、破罐子破摔的行为，就开始产生互动了，我们对他们的文化定义和描述在一定意义上建构了他们的社群。他们在芝加哥形成一些帮派，你说我是犯罪的，对，我就是黑帮，黑帮内部有自己的语言系统，力求与主流社会相区分，形成了独特的社群。或者说，亚文化群体就是自我建构和我们帮他们建构或者主流帮他们建构的。

芝加哥学派的这种研究影响比较大，但我个人觉得，对我们研究新青年文化更有启发的可能是借鉴了芝加哥学派的伯明翰学派。伯明翰学派也注意到这些边缘群体，但是更关注这些青年群体的仪式化反抗问题。由于伯明翰学派接受了葛兰西的文化领导权理论，非常重视阶级分析，因此他们要区分这是工人阶级子弟，还是中产阶级子弟。如果是工人阶级子弟，那么就研究他们的成长道路有什么不同，前一阵伯明翰学派传人保罗·威利斯（Paul Willis）还在清华大学举行了他那本《学做工》（Learning to labor）中文版的发布会，他这本书就在研究工人阶级孩子的出路。伯明翰学派的几个开创者，包括1960年代的一些英国新左派，总认为20世纪30年代的英国工人生活是最完美的——因为他们有共同的社群，而且有自成一体的文化，有文化的尊严感。而到20世纪50年代中期，西方一般认为进入了消费泛滥的所谓丰裕社会和消费时代，物质极度丰裕了，工人阶级的孩子也变成工人阶级"二代"，成为那个被简单商品所俘虏的一代，失去了工人阶级原有的那些美德，变成了一个像棉花糖似的那种空洞的青年，成了在牛奶吧里一枚一枚投硬币听电唱机，脑子很麻木的那类人。这样，在左派当中就产生了一种忧虑，左派一直在观察工人阶级文化的变化。当然在20世纪60年代他们也发现了那些留光头或穿怪诞衣服的那些工人阶级的孩子，他们的言行包含对主流社会的反抗，左派甚至认为这些青年留光头就是想寻找20世纪30年代他们父辈曾经拥有的所谓阳刚力量，是一种仪式化的反抗。当然，不少人不同意伯明翰学派的这种解释：你们怎么知道他们表达的就是这种反抗？尤其到20世纪90年代之后，更新一代的学者更不赞同伯明翰学派的这种解释。但有一点还是要强调，正是伯明翰学派把一些问题提出来了，让青年文化的研究涉及种族、阶级、性别这些维度，而引入了这些维度就直接关系到如何对待主流的、支配性的意识形态的问题。他们认为处在被压制阶级的人应该有自己的文化系统，尽管这些学者享受了政府提供的奖学金，可以跻身于上层社会，但他们依然想保持自己的阶级身份。雷蒙·威廉斯、理查德·霍加特和斯特亚特·霍尔这几个左派虽然上了名牌大学，但是他们出身于工人或殖民地家庭，不想屈服于牛津、剑桥的口音，屈从于英国的精英文化，希望在现有的工人阶级的孩子身上去发现一些还存留着的反抗气息，即使是那种仪式性反抗的东西。他们想以此来证明在英国社会还存在着一种非常活跃的阶级斗争的状态。这是20世纪70年代的政治语境所致，也是霍尔他们的研究兴趣之一。但是他们也发现了，消费社会来临以后，无产阶级二代和中产阶级二代之间的界限模糊化了，尤其在文化消费方式上出现了仪式化的趋同现象。这就使他们逐渐无法解释新现象了，那么"后亚文化主义者"就试图来说明这些问题。

我虽然翻译了后亚文化主义者的一些研究成果，但一直感觉很迷惑。他们研究的都是，比如说消费场所——夜总会、旅游、网络、酒吧等，研究这些碎片化的身份表演，研究一些趣味的区隔和小群体，实际上最终也不会给出一个有建设意义的青年文化构想。到底应该建设什么样的青年文化，这好像不是他们喜欢问的问题，或者，他们干脆不认为还需要建设什么青年文化，只要分析文化消费身份和消费空间就行。我从西方学者这种研究后亚文化的实践和过程当中，感觉他们似乎也陷入了比较困顿的境地。实际上，全球性的青年的理想纬度都模糊化了之后，我相信每个国家的青年都面临相似的困境。这几年我也交往了一些来自美国和欧洲的青年人，也经常问他们这方面的问题，他们大多忧虑目前青年的现状。但我发现，西方有一点批判意识的青年，不像后亚文化主义者经常说的那样，好像喜欢泡吧，搞身份表演。我认为，身份表演是一种非常缺乏政治冲击力和批判力的东西，只关注身份的这种流动性其实没有太大意义。

我刚才提到文化和青年文化概念的历史辨析问题，是因为文化概念涉及青年文化研究的对象这个大问题。一般来说，我们可以从三个层面看待文化的存在。第一层，文化就是物化形式的存在物，比如那些工业的工艺产品。在文化研究里，这些已经制造出来的实体性的存在，可以成为研究对象。第二层，认为文化就是具有精神特征的存在，比如法律制度、文学意识和文学形象、宗教伦理观念等，这是我们很好理解的常见的文化。第三层可以借鉴伯明翰学派的观念，把文化看作那种经过符号表达的东西。说到对生活方式进行符号表达，我们会看到一群人穿一种有标志的衣服、戴一种有标志的帽子，这些符号都具有一些区分性和聚合性的精神意义。比如新工人艺术团那个圈子，就多多少少有这些符号化的东西；还有刘老石他们创立的"新青年公社"，从下乡时衣服上的袖章、吃饭的形式到唱的歌，都在与主流意识形态进行某种区分。这些对生活方式进行符号表现的文化行为，就是文化的第三层含义。这第三层的意义相当关键，它能使我们的日常生活变成有符号意义的日常生活，变成有点审美色彩的生活，而且具有与流行的意识形态相区分的意义。

从这一点来说，我认为对青年文化的研究，可能既包括对青年所追逐的那些占支配地位的流行意识形态观念的思考，还要将青年人之间知识生产的方式、参与劳动的方式、衣食住行等消费的方式，这些日常行为纳入我们的观察视野。同时，还要注意到，亚文化群体在以上这些方面的表现，他们给日常生活所赋予的意义，是一个很难进行研究的对象。研究社会学的人，可以跟随一个社群生活好长时间。文化学可能做不到田野调查那样的细致深入，但是我们可以在借鉴他们研究成果的基础上，对一个社群的符号化行为进行阐释。

下面回应一下刘悦笛的观点。我感觉刘悦笛不太愿意提阶层的问题，我倒觉得这个问题还是要提。因为青年文化太杂了，我们必须对它做一些区分。比如说，国家、民族、政治理想的维度在整体上看是衰弱了，个人主义成功学这类更具可操作性的东西更加普及了。还有就是日益普泛的休闲、愉悦追求，这些消费娱乐很多有自恋式的怀旧，有隐私空间扩张和个人成功的叙事。其实赵薇的电影《致我们终将逝去的青春》就是这一类，她在这方面填补着这些情绪诉求的空白。这方面的表现多少跟理想主义意识形态的衰落是有关系的，因为目前没有一种新的、比较有统摄力的意识形态，青年无法产生一种新的想象，所以容易被这些具有可操作性的个人主义成功的意识形态所俘获。

在这个意义上，我们觉得把阶层这个维度拿进来对研究青年文化可能会有意义。因为现在青年进城务工，有"穷二代"，有"富二代"，还有把这些阶层差异和冲突混杂在一起的大学生群体。我们面对的大学生，贫富悬殊很厉害，宿舍矛盾有时也很激烈，其中不乏阶层分化的原因。大家看到校园投毒之类的问题，其实很多原因就潜藏在他们对阶层问题的认知、对自身阶层身份的认同等问题的背后。

我最近接触一个青年人，是我们村的一个小青年，去年下半年刚满17岁就来北京打工，这半年在丰台的一个小区当保安，身份证都被人家扣了，不准他走，他要逃跑，给我打电话。我问保安公司，人家说他们有合同。每天12个小时，包吃包住，但是吃的非常差。不过我去看这个小孩，真是吃惊了，按理说他在政治身份上绝对是受压迫的阶层，但是他的文化符号消费是什么？他留一束红色的头发，据说理这种发型是比较贵的。另外，他与其他青年人一样，都想买一个智能手机。我觉得，在他的身上并置着多重的东西，一方面这些消费主义的意识形态洗刷了他的头脑，另一方面与他同来的伙伴被保安公司分离，他自己也被十多个小时的工作所束缚，他不可能找到群体。他4月份就向保安公司提出辞工申请，对方一拖再拖，我帮忙催促了三次，昨天我才把他从那个鬼地方接出来。而且，保安公司逼得我最后不得不说：你们如果再不放这个孩子，我就只能告官了。咱们现在说的青年文化，或者青年的精神空间，这个个案很有意义，说明这个乡村青少年面临着政治歧视和经济消费的双重剥夺，他自身也很不自知。

我今年寒假回老家，发现农村青年"失教"的现象相当普遍。这里说的"失教"不是说他中途辍学，无法继续完成义务教育，而是说他们缺少基本的人生教育，关于如何跟父母相处、如何对待养育过自己的那块土地的认知几乎都没有。我见了很多青少年，一年打工挣的钱很少，甚至没有一分钱上交父母，却可以爽快地拿出5千块钱买苹果手机，上网玩，见了大人都不爱招呼。我说的这种情况，可能并不全面，但也可以作为一个与都市青年文化相对的方面来参照。我对建设新型青年文化有一点兴趣，直接的现实根源就在于城乡青年的文化生活给我带来的冲击。我们到底需要什么样的新的青年文化，不光我们的大学生需要思考，其实很多青年群体都需要这样的思考。

那么这个"新"的问题就出来了，这个"新"肯定是要有新的政治思想的维度，不然的话就不是真正的"新"，"新"不是指它的消费方式，不是换了一个花样它就"新"了。我给我的学生出论文选题，稍微经典的少有人写，讨论底层形象的选题少有人写。他们很多人喜欢写什么"穿越文学"和"屌丝"之类的话题，我没办法，不能不让学生写，但是我会问学生，你们觉得"新"吗？他们说："新"，我说："好像不新"。为什么呢？我注意到"穿越小说"里的女主角往往都是要穿越历史回去做富家小姐的，没见要做丫鬟的。这些宝贵小姐都是个人自享其乐，不用劳动，而且周围尽是对她们温柔体贴的"高富帅"公子哥。我看这种穿越不照样是旧思想吗？这些东西，早在"五四"时代就被有为青年鄙视，今天换了个马甲又回来，"新"什么"新"？！

如果让我说什么是新青年的新生活，我也会设想，也许大家会认为是有点乌托邦色彩的幻想。但我还是想说出来，和大家分享。我觉得理想的青年文化可能是那种积极的生活状态，比如说，人和人之间是一种比较平等的、公正的、共享合作的健康的关系，而不是各自占有的，通过契约相互博弈的这种冷酷的竞争关系。现在占有性的个人主义有些泛滥，直接导致青年的不太健康的自恋情结：老感觉"我"失去了什么，老感觉别人和社会对不住"我"。人与人、人与社会的关系，是青年文化的核心要素，如果青年文化健康，青年人就容易处理好这两重关系。另一重关系是青年人如何处理与自然的关系。我感觉现在的年轻人和自然之间的关系，因为缺少了起码的劳动过程，所以基本上丧失了真实的关联。也许因为我小时候种过庄稼，我对植物有一种本能的喜爱和敬畏。但是在城市里看到有的年轻人随意踩那些花草，随手乱扔垃圾，甚至把垃圾直接砸向植物，我感觉到强烈的心痛。我发现城市青年很容易与整个植物的生命脱离关系，比如说，我们搞绿化，是让绿化工人完成的。绿化工人从事的是一种马克思所说的"异化劳动"，他们看不到自己的绿化成果，甚至有些绿化本身就是破坏生态的行为。比如不少单位绿化的时候喜欢铺种草皮，喜欢用一切办法除杂草，这样就把华北地区本应有的丰富的植被系统破坏掉，把杂草全部清掉再给你铺一个草坪。草皮养护起来很难，有单位每年都换一次，就像铺地砖、粘墙纸那样冷漠和机械。如果新一代的青年人在与自然、他人和社会之间无法确立起健康的关系，也就无法与他们的"自我"和谐相处。他们可能会很努力，会认同所谓的精英成功价值，但很可能只羡慕"精英们"对特权和公共资源的占有和挥霍。一个新时代的青年，应该恢复跟自然的真实的联系，热爱劳动、谦卑地对待一切生命，才能找到真正的自己。

换句话说，如果说青年人有了自觉的政治观念和信仰，就会成长得更好。他们应有社群的分享，这很重要。现在学生与同宿舍的人，与同班的人都很游离，很难沟通的情况普遍存在。这是从理论设想。从实践上看，我接触的刘老石老师搞过一个"新青年公社"，我去过几次，也有一次比较深入的交流。他1999年前后把大学生支教活动从天津高校搞起来，逐渐让它脱离学校，办成了一个独立于学校的青年社群。这个群体虽然独立于学校，但又与学校有高度互动，同时跟农村也有高度互动。在这样一个社群当中，青年人的衣食住行，包括种蔬菜、恋爱和婚姻都有他们自创的新形式。他们认为互助可以节约成本，可以在一块共享，他们接受刘老石倡导的新的生活方式，所以他们号称"新青年公社"。我陪一位外国朋友去拜访刘老石，我把新青年公社翻译成 New youth community，因为 community 跟文化的关系特别密切，有社区生活的味道。当然，刘老石那里毕竟搞的是一个很边缘的实验。

最后我想提一下孙恒带领的新工人艺术团。孙恒上次来这里交流过，大家应该比较熟悉了。我观察他们好几年了，发现他们也逐渐形成了自己的一套生活方式，他们看待好多问题都有自己的观点。另外，还有他们吸纳成员、团结工友的方式，都是特别有启发意义、有发展潜力的事物。我们也许可以创造一些新途径，其实青年反叛的那些元素总是存在，真诚的东西也总会有，如果我们大家都来关注，可能会找到更丰富的新途径，使得各种群体都能发出自己的声音，把自己最正当的声音传播出去。大家比一比、听一听，就会感觉出哪种比较健康、比较有利于身心，可能多多少少就会受影响。这样，我们对于青年文化的研究就不光是一种兴趣，它还可能给我们的生活带来改善。

李修建：孟老师首先对西方亚文化的学术史做了一个概观，这种知识的普及，对于我们来说是非常必要的。然后，他从一直跟踪观察的新青年公社、孙恒的新工人艺术团这两个个案，提出了建设青年文化的可能性，给我们提出了很多值得探讨的问题。

孙佳山（中国艺术研究院马克思主义文艺理论研究所）：最近，《人民日报》刊文《莫让青春染暮气》，指出当下80后一代从怀旧到叹老，似乎在一夜之间80后一代集体变"老"了，暮气沉沉，甚至出现了精神"早衰"的现象。该文被各大媒体转载，在社会各界也引发了普遍关注。

80后成长于改革开放后的舒适社会环境，被称为"温室里的花朵"，饱受诟病。但是经过2008年北京奥运会和汶川地震等重大事件的考验，80后完成了这代人的集体成年礼，被主流社会接纳，正式进入社会舞台。随着80后依次进入而立之年，也正如《莫让青春染暮气》所提及的，80后开始"少了年轻人的朝气和锐气"，"像是从少年直接迈入了中年"。社会各界普遍将原因归咎于现今的社会现实，特别是在今年，全国普通高校毕业生达到699万，被称为"史上最难就业季"。在这样的背景下，再结合当下高房价、高物价、老龄化社会等种种社会现状，这种解释似乎非常有力量，在一定程度上也的确有道理，但不能充分解释为何单单是80后出现了"暮气沉沉"现象？难道60后、70后的青春就没有遭遇现实困顿吗？前几代人的现实羁绊恐怕比今天严重得多，但为何没出现类似现象？毕竟每个时代都会有这样或那样的社会问题，当下这些社会问题并没有特别与众不同。

80后的成长亲历和见证了改革开放30多年来中国社会翻天覆地的巨变。这种变化不仅包括高楼大厦这些显而易见的外在因素，还包括这个时代独有的深入到日常生活中的科技革新。2001年，我国"十五"发展纲要中，第一次明确提出"三网融合"的发展理念和目标，大力"促进电信、电视、互联网三网融合"。"三网融合"继承了原有的话音、数据和视频业务，信息服务也由传统的单一业务转向文字、话音、数据、图像、视频等多媒体综合业务。这也是近年来，以微信为代表的新兴事物的背景。同时，"三网融合"还推动用户终端的融合，融合了手机屏幕、平板屏幕、电脑屏幕、电视屏幕的"四屏合一"时代已经初露端倪。这意味着在这个信息爆炸的时代，更多的信息将由这"四屏"喷涌到使用者的日常生活中，而80后正是使用这"四屏"的核心人群。

80后一代自出生之日起，接受的信息量就以一种几何数级的方式在增长。在他们的成长史中，最独特的一面，就是由电信、电视、互联网交叉纵横而成"三网融合"所带来的深远影响。这其中的任何一项，都经历了世界范围内几十年、上百年的消化过程，但在80后成长的时间里，这三者就迅速充斥到了日常生活的每个角落，并在短短10年左右以一种更综合的形态出现。因此，这种就在我们身边的爆发式的信息膨胀，显而易见地影响了、甚至定义了80后一代的人生观、世界观、价值观，80后一代的"三观"自然要更为早熟。在前所未有的巨量信息流冲击下，被压缩的不仅是青年时期，童年、少年时期也一并被大幅缩短，在精神世界上"从少年直接迈入了中年"就在所难免，这都是后工业社会的结果和产物。所以也正是在这个意义上，那些"暮气沉沉"的社会情绪，恰恰说明，只有从80后开始的年轻人，才能远比60后、70后更为迅速地接纳和反馈他们的现实处境。

刘悦笛：在有线电视一代之前，还有无线电视一代，之前还有收音机一代，因为当时的文化基本上是以听觉为中心的，报纸也是要读的，"文革"时代还要听那种大喇叭广播，后来才有了视觉文化的几代人。

孙佳山：您这个确实提醒了我，我要做一个明确的界定，我刚才所说都限定在后工业社会范畴，您说的之前的那个时代不属于后工业社会范畴。

祝东力：20世纪80年代电视普及的时候，也不是后工业社会。

孙佳山：但是20世纪80年代已经改革开放了，我们已经深嵌于全球新自由主义格局中了，后工业社会的基本要素尽管还都在萌芽阶段，却基本出现了。

李修建：孙佳山从技术的角度，即我们日常生活中各种新媒体的角度，来理解青年文化。

侯百川：我20岁出头的时候，也参加过动漫社，一些女孩子把社名取为"绿色的足音"，大家一起活动，在北太平庄那边，几个孩子在一块画画，画漫画，有人画得好，有的人画得不好。北太平庄有个书店，刘涛常去那个地方，我们聚集在书店，把画贴在书店墙上。大概是20世纪90年代末，1998、1999年，那有个社团，我们热乎了大概5年多，后来大家各奔东西，再往后就没有这样的社团了。

祝东力：画漫画，为什么叫动漫？

侯百川：就是照着动画片或者漫画画，我们开始画的是漫画，不会做动画。现在我偶尔也掺和这一领域，跟动画老师做一些比较短的动画片。通过跟那些孩子接触，我感觉，青年亚文化的人群也是有区分的，动漫这个群体的特性是"宅"，以女孩子居多，叛逆性不强的人为主，她们的学习成绩也不错，对前途很认真，家里管的比较多，不像摇滚、朋克那些亚文化群体。这个人群对文化的理解比较简单和浅显，拒绝深刻，属于俗文化。我跟他们打交道，包括一些编辑，如果你的作品或者你的思想偏向圣文化，他们会把你当成另类。

说句实在话，能够达到青年圣文化境界的人不多。我们还是想努力通过一些比较学术的，结合西方现代主义思潮的手段创作一些作品，自认有一定水平，努力追求雅的境界；但是因为我们的基础是俗文化，动漫等也是被年轻人喜爱的东西，很难陶冶出圣文化。还有一个很重要的原因，我们的前一辈人始终坚持批判现实主义那一套，并不打算走出来，这一代人也不区分青年文化内部的分类，根本不介入青年文化，理解不了其中的细微差异，一概采取拒斥态度。无论是圣文化，还是俗文化、游文化，都跟他们那个"小兵张嘎式的文化审美体系"没有关系。我们实际上得不到长者的支持，即便他们懂尼采、懂费尔巴哈，即便有很高的见识，他们也仍然远离青年这个领域。

关于游文化，我读过日本漫画《幽游百书》，它很典型，体现的就是青年游文化，表现了一个小痞子，当然这个人很好，在民间跟匪徒打，到神界跟魔王打。这样一个正义的流氓，获得了大家的肯定和好评，这就叫青年游文化吧。

孟登迎：圣文化，你是指有先锋的或者是有相对纯粹美学追求的？我感觉那些有20世纪80年代理想主义残余的青年文化，才可以理解成"圣"文化。本来那个"先锋"就已经是小众了，而且也是另外一套会让人陷入自恋模式的东西。其实这种东西并不是"圣"的，我个人理解的"圣"应该多少给更多的人创造公平，应该是一直存在的某种政治理念的神圣性。我理解"圣"文化不是成了理想主义残余，又夹杂了一些个人苦闷的东西。

刘悦笛：圣文化未必都是审美自律的，那只是一小部分，只是文学界如此，但是在视觉艺术前卫青年当中，在后先锋戏剧当中则未必如此，参与这些艺术门类的人还是很多的，不是那么小众。所以我在文学上举了两个例子，以自杀诗人为核心组成的文化，这个部分可能是对纯审美、纯文学的追求。但是在前卫视觉艺术当中，艺术小组完全是反审美的、反自律的，他们也是圣文化，是前卫的，也属于先锋艺术。

孟登迎：这里夹杂着对一种创造性，尤其对个人创造性的痴迷，这也是我们在20世纪80年代接受的教育。当时流行的一些东西，比如崔健的摇滚，还有很多人跳的那种怪异的霹雳舞，它不光是对政治的抗议，还体现了青年人那种不可替代的创新激情。反叛行为甚至成为被膜拜的对象，那个年龄段的很多青年人都想要创新，只要是主流的，我们就老觉得是沉闷的意识形态，因此当时对一些流行的青年文化，我们给它赋予了过高的意义。

刘悦笛：的确，这一代青年的文化和20世纪80年代的延续性没有被很好梳理，你把它放在历史脉络里了，但是对于80后、90后的青年视觉艺术家来说并非如此。

孟登迎：我理解你的意思，你从现实中发现不是那么回事，但是还想用这个"圣"的概念。

祝东力：就是说有精神性的追求，在它的价值谱系中精神性被排在第一位，我是这么理解圣文化。

刘悦笛：刚才侯百川举的例子，用来描述"游文化"特别贴切，但是我这里面增加了一些边缘化的"悠游"的意思。比如说，谢天笑对于"雷鬼乐"的独特追求，和前一代摇滚乐手完全不一样，因为我在现场听了才有此感觉。曾在摩登天空做过一个"诗唱会"，包括20世纪80年代女作家，还有20世纪80年代很多诗人都去朗诵诗了，同时以摇滚乐进行配乐。那次诗会，使我觉得诗歌真的是灭亡了。第一个登场的是在20世纪80年代初期很重要的四川诗人，他的诗歌和现场完全不在一个节奏上，更不在后市场化的节奏上，感觉诗歌非常苍白。整个诗歌演唱会，谢天笑这样的摇滚乐手、春树这样的80年代女作家，就是写残酷青春小说的那个，都去了。我在那个时候感到，诗歌真是一个不适合现实的文学形式，这是一个诗歌终结的时代。当诗歌和摇滚乐放在一块的时候，这些人都属于游文化，包括当天去的那些摇滚粉丝与诗歌迷们——拥挤在摩登天空现场里的那些人，大部分是属于游文化的，当然也有一部分是追求神圣型文化的。

祝东力：悦笛，在你刚才讲的那个五角星文化格局当中，大众文化和主流文化有什么区别？

刘悦笛：你觉得两者趋同？我觉得大众文化还是商业性或者为商业驱动的文化，就是我们所说的那种具有可复制性的文化。在商业社会里，一定不是大众为自身生产，而是依靠某些文化机构为大众生产，并提供文化产品的那部分文化才是大众文化，这就是 Mass Culture。

主流文化是现在绝大部分社会群体所认同的那种文化形态，当前的主流形态一定是政治的文化吗？这两个还是很不同的。

祝东力：这个好理解，当前的主流文化跟官方文化有明显区别。我问的是大众文化和主流文化有什么区别？

刘悦笛：这两个绝对不同，大众文化一定是以商业性为主的，但是主流文化是特别混杂的形态，但它并不是简单倾向于市场，也不彻底投靠政治，而是一种混杂的文化形态。

祝东力：存在的形态呢？或者说它的载体是什么呢？大众文化载体很清楚了，就是大众，精英文化是知识精英，青年文化是青年。主流文化的载体是什么？

刘悦笛：最混杂的一个群体就是主流文化。

祝东力：我觉得就是大众文化，因为既然是商业社会，商业社会的价值观和逻辑就是主流文化。

刘悦笛：但是中国的商业社会并不是一个纯粹的、高度发达的纯商业化社会。

孙佳山：按照你的分类，最近被热炒的抗战神剧，是属于大众文化、主流文化，还是政治文化呢？这种分类和当下的现实还是有很大距离的。

刘悦笛：为什么大众会看这些抗日剧呢？

祝东力：抗神剧我估计没什么人看，太拙劣，滑稽戏。

李云雷（中国艺术研究院马克思主义文艺理论研究所）：举一个例子，拿文学来讲，获得五个一工程奖的是政治文化，但是市场上更多的是大众文化，获得茅盾、鲁迅文学奖是主流文化。

祝东力：那是精英文化。

李云雷：但是它在文学界最有影响。

孟登迎：我们最好还是用主流和非主流来分类。

祝东力：金钱拜物教是商业社会的主流价值观。价值观是一种文化的脊梁，是灵魂，如果说主流价值观是金钱价值观的话，那么它的主流文化一定是商业的。

刘悦笛：这是只有等到50后、60后彻底退出文化中心舞台之后才会有的事情。我觉得只有10后他们到了30、40岁的时候，纯市场社会才会建成，现在中国是一个纯市场社会吗？

祝东力：不可能有纯市场社会，总有宗教的因素、伦理的因素、政治的因素、公民社会的因素在牵制这个市场，只是市场的因素可能占主导地位而已。

我说两句。刚才听了两位主持人讲的，挺有启发。青年，我们貌似知道它的含义，其实未必清楚。今天讨论的是亚文化，这就预设了一个主流文化、主流社会。从这个角度看，可以下这么个定义：青年是一个正在进入主流社会的、晚来迟到的新的群体，一定是晚来迟到的，它来的时候，大家已经各就各位了，它来，需要寻找自己的位置，究竟什么位置是个未知数。当青年进入主流社会的时候，主流社会一般处于两种状态，一种是处于稳定期，比如说传统社会，大多是稳定期，年轻人进入以后，传统社会指定他一个位置，用父慈子孝、兄友弟恭这一套对他进行规训，于是一个人就很顺畅地进入了主流社会。

还有一种状态是变动期，这是进入现代以来的基本状态，在欧洲是地理大发现以来，在中国是"五四"以来，都是处于这样一个变动期。在变动期，青年往往就会大显身手，与在稳定期循规蹈矩的青年不同，在变动期，会出现青年亚文化，出现愤怒的青年、造反的青年，比较典型是"五四"时代，20世纪80年代也是。在变动期，青年会发展、成功得非常迅速。

比如说，胡适在"五四"时期，李泽厚在《中国现代思想史论》里说：胡适以26岁的青年"暴得大名"，现在26岁是硕士刚毕业，正在考博，而胡适已经是北京大学名教授，五四新文化的领军人物；还有像林彪，1931年他做红一军团总指挥的时候，23岁半不到，就要为一两万人的生死负责。那是什么样的状态？我们今天很难想象。20世纪80年代也有这样现象，1985年成立"文化:中国与世界"编委会的时候，那个群体大多是30岁上下，今天也很难想象。

实际上，建国后十七年和21世纪以来这十几年，是社会稳定期，十七年的时候，青年从少年队到共青团，要做好学生，做共产主义接班人，要求温良恭礼让。而今天，也是从幼儿园到进入职场，都要经过充分的规训。今天，年轻人年纪轻轻就开始怀旧了，怀旧一定是在未来不太灿烂、不太美妙的时候，是失去未来的时候。《红楼梦》有两句话叫"身后有余往缩手，眼前无路想回头"，你前景灿烂的时候，不会回头看。《致我们终将逝去的青春》这个电影拍得很差，但名字有意思，岁月还没有变成"旧"的时候，在他们心目当中已经是"旧"的了。这一代人似乎没有前途，没有未来，20世纪80年代，20—30岁的年轻人不会怀旧，那个时候觉得前景灿烂，有无限可能性。所以，我觉得跟"三网合一"没什么关系，不同时代有不同的媒体，年轻人暮气沉沉，还是因为社会进入了稳定期，还是社会结构的原因。

青年能否大显身手，除了要看社会是处于变动期还是稳定期，还跟青年人口规模直接相关。新中国以来有两次婴儿潮，一次是1949年前后 —— 婴儿生下来容易，但在童年期生命力很脆弱，如果营养和卫生条件跟不上，早夭就会非常多，1949年以后因为生活条件大幅改善，所以婴儿成活率比较高。红卫兵那一代是20世纪40年代末、50年代初出生的，所谓老三届，像张承志是老高二，1948年的，这是第一代新婴儿潮。再有一代婴儿潮是1962年之后，三年困难时期结束，生育率提高了，1949年前后出生这一拨人，赶上"文革"，20世纪60年代后期的青年运动；而1962年之后出生的赶上了20世纪80年代，当然20世纪80年代还有老红卫兵、老知青，他们梅开二度，这代人是两次青春，两次以青年的身份登上历史舞台，一次是"文革"，一次是改革开放初期，像张承志，"文革"初期是红卫兵，20世纪80年代又是青年文学界的代表人物。

今天之所以青年的上升空间缩小，除了社会进入稳定期以外，也是因为20世纪80年之后实行一胎化政策，青年人成为一个少数族群，寡不敌众，20世纪60年代和80年代年轻人是人多势众，他们的诉求，他们的特殊的文化一下子能撑破主流文化，主流文化在他们面前会显得比较脆弱，那个编委会成员都是三十出头，当年他们甚至不是青年亚文化，处于主流之外，而是席卷当时的整个学术理论界，因为他们的知识结构是新的，他们的老师教不了他们，甚至跟他们不在同一个起跑线上。所以，人口规模的大小也很重要。

还有就是青年跟现代性有关，所谓现代性就是不断追求新的东西，不断刷新经验、知识、观念，这区别于传统社会。根本原因，在于传统社会一两千年的时间都是维持一种简单再生产的状态，只有到了地理大发现之后，才出现了持续的增长，持续的扩大再生产，不管这个增长的来源是什么，是消灭其他种族，还是开发新技术，总之它是一个向前不断发展、扩张的过程。而这样一个时代，经验、知识和观念不断刷新，有利于年轻人，因为成年人已经有一套既定的经验、知识和观念，已经形成路径依赖了，而年轻人是一张白纸，最适合接受新事物，所以现代性与年轻人是正相关关系，这是一个方面。

再有一个方面，青年人的本能和欲望比较强，不像中年人，中年人自我比较强，能够协调短期利益和长期利益，控制本能和欲望，而青年人更带有儿童的特点，他的本能欲望不断被释放，被合理化，而前提是物质生产不断发展，为年轻人的本能和欲望的满足提供一个物质基础。所以青年文化有一个特点，就是自然率性，这是跟本能欲望联系在一起的。

张慧瑜（中国艺术研究院电影电视艺术研究所）：这次讨论的主题是青年文化，青年文艺论坛已经有两周年了，论坛正是"青年"的文艺论坛。听了两位老师的发言以及修建兄的介绍，对我很有启发。近期，有一部电影《致我们终将逝去的青春》非常火爆，"致青春"成为当下最流行的文化现象，崇拜青春、青春怀旧本身也是当下消费主义文化的主要特点。这部电影其实并没有怀青春的旧，而是讲述青春已经不存在的故事，正如《人民日报》的文章，青春为何会"暮气沉沉"？这显然与当下的时代氛围有关。

刚才孟老师提到青年的出现与西方进入工业社会有关，我认同这种看法。青年被描述为人生的重要阶段，与现代工业社会对劳动力的规训有关，青年对应着未成年，意味着还不是一个成熟的、合格的劳动力商品，处在进入社会之前的状态。因此，青春叙事往往充满梦想、不切实际，往往被讲述为艰难成长、在挫败中适应现代社会的过程，一旦进入社会，就意味着认同社会逻辑，意味着青春的终结。社会具体指市场竞争的、适者生存的、优胜劣汰的丛林社会。青年不仅是一个年龄的特定阶段，还被赋予了政治和文化的双重涵义。青年本身是一种政治动员的方式，比如19世纪的民族主义运动，青年人被作为爱国的、激进的力量，有很多以青年命名的政党出现。另外，青年是创造新的、现代文化的主力军。对于中国现代史来说，青年也具有这样两个涵义。

20世纪60年代有以青年为主体的反体制运动，如美国的反越战运动、中国的红卫兵运动、法国的五月风暴、捷克斯洛伐克的"布拉格之春"以及意大利"热秋"等全球联动的造反运动，这些横跨冷战分界线的青年反叛运动不仅是一种尝试打破现存秩序、批判现代性的政治革命，而且也是一场彻底反思资本主义工业社会、创造新的文明形态的反文化运动。青年人之所以成为革命的急先锋，与20世纪60年代西方社会结构的变化有关。随着战后西方福利国家制度的出现，工人阶级白领化，两级分化的阶级斗争不是主要的社会矛盾。后工业社会的幻想就是阶级的消逝，所谓消费面前人人平等。无产阶级在第一世界消失，转移到第三世界。正如西方马克思主义者马尔库塞所预言，工人阶级不再是革命的主体，学生才是最革命的群体。以学生为主的青年反叛运动成为20世纪60年代革命运动的主力。这次席卷全球的反叛运动最重要的特点，是以反文化的形式发生的，与苏联、中国等通过夺取政权走社会主义道路不同，这些包括中国文革在内的反文化运动，都认为改变国家政权并不意味着革命的最终胜利，文化的革命才是最重要的革命形式。20世纪60年代末期政治反叛运动遭遇挫折、瓦解，最终销声匿迹，但反文化运动却全面进入大众文化的视野。如电影《无因的反叛》、《青春残酷物语》都是重要的青春主题片，20世纪60年代之前电影中很少有青春片，而20世纪60年代之后，青春片开始在电影工业中大量出现。

20世纪70-80年代以来资本主义全球化、新自由主义化所带来的变化就是，青年人从愤怒的青年变成了后工业时代的消费者。青春、时尚、反叛等青少年亚文化开始全面"占领"主流文化的舞台。

《致青春》这部电影表面看讲述的是20世纪90年代，其实更是当下的大学校园。里面的每个人物都是按照赤裸裸的现实逻辑来做人生选择，所以根本就没有青春和梦想，即使女主角郑薇相信青春不朽、相信爱情，但是她爱上的两个男生最终都按照现实逻辑抛弃了她。其中有一个下岗工人的儿子陈孝正，说："我的人生是一栋只能建造一次的楼房，我必须让它精确无比，不能有一厘米差池"。所以他选择出国，娶一个美国妻子来改变他的命运。除了郑薇，影片中还有一个人相信爱情的存在，这就是她的室友阮莞，她精心呵护着与高中初恋男友的恋情，但是最终遭遇车祸命丧黄泉。《致青春》告诉我们，这是一个连爱情梦也不存在的时代。还有《北京遇见西雅图》，也是讲述一个北京女白领无法在中国找到中产梦的故事。因为北京是一个权贵化的世界，她被大款包养，一个人住在皇宫般的居室中，所以她要去美国，去西雅图寻找"两个孩子和一只大狗"的中产梦。从这里可以很清楚地看出，对于青年人来说，这是一个没有青春、没有爱情、也没有未来的时代，我同意孟老师所说，要从政治的角度来思考青年人的命运，没有一个关于未来政治的想象，青年人是很难拥有青春和理想的，所以"暮气沉沉"也就不足为奇了。

王磊（中国艺术研究院马克思主义文艺理论研究所）：我觉得，刚才大家还是在一个特定的框架下思考青年文化，包括刘老师对当代文化多元性的多维度总结，认为这种多元化的文化现象逐渐趋向于健康、合理，这是一个积极乐观的态度。我们的确面对着一个大的政治和文化秩序，一个大的框架，大家的发言始终是在这么一个框架下进行。具体来说，实际上就是在全球资本主义强大逻辑下，在这样一个既定的社会秩序和文化秩序下，来思考青年文化问题。

那么，能不能换一个思路？刚才慧瑜说到关于未来的政治性想象，我们是不是尝试在另一种政治理想下，或者是寄希望于另一种政治秩序，并在新的秩序下去思考青年文化创新的可能？

从西方文化的角度讲，亚文化的抵抗性和对既有秩序的挑战，首先是对现代资本主义制度的不满，在互联网时代和后工业时代出现的所谓后亚文化，实际上所包含的精神气质，是对全球资本主义的不满与对抗。因此，青年亚文化的产生与发展过程，实际上是一个在特定政治秩序里不断寻求出路，又始终找不到出路的过程。这样的历史一直在重演，但是这样的青年亚文化很难获得实质性的社会内容，很难变成一种既有理想、又有现实力量的新青年文化，所以它往往在重复、在循环，变成在一代代青年人当中存在的心态和行为，也会随着这些青年人步入中年而终结，然后又在下一代再现。这正好表现出资本主义现存秩序和制度的稳固性与延续性。

从这个角度看，当前我们所面临的全球资本主义的政治、文化秩序，似乎牢不可破，而在这样的秩序下讨论文化问题，讨论青年文化和社会思潮，难免会看到当前青年文化存在样态的合理性。但是，出路在哪儿呢？在现有框架下，很难有新的文化创造。很明显这种现存的世界政治经济秩序有其不合理的地方，不应该把它作为普世的秩序。那么由此反观，当代中国社会的文化状况是怎样的呢？

我们的主流文化、非主流文化、亚文化经过30多年的分化后，开始与西方有某种程度的类似，这源于市场经济和资本因素在中国的发展。一方面，中国沿着这条西方已经走过的道路，越走越远，另一方面，中国的实际状况又是复杂的，因为中国的政治与文化模式仍处于探索阶段，仍然存在产生某种新青年文化的可能性和希望，这种新文化应该具有超越资本主义文化道路的视野。

因此，青年文化问题最终还是一个社会制度问题，一个政治问题。所以能不能产生新的青年文化，其实要看能不能实现这样一个社会，反过来也一样。青年的父辈们应当为青年一代创造条件，以促进积极有益的新青年文化的产生。这就与大家谈到的《人民日报》的文章联系起来，那篇文章称80后集体变老，暮气沉沉，少了锐气和朝气。我想造成这种状态的根本原因，还是社会秩序的僵化，80后生存压力大，缺少上升的空间，需要这个社会给他们更多的机会、更公平的环境。文章还援引了习近平主席的话：为青年驰骋思想打开更浩瀚的天空，为青年实践创新搭建更广阔的舞台，为青年塑造人生提供更丰富的机会，为青年建功立业创造更有利的条件。我想如果这些话从刚才说的意义来理解，可以看作是80后的父辈看到了问题，并尝试为青年一代建立一个更公正、更合理的社会环境。

青年一代在既有社会秩序已经建立起来以后进入社会，所以他们本身并不具备改变社会秩序的能力，需要上一代创造条件，需要上一代和下一代形成互动的关系。所以关于青年亚文化，关于新青年文化的创造，关于青年的活力，从根本上说是一个社会问题，是建设社会新秩序和创造未来的问题。

孟登迎：我非常同意慧瑜刚才讲的，青年文化的反叛性很容易被商业收编。20世纪60年代—70年代以后，伯明翰中心毕业的学生，比如约翰·费斯克（John Fiske，1939—）这一类的学者，对青年的反叛，确切说对青年的一些仪式上的反叛寄予了很高的希望。我们这代人对下一代人的教育确实是出了问题，因为我们没有告诉青年们，他们面临的责任更大，而他们的人数越来越少。他们现在享受了一些物质，他们刚结婚，可能会有两个家庭养着他们，但将来他们小两口头上会有那么多的老人，他们得顶着，倒金字塔！我们没有告诉他们是这样的，形势相当严峻。但是，他们也可能更有大显身手的机会，坏事可以变成好事，他们也面临这样一个机遇。

刘悦笛：从现状看，只是说在结构上趋于健康了，因为多元互动了。技术也很重要，但必须记住文化要"内容为王"，它里面的精华内涵到底是什么？

就目前来说，我不觉得80后、90后有一个隐含的社会政治理想，现在它还处于一个去政治化的阶段，这个阶段可能是必要的。我不知道会怎么样，他们在市场经济条件下成长起来，将来形成中产阶级群体以后，他们自然会有政治性的需求，但这真不是目前我所见的80后、90后的状况。

孟登迎：事实是这样的，但政治是一个建构的过程，不能等到那个时候再去做。它自身有一个生发的过程，虽然现在没有土壤，但将来或许就会有。还有，"去政治化"不见得都是愉快的事情，政治只有生长，才令人感到有希望。

刘悦笛：要是真能生长那当然好。

孟登迎：这些年轻人尽管人很少，但即便现在还不觉得自己有责任，那等将来身上顶着8个老人，还不觉得自己有责任？眼前确实如此，我跟好多青年交流，他们现在没有责任的紧迫感和危机感，依然舒服地享受着父母提供的丰裕物质条件，这不能不让人忧虑。

祝东力：刚才王磊说的父与子之间的关系，父辈应该给他们创造什么样的条件，或者应该怎样教导他们。这都是从父慈子孝、从和谐社会的角度看问题，这很重要，有合理性。但我是从历史实况看，看历史实际是怎样的。谁给五四青年创造有利条件了？前辈并没给他们创造什么条件，是他们闯出来的。

孟登迎：提供了压力。实际上我接触的青年，对社会真相了解太少，他们在大学里对社会还相当的懵懂，因为我们的教育从小就让他们觉得会考试就够了。

祝东力：这种教育他可以反抗啊。如果他服从了这套教育，就说明客观条件还能使他相信这一套，现实还能过得下去，那就是历史的契机还没有到来。从历史唯物论立场说，总是先有一个历史大势，然后主观努力在大势基础上添加一些东西，从而造成一次历史的跃进。主观努力只起到从属作用，不起根本作用。

王磊："五四"青年处在那样一个历史转折点上，当时的社会状态已经使作为父辈的一代丧失了教育下一代的历史契机。

祝东力：朱自清的《背影》特别典型，父亲在他的眼里是怜悯的对象，对父亲的描绘，包括身体体态的描写都像是一个妇女的状态，什么肥胖、动作笨拙、絮絮叨叨，根本不是一个儒家式的父亲，儒家式的父亲绝不是那样的形象。在"五四"那一代的人眼里，尽管父亲在世俗方面还很强大，掌握权力和财富，但是"五四"一代在精神上完全蔑视上一代，这就是变革时期的特点。

王磊：反观今天的话，那种历史质变的契机似乎没有到来，正是因为没有到来，父辈们为下一代人提供更加充裕的条件的机遇还在。

冯巍（中国传媒大学艺术研究院）：刚才孟老师提到了新工人艺术团，我觉得，从上一次讨论新工人艺术团到这次讨论青年亚文化，这个安排特别有意思。按照孙恒的经历，他不是一个工人，而是一个知识分子 —— 大学毕业，当过中学音乐老师。事实上，孙恒扮演了比较传统的知识分子的角色，是工人的引领者。

"新工人"的姿态也许是抵抗的，但在潜意识里是等着被收编，或者事实上将面对的结果是不得不被收编。孙恒拍了一个电影《顺利进城》，呈现了新工人的主观愿望是融入城市文明。联系我们今天新青年的话题，我感觉脉络上有一致的地方。新青年在不断进入或融入主流社会，当然随着年龄的增长也必然如此。

刘悦笛：说到《致青春》，你可以比较一下20世纪80年代的老电影叫《女大学生宿舍》，以武大为背景，《致青春》是以清华大学为背景。

关于"中年文化"，因为它是青年文化必须面对的对象，也就是"父辈文化"。从"五四"开始，从巴金描写的《家》，到《女大学生宿舍》，一直到《致青春》，真是不一样。巴金那个时代，父辈所代表的不是一个中年的社会，而是一个老年的社会，父辈文化肩负着传统文化的大山，父子关系是传统和现代的激烈碰撞。但是，到了《女大学生宿舍》，没有和父辈文化的冲突了，只有像王蒙《青春万岁》那种对光明的青春的召唤。到了《致青春》又回来了，中年文化、青春期的反抗又回来了。

孙佳山：您刚才提到民谣，周云蓬《不要做中国人的孩子》没有政治批判吗？小河的几乎所有的摇滚里都含有政治批判。再比如您举过的当代艺术的例子，当代艺术领域几乎什么人都要拿政治作秀。话剧就更别说了，也是您举例提到过的牟森，那个人似乎生下来就和政治纠缠不清。似乎除了文学，在其他艺术领域都有大量的、大规模的反例存在。

刘悦笛：但是你比较一下，这辈人，有这样行为的有几个？

祝东力：他们确实不是在狭义政治文化的层面和领域说话，任何一种文化肯定都隐含有它的政治立场，这是毫无疑问的，但不一定是在狭义的政治意义上发言。目前确实是这么一个阶段，这是事实。

孙佳山：我一开始讲现代传播媒介对青年一代认知的影响，也是想说以互联网为代表的现代传播媒介，几乎都被资本控制了，被几大门户网站控制。按照眼前的趋势，它们还会越做越大，几大门户网站都是大资本说了算。自然，看似没有政治，这背后是最大的政治。

祝东力：这个跟慧瑜刚才讲的有关系，他说青年文化其实很主流，每年上百亿电影票房主要是青年人提供的，电影文化、酒吧文化、网络文化的主体都是青年人。从文化来看确实青年很重要，特别是在消费文化领域。20世纪50年代—60年代有青年突击队，那是生产性的，现在在消费文化领域青年的确也扮演了青年突击队角色，以他们的青春亮丽作为一个引领消费的群体，然后中老年跟进。这构成一个对比：在文化领域年轻人扮演某种重要角色，但在社会结构当中，他们又确实人微言轻，这两个方面恰恰是不对称的。从这里可以看出来刚才佳山说的，由谁来控制，操控文化消费这根竹竿上的猴的人是谁。消费拉动生产，拉动资本增值，背后操控的肯定不是青年人自己。

张慧瑜：佳山说三网融合、四屏合一，让我想到一个人，就是刚刚宣布要退休的马云。马云在谢幕晚会上说自己"青春无悔"，显然，也只有马云这样的创业成功者才能"致青春"。包括最近要上映的电影《中国合伙人》，讲述新东方是怎样通过在美国上市而成就财富神话的故事，也只有这些创业成功的"合伙人"才拥有讲述青春的权利。另外，20世纪90年代以来，产业已经中空化的美国，开始借着互联网掀起了第三次产业革命，带来的后果就是创造了一种新的美国梦，就是依靠知识成为大资本家的故事，如盖茨、扎克伯格等都是很年轻就成为亿万富翁。青年人不一定像洛克菲勒那样终其一生才能创造巨额财富，现在仅仅依靠创意也能成功，在中国就是马云、李彦宏等互联网产业的成功者，他们确实可以有青春、有梦想。

刘悦笛：大家可以看 FACEBOOK 创始人马克·扎克伯格的成长史电影《社交网络》，还有那本畅销小说《意外的亿万富翁：Facebook 的创立，一个关于性、金钱、天才和背叛的故事》。

张慧瑜：其实，这种梦想和青春非常老旧，就是个人成功式的美国梦，就是财富梦。

祝东力：IT 业的神话10年前就破灭了，张朝阳他们创业的时代已经是10年前的事了。

孙佳山：最近看过的一个文章标题就说得很清楚：《马云：太遥远的中国梦》。

杨娟（中国艺术研究院马克思主义文艺理论研究所）：我说一些自己身边的例子。刚才祝老师说的那句话让我很感动，为什么去怀旧？是因为看不到未来。我是1984年出生的，我周围的朋友有的和我同龄，有的比我小一两岁或大一两岁，他们现在也生活在北京，有的是像我这样在北京上学，然后留下来工作，还有一部分人是本科或研究生毕业后从外地来北京工作。要是本科毕业的话，距现在已有6到7年的时间，要是研究生毕业也有3到4年的时间。周围这些朋友，经过这些年的发展，可以说，已经获得了在别人看来比较体面的工作，或者说收入也还可以。但即便是这样，他们仍感到前途一片茫然。我们经常也会有一些交流、聚会，总会说到的一个话题就是未来怎么走，他们总会无奈地说，可能暂时在北京发展，过几年还是要回到家乡去。我问他们，再经过几年的发展，我们还能回去吗？可是我又想，要是不回去的话，在北京能扎下根吗？

孙佳山：关键是那个家也已经回不去了。

杨娟：其实很多时候，我很羡慕父辈，虽然他们没多少文化，没多少积累，但是他们有那种可以让自己扎下根来或者在这个社会稳定下来的东西。虽然到头来物质上也不会多富有，但总会有扎下根的家在那里，可以一如既往地走下去。对于我身边的朋友来说，现在并没有这个东西。

孟登迎：青年文化确实不是那么轻松的话题，社会呈现给年轻人的大都是消费的形象，他们看不到劳动人民的影子，在主流影像里几乎看不到劳动的过程、生产的过程。你在课堂一看就知道了，学生好像对社会一无所知，校园好像很温馨，但是我们身边的保安每天有可能是被扣着身份证的。我希望老师能告诉学生真实的生活。提到刘老石，刘老石最初是做辅导员的，讲政治课的，学生精神苦闷跳楼的都有了，他就改变了教学方法。他对学生说，你们先去做一个作业，把咱们学校搞后勤的农民工调查一下，每个同学给我找一个人做调查笔录，把那些扫地的、看门的都问问，就知道他们是怎么劳动的，就知道你还算幸运的。政治课做这个作业，我认为是非常成功的。所以刘老石才说，大学生去下乡支农实际上是进行精神的自我救赎。但是学校不支持他这么干，课怎么能这样上呢？上课有一套监控系统。不管怎么说，刘老石最后还是搞出名堂了，他搞了一个基地。教育是有空间的，而我们现在的学生看不到生产的过程。

张慧瑜：杨娟说的非常感人，我感同身受。其实生活在都市尤其是北上广的白领，虽然从事着非体力性的劳动，但许多也是资本压迫下的底层劳动者，消费主义文化让他们自我想象为消费者，遮蔽了他们作为生产者的身份，在这一点上，白领和新生代农民工没有本质区别。

刘悦笛：以前还是劳动创造了美，还能够看到劳动，而今则是消费创造了美，大家现在就只能看到消费。

孟登迎：每次讲美学课，我放《摩登时代》的片断或者富士康的视频，学生开始不觉得自己跟富士康有什么关系。他们想当然地认为，我怎么能去那种地方，即使我去了以后也不会成为那样脆弱到要跳楼的人，到最后发现屏幕上的字幕，说这些人当中有几个就是重点大学毕业的大学生，有同学就震撼了。我觉得需要及早让学生了解这些。当然，不是说我们要屈服于这个社会，而是要"敢于直面惨淡的人生"。这里确实并不是一个轻松的话题。一般人提到青年文化，包括有些学界的朋友会问，你搞青年文化的，可以给咱说一说"超女"，好像一般人都觉得青年文化很好玩似的。

刘悦笛：青年亚文化的阶级分析，为什么我谈得比较少，确实是很难做，因为其中的混杂性太强了。

孟登迎：但是在我国的某些区域里还是相当明晰的。

刘悦笛：很难说超女群体，到底是属于哪个阶级、阶层？

孟登迎：它有自我成功的神话书写。平民都有权利通过商业途径获得成功，都可以投票，都能参与。这不就是在有意抹平阶级、阶层差异吗？

孙佳山：最搞笑的是《时代》杂志把超女当做中国民主化的一个标志，还上了当时的封面。

刘悦笛：《时代》杂志登的封面上，还说春树是中国的"另类"，叛逆的一面。包括方力钧，他们当代艺术家都是这样"被看"的。还有王广义的大批判图像，他自己说，我根本不是批判现代商业社会，把这个工农兵形象并置起来，这个根本不是我的原意。在西方文化里就是这样解读中国的。

王磊：实际上，包括你说的王广义，他们主观上可能不是自觉有这种反抗，但是实际上他被某种政治文化引领和阐释着，是政治神话塑造自身的工具而已，并不是说这个亚文化本身宣称自己是非政治、去政治的，它就不是政治了。

刘悦笛：当代艺术讲"强介入"和"软介入"，大部分当代艺术都是"软介入"。我还有一个异议，大家总觉得，青年是一个现代的概念，这个词我不知道该怎么考证，是不是日本先产生而后传入中国的？但是就青年群落来说，确实在很古老的社会就有了。我举一个例子，朝鲜半岛的新罗曾组织了一个军事团体，那个组织就是一个完全审美化的群体，以贵族青年为主，叫做"花郎徒"。那时候是朝鲜的三国时代，他们后来征服了百济，而花郎徒在树下参佛甚至被看作是菩萨的化身。他们那个时候就有青年群体的势头，我们今天从历史上来看，起码东亚社会早就有了。

祝东力：这种现象太个别了，中国汉代也有武陵少年的说法，相当于现在的不良少年、痞子青年，但它不构成对历史发展、对社会结构的全局性、持续性的影响。

刘悦笛：但以花郎徒为主居然完成了朝鲜半岛统一。

王磊：青年概念可以和美学、文学这些现代性概念并置来理解，自古以来就存在美和文学，但为什么只是在近代以来才被学科化，产生特殊的内涵？青年的概念也是这样。

祝东力：青年其实在传统社会很大程度仅仅是一个生理概念，不是社会文化的概念。

李修建："青年"这一概念在元明戏剧或小说中偶尔出现，说一个人正处青年，也就是说此人还年轻，没有其他的意思。

卢燕娟（首都师范大学文学院）：青年之所以成为一个社会文化问题，不仅仅和普泛的现代性有关，也是现代中国历史的独特问题。从晚清以来，以梁启超《少年中国说》为典型文本，一个重生的青春中国想象和有希望的、面向未来的青年形象是高度重合的。因为现代建立了一种将生物进化论移植入人类社会的社会进化论，相信年轻的、新兴的制度和文化必然优越于古老的、陈旧的文明，也相信青年群体优越于老年群体，更接近"现代"。在这一历史叙述中，中国要摆脱弱者地位，就需要摆脱"古老／落后"的历史形象，创造一个重生的青春形象，而这一青春中国的想象和反叛父辈、追求现代的一代青年整体上是高度统一的。

这是现代中国历史的独特问题，也是"五四"时代的青年问题和今天青年问题的重要区别。当国族整体性地陷入世界历史的底端，内部的阶层区分就让位于国族整体性的"弱者"定位。五四运动虽然同样存在阶层分化，同样有资本家的少爷，有农民家的孩子，但是在更大意义上，他们都共处于"中国人"这一最大的弱者身份中。这一身份成为最大的时代焦虑，所以青年也整体性地成为社会先锋形象。但今天情况发生了根本变化，中国的"弱者"形象已经翻转，整体性的外部压力已不存在。今天在青年中，有官二代、富二代，有那么多打工青年、农村青年，他们如何共处于同一个中国梦当中？怎么分享中国梦？今天的青年是否还存在"五四"时代那样一个整体性的"青春＝现代＝进步＝先锋"的形象定位？还是阶层、阶级身份的认同已经超过了基于单纯生理年龄的"青年"群体的认同？所谓官二代、富二代强调的是阶层身份的继承，从这个意义上，我认为孟老师提出的青年阶层问题，是今天中国青年文化所要面对的一个新问题。

孟登迎：我们应注意到：曹禺是富贵人家的少爷，但可以写出《雷雨》。这说明当时虽然阶级分化激烈，但依然有一些引导优秀青年的共识。我每次放富士康的视频，就有学生提不同意见或者从表情上表露不悦和抗议，他们可能就是资本家的子女或亲戚，或者他们正在做成为资产阶级的梦，他们会强调说，老师，社会并不是这样的。我做过8年的教学管理，劝退过两个学生。他们和宿舍里的人不能有效沟通，往往容易对贫困地区的学生做出一些侮辱的行为。当然，不是投毒，但是诸如偷东西、转嫁、栽赃、陷害，最后导致贫困生几近精神崩溃，都出现过。

祝东力：从历史看，"五四"时期的阶层矛盾被整合到一个民族整体中。1927年以后又出现阶级分化，到抗战时期，又是一次整合。不同时代有不同情况。

张慧瑜：根据孟老师所说，青年政治学院还是相对公平、平等的，起码屌丝和高富帅还能住在一个宿舍里面，还能在一个空间中相遇，那么走出校园，我想屌丝与高富帅相遇的可能性很小，他们生活在不同的时空之中。

卢燕娟：刚才慧瑜师兄讲到，知识青年和打工青年分享着同一种压迫，理论上我同意。但现实中，压迫的性质或许相同，但客观的生活质量、劳动强度和基本保障层面，还是存在着巨大差别的。

李云雷：我最近看了一些材料，觉得青年处于越来越严酷的环境中，他们在整个社会中的位置越来越低下，并且成为一种历史趋势。其实在青年之前，也有别的阶层，最早是农民、工人，他们已经遭遇到这样一个历史阶段，现在对于年轻人来说，他们也处于一个逐渐被剥夺的过程。我们今天讨论青年亚文化，可以看出很多青年对这个问题没有清醒的认识，除了极少人有比较自觉的意识，大部分青年处于消费主义的文化逻辑中，处于一种迷梦之中，现在最关键的，是意识到他们自身所处的现实跟这个迷梦是不太一样的。

我昨天在微博上看到一个材料，是一个学生写的，他看到现在的大学生大部分除了整天玩游戏，很少做别的，也不学习，很多人被劝退，家长过来哭着求领导不让退，这是一部分人。另一部分，他们进入校团委，为了做什么副书记而竞争，完全是官场的逻辑。另外整个大学校园空间也是越来越紧张，20世纪90年代进入大学的时候，起码有相对自由的空间，可以让你跟同学有相对平等的交往，可以发展自己的兴趣爱好，可以做一些自己想做的事情，不必着急考虑就业这么紧迫的问题，可是现在这样的空间也越来越小了。

张慧瑜：通过《致青春》《北京遇上西雅图》这些电影，可以很明显地看出青年人的压力和对社会的想象，本来电影叙事就相对滞后于现实，这些电影能如此讲述故事，本身就已经说明现实的残酷性。像《致青春》一开始屌丝与高富帅就出现了，而且屌丝即使成功，像陈孝正那样，在道德上也不占优势，反而被描述为小人和薄情寡义。

李修建：我前几天翻看英文版的《新福尔摩斯》，叫《丝之屋》，福尔摩斯雇了一群流浪的小孩帮他取证调查，里面有一句话特别触动我，直译过来就是：童年是贫穷从孩子身上夺取的第一笔财富。也就是说穷人的孩子没有童年，对青年人也可以这样来理解，因为处于社会最底层，生活没有希望，只能追忆惨不忍睹的青春。

李云雷：祝老师提到稳定期和变动期，我觉得我们现在经历的，就是从变动期到逐渐僵化、凝固化这样一个时期。

祝东力：稳定期也可以再细分成好几个时段。

张慧瑜：现在应该是最后的稳定期了。

崔柯（中国艺术研究院马克思主义文艺理论研究所）：我从日常经验方面谈一下感受，修建在开场白中提到，在过去青年包含一种负面的含义，往往意味着不成熟，我也有同感。青年好像处在一个比较尴尬的的位置，我们通常会说青少年、中青年、老中青什么的，青年处于中年和少年之间。少年呢，幼稚一点，做些不成熟的事情，大家都能容忍。人到中年，大家一般觉得应该是成熟、稳重，大家会预期是严肃谦和、文质彬彬。我觉得，青年的负面意味产生的原因在于少年和中年状态的交叉，一方面不再是少年，社会预设应该进入到一个成熟稳重的角色了，但实际上还带着一些跟社会预期不太符合的特征，比如我们通常会说谁谁愣头青、愤青什么的。

当然中年也分两种，一种是从"少年派"成长到"中年派"，青春时期奋斗过了，没有目标了，于是穿上西装打上领带，成为中产阶级白领。第二种，就像祝老师说的，眼前无路想回头，觉得人生最好的时光已经过去了，前边没有希望了，像台湾电影《男人四十》、《女人四十》里表现的那种，上有老、下有小，生活平庸琐碎。这种中年状态，一方面跟生命的自然流程有关，但另一方面，也跟某段时期的社会现实有关，现实可能会逼迫人认识到，纵然自己有再多理想、再多抱负，也是无路可走。这个时候再看青春，看少年时代，就有一些复杂的意味了——当然曾经的青春也未必真那么美好，也可能不过是在庸碌的生活中给自己构想的一个美好幻象。

如果把青年放在少年和中年的交叉关系中理解，也可以把青年理解为一种积极的因素，比如大家刚才提到电影《云图》，电影里面，很多人都认为这个世界的秩序是天经地义的，但总有人来挑战，来改变现实，最后虽然失败了，但一代又一代总是有不安定的因素出现。我觉得青年就具有这么一个含义，就是某种异质性的因素，某种不安定的动力，用负面的话来说是"二"，是愣头青，很傻很幼稚。积极地说就是还有激情，还没有对生活现实，对未来失去希望，不会放弃改变自己，改变现实的努力。

刘悦笛：你刚才说的电影《云图》是商业电影，其实有一个非常好的英国实验电影《黑镜子》，里面讲的大部分也是完全生活在新媒体时代的情景。但是有个很重要的情节，主人公参加了一个真人秀的节目，在这个真人秀现场，骂这个真人秀是幕后操作的，有黑幕什么的。最后结果是什么呢？大家全鼓掌，认为这也是一场"秀"。这就是商业对青年文化的"收编"。

张慧瑜：你看到的是资本主义商业文化。

孟登迎：但是我个人还是想说建设性的话，什么时候都有黑暗面。我读鲁迅，感觉虽然很严酷，但还是有温情，鲁迅身上散发着一种温情，他告诉我们，你还要去找，或者你还要找一些朋友一块去找，有些温热可能会证明我们还是"青年人"。我上课，有学生就跟我说，老师我感觉你怎么像个青年，而我们不像青年。我说我是没有办法，我必须把自己要教的这些思想传播出去，我被迫以非常青春的姿态去对待你们，也有一些反抗绝望的味道。

刘悦笛：其实波德莱尔讲的"现代性"，我们现在误解很多，波德莱尔是讲飞速、快速、易失的一面，这是现代性的特征。他讲的现代性有两面，还有一个稳固性的、永恒的一面。

卢燕娟：其实最成功的中国梦应该是20世纪40年代到70年代之间，因为那个时候很难在文化里找到自恋的问题，那个时候的个人真切的感到自己正和整个国家民族在一起，处在一段上升的历史中，必将和国家民族一起，奋斗出一个光明的未来。但是事实上，今天国家无论从经济实力还是国际地位来说，确实是上升了，但个人却被从上升的历史当中剥离了出来，被抛下了。

刘悦笛：开始我就讲了，"立法者的衰落"和"阐释者的兴起"。那个时代的青年人绝对肩负历史的责任，绝对是社会的立法者。但是，现在的青年只是自己生活的阐释者而已。

李修建：时间差不多了，我们今天的论坛圆满结束。

（根据速记整理，经过本人校订）

青年文艺论坛2013

第六期

当代大众文化中的美国想象

■   ■   ■   ■   ■

关键词：大众文化　美国梦　价值观

主持人：张慧瑜（中国艺术研究院电影电视艺术研究所）
时　间：2013年6月20日14：30—18：00
地　点：中国艺术研究院334会议室

编者的话

改革开放以来，中国大众文化不断生产着关于美国的文化想象。从20世纪80年代电视专题片《河殇》对蔚蓝色文明的深切渴望，到20世纪90年代初期电视剧《北京人在纽约》讲述中国人在美国的艰辛创业，再到2013年的电影《中国合伙人》表现中国商人在华尔街上市从而实现"美国梦"——可以说，美国成为这30多年来中国人构造自身文化心理和价值观念的重要坐标。与此同时，从20世纪90年代的《中国可以说不》、五八炸馆事件到2008年"四月爱国青年"的出现，美国又是中国人内心深处难以抹除的伤痛。

2013年上半年有几部中小成本的国产电影成为票房主力，它们是《北京遇上西雅图》《致我们终将逝去的青春》和《中国合伙人》，这三部电影与青春、爱情、创业等都市青年人关心的现实话题密切相关，而且都涉及对美国的文化想象。借此机会，我们组织了新一期关于"当代大众文化中的美国想象"的讨论，希望在中国经济崛起的背景下，重新探讨30多年来当代大众文化中关于美国想象的重要变化，重新反思美国梦和美国价值观。

张慧瑜（中国艺术研究院电影电视艺术研究所）：今天讨论的主题是《当代大众文化中的美国想象》，以前青年文艺论坛曾经讨论过大众文化中的中国元素、中国形象的问题，我们今天讨论关于美国的想象。从题目看有三个关键词，第一个是当代，一般来说，当代有两种用法，一种是1949年新中国成立以后，"当代"指与现代中国不同的社会主义历史；另一种是1978年以后，指改革开放以来的历史。第二个关键词是大众文化，大众文化作为一种特殊的文化形态，是20世纪90年代市场化改革以来在大陆逐渐兴起的，目前已经成为最主流的文化形式。第三个关键词是美国想象，美国不是一个普通的国家，而是代表着一套价值观和生活理念，甚至我们经常所说的"西方""世界"，其实基本上指的就是美国，大家对美国都不陌生，美国就像一个售楼处的样板间，是某种理想的范例所在。

选择这个主题，与今年上半年的几部国产电影有关，分别是《北京遇上西雅图》《致我们终将逝去的青春》和《中国合伙人》。这几部电影都是中小成本，投资在5000万上下，票房却都达到了5亿或7亿以上，这在中国电影市场是很少见的现象。我个人最喜欢《致青春》。这三部电影都和美国想象有关。《北京遇上西雅图》直接向1993年的一部美国电影《西雅图夜未眠》致敬，一部美国电影能够如此内在地成为中国人的文化记忆本身就是很有意思的。《北京遇上西雅图》中的女主角不仅要从北京到西雅图，更要从西雅图到纽约的帝国大厦，只有在帝国大厦才能遇到真正的爱人。《致青春》里虽然没有美国影像，但女主角爱上的两个男人都选择去了美国，因为美国意味着男人的成功，意味着美国梦的实现。《中国合伙人》就更不用说了，整部电影的主题就是它的英文片名"American dreams in China"——美国梦在中国。这部电影让很多人想到1993年的电视剧《北京人在纽约》，20世纪90年代初期北京人只能去美国、去纽约、去曼哈顿实现美国梦，《中国合伙人》则告诉我们，其实在中国、在北京、在中关村就可以实现美国梦，不用跑那么远了。

1949年以来，美国是中国当代文化的很重要的参照，20世纪50到70年代，美国是美帝、纸老虎、资产阶级、帝国主义的大本营。1972年中美发表联合公报、1979年中美建交，美国又成为蔚蓝色文明、西方文明的代表。这30年来，我们对美国的情感可以说是爱恨交织，很像恋人的关系。就像《北京人在纽约》的主题曲："千万里我追寻着你，可是你却并不在意，你不像是在我梦里，在梦里你是我的唯一。"可是"爱之深，也恨之切"，1996年出现了一本书——《中国可以说不》，中国可以向谁说不呢？主要是向美国说不。到1999年出现了"五八"炸馆事件，《中国合伙人》也用了这个情节——他们把到美国华尔街上市，转喻为中国人争夺面子和尊严，这也是民族资产者经常讲述的爱国情。我的开场白就到这里，今天的主题非常宽泛，可以从电影、文学、思想、社会等不同角度来展开，请大家畅所欲言。

李云雷（中国艺术研究院马克思主义文艺理论研究所）：当时跟祝老师商量这个题目，主要也是觉得这三部电影都涉及美国，涉及对美国的想象，所以选了这样一个题目。从《北京人到纽约》播出，到现在的《中国合伙人》，正好20年，我们可以看到这期间的种种变化。并且我们看现在的文学作品——可能大家文学作品看的比较少，现在的文学作品里对美国的想象，跟大众文化表现不太一样，我以前也举过几个例子，就是说现在海外中国作家写中国跟美国的关系，会有这样一些变化。首先，中国人现在去美国，不再是一定要融入美国社会，他会强调中国文化的一面，强调中国人在美国创业，改变美国的规则，从这样的角度去写。其次，在写到中西文化对比的时候，会更加重视中国文化，比如说讲中国人的亲情，讲中国人的那种人和人之间温暖的关系——这在20世纪80年代会作为一个负面因素来看待，比如"酱缸文化""黄色文明"等等，但现在是用一种正面的眼光去看，相对于美国来说，将中国文化当做另一种文化，也有其合理性。如果说20世纪80年代看中国文化与美国文化是"文明与愚昧"的冲突，把美国看作文明，把中国文化看作愚昧，但是现在，至少是"文明之间的冲突"，是我们跟西方的不一样的另一套价值观、人生观，会有一个比较正面的呈现。但这样的倾向，在这几部电影里没有表现出来，我们可以作一个对比。

另外，值得深入讨论的是从20世纪90年代以来直到现在民族主义兴起的过程。刚才慧瑜也提到几个关键点，比如说《中国可以说不》，1999年的南斯拉夫炸馆事件，还有2008年奥运会前后的事情，还有《中国不高兴》，这样一些重要事件，也勾勒出20世纪90年代以来中国民族主义的脉络，一种逐渐清晰的意识。首先是在知识界被提出来，然后在社会领域里逐渐被大家普遍意识到，这是一个非常重要的事情。另外值得关注的是，我们怎样看待民族主义？中国的民族主义有其内在的合理性，但也有值得反省的地方，尤其是随着中国的实力越来越强，我们怎么看中国民族主义将来的发展？我们在重建中国在文化上的主体性的同时，对民族主义可能的负面因素——比如以民族主义遮蔽阶级分野，或者民族主义转化为帝国心态——要有一种清醒的认识和反省精神。

还有，前天我们在清华开了一个会，讨论一本书，讨论国际主义的问题，我觉得也可以拿到这里一起讨论。有一本书叫《当世界年轻的时候》，是写我们中国人参加1936年西班牙内战的事情，两个台湾的作者考证出有100多个人，他们从不同的地点去参加西班牙内战，有从中国内地去的，有从欧洲去的，从美国去的，这样一本书给我们打开了一个国际主义的视野，让我们看到在20世纪30年代，中国人有那样的国际主义思想。我们以前谈民族主义，相对于80年代的"走向世界"是有极大的启发性，不过当民族主义逐渐成为一种主流社会意识，我们就应该思考在怎样的基础上重建新的社会意识。我觉得这本书的启发有两点，一是给我们打开了一个国际主义的视野，除了民族主义之外，我们是否应该以及如何看别的国家的事情；二是民族主义与国际主义应该在一个什么基础上统一起来，在这本书中是左翼思想，是在关注底层民众这一核心之上的展开或联合。我觉得这可以作为讨论的参考。

张慧瑜：我觉得云雷说出了今天谈论美国想象的一个大背景，就是中国崛起，正是因为中国崛起才会出现中国人和美国人有不同的价值观区分的问题，这也涉及文化自觉、文化自信的问题。

石一枫（《当代》杂志社）：我是真的不喜欢《致青春》，这几个电影我还是比较喜欢《北京遇上西雅图》。从电影技术的层面，我觉得做得最好的还是《北京遇上西雅图》。《北京遇上西雅图》也带来了一个看待美国和中国的新视角，这种视角新在哪里呢？我们也可以从比较早的作品来梳理一下。

简单说就是中国人写美国的作品。最早流行的像《北京人在纽约》，还有《曼哈顿的中国女人》。曹桂林不是一个专业作家，是很早就出国的一个华人，他写了一个好像也不是很真实的传奇经历。《北京人在纽约》在20世纪90年代初期特别被中国人喜欢，当时我记得《北京晚报》还专门连载了，一下子引起了特别大的轰动，很快姜文就拍了电视剧。那个时期的文学也好，影视也好，所表现的美国，往往立足于一个基准点，就是"告诉你一个真美国"。20世纪80年代的时候，我们知道世界上有一个美国，但是我们不知道美国是什么样。《北京人在纽约》也好，《曼哈顿的中国女人》也好，这些东西都号称"告诉你一个真美国"。同时期另一些专业点的作家，比如说严歌苓也写了很多以她的视角来理解美国的作品，但是美国人也不看，中国人也不看，都不如《北京人在纽约》迎合中国人的心态。当时中国人特别想知道美国什么样，《北京人在纽约》就很明确地告诉你美国是什么样。

过了一些年，到20世纪90年代末，2000年前后的时候，告诉你一个真美国、一个真日本、一个真加拿大——这种意义上的作品，一阵风过去了。那时候反映两种文明、两种价值观之间冲突的作品很多。也有一些电影，像梁家辉演的《刮痧》，李安也拍了《推手》。文学作品也有一些，严歌苓那时候还写过一些《无出路咖啡馆》、《吴川是个黄女孩》那种中短篇小说。我印象比较深的，还有一对老作家，达理夫妇。他们其实是20世纪80

年代就已经开始写作的老作家，很早就去了美国，在2000年前后又开始重新写作，写美国的生活。他们写的主要是中国人和美国人的冲突，有的情节很有意思，比如社区里面住了一个中国二奶，这个二奶遭到了邻居的排斥，美国人也看不起她，中国人也看不起她，她就很愤怒。后来这个二奶报复美国人的方法，就是在庭院的草坪里面晾上万国旗，睡衣什么的，造成该社区的房价暴跌，美国人最后就怕她了。

最近这些年，中国人看美国的视角就更微妙了。我没去过美国，我老婆前半年出差去美国，我说怎么样，好不好？她说那个国家真是好得不得了，什么好呢？她说自然环境真好，我说除了自然环境之外还哪里好？她说那就没什么好的了，跑到美国的商店一看，比三里屯差远了。现在很多中国人对美国是这个感受。觉得美国不是一个巨大的工业国家，就是一个大农村，田园式的美国，这很有意思。

再回到《北京遇上西雅图》，我有个浙江大学的朋友王俊说过，这个电影的特殊性在于，它告诉你：一个中国人靠技术、勤劳过一种"老婆孩子热炕头"的小日子式的、典型的中国式的理想生活，在北京是实现不了的，在中国是实现不了的。在中国只有两种可能，或者是巨富，或者被人踩在脚下，像蝼蚁一样；而在美国是有这种可能的，靠勤劳智慧可以过上体面的生活，在这里，美国梦不是代表财富，而是代表安定，代表人与人之间祥和的关系，代表文化上的自由与宽容，当然肯定还有尊严。

这很复杂，也很有意思。中国反而变成了资本主义最前线的战场，刺刀永远在见红。你想要温情吗？想要安定的生活吗？那你就去美国，这是这个电影对美国的新看法。

短短的30年我们对美国的看法，对美国的认识总在变。1972年觉得天要塌了，到1979年上海来了一个NBA球队访问，上海人围着满街跑，看这些外国人为什么长得都那么高，都两米，再到20世纪80年疯狂的向往美国，再到"我要知道一个真美国"，再到发现中国和美国是两个对立的文明，然后再到今天这种更暧昧、更复杂的观念。这个过程其实是中国人在认识自己，尤其是近30年来，中国人仿佛只能通过美国来认识自己。

祝东力（中国艺术研究院马克思主义文艺理论研究所）：谁说1972年中美改善关系，天要塌了？

石一枫：特基层的人吧，还有很多人认为这是毛主席设了一个计，我们把尼克松骗过来，我们在这里设下鸿门宴。

祝东力：当时在国际左翼当中确实有负面影响，但在中国国内没有。

李云雷：关于"告诉你一个真美国"，除了《曼哈顿的中国女人》等作品，还有一个作品挺有意思，就是柯岩的《他乡明月》，应该是20世纪80年代末的作品，她的预期读者主要是盲目出国潮中的青年，是对美国比较有批判性的左翼作家的视角，跟《曼哈顿的中国女人》等形成一个比较鲜明的对比，我们现在看来，更接近美国的真相。

张慧瑜：一枫说的中国人那种"老婆孩子热炕头"的生活理想，其实是典型的美国中产梦，我同意一枫对《北京遇上西雅图》的解读，在中国无法实现中产梦，所以去美国找中产梦。从这个角度也可以看出美国梦的两个层面，一个就是个人奋斗，成为奥巴马、比尔·盖茨式的成功者；第二就是中产梦，就像文佳佳所向往的，一个大房子、一个爱她的男人、两个孩子、两条大狗的生活。

石一枫：我们对美国认识的变化，往往源于我们自己的变化。

祝东力：美国就相当于一个百宝箱，中国缺的价值他那儿都有，20世纪80年代缺自由、缺财富，美国有；这会儿又缺别的了，美国也有。

王维佳（清华大学新闻传播学院）：这几个电影我都看过，但是我没受过专业的文本细读训练，所以可能从别的角度说一说。我觉得刚才几位谈到中国和美国的这种文化景观上的二分，是一个特别有趣的现象。如果说冷战的时候是完全可以建立这个二分的话，那在今天这个全球化的经济背景下，中美的大众文本和知识分子的讨论，能否仍然建立起二元对立式的东西，恐怕要打个问号。为什么会出现这种状况？在文化上我们仍然把美国看做一个异质的领域，但是经济层面我们是已经完全连接在一起了。我接着云雷刚才的讲，近些年来在很多中国电影当中，开始有民族自我认同的元素出现，就是讲中国文化的特殊性和美国文化价值的特殊性这种文化上的对立。近来一些有关民族主义的讨论，讲到冷战前后的变化都很有参考价值，比如南希·弗雷泽讲现在的族群话语从原来的再分配的政治，变成了一套身份认同的政治。20世纪我们讨论整个的经济分配制度、阶级问题等等，到了20世纪八九十年代之后，我们开始用一套民族身份认同的方式来理解不同文化之间的交流。这里面文化的认同脱离了历史和经济的基础，现代性的政治就遭遇了强大的挑战，不管是中国梦，还是美国梦，除了有国别、民族的差异外，还有另一层意思，就是都是在做梦，这个梦很少和现实的全球经济基础对话。中国人做中国人的梦，美国人做美国的梦，但是这个梦都没有回到与经济连接的这个现实的基础之上。

我指导的一个学生做论文，讲《人民日报》的变化，分析不同年代的元旦社论，发现20世纪五六十年代讲的都是国际无产主义阵线如何连接，全球的资本主义怎么发展，今天讲的都是中国梦、民族复兴大业的问题。这就像是20世纪60年代大型文艺演出《东方红》调用的都是阶级语汇和全球普世价值的语汇，但是现在我们都在讲复兴之路，完全变成一个国家、民族的语言。我们看奥运会的开幕式也好，上海世博会的中国馆也好，精英知识分子今天对中国文化、中国历史的解读完全跳过了整个20世纪要求再分配的历史，从古代的传统文化符号直接跳到改革开放后的全球化历史，它关注的不是人类的政治生活，而是国家怎么走上富强的道路。

所以我觉得不同文化，包括对美国的认识，包括在讲中国人的电影当中，强调中国人的这种特殊的文化符号，都是在这个背景下出现的。当然现在看全球政治当中都有这样的问题出现，比如加拿大魁北克问题、西班牙巴斯克问题等等，都出现以民族身份认同代替那个经济层面的或再分配层面的民族国家建构的历史过程，一整套进步、平等的现代性话语都被文化身份认同的话语替换了。我觉得从这个角度看，今天我们讲美国梦和中国梦的对立，已经完全把它们看作文化景观上两种不同文化的对立了，而没有再去深挖经济结构，这本身可能就是一个问题。我特别希望听到做电影研究和文学研究的朋友在细节上提供能激发灵感的东西。

张慧瑜：维佳的观点挺有意思的，恰恰是我们在经济上和美国越来越接近的时候，开始强调中美之间文化身份的差异。当然，另一个更大的问题，就是文化与政治经济学脱钩的问题，尤其是后现代主义思潮，主要讨论文化身份、文化差异、身份政治，而经常忽视大的政治经济学结构。

祝东力：我觉得理解今天论坛主题的关键，就是把握美国的两面性。在不同的时代，可能会有所侧重，甚至孤立地强调美国的某一方面，但其实应该辩证、综合地同时看到这两个方面。美国，一方面是一个资本帝国、一个国际霸权，但同时另一方面，它还代表创新精神、自由平等 —— 自由平等这个方面，如果与当时18、19世纪仍然带有一定封建性的老欧洲相比，就更显著。我们在1949年以后，一直到20世纪70年代，对美国的认识，就是把美国等同于美帝，这种主流叙述当然不错，但只抓住一个方面，这样就经不起时间检验。后来中美两国恢复接触，特别是中美建交、改革开放之后，信息越来越丰富，美国就会呈现出另一面，并且颠覆之前片面的叙述，造成过去的主流叙述和主流意识形态土崩瓦解，迅速从一面切换到另一面，于是美国又变成了一个集中了所有人类优点的、通体光明的神一样的国度，这种叙述又主导了我们30多年。

所以今天我们已经经历了正反两个方面，要有一种更综合辩证的认识，这一点非常重要，包括对西方的认识也是这样。西方走出中世纪，经过文艺复兴、启蒙运动和资产阶级革命之后，经过商业革命、工业革命，确实创造了很多人类的价值。美国的两面性，从美国梦也可以看得很清楚。美国梦的基本含义，就是在旧的欧洲体制之外 —— 包括旧欧洲的等级制度和宗教禁锢之外，在一个新的广袤大陆上，个人凭借自己的勤奋、才能和机遇就能够获取财富和成功。与旧欧洲的旧体制相比，这个美国梦当然包含积极的进步的内容。但另一方面，美国梦的背后又必须有它的物质前提，这就是北美丰富的几乎是取之不尽的自然资源。我们中国人多地少，人均耕地1.35亩，这还是前两年的数字，现在更少。相反，美国刚建国不久，就出台了一个《西北法案》，规定土地价格是一英亩一美元，一英亩相当于中国6亩出头，但即使这个几乎等于白给的价格，由于要求一次必须买640英亩，美国移民都觉得贵，所以就自由占领。到1862年内战期间，林肯又颁布了《宅地法》，规定只要交10美元手续费，每个成年男子就可以无偿获得160英亩耕地，相当于咱们的大约1000亩，连续耕种5年就可以成为私产。这样丰富的土地资源，当然是由于基本灭绝了原住民的结果。到后来美国成为霸权国家，更是面向全球汲取财富。

所以，美国梦有几乎无限量的物质资源作为支撑，像中国这样人均资源极为有限的国家，由于环境约束，美国梦是搬不来的。所以美国梦有光明的一面，也有阴暗的一面，后一面恰恰成为前一面的前提。美国梦的例子说明，我们应该从两个方面综合辩证地理解美国。我特别不赞成从一个极端跳到另一个极端，这是我们都熟悉的现象，20世纪八九十年代特别崇美、崇洋，到这几年突然又变成一个文化保守主义者，有很多这样的例子，你很难看出他的思想逻辑在哪儿，这说到底是一种形而上学的思维方式，我们应该极力克服这样的思维方式。

张慧瑜：祝老师说到了美国想象的关键就是美国梦，其实对美国梦大家都很熟悉，尤其是对80后的年轻人来说，就生活在美国梦这种个人主义的成功梦的焦虑和压力之下。2012年最流行的话语就是"屌丝的逆袭"，也就是说"正面进攻"已经不可能了，只能发动成功机率更小的"逆袭"，我的问题是为何我们生下来就要去"逆袭"，不逆袭、不成功就意味着一种失败。正如《中国合伙人》不是一家普通的公司，而是一个英语辅导班，一个帮助人们出国的公司，本身就是靠出售美国梦而成功的公司。

祝东力：逆袭都是例外的，但美国梦是常规的。

张慧瑜：就是说常规的已经不可能了，只能是逆袭，可是为什么必须要逆袭呢？

王维佳：这个美国梦的历史，我接着祝老师提到的这个历史过程讲，就是在19世纪中期，包括实行《宅地法》的时候，有一个平分土地的过程。当时托克维尔访问美国，他所讲的美国式民主就是19世纪中期的状态，是一个小业主共同体的状态，这个社会基本上是平等的。但是到了19世纪后期，我们今天讲资本下乡，实际上美国当时搞的就是资本下乡，土地先被国家买断，再卖给东部金融家。大资本利用铁路、矿产、林业公司在西部落地，形成大量土地垄断。由此又产生了农民进城，从自由劳动变成工资劳动。所以实际上，托克维尔回去几十年，他死了之后，他所形容的那个美国式的民主就不存在了，变成了一个高度垄断的经济和政治形态。所谓的工业革命就是在这个背景下发生的，没有土地和资本的垄断，不可能有工业革命。之前讲的美国梦是平等的，到了19世纪末、20世纪初，实际上美国梦变成了一套科学进步和发展主义的话语，是斯宾塞式的进化主义，已经不是政治意义上的平民社会的东西。

今天看美国梦，它在19世纪末的时候，现实基础基本上已经不存在了，那时就已经变成了一个高度垄断的或者是资本非常集中的社会形态。而且非常重要的一点，就是大多数国民由原来的自由劳动状态——即我能够把握我自己的劳动过程，转变成了工业革命之后的工资劳动状态。中产阶级变成一个大公司里面的一个职员，一个以工资收入为主的这样一个群体。所以美国梦的现实基础，其实是在不断变化当中的。如果我们把美国梦看成是托克维尔讲的天然平民社会的小业主共同体的美国梦的话，那么它早已不复存在了。然而在当时美国大众文化当中，却特别强调原来小业主的奋斗精神，这时美国有一个特别有名的通俗作家叫阿尔杰，他的大量小说都是讲个人奋斗成功，发表在流行的报纸上。然而讽刺的是，当时实际上正是一个垄断集中的时候，个人奋斗越来越不可能的时候，大众媒体反而整天在讲个人奋斗怎么成功的故事。所以我觉得如果把这个历史过程挖掘出来，可能对当前整个大众文化所营造的种种观念，比如所谓美国梦，会有一些新的认识。

张慧瑜：维佳提到19世纪的美国是一个小业主的时代，那么20世纪的美国则是一个白领的时代，这是美国社会学家米尔斯在《白领：美国的中产阶级》的观点。刚才祝老师和维佳都把美国梦放到美国具体的历史中来考察，我觉得这是很重要的思考方式，那些看似好像是普遍的东西和价值观，其实都是有美国特色的"土特产品"。比如美国梦产生于美国这样一个特定的新大陆，比如大众文化也是一种非常美国化的文化形态，包括摇滚乐、好莱坞电影等，还比如汽车文化也是很有美国特色的文化，美国又被称为车轮上的国家。这些都与美国特殊的历史和发展道路有关，并非每个国家都适用。

蒋晖（北京大学中文系）：我接着祝老师说两句。我第一次参加大家的这个讨论，跟大家不是很熟悉，其实早就想过来了，云雷跟我说了好几次，我觉得这里的氛围特别好。我们北大中文系的同事一学期大家才能见一到两面，彼此集体讨论的机会不是很多，所以很羡慕你们这里的讨论氛围。等北大的人文大楼建好，文史哲老师都有了办公室，这样的讨论才有可能进行。

我去纽约学习了8年，后来又到夏威夷工作了两年，所以和大家比，可能多了一点切身感受，但是我也不想说这些感受，都很零碎，回国之后试图忘记它们，大家今天的讨论勾起了我的一些回忆，其实我这两年没有想过这方面的问题。有一个大家都没有说，可能大家也都知道，美国不是一个完整的东西，因为美国的差异性太大了，美国的内部无论是从社会结构，还是从地域政治来说，差异都特别大。我生活的夏威夷跟美国本土是完全不一样的，因为在夏威夷生活的有60%是亚洲人，只有10%是美国人，你说它是美国吗？它也是美国的地方，但是我的孩子在那儿上幼儿园特别快乐，因为没有压迫，没有白人的文化，他所有的朋友都来自日本、韩国和其他亚洲的国家。

美国内部的差异性非常大，我不知道中国当代文学对美国形象的塑造是否体现了这些差异。我们老是把西方想成一个整体，把美国想成一个整体，实际上差异是非常大的，这是第一个非常直观的感觉。第二个感觉我们现在在谈美国梦，方式可能会非常不同。也许在过去，中国社会本身没有严重分化，想象美国的方式大致相同，但现在不一样了，中国社会分化严重，人与人差异非常大。我们有富人，还有很多出了国的人，我们同样也有农民，还有打工妹，他们对美国的想象会非常不一样。所以我们今天不是只有一种美国想象，而是多种不同的美国想象。在讨论中国的美国想象时，需要对这些多样性进行阐释。比如，打工作家王十月写过一个小说《国家订单》，还获了大奖，他对美国的理解就和知识阶层非常不同。现在中国人的美国想象太复杂，比如说学者可能有学者的美国梦，但很奇怪的是，至少我感觉中国的学者似乎没有想向美国同行学习什么东西，反而做的是一个美国梦。美国学者有很多好的东西，比如说比较认真负责，比如说上课非常认真，中国的学者似乎没有把美国学者的治学精神、工作态度作为他们的美国想象的一部分，却迷恋于资产阶级情调上的美国梦，就像祝老师刚才总结的，稳定、安全、舒适。我觉得这也是一个很奇怪的现象。今天我迟到了几分钟，如果在美国开会，那绝对是很不好的一件事。我去美国接受的最大的教育就是准时，所以汽车站牌上写着详细的车次和到站时间，公共汽车严格按这个运行。初去美国，看到这么细的时间规定，根本就不相信，结果很长时间里我等车需要许多时间。后来别人就嘲笑我，说你就按站牌规定的时间来等车就对了。所以美国人非常准时，美国人的很多东西，你走近以后才会观察到。这是我的第二个看法。

我还有一个看法，中国自我意识的崛起和拥有国际主义精神是不相互违背的。在慧瑜刚才的发言里，似乎隐隐含有一种线性历史观。即我们20世纪80年代崇美，现在有自信了，从崇美变成了自我崇拜，并多少有点看不起美国。换句话说，中国现在的民族主义情绪高涨，就必然排斥非中国的东西，我不太同意这个预设或者观察。我的看法是，民族主义和国际主义是可以并存的，民族主义和保守主义也可以共存，它们之间不构成相互排斥的关系。不一定我是民族主义我就要排斥国际主义，我是国际主义我就要排斥古典主义。为什么呢？我现在教美国的小说，主要是教亨利·詹姆斯的小说，亨利·詹姆斯的小说在美国和英国的小说史当中具有重大意义，代表整个文化的转向，是英美小说理论最主要的奠基人。但这个人很有意思，他从小就不喜欢美国，他就要往外面跑，他是地地道道的美国人，生活在新英格兰地区。新英格兰在美国是18世纪中叶启蒙文化的摇篮，那边的知识分子跟欧洲文化有密切的关系，他们想用他们的文化来教育南部的人，他们是一个文化的中心。尽管生活在新英格兰的启蒙文化环境里，亨利·詹姆斯后来就开始跟着他的父亲周游欧洲列国，向欧洲学习，他的整个小说之所以能有创新性，是因为他受到法国小说的影响。第一次世界大战开始的时候，美国没有参战，他对美国非常失望，干脆1914年就入了英国籍，就变成英国作家了，很少再回美国。所以现在也很难说詹姆斯到底是美国作家，还是英国作家，但是要看他的作品的话，他的核心主人公还是美国的移民，他关心的问题是生活在欧洲不同国家的美国移民，关心他们的生活样态是什么样子。我想说的是，詹姆斯代表的是一种国际主义，因为他反对美国的好多东西，他觉得美国太直率了，太赤裸裸了，没有那种文明，那种想象力，完全是公事公办，说美国完全是一个职业场所了。因为美国整个社会结构都变了，所以过去的贵族没法在美国生活，他们都开始移居到欧洲了，当他们聚到一块的时候，他们说我们回不去美国了，为什么呢？因为回美国的话要么当律师，要么当医生，要么当什么，他们说我们什么都当不了，我们就是有钱和有闲阶层的人，所以这些人就开始从美国全部移民到了欧洲，因为欧洲的社会结构和美国很不一样。詹姆斯游历法国和意大利，体现了要超越美国文化的国际主义精神，但当他这么做的时候，在美国，恰恰是美国的民族主义开始苏醒的时候，恰恰是美国的身份开始形成的时候。也就是说，国际主义和民族主义紧密结合在一起。仔细看詹姆斯的小说，你会发现其实他写的是美国文化，只不过他是想改造美国，他是以他的方式追溯美国现在的所有文化认同。因为在当时就两个人特别有影响，一个是马克·吐温，马克·吐温代表本土文化；另一个就是詹姆斯，他走的是洋路线，他的语言文字特别典雅。这两个人其实都构成了美国的大的传统，互不妨碍，并不是一定马克·吐温的路子就是民族主义的路子，美国的民族主义里面有国际主义的精神，这个国际主义本身就变成了民族气质的一部分。

另一方面你会发现整个欧洲民族兴起的时候，大量德国人、英国人、法国人都要去意大利，去接受古罗马文化，都要去那儿接受教育，途经几个月的旅行才能到达罗马、佛罗伦萨去接受古典教育。詹姆斯的小说基本上都是女主人公，一个美国女孩子想得到好的教育，就去罗马。我们会发现他们有一个寻根运动，而这个寻根运动也恰恰出现于美国民族主义兴起的时期，并不互相排斥。所以我就有这么一个感觉，就是我们现在所谓的保守主义倾向，从我们传统文化里挖掘现在的东西，和我们更加西化的国际主义主张，实际都是构成了我们民族主义内涵的不同侧面，不能把它们截然分开，它们是一个综合的有机的结构。这是我第三个想说的，都是很零散的观点。

最后还想补充一点，就是在美国的中国人到底关心美国什么东西，他们不想回来的原因是什么，或者回来之后有什么后悔的地方？

张慧瑜：对，你可以谈谈有什么后悔的地方（笑）。

蒋晖：我没有什么后悔，因为我们在美国还是有很多中国朋友的，这些人主要还是认同美国的教育体制，就像我们这个中产阶层，他们认为美国的教育体制比中国还是要优越一点，比如说教育压力小一点，创造性更突出一点，这是父母们考虑比较多的。另一方面现在中国人出去以后，对美国的文化认同就比较少了，他们还是更喜欢吃中国饭，会认为中国的传统很好，对中国充满信心，都会有这种想法。但只要你谈教育、谈食品安全，他们马上就不想回来了，这是一个很大的问题。所以我是觉得没有一个整体的美国，美国好不好，有的人关注教育，有的人关注食品安全，都是很有差异性的。最后一个是美国的阶级问题，是我一直不太理解的问题，因为美国从来没有阶级的理论，美国的马克思主义是一个很弱的知识思想脉络，非常弱小。詹姆斯在小说中曾写道，美国人去了英国之后，曾感叹，美国人来到英国生活多么幸福，因为英国人只要生在英国了，马上就有一个阶级定位，到底属于哪一个阶层，特别清楚，美国人来到英国就可以摆脱这个困扰。一个小说主人公公然说，我接触的人就是我喜欢的人，我不接触的人就是我不喜欢的人，我的交往不受阶级限制。相反英国人的这种阶级意识就特别强，身份的等级观念特别强。所以美国人基本没有阶级的问题，当然大家都知道美国的种族问题可能更加突出。现在中国文化在跟美国接轨，怎么处理中国阶级革命的传统，革命的传统是以阶级理论为核心的，因为阶级理论也是从天而降的，中国过去也没有，20世纪20年代之后才逐渐有的，因为革命的胜利，所以已经变成我们内在的一部分。

20世纪80年代之后我们都要消除这个阶级论，我们提出阶层论，那么这个阶级理论对于我们还有什么价值？我们现在学美国，为什么不学英国，英国是有阶级论的，有很强的阶级问题，但是学美国就没有这个问题，他就有种族论，我们国内也没有什么种族问题，所以美国简直就是好得不得了。在学习美国模式的时候，我们怎么继承自己历史中形成的阶级革命经验，怎么消化和处理我们的阶级运动、阶级革命和阶级理论，而不是单纯顺从美国模式，这就很值得我们思考了。

祝东力：你说美国的阶级意识特别弱，是不是因为社会流动比较频繁？我记得梁漱溟以前说过，马克思主义不适合中国，因为中国没有阶级，指的是中国传统社会有上升的渠道，一是科举，再一个是财富经常转移，而且特别快，所谓千年田八百主，不断地破产，不断地创业。美国是不是上下的社会流动也比较频繁？

张慧瑜：有一种解释是美国之所以没有社会主义革命，是因为美国有美国梦。

祝东力：就是说，个人奋斗仍然有出路，2010年美国的移民还超过100万，很多人还是觉得美国有机会，不管他们怎样理解这个机会。

张慧瑜：美国也不是说没有阶级，种族问题本身就是阶级问题的另一种表现。

蒋晖：美国是有阶级，体现的形态不一样。

祝东力：相对来说还是弱一些，所以他们不从这个角度看问题。

蒋晖：因为直到20世纪60年代，他们还有个别大学不接受黑人，这说明大学里有种族歧视，相反，贫富造成的差异在学生那里体现得就不那么明显。20世纪60年代之前高中教学楼里水龙头有高有低，那个低的就是黑人喝的，高的是白人喝，这还是一个种族歧视的问题。

张慧瑜：如果从整体社会地位来说，黑人和白人，就是两个阶级。

蒋晖：这是中国的一套思路，来重新解释美国的问题。

石一枫：黑人一定比白人穷吗？

蒋晖：整体上是这样。因为美国的整个空间都跟资本的流入有关系，比如在一个中国人喜欢住的社区，当有一个黑人搬入的时候，中国华人就开始有危机感。因为一个黑人来了，会带来另一个黑人家族，当有1/3是黑人住的时候，中国人肯定搬走了，这一个社区慢慢就是黑人区了。

石一枫：怎么那么讨厌黑人呢？

蒋晖：也不是说讨厌，是比较警惕吧。

李云雷：移民问题不只是美国有，欧洲也有。但是我想说另一个问题，比如像占领华尔街这样的运动，是不是阶级问题的一个表现？

蒋晖：那个没有什么意思。

李云雷：他们提出的1%和99%的问题，不也是阶级问题的表现吗，可以这么说吧？

蒋晖：我不知道，我没有研究过。正好那次我去了，我一看就觉得他们的革命成功不了，里面的人经常载歌载舞，组织很混乱，了解中国革命的人都知道，革命成功需要多么行之有效的组织。在纽约的这次运动中，大家都要搞行为艺术，最后肯定要一哄而散的。

李云雷：当然组织的形式可能有问题，但这也说明，我们以前认为的美国是以中产阶级为主的纺锤形结构，其实已经发生了很大的分化。

蒋晖：对，因为肯尼迪那个时候是民主党，他极大消弭了贫富的差异。现在又不同了，所有空间被资本重组，连纽约著名黑人区哈勒姆也都慢慢开始出现了白人。随着白人越来越多地移居到那里，黑人就会逐渐被赶走，最后，哈勒姆也许将不再是黑人区了。这种潮流个人根本改变不了，这是资本的逻辑。

李云雷：我看了一篇文章，谈欧洲的移民问题，北非的黑人信仰伊斯兰教，从非洲移民到欧洲，也把伊斯兰教带到欧洲，在不少地方都盖起了清真寺，这对当地的基督教文化触动很大。

张慧瑜：蒋晖老师的提示很有意思，确实美国有很多面，包括中国也一样，有各种各样的"美国"和"中国"。可是在大众文化或主流想象中，不管是美国大众媒体叙述中国，还是中国叙述美国，总是有相对刻板的美国和中国形象，这些被选定的刻板形象就是我们需要格外反思的地方。

祝东力：蒋晖所说的是美国真相，我们讨论的是美国想象，这并不矛盾。我们在论坛标题里用了"想象"概念，这几年学术界用得很烂，基本上用想象代替我们传统说的知识或者认知，已经几乎可以互换了，什么都是想象，其实这是一种不太好的学风。特别是有很多搞文学研究出身的，喜欢用想象这个词。但这个词用在我们的标题里还是比较贴切的，因为中国与美国隔着太平洋，隔着不同的传统、制度、意识形态，或者说隔着不同的发展阶段，反映在大众文化里，确实对美国不是一种理性认知的态度，而是一种想象的状态。

王磊（中国艺术研究院马克思主义文艺理论研究所）：之前讨论这个选题的时候我觉得"想象"比"形象"好，也是从这个角度出发的，我觉得"想象"更丰富一些。我一直在琢磨一个想说的话题，就是从这个题目出发，谈所谓"当代"大众文化，我想这个"当代"基本上还是1978、1979年之后的30多年，我们要谈的就是这个时间段的大众文化。用"美国想象"而不用"美国形象"，是因为想象是有层次性的，起码有两个层次，一个层次是理想、参照和追求，另一层次是虚构和幻想。30多年来，在中国一直占绝对主导地位的是第一个层次，美国一直是一个理想的、值得参照和追求的目标。比如说《中国合伙人》里面的情节非常有意思，剧中主人公在美国明明遭受了不公正的待遇，很悲惨，但当他回国之后仍然源源不断把大批青年人输送到美国去。他们的意图在哪儿，是故意使坏吗？我想应该不这么简单。或者说他们完全是为了个人财富、个人成功去忽悠那些青年人？这也不是一个充分的理由。根本的原因，还是在于他们仍然相信对美国的想象，对那种制度和价值观有着根深蒂固的认同，不反思、不怀疑，他们的美国想象还是在一个理想、参照、追求的层次，其实质还是对美国梦的想象，而对其中的虚构性和幻想性却选择性地遗忘。

但是毕竟过了30多年了，中国的经济和社会发生了很大变化，所以关于美国想象的第二个层次，其虚构性和幻想性，越来越多受到关注和反思，这也是当代大众文化对美国的态度开始复杂起来的原因。今天我们对美国的态度，不再是单纯如20世纪80、90年代那样一味地相信，以及作为一种理想去追求，而是有一种自我反思的冲动在里面。对美国想象的幻想性和虚构性的反思，是当代中国文化的一个重要生长点，对于当代中国文化来讲，我们的一个时代课题、时代主题，就是如何超越美国想象。关于美国想象的理想层面和幻想层面都是应该超越的，那么这个超越的前提是什么？就是当代中国需要有一个新的世界史视野，或者一个新的中国梦，它的基础不应当是资本主义经济全球化及其文化与政治想象，而应该强调一种不同的政治经济秩序和道路。我们要有一种新的中国想象，有一种反思500年来世界史格局的、面向未来的世界史视野，由此展开政治经济新秩序的创造。也许改革开放前30年我们对待美国的文化态度，也可以说是一种美国想象，但是二者间政治经济的根基却是不同的。两个30年过去了，我们需要汲取过去的经验教训，建立起真正有中国风格、气派的新制度和新文化，从根本上真正超越美国想象，超越既有的、看似不可撼动的世界文化逻辑。

张慧瑜：王磊提到的《中国合伙人》也涉及到如何在中国的文化中讲述美国梦的问题，不管是革命教育，还是中国传统文化，都缺乏正面讲述财富梦、美国梦的资源，缺乏正面讲述从白手起家到百万富翁的奋斗故事。在《中国合伙人》中还是调用了民族自豪感等资源，这也是中国民营资产者最常使用的讲述方式，就是把个人奋斗与国家民族的发展结合起来。

侯百川（中国艺术研究院艺术人类学研究中心）：我有一些朋友，他们老去美国，甚至在美国买房子，他们经常说美国人比咱们要好，说跟美国人打交道比跟咱们要舒服。其实从这种认同感来看，我觉得他们与我们的文化有相通之处，实际上就是我们认同他们的行为方式和文化。我支持这位老师的观点，我们跟美国文化并不是截然对立的，我们是不同的文化符号、不同的能指，但是我们的所指有些地方是类似的，只不过文化符号不同而已，实际的含义有很多是接近的。我看过一本书，叫作《儒耶对话》，就是说这两种文化之中，有些东西是相通的。我觉得没有必要把两种文化对立起来，他们的好，我们就可以学习，没必要说这是美国的，那是中国的，其实完全可以海纳百川。（笑）这是我的一个观点。

张慧瑜：这一个半小时的讨论非常"海纳百川"，各种观点都有，休息一会。

张慧瑜：现在开始下半场，其实大众文化中关于美国梦的例子很多，不一定是电视剧、电影。为了开阔思路，我给大家读一个段子。美国梦体现在方方面面，尤其体现在高考标语上，网上评选了十大高考标语："第一，只要学不死，就往死里学；第二，提高一分，干掉千人；第三，没有高考，你拼得过富二代吗；第四，考过高富帅，战胜官二代；第五，不拼不搏一生白活，不苦不累高三无味；第六，不像角马一样落后，要像野狗一样战斗；第七，高考100天，手机放一边；第八，流血流汗不流泪，掉皮掉肉不掉队；第九，现在多流汗，考后少流泪；第十，吃苦受累，视死如归。"现在我们在座的博士硕士，都是高考PK之后的幸存者，这套竞争文化发展到最后就是"饥饿游戏"，就是"一将功成万骨枯"。在这里，我举雷锋的例子，我们都学习雷锋，雷锋有一个很重要的特点，就是甘做一枚螺丝钉，他是一个普通人，从来不做超过普通人能力之外的事，每个人都可以做到，我们人人都可以成为雷锋。我想雷锋是幸福的，不用逆袭，当然这和雷锋的时代有关，在那个时代普通人也能找到生存的价值，不像我们现在不成功就得死。我们经常讲狼和羊的故事，以前会说狼很残忍，现在则怪羊太懦弱，因为是羊，活该被吃掉，这也是大众文化里的美国梦的一部分。

孙佳山（中国艺术研究院马克思主义文艺理论研究所）：我想问你一个问题，你为什么在最近热映的这三部影片中最喜欢《致青春》呢？刚才我们还在讨论，可不可以用那句经典的话来概括，是不是自己缺什么，就以为别人缺什么？

张慧瑜：简单说，我觉得《致青春》讲述了一个羊的故事，一个羊无法变成狼的故事，是小资和白领找不到青春之后的自我反省。

孙佳山：我还是顺着蒋老师、祝老师提出的问题继续展开一下，我个人觉得无论是美国想象，还是作为一个文化符号的美国，与我们其实是一种自我与他者的关系，无论我们对美国是接受还是排斥，说到底都是对自我的评价问题。

美国形象最早出现，是八国联军里的那个美利坚，应该是从那个时候开始，美国的形象第一次出现在一般中国人的视野当中。随着美国在全球格局中逐渐前移，作为后发国家，美国形象也一步步成为我们的参照。后来包括在国共谈判的时候，当时中国共产党以美国为模板来论证建立联合政府的合法性，而国民党政府是以苏联为标准来论证一党政府的合理性。从20世纪50到70年代，大家也都提到了那个著名论断"一切反动派都是纸老虎"，美国就是那只最大的纸老虎，我们跟这个纸老虎打了两仗，直到1972年，改革开放的前景开始出现在历史地表。

作为一个文化符号的美国，其实就是我们自我镜像的一个参照，所以正如对他者的评价就是对自我的评价，美国这个文化符号，也并不是那么外在于我们自身的文化结构，而是内嵌于我们的自我认知之中，只不过区别就在于有的阶段挣扎些，有的阶段安静些。所以自从我们被拖进现代以来，关于美国形象、美国想象，与其说是我们对美国的认知、了解不够全面，不如说是我们的自我认知在不断变化、翻滚。和大家分享一下在我小时候给我形成很大冲击的一个例子，就是我在1991、1992年的时候，在报纸上看到在美国买土地的广告——无疑那是一个骗局，就是骗中国老百姓花很多钱在美国买硬币或纸币大小的土地，北京和全国很多人都为了买这么屁大点土地，花上了几万、几十万，甚至更多的钱。后来记者采访那些上当的人，他们的理由很可笑，就是觉得将来孩子出国能方便一些。通过这个例子，我想说的是，在咱们的文化中，可能在内里并没有那么强的反美情绪。这可能和日本的情况相反，汪晖也提到过，日本的反美情绪实际上是很内在的。我觉得这还是和咱们的文化现代性息息相关，在我们的自我认知当中，美国形象始终是一个重要参照。打个比方，我们对美国的认识是否是盲人摸象其实没那么重要，问题出在我们自身，怨不得别人。

任荭（中国艺术研究院研究生院）：美国文化对于我们学生来说并不陌生，就像平常看到的美国电影，从网络看到的美国明星，生活中的美国数码产品，还有美国的教育。通过网络和媒体似乎关于美国的各个方面我们都可以了解到，但这只是处于一个想象的状态。就拿我来说，并没有真正去过美国。我以后想做研究工作，最现实的美国梦，就是到美国去学习一段时间，感受真实的美国文化，这对于学习和工作都是有帮助的。希望每一个人都有机会出去走走看看。我觉得每个人心中都有一个梦想，可以去美国接受教育。

张慧瑜：我觉得她说的再次回到今天的主题，想象有时候比真实更真实。

任荭：我觉得对于一个研究者来说，如果只是停留在想象，你接受到的都是别人转译给你的一些信息，并不真实，不如自己去学习，在那里生活一段时间，会有更多收获。

张勇（北京电影学院）：我想从另一个角度谈。因为我是电影学院的，特别想从电影思维的角度去理解为什么我们要进行美国想象，以及我们怎样进行美国想象。对于观众来说，电影首先是一种奇观。在电影诞生之初，这些不同的地域风景，满足了观众对不同地域想象的需求。进入商业化体制后，美国电影不断向世界输送它对于欧洲、非洲、亚洲的想象。近几年，美国大片则不断想象中国，其动力是中国的票房市场，《阿凡达》、《2012》等都拍了中国风景，一方面满足了电影叙事特别是科幻叙事对中国景观的需求，另一方面，也成为赢取中国票房的重要元素。

我们知道中国元素有三种，第一是中国明星，第二是中国风景，第三是中国题材。在中国题材上，像《花木兰》、《功夫熊猫》等，即便不说在中国吃了亏，起码操作难度比中国风景大。中国明星像范冰冰在《钢铁侠3》里打了酱油，中国观众对此有诸多垢病。但是中国风景往往能得到我们的认同，因为风景比另两个元素更容易融入到电影文本中，各式各样的风景能融合不同类型的需求。这几年中国类型电影也逐渐学习这种取景方式，比如说《杜拉拉升职记》在泰国取景，《将爱情进行到底》在法国取景。这种取景方式，像老师们说的，说明中国在经济崛起之后，不再局限于本土视域，而是希望通过跨越边界的想象来寻求新的文化自信，进而重构文化版图。

这种想象同样经历了一个过程，就是从奇幻到叙事。像《杜拉拉升职记》、《我愿意》等，仅仅把那种域外景观当做一个奇观化、符号化的元素。那么从《北京遇上西雅图》、《泰囧》到《中国合伙人》，域外景观做到了真正融入叙事文本。比方说，《北京遇上西雅图》，既要完成一个制片人交代的命题作文，就是作为一个《西雅图夜未眠》的中国版本，但同时进行了中国式改造，我更关心的是如何改造。第一，我觉得是向经典致敬，那么这里面就有一批既定的观众，我们在座的基本都看过《西雅图夜未眠》，我们对熟悉的东西会本能地产生认同，我想如果北京遇上的不是西雅图，而是香港、台北、上海，那么这个故事就没什么新鲜度。所以只要一个常规的文本，如果能在国外取一定的景，能有效地融入到叙事里面，那么它的票房是很容易实现的。像《杜拉拉升职记》、《泰囧》票房都很高，首先在宣传上它们就有噱头，比如说我们在哪里取景。更重要的是它们能够进行文化上的开发，像《泰囧》开发了佛教文化。《中国合伙人》里面的视点又有一些变化，它的变化在于它与美国空间构成了一种若即若离的互文关系。在电影里面，成东青说他最想去的地方是天安门为大家所笑话，因为那时候他周围的人都想去美国，美国在那时是一个想象的空间、想象的能指。在随后的叙事中，他班上那些最优秀的同学都在美国混不下去，他们的美国梦没有实现。之前的那些电影中的国外场景基本上是优越的、幸福的，而《中国合伙人》里面的美国不能不说是颓废的，至少不那么光彩鲜丽，我觉得这是需要我们好好解读的。

我想谈的第二方面是意识形态的问题，如果我们试想一下《北京遇上西雅图》，如果不是在美国拍，那么它的被接受程度是怎么样的？比如"小三"、"同性恋"、"知识移民"等话题在中国是非常敏感的，如果你在北京拍，争议性就会特别大，但是如果移到国外去拍，就能缓和这种矛盾，既能传达出现实主义的指向，又能更好地契合观众的神经。因此，将一些敏感形象和敏感话题嫁接到国外空间中，不失为一种好的策略。

马明凯（中国艺术研究院研究生院）：能问老师们一个问题吗，因为老师们今天讲的都是中国人怎么想美国，我想问一下美国人是怎么想中国的？

前一段时间网络上有一部电影比较火，叫《龙种》。查询了创作背景后，我发现是根据赛珍珠小说改编的，内容反映的正好是那个年代，也就是20世纪40年代美国对中国的想象。在之前的美国电影中，尤其是20世纪20年代—30年代，好莱坞电影中的中国人形象大部分是非奸即盗，要么是邪恶象征，要么是缺乏男性特征的华人侦探，具有代表性的两个人物，一个是傅满洲，一个是陈查理。而到了《大地》和《龙钟》这两部电影，大致出现了一个转折，也就是开始尝试深入、正面地表现中国。虽然对于赛珍珠的叙述到底是站在美国的视角，还是中国的视角，还存在争议，但是从电影成品看，创作态度至少是很真诚的，努力尝试展现中国，从目前看到的中文材料，我能了解到的大致就是这些。

蒋晖：你看过那个电影吗？

马明凯：看过。另外，《大地》是1937年拍的，《龙种》是1944年。

蒋晖：用的演员都是外国人。

马明凯：对，还有一个比较有意思的是，演员虽然都是外国人，但是拍出来的中国抗战，看着感觉完全没有不适感。

张勇：我觉得美国创作者根本就不会关心到底有没有真实呈现中国形象，这里面只是一个符号化的建构过程，或者说是想象的过程。

马明凯：是这样的，因为这两部电影都是改编自赛珍珠的小说，赛珍珠在中国生活了将近40年，她3个月大的时候，已经被带到中国，她的成长、教育以及成年，大部分都在中国。包括她获得诺贝尔文学奖，也是因为描写中国的农民，以及对中国社会比较细节的展现，小说《大地》也打开了西方了解中国的一种视野。如果没有赛珍珠的小说，或许可以说拍摄者没有考虑到中国形象的问题，但是有了赛珍珠的小说这样的背景，从小说到剧本，从剧本到电影，不能说拍摄者没有考虑这个问题，而且拍《大地》的时候，摄制组前期准备是非常充足的，其中很多素材是深入中国社会选取的，拍摄周期甚至长达三年半。

祝东力：或者说这两部跟之前美国电影对中国的呈现不一样了，它的真实度明显提高了。

李云雷：正好我前一段时间写过赛珍珠的文章，赛珍珠应该是一个转折点，在她之前对中国的想象是一种特别荒诞的，没有事实根据的，文化上也是歧视性的。刚才蒋晖提到的马克·吐温也是特别歧视中国人，歧视华裔的一个人。在赛珍珠之后，很多人看了她的作品到中国来，比如说像斯诺夫人，到中国是1931年，她来中国在船上就带了一本赛珍珠的书。我觉得赛珍珠是一个桥梁，她对中国的描述扭转了此前比较空的想象和那些歧视性的印象，启发了几乎一代人。有很多人看了赛珍珠的作品，真正来接触中国。在她之后，是斯诺这样对中国抱有好感和美好想象的一代人。

蒋晖：中国读者是怎么接受赛珍珠的？

李云雷：这个我觉得很有意思，中国文学界不认可赛珍珠对中国农村的描述，鲁迅、巴金、胡风、茅盾，他们都写过文章批评赛珍珠。但是有意思的一点，我那文章也写到了，为什么他们批评赛珍珠？因为赛珍珠写的是一个没有变化的中国，没有新文化之前的中国，她表现的是传统中国的常态生活，像《大地》就是写一个长工想成为地主的故事，"五四"之后的新文学不可能写这样的故事，包括鲁迅、茅盾这些人，都强调中国农村的变化，并且想从这个变化中寻找到中国和中国乡村的生机，这是他们跟赛珍珠不一样的地方，很有道理。但是我觉得在今天看来，赛珍珠反而提供了一个新的视野去看中国乡村，因为毕竟新文学表现的中国农村的变化是100年来的变化，你如果要理解1000年的中国乡村，20世纪之前普通中国人的想法，以及他们的生活理想和生活方式，赛珍珠提供了这个方面的理解，就是传统中国人的生活和想法，一个长工他的梦想就是变成一个地主，买很多地，然后盖房子，取妻纳妾，成为当地的望族。可以说赛珍珠的《大地》写了一个旧时代的中国梦。

蒋晖：她的位置特别像严歌苓。

石一枫：中国人还是爱看严歌苓的。她写的反映美国的作品影响不大，但是反映中国人的作品是中国人和外国人都爱看的。像《天浴》、《第九个寡妇》这些写中国人遭受政治压迫的作品很受欢迎。

李云雷：她的这些反意识形态的叙事，应该是比较成熟、成功的一个范式。

石一枫：她写作的技巧是高度好莱坞化的技巧。

李云雷：她对一些细节把握得特别细腻，应该是新文学跟通俗文学结合的表达方式。

石一枫：她既有写作天分，又特别清楚美国式的讲故事方法，还知道中国人和美国人各自爱看什么。

李云雷：这样一种叙事模式是慢慢成熟的，从伤痕文学、反思文学，到一些知识分子和老干部的回忆录，都在批评20世纪50—20世纪70年代，一开始这样的描述是生硬的、不自然的，也没有文学性，但是严歌苓确实是在这样一个叙述模式的成熟中发挥了她的作用，这可能与她的身份、位置有关。

蒋晖：我在20世纪80年代就读过赛珍珠的东西，当时中国人似乎有个共识，赛珍珠是不配得诺贝尔文学奖的少数作家之一，我当时便带有这样的偏见。去美国后，我曾做过一阵子赛珍珠研究，结果发现20世纪60年代她非常有名，她跟当时的意识形态非常接近。但是她死后就一直没有任何研究她的学术会议，直到1992年才第一次有讨论她的国际会议，可见即使在西方她也一直不被认可。当年因为她跟随美国的左派，所以在美国向右转之后便被冷落了，这就是为什么我们在20世纪80年代看不起赛珍珠的原因，我们接受的是美国自由主义的意识形态。重新研究她，有点拨乱反正的意义，鲁迅先生好像也批评过她。

李云雷：鲁迅看的翻译《大地》的译本不是很好，他对赛珍珠也不是特别了解，但他的批评是有保留的，与其他人不同。

蒋晖：她对中国的传统小说，真的是有独特的见解，虽然可能她的观点受胡适他们的影响。她认为英国小说和中国古典小说差别之一在于英国人追求创新，中国小说家不讲究创新，西方如果没有创新性，就不能叫小说家。赛珍珠认为创新精神的出现和知识版权的出现是相关联的，她是很有批判能力的人。

朱善杰（上海大学文化研究系）：这是我第三次来参加论坛。受祝老师和蒋老师刚才发言的启发，我就来说一点感想吧。

其实，在历史上，早期的美国梦，伴随着一个血腥的掠夺过程，并没有想象中那么浪漫和美好。美国梦是逐渐撇掉血迹，摇身一变，才成了今天我们所了解的样子。大致可分为两个层面：一个是"大梦"，与民主、自由、平等等美国价值观联系在一起；另一个是"小梦"，与每个人的生活联系在一起，即人们相信政府和社会能够为个人发展提供比较好的机会，个人通过自身的努力奋斗，能够梦想成真。在当代大众文化中，人们所追捧的就是这两种意义上的美国梦。

赞成刚才祝老师所讲的，蒋老师刚才的话是"认知"，而不是"想象"。他曾身在美国十多年，谈的大都是切身体验。因此，必须把"认知"和"想象"做一个"切割"。然而，大众文化心理和大众认知二者之间又不无联系。这方面应注意两点：一是我们的历史遭遇。我前几天第一次去圆明园，作为一个中国人，脚踏那片土地，就自然而然会置身于一种被侵略、被掠夺、被烧杀的历史境遇中。我们的国家和民族，从近代开始就是在被欺凌的世界格局中走过来的，在丛林法则下受尽煎熬。有过这样的惨痛历史遭遇，中国人迫切渴望自己的国家和民族能够"站起来"。1949年，我们实现了"独立"和"解放"的梦想。此后，我们以苏联为榜样，建设社会主义新中国。可以套用式地说，当时的国人，有一个"苏联梦"。随着1978年改革开放、1979年中美建交，人们开始把目光转向美国。20世纪90年代，大众文化正是通过《北京人在纽约》等一系列影视作品，建构着中国人对美国的想象。

二是我们的当代现实。大家刚才讲了不少关于当下教育和食品安全的问题，大众对这些问题的切身感受，强化甚至神话了对美国的想象。当代社会阶层的固化，也使人们对"美国梦"充满了幻想。刚才慧瑜讲的在高考学生中出现的那"十大标语"，非常有意思，我还想再加一个：再怎么努力，也拼不过"学二代"。那么，扯得远一点，当代社会，"穷二代"选择人文社会科学的学习和工作，是非常"奢侈"的，都不知能坚持多久。

2008年奥巴马竞选总统，无数的中国人在全程伴随着，一时兴起了"奥巴马热"。其中，人们有一个基本的认知：奥巴马从一个美国社会底层的黑人凭着自己的奋斗，最终成为总统，也就是说，美国梦包涵着机会均等、社会提供从下向上自由流动的可能等内容。就此而言，美国梦是一个林肯的梦、一个奥巴马的梦、一个比尔·盖茨的梦、一个乔布斯的梦，等等。以上认知，使大众对美国梦不能不有所迷恋。

当然，大众不一定都是想要"一夜成为美国人"的，其中一部分是觉得最好在中国这片土地上就能实现"美国梦"，这就回到慧瑜在开场白中提到的，《中国合伙人》让中国人在"中关村"就可以实现"美国梦"。当然，"中关村"是一个隐喻。如果"美国梦"在海南岛、在"北大荒"也能实现的话，那将是什么样的局面、一个什么样的将来。说到这里，不难发现，当代大众文化对美国的想象和对美国梦的理解，不同于十几年前，而是迅速与"中国梦"联系在一起了。

可是，大众似乎并没有认识到美国梦自身所存在的问题：一是前面提到的早期美国梦与掠夺的关系，二是当代美国梦不再强调依靠个人的诚实、勤奋等来实现自己的梦想。同时应看到，美国梦仅仅是在美国法律和秩序内的一种人生观和价值观，在对外方面，它又难以与霸权脱开关系。因此，今天在讨论当代大众文化中的美国想象时，要注意把其放在一个历史过程中进行多方位的审视，做客观、辩证的认识和思考。

崔柯（中国艺术研究院马克思主义文艺理论研究所）：所谓的"美国梦"其实投射了很多我们自己的想象。在美国社会中产阶级占据大多数，所谓"橄榄形"社会结构。但是这几部电影所反映的梦想，完全不是中产阶级梦想，而是一种跻身社会上层的成功梦。比如，《致青春》里实现美国梦的建筑家是和杨澜面对面的成功人士，《中国合伙人》的美国梦指向的是华尔街商业巨头。在当下的现实社会里，我们觉得能代表中国人形象的，往往是章子怡、姚明这样在《时代周刊》封面出现的人。其实这种梦想不全来自美国，中国古代读书人十年寒窗、金榜题名也是这样。今天所谓的"美国梦"，是一种成为人上人的那种成功。为解决生计，漂洋过海开个小饭馆、拿绿卡的这种中产阶级"梦想"，早就落伍了——《中国合伙人》已经通过孟晓骏夫妻在美国的生活否定了这种"梦想"。但这种高踞万人之上的成功是具有强烈排他性的，一旦这种价值观占据了主流，那么接下来残酷的狼性思维、适者生存的丛林法就可能成为社会共识，而所谓的青春、爱情、情怀，都是可以随时牺牲掉的。当然，我们所处的现实也很残酷，就像一枫刚才说的，老婆孩子热炕头过小日子的那种中国式的理想，在北京是实现不了的，我们只有两条路可走。这也是我们今天的悲哀。

张慧瑜：非常同意崔柯的观点，说白了，美国梦就是少数人的梦，100人只有两个人能成功，这是好的制度模式吗？

徐刚（中国艺术研究院曲艺研究所）：刚才崔老师说得挺好的，我也一直在琢磨这个问题。我们看20世纪80年代的一些文学作品，比如那些留学生写的在美国的一些经历，包括最有代表性的20世纪90年代初拍成电视剧的《北京人在纽约》，里面表现了中国人在美国艰辛生活的一面，这也提示我们当年中国人出国的一个大环境。20世纪80年代对美国抱有浪漫的想象，但出去以后才发现事实并不是这样。《中国合伙人》也表现了这个方面，孟晓骏的女朋友是弹钢琴的，她和《北京人在纽约》里的王启明一样，王启明是拉大提琴的。为什么搞文艺的要往美国跑，可能有一些非常美好的想象，文艺范儿更想拥抱资本主义文明；也可能是那个时候计划经济的单位待遇不好，管制太多，而他们幻想着美国是不是有更多机会。但是去了之后才发现，这些东西根本用不上，他们和普通人毫无区别，只能非常悲苦地干一些刷盘子、洗衣服的工作。因此如果说当年人们出国在某种程度上是真正的自我奋斗和打拼，那么随着中国的成长，现在到美国去的人即便不是"富二代"，也很少会沦落到去领略生活的艰辛，因为与其那样还不如待在国内。

那么现在究竟是什么人在出国呢？我们看《北京遇上西雅图》会发现，美国成了贪官的"小三"或者富人的"二奶"用来生孩子的地方，一方面躲避国内的计划生育，另一方面也顺便混张美国绿卡。另外就是像吴秀波扮演的那个角色，他是阜外医院的大夫，在北京有非常体面的工作，却跑去美国给月子中心当司机。当然，他过的并不是艰辛的生活，因为他的老婆是一个跨国公司的上层，他完全是为了老婆才去美国的。在电影中，他被人称为"DB"，他跑到美国是去"吃软饭"的。因而如今跑到美国去的这样一些人，可能体会不到20世纪80年代作品中描写的非常艰辛的层面，当年在描写美国的时候，会呈现美国在人间天堂之外的一些阴暗面，展现自由民主背后的非常坚硬阴冷的现实逻辑，而现在我们看美国的时候，因为不会再去体验那样的生存经验，所以会重新把美国想象成一个自由民主的好地方。包括刚才蒋老师谈到的，美国人有更好的环境、更好的教育，还有一些其他的方面。而现在中国的有钱人，富二代，有能力出国的人是要去享受这些中国没有的东西。这也让我想到昨天在微博上看到的一个消息，就是云雷在清华大学参加的一个论坛，当时李陀老师也去了，他在谈话中严厉批评了"近距离观察美国"的作者林达，然后被微博上那些不具名的小资骂得狗血淋头。他们几乎把"陀爷"看作一个透着精英主义的腐气的、老迈的、不可理喻的怪物。姑且不论李陀的批评是否在理，但很显然他对林达的批评，冒犯了一些人的"美国梦"。总之，现在去美国的人已经和当年的阶级构成完全不一样了，而中国也在发生变化。

冯巍（中国传媒大学）： 我接着徐刚说一说，刚好我对作品的关注点跟你不一样。从1993年的《北京人在纽约》到2013年的《中国合伙人》，时间过了20年。如果考虑一下影视作品前期创作酝酿的过程，大体上就是关联了这么两个十年，20世纪的最后10年和21世纪的第一个10年。这20年对美国的想象，前10年、后10年有变化的一面，也有没太变的一面。我们看从20世纪90年代到21世纪初十年，恰恰是经过了改革开放政策前10年左右的酝酿之后，中国人最大程度发扬奋斗精神的20年。《北京人在纽约》也好，《中国合伙人》也好，它们的主人公就是在20世纪80年代改革春风吹拂下的"奋斗的一代"。我们总是拿美国来做参照，不只是因为美国是所谓超级大国，政治、文化、经济、军事各个方面，还因为双方在文化心理上存在着很容易共鸣的方面，就是要不断奋斗。虽然每个人的具体目标不一样，但他总是在奋斗。

当然，变化也是有的。简单讲，《北京人在纽约》是中国人在美国奋斗。那时的美国，对于中国人还是一个遥远的异邦。这种奋斗在精神方面和物质方面都有，但更多的是表现物质上的成功与精神上文化裂变的痛苦。而《中国合伙人》是中国人到美国去奋斗了，遭遇了挫折或失败。他本来是喂小白鼠，仿佛比较成功，结果被一个生物学博士取代了，他只好到餐馆做一种不能收小费的服务生，然后回到中国奋斗成功，再到美国纽交所上市。刚才几位提到占领华尔街，我觉得中国人有一种梦想，就是占领纽交所。美国在我们一般人的印象中，比日本似乎更近，就像邻居一样。总之，对美国没有时空的距离感，没有文化上心理上的距离感。

陈亦水（北京师范大学）： 我接着冯巍师姐的话说，在此想给她做一个注脚。她提到《林师傅在首尔》这个电视剧，我听说的是，实际上这部剧没有一个镜头是在首尔拍的，全都是在中国拍的。《北京遇上西雅图》也如此，为了省钱，很多西雅图的场景实际上是在加拿大拍的。关于"当代大众文化中的美国想象"这个题目，有个一直让我很迷惑的现象，就是《中国合伙人》、《致青春》和《北京遇上西雅图》这三部电影，背后似乎都有很大的诚意去讲述一个中国故事，但是为什么我们需要通过美国想象的方式来完成？在《致青春》与《中国合伙人》中，电影人似乎都在不同程度上开始对青春、对过去展开怀旧。所以，现在的华语电影，是不是到了为21世纪之后的中国奇迹寻找合法性的时候，也就是说今天的英雄在讲述他们过去的成长历程？而这种寻找合法性的方式，却要借助讲述美国梦的策略表达。

我个人觉得，美国作为一个中国奇迹特别明显的参照坐标点，在《致青春》里面，就是学术狂人手中的那张留学通知书，这是个美国标志；在《北京遇上西雅图》里，就是部美国电影；到了《中国合伙人》中，美国就是一本英语辞典。的确，在方方面面，美国确实引领了新时期以来的中国知识分子如何追求学术理想、女性如何追求独立，还有教育家及商人如何追求成功。这就好比一个骡子前面吊着的一根胡萝卜，对于中国人来说，美国想象真的是一个追梦之旅。我们对自己的合法性、对中国奇迹的诠释，似乎无法在我们内部获得，我们只有从外部，通过一个他者的途径寻找到 —— 尽管这个他者是高度内在化的。

比起大部分华语电影，《致青春》、《中国合伙人》和《北京遇上西雅图》拍得都很不错，这是肯定的。但是，我特别期待看到的是他们在20世纪80年代或者20世纪90年代是如何奋斗成现在这个样子的，也就是说，我特别想看导演们是如何讲述中国故事的。我发现，他们的叙事都比较跳跃，恰恰有意无意地避开了这一段。举个例子，在《致青春》里面，上一个镜头是这群大学生们毕业，下一个镜头就是女主人公坐在高级轿车里面，行驶在建设得很好的立交桥上，旁边是高楼大厦。我都不知道他们是怎么样走到这一步的，恰恰这个过程是我特别想看的，但是在电影中这一段完全没有交代。还有影片《中国合伙人》，当然很多人说它比《甜蜜蜜》拍得好，我持保留意见，因为我觉得这部电影的镜头使用具有很大的强迫性，比如两个主人公互相拷问对方英语单词，镜头就摇来摇去，突然间推上去又拉回来，很多组合桥段都是这样，似乎导演在特别强烈地告诉大家说，你们看我们是怎么成功的。这种镜头语言传递出来的怀旧叙事，呈现出一种拒绝踏下心来回忆过去的心态，显得有些急功近利。在这部影片里，讲述他们如何成功的过程，拍得就像一个MV，叙事节奏很快，音乐给得也很强烈，里面其实是缺乏过程的。所以，陈可辛这次的讲述方式有个特点就是，给你一个时间点，再给一个矛盾，然后告诉你这个矛盾如何解决，解决之后马上就到了他们下一个成功点的坐标了。整部电影好像有三个场景可以说是这种成功点的坐标，这可能是陈可辛故意安排的：最早他们三人开会的时候，会议桌是老式工厂的样式，差不多应该是20世纪80、90年代的那种老桌子；第二次开会时，就有点像咱们这个会议桌，进步了一点；第三次他们再开会的会议桌，设计风格就特别具有现代感——其实陈可辛可能是通过这种道具的设置来表明《中国合伙人》一步一步成功的各个节点。但是在整体叙事上，他们每次的开会场面，都是突然插进来的，也就是告诉你，我们现在成功到什么地步了。但是如何成为这个样子的过程，我几乎没有看到。

由此我在想，我们该如何叙述新世纪中国奇迹的政治经济逻辑。在电影作品中，显然是通过一个美国想象的方式表达的。如果我们对比一下其他非美国国家的电影的话，中国电影在关于中国故事的叙述方面，还真挺欠缺的。比如说拿《中国合伙人》和印度的《三傻大闹宝莱坞》相比，马上就能看到，虽然《三傻大闹宝莱坞》这个电影也具有一定的美国想象，但是里面的文化主体性还是非常印度的。而《中国合伙人》到最后的结尾，就表现出用某种粗俗的、特别典型的雄性方式去表达"成功"，要以自己的名字做标牌来命名这个让他们感到屈辱的地方，这种格局有点小。所以，《中国合伙人》让我非常不满足的地方，就在于它并不是怀着一个安稳的、成熟的心态，充满自信地讲述往昔的奋斗，反而是以一种迫不及待的焦虑心情想告诉别人，我要成功，我要怎么样。

还有一个对比，是《致青春》可以和2001年韩国喜剧片《阳光姐妹淘》相比较。《阳光姐妹淘》讲的是7个韩国女大学生，20世纪90年代在首尔上了大学，然后相约很多年之后在某一个地方见面。在见面过程中，女主人公不断回忆起她们之间的友情是如何建立的。实际上，回忆青春的过程，几乎就是在呈现20世纪90年代以来的韩国政治、经济以及种种社会文化的历史记忆，所以等到这7个阳光姐妹淘相聚之后，影片就结束了。我特别感动，可以发现韩国人真的是特别认同自己的这段历史，当然其中不乏批判和反思，但起码这种文化身份的认同是非常清晰的。可是无论《致青春》，还是《中国合伙人》，这种对于中国故事的想象，这种怀旧，我觉得有些分裂，以至于《致青春》的开头以一个魔幻式的方式来代入女主人公，女巫还是非常典型的西方式形象，旁边还坐了一个熊猫，熊猫里面还有一个跳动的心脏，我不知道这些符号拼接，真的是来源于她自己的精神分析式的、梦幻的、无意识的表现，还是其背后真的是无法讲述一个中国故事，所以我们只好以想象他者的方式，去讲述我们自己的故事。

冯巍：亦水提到的那个叙事断裂、没看到过程，其实《致青春》根本就是指向过往的，它是怀旧的，没有指向未来。所以，电影从大学校园到职场成功之间，根本没有指向现实的打算。如果说这个电影没有宣教目的似乎挺受欢迎，那么它同时意味着完全跟现实脱钩，这也是被批评的一点。至于《中国合伙人》确实是指向未来了。它是把梦想照进了现实，但没有照亮现实。也就是说，观众看到的是他人的成功，自己无法学习的成功，因为它太遥不可及了。

石一枫：我补充一下《中国合伙人》。前一阵我听电台里的经济广播，那里面也在谈《中国合伙人》这个电影。经济广播里有两个挺能说的人，一个叫梁冬、一个叫吴伯凡，吴伯凡是《21世纪商业评论》的主编。他们对《中国合伙人》的态度，还真的和咱们所谓搞人文学科的人区别挺大的。他们认为《中国合伙人》就是高度怀旧，而且是极其伤感的怀旧。这个看法的基础，在于1992年之后那种靠抓住机会和个人奋斗成就中国式财富传奇的时代，已经一去不复返了。他们认为21世纪的中国经济就是国进民退、就是高度垄断，而且已经毫无活力。而中国民营经济在改革开放初期的那种辉煌，已经不可复制了。《中国合伙人》实际上是缅怀那个时代的中国经济。

冯巍：篇尾的那些真实的商业大佬们，都成了纪念碑上的英雄人物了。

石一枫：他们认为只有在20世纪90年代的环境里面，才能出现马云、老干妈、新东方。

王磊：这本质上和说20世纪30年代是"黄金十年"是相似的。

石一枫：对，这几个人都是民营资本家。

祝东力：他们讲中国经济20多年的变化过程，有一定道理，而且这种声音在现实中很强大，"国进民退"已经讲了很多年了，特别是2008年以后。但是从《合伙人》来讲还不是这样，因为电影里这三个人是进京赶考，按过去的说法是万里长征刚走完第一步，在美国上市只是一个新的起点而已，他们的平台已经从中关村搬到了纽约，登上了全球的舞台，一个新的起跳点。从电影本身来讲，两个评论员是过多地把民营资本的感伤和愤怒投射到剧情里了。

石一枫：确实是这样。像祝老师说的，从马云以及老干妈这些已经成功的个人的角度来说，现在他们仍然处于新的起点上，这是没问题的。但这一拨儿人成了也就成了，他们成事之后就不再是屌丝的逆袭了，人家变成高富帅了。

祝东力：亦水说的是一个比较个人化的问题，走出校园，下一秒钟就坐进了高级轿车，大概是亦水在校园里面对未来就业前景有一种不确定的感觉，所以特别想能看到别人的经历。（笑）

蒋晖：当时我也没有突兀的感觉，我觉得那个没有必要交代。

崔柯：我觉得电影《致青春》里面其实没有青春，开头那个童话场景是一个隐喻，被子下面不是豌豆，而是打火机，就是说，你随时可能被自己的梦想所焚烧。而最后郑微在阮莞墓碑前说：只有你的青春是永远不腐朽的。这里的墓碑也是一个隐喻，是说青春其实是被所谓成功的梦想埋葬了。我手头有一份最近的《中国艺术报》，有篇文章也是讨论这几部电影，配的插图很有意思，是《中国合伙人》的三幅海报，上面的文字分别是：不要逼我有钱，不要逼我发达，不要逼我成功。海报当然带有一些戏谑意味，但某种意义上也说明，我们没有别的选择，社会逼迫你只能"发达"，只能"有钱"，否则就会被埋葬在社会底层。而我刚才也说到了，今天我们社会认同的梦想，是具有强烈排他性的，是一种颇具稀缺性的资源，根本不是通过正常的努力和奋斗能够实现的，必须经历很多残酷的竞争和艰难的取舍，付出你所能付出的一切代价。青春就是一种代价、一种筹码，这是《致青春》，不管是主观的，客观的，提供给我们的一个值得反思的角度。

陈亦水：应该说这是一个不错的电影，因为《致青春》的编剧李樯是一个不错的编剧。

石一枫：我就不喜欢那个编剧，那个台词写得太次了，我不喜欢那个电影的原因就是不喜欢那个编剧。

祝东力：老实说这三部电影都太烂了，这么烂的电影居然都能这么火。《致青春》里面哪儿有青春？一出场就已经全是老油条，哪里有青春？

孙佳山：关键是《致青春》里没有一段情感是健康的情感，全是病态的情感。

祝东力：导演处理人物性格和情节，把情绪激动完全等同于歇斯底里，毫无道理。

石一枫：客观说，从电影的质感和效果来说，我真觉得《北京遇上西雅图》跟美国很多类似的轻喜剧基本上在同一个水准上。

祝东力：《北京遇上西雅图》就是让汤唯搞坏了，她缺乏表演才能，吴秀波不错。

李松睿（北京大学中文系）：我看佳山发来的邮件，才知道今天我们讨论的主题是"美国梦"。我当时马上就想到这个主题是不是跟目前国内热切讨论的"中国梦"相关。后来打开讨论的参考文献发现里面还真有朱继东的一篇文章——《"中国梦"和"美国梦"的差异在哪里》。这样一个小例子似乎说明，"中国梦"和"美国梦"在当代中国是相互纠缠在一起，没办法分开的。

从我们今天讨论的主要对象——《中国合伙人》的表述里也可以看出，这部影片的艺术水准我同意大家的看法，最多也就是中等偏下的水平。它不是一部好影片，但却是一部充满了症候点的影片，有很多值得解读的地方。例如在影片的叙述中，主人公成冬青反复强调的新梦想公司从经营的角度看，根本用不着上市，上市的唯一目的就是疗救孟晓骏在美国留学时的创伤性体验。影片中一个有意思的细节是：成冬青第一次送给孟晓骏的礼物是北京的一套美式别墅。孟晓骏收到礼物后非常生气，因为在中国建立美国式的生活，根本不能治疗他在美国所经历的心理创伤。而成冬青第二次送给孟晓骏的礼物，则是以后者的名字命名哥伦比亚大学那个当年辞退了孟晓骏的实验室。这个礼物是孟晓骏喜欢的，因为他通过把自己的名字铭刻在美国的土地上，补偿性地治疗了他当初的创伤性体验。也就是说，《中国合伙人》中的"美国梦"是必须建立在美国的本土上的，在中国的土地上复制"美国梦"根本就不被影片认可。

《中国合伙人》叙述逻辑的症候性，我觉得在另一个文本的参照下可以看得更清楚。《中国合伙人》是今年5月17号上映，一个星期前，5月10号在美国上映了另一个影片《了不起的盖茨比》。如果说《中国合伙人》是"美国梦"在中国，而《了不起的盖茨比》则是正版的美国梦。菲兹·杰拉德的小说在1925年出版时被认为是对美国梦的最佳描写。而好莱坞在21世纪对美国梦进行的重新书写，对小说进行了两个重大改变。第一个是电影把那种20年代充斥纽约的享乐主义情绪，定义成1929年美国大萧条前夜的狂欢，因此影片所描写的盖茨比家举办的舞会，被阴沉的气氛所笼罩——这在小说中并不明显。第二个改变更有意思，即小说中的叙述者是在回忆中讲述盖茨比的故事，而在电影中变成了这个叙述者似乎患有某种精神疾病，为了治病，他按照精神分析医师的要求，把盖茨比的故事写出来。正是在影片的这个细节中，"梦"本身所具有的两种意义被凸显出来。首先，"梦"可以理解美梦成真，一种类似于新东方的成功故事。其次，"梦"也可以理解为某种疾病的表征，通过它我们可以判断人身上的疾病。在正版"美国梦"《了不起的盖茨比》中，"穷小子"盖茨比试图跨越横亘在美国社会的阶级鸿沟，希望和"白富美"黛西结婚。但正像小说所描写，这在美国社会是根本不可能的。所谓"美国梦"不过是对穷人的美丽许诺，这个梦想注定要在坚硬的社会现实面前被击得粉碎。在这个意义上，"美国梦"与其说意味着穷小子发家致富的励志故事，不如说是美国社会阶级分化牢不可破的病症的表现。也就是说，当21世纪的美国导演在表现美国梦的时候，美国梦意味着突破社会结构获得成功是不可能的。它刚好和我们在《中国合伙人》中看到的例子完全相反。

　　毫无疑问，《中国合伙人》里的中国版"美国梦"要比正版"美国梦"美丽很多。我们在《中国合伙人》中也看到了悲观、困境以及兄弟失和等，但是这些苦难都因为成冬青们最后的成功，而成为苦尽甘来之后的甜蜜回忆。而且影片还不断以字幕形式提醒观众，银幕上表现的是成冬青们的成功故事，但这些故事其实也可以发生在你们身上。因此我认为美国的"美国梦"和中国的"美国梦"之间，似乎存在着一种错位。这是《了不起的盖茨比》和《中国合伙人》放在一起时最有意思的对比，从中也暴露出当代中国文化的一些诡异之处。正像电影《中国合伙人》所表现的，在20世纪80年代"美国梦"对于中国的年轻人来说意味着民主与自由。因此当老师在课堂上讲美国社会存在着的社会不平等现象时，孟晓骏、成冬青等人才会跳起来说美国不是这样的，虽然这时他们都没有真正到过美国，而这种"美国梦"只是在特定历史条件下的想象。在20世纪80年代之前的中国人不会这样想象，那时候的梦可能是"苏联梦"，可能是世界革命红旗不倒的梦。有意思的是，在20世纪90年代大批年轻人真到了美国之后，他们遭遇了美国的社会现实，发现美国带给他们的不是功成名就的喜悦，而是一系列挫败和耻辱。然而他们仍然被20世纪80年代的美国想象所掌控，始终无法摆脱出来，不管美国实际上是怎样的，他们遭受怎样耻辱的对待，对"美国梦"的想象却永远停留在了20世纪80年代。

　　因此我觉得《中国合伙人》对于"美国梦"的表现，症候性地揭示出一个问题，即中国人无力想象一个另类的未来图景，我们只能按照20世纪80年代的那套思路去想象未来如何，而这套关于未来的图景，是和美国的形象重叠在一起的。因此美国恰恰提供了这样一个可供想象的位置，成了中国人想象自己国家向前发展的目标。在我看来，今天如何去重新思考中国文化发展道路，首先要面对的问题就是怎样超越20世纪80年代所设定的那一套关于自由、民主的想象，只有超越了20世纪80年代，我们才能超越那套固化的美国想象。

王磊：我觉得松睿和刚才善杰讲的有相同的地方，非常好，思路比较开阔，不仅仅是谈美国梦、中国梦，还能够联系到历史、现实和政治经济问题，最后可以给出一个结论性的东西——美国的现在不是中国的未来，美国梦、美国模式，解决不了中国现在的问题，中国应该有一个新的中国想象、世界想象以及道路。从这个角度出发，那就是一个新的文化方向。不管是中国梦还是美国梦，首先需要清醒地认识到一个现实，需要打破一个现实的迷梦，这个迷梦是什么呢？昨天我看了印度电影《无法避免的战争》，这个迷梦通过这部电影可以来认识。它反映了作为所谓全世界最大民主国家的印度的现状，但其实可以说是当今世界秩序的一个缩影。电影里的印度政府和大资本，等同于现实中的美国政府与国际资本在世界的地位，而美国和国际资本之外的世界，则相当于电影里面的那些无助的村民和反抗组织所处的环境，看似政治正确的现实秩序中却隐含着巨大的剥夺与不公正。我们首先需要打破的正是这个现实的迷梦。只有这样，才能真正知道中国梦的方向和道路在哪里，才真正有创造的可能性，否则沿着所谓的美国梦走得越远，就会越迷茫。

张慧瑜：我们又回到一个很经典的命题"梦醒之后怎么办"，当然首先得先醒过来，然后再思考"怎么办"。

李云雷：我想接着王磊谈一谈美国梦，我觉得最近的斯诺登事件是对美国梦的一个挑战，美国政府如果不认为斯诺登是正义的，那么它的一整套关于自由、民主的价值观，就只能是虚幻的意识形态。我们怎么来看斯诺登这个事情？比如说不管是从现实政治的角度来看，还是从自由、民主那套价值观来看，其实有很多值得思考的理论与现实问题。比如说在现代社会，在一个高科技社会，我们如何重新理解自由、民主与平等，自由跟监视有什么关系？随着科技越来越发达，对人的控制，对人的监视手段也越来越多，在这样的条件之下，自由民主怎样才能实现？我觉得斯诺登的挑战，一方面是对现实的美国政治的挑战，一方面也是对美国梦或一整套价值观的挑战。

孙佳山：斯诺登事件对前些年获奥斯卡最佳外语片奖的《窃听风暴》，真是赤裸裸的打脸了，所有通过艺术手段完成的栽赃现在都落在了美国自己身上。当然，美国式的民主自由的价值观困境，并不是今天才有，当年"水门事件"就是很好的例子，只不过由于冷战胜利，掩盖了这些自相矛盾的地方。好莱坞这种自我揭黑的片子也有，前些年的《国家公敌》就是典型的例子，当整个国家机器要碾压个体的时候，他们那套民主自由的说辞就太虚幻了。所以我给刚才维佳老师提到的美国梦的三个阶段后边再加一个阶段，就是现在可能进入到美国梦的第四个阶段了——今年不仅仅是我们的"史上最难就业季",同样也是美国的"史上最难就业季",《经济学人》上提出了"失业的一代"的说法。那么在斯诺登事件之后,美国梦可能要维持不下去了,自由民主那套说辞在"棱镜计划"这类事情出来之后基本上就没人信了,美国梦的第三个阶段所标榜的那套中产阶级社会理想,在大范围的失业面前也很快会分崩离析,事情在这里也就清楚了——政治、经济两大支柱都不牢靠了,那么文化上的美国梦还能支撑多久?我们拭目以待吧。只不过20世纪的人类历史已经告诉了我们,美国在未来20年之内,十有八九会发动一场大规模区域战争,没有这套战争体制支撑,这个国家的这种活法压根支撑不了几年。他们在金融上确实有办法,但前提还是大棒把别的国家打趴下,要不然没人会一而再再而三地上那些经济花招的当。

张慧瑜:我的感觉是,斯诺登是一个典型的美国式的个人主义英雄,用一己之力来对抗大型暴力机器,比如垄断公司或政府,这也是美国梦所体现的反抗的一面,当然,斯诺登事件不是好莱坞电影。

祝东力:好莱坞电影能够把个人英雄式的反抗,整合进主流价值观,和主流价值观做一个调和,但目前面对斯诺登事件,它还没办法做到这一点。

李云雷:包括之前的阿桑奇,现在流亡在厄瓜多尔。当然我们也知道,可能这种秘密的政治有它的合理性,这也涉及到政治哲学,按照新保守主义的想法,真正的政治运作可能只需要少数人知道。但是你怎么将这样一个政治逻辑、政治哲学,跟他们说的普世价值,跟自由、民主联系在一起?

祝东力:问题是美国的调子唱太高了。

李云雷:不只是调子唱的高,它还指责中国。斯诺登的问题当然更具普遍性,这也是人类共同面临的问题,他对在现代新科技条件下,如何保障自由、民主提出了更高的挑战。

祝东力:所以斯诺登提出的问题其实不限于美国对个人隐私的侵犯,还包括更普遍的问题,科技不断发展对个人安全、个人生活可能造成的侵害。这个问题可能会越来越尖锐。

李云雷:包括美国安检制度越来越严密,这涉及到公民的自由权。

石一枫:这个事出来之后,《1984》在美国的销量突然变得很多。

张慧瑜:最后我想用主持人的特权讲我做的一个真实的梦,云雷跟我说让我主持这期论坛,我也非常兴奋,也挺感兴趣,因为从个人成功的意义上来讲,美国梦对我来说是一个很大的压力。非常奇怪我那天晚上做了一个梦,梦到一个场景我百思不得其解,突然很多人告诉我说美国要进攻中国,我觉得怎么可能会打仗呢?战争已经非常遥远了,但是周围所有人都说马上就要打了,马上就要轰炸了。我在梦里面非常挣扎,怎么会打中国呢?后来在梦里面想也是有可能的,现实什么都有可能发生。然后就出现了下一个场景,就是出现了毛泽东的形象,毛泽东在书房里看书,很穿越,其实那是扮演毛泽东的一个演员。到第二天醒来之后,祝老师跟我说有一个电影叫《无法避免的战争》,我就突然想起那个梦，我就觉得这是非常诡异的一个事情。刚才好多人都说美国梦也是一个病症，我相信我们在座的人既是医生，也是病人。

任荽：老师我还有一个问题，我们可不可以把大众文化中的美国文化看作是一个被包装之后的美国梦。前一段时间我看过一部影片《逆世界》，也是一部引进大片，它是讲我们这个世界是分上行和下行的，世界的真实面貌和大众生活中所看到的可能并不相同。那么大众文化所呈现的美国文化，是不是也像影片当中讲述的一样，是被包装过后的美国文化？

张慧瑜：其实《逆世界》这个电影也挺好看的，但是这个故事讲述一个19世纪的故事，一个贫富分化的两极世界的故事，21世纪重新变成了一个颠倒的世界，这是很有意思的。

王磊：这个问题可以有一个肯定的回答，大众文化提供给你的世界就是一个经过包装的世界。

祝东力：还有另一面，既然强调了包装的方面，我就想强调真实的方面，只有能深入人心的东西，才能持续地流行。美国的正面形象从20世纪70年代后期开始在大众文化领域建构起来，20世纪70年代末有一部美国电视剧《大西洋底来的人》，科幻片，里面的男主人公英俊善良，用一种特殊的姿势游泳，是一个极其正面的美国形象。实际上，当代大众文化中的美国想象，它是否真实，并不是体现在是否反映了美国的真相，而是体现在是否反映了普通中国大众内心真实的需求和愿望。但是从今天的立场看，这种想象既不知彼，也不知己。不知彼，是说不了解美国梦的前提是屠戮和剥夺，不知己，是说不了解中国的资源条件跟美国比是天壤之别。放到全球也一样，全球的富人俱乐部只能容纳六七亿人，科技再怎样进步，能够容纳的富人人口也极其有限，绝大多数人进不去。中国的理想，中国梦，应该强调的不是个人奋斗，而是人际协作、互助友爱、共同富裕。中国未来的发展，包括中国文化的发展，都需要克服之前的美国想象，要看穿看破美国梦，才会有进步，才会有可持续发展。

孙佳山：在朝鲜战争和越南战争中，通常一个美国士兵后面有多个人的后勤维护，别看二战后美国每10年就打一次局部战争，并且大部分都赢了，但是只要这套高保障的后勤体系维持不下去，我看还会有多少美国士兵会为这个国家卖命。那个时候我们再看美国梦吧。在这个意义上，美国梦的瓦解必然意味着美国的衰落，这算是历史规律吧。

张慧瑜：刚才好多人都说美国梦是一个病症，我相信我们在座的很多人都深受其影响，今天的讨论也很像是一个问诊大会，只有找到病原、认清问题，我们才能寻找更好的生活和世界。谢谢大家！

（根据速记整理，经过本人校订）

青年文艺论坛2013

第七期

新视野中的世界与文学
—— 青年作家座谈会

■　　　　■　　　　■　　　　■　　　　■

关键词： 新视野　青年作家　"向外转"

主 持 人： 李云雷（中国艺术研究院马克思主义文艺理论研究所）
特邀嘉宾： 陈东捷（《十月》杂志主编）
青年作家： 石一枫（人民文学出版社《当代》杂志社）、吴君（深圳市
　　　　　　文联）、哲贵（《温州商报》）、龙仁青（青海省文联）、张鲁
　　　　　　镭（大连市戏剧创作室）
时　　间： 2013年7月4日（周四）下午14：30—18：00
地　　点： 中国艺术研究院334会议室

编者的话

我们生活的时代是一个正在发生剧烈变化的时代，如何认识正在发生变化的中国与世界？在这样的时代，文学为我们提供了什么样的观察与思考？我们如何重新理解文学与世界的关系？青年作家的创作为我们提供了一个什么样的世界图景，他们在写作中有什么困惑与探索？——这些都是值得我们关注与思考的问题。

在座谈会之前，我们将石一枫的《老人》、吴君的《天使》、哲贵的《施耐德的一日三餐》、龙仁青的《一双泥靴的婚礼》、张鲁镭的《夜下黑》发给了与会者。与会者就这5篇作品展开了丰富而热烈的讨论，从小说的故事、细节、人物、艺术技巧、社会价值等不同角度进行了剖析与对话，小说的作者也参与到讨论之中，形成了一种良性的互动。

与此同时，通过具体作品的分析，本期论坛还围绕"新视野下的世界与文学"这一主题，从不同侧面探讨了当前文学界与理论界的一些重要问题。

李云雷（中国艺术研究院马克思主义文艺理论研究所）：这是第二十六期青年文艺论坛[①]。今天我们邀请了陈东捷老师和五位青年作家参加论坛。

我们提前给大家发了五位作家每人的一部短篇小说，他们整体的创作当然不限于这个短篇，从这个短篇只能看到他们的一小部分。比如石一枫是写长篇的，写了六七个长篇，短篇对于他的整体创作是很小的一部分，但我觉得也很有特色。其他四位作家也都创作了大量作品，我们可以通过这个作品来谈他们的整体。另一方面，我们也不只是讨论他们的具体作品，今天的主题是"新视野下的世界与文学"，为什么选择这么一个主题？我们觉得，21世纪以来到现在，不只是文学，整个世界都发生了很大变化，面对这么大的变化，我们的文学有一些什么样的观察和思考？尤其是青年作家，这样一个变化他们在文学中有什么体现？待会儿我们的话题可以围绕这个主题展开。

石一枫（人民文学出版社《当代》杂志社）：我给大家简单介绍一下这几个朋友。我们现在也是同学，我们能有机会在一块交流、一块玩儿，其实是因为鲁迅文学院。鲁院高研班每年会把全国各地的中青年作家给挑过来，在里面学习。以前时间比较长，我们现在这个班比较短，就两个月。通过这个班，能跟全国各地的同行交流，我觉得挺好的。

这是哲贵，他是温州的作家，我也当过他的责任编辑。

哲贵（《温州商报》）：我第一个长篇，也是目前唯一一个长篇就是石一枫做的编辑。

石一枫：我感觉哲贵的写作在当下中国是一个挺奇妙的切入点。他是温州人，他身边接触的都是温州的商人，是"中国的犹太人"，他所写的就是这些温州商人的事。他的小说总写一条街，叫信河街，是温州的商业街，那个街里面的人物都是温州的民营企业家。他会写到这些民营企业家在巨富之后精神上面临的困境，这是他主要关注的一个焦点。他的写作从精神气质上有点像《了不起的盖茨比》，也就是在中国人解决了吃饭问题，解

---

①即青年文艺论坛2013年第七期。

决了小康问题，甚至有些人暴富之后，他们的精神世界究竟是怎么样的。这是哲贵小说主要的写作题材和特点，他大量小说都是沿着这个脉络在写。这两年也有一点新的变化，开始接触到这几年的经济危机，民营企业越来越困难的现实。其实从社会语境、社会关系的角度说，他通过温州折射出了中国当下经济发展和文化发展中的某种困境。

龙仁青是青海作家，他主要写的是少数民族题材，写了大量反映藏族牧民生活的短篇小说。我今天中午和他交流的时候，他说他主要关注的还是在现代化进程里面牧民、藏民这些人在文化上的一些困境，主要还是精神世界上的困境。比如说牧民进城工程、藏民进城工程，确实给他们提供了相对现代化的生活环境，但这些人进城之后什么都不会做。龙仁青亲自采访过很多藏民，这些藏民连汉人的铁锹都不会用，进城后什么工作也不能干，类似的一系列问题在比较深远的层面上对藏族文化造成了冲击。

祝东力（中国艺术研究院马克思主义文艺理论研究所）：他那篇小说里写过，藏族小孩没见过梯子，没见过猪，以为猪是狗。

石一枫：他写的就是对青海藏区固有的传统文化的冲击，他的小说非常有地域特色，跟他个人的身份是完全相符的。

张鲁镭是大连作家，她的作品我看了很多，前一阵还在《小说月报·原创版》上看过一篇《幸福的咸鱼》，还有《夜下黑》《寂寞的鸭子》这种中短篇小说。按传统的说法，她比较专注于描述小人物的生活和心灵。我比较喜欢《寂寞的鸭子》，写一个寡妇开了个烤鸭店，在城市里求生存，也想给她的孩子找一个归宿，但是碰到一个男人不好，再碰到一个也不好，最后还是被人欺骗了。她也写过一些农村题材。张鲁镭能写城市的小人物还是挺正常的，因为现在城市的作家都在写城市的小人物，但是她还能写农村题材，这对我来说挺意外的。

吴君是深圳的作家，也是老朋友了，很多年前我们就开始打交道。我们这个年纪的人，写作都是立足于自己的经历和生活环境，吴君也是这样，她写的是深圳的生活。比起在深圳生活时间不是很长的人，她有一个优势，能够深入到生活里面去观察这座城市。比如说，她写深圳的本地人，本地人既没有文化，也没有一技之长，就是有一个土地证，还有莫名其妙的优越感；但这种优越感同时又非常脆弱，总是被外来人冲击，外来人要比他们有文化、有技能、有闯劲，也能吃苦，关键是比他们更青春。很多时候好像是本地人有优势，但实际上外地人才是真的有优势。本地人认为外地人抢了他们的机会和饭碗，外地人认为本地人在盘剥他们。这样一种错综复杂的社会矛盾和人物关系，吴君的小说表现得比较多，像《华强北》，还有前一阵获"《小说月报》奖"的《皇后大道》，还有《恋上你的床》，写两个在工厂打工的姑娘和深圳本地的粤剧演员之间的冲突。

我总体感觉这个年龄段的作家，写作技巧和风格特别丰富，但还有一个总体性的特点，就是还是基于个人生活和个人经验。即使不断拓宽和发展，但写作的路子仍然是从个人生活和经验中来的。我写的主要也是北京题材。

哲贵：大家看了我们提交的小说之后有什么想法可以交流一下，然后我们根据自己的创作再说一说。

祝东力：你的《老人》发在哪儿，什么时候写的？

石一枫：《老人》发在《文艺风赏》上，2011年发的。

陈东捷（北京出版社《十月》杂志社）：刚得了《西湖》杂志的"新锐奖"。

祝东力：我不接触当代文学很多年了，情况不太熟。你主要写长篇，六七部不算少了，你为什么会写这么一个短篇，你觉得这么一个容量适合于短篇，所以就写成了短篇？其实它也可以用于长篇的一个构件。当时是怎么考虑的？

石一枫：最近也逐渐愿意写点中短篇，写长篇有点累。还有一个原因是想拓宽题材，因为长篇小说想要写得稍微圆熟一点，往往只能写你自己最熟悉的生活。写了几部以后，会觉得这个生活差不多写光了。可能我这个岁数写作的人都有这个特点。想要拓宽一点，往往会选择中短篇，很功利的考虑是有个拓宽成本的问题。比如说我想拓宽新的题材，我就往外走一小步，这一小步不能写太长的东西。假如一个新题材我想写20万字，写到10万字发现这是狗屎，这个投入就太大了。所以想写一点短篇。

祝东力：相对来说《老人》在你那里算是不太熟的一个题材。

石一枫：从最熟的到写半熟半不熟的。

祝东力：最熟就是你这个年龄段的经历，现在这个算半熟。

石一枫：最近写的再不熟一点的，就是从写男性变成写女性，逐渐从最熟到半熟半不熟的。编辑说起来都很轻松，但中国作家往往只能写自己的故事，或者说中国作家多半是经验作家，写作了你才知道，想写别人的故事特别难。我当编辑的时候，也很少站着说话不腰疼地要求作家写他所不熟悉的生活。我自己也是一点点摸索。

祝东力：那么你不熟的生活的经验从哪来？

石一枫：也是有接触，有具体的感性认识。以前在北大上学的时候早上到湖边溜弯，真是看见一个老大爷拿一个水笔在路上写字。那个时候也年轻，少见多怪，就留下了印象。具体到这个小说，我很少写短篇的东西，基本上就不写。当时办杂志的笛安，她也是一个作家，给我打电话说约一个稿，只要一万字，我就写了一万出头。现在看来，那个小说的后半部分结束的比较仓促、俗气，前面还是挺有感觉的。当时写长东西写顺手了，前面铺垫的特别用心，到后面字数到了，赶紧收尾，那时候的技术不如现在纯熟。

祝东力：我觉得你这篇小说挺好看的，但可能结尾不够出人意料，基本是逻辑规定范围内的结果，如果再有一个别出心裁又合乎逻辑的结尾会更好，所谓意料之外、情理之中。

李云雷：一枫的写作处于一个调整期，他的长篇写的都是自己比较熟悉的生活，我们说让他写一点别的更具社会性的生活，不要老写自己的生活，他自己可能也写得有点乏了。我觉得这样调整挺好的，再写长篇的话可能太顺手了，用短篇或中篇的形式面对一下别的生活挺好，这篇小说经过前面几个长篇的锻炼，还是跟他以前的短篇小说不一样，包括语言和节奏的控制等方面。

陈东捷： 这五篇，从里面的人物和世界的关系来讲，龙仁青的《一双泥靴的婚礼》有一点古典韵味，后来接受了一些现实的东西，很传统和诗意。石一枫的《老人》一开始很古典很美，但是到后面古典的东西被解构掉了。其他三篇有很强的现实感，哲贵接触的人物比较多，在温州这种人物的原型比较多，他写的不是边缘化的角色，大部分是主流的老板等等。吴君写深圳的人物，包括深圳本地人和打工者，他们之间对立的情绪非常大，身份认同造成的写作空间非常大。张鲁镭的《夜下黑》不算你最好的一篇，这一篇不如我们《十月》发的那篇写得好，这是写一个留守老人的故事。

我把具体的感觉说一下，龙仁青我早就知道，他这篇是很有诗性的小说，开头的叙述很欢乐，虽然背后是一个悲伤的故事，一开始的节奏包括语调都是很轻快和欢乐的，包括里面写的自然的景物，对自然很敏感，写到水珠还有一些动物，和人之间有一种很和谐的关系，当然也不是完全和谐，在他眼中主要是人和自然的关系，和谐也有一些禁忌，禁忌也是和谐境界中的一部分。小说的前面主要是对自然的感觉，后面是一个爱情故事，故事的结构我们看到的也比较多，有情人不能成眷属，故事本身从一个小孩的视角去看，但也包括小孩视角外的其他内容，通过这个视角跟世界建立一个关联，完全给这个小孩打开了一个未知的想象的世界。这个处理得非常好，包括结尾他的感情的变化，孩子和自然的和谐关系发生了一些错位和变化，通过这种方式表达人的感情的变化，处理得很好。

哲贵小说的主角是一个搞制造业的老板施奈德，主要讲老板和他再婚的妻子，再婚妻子的女儿，还有患精神疾病的母亲之间的关系。小说的结尾确实出人意料，一开始做了一些悬念，想把你往岔路上引。他的主题是主人公和世界的关系，以及如何处理个人经验和接触他人的经验。在这个故事中虽然他母亲是一个老年痴呆，但是真正的病人可能是这个主人公，他因为过去的投机倒把罪被抓去，这个经历影响到他的各个方面，这个世界曾经对他造成过压迫，他处理压迫的方式是一种逃避式的，包括扔戒指，包括不借钱，包括对他两个儿子的态度。他虽然表面上显得很凶，很冷漠，但这是他逃避这个世界压迫和伤害的方式，这个小说里处理的很好。

吴君《天使》的主人公是一个受资助的儿童——小说里已经是一个少女了，选取的挺独特的，不是我们原来熟悉的受资助的人物形象。媒体上报道的都是一些表面现象，都说我怎么被资助的，我要努力学习，一个被资助的孩子，在我们心目中典型的形象应该是这样的。但是你选的很另类，她把这些东西完全抛开了，她接受了资助，为她打开了一个世界，但是她通过谎言甚至有仇恨来实现自己的欲望——或者是认识到外面世界对她的压迫，对她的不平等，她努力要实现一种平等的身份。结尾有一些美好的事，把她的仇恨化解掉了一部分，她受到了一些感动，但是也没有完全改变。这个世界让她已经迷惑了，迷惑对于她来讲本身已经是一个进步了，她原来不迷惑，她骨子里就体现了压迫和被压迫的关系，或者是一个高尚的生活和底层的生活的关系，最后这个关系出现了一点变化。

张鲁镭《夜下黑》不到6000字，写一个农村留守老人的故事，留守儿童和留守老人，我们看的比较多。这个孤身老汉，儿子去城里打工，家里就他一个人，他相当于被这个世界遗弃了，他过去很强壮，现在老了，孤零零留在农村，感觉是被遗弃了，他想办法采取一种方式对抗这种遗弃或这种孤独感。村长在小说里是一个强力的代表，在农村确实是这样，村长以财富的方式支配村里的世界，村里的人都去巴结村长。但是他不需要去巴结村长，他儿子毕竟能养活他，他就通过养猪，让猪到处吃东西，天天吃得肚子圆圆的，然后卖猪，通过这么一个巧妙的方式来对抗，对抗的一个是孤独，再一个是权力。后来他碰见王五偷东西，但还是恐慌，回归了他原本的状态。所以他的对抗本身只是无奈之举，这种方式不可能有效，在某种程度上只是主观上的化解，客观上是化解不掉了。

石一枫这个《老人》我以前看过。这个老人不是被遗弃而是被遗忘了，他也习惯了这种遗忘。我看这个小说觉得很奇怪，这是石一枫写的吗？我没看过他这种风格的东西，刚开始我以为他会顺着一个书卷气的路子写下去。周教授在教学生涯里没有太突出的成就，他的妻子比较卓著，他退休以后妻子去世，他在地面上写字，他对这种生活方式很习惯。因为他的妻子给他带来的一些利益，他的平静的生活又给打破了，从不习惯到习惯，这种欲望的挣扎，包括他对世界本身的怀疑的色彩，将信将疑，但是在欲望的支配下宁可信其有。最后结尾确实太仓促了，读到前面我也想不好怎么结尾，这个结尾跟前面的预期相比没有达到，他就顺着这个逻辑，后来变成在报纸上经常看到的一种方式。

祝东力：结尾是因为石一枫没有耐心了，所以导致周教授也没有耐心了。

石一枫：其实他可以再压抑一下。

陈东捷：可能是受篇幅的影响，再从容一下，可以让他再有一些波澜和波折，前面看挺老道的。这几个故事我觉得跟当下都有密切的联系，刚才说了龙仁青的小说有点不同，他的小说里面有一些现实的影子，包括小孩碰到一些器物，但他没有展开矛盾性的过程，其他的小说矛盾的过程都很充分，都跟当下关联非常强，包括选取的人物故事都跟当下有关系，强烈关注当下的现实。我平时看稿子像这一类的确实太少了，包括我们也看过方方写的《涂自强的个人悲伤》，她也是重新关注现实的人物和命运，她这种作品反响非常好，很多年没有一个中篇小说引起那么大的反响。我们私下也交流过，过去民国时期，在社会变化这么快、经验那么复杂的时代，包括文学研究会提到的那些口号，为人生的艺术，包括人类的命运。这几篇小说里写到人的交流的状态，不是很自然和稳定的状态，都是失去了平衡，人和自然、人和人的关系都失去了平衡，这是我们这个世界每个人某种程度上都会感受到的。我觉得作为作家，最现实的这种东西不去把握的话，对每个人来讲都面临这个问题，这种交流和选择的困惑，我们作为期刊想倡导这种对现实和人生的关怀，往内心世界、往深处剖析，我们都是现实中的人，关键在于怎么能把自己撕裂开来放到作品中去，不把自己撕疼了，写作的力量可能会有一些欠缺。

李云雷：陈老师对他们五个人的作品的评点挺有意思的，显示了陈老师作为主编独特的眼光和的思考，你们对陈老师这个评点，有没有什么想法或者挑剔的地方，可以谈谈。另外我们可以引开一个话题，陈老师在具体评点作品之后提到《涂自强的个人悲伤》，咱们可以先讨论你们几个的作品，之后展开来谈作品与世界、时代的关系。现在有几个作品可以讨论，比如说像余华的《第七天》和方方的《涂自强的个人悲伤》，形成了比较鲜明的对比。比较大一点的话题我们可以稍后展开，现在可以谈谈你们具体的作品。

哲贵：我先说我这个小说。刚才陈老师说的已经很准确了，我最早想写这个小说是跟一个朋友喝酒，这个朋友戴一个很大的戒指，小说里就有这个情节。他告诉我戒指是假的，我就很奇怪为什么戴一个这么大的红宝石戒指，他说总有各种管理机构的人来找他借钱，有借没还，他就想了一个办法，再找他借钱时，他伸手就把这个戒指扔河里，说我真的没钱，你看看，戴的戒指都是假的。这是一个"很小说"的细节，但还不能构成一个小说。大概一个月后，我跟一个做印刷的私营企业主喝酒，他说别看我企业做得这么大，只要有一个税务或者工商专管员和我作对，我马上就倾家荡产。他说中国的问题就在这里，所有税务专管员和工商专管员，其实有意留一些漏洞，比如说税务有一些发票可开可不开，税务专管员就不开。等于踩住你的尾巴，哪天你不听话，让你死你马上就死。我一听，马上就跟戴红宝石戒指的朋友联系起来。但是还没想到怎么写，切入点没找到。又过了一个月，我跟一个年纪比较轻的老板喝酒，他的企业已经关掉了，酒席快散时，他又要了一大碗面，几乎用迫不及待的速度吃掉了，好像再不吃就来不及，下顿就没得吃了。我脑子里灵光一闪，觉得这三个细节可以串起来，表现一个人或者商业从业者，在社会很大压力下的不安全感，一种朝不保夕的危机感。

我差不多是从2005年开始写这一类小说的，这么多年我一直关注这个群体。改革开放30多年来，随着经济的快速发展，很多人很快解决了生计问题，特别是在温州，因为历史和现实等各种原因，原始积累早一些，商人和富人群体相对多一些。我的立足点在温州，去探讨这一拨人对世界的看法，关注他们遇到的哪些问题是值得深思的问题。石一枫刚才提到了《了不起的盖茨比》，这个小说是我很喜欢的、一看再看的小说，它描写的时代比我们差不多早了100年。

这时候我就发现了一个问题，因为在写的过程中不断看一些作品，先从身边的看，再从大的范围看。身边的，我从1949年以后的中国文学作品里看，从十七年开始到伤痕文学，再到寻根文学，再到新写实主义，包括现在的代际写作。我抽取了几个样本，比如说从《组织部新来的年轻人》里抽取一个人物，从《一地鸡毛》里也抽取一个人物，我发现中国作家在表现商人的时候带着很大的偏见。而且，比如著名的《包法利夫人》也有这个问题，里面有个布商叫勒乐，也放高利贷，他在小说里共出场10次，最后一次是通过别人的口述。福楼拜对他没有一句人性上的正面描写，我觉得这么大的一个作家，在这么著名的作品里，对一个商人的描写这么片面，这很可怕。白居易《琵琶行》里有一句"商人重利轻离别"，他对商人的理解就是重利，没有感情生活。我现在想表达的一个问题就是，能不能不带偏见地描写我作品里的每一个商人？他们首先是人，确实有他们功利的一面，也有他们不功利的一面，有恶的一面，也有善良的一面。不管是商人还是其他人，人性总是复杂的。我今年40岁，接下来5年里我可能还会做这个工作，在这方面我可以做得更宽广一些。我已经发现一些问题了，我作品里面对人物的描写比较单一，都是写商人，写三篇五篇没有问题，写到30篇时就会出现重复的问题，老是用理解的眼光来看待这类人物，这类人物就会失去人物的个性。

李云雷：你这个确实是很大的构想，但你单纯从理解的角度，没有一个外部的视角看待他，对他有一个整体性评价，你现在还主要从内在的视角去看吗？

哲贵：因为太想理解他了，导致写的主角里带有作者的影子，这在写作上是大忌。我觉得作家到了一定程度就是作品中的"上帝"，他塑造的所有人都是他的子民，不能带着作家的爱好在人物里面出现。你会看到我小说里女主人公的形象都比较接近：长头发、白皮肤、眼睛细细的，主人公都有轻微的精神洁癖，有意无意会有我的影子在里面。

陈东捷：我觉得一个短篇很难实现这个追求，这个小说里面把所有的注意力都放在这一个人物上面，其他人物的角色太弱势了，他们的想法在里面基本上都是为表达这个服务的。你理念的东西太强了，也会影响到他的丰富性，如果你的小说里其他角色有他们的想法，有他们的行为和他们的合理性，就把他的合理性极度的弱化了，不止是一种合理性，而是各种合理性之间有一个冲突和交锋。这样小说的丰富性要好一些，但是作为一个短篇要吃力一些，写中篇和长篇要考虑这个问题。

哲贵：是的，这个短篇里施耐德是有形象的，为了表现他的恐慌，我还用他妈妈的形象强化他。但他二婚的老婆就变成了道具，她的性格没有出来。还有很多问题，越写发现问题越多。

龙仁青（青海省文联）：刚才陈东捷老师说了我很多优点，但我还是从他的目光中发现了遗憾和不满。我是一个生活在现实中的作家，但是作品总是会游离于现实之外，总是呈现出类似田园牧歌或世外桃源的样子，老是把矛盾集中在游牧与农耕文化之间。历史地看，在中外文学作品中表达"有情人终成眷属"这一主题的可以说比比皆是，如果说，我的《一双泥靴的婚礼》有什么讨巧的地方，那就是用了一个儿童的视角来看这个主题，使这篇小说还有那么一点意思。这是我在2008年创作发表的作品。这两年我一直在关注这样一种现象，那就是在发达地区或发展较快的内地的许多地方，由于新农村建设、城市化进程不断推进，一些传统的东西不断丢失。在这种情况下，像青海这样的边远地区反而呈现出一种传统文化保护与经济发展之间的矛盾，这种矛盾越来越激烈。当然一种新的文明或思潮不断涌入一片保留了许多传统文化质地的地方，传统与文明之间并不一定是冲突，有时候也会是一种欣喜和新奇，这里的人们甚至是非常欢迎这种新事物的到来。作为在边地青海的一个写作者，面对这种文化现象，心里同样充满了欣喜和新奇。当然，对美好的传统行将丢失的担忧也会时时在心头涌现。

这两年我有一个关注的点，比如很多少数民族人群进入了城市。他们面对的问题就是：一方面是要让自己迅速淹没在人群中，使自己的族群符号不要显露在外，以免给自己带来不便和不利；但是，另一方面他们也需要把自己族群的属性表现出来，使得自己不要在一种异质文化中很快消失。因此，城市中的少数民族族群这样一个概念或者话题就凸显了出来。我这一两年一直在写这方面的小说，《一双泥靴的婚礼》是2008年的作品。在此之后我停了下来，一个原因是一直处于迷茫状态，一直好像找不到应该怎样面对写作，甚至开始对写作的意义产生了怀疑。另一个原因是，我一直在做藏语和汉语之间的翻译工作，这个工作影响到了我的写作。这次来鲁院学习，想通过这样一个契机能从翻译里面淡出一些，能更深入地进入到写作当中。这是我的一个想法。当代文明与传统文化之间的矛盾和冲突，在我们那个地方表现得更加激烈和突出，我有义务把这些当下的，基于地域特点的东西，用文学方式表现出来。我为此在做努力，也不断碰到各种问题。但我不会气馁，因为我觉得，写小说本身就是一个碰到问题、解决问题的过程。

陈东捷：他的小说写得非常成熟，包括语言很成熟，当然这种故事套路以往太多了。这个儿童视角，包括最后的处理和前面的处理都做的很好，只是这种套路没有建立起足够紧张的关系，爱情作为一个故事主干，读者可能太熟悉了。

祝东力：有一个细节设计得特别好，歌手被抽了一鞭子，脸上有个疤，小孩的泥靴开了个口，缝上后也留了个疤，对应的感觉就出来了。如果没有这个对应最后就会显得没着落，就没建立起联系。这个细节是有匠心的。

李云雷：他小说里面写的那些民族的特色是一方面，另一方面是他对人与动植物之间的关系，那种世界观与万物有灵的感觉，我觉得写得挺好的。

陈东捷：我前一段时间去呼伦贝尔，在大庆遇到一个内蒙作家叫黑鹤，他的书卖的不错，在国外卖了很多。他看着很温和，他大部分时间除了带一个篮球队参加比赛，也不用上班，就天天去大兴安岭林子里转，一年几个月的时间就在林子里转，不是说去采访什么，就是进入了那种生活状态。所以他写他和动物的关系，他有独特的资源，在经验方面、知识方面都有他独特的资源。

李云雷：黑鹤的小说确实很有特点，他写人与动物的关系很动人。龙仁青主要关注农耕文化和牧区文化的关系，其实稍微转换一下，传统的汉族文化和现代化之间也有这样一些矛盾，这个结构比较容易把握，但关键在于你怎么把你的心撕裂，进入到这个里面去，这样可能会更有时代感和现代感，可能这也是你现在正在做的一些事情。

张鲁镭（大连市戏剧创作室）：在北京我只有在石一枫那里，也就是《当代》没有发过东西，我要和他搞好关系，今晚我准备请他吃烤鸭。刚才陈东捷老师也评论了我的小说，这篇小说比较短，可能就五六千字，怕大热天大家看长篇太辛苦，就找了篇很短的《夜下黑》。当时为什么会写这么一个东西？有两个契机让我写这个小说。我住在大连海边，每年我们会去海边收鸭蛋，大连的鸭蛋很有名，号称"海边鸭蛋"。我问卖鸭蛋的，你有没有喂鸭子添加剂什么的，对方嘿嘿一乐，说添加剂多贵啊，我们白天就把鸭子赶到海里去，晚上吆喝回来，大海就是鸭子们的自助食堂，没有任何成本。

有一次和朋友去乡下玩儿，我们想吃玉米，就和一个农民去地里掰玉米。他拿一个大袋子，我掰的正来劲，忽然发现那个农民没了，后来发现他在对面的地里掰，我问他你怎么上这来了？他说这是村长家的，他的玉米长的大，比我家的好。于是我们就一起掰，那农民很兴奋，一边掰还一边哼着小曲……

于是就有了我的小说《夜下黑》，我写了一个留守老人，小说字少，几乎是一口气写完的。这个留守老人，用现在的说法叫"仇富"，他看见村长盖楼生气，看见谁家包果园也生气，怎么办呢？于是他养了一口猪，白天不给喂食，使劲饿它，晚上把笼子打开，这个猪就吃遍全村，想吃什么吃什么，爱吃什么吃什么，把它吃的肥头大耳。老人每年就养一只猪，这只猪肉质好分量重，成为收猪人眼里的宝贝，年年如此。这让老人特别的兴奋，他把卖猪钱缝在衣服缝里。一天晚上，他的猪总不回家，他便出去找，发现他家猪正在村长的西瓜地里猛啃，正巧村里一个叫王五的也在那块地里偷西瓜，老人当时就吓傻了，说我可不是成心把这畜生放出来，这东西自己跑到村长的西瓜地里干坏事，等回去我一定严加管教，看它还敢不敢了。今天这事还求你别告诉村长，我这里有点钱，我看你在地上蹲了这么久，是不是大便干燥，拿这钱买点蜂蜜喝吧……基本就是这么一个故事，这么多年我一直在写中短篇，已经写了五六十篇，几乎都是小人物，也有高校的生活，因为我跟高校联系密切一点。我觉得小人物又纯朴、又狡黠，他们靠着这些来维系生活。

我很佩服石一枫，他写了六部长篇了，我还一个都没有，因为石一枫挺壮实的，他有强壮的体魄，可我体力不支。我们辽宁去年办了一个长篇小说作家班，当时好多作家都说，如果你没有一个强大的身体千万不要写长篇，否则就会像路遥那样倒下去。我觉得生命很可贵，在我的字典里生命一定比文学重要，但看到别人写长篇我也很着急，我要向石一枫学习。但首先要把身体搞上去，我决定今晚做起，多吃，多吃再多吃，为写长篇打好基础。

吴君（深圳市文联）：我真正意义上的写作是在2002年底，参加广东省文学院的时候，那时创作了一个长篇《我们不是一个人类》。今年1月份开始，我调到深圳文联工作，在这之前我是生活在第一现场，在一个窗口部门工作。工作中接触的人都是老弱病残，甚至有时候刚准备下班，就有人把门踹开，抬进来一个伤者，讲一个中午。偶尔还要到某个楼下，处理用跳楼来讨薪的事情。我一直在生活现场，所以我的写作也是在文学的第一现场。在我看来，我理解的深圳主要是小人物、小事件，不过大事我也没有放过，也在关注。去年开了我的一个研讨会，云雷参加了。他指出，我的写作包含了对底层的批判，我很认可这一观点。我没有站在道德高地上，对底层施以同情、怜悯，对资本进行控诉。在以往的写作里，我涉及了深圳对农村的破坏，对世道人心的破坏，深圳和香港的双城故事，深圳本地人和外省人的故事。当然，还包括汶川地震后深圳人的爱心，在我看来有的爱心是有毒的，让爱走向了反面，这就是我为什么要写《天使》。初衷是我参加过的一次扶贫，在贫困村，我发现了很多好吃懒做的人。扶贫项目包括了一项智力扶贫，就是从村里动员十几个孩子，把他们带到深圳的一所职业学校免费读书，当时来了许多媒体宣传。想不到一个星期这些孩子都跑了。他们受不了上午起床，受不了学习和动脑子，更重要的是受不了社会关系，比如说跟老师和同学的关系。这件事情让我想到了富士康，一些人认为是资本对工人压榨和迫害的结果，可是有了那次扶贫的事情，让我有了另一种认识：我觉得他们已经不适应一定的社会关系，而习惯了有吃有喝，不用和外界打交道的散漫生活。这时候，你把他们放到富士康，他们当然受不了。这就是我写《天使》的初衷。

李云雷：我觉得吴君没怎么展开讲，我看她的小说也比较多，我觉得她的小说都在呈现不一样的东西，比如说《天使》，给我们描述了一个和一般的接受资助者不一样的人。我觉得吴君在用更复杂的态度呈现事物更丰富的层面，这是她小说的一个特点，她总会捕捉住社会中别人注意不到的现象，呈现出不一样的东西。

李云雷：下面自由讨论，大家有什么想法、感觉和感想，可以随便谈。

崔柯（中国艺术研究院马克思主义文艺理论研究所）：我说一下我的一点感受。我印象最深的是哲贵的小说，我觉得这是一个特别紧凑而且含义很丰富的小说。小说围绕着一个事件写一天里全家人的日常生活情态，通过这个事件透视两家、三代人、几十年的生活，虽然没有激烈的矛盾冲突，但是有不少地方还是有一些紧绷的情绪在里面。小说只是点到为止，比如说施耐德的妈妈突然说"快逃，有人来抓你了"，然后施耐德和妻子有一个眼神的交流，这个其实可以阐释出一些言外之意出来。

吴君的《天使》让我感觉到有些意外，没想到会用这样一种方式写一个少女进入城市的心理。小说写了一种心理层面的贫困，主人公小河经常会把自己伪装成一个特别可怜、特别惨的人，博得别人的同情，乐此不疲地重复这个游戏，这是比物质贫困更难改变的东西，可以引发我们思考很多社会问题。当然我们也可以从主人公自身找出很多原因，但小说并没有给出一个明确答案，也没有给出一些有倾向性的判断，只是为我们提供了一个可以有多种阐释空间的故事。

一枫的这篇《老人》我读了特别意外，记得前年讨论你的长篇小说的时候我用了"风流总被雨打风吹去"来形容，虽然"雨打风吹去"，但总还是有一个"风流"，有一种情怀在里面。但这个短篇就不一样了，好像你不但不承认这个"风流"，还上去使个绊子，去踩一脚。读这个小说当然最先想到的是张者的《桃李》，不过《桃李》写的是法律圈的教授，当前一些知识分子素质堪忧也是事实，但是一般还是认为中文系的，尤其是古典文学的教授会保持住一些，不管是清高也好、操守也好。那么这个小说基本算是把这个底线给彻底突破了。其实小说还打破了一个叙事层面的界限，就是中国古代文学里的那种"意淫"叙事，像小说里这位教授，如果他保持在这个层面，不管是保姆也好、学生也好，"我欢喜谁就是谁"，但一旦越界，结果就非常不妙了。

祝东力：说到这儿我有个问题，那个研究生叫覃栗，周教授说，女孩应该起一个跟粮食有关的名字，你是不是跟"栗"混在一块了。

石一枫：就是栗，栗子也是粮食。

崔柯：小说结尾写得倒是很激烈，主人公带着恶狠狠的心态彻底解放了。但是我觉得，假道学当然是不好的，但是撕下所有的面具，卸下所有的心理负担，回归到"动物凶猛"的状态，就一定合适么？这两极之间，似乎还是可以有一个中间状态。

祝东力：我也是这个意见，觉得这个结尾太实了，你要保持原来状态的话起码对于审美来讲更适合一些，结果一下给挑破了，大家都很尴尬。

石一枫：或者写一点更综合的因素。因为现在这个老头只面临情欲的纠葛，假如还有一些其他方面的问题，比如说老有所乐的问题，包括跟子女的矛盾。

祝东力：子女的问题你没有提上一句。

石一枫：如果这个小说写长一点，写综合一点，就会有各种综合的问题，那些合力把他逼成了一个老流氓。现在只有一个情欲的问题，只是说明人的情欲是控制不住的，确实是简单化了。

冯巍（中国传媒大学艺术研究院）：你写那样的结尾，设想到读者的尴尬，估计很开心。

石一枫：这个真没有。

祝东力：小说里面的周教授不是每天都去那儿写字，你提到那个研究生问，明天你是不是还来？他毫无表示地就走了，因为他就是在老伴忌日的时候才来。但既然这样，怎么会备那种笔呢？

石一枫：那个就是细节不扎实。其实交待两句就可以了。

祝东力：或者说老伴在世的时候经常一起出来写，后来就不写了。

石一枫：确实是写起来自己就想不到了。旁观者能想到，但是作者想不到的东西太多了。

孙佳山（中国艺术研究院马克思主义文艺理论研究所）：我主要想跟哲贵老师探讨一

下。您的一个主要的文学理念是把"商人"当"人",依据是在过去的文学观念当中对他们是有偏见的。我不太懂创作,站着说话不腰疼,我主要从文学观念上泛泛谈谈。我个人觉得"把商人当人"还是20世纪80年代的文学观念,如果仅仅把"商人"当"人"来写,最多也就是商人也是有七情六欲,在当前语境下,就是商人也不容易。这在整体上并没有超越20世纪80年代以来的人道主义话语。稍微跑题一点,您刚才也强调了温州特殊的地域人文环境,我们可以拿温州或者浙江和犹太人或者韩国对比一下。温州、浙江的财富已经可以以10万亿或者是百万亿作为计量单位,但即便有了这么巨量的财富,在温州、浙江也没有形成一个像犹太人或者韩国财团那种稳定的、区域性的、集团性的组织或者团体,没有对温州、浙江这个社群、社会形成有效的辐射力和影响力。现在的温州或者浙江企业,绝大多数还是把那种传统小作坊式的小企业放大到很多倍的格局,具体到社会环境来说,还都缺乏安全感,人人都缺乏安全感,包括那些至少看上去已经成功的商人们。

那么这就是问题了,我觉得与其您把精力放在"把商人当人",不如聚焦一下温州式、浙江式的或者说是改革开放以来的中国式困局,挖掘一下造成这种困局的精神层面的原因,当然,这个原因可能是多方面的。为什么有了这么多钱之后,还如您所说,却形成了那样一种社会生态?仅仅停留在即便有了钱也依然比较压抑,或者说有多少钱都还缺乏安全感的层面?我知道我说的这些对于当代文学来说可能太虚了,但我想和文学多少也还是有关系的。比如鲁迅笔下的闰土形象,这个例子可能不恰当,但是闰土形象既是浙江的,也是现代中国的,闰土的问题当然不是文学能解决的,但是文学至少可以带着大家走到这个层面。今天闰土的后代们都有钱了,但是和他们的祖辈相比,真的就一刀两断了吗?至少今天的现实已经证明,我们和闰土的距离还没有自以为是的那么遥远。所以,与其"把商人当人"来写,不如写他们所共同面临的精神困境,我觉得这才是真正制约温州、浙江乃至中国的一个关键问题。现在都说温州、浙江产业要升级,关键是人得升级,就像鲁迅那个年代的新文学作家群所期冀的那样,我个人觉得这个层面的努力还是有价值的,当然这可能确实让当下的文学勉为其难了。

哲贵:我解释一下,第一我写的不是温州人,温州人有钱,但放在全国、全世界其实根本算不上什么,但温州人经济积累比中国一般的民众早一些,进入个体经济早一些,大部分家庭不存在生存问题。我要写的是改革开放这30多年来中国人遇到的问题。我刚才说"理解商人"完全是从文学角度出发,我说得更多的是1949年以来我们写作者面对商人时是有偏见的。说白了,作家从1949年以后对人的观察、对社会的观察带有被确定的观念,商人肯定是为富不仁的,官跟民肯定是对立的,善和恶是对立的。我从小学到参加工作,这个世界教给我的都是单面的,告诉你什么就是什么,没有为什么,更没有其他可能。到了石一枫这个年代,他成长时有了互联网,知道世界不是那么一元。我要说的是,作为一个作家,你面对这个世界的时候要试着理解这个世界。我从文学角度梳理了一下这个问题，我们看十七年的作品里何止对商人有这个看法，对组织部部长也这样，对一般办事员也这样，包括爱情观都是二元对立的。我们没有把他们当成一个"人"，没有从丰富的角度看，没有试着理解他们，走到他们的内心世界来做这个功课。

李云雷：《组织部新来的年轻人》里面有商人吗？

哲贵：有，麻袋厂书记兼厂长王清泉，这个形象是极其单薄的。王蒙写这个《组织部新来的年轻人》的时候是1956年5月—7月，"双百"方针是1956年5月2日提出来的，这篇小说是干预社会的一个产物。

陈东捷：包括西方的作品那么多人抨击商人，在资本主义初期，商人我觉得是作为一个社会入侵者形象出现的，包括社会秩序和道德方面基本上都被打破了。被入侵肯定是很不舒适的，所以对他有一些恐惧，又有一些诋毁、藐视，这种很复杂的感情跟整个社会分配有关系。要说写这个主要是社会学的内容，小说有很大的架构是可以的。另外，同时哲贵想选取一个一个的人物，波及内心的复杂性包括他的生存能力和状态，也是小说想回应的另一个方面。

祝东力：温州是地级市里面全国首富，地市级里面只有温州有世界温州人大会，开三届了。

哲贵：温州大概有200多万人在全国各地，全世界各地大概是50多万，全国、全世界在温州工作的人也大概250万。这个数字，出入基本持平。

祝东力：温州也是有传统的，过去的浙东学派就很强调"事功"。

哲贵：叶适对温州的影响是极大的，我在一个创作谈里说到，他给温州人提供了一个理论的支持和精神的支持。从商是很正常的事，温州从宋朝就有这个理念，就有高利贷。温州民间很早就有互助会，比如某人家孩子要结婚了，要摆酒席，粮食不够，就组织一个粮食互助会。这个风俗一直延续下来。

祝东力：这是中国历史包括思想史走向近代的一个契机，当然没走成。你说的那个问题挺理论化的，就是说，商业、利润、金钱能不能作为一个正面的情感对象在文学里有正面的表达，从目前看好像很难。商人作为一个符号就是代表商业、利润、金钱，作为商人只是他的完整人格的一部分，他还有其他的喜怒哀乐，他是一个圆柱体。但商业这个方面是他作为商人的最重要的特征，这个方面能不能跟文学有一个正面情感的联系？可能很难。

哲贵：这是一个很大的命题，比如说我写的基本上是商人，商人有他们的特性，重利肯定是商人的一个特质，所以写商人的时候肯定要涉及这个问题。但是，作家在刻画商人唯利是图的时候，是否还要考虑他们也有不唯利是图的一面，这就是文学的命题。

祝东力：这只是把原来外在的冲突关系内在化了。在《威尼斯商人》里面那个商人就是一个坏人，非常简单，他跟其他人构成一种社会关系。而你说的商人非常复杂，那是把外在的社会关系内在化了，把他分成性格或人格中的几个不同方面，这几个方面在同一个人身上同时存在，这样，这个人物就更复杂更立体了，但是商人重利这方面仍然存在，还是受排斥的。

李云雷：《中国合伙人》也是商人，他们是卖教育的。

祝东力：但是电影把这个变成了事业。

哲贵：作为"人"的个体模糊了。

祝东力：形象化点儿说，人民教师可以拿着粉笔或教鞭作为他的职业、身份的标志，工人拿一个锤子，农民拿一捆麦子，士兵拿一杆枪。你说银行职员拿什么，拿一叠钞票？本来金钱是人类创造的财富的一个符号，本身没什么不好的。但作为职业身份的标志就一下子变味了。

石一枫：我觉得狄更斯的人物，身份最大的变化就是从乞儿到绅士，特别强调绅士。绅士最重要的一条就是要有财产，狄更斯绝对不避讳这一点。那个时代的英国商业已经很发达。他从没像浪漫主义那样强调独立的人性，比如《简·爱》里面：我知道我丑我穷，但是我有和你一样高贵的灵魂。狄更斯很清楚地告诉你，绅士第一要有教养，第二有点文化，第三一定要有财产，没有财产你就不是绅士。包括简·奥斯丁，我记得很清楚的细节，两个女人在讨论一个当了海军回来的男人，一个白马王子，她当时说了三个形容词，说这个男人漂亮、温柔、富有。那些作家把财富当做美德。咱们只能反推，可能在当时，英国的读者看着这些标准不会恶心。但这些标准，现在中国的知识分子看着有点别扭，我相信法国人也是，你看雨果是怎么处理财富的。文化的区别特别大，可能温州人也有这样的特点。

祝东力：没办法处理或包容财富这个东西。

石一枫：中国人比较矛盾。

祝东力：矛盾是因为没有消化这个东西，消化了就会平常心去看待，既承认财富，但又不贪婪。

陈东捷：网络小说里写了很多，也是像贵族似的。

石一枫：狄更斯也不是除了钱什么都不要了，他也讲情感、义气、道德，我觉得英国工业革命之后出来的那一批作家，跟咱们这个时代的文学所传达出来的价值观，区别真是特别巨大。

陈东捷：贫富差距太大了。

侯百川（中国艺术研究院艺术人类学研究中心）：我最近看了些人类学的书，文化人类学讲的文化就是编织一个一个符号，把所有的东西符号化，用符号贯穿一个人类的意义之网，把个体的人往网上挂。比如大家刚提到的，商人符号化了、官员符号化了、贫苦的老百姓符号化了、捐助者符号化了，所有角色、职业都被这个社会符号化了。只要一个身份和角色一出现，咱们的大脑就会往那边想。比如说李双江的儿子一出事，符号就会定义为孩子溺爱的问题，社会就会产生符号化的认识，大众不动脑子，看到这么一个身份、职业，大众就会把他往那经验里归。我觉得这个社会上很多的矛盾和事情，可能就是不同的文化和人群对符号的理解不同，就会产生冲突。作家最大的好处就是他们可以冷静、客观地去看待问题，思考这个事情到底是怎么回事，而不是简单地用这些符号去套。还有吴君讲的"天使"，哲贵讲的商人，把他们作为独立的人来认识他们，再把这种认识公开出来，打破以往的符号成见，所以我觉得作家的伟大之处就在这里。一个好的作家必须有自己独立的思考，真正用自己的脑子，独立的人格去思考问题，所以我认为各位都是真正的作家。

哲贵：所有作家都要面对这个问题，他们面对的是人。温州"钱云会事件"起因是征地，结果把人碾死了，这是一个事件，但作为一个作家肯定先关注这个人，钱云会为什么会做这个事情？跟他对立的是什么人？他们对立的根本原因在哪里？作为作家考察的是人性，在这个时候去观察人性的冲突。你刚才也说到一个问题，作为一个作家单纯考察一个人还是不够的，要成为大的作家要有他的世界观，他对世界有什么想法，要给这个世界贡献什么思想。

侯百川：我完全为自己写作，我有一特点，我写东西绝对是我自己独立思考的，我不会用别人的经验模式去拼凑故事，我完全是自己在创作，所有的东西都是我自己的，我调动所有的热情，我用我的视角，这是创作，不是编出来的。

朱善杰（上海大学文化研究系）：这几年做文化研究，离文学稍远了点儿。非常高兴，借此机会，读了五位青年作家的作品。我的总体感觉是，五篇小说写得好，也有意思。当然，我可能跟陈老师不是一个标准，陈老师是以他几十年的批评经验来戳作家的"漏洞"，以期推动他们创作水平的提升。我为什么认为好呢？这要回到会议的主题"新视野中的世界与文学"上来，我认为五位作家分别以自己的文学方式回应了"新的世界"。

我们今天所面临的世界，与以前的大不一样。尤其是近10年，现实世界的巨变，让我们很难以个人的知识、眼界去识别和把握。五篇小说写了不同领域的人物，有大学教授、温州商人、农村留守老人等。他们的故事就发生在当下，作家以非常敏锐的眼光把握了眼前的世界，并把它再现出来。这是现实主义的写作。在此，"今天的文学"和"今天的世界"是一起"呼吸"的。

而这却让一枫感到了苦恼，他焦虑的是自己熟悉的生活快被写光了。这困境，对个体作家来讲，也许是个人遇到的写作"瓶颈"，可以理解。但对群体或整体作家来说，就不应成问题。但前面的讨论，让我感到一枫的困惑又有普遍性。"新世界"在为我们提供越发复杂的"新生活"，为什么写作却因素材问题而难以维持呢？现实主义的写作跟作家的生活和阅历紧密相关。作家可以写自己，也可以写别人。巨变的世界，应该足够支撑作家进行创作。如此看来，也许是新时代和新世界在带来丰富素材的同时，也带来了巨大的现实压力，让作家变得"不从容"。

如果作家不能从容地体验生活、发掘生活、表现生活，就会让人非常担心。现实主义作家应通过个体的细微体验或恢弘的大叙事，来回应当代中国和世界的各种新问题，进而生产出有影响的当代文学。在座的五位作家已为此付出了努力，从他们这里，我感受到了久违的文学的力量，期待有更多的作家加入到这样的队伍中。

祝东力：石一枫什么困惑？

朱善杰：他一开始提出来不能写第八部，因为他说写个体生命经验，写周教授一定是写别人……

石一枫：这与写作内在规律有点关系，比如说要写一些别人的故事，要写一些很宽广的故事，大家都知道这样好，但是能写不能写？这都是困惑的问题。所谓的严肃文学写作有一个特性，要追求原创性、追求真切性。在原创和真切这两个要求之下，很难想到了什么就写什么，发现了什么就去写什么——到最后发现一个作家能写的东西真的不多。

陈东捷：现在比20世纪80年代甚至比20世纪30年代，文学作品的质量是提高了，但是社会上的影响力还是有区别的。影响力是特殊的机缘造成的，回到20世纪80年代的生活当中，我们是真的不想回去，因为太单调了，文学基本上是精神层面唯一的一个出口，现在的出口太多了。

祝东力：这是当代文学根本性的一个困境。比如说宋元以后杂剧开始兴起，明清还有小说，但是传统的诗文还存在，因为还有其社会载体，这就是士大夫阶级。"五四"以后传统诗文的衰落跟这个社会载体消亡是有关系的。20世纪80年代中期电视开始普及，电视剧开始取代中长篇小说的功能。文学最大的挑战应该是来自这个方面，整个文化生态发生了根本的变化。现在让你读文学看小说要有一个理由，我在电影、电视、网络视频之外为什么要花时间精力读文学？文学写作还能不能像传统那样一笔一划地写一个事情的过程？网上的视频一下子就把过程给你展示完了。所以这是文学的一个很大的困境，你的优势和特点到底是什么，足以让人来读你这个文学？这是需要思考的问题。

陈东捷：现在的报告文学面临消亡，因为网络和电视包括一些新闻调查做得太好了，看得很方便。除非文学有思想性的东西和批判性的东西，但是批判性的东西很难发表。

祝东力：但也是视频的形式更好看。

陈东捷：小说和诗歌要好一些，文化的复杂性别的媒体表达不出来。

祝东力：电影出现之后小剧场开始出现，话剧的特点是真人和真人之间面对面的交流，小剧场的距离更近，把话剧的这个特点强化了。电视普及之后大片就出现了，那种视听效果在家里的电视上实现不了，大片把电影的这个特点凸显出来。就文学来说，它的复杂性和细腻深邃是其他媒体替代不了的。

石一枫：艺术表现的特点也不见得没有。咱们说抽象一点的、价值观的东西。比如说电影、电视都不是一个小作坊式的个人创作，而是一个集体创作，而且还是大资本的运作，给你一个亿拍电影，你能挑战主流价值观吗？不可能的。电视剧更是这样。那些都是集体行为也是资本行为，它很难在思想性和价值观上有独创性，从这个角度来说文学天然具有先锋性。

祝东力：一个人一支笔，可以纵横驰骋。

石一枫：另外一个悖论，就是说明文学真的只配沦为小作坊，因为独创性和先锋性是少数人才关注的东西。

陈东捷：那个时候并不强调文学性。

石一枫：那个时候文学的很多功能被现在的电影、电视剧取代了，现在的电影、电视剧的情节跌宕起伏，一看都是19世纪的东西。

李云雷：这就涉及我们今天的主题，在这样一种新的视野下，作为一个作家应该怎么面对新的变化的世界？在这种情况下该怎么去写作，不知道你们平常思考这些吗？新媒体、新格局、新视野，当外界条件发生变化时，作家如何去面对？

哲贵：石一枫在上个月第一次研讨会上有一个发言叫"重构文学与现实的关系"，里面也说到这一点。他有野心，但也有困惑，困惑估计是现在所有作家的困惑，野心也是所有作家的野心。困惑就是文学和现实是脱离的，20世纪80年代一个作品一出来就可能轰动整个社会。那个年代的文学盛况已经不能重现，但是所有作家在内心还是有这个梦想，文学要抓住社会的暴风眼，要把最尖锐的问题反映出来，引起轰动。现在是多元社会，已不现实。

祝东力：你说的这种重构在1985年就开始做了，20世纪80年代后期就完成了，文学不再干预现实，甚至不再描写现实，这个功能被当时的报告文学接过去。那是文学的一次重构。今天又到了要再次重构文学与现实关系的时候了。

陈东捷：当时出现那个说法以后，很多人以为关起门来"向内转"就可以。20世纪80年代是靠一种很确定的价值和理念，现在我们可能面对一些不那么确定的东西。那时写作是"向内转"，现在我觉得反而应该要"向外转"，多关注一下现实，不接触现实的复杂性，内在的东西很单调和枯燥，最后肯定是很无力的。

祝东力：至少是经验感受和刺激要来源于现实，而不是自己的梦幻和臆想。

哲贵：刚才说的这一点，我们五个应该都是不存在没有东西写的问题，但是现在确实有作家碰到这个问题，比如说王安忆现在可能就碰到这个问题。

石一枫：按照现实主义的写作标准，她的写作完全都是现实主义的。

哲贵：我觉得我们五个人的生活是在场的，我们只是对世界的认识和表达手法还不成熟，没有达到自己想要的层面。

陈东捷：都是接地气的。

侯百川：我今天感觉兴奋就在于这五位，比如龙仁青的对藏民在进城上楼生活以后的种种冲突的描写，是非常接地气的，过去那种一针一线的文学描写虽然很好看，但没劲了。

冯巍：今天五位作家坐在一起，一开始肯定是一个偶然。石一枫应该不是按照地域选择的嘉宾，但是各位的地域分布大体上北方两个、南方两个、西南一个，很有意思。我就是一个业余读者。《泥靴》给我的冲击是比较大的，虽然是在中国西南境内，不过，那种仿佛有点异域气息的生活，离我们比较远。各个艺术门类都强调民族性的问题，我不认为民族性是少数民族性。你的小说是少数民族题材，作品确实也通向了更深层意义上的民族性，而不是停留在少数民族性上。

这也包括张鲁镭的作品，那种很熟悉的家乡味道扑面而来——我曾经在辽宁很多年。无论是家乡的味道，还是民族的色彩，其实都是一种很浓郁的文化气息。吴君的小说就让我想起论坛曾经讨论过的"青年亚文化"专题。你以青少年作为对象，揭示了在资助与被资助的关系中，一些小计谋或者诡计，乃至制度和文化总体环境的问题，给我留下了强烈的印象。至于石一枫，我注意到你这个短篇里两个抢眼的词，一个是湖，一个是大讲堂。显然，你抓住了知识分子题材，各种年龄段的知识分子，包括以前专门做过一次你的小说研讨会，有幸那几本小说我们都拜读了。

石一枫：也可能是流氓题材。

冯巍：好吧，你好好给自己定位一下。我总体上感觉五位作家的创作好似一个拼盘，我这个完全是褒义的，在一定程度上拼出了中国当前社会图景的一种面貌。

另外，我也很关注哲贵的创作，而且因为你今天说的那些话，这种关注变得更强烈了。你把自己的创作有意识地放在文学史的脉络中，这个还可以视为作家的本能，因为有一种追求不是为了成名获奖，而是为了自己辛苦写出来的东西，要对得起自己的辛苦。更重要的是，你有特别强烈的主观意识，那种属于很个人的哲理层面的思考。你好几次都谈到自己写的商人最终指向人，现在只是从自己最熟悉的点做起。我相信你的人物系列一定会越出商人这个领域，我很期待。

你在文学创作上遇到的难题，在其他艺术领域是同样存在的。商人的文化，或者说商人这一群体，在中国历史上一直可以说是物质上被看得很高，但精神上一直看得比较低。这种高和低的悖论，至今也存在。上次论坛讨论过《中国合伙人》和《泰囧》，这两部电影都在做一种金钱梦。现在大家都围着金钱在转，包括古今中外关于商人的故事，包括所有关于成功的故事。与文学一样，商人的主角位置在电影中也很突出、很鲜明，相对来说塑造得是比较圆形的人物，也比较深刻。其他人物形象的存在则是道具化的、弱化的，他们的存在只不过是让这个故事看上去是真正发生在这个社会当中，让故事情节貌似比较真实。

哲贵：这首先是对人的认识问题，第二是技术问题。我来鲁院之前没有考虑那么细，这两个月我一直在思考作品里人物的丰富性，所有人物是一个网，不是一个孤零零的人，即使一句话不说，这个人物也应该是丰满的。来鲁院之前我把着重点放在一个主要人物上面，忽略了其他人物，这是我技术上和认识上的问题。

冯巍：这也是理论和实践形成良性互动的例子。批评与实践的脱节，常常是作家觉得批评家不值得信任，质问批评对创作实践的直接作用，批评家可能也会怀疑自己是否真的洞察或了解创作的现状，以及作家的创作状态和心理动机。

陈老师讲到在20世纪80年代文学是一切精神现象的出口。今天影视在横扫精神领域，有点取代20世纪80年代文学的态势，但大家有很多不满足，我们发现最突出的不满足就是觉得故事讲得不好，而从艺术门类来看，讲故事最有优势的肯定是文学，尤其是小说。所以，文学的影响可能是变换了方式，那种显的部分可能没有20世纪80年代多，它潜在的部分，比如故事性的问题，却介入到很多领域。包括去看画展，有一些画家特别会起名字和写说明，他的说明可能就两行小字，却很能引导我们理解他的作品。

任莛（中国艺术研究院研究生院）：新媒体的出现对于文学创作来说是一个特别好的机会，作家在创作时应该更加贴近生活，通过网络、电台、电影、电视剧等多种方式来推广作品。现在的生活节奏比较快，大家普遍都没有时间静下心来读长篇小说，通过其他传播方式的推广，让观众先对这个作品产生兴趣，再反过来阅读文字，我觉得这应该是比较好的方式，严肃文学创作应该从多方面增加与大众媒体的合作。

龙仁青：我之前在电视台工作，所以与影视的关系很近。但是在这里有一个问题，文学创作和刚才石一枫提到的集体的影视创作是完全不一样的。文学创作基本是个人的事情，但影视却是集体创作，需要和许多人、许多部门合作，才能完成。在合作当中，作为一个编剧，不断要跟导演和其他剧组成员沟通。这是很痛苦的事情。因为不同的人有不同想法，而编剧在中国的地位又很次要，所以其他合作者会理所当然地、不断地强加一些意思给你，以至于使你当初的设想和故事原本的情节，就会在众人的不断建议下完全走形，使合作出现不愉快。从这个意识上说，我宁愿退出来，也不愿意借助他们那种方式扩大自己的影响。

张鲁镭：严歌苓写的《金陵十三钗》拍成电影后就是南辕北辙，跟她的小说根本就不是一码事。后来我又读了严歌苓写的《小姨多鹤》，跟她以前写的东西完全不一样，倒是很容易改成影视剧。

陈东捷：影视公司总是找我们，特别需要文学的底子做影视，要不然就找不到好本子，一个缺乏故事，再一个缺真实的经验。这些编剧技术上做得很好，但是这种原始的经验和原创性很难做出来，影视公司老是找我们，说你发表之前最好给我们看看，发表以后到处抢，就把改编价格提上去了。

任荭：举一个例子，比如说郭敬明又写小说又拍电影。还有迪士尼，推出了很多衍生产品，但是主打的品牌仍然是米奇形象，受到了世界各地的喜爱。我说的文学和其他艺术创作联合起来进行推广，就是推出文学自己的品牌。

石一枫：西安边上有一个旅游胜地叫白鹿原，你听说过吗？还有山东为了搞旅游，种红高粱就不说了，甚至还有西门庆一条街。

孙佳山：在座的各位都是比较严肃的纯文学作家，这几年比如起点中文网、晋江文学城、盛大等专业网络文学公司做得风生水起，包括腾讯也把以网络文学为代表的这一块作为下一步主要的拓展业务。不知道各位是怎么看这些其实并不新的新现象——这两年在资本市场上，网络文学受到的追捧恐怕远远超过了我们的想象力。现在文学出版、期刊杂志里的纯文学有没有可能和网络文学建立起某种有效的联系，毕竟网络文学的"繁荣"本身也是一种需要纯文学关注的现实。

石一枫：我们都没看过，不过我知道在国外没有网络文学，在国外只有文学上网。在美国，比如说丹·布朗出了一本新书，纸书和电子版同时都卖。我听说网络文学是中国独有的。

龙仁青：因为我写的小说大多是少数民族题材，这样的题材恰好可以迎合当下的西藏旅游热和藏学热。有人向我提议，认为在这样的背景下，如果我从事网络写作，极有可能会大热大火，但我对网络写作一直有一种谨真的态度。这次到鲁院学习，我们班上倒是有一个网络写手，我就与他聊天，了解一些网络写作的情况，发现他的写作和我们完全是两回事，他是在一个生产线上，他的写作是这个生产环节中的一个部分，他每天完成的量都是固定的。显然，承担这样一种工作，是需要做好身体和内心两方面的准备的。

陈东捷：技术上的优势，包括技术上的互动性，现在没有看到太好的作品，有的时候上去看看，基本上是一个类似通俗化的东西，生产方式不一样，为什么故事这么长，因为一开始是免费的，一进VIP就开始收费，1000字3分钱。

李云雷：现在也有人在做网络文学的研究，但研究起来很困难。比如作协的马季在做，他做了一个10年来经典作品的排行榜，选了10多个，但是每一部都特别长。

陈东捷：据说那些小孩的阅读习惯跟我们完全不一样，一分钟就过去，所以不需要深度，只需要轻松的东西。

任荭：就是一个载体，不是完全变成网络文学的创作方式，你可以保持原来的创作方式。

陈东捷：在现在的商业模式上将来产生什么变种不好说，做得很好也有可能，不过现在从严肃的文学意义上还没有看出来。

任荭：严肃的文学创作也可以和网络媒体合作，您可以推出严肃文学创作的频道，也会有读者去看。

侯百川：我看到的最近的严肃文学，批判现实主义的挺多，其他文学类型不是很多，包括科幻文学，被局限、压缩到很小的范围里。在国际上，各个文学门类都有各自的空间，包括科幻和奇幻，西方也有很深刻的幻想类作品。

陈东捷：我们现在没做好，但不是说我们本身不行。

侯百川：网络文学范围比较广，但水平比较差。不知道严肃文学能不能也拓展范围，尝试更多的形式，和网络文学一样，更多地与世界上其他文学类型接轨。

陈东捷：现在很多严肃文学作品网络上也有。

石一枫：我前一阵听到搞经济的人做过一个统计，网络文学的阅读是在逐渐下降。因为在网上看东西的人，不一定只看文学，什么好就看什么，现在拍一个微电影很容易，为什么不看微电影呢？

崔柯：网络生产方式本身会把你强制纳入到那种生产模式里面，改变的不仅仅是传播方式，整个写作方式也会改变。网络文学的读者阅读状态也不一样，我在地铁上看网络小说，每天上班看一段，几百万字也不觉得长，看几个月结束了还会觉得挺失落，而且看完也就上班去了，不会有思考的空间，就是一种休闲娱乐。

李云雷：刚才我们谈到了文学的新视野与新媒体，以及传播和生产方式的变化问题，最后我们再集中谈谈严肃文学内部的问题——文学与时代或者文学与世界的关系。我们看余华的《第七天》，他的时代感跟形式感，我觉得还是有一些错位，余华是很想写出时代感，但是现在我们读到的，却只有形式感而没有时代感，方方《涂自强的个人悲伤》这样的写作方式，我们觉得她有时代感，但是从艺术形式上有点保守，或者做得不够，这两位作家正好形成一个很鲜明的对比。

陈东捷：《第七天》我没看，但是我听别人说了一点，我听说他主要在架构方面下功夫。方方是从人物命运出发跟现实建立一种联系，她并不是写一种时代的大背景，就是要写一个人物的命运，一个山村里面考上大学，成为全村骄傲的大学生，他去上大学的路上碰到的都是好人，帮助你，一路上都很欢乐。上大学后他自己很欢乐，当然上大学之后很苦，什么屌丝、蚁族他都遇到了，最后一身病死掉了。前面部分写得还是很欢乐的，后面越来越悲催，小说紧紧围绕这个人物的命运，不去做任何补充和解释，通过人物的命运和故事来表现现实。跟你直接说现实或者用概念来说现实，这不是小说的方式，我听说《第七天》中有几次大的灾难，搞得背景很宏大，我觉得这个架构不应该是小说的使命，我看到的评价都是偏负面的，我就没有兴趣去看了。方方在《涂自强的个人悲伤》中，把现实用这样的方式呈现出来，现在读者有各种阶层，我们听到的都是非常正面的评价。当然也有一些小的方面可以做得更好，比如最后让主人公死掉，太极端了。整体还是她通过个人脉络的方式，通过一个个体化的人物的方式，建立起了这种"多元"。

石一枫：是我们社会最迫切的核心矛盾。

陈东捷：现在不要做什么先锋，现在没有房子都没脸开口，这不是一种现实吗？现实主义的写法生命力还是很顽强的，包括西方人的方式。

龙仁青：我突然想到刚才提到的话题。那就是"中国故事"，显然，"中国故事"之所以冠以"中国"两个字，是因为它呈现出了很多属于中国元素的东西，这些东西放到国外就不存在。现在很多小说存在这个问题，比如说，我们只要把作品里面地名和人名置换成其他西方国家的地名和人名，我们就看不出这是一个中国作家的作品。现在文学越来越边缘化，而我就是一个在边地写作的人。青海是一个民族比较众多，文化比较多元的地方。这样一来，它相对于发达的地方，留下了更多可以称为中国元素的东西，我一直认为这可能会给我带来一个创作上的契机，或者说是写作上面的好处。现在，内地很多作家的作品在写一个地方的时候不敢用真实地名，原因可能不是因为担心跟现实的某一个事情碰撞，使一些人对号入座，而是因为这个地域已经承载不了他所写的这个故事。从这一意义上说，我所处的边地反而在文学上有了一种可能性。我想把这种可能性牢牢抓住，期望能在这方面有所表现。今天刚好把这个问题提出来，和大家就这个问题进行交流。

冯巍：你是在电视台工作，一定知道高峰老师很喜欢拍民族电影，他甚至直接用少数民族的语言。当然，你的文学创作是倾向于纯粹的，但会不会也受到你工作的影响，虽然你主观上排斥但潜意识里还是没有逃过去。

龙仁青：有，摄像机是一个非常好的观察世界的方式，那就是对色彩和光影效果的还原和呈现，如果懂得一些色彩和光影方面的常识，用文学的方式去表达的时候，描写就会呈现得比较好。电影可能用一秒钟的时间就可以呈现出色彩和光影的美，但是如果用文字去表现，需要大段的文字才能做到。但是，这样的文字，却比镜头表现出来的那种具象和客观更富有意味，给人以想象。所以，一个受过摄影或摄像训练的写作者，在用文字描写风景、描写外部世界的时候，会有一个与色彩和光影有关系的观察角度。

吴君：来鲁院之前我知道哲贵也来了，特别亲切。《文艺报》曾经让我写个创作谈，我写到了温州，当然这个稿子没用，因为我没有资格说温州。这个稿子写到了温州和深圳的相似之处，我觉得把这两个城市的文学现象拿出来分析的话，很有意味。这两个城市是受市场冲击最厉害的地区，哲贵那里有一个作家群，我们深圳也有这样一个群体。为什么在这样的地方，会出现那么多的作家？可能是我们两个地区的环境造成的，那种每个人都有的焦虑感。刚才你们提到的不安全感，比如友谊、爱情、亲情几乎都在不断地接受各种各样的考验。从高空抛下来不知道落在哪，或者是一种脱轨的感觉，在深圳无处不在。这种状态对作家是个好事情，可能会让一个作家成熟起来而不再矫情和无病呻吟。

李云雷：我觉得吴君和龙仁青讲了很好的问题。吴君说的作家的状态可能是因为深圳处于改革开放最前沿，所以在那里有一些新的现象，比如说新的人物形象、新的人物性格，可能在别的地方还没有出现，但是在深圳会有，会比较突出。我觉得吴君的小说抓住了这些独特的现象和人物，可能别的地方没有出现，但是深圳有比较典型的人物和形象，她小说中也写到香港人和深圳人之间的关系，其中也有独特的人物，这也是你写作的一个长处。刚才龙仁青讲的也比较有意思，其实我们接触到的一些现在比较有名的作家，他们好像是身在中国，但是人又不在中国，是一种世界作家的感觉，他们的生活跟普通的人生活没有太多关系，而是生活在自己一个人的世界里面，所以你让他写中国故事很困难，只有跟中国人有血肉的密切联系，尤其是跟中国底层有密切联系的，才能写出真正的中国故事，才能概括中国的经验和中国转型期遇到的问题。

祝东力：你说的是生活经验和生活状态方面的原因，还有文学观念上的原因，似乎只要是写中国了就不文学了。

李云雷：主要是生活状态，很多作家对于我们普通人体验到的苦恼、问题，他不会有感觉和认识，不会有这种冲动，也不会有写作的动机，这可能是中产阶级作家遇到的问题。

祝东力：这也是20世纪80年代中后期已经出现的现象，而且当时有人特别反对体验生活这个概念。

李云雷：胡风的观点就是"处处有生活"，每个人都有生活。但是"体验生活"是有特指的，是让知识分子走出自我的小世界，走进工人农民的生活，这个术语有它特定的问题意识和理论脉络，值得我们今天重新思考。

祝东力：就是一枫刚才说的，是别人的生活，不是自己的生活。作家需要走出自己的生活，才能拓展文学的经验范围和题材范围。

李云雷：我们今天的讨论时间也差不多了，今天的论坛就到这里。谢谢大家！

（根据速记整理，经过本人校订，陈东捷发言由李云雷代为校订）

青年文艺论坛2013

第八期

"窃听故事" 与意识形态的表述 —— 以影视作品为中心

关键词: 斯诺登　窃听　意识形态

主持人: 刘岩（对外经贸大学中文学院）
主讲人: 王磊（中国艺术研究院马克思主义文艺理论研究所）
　　　　　李玥阳（中国传媒大学中国文化国际推广研究所）
时　间: 2013年8月22日星期四14：30—18：00
地　点: 中国艺术研究院334会议室
主　办: 中国艺术研究院马克思主义文艺理论研究所

编者的话

2013年6月，斯诺登曝光美国窃听计划的棱镜门项目，在国际上引起了极大的震动。其实，在新世纪以来的影视作品中，以"窃听"或情报为题材的作品并不少见，如《窃听风暴》《全民公敌》等。但是在这些影片中掺杂着较多的意识形态因素，它们常常通过"窃听"故事将敌对的窃听者和窃听机构描述为"自由"的敌人。然而在斯诺登事件中，我们看到，恰恰是美国这个以"自由"为标榜的国家，在实施着最为隐秘而广泛的"窃听"，这与上述影片中的意识形态指向形成了强烈的反差。这也让我们思考影视作品中的意识形态表述问题以及在新的科技条件下人类的自由与安全、民主表象与现实真相之间的矛盾关系，本期青年文艺论坛以这些问题为中心展开了充分讨论。这些讨论，对于重新解读和分析当下的全球意识形态格局，澄清现有混乱的价值观念，具有建设性的意义。

刘岩：最近两个多月以来有一个新闻，我想大家多多少少都会关注，就是由斯诺登曝光的美国棱镜项目。从理论上来说，这个事没什么值得大惊小怪的，因为大家都读过福柯，他说现代社会就是一个监视社会，现代人住在一个圆形敞视监狱当中，监狱的中间有一个中心塔楼，从中心塔楼可以看到监狱的每一个位置，而监狱当中的人虽看不到塔楼中的监视者，但是每时每刻都有被监视的感觉，于是进行自我规训。从理论上说，塔楼里面有没有人或者是谁在里面进行监视，似乎是不重要的，可事实却是，一旦这个塔楼中的监视主体被曝光出来，却会产生不同的反响。比如说，在塔楼里面的，是某个前社会主义国家，或某个邪恶的商业机构，好像就不会太让人吃惊，因为这是被不断重复的老故事。而这次被曝光的监控主体是美国政府，在世界范围却引起了巨大震动。那么，是什么塑造了我们对监视社会的感知，塑造了我们对监视主体的想象？我想起着很大作用的是今天的大众文化，是大众文化建构的意识形态想象，是关于自由、关于私密空间、关于窃取个人隐私、关于干涉个人自由的暴政的想象。在大众文化作品尤其是影视作品当中，有许多关于监听、监视、监控的表述。今天我们要讨论的题目就是"'窃听故事'与意识形态的表述"。下面有请主题发言人王磊和李玥阳发言，首先发言的是王磊。

王磊：首先我觉得这是一个很困难的题目，因为它太具体了。而按照我们对意识形态的一般理解，如果意识形态是指某种思想意识或价值观念的话，那么一个故事所表达的是什么样的意识形态，可能三言两语就说完了，要想谈出更深层次的东西，是极其困难的。因此，我想在分析具体艺术作品之外，顺便谈谈意识形态，并尝试着梳理一下这种意识形态理论和方法的社会性、历史性意义。

还是先回到具体问题上来。窃听故事大家都很熟悉了，比较有名的有《窃听风暴》、《全民公敌》、政治寓言小说《1984》及同名电影，以及各种间谍故事中涉及的窃听内容。现实生活中的窃听事件也有不少，比如最近的斯诺登事件、2011年默多克新闻集团的窃听丑闻，历史上有名的水门事件等等。

无论是窃听事件，还是窃听故事，都可能有很多复杂的表述。在这些表述过程中，往往都会有选择性的意识形态植入，用某种特定的、有倾向性的观念，来影响受众对事件原本具有的复杂性的判断和独立思考。但不同的是，艺术作品中的窃听故事，往往是对现实中的事件的情感性表述，往往能打动人，从而使意识形态发挥影响力的过程更隐秘和有效。

而这就是我们要讨论的问题：窃听故事与意识形态的表述。实质上它又包括三个方面的问题，一是看它们所呈现的是什么样的意识形态，二是看这些意识形态是怎样被表述出来的，三是这种意识形态本质上是怎样的。

我以《窃听风暴》为例来简单谈谈，因为我感觉它是同类题材电影中最成功的一部。《窃听风暴》是2006年、柏林墙倒掉17年之后拍的德国电影，故事发生的时间是1984年，距离柏林墙倒掉大约5年。也就是说，电影是在后冷战时代讲述的一个冷战故事。柏林墙的倒掉意味着冷战格局的改变，后来前苏联的解体，冷战结束，两种意识形态阵营的对立也随之结束。在这样一个历史节点上，日裔美国人福山提出了"历史终结论"，宣称人类历史从此终结，西方实行的自由民主制度将是人类最终的、唯一的、合理的制度。

这种理论给人的感觉就像童话故事里讲的那样，人类从此过上了幸福的生活。虽然这种观点极其荒唐幼稚，但它却代表了冷战结束后世界思想界普遍存在的情绪和观念，是西方制度和意识形态优越论。联系到丹尼尔·贝尔那本从1960年到2000年多次再版的《意识形态的终结》，这种历史归于西方的思想观念由来已久并在冷战后达到顶峰。

《窃听风暴》就是在这样的历史和思想背景中产生的电影，因此是一部典型的后冷战影片，是胜利者对失败者一次居高临下的政治和道德审判。它在艺术上是成功的，巧妙的艺术手法使意识形态的植入和表述自然流畅，强烈的艺术感染力压制了受众对历史与现实复杂性的思考，让观众很容易顺从影片的逻辑。

电影营造出上述效果的几大要素大致是这样设置的：象征高压统治的东德秘密警察，他们监听所有人；象征自由的艺术家群体；一个严谨缜密、善于窃听和审问，但良知未泯的、充满人性的秘密警察；还有一部带有隐喻色彩的作品《献给好人的奏鸣曲》。把这些要素组合起来，最终表达的就是人性和自由对专制极权的反抗，同时表达了两种意识形态：反面的是所谓极权主义意识形态，这是西方知识分子最喜欢讨论的问题之一；正面的是自由人道主义的意识形态，但在西方知识分子的解读中，这不是意识形态，而是普世价值。

这里有必要分析一下意识形态问题。刚才说的西方知识分子传统，在哲学上源自英美经验主义和实证主义，这种知识传统通常把意识形态的内涵狭隘化，不仅把它政治化，而且刻意把它与所谓极权主义联系起来。出于冷战时期对苏联的文化宣传的需要，西方把苏联的马列主义定义为意识形态，而把自由主义宣传为马列主义意识形态的无辜的对手。这种做法在中国学术界影响很深，所以一些中国学者在意识形态概念面前多少有些畏首畏尾，不太自信。

但是，这本身就是一种意识形态。讨论意识形态理论和方法，最合适的起点就是对自由人道主义意识形态的虚假性进行分析。这是现代社会最具代表性的意识形态，直到今天还在世界占据主导地位。

最早明确的把这种思想归于意识形态并给予批判性分析的是马克思。马克思最早使用的意识形态概念的含义，就是指这种资产阶级的以普遍人性为基础的自由人道主义。马克思是在批判和贬义的层面使用意识形态概念，并且揭示了这种意识形态以普遍真理的面目出现，但实质上掩盖了特殊集团的利益。马克思在《德意志意识形态》等著作中对此进行了深刻分析。

马克思指出，在现代社会，占统治地位的是"越来越抽象的思想，即越来越具有普遍性形式的思想"，统治阶级的思想与统治阶级本身分割开，使这些思想独立化，并赋予自己的思想以普遍的形式，"把它描绘成唯一合乎理性的、有普遍意义的思想。"资产阶级的这种思想，是在对封建神学、宗教的斗争中，用普遍抽象的人和神圣的人性置换掉了上帝之后的结果。结果就是人成了神，因此现代资产阶级的意识形态其实是一种世俗的宗教，抽象人性就是它供奉的神。这就是我们在流行的大众文化里面通常会看到的，大家会以此作为评价艺术价值高低的最终标准。

简单说，这是马克思使用意识形态概念时的第一重意义，只是马克思对意识形态概念创造性贡献的一部分，马克思还在中性的意义上使用意识形态，使意识形态理论成为一种社会科学研究方法，一种研究人类复杂的精神现象的有效方法。这种方法可以澄清人类思想观念的来源及其在社会中的作用，使思想观念去神秘化，找到观念背后的具体历史情境、社会根源和阶级基础，发掘出人类精神现象的社会、经济和政治本性。

在这个意义上，意识形态作为一种理论和方法获得了极大的活力和理论延展的可能性。杰姆逊评价说："意识形态理论是马克思主义对意识分析和文化分析最有独创性的贡献之一……这一理论也许首先可以看成是弗洛伊德后来所称的思想界的'哥白尼式革命'的一个阶段。"

此后，意识形态理论基本沿着两个路径发展，一个是虽然受到马克思的很大影响，但却是属于非马克思主义的理论传统，代表人物有曼海姆、雷蒙·阿隆、丹尼尔·贝尔等。最具代表性的是德国社会学家曼海姆，他从意识形态理论发展出一套知识社会学，虽然知识社会学仍然把思想观念与社会历史情境的关系作为核心，却把意识形态理论中的阶级内容抛掉了，这样就把意识形态理论转变成社会科学的一般性方法，把它技术化了。前面提到，英美传统多是在贬义的意义来看待意识形态，而且多把它同马克思主义、共产主义、极权主义等联系起来。

另一条路径就是马克思主义的理论传统。从列宁开始提出无产阶级和社会主义意识形态理论后，苏联以及后来的中国马克思主义，比较侧重意识形态的建设性意义，通常在中性的意义上使用意识形态概念，把文化思想领域作为意识形态领域看待。

这个粗线条的梳理，大体包含了我们通常所理解的意识形态含义。重要的是，应当充分认识到意识形态理论的方法论意义，它对人类文化和思想现象本质的揭示具有历史意义。我认为这是迄今分析文化艺术的一种最彻底、最有效的方法。

回到《窃听风暴》，它成功地表述了后冷战时代西方资本主义社会的意识形态，成功地宣扬了自由人道主义价值观。而且，它所表现出来的审美趣味和艺术观念，本身就是这种意识形态的一个组成部分。说它在艺术上成功，是因为这种普遍人性论的确能抓住人性的共通性，成功地激发人的情感，从而使意识形态发挥作用。但在现实中，这种意识形态并不代表普遍的人的利益，仍然只是维护少数统治集团的利益。

冷战结束以来，像《窃听风暴》这样以冷战为内容的故事减少了。在所谓意识形态终结的时代，在资本主义全球化时代，直接的"左"与"右"、资本主义与社会主义的论争减少了，但资本在第三世界催生的新伊斯兰主义、民族主义、现代化和工业化意识形态，构成了文明冲突论的基础。因此，意识形态不仅没有终结，而且永远不会终结。被全球资本主义的冷战胜利所压抑的一切问题，都在不断地寻找出口。当一些国家一方面在宣扬自由人权的核心价值观，另一方面却对全世界实施监控的时候，我们看到了这种意识形态在走向破产。以上是我的一点想法，可能有点抽象，供大家讨论批判。

刘岩：王磊给大家做了一个非常理论化的报告。王磊把电影《窃听风暴》作为中心文本进行分析，深入挖掘文本的意识形态本质，就是他所说的"资产阶级的自由人道主义"，并且梳理了自马克思以来的意识形态理论的历史，进而提出用马克思主义批判这种以普世表象掩盖特殊利益的、抽象的自由人道主义的意识形态。下面请李玥阳发言。

李玥阳：我认为"窃听"并不构成一个电影类型，或者说它本身并不能呈现出单一的问题。每个国家都用"窃听"题材拍电影，但是这个题材被纳入到了不同的脉络当中。因此尽管只有几部算是比较严格的"窃听"电影，但我要是一个一个讲的话，脉络就太过纷杂，跟我们当下关心的这个窃听问题的关系就不大。所以，我就找其中有关系的部分和电影来与大家讨论一下我的想法，有的时候我会说这个脉络，有的时候就会不可避免地绕到另一个脉络中。刚才王磊老师非常系统地进行了意识形态理论的梳理，同时也对自由主义本身的普世价值的神话做了很好的剖析，很多地方我都会借鉴到，但是我不会像他那么理论化。

说起窃听电影肯定逃不开间谍片，间谍片是很早就有的电影类型，一直到当下仍被不断复制，一轮一轮出现在我们的视野中。早期的《第三十九级台阶》已经是一个有间谍卧底背景的成熟电影，中国最早的间谍片似乎也出现在20世纪30年代末期，我看到的材料说最早出现在1937年，有一部电影叫《密电码》，据说是中统的张道藩亲自编剧。

间谍片最重要的时期是冷战时期，出现了很多系列。美国特别重要的是007，最早一部《诺博士》是1962年首映。前苏联有政治艺术电影，相当一部分是间谍片，占非常大的比例，现在我们还在讨论的《蓝箭》《侦察员的功勋》，电视剧《春天的17个瞬间》，都是非常经典的前苏联间谍片，曾引起过极大轰动。同时，中国一直借鉴苏联的政治艺术电影，在十七年电影中有很多非常重要的影片，像《斩断魔掌》《国庆10点钟》，还有后来的一系列影片。到了20世纪80年代初，中国的间谍片也非常多，比如《保密局的枪声》《405谋杀案》《与魔鬼打交道的人》。大家听到这些题目，可以感受到，这类题材在20世纪80年代初期更多被作为惊悚片的一个部分出现在我们的视野中。到20世纪90年代后期，有一个中国的恐怖片导演叫阿甘，他说他拍恐怖片之前，中国只有一些非典型的不伦不类的恐怖片，他指的就是像《405谋杀案》这样的恐怖片，在20世纪80年代就是这样。

后来在全球范围内，这一题材一段时间沉默，再次重现是在20世纪90年代中后期和21世纪，这和我们的窃听事件的背景非常相近。比如《碟中谍》，第一部是在1996年，本身是对冷战时期的一个电视剧的重写，那个电视剧叫《不可能完成的任务》。再比如《谍影重重》，第一部从2002年开始。韩国的《生死谍变》是1999年。007在1989年之前基本是两年一部在拍，而到1989年突然就停了，一停6年，到1995年才重新出现下一部。戴锦华老师说，这轮再次出现的间谍片，讨论的不是冷战的问题，而是关于身份认同的问题。而我觉得另一个有意思的现象就是，在这些所谓讨论身份问题的电影出现的同时，也出现了另一些电影，就是那些代表保守主义势力在美国兴起的电影。比如《黑衣人》，《黑衣人》第一部出现在1997年，把这两个脉络放在一起作为参照，我想提出一个想法：当某种身份危机出现的时候，恰好是保守势力神话不断建构的时候——这是我一个比较感性的想法。

"窃听"是间谍片中的一个题材。对于电影来说在很长时间里都是影像凌驾于声音，人们认为电影是通过影像来表述内容的，声音在很长时间内都不被重视。所以在比较早的电影中偷窥要比窃听出现的多得多，他们更多是要展现这种"看"，并像很多研究者指出的，在"看"的过程中对电影本体进行思考，就是所谓媒介自反性。后来"窃听"不断增加，这本身是伴随着高科技出现的，我看到1967年有一部电影《中央调查局》，原名是《总统的精神病医生》，里面最邪恶的、隐藏最深的是电话公司，在你的大脑中植入一个芯片，就可以完全了解你大脑中的所有信息，而且让你和谁联系，就和谁联系。这样的电影可以看出那个时期人们对电话的恐惧，对电话表征的世界的恐惧。而早期比较经典的一部"窃听"电影，人们常常会提到1974年的《窃听大阴谋》，它的原文是《对话》，一般研究者会把这部电影和希区柯克的《后窗》并列讨论，认为它们分别代表了偷窥系列和窃听系列在电影中的表述。

这部电影的有趣之处在于，它还没有或并不致力于呈现一个福柯式的圆型敞视主义监狱的社会，主要讨论的话题不是这个，那个时候科波拉是在非常有意识地和欧洲艺术电影或法国电影新浪潮对话。比如说《窃听大阴谋》一开始有一个全景俯拍镜头，在一个大广场上，人群川流不息，每个人都带着自己长长的身影，这样一个镜头在今天看，似乎是要表述一种无处不在的凝视，但事实却并不是那样。一方面，"窃听"不是无处不在的，它有一个非常清晰的源头，在广场上有一辆窃听车，是所有窃听的源头。另一方面，在大全景之后镜头切换，我们以为会看到一个被窃听的主体，实际却是窃听者和被窃听者同时都在大广场当中。

接下来导演把被窃听的人当作一个客体呈现，从来都不让他们占据视点，他们就是遥远的走来走去的一男一女，他真正要表述的是窃听者自身。那么他怎么样去表现呢？他给窃听者设置了一个非常绝望的情境，这个窃听者本身是一个有良知的窃听者，他的窃听曾经导致过谋杀，而且不断导致谋杀，他作为一个有良知的窃听者处在很深的自我焦虑当中。而且我们能看到窃听者由于窃听使他丧失了生活中所有的乐趣，比如他不能告诉心爱的人我爱你，不能常去看她，甚至不能告诉她他的名字，那个女孩等他很久之后，告诉他我不会再等你了，这个男的一言不发离开房间。我们在电影里大概有两三次看到这个男人孤独地坐在自己的房间里吹萨克斯，旁边有伴奏，但只是录音带。通过这些呈现，科波拉这个电影并不是探讨我们当下的主题，他探讨的更像是一个存在主义式的问题，也就是当每个人都处在自己境遇当中的时候，该怎样做选择，这更像道德层面和生存境遇层面的选择，而这一点和法国新浪潮、安东尼奥尼等的主题是一脉相承的。

同时，科波拉说《窃听大阴谋》也是一个特别自觉的视听语言试验，他把安东尼奥尼的《放大》当做借鉴。《放大》表达的是一个摄影师在草丛里面看到一男一女似乎在做什么事情，他们到底在做什么事情？每次看录像的时候都会发现不一样的内容，他们是不是在谈恋爱、在谈话，最后发现是个谋杀案。《窃听大阴谋》也是，但用声音代替了影像，窃听者听到男女无聊的谈话，当一遍一遍听谈话的时候每次都发现新的东西，最后发现是一个谋杀案。在不断发现过程中也完成了欧洲电影一直想要完成的东西——通过一种媒介的自反，来完成对电影本体的思考。在另一个层面上，这是科波拉所有的电影中，到目前为止唯一一部他自编自导的，他一直特别看重这部电影，说这是他最个人的一部电影，这也是在艺术上遵循法国新浪潮的产物。

从《窃听大阴谋》看，当时的电影还没有涉及现在的主题。在我有限的视野中，真正进入到福柯式的主题还是20世纪90年代末美国的《全民公敌》，开始讲威尔·史密斯扮演的角色，不断被监听、监控，天上地下无所逃遁这样的一个故事。《全民公敌》虽然出现在20世纪90年代末，但参照今天的一个又一个窃听事件，我觉得有很多地方是很有趣的。

首先，《全民公敌》的出现是有一个导火线，就是美国要通过一个法案，叫做《安全与保密法》，这个片子事实上是在影射1978年以来美国政府不断要推进的会干涉公民隐私的法案，也就是号称能保卫国家安全的法案。在那部影片一开始就在论争这个，一派是自由派，一派是保守派，自由派说这哪是监视国家的安全，分明就是侵犯人民的隐私；保守派说你这是很虚伪的矫情。我查了一下材料，电影呈现的对于美国现实的影射其实是非常直接的。1978年之后针对尼克松的水门事件，美国曾经通过了一个法案叫《国外情报检查法》，就是为了防止政府没有原则的窃听，你必须向法庭申请，然后才能窃听。"9·11"之后，布什曾通过了《2001年美国爱国法》，当时是一个临时条款，给情报部门增加了很大权力。2004年曾经有一场论争，宣布那里面有几个条款违宪，其中有这样一条，规定无需任何适当理由就可以对美国公民进行侦查和搜索。我个人看法是，虽然在2001年"9·11"事件之后才颁布了新的布什法案，但是20世纪90年代末关于是否要保卫国家安全的争论其实一直存在，在这个意义上"9·11"事件只是一个借口。

据说电影《全民公敌》产生的效应引起了当时美国安全局极大的焦虑，有一个材料说《全民公敌》公映以后，美国安全局长和后任的局长都在他们的作品和采访中表示了自己的焦虑，说我们国家安全局以后就要在《全民公敌》的阴影中生活了。当时有一个访谈，一任局长信誓旦旦地说，个人的隐私和法律底线能不能被玷污，有没有被玷污？我看着你的眼睛告诉你：没有！可以见到，在20世纪90年代末的时候，窃听的危险已经成为一个公开讨论的话题。对此，《全民公敌》的内部叙述也是非常有趣的，这个焦虑一直是存在的，那《全民公敌》是怎么解决这个问题的呢？我们看到它使用了一个特别烂的烂套，依然是一个小人物最终会战胜强权，自由主义会战胜保守的集权势力，这种老套的戏码。悖论的是，这种自由主义神话一定要想象出比邪恶的强权更强权的正义力量，通过这种更强权的正义力量来确保所谓自由的实施。在《全民公敌》里虽然主管是坏蛋，但国家安全局的局长却是好人。与其说这样一个烂套是有效抚慰了大家，让大家觉得自由主义的力量一定会战胜集权，不如说是在转移问题的焦点，把事关所有当下窃听事件的最重要的问题，转移到自由主义对抗专制主义这样一个二元对立之上，也就是遮蔽了问题的真正核心，而它所要达到的目的，就是要不断地复制自由主义神话。事实上，《全民公敌》虽然用了这样一个烂套，但它在很多地方已经显示出问题背后更重要的东西：一个是种族，一个是阶级，当然可能还有性别。比如说在这个电影当中，主人公是由威尔·史密斯扮演的一个黑人形象，黑人形象可能指代黑人、美国少数族裔或第三世界的人，它没有指代白人，这使我们更加能触碰到问题的核心。这个电影不断涉及等级秩序，比如说威尔·史密斯是一个劳工律师，他还没有被追杀的时候一直在讨论一个关于劳工的案件，工会主席被资本家收买以后就对工人暴力执法，这是劳资矛盾，是阶级问题。同时威尔·史密斯还遇到一个白人，这个白人跟他一起被窃听，白人一出现就不那么被动了。作为一个父亲的形象，威尔·史密斯不断要向这个白人证明自己是有保证自己隐私和自由的能力的。这个电影中的等级表达，向我们提示了和今天的"窃听"事件相同的逻辑：自由究竟是谁的自由？隐私究竟是谁的隐私？当谁的自由和隐私受到侵犯的时候，这个事件才被作为一个自由和隐私的问题来讨论？特别是有没有这样的人，当他们的自由和隐私被侵犯的时候，却没有人来讨论这个问题？当下的"窃听"事件也是一样，窃听这个问题是人尽皆知的秘密。1948年美国已经联系了很多国家——英国、澳大利亚、加拿大、新西兰，建立了梯队窃听系统，这套窃听系统以美国为首，世界上所有的电话、电子邮件、短信、电报、民用航空、航海通信都能被窃听，而建立在新西兰、华盛顿、澳大利亚的信号站可以直接窃听亚洲和中国。1952年美国国家安全局成立以后就建立了世界上最大的窃听中心，对几乎所有的通讯都可以进行窃听，这早就已经是尽人皆知的事实，那么为什么在斯诺登事件出现时这个问题才被讨论？

　　2005年发生的窃听事件和《全民公敌》的逻辑也是相同的。2005年，《纽约时报》披露布什政府未经允许进行窃听。报道强调，不仅窃听国外的电话，有一些是纯粹的国内电话。2006年《纽约时报》再次曝光说，美国正对世界8000家机构的金融信息进行秘密调查。当时有一个中国媒体说的特别清晰，布什政府2005年会不会受到窃听事件影响？不会，它说那次窃听事件主要打击的是外国人或中东和亚洲的少数族裔，对美国白人没什么触动，所以虽然爆出来"虐囚门"等事件，美国民众即便担忧，也并不是真正要去反对。而事实也是这样发展的，布什政府没受到任何触动。不仅如此，布什政府还在2008年通过了更保守主义的法案，就是美国窃听隐私可以不向法庭申请了，2012年奥巴马上台后又把这个法案的有效期延长了5年。窃听已经是一个人尽皆知的秘密，保守主义也变成了全世界的力量，在这个过程中我们也可以听到很多其他地方发出的声音。2010年有一部电影《我的名字叫可汗》，那个宝莱坞的导演跑到美国旅游了一段时间，和穆斯林以及相关的人进行了很多讨论，回来后他开始拍这个电影。电影一直在讨论美国公民权利的问题，有一句话一直在追问布什政府，说一个美国公民难道没有见总统的权利吗？还是只有穆斯林没有？电影表现的是2001年以后，以穆斯林为代表的美国少数族裔的公民权利受到了怎样的侵犯。以上是《全民公敌》这部电影体现出来的很多很有意思的地方，虽然出现在20世纪90年代末期，但是有很多信息已经非常有趣了。

　　21世纪之后，关于窃听的电影越来越多了。2006年出现了多部，如意大利的《被窃听的隐私》、德国的《窃听风暴》、中国的电视剧《暗算》。还有2009年中国香港的《窃听风云》，2011年出了第二部，2013年出了第三部，2012年中国出了《听风者》。一个问题是，为什么2006年之后出现了这么多窃听电影？当然每一个电影都有它各自的脉络，但有一个事实可以作为参照。有材料披露，在20世纪80年代，所有通讯都通过卫星完成，卫星可以担负整个世界90%的通讯，美国强大的监听网络可以无孔不入，直到20世纪90年代初才发生改变。1991年，英国开始铺设第一条海底光缆，接下来这段时间，中国和俄罗斯也开始铺设光纤，几千米长的海底光缆。材料里说得很形象，海底光缆就像手腕这么粗，但同时可以容纳的通信规模是以往全球的5倍，这么细的东西在海底，不要说窃听它，找都不一定能找到。海底光缆的出现，使美国原有的技术出现了很大的断裂，从20世纪90年代初开始，这个材料说美国渐渐有一个变"聋"的过程。那么美国又是从什么时候开始搞定的呢？在20世纪90年代中期，美国进行了一次海底光缆的窃听。而恰好是在2005年美国自己设计建造的新型核潜艇正式服役，这个核潜艇肩负的主要任务是窃听全世界的海底光缆，从它正式服役时间算起，整个世界开始了新的窃听高潮和新一轮的战役。我想可能是在这样一个背景下，从2006年以后出现了许多关于窃听的电影，这可以作为一个参照。

在这个过程中不断被讨论的是《窃听风暴》，我看《窃听风暴》一直有一个困惑，这样一部歪曲东德生活的电影是怎么被东德人接受的？东德人难道不抗议么？看了一些材料，觉得事实比我想象的更糟糕，问题不是抗议不抗议，不是东德能不能接受这种歪曲，而是在两德合并以后这是第一次正面去表述东德，东德人觉得终于能说自己的历史了，这已经非常不错了。在两德统一后，东德历史一直是一个禁忌的话题。有一个例证，关于《窃听风暴》的男主角，这个男演员2007年癌症去世，2006年电影获得公映，全球大热，这个男演员正好在风靡世界的时候去世。他去世前在一次采访中非常愤怒地爆料，他的妻子曾经在长达十几年的婚姻中对他进行监控。这个婚姻已经结束十几年了，又被重提并闹上法庭，他的妻子反对这时候重提旧事，男演员从东德博物馆、档案馆调取了250页监听记录，以证明妻子对他窃听。他的妻子很愤怒、伤心，在2006年病死了。随即法庭对这个男演员说，你以后再也不可以提这些事了，这个话题永远不能再被提起，接着2007年这个男演员也去世了。问题在于，在《窃听风暴》风靡之时，这不是一个非常好的噱头么？但德国所有的杂志都保持沉默。从这个小的事件就可以看出东、西德社会的紧张，已经合并十几年了还是存在内在的分裂，一直都没有弥合。在这样的情况下怎样去表述东德呢？以前东德一直以一个特殊的方式去表述，比如说2001年，第一部反映东德的电影叫《柏林生活》，是用一种很侧面的方式，比如一个人进了监狱出来后两德合并了，他是怎么去适应西德生活的，一种侧面的表述。还有2003年《再见列宁》的表述，就是戏谑、玩笑、戏剧式的表述，对于斯塔西、对于东德国家安全局，也一直是以滑稽、可爱的蠢货形象来呈现的，他们总是这样一种形象，所以一直没有正面呈现过。这个时候出现了《窃听风暴》，第一次打破了旧的方式，比较直面呈现东德的生活，所以很多学者们特别赞赏。

这样一部电影之所以在德国那么火爆，很大的原因在于德国出现了东德怀旧潮，在两德合并后东德生活很糟糕，企业都破产了，到2005年，失业率是18%，是西德的两倍。所以21世纪以来，从2003年《再见列宁》开始，整个德国掀起了东德的怀旧潮，《再见列宁》就是一部怀旧电影，开始我们看到泛黄的画面，一个美丽的东德家庭在画面前非常温暖，开玩笑、游玩，就是这样一个做旧的影像，贯穿整部电影，迎合这样的怀旧潮。在这部电影中，出现了很多东德的品牌、电视节目、小黄瓜、小汽车、咖啡等，这些东西构成了东德怀旧的载体。2006年，德国建成了东德博物馆，把人们捐献的老物件摆在里面供人怀旧，而且街头出现了卖东德老货的摊子。《窃听风暴》对斯塔西的讲述也构成了东德观众怀旧的一部分。另外，导演在电影中的表述是特别复杂的，呈现的情感结构不是像后冷战主流叙述那么简单，是一种复杂、纠缠的心态。一方面要把东德描述成一个冷酷无情的、机器般的、监狱一样的世界，把"好人"作为东德的异己；另一方面，影片的结尾又很复杂，那个艺术家在两德合并后再也写不出什么好作品。这时候有一个对话：现在德国有什么好呢？没有目标可以依循，没有标的可以反抗，我们的小共和国日子好多了，许多人直到现在才懂。在结尾处，这个艺术家重新提笔，写了一本书，扉页上写着献给我的窃听者。就是说，他最后一次激情创作，激情的来源依然是东德，最后一部作品甚至是向东德秘密警察中的一员致敬的。可见，这部电影具有充分的复杂性，是后冷战东德人不能用单一价值观再表述的东西。这样的复杂性无论是在奥斯卡奖，还是在德国自己的研究里，都不可见了。在德国，这样一部复杂的电影却被纳入到对德国法西斯的反省脉络里，有的研究者说，我们德国的主要研究都是纳粹，没有人不把东德专制主义作为法西斯的一部分来讨论。这就是《窃听风暴》所引起的讨论。2008年，德国有一个票房大获全胜的电影叫《浪潮》，直接讨论什么土壤可以促使专制主义重新兴起。但在那部电影中，专制主义越来越像集体主义，比如穿同样的校服，戴同样的会章，大家互助，这些居然也都被视为法西斯式的表述。

这些因素使得《窃听风暴》在德国非常流行，另一个重要推动力是后来它得了奥斯卡最佳外语片奖。有评论说，电影真实描述了冷战结束前东德的悲惨生活。《纽约时报》也评论说，电影指明的不仅是德国历史上的一段黑暗时光，还有人性的道德领地等。这样的评价和对德国法西斯的讨论是一样的，把电影本身的复杂性抹除了。2007年它得奥斯卡奖，正好布什政府窃听事件出现，我很想看看有没有人把它们放一起讨论，但在我看到的材料中，没有人把《窃听风暴》和布什政府2005年的窃听事件放一起比较，这挺讽刺的。后来《窃听风暴》不断被比拟成两个事件，一人们说到默多克传媒帝国窃听，会提起《窃听风暴》，把默多克比成东德的斯塔西。我搜索到赵月枝老师的文章，她说默多克一直和撒切尔夫人，后来和布莱尔、和全世界的首脑都保持密切的联系，默多克帝国的权力无限扩张，已经是一国政府所不能够掌控的事件。所以赵老师说，默多克事件的曝光，可能是英国政府和英国王室想要阻止传媒力量无限扩展的唯一手段。这其实是保守主义政权内部的斗争，和自由主义与专制主义的对立没什么联系。第二个比喻是把《窃听风暴》比作斯诺登的窃听事件，美国评论者把布什政府的窃听称为美国斯塔西，彭博社文章说，德国人该为斯诺登欢呼，斯塔西就是美国国家安全局。他们有一个经常出来解密的人，丹尼尔·埃尔斯博格，他也发表文章说美国已变成警察国家，竟然监听美国公民自己的隐私，这不仅不会保护国家安全，还会破坏美国为之奋斗了200多年的自由宪法。这样的叙述仍然是在一个自由主义和专制主义对抗的基础上的叙述，其实这些问题和赵老师提出的问题是相通的，自由主义早就破产了，它更可能是保守主义内部的博弈。斯诺登通过种种证据，使得美国白人再清楚不过地发现，窃听确实触及到他们的利益，这个问题被作为侵犯隐私事件，掀起了这么大风潮。香港的窃听电影我就不说了，因为相关电影的主题，无外乎就是反腐、兄弟之情这些东西。我想在讨论当中，大家会有更多的火花，更多好的洞见。

刘岩：李玥阳这个报告所包含的信息非常丰富，她讨论了不同类型、不同脉络，而且是不同历史语境当中的窃听故事，提出了很多有启发性的问题。下面大家可以围绕两位的发言展开讨论，也可以提出新的问题，包括他们发言当中没有展开的有意思的点。比如李玥阳说到斯诺登出现之后，很多人把美国政府比作当年东德的秘密警察斯塔西，王磊则提到了奥威尔的小说《1984》和电影《1984》。电影对小说的结尾做了相当大的改写，包括奥威尔的另一部作品《动物农庄》也是这样，小说改成电影后，对现代社会的整体性批判，包括对西方资本主义和苏联式社会主义进行的整体性批判，被专门指向社会主义，是谁做了这样的修改？ 正是中情局介入了电影的制作，以服务于冷战目标。中情局不仅是大众文化再现的对象，而且在某种程度上是大众文化的生产者。因此，关于监听、监视和监控的故事，可能不仅要讨论某个情报机构在影片当中是在场还是缺席，同样需要关注的是，这种机构是如何介入到大众文化和影视作品的生产当中，从而塑造、影响我们的意识形态想象。这是我从刚才两位主讲人的发言中想到的一点东西。

张慧瑜（中国艺术研究院电影电视艺术研究所）：听两位主讲人的发言，感觉涉及的问题和对象非常庞杂。他们刚才讲了很多和窃听相关的电影，或者说这些电影本身都是"反窃听"的电影，因为在这些电影里窃听被作为一种反面现象来呈现，窃听是一种监听和监视，是一种对个人的控制和压抑。我想到还有另一种脉络上的、比较正面的窃听，这就是"潜伏"故事。在反特片、间谍片中，地下党去窃听敌人，就像电视剧《潜伏》中，人们不会质疑余则成从敌人那里窃听情报的行为，因为敌我分明，就像007作为"自由世界"的英雄去窃听恐怖分子，也是一种正面的窃听。像在《全民公敌》《窃听风暴》中，窃听完全变成负面的东西，不再是敌我之间的窃听，而变成国家、企业对个人的监听和控制，这本身是有意味的。这涉及到斯诺登事件，我觉得斯诺登只是说出了公开的秘密，不管是美国，还是其他国家，对于公民的监听肯定普遍存在，尤其是在数码、信息时代，监控更加容易。我感兴趣的是斯诺登依然给我们呈现了一种个人对庞大的、垄断性组织的对抗方式，他是个人主义的英雄，这种对抗很像好莱坞电影。这里，我想到前不久发生的冀中星事件，我觉得和斯诺登事件有相似的地方。从媒体可以看到，冀中星基本上只生活在三个空间里，一是他的家徒四壁的家，二是他在东莞打工，三是他在北京国际机场引爆自己。也就是说，一个弱势者，想引起别人注意，只能采取这种所谓个人恐怖主义的行为，这种反抗方式和斯诺登是一样的，都是借助媒体来带来的围观效应。在这样一个时代，好像也只有这样一种以一己之力来反抗体制的路径，每个人都变成了一个原子化的个体，我们都孤独地面对一个看不见的社会。这种个人式的反抗与20世纪两个过度组织化的机构密切相关，一个是国家，一个是跨国企业。在自由主义者和无政府主义者看来，这些都威胁到个人安全。当然，不管是好莱坞，还是斯诺登、冀中星，都是对20世纪另一种有组织化的反抗方式的忽视，这就是共产主义运动和民族解放运动所提供的那种集体性的反抗。

刘岩：慧瑜的发言非常有启发性。他在斯诺登和冀中星之间建立起了一种互文关系，提出了个人的反抗和集体的反抗，好莱坞式的个人反抗和列宁主义的集体的、有组织的反抗，这就为我们打开了新的讨论空间。

祝东力（中国艺术研究院马克思主义文艺理论研究所）：张慧瑜说到的"个人"问题，这个点抓得特别好，加上刚才两位主讲，王磊理论上比较强，李玥阳结合作品分析得比较多，都很有启发。我说两句，"窃听"这个概念、这个意象，意味着技术上不对称和信息上不对称。"窃听"一定是借助比较复杂的技术设备来进行，同时被窃听者向窃听者单方面信息开放，这样，双方是力量严重不对称的关系。

所以"窃听"的意象特别适合表现个人与国家机器之间的关系，国家机器对个人自由和个人空间的侵犯。我们群发给大家的这期论坛"说明"里面提到的两部电影《窃听风暴》和《全民公敌》非常相似，一个讲前苏联集团中的东德秘密警察对个人的窃听，一个是美国资本主义国家机器对个人的窃听，都是国家机器与个人的关系。两部电影的价值观和意识形态都是站在个人本位的立场上呈现和评价窃听这个故事，个人本位，是一种市民社会的、布尔乔亚的、资产阶级的价值观，这个价值观的核心是个人。进一步讲，这个时候的资产阶级社会是一个自由竞争时代的资产阶级社会，那时候还要讲个人的能力和起点的平等、机会的平等，这种启蒙主义的价值观在自由竞争时代还是适用的，或者说，这是一种中间偏右的立场，是一种个人反抗，而不是阶级反抗的立场。但《全民公敌》呈现的国家已经是一个垄断资产阶级的国家，这个时候的国家机器是垄断资本的意志的代表，这是极右的立场，跟前面讲的自由竞争时代市民社会的、布尔乔亚的、资产阶级的社会相比，已经发生了一个很重要的改变。所以，这种国家机器构成了对早期资产阶级社会价值观的一种侵犯，实质是垄断资本对中产阶级的侵犯，这就构成了一个矛盾。所以，这次美国化解不了斯诺登事件，他的意识形态拐不过这个弯来。原来美国呈现的是市民社会的意识形态和价值观，斯诺登也是站在原来市民社会的立场上来揭露垄断资本意志的代表国家机器对个人自由的侵犯。所以美国一定要说他是一个叛国者，而不能按照好莱坞电影的套路说他是一个个人反抗者。这是我想说的一个问题。

再一个问题，我想说安全与自由的平衡点。大家刚才也都提到了，所谓窃听对个人隐私的侵犯，有关机构对个人的监视掌控，对于现代国家来说是题中应有之义，抽象的讲，现代国家为了全体国民的安全，一定会选择一些他认为必要的个人对他们进行监控，这时候就会侵犯隐私，这是不可避免的。这是为了集体的、长远的、全局的利益，牺牲、让渡个人的、短期的、局部的利益，这个道理作为一个成年人来说不难理解，关键是资产阶级社会的主流价值观不承认这一点，因为他的价值观是个人本位的。所以，实际上，关键的不在于是否侵犯个人隐私，关键在于究竟是为了谁的长远的、全局的利益牺牲短期的、局部的利益，关键在于你这个国家的利益和安全到底是谁的利益和安全，究竟是不是绝大多数人的利益和安全，这才是根本。美国对全世界范围进行监听监控，说到底是为了美国的垄断资本的利益，为了美国很有限的人群的利益，他对中东石产油区的控制，不惜牺牲几十万人生命的做法，还是为了少数人的利益。美国的监控没有道理，而有些国家的监控在某些时候是可以理解的，因为这是为了长远的集体的利益牺牲局部的个人的利益。当然这还包含安全与自由的关系，二者之间的平衡点，或者说长远利益和局部利益的平衡点怎样掌握的问题。

郭松民：我最近这一两年对电影比较感兴趣，但很少看窃听电影，你们说的那几部电影我都没看过，我看的主要是国产电影。我第一次参加这样的活动，说点题外话。首先我觉得像你们这样的活动要尽可能向圈外扩散，因为电影的影响力是非常大的，有着潜移默化的洗脑作用。现在中国的电影票价非常高，70块钱一张，网上团购也要45块钱，这对一般人来说是一个很高的价格。不过即便如此，电影院还经常排队，比如说像《小时代》，我附近的电影院去晚了就没票了，当然《小时代》是垃圾，但是垃圾就是有人爱吃，真是没办法。中国舆论界目前最大的问题就是严肃的电影评论缺位，媒体上的娱评只是把观众的注意力引向一些很无聊的方向，如演员的个人隐私等。看电影的过程就是对年轻人洗脑的过程，比如《小时代》的观众主要是90后，很多人在不知不觉中被引向物质主义。没有严肃的电影批评，中国电影出现的问题就不能得到及时矫正，观众也不能被引向正确的方向。我觉得你们的讨论只在一个学者圈子里产生影响，或者只是发表在学术刊物上，大众看不到，就没有起到应有的作用。

斯诺登引发的窃听门事件很有意思，对国内的自由派是一个很大的打击，他们没有办法解释这个问题。有一次我看到一个漫画，一个小孩对奥巴马说：奥巴马叔叔，我爸爸说你在看我的短信。奥巴马回答说：那不是你爸爸，邻居的男人才是你爸爸。（笑）这个漫画表明，所有美国公民的隐私奥巴马全都知道，这确实反映出美国"老大哥"强大的监控力量。面对这样的事实，中国的自由派们没办法让自己的美国神话自圆其说，非常尴尬，这也是他们自作自受。

祝东力：小资产阶级面对大资产阶级，一下子无语了。

郭松民：自由主义被引入中国后，一直没有实现中国化，也不能有效地解释现实，所以其影响力在下降。自由主义从在中国思想界、文化界的一统天下，到现在民族主义、新左派等其他思潮形成三分天下的格局，是一个巨大的变化。当然自由主义思潮仍然非常强势，但是它现在已经不能完全垄断话语权了。

我觉得任何电影都不能脱离其产生的大时代。前苏联电影、中国电影，包括间谍片，是从当时的革命洪流中产生出来的，革命的逻辑变成了电影内部的逻辑。改革开放以后，电影基本是在自由主义、新自由主义浪潮中产生的，因此自由主义和新自由主义逻辑也变成了电影和文艺作品的内在逻辑。今天讨论的话题是谍战片，《潜伏》在中国谍战影视剧中算是非常好的片子了，但是里面也充满自由主义的"病毒"，通过很多看似不经意的细节来重新解释历史。比如其中延安来人和书店老板接头，老板一边擦桌子一边问他"家里的情况怎么样"，来人说了两句话：一句是"审干已经停止了，大嫂已经回到原来的单位工作了"，还有一句是"抢救运动也停下来了"。这两句话听起来没什么问题，而且延安整风期间也确实进行了审干和抢救运动，但它传递的暗示却是近年来高华等人出现后，自由主义话语对延安整风的解释，而不是共产党的传统话语对延安整风的解释，基本上把延安整风给否定了，因为延安整风居然不过是整人而已。还有像余则成的转变，本来包括两个层面，一是对国民党的失望，二是对共产党的信仰。第一个层面交代的比较可信，因为他发现戴笠居然私下和日本人做生意，还出卖新四军的情报。第二个层面就一直没有可信的交代，本来有一个段落是可以交待清楚的，抗战胜利后他去探亲回到故乡，故乡在解放区，编剧、导演可以让他看到解放区翻身农民的情况或新型的军民关系等来让他认同共产党，这样逻辑就通了，但导演非常吝啬，坚持不做任何交待。我想这确实和这些年来自由主义学者重新解释中国革命历史，整个中国革命的意义都受到质疑的大背景有关。由于全剧把中国革命的对中国社会的进步意义给抹去了，余则成的所有的努力就都变成了一种个人英雄主义，或者仅仅是"爱情的力量"，牺牲的意义也变得黯然失色。

细节往往能透露出导演真正想告诉你的是什么，好莱坞最擅长此道。去年我看了《谍中谍4》，里面有俄罗斯特工形象，都是笨手笨脚的，最后俄罗斯特工的鼻子被人打烂，贴了一个创可贴，这就是俄国人在美国电影中的形象。前段还看过电影《鬼镇》，有一个人为躲避突然被从楼窗上掉下来的空调而被汽车撞死了，而在楼上装空调的是一对年轻黑人夫妇。太太建议丈夫最好请专业人士来装，丈夫却说我可以搞定，结果他刚宣布装好，空调就就掉了下去，导演就通过这样一个细节暗示观众，黑人都是笨手笨脚的，总是会把事情搞砸。

前两年还有一个电影《东风雨》，延续了这类电影的一个新特点：组织犯错误，个人用生命来纠正。地下党组织不再是一个安全和力量的源泉，个人在遇到困难时不仅没有从组织那得到保护，反而要耗费极大精力来排解组织给自己制造的麻烦，组织成了压迫性的力量，这和冯小刚的《集结号》是一个路子。

我也看过前苏联的间谍片《春天的十七个瞬间》，还有朝鲜《无名英雄》，这两部片子拍得非常精致，但我看了以后，突然意识到支撑这两个电影的逻辑都是民族主义逻辑，不是社会主义、共产主义的逻辑。当年拍这两个片子的时候社会主义还处于鼎盛期，但其实已经埋下了失败的种子，因为社会主义已经沦为民族主义实现自己目标的工具了，一旦当社会主义作为一种制度安排或一种意识形态无法实现民族主义的目标时，就被无情抛弃了。

这样的结果，我觉得和当时斯大林提出"一国建成社会主义"有关，社会主义首先在一些不发达国家胜利后，变成了强国的工具。20世纪70年代中期，周恩来在四届人大报告中提出"四个现代化"目标，这是一个民族主义目标，中国老百姓毫不犹豫地选择了"四个现代化"。

前段时间看了007系列《大破天幕危机》，我感觉西方对中国的看法有一些变化，影片展示了几个城市：卡拉奇、伦敦、上海。如果说卡拉奇还是一个尘土飞扬、布满农民集市的前现代城市，而伦敦是一座庞大、阴森的前世界帝国首都的话，那么上海才是一座光芒万丈的新兴大都市。这确实也是在客观上反映了改革开放后中国拥抱资本主义的全球化，现在也在资本主义世界体系中混出来了，地位也开始被西方认可，朝鲜还没混出来，中国已经觉得朝鲜给自己丢人了。但中国还要继续在民族主义的支撑下往前走吗？我们能靠民族主义赢得其他国家、民族的认同吗？我觉得需要考虑。

李云雷（中国艺术研究院马克思主义文艺理论研究所）：我最初看《窃听风暴》很震撼，大约是2007年看的，后来《电影艺术》约我写一篇文章，我就在2008年写了一篇《新世纪德国电影中的柏林墙》。刚才李玥阳说的德国影片我都看过，此外还有《一墙之隔》、《逃出柏林》、《柏林生活》等，看了很多。当时我把想法系统梳理了一下。开始我们看《窃听风暴》很容易被它的逻辑带进去，但如果仔细想想，只能说它的意识形态编织很成功，很有冲击力，造成的艺术效果很成功，但是越想越觉得这是意识形态的力量通过艺术形式表现得成功，不是真相的揭示。《窃听风暴》没有呈现出德国经验的复杂性，而只是以一种既定的意识形态来确认当前的世界秩序，呈现出一种单向性的思维，比如其中只强调"自由民主"的价值观，却缺乏对民族主义与民族感情的表现，而这正是德国统一的重要动力之一，在这点上，它甚至比不上《逃往柏林》。但正因为简单而出色地表达了一种意识形态，所以它获得了西方世界的广泛欢迎。

《逃出柏林》也是一个意识形态的表述，很简单，从东德逃到西德就是自由的胜利，可以获得幸福生活。但这些人在影片中并没表现出有多"自由"，他们可以做的事，似乎就是"挖洞"，影片很少展示他们另外的生活，故事焦点由"自由"转换成一种感情与责任，一种拯救的热望，一种能否逃出的悬念。在这里，"自由"命题被回避了，但同时也被绝对化了。仿佛西德天然代表"自由"，东德代表"不自由"。这里一个关键问题是，主人公逃离了一种体制，进入另一种体制，但影片对前一种体制的表现是具体的，即是丑恶、专制的，而对后一种体制的表现是抽象的，它被赋予了象征性的美好，却没真实地展现，虽然美好但却空洞。相对于《窃听风暴》，是比较生硬的意识形态表述，表现得不是很好。

《窃听风暴》与《再见，列宁》比较起来，后者是更加艺术化地表现德国统一后的情绪的作品，里面对东德、对社会主义、对自己的父亲母亲有一种更复杂化的呈现，不像《窃听风暴》这么直接的意识形态化。在《再见，列宁》中，作者表现了对东德与西德的双重反思，对东德有批判也有留恋，对西德有向往也有反省，这一切以喜剧性的方式呈现，让我们看到历史并没有在柏林墙倒塌时"终结"，冷战虽然结束了，但人类面临的问题并没有一劳永逸地解决。

我写完那篇文章包括看《窃听风暴》之后，一直对窃听这个问题很感兴趣，包括默多克事件、斯诺登事件出来后一直也想写文章，但不知道怎么入手。因为我觉得意识形态问题说是很容易说的，但怎么把它阐述得更清楚，还没找到合适的方式。像《全民公敌》这样的处理方式跟《窃听风暴》有点像，但不一样的一点是，它处理的是内部问题，国家内部窃听，这种通过内部危机处理的方式，造成了一种意识形态的正确性，所以跟斯诺登不一样的地方在这，面对斯诺登，就很难以这样的方式处理。

我还想说一下自己遇到的一些问题和困惑，斯诺登事件我们要简单说是对美国的批判，对普世价值的挑战，这些很容易说，但更大的问题是，在高科技条件之下，我不知道将来人类的生活会是什么样，我觉得不只是美国的问题，是全人类的生活在监控下如何生存的问题，在新的历史与科技条件下，人是否能更自由平等地生活，还是会对以往的生活方式与价值观念有一个根本性的颠覆？这是一个很大的问题。

我想到另一部电影，是20世纪90年代中期的《楚门的世界》，我也挺喜欢。影片中这个人从小成长在被监视的环境中，他作为一个被观看的对象一直从小长到成年，他最后用各种方式来逃出了监控范围。现在我们看结尾太乐观了。他靠"个人"逃出了这个网络的控制，《全民公敌》也是这样，它借助另一个比监控更强的监视技术逃出了这个网络，这是面临的一个很大的困局。无论是从国家控制的角度还是从人类生活的角度，个人其实很难与庞大的机器作对，那么除去个人，还有什么可以对抗国家机器？

从国家的角度，刚才有人提到007，这也是一部很有震撼力的作品，因为在这一集007里面很重要的变化是他的敌人不是来自外部，而是来自内部，如果我们和斯诺登事件联系在一起就很意思。在以往的007电影中，敌人来自外部，是苏联、中国或非洲某个国家，是冷战时期的社会主义国家或"文明冲突"中的伊斯兰国家。但是在这部影片中，哈维尔·巴登饰演的席尔瓦此前同样在 M 手下为国家工作，但是他在执行任务时，在生死关头被 M 女士放弃，他虽然活了下来，却对 M 女士及国家充满了仇恨。影片的核心情节便是席尔瓦的疯狂报复，以及007与他的斗智斗勇。好莱坞这一次所指认的"敌人"不是外部因素，而是内部的离心倾向。而且不止如此，在片头部分，在007与恐怖分子在飞驰的火车顶上纠缠打斗的关键时刻，M女士同样选择了牺牲，她命令伊芙射击，子弹射中了007。在这个意义上，007与席尔瓦一样经历了被牺牲的命运，不同的是席尔瓦选择了反抗与报复，而007在隐藏了一段时间，看到总部大楼MI6被炸毁之后，又毅然回到了M女士手下，开始了与席尔瓦惊心动魄的斗争。007与席尔瓦的斗争，也是他克服自我内部离心倾向的过程，这两个同样被国家牺牲的人是一体两面，在007忠诚的内心中蕴藏着背叛的因素，而在席尔瓦背叛的行动中隐藏着忠诚的情结，007与席尔瓦的斗争既是与敌人斗争，也是与"自我"斗争。影片最后，他战胜了席尔瓦，也克服了内心的怀疑、犹豫与反省，在个人与国家之间达成和解，再度形成了稳固、忠诚的"自我"，而在清除了席尔瓦的离心倾向后，影片也重建了一种新的认同秩序。

我们可以发现，反而是好莱坞以流畅的叙事讲述了"忠诚"的必要，美国的意识形态在复杂的故事中塑造了对国家的认同。而从被牺牲的个体到个体对国家的认同，除去惊险的场面、精彩的故事、正邪之间的斗争之外，仍有些因素值得关注，包括：童年生活场景的再现、M女士的人情味及其牺牲、最后的宗教场景等。这些诉诸个人情感的因素，在个人与国家之间建立起了有效的联系，这里，个人对国家的忠诚便不只是政治上的认同，也包括对童年、父母、故乡、信仰的深厚情感，这可以说是好莱坞"主旋律"的高明之处。

现在美国或西方资本主义国家强调牺牲个人来维护国家整体的运转，大我牺牲小我，这可以说是意识形态上一个重要的转变。从这个角度看，他们将斯诺登视为"叛徒"，也有其内在的逻辑，只是无法弥合意识形态的缝隙。

祝东力：刚才李玥阳提到新保守主义意识形态的影响，实际上保守主义强调集体，为了集体可以牺牲个人，而自由主义一定是站在个人的立场上。

李云雷：但是自由主义个人面临一个问题，个人很难挑战一个整体性的组织、集体、制度的框架，斯诺登事件拍一个好莱坞大片肯定是"全民公敌"式的英雄，但落到实际他就是这样一个处境。

张慧瑜：《窃听风暴》和《全民公敌》虽然批判的对象不同，却讲述了同一个故事，都是国家对个人的监视，有意思的是，《窃听风暴》批判的是东德社会主义政权，而《全民公敌》则是美国政府，前社会主义政府和现在的美国政府没有任何区别，在国家权力的意义上都是监视、压迫个人的存在。在这里，国家本身被抽象了，意识形态性不强了。不过，美国被呈现为一个专制国家，这本身是冷战终结后的产物，也只有在前苏联作为一个敌人整体性地消失之后，美国才有可能被呈现为一种邪恶的力量。从另一角度看，20世纪90年代作为全球化的时代，也是信息时代、虚拟时代，我们每个人都被虚拟化、数字化了。也正是20世纪90年代末期出现了《楚门的世界》、《骇客帝国》这种个人深陷在不可见的无物之阵的故事，仿佛世界变成了一张大网，每个人都无处遁形，这就是全球化时代的恐怖。

余霄（中国艺术研究院研究生院）：我第一次看到这个题目，就对窃听和意识形态如何产生关联有兴趣。开始的时候王磊老师给出的一系列解释我觉得能说明一些问题，但是我想从我个人的知识和经验谈一些想法。我觉得"窃听"首先是一个动作、一个行为，这就涉及到谁窃听谁的问题。我关注的是行为的发出者和接受者，这就将窃听转化为一个身份政治的问题。事实上也只有从这个角度出发，即只有当我们关注的中心是身份的时候，才能区分出自我与他者的意识形态的表述。后来祝老师谈到了什么是窃听，窃听是一种制造信息不对称的技术手段，这当然是非常合理的解释。但我以为也可以这样理解，窃听包括窥视，意味着一个不在场的观察者，即被观察者表现出来的行为，通常是没有观察者在场时才有的。举个例子，就像中学生锁在柜子里的日记，通常是预期不会被父母看到才写的。所以从信息不对称的角度谈窃听，实际上说的是一个技术问题，如果从在场与不在场的身份角度谈，就是一个政治问题。最开始主持人做介绍引用了福柯的理论，因为福柯关注的一直是身份和权力之间的关系，以及我们社会密集的权力网络及其运行的基本规则，其实意识形态的潜在作用也是赋予人身份，这种身份可能是自我赋予的，也可能是他人赋予的。

刚听了各位老师的发言有一些感触。我想到了一本书的名字，当初严复把穆勒的《论自由》译成了《群己权界论》，群和己就是身份问题，而他把它们放置到权利边界的问题上来讨论，我觉得挺有意思。就是说，刚才我们认为窃听触及了个人的隐私权，但是某些窃听者，尤其是代表国家身份的窃听者却会正气凛然地站在公共利益的高度，从群体道德的角度大肆侵犯或公然反对个人隐私权。就像在一个伦理共同体中，在那种基于敌我区分的身份政治意识下，个体都相信如果有窃听那么一定来自共同体之外。另一方面还需要讨论隐私权到底是不是个人权利？如果像自由主义预设的，我们是在天赋的隐私权神圣不可侵犯的意义上讨论，就会说窃听是一个在任何意义上都极不道德的行为，甚至可以说是反人性的，那就谈不上什么群己权利界限的问题了。

但是实际上"窃听"是什么？因为刚刚王磊老师提到了在现代社会普遍信奉的自由、平等、民主是由人置换了神，那么如果说实际上，是意识形态发现了窃听的政治性的话，我们对文艺作品进行批评的时候，就会着重看它是否表现了这些，表现了就是一部好的作品，没有表现就是平庸的作品——这只是一个现代神话而已。什么时候人有可能存在真正的隐私或绝对的个体？在基尔凯戈尔看来，只有在个体和神面对面建立关系的时候才有可能，在其他任何情况下，都是处在某种特定的社会关系当中。比如陈寅恪说，中国文化之定义具体说就是《白虎通义》的"三纲六纪"，就是说的这个问题，那么在这个意义上，个体是没有隐私权的。所以，在古代社会，无论东西方，谈隐私权的不能说没有，但似乎都很少，因为在那个熟人社会里，个体一定是处在特定的关系中，只有当个体和神的关系被置换出来之后，才有讨论隐私权的前提，我觉得这跟资产阶级的崛起，要求现代法律体系保障个人财产权利有密切关系。我记得本雅明在《拱廊街计划》里提到过一个闲逛者，一个随意的观察者，其实我们每个人都是观察者，我们每个人都在窥视和窃听别人，别人只不过把我们变成了一个模糊的背景而已。之所以这样说，是因为我们没有特定的目的和手段去达到特定的效果，抛弃了身份问题而淡化为背景的时候，我们就没有任何理由被判断为是在窥视和窃听，不过是在观察和了解，甚至只是在探索，从社会研究的角度延续着地理大发现时代的喜悦，去探索这个未知的世界而已。所以当我们把相关行为界定为窃听时，就已经是一种意识形态的表述了。

刘岩：你说的内容很多，我比较感兴趣的是你前面说的身份问题，身份问题可能不是"己"和"群"的问题。你提到的《群己权界论》是一种自由主义的表述，讨论个人和共同体的关系，这和你刚才同时说到的福柯的理论不太一样，后者讨论的是按照某种社会规范，对异常的群体进行规训。比如说，异性恋是规范的，同性恋是不规范的；信仰基督教的白人是规范的，不规范的是穆斯林、少数族裔、第三世界移民，他们被怀疑可能有暴力倾向，可能是恐怖主义者，作为国家的潜在威胁被监视。和这种监视有关的身份问题不是群体和个人的关系问题，而是民族国家内部不同的群体的关系问题。

余霄：十分感谢主持人的点评，我非常认同您的说法，刚才我说"群己"的时候是临时想到的例子。至于谁窃听谁的身份政治问题，可能更好的例子就是刚才李玥阳老师谈到的科波拉的作品，那部电影关注的重心是前一个"谁"，导演从窃听者的角度去发现他还是一个善良的、有道义的人，而这个人出于什么目的，用什么手段，想达到什么效果，都成了为这个人身份服务的注脚而已，因为他已经被设定了。反过来说，当一部艺术作品关注的是后一个"谁"，即被窃听者的时候，我们可能更多想到他处在什么样的环境，具有什么样的身份，代表了哪个群体的利益，在这个意义上，可能会从肤色、年龄、性别的角度甚至您刚才提到的性取向的角度入手。所以，这里的一个"他"其实代表了很多"他"，不同的"己"因为分享了普遍性的共同点也就是"群"了，即您刚才谈到的亚群体。我刚才说的"群"和"己"，其实就是多数和少数的一个粗糙表述，随便举了一个例子，可能不太准确。

冯巍（中国传媒大学艺术研究院）：我想谈谈香港电影《窃听风云》系列。这部电影2009年第一部，2011年第二部，今年9月12号第三部将在大陆公映。三位男主角分别是刘青云、古天乐和吴彦祖。如果连着看前两部，特别有意思。很多老师谈到的《全民公敌》、《窃听风暴》这两个片子，故事情节都直接指向了国家层面和狭义上的政治层面，这样当然可以直接联系到意识形态问题。虽然香港由于它那种特殊的金融中心位置，很多香港电影都关注经济问题，且较多地从个人角度出发展开情节，这其实也是意识形态分析的重要维度。这种个人也是有阶级或阶层归属的，尽管不像《全民公敌》那样以国家的名义。按照玥阳的分析，那个主使窃听的人就是一个典型的白人的代表。他是一个政客，他最初主使窃听就是为了使法案通过。因为法案通过了，他就能升官，成为国安局副局长。这部美国片是关于政治的叙事，而香港片《窃听风云》则是关于商业的叙事。

刚才王磊提到了杰姆逊。杰姆逊的马克思主义阐释学有一个特别大胆的假设，他把政治视角"作为一切阅读和一切阐释的绝对视域"。这种视角也涵盖了经济领域。他分析过许多艺术门类，关于电影的也非常多。我印象比较深的是，他专门分析过《教父》第一部、第二部，他写文章时第三部还没出来。他把《教父》定位为一种"社会的象征行为"，认为反映了整个资本主义由旧式的到新式的，或者由极盛开始走向衰落的过程。从第一部到第二部，实际上折射了整个美国资本主义社会的历史变迁。他的意识形态分析就从美国社会的经济领域入手。

我们回到《窃听风云》。第一部在海外上映时做了一个海报，一个巨大的老鼠耳朵被咬得血淋淋的。第一部开始的镜头就是垃圾堆有好多老鼠，其实后来情节的展开跟这个没什么关系。主创人员表示，这隐喻了人性中邪恶的鼠性。无论是第一部里窃听三人组的兄弟情，还是第二部里窃听与反窃听的三方博弈，这两部片子一直将窃听设定为战胜邪恶、寻求正义的一种手段。在第一部中，因为个人的困境，或者是家庭成员重病需要医药费，或者自己要嫁入豪门所产生的经济诉求，他们的工作出现波折，所以当他们窃听到风华国际股票的内部信息，就诱使他们通过炒股来解脱当前的困境，结果却使自己的人生陷入更大的困境——自己被利益集团追杀，甚至连累家人。但最后的幸存者还是通过窃听获得了秘密，实现了自我救赎，同时也为朋友和家人报了仇。在第二部中，与第一部表现执法者误用合法手段做了不合法的事情，然后再重新寻回窃听的合法性不同，第二部是借助窃听目的最终的合理性，将最初不合法的窃听行为转变为合情合理的行为。第一部的三位主演，在第二部里变成了对立的三方，一个金融大亨、一个执法者、一个复仇者。这样的敌对关系，最终的结局却走向了三方力量一起向善，对照第一部看挺有意思。从经济领域入手展开意识形态分析，也可以发现很多有趣的东西。像你刚才提到身份政治，在这个意义上，《窃听风云》尤其是第一部，代表散户的利益而不是大资本家的利益，这就有底层的色彩，也可以这么分析。

李松睿（中国艺术研究院《艺术评论》杂志社）：刚才好多老师谈到电视剧《潜伏》，我仔细想了半天，《潜伏》里的确存在着窃听行为，就是住在余则成楼下的那个会计，他每天搬着桌子站在椅子上，拿一个茶杯扣在天花板上，窃听余则成在家里摇床。因此我的总体感觉，中国电视剧拍的窃听都特别"土"，这可能与窃听所涉及的现代科技息息相关。政府机构通过各种先进的技术手段对个人进行监视，这一题材的源头是奥威尔的小说《1984》。此后这一题材的作品大多从这部小说中发展出来。而一个有趣的现象是，虽然《1984》是一部典型的科幻小说，但在整个冷战时代，它并不被评论界阐释成科幻作品，而是直接将其命名为"反乌托邦小说"。在这里，"乌托邦"成了共产主义或社会主义实践的能指，或者说是对现实秩序的反动。当人们把《1984》理解为"反乌托邦"时，其中对未来生活的描绘就成了对共产主义或社会主义社会的批判性书写，以及对现存秩序的肯定和褒扬。因此在冷战时代，窃听和监控手段本身的技术性不会凸显出来，而是更强调其中的政治性和意识形态性。这一点在李玥阳老师提到的那部1974年的"窃听电影"《对话》（或《窃听大阴谋》）中也表现得非常明显。影片一开场就是在一个广场里利用各种技术手段进行窃听的场景。导演在这里呈现了一系列颇为先进的仪器以及人们之间私密的对话无处遁逃的情景。由于这一段落的拍摄颇为经典，因此电影《对话》中的这个技术性场景后来被直接照搬到1998年的《全民公敌》里。在这部冷战后拍摄的影片中，卫星怎么监控普通人、特工如何在人身上装很多监视器等情节成了重点表现对象。因此原先没有重点呈现的技术性手段在冷战后的窃听电影中被凸显出来。类似的例子还有《窃听风暴》，里面最为抒情的段落是男主人公知道自己一直被监听之后，回到家里把各个房间中的窃听器找出来。在这一段落中，背景音乐特别突出，并在影像中着力表现男主人公怎样从墙上把一条条窃听器的线抠出来。最后，那包围着男主人公的一条条电线就成了现代科技如何包围、控制人们生活的象征。此外还有像《鹰眼》（2008）、《夺命手机》（2009）等电影，也都是表现高科技对人们生活的控制与监视如何演变为一场灾难。窃听电影在冷战前后发生的这种变化，或许跟冷战终结后意识形态之争不再是主导世界格局的矛盾有关。因为在今天，新自由主义已经基本上一统全球，所以技术性的因素才会突显出来。

另一个值得说的问题，是冷战后的窃听电影其叙事模式基本可以分为两种类型。一是《窃听风暴》那样的故事，将窃听行为设置在前社会主义国家。在这类影片中，你会发现主要人物都特别的无助、渺小，不管他们是受害者还是施暴者，都没办法改变压迫、掌控他们的社会制度。即使其中的秘密警察，可能会因为良心发现而帮助艺术家销毁证据，把那台打字机藏起来，但这个警察和艺术家一样也被封杀了，被分配去地下室分拣信件，那个压抑性的体制本身已经强大到无法撼动。只有1989年之后，全球政治格局发生剧烈变化，转机才得以出现。另一种类型是像《全民公敌》、《鹰眼》、《夺命手机》这类影片。虽然这些电影往往表现政府机构利用特权破坏美国公民的个人自由和隐私，但非常有意思的是，它们并没有将美国的政府机构呈现为绝对的恶势力。为什么政府机构会办"坏事"呢？不是因为机构本身的设置不合理，而是因为里面出现了坏人，滥用了国家赋予的权力。例如在《全民公敌》中，国安局中层干部是为了满足个人野心，想要升官，才搞暗杀，对美国公民进行监听。而一旦这个人的阴谋被揭穿后，国安局立刻展开调查，还威尔·史密斯以清白。这个政府机构仍然是正义的化身，这就是这类影片发挥意识形态障眼法的地方。

祝东力：美国电影表现自己国家时用障眼法，是给自己国家留面子而已。你想，这么庞大的窃听监控设备平时不使用么？肯定要用，只不过这次呈现的是坏人在用，可坏人被清除或没有坏人的时候，国家用来做什么？还是监听、监控吧。

李云雷：这跟我们的主旋律小说一样，到最后都是一些"坏人"，但它也暴露了内部运作逻辑的问题，好莱坞影片也是这样。

祝东力：这么庞大的机器天天在运转，运转就是要窃听。

李云雷：遇到这样日常的现象，它们不知道怎么解释。

王磊：所有的好莱坞影片里，都是市民社会的基本价值观，美国好像永远是自由、平等，充满人性和人道主义的。

祝东力：所以斯诺登把这个给捅破了：这不是个别坏人的行为，是国家的行为，而且持之以恒，24小时运转。

王磊：这样的话，美国意识形态的自我分裂就表面化了，其自身垄断性的、保守主义的、集权专制的东西暴露了出来，但是它一贯宣扬的自由人道主义本身又有着很大影响，所以今天，这两套价值观的之间矛盾更加突出了。

任荭（中国艺术研究院研究生院）：窃听有利也有弊，有利的一方面是随着科技发展和普及，窃听变得容易，想要对一件事情保密越来越难，公民对世界和国家的事情有了更多的了解，信息变得公开透明，窃听成了一件平常的事情。

郭松民：现在个人都可以窃听。

祝东力：可国家技术就又升级了。

任荭：以前信息比较闭塞，窃听可能只是国家行为，现在更多的是全民窃听。刚才说窃听有利有弊，弊处是对个人尊严和底线的挑战，每天都感觉在众目睽睽下生活，让人失去安全感。斯诺登曾经是美国中情局雇员，他站出来对美国"棱镜"计划的揭发，是一个正面的舆论导向，让大家关注这个事情，想出解决方案。电影《全民公敌》1998年上映，当时看来可能只是普通的窃听题材电影，现在再来看会有不同的感受。影片的故事情节可能是对未来政治走向的一种有目的的宣传和预热。随着网络和移动数码产品的普及，新闻已经变得速食化，网络新闻、手机报等短小精炼的标题式新闻吸引了很多读者。新闻的概念正在发生颠覆性的改变，人们了解世界的方式和渠道变得多样，每个人都在现场，都是事件的参与者。传统纸媒遇到了困难，报纸只能更多做深度报道，挖掘背后的真相，但是常规的采访报道很难拿到隐藏在背后的真实资料。以上是我对于"窃听故事"与意识形态表述的一点思考。

崔柯（中国艺术研究院马克思主义文艺理论研究所）：斯诺登事件轰动的原因，不仅在于这事件发生在最强调个人自由同时科技也最发达的美国，而且还在于这事件把"窃听"引入到日常生活领域。也就是说"窃听"不再是特殊的事件，也不再是针对"坏人"的行为，一个普通人也有可能被窃听，人们可能生活在一个被监控的社会之中。从这个角度，斯诺登事件给我们提出的问题是，在一个技术越来越发达的社会里，个人自由和安全的界限在哪里？在个人与集体的关系问题上，有两种倾向比较有代表性，一种就是主张人的隐私权是天赋的，窃听这一行为本身就是对个人权利的侵犯。另一种温和的思路会主张在个人和社会之间保持一个既矛盾又统一的关系，强调社会对个人监控的界限和尺度。但是我们会发现在一个技术高度发达的社会，个人与社会集团的地位越来越不对等。较早的窃听形式，比如明朝东厂的爪牙遍布各个角落，人们在家里谈着话就被抓走。这个例子通常被当做封建集权主义监控人们的一个例子，但是这和今天的技术优势相比就不算什么了。在今天，国家机构显然掌握着技术上的绝对优势，个人如何获得安全感，可能是一个值得继续讨论的问题。

郭松民：当我们把窃听问题理解成一个个人自由与安全的两难问题的时候，就已经落入了美国的话语陷阱。美国的安全问题不是个人自由带来的，而是美国的外交政策和国内政策造成的。美国的主流文化不去反思这个问题，反而把它转换成个人自由的问题，无非就是你自由多一点、少一点的问题，最后为掌控你的个人信息，建立一个像《1984》里描述的那种极权社会做合法性论证。另外说到中国历史，我认为毛泽东时代的中国在所有社会主义国家中是非常特殊的，因为那时不依靠专业的肃反机构或秘密警察来实现政治控制。而整个社会主义阵营，包括苏联、东欧和朝鲜，都依赖秘密警察，比如我们去朝鲜旅游，车里会有一个从来不说话的导游。

祝东力：关键的时候这个导游会站出来，阻止游客的行为。

郭松民：中国就不依赖秘密警察，毛泽东对秘密警察有高度的警惕，尤其禁止他们介入党内斗争，安全机构主要是反间谍，是对外的。中国的社会控制或社会稳定，从毛主席的思路来看，是依靠人民高度的政治认同。我们感受到秘密警察的存在，感受到窃听技术的威胁，是最近十几年的事情。所以如果我们要摆脱被窃听的生活，过去时代很多经验值得我们借鉴。

卢燕娟（中国政法大学文学院）：郭老师实质上提供了和今天的窃听故事完全不同的故事。我们在十七年的电影和小说里可以看到另一种监视，特务一旦进入大陆，强大的人民群众自发的安全监控系统就启动了。比如说谁家进来一个陌生人了，马上就会被居委会大妈注意到并保持高度警惕；或者在农村，社员们包括小孩都对来路不明、形迹可疑的人非常警惕，一旦陌生人有什么不同寻常的举动，人民群众马上就会自发地将其监视、控制起来并且迅速层层上报。在这一安全监控模式下，公安局根本不需要技术层面的监听设备。这类故事提醒我们认识到，所谓窃听——或者说监听，二者有一点差别，体现出对监控行为合法性的认同差别，背后的实质是国家和个人在双方权力边界上的博弈：国家以安全或宪法为名为自己的监控权力建立合法性或至少是必要性，而个人以自由为名为自己的生活和行动权力争取更大空间。这个边界的尺度，可能取决于大部分个体，也就是我们所说的人民群众对自己和国家关系的认同和界定：是将自己视为国家主人、国家安危与个人幸福相关，还是将国家视为个体对立面，国家与个体是控制与反控制的紧张关系？不同的选择直接产生了上述两类关于国家安全的故事：通过人民群众高度的主体性、自觉性来维系国家安全，还是通过机械的技术手段、以对个体自由和幸福的侵犯甚至剥夺来维系国家安全。

同时，这个叙述也提醒我们"个人隐私"不是一个先验的、绝对合法的概念，而是一种伴随着现代资本主义兴起而产生的个体权利，其实质是资本主义生产关系所要维护的私有财产的神圣合法性在社会文化伦理层面的一个反映。甚至不说社会主义传统，放到乡土文化里面，隐私都不是一个正面的概念。例如，中国传统伦理中，"君子坦荡荡"、"事无不可对人言"是一个很高的个人修养境界；或者在乡土文化里面，邻里之间、亲朋之间也没有太多的"个人隐私"禁忌。而在社会主义传统中，加入革命意味着忠诚、坦白、"向党交心"，虽然在历史上和今天这都是一个有争议的传统，但毕竟客观存在过并获得过很大认同。这些传统都提示我们，在一个历史脉络中所看到那些的"窃听故事"，它们所暗示的那些不证自明、无需论证的伦理标准，并不真的具有先验合法性和绝对合理性。

刘岩：听了两位老师的精彩讲述，让我想起上学时听老师讲的一个笑话。20世纪50年代，有一个美国特工刚到中国就被发现了，因为他在旅馆里把所有桌子腿和椅子腿都检查了一遍，看里面有没有窃听器。正是这种异常举动暴露了他的真实身份，也就是说，恰恰是他把在美国学到的那套监听和反监听的逻辑运用到中国，才使自己陷入到了人民战争的汪洋大海当中。

郭松民：当时有一个电影《铁道卫士》，里面有一个派遣特务马小飞。和他接头的女特务本想把他安顿到自己的大姨妈家，没想到大姨妈的院子里正在热热闹闹地搞爱国公约，第一条是抗美援朝，第二条就是防奸防特。起草公约的小学生问马小飞："特务的特字怎么写？"马小飞非常尴尬，写完这个字就走了，根本不敢住在这里。

祝东力：这是走群众路线的监控模式。

郭松民：谈到两种监控方式，就会发现有很大区别。当你使用一套先进的技术设备窃听时，信息是被极少数人掌握、使用的，反过来说在过去时代，这个信息是被众多群众掌控的，这样信息被滥用的可能性就大大降低了。这可以说是窃听的民主化吧？信息被极少数人掌握，掌握信息的人越少就越容易被滥用。

李云雷：窃听本身是精英政治博弈中的产物，窃听伤害的也是政治中的精英，跟普通老百姓关系不是很大，当然也可能"城门失火殃及池鱼"。

祝东力：刚才李玥阳讲的小人物无意当中被监听，所以任何人都可能被窃听。

郭松民：社会发生危机的时候就会变成一个强有力的控制力量。

卢燕娟：自己是否值得被窃听，也是对自己身份的判断。

祝东力：理论上讲，所有人都值得被窃听。中情局有一个官方网站，打开首页会跳出一个窗口，是招聘信息。

郭松民：警察机构有一个不断自我扩张的内在动力，我负责这个领域的工作，从我的角度来说，哪怕单纯为了政绩我也要不断扩张监听的范围和权力。

祝东力：人的隐私是没有限制的，你作为这种部门的负责人你总觉得人手不够，经费不够，设备不够。

李雷（中国艺术研究院《艺术评论》杂志社）：今天的"窃听故事"话题让我联想到了现代人的生存境况的问题。一方面我们的通话、通信、上网等可能一直处于被监控的状态，这可以说是技术强权的一方借助于先进手段对我们隐私权的侵犯；另一方面当下我们的生活被各种媒介所包围，我们所了解的所有信息资讯几乎都是手机、网络、电视、广播等媒介提供给我们的，虽然这些信息非常快捷和丰富，但是这些信息有可能是被处理和过滤后的"超现实"，某些所谓的真相可能并非如此。简单说，一方面是信息的窃取，一方面是信息的给予，这两方面背后都离不开强大的信息传媒技术。所以，某种程度上讲，当下的个体存在便是被传媒所操控的存在，我们的生活被葛兰西的所谓的"媒介霸权"统治着，而支撑这种"媒介霸权"的是强大的意识形态国家机器。虽说现在网络媒介给我们提供了反抗意识形态霸权的某种途径，但是这种言论的自由和反抗的力度还是非常的有限的。面对这种媒介技术强权和意识形态操控，很多时候我们既想抗争但又无可奈何，甚至表示可以理解，我们唯一所能做的便是寄希望于掌控传媒技术的国家，能够真正站在大多数人的立场和利益上，来进行这种技术操控。

郭松民：你刚才说的这个情况有一个大的背景，就是可以和它抗衡的传统社会主义意识形态崩溃了，但后冷战时代没有结束，崩溃的一方没有建立起新的足以抗衡的意识形态论述。在网络上辩论的时候，对方有一套理论支持，但是你这边没有，你的新理论还没有建立起来，就没有办法和人家理论。所以我觉得跟这个大背景有很大关系，除非能出现一套新的理论论述，足以和自由主义理论相抗衡，并且这种论述被广泛接受，否则在此之前很难改变。

徐刚（中国艺术研究院曲艺研究所）：在我的理解中，窃听对于20世纪五六十年代的中国来说，并不是一个问题，那个时候，窃听可能是一件天经地义的事情，人民民主专政嘛，对人民实行民主，对敌人实行专政，敌特分子就应该监视起来。中国有一个传统，"不做亏心事，不怕鬼敲门"，窃听也是这样，防敌防特，保护人民，这不存在任何问题。窃听之所以成为一个问题，主要还是像祝老师讲的，源于一种个人主义、一种私人性的这样一种文化空间的崛起。我非常认同李玥阳讲的，窃听的问题在美国是一个保守主义内部斗争的问题，更确切的说，是大资本和中产阶级之间的争斗，中产阶级出于维护自己的隐私而反对窃听，而大资本依据美国全球霸权的利益，而不惜将反恐扩大化，这样就和中产阶级个人性的权利发生矛盾，才有今天的一系列争议。当然我们知道，中产阶级是自私的，他们可能会想，我同意窃听，将可疑分子监视起来，但是不要侵犯我的利益，我的隐私是应该被保护的。因此这就有一个矛盾，你要保护我的安全可以，但是别侵犯我的隐私。这其实是一个非常自私的表述，也是一个非常矛盾的表述。我也在思考这个问题，对于美国政府来说，窃听其实有着更为重要的战略地位。我们知道，美国其实是对外推行全球霸权的，它一手进攻，另一手则在防御，对内有一套防御的机制，窃听就是这种防御的一部分。包括早先克林顿政府致力于开发的 TMD、NMD 这样的导弹防御系统，也是它全球霸权的一部分。而如今奥巴马政府的窃听计划也是反恐的一部分，总体上服务于美国的全球霸权。美国就是这样，对外扩张，对内监听，这两个部分不可分割地构成了美国推行的全球霸权行动。怎样看待这样一件事情，我觉得是极为重要的，尤其是对于中国人，我们的意识形态立场非常混乱，怎么看待窃听所包含的意识形态，在很大程度上还是取决于我们的立场。很多朋友都到过香港，有人说香港很有秩序和安全感，街头的警察荷枪实弹，给人的感觉是很有安全感而非压抑。那么我就想，假如这样的情况放到中国内地，可能会是另一种感觉，觉得真专制，搞这么多警察摆在路上。因此基于不同的意识形态的偏见，我们会对同样的事情产生截然不同的看法，这也跟我们的个人主义情感有很大的关系。

孙佳山（中国艺术研究院马克思主义文艺理论研究所）：我在大家的基础上简要归纳和展开一下。"窃听故事"在影视作品中主要涉及两种题材，一是间谍片或谍战片，另一个是科幻片或反乌托邦题材。刚才大家都已经有了精彩的论述，我就以这一年来的几部有一定影响的影片为例，分析一下与过去相比它们所出现的新的症候。

先说间谍片或谍战片。刚才云雷提到了今年的新版007，与之前的经典系列相比，最大的不同就是敌人来自内部，敌人不再来自前苏联，敌人就是叛变的"自己人"。而自己人的叛变，恰恰是因为组织在处理国家利益和个人利益关系的时候，毫不犹豫的抛弃了他——邦德本人也经历了同样的遭遇。这种叙事结构在007系列中具有颠覆性意义，显示了当下全球语境的身份认同问题，这和我们的《集结号》分享着相同的逻辑，而好莱坞也正试图要重新整合这种身份认同上的混乱。包括今年的美国超级英雄片《钢铁侠3》，敌人依然是自己人，邪恶的伊斯兰形象不过是美国人虚构出来的。这种艺术上的新症候和大家刚才提到的资本主义内部保守主义势力的激烈博弈正相吻合。当然，这种现象自然也不局限在好莱坞。韩国今年上映的《柏林》也有着类似症候，过去讲南北朝鲜的故事可以说泾渭分明，只要站在任何一方的立场，故事就可以讲得很流畅。但是在《柏林》中，这种全球语境下的身份认同困境异常明显，很难说双方谁更占道德优势，双方前线的谍战人员不过都是各自高层政治斗争的牺牲品，双方高层为了自己的升迁和利益，压根不管他们死活。类似例子很多，这些故事是否自圆其说其实没那么重要，它们都是全球语境下的身份认同困境的文化表征。

再接着说科幻片或反乌托邦题材，以今年在国内上映的《遗落战境》为例。这个影片延续了2002年《星球大战前传二·克隆人的进攻》、2005年《星球大战前传三·西斯的复仇》的脉络。过去科幻片或反乌托邦题材中的敌人也非常清楚，除了外星人，就是科技恐惧，再就是影射前苏联的戒备森严的未来监狱社会。但是20世纪以来，无论是《星球大战》系列、《终结者》系列，还是《黑客帝国》系列，我们发现，在科幻片或反乌托邦题材中，敌人消失了，或者敌人也是来自我们内部，敌人是克隆人，敌人就是我们自身。所以科幻片或反乌托邦题材的故事也很快就讲不下去了，《星球大战》系列、《终结者》系列、《黑客帝国》系列也拍不出新的花样了。

因此，通过分析"窃听故事"的两种最主要的题材，不难发现，无论是间谍片或谍战片，还是科幻片或反乌托邦题材，都面临着一个共同问题，就是敌人消失了，或者说，他者消失了，他者自我化了。那么，当下这一特殊的文艺现象，也是连接"窃听故事"和意识形态表述的关节点，因为这直接涉及意识形态和乌托邦的关系问题。

刘岩：佳山的发言特别有启发性，他者的消失或者不明确，正好回到我们前头讨论的话题，就是历史是否终结了。按照福山的表述，自由主义有两个竞争者，一个是法西斯主义，一个是社会主义或共产主义，如今不存在这两个竞争者，历史就终结了。这是非常明确的对自我和他者的区分，冷战时期的美国可以对世界做这样明确的意识形态划分，但今天的自我和他者的关系却变得非常混乱。比如说北非发生的事情，埃及革命中的各派力量——穆斯林兄弟会、自由主义者、社会民主主义者、激进左翼、军方，各有不同的目标，在事态发展的不同阶段可能相互借重，但又充满矛盾。面对这种复杂、缠绕的关系，美国无法再像冷战时期那样简单扶植一个盟友，打倒一个敌人，无法再明确地区分我与他、敌与友，这种困境充分说明了过去再现世界的方式在今天已经失效了。苏联模式的社会主义失败了，但历史没有终结，面对各种矛盾复杂交错的世界，自由主义其实是相当无力的，而我们也无法再简单地重复过去的叙事，不但要建立新的论述，同时也要寻找新的再现这个世界的方式。

郭松民：这个他者是存在的，只是没在好莱坞电影里表现出来。美国老百姓是占领华尔街，不是占领白宫，华尔街作为一个恶魔的形象还没有展现出来。

孙佳山：其实今天的斯诺登事件也真没什么新鲜的，斯诺登的故事远没有超出2007年前后热播的美国周播剧《越狱》系列的框架，那个片子涉及的问题甚至远比斯诺登事件复杂的多。现在的最大困局就在于，这些问题大家可能早就全都知道了，但是大家又完全无能为力。斯诺登事件的最大讽刺就在于，梦醒了之后无处可去。就是说，即便告诉我们全部真相，我们又能怎样呢？

刘岩：今天的讨论就进行到这里，谢谢大家。

（根据速记整理，经过本人校订）

青年文艺论坛 **2013**

第九期

娱乐文化的形式变迁与时代内涵

■　　　■　　　■　　　■　　　■

关键词：娱乐文化　　受众心理　　新媒体　　艺术终结

主持人：崔柯（中国艺术研究院马克思主义文艺理论研究所）
主讲人：吴闻博（世熙传媒模式中心）
　　　　　孙佳山（中国艺术研究院马克思主义文艺理论研究所）
时　间：2013年9月26日（星期四）下午14：30—18：00
地　点：中国艺术研究院334会议室
主　办：中国艺术研究院马克思主义文艺理论研究所

编者的话

与传统的电视娱乐节目相比，2005年以《超级女声》为代表的选秀类节目有效地消除了电视节目与观众的心理距离，改变了传统电视节目与观众的观看关系。近期，《中国好声音》《我是歌手》《最美和声》等选秀类节目再次引发了新一轮收视热潮。当前以《中国好声音》为代表的真人选秀类节目，在节目制作形式、播映传播方式以及与观众的互动关系等方面，继2005年前后的选秀节目热潮之后，又出现了一些新的特点，并与当下大众文化心理的刚性需求有着错综复杂的关系。

本期"青年文艺论坛"以《中国好声音》等当前热播的电视娱乐节目为切入点，从共时、历时两个角度深入探讨了诸多当下时代的文化焦点问题，包括以电视娱乐节目为代表的当代大众娱乐文化的历史渊源、发展脉络及其形式变迁所勾连的社会文化内涵等。通过讨论当代大众娱乐文化的样貌、症候，剖析其内在的时代肌理、症结，本期论坛为认识与理解我们当下时代的文化特征及其本质做出了有价值的尝试和探索。

崔柯：今天讨论的主题是"娱乐文化的形式变迁与时代内涵"。论坛始终关注当前的文艺热点与前沿问题，有时会涉及文学，有时会涉及电影、电视和音乐等。论坛想通过具体的文艺作品、文艺现象，关注它们背后的深层次问题。也就是说，通过文艺领域的具体问题，比如情节、结构、表演、旋律，我们的重点是去研究、讨论它们背后所隐含的社会心理、时代内涵、意识形态等深层次问题。今天我们讨论娱乐文化，也是基于这样一个出发点。

娱乐文化是当前大众文化的一种重要形态。近些年，娱乐文化出现了一些新的形式，尤其是电视类娱乐节目，出现了很多新的节目，其中又以选秀类节目最为流行。比如，从2005年热播的《超级女声》，到最近几年的《中国达人秀》《我是歌手》《最美和声》《舞林大会》等，当然《非诚勿扰》《非你莫属》在某种意义上也可以视为选秀类节目。近两年最受关注的节目当属去年开播的《中国好声音》，这可以说是近两年收视率和口碑最佳的电视栏目，甚至我身边一些从来不听流行歌曲的朋友也在热议《中国好声音》。相比之前很多节目，《中国好声音》较为成功地满足了社会各个层面的期待视野，作为一个电视栏目来说应该是成功的。围绕该节目也有一些争议，但是那种原则性的批评还没有出现——比如针对《超级女声》海选环节低俗化的批评，针对《非你莫属》的"不健康的职场价值观"的批评，关于《非诚勿扰》发生的"是在宝马里哭还是在自行车上笑"的爱情观、人生观的争议等。相比《中国好声音》的广泛传播，文化界对这一现象的阐释还不充分，正反两方似乎还没有找到比较新颖、准确的阐释角度，比如肯定一方认为，这个节目街谈巷议，百姓喜闻乐见，官方肯定表扬。而反方则援引文化批判理论指出，《中国好声音》终究是一个娱乐节目，是一个声音的幻像，充满了意识形态的控制等。那么对于这样一个文艺现象，有没有更深入的阐释路径呢？今天正是要就此一起深入探讨一下。首先请第一位主讲，世熙传媒模式中心提案主管吴闻博做一个发言。

吴闻博：崔柯是我的师兄，当时他给我布置这个任务，我说我可能掌握不了，毕竟我离开学校两年了，已经进入到了所谓的电视制作一线，接受得更多的是电视节目的技术流程和制作流程。今天猛然回到一个理论氛围非常浓厚的环境里，讨论一个比较严肃的话题，我想我的小心脏可能是承受不住的。然后他跟我打气说没有关系，说大家可能更多地期望听到来自一线的声音。当我们从文化的角度去评价一个节目的时候，是高屋建瓴式的，但是这个节目本身的结构、因素到底是什么样子的，我们的高屋建瓴是否符合它的内在构成，还是中间有着断裂呢？我希望能够从娱乐节目内部的角度来阐发，来揭示中国电视的发展到底是怎么样的脉络，怎么样的流程。

一开始崔柯兄跟我讲，我们只讲《中国好声音》，因为《中国好声音》的确是2012年以来中国最好的一档电视节目。它的原版模式是从荷兰引进的，被称为世界电视音乐节目三大模式之一，或者说是世界电视节目三大模式之一。第一大模式是《达人秀》，中国已经做了；第二大模式是《偶像》，实际上最早不是出现在美国，而是在英国；第三个就是《好声音》。

但是我认为不能只谈《中国好声音》这一个节目，就个人而言，我认为《中国好声音》虽然在业界的影响力非常大，但是还不能上升为独立的文化现象，因为如果说电视节目能够引发文化现象，必然是因为它的革命性的内在构成或者说它的结构引发了我们的生活观念、认知甚至是行为方式的一种改变，这样才能称之为一种文化现象。

对于《中国好声音》来讲，虽然它在内部构成上有变化，但是不足以影响我们的认知、观念和行为方式，它的影响力基本上还是局限在传媒领域的。把2004年的《超级女声》和《中国好声音》做个比较，就能看出它们之间的差距。

《超级女声》可以说是中国电视史上最重要的一档节目，因为它的出现彻底颠覆了我们对电视的观念，甚至会影响到90后的生活方式。它在节目的设置上有两个革命性的特点。第一是海选，它将电视从家庭推向全国，让每个人都有权利或者机会进入到电视里面去，而在以前我们是作为欣赏者来看电视，我们掌控电视的方式只有遥控器。

我们说电视的本质是即时传播，这个观点是我的导师中国传媒大学的苗棣先生提出来的，即时传播的价值也就在于它能让彼时彼刻发生的事情在此时此刻呈现出来，给我们一种真实感，这是传统的电视给我们的感觉。但是《超级女声》首先采取了海选方式，让所有演员、所有主角、所有选手不再让我们遥不可及，而是就在我们身边，每个人都有这样的机会，每个人都有这样的权利进入到电视里去。如果说传统电视节目给人的感觉只是让人觉得电视是真实的，那么海选这种方式让我们觉得电视就是我们自己的真实，因为它就在我们身边发生。我们随处可见的是报名处，电视里的这个人原来是我的一个邻居或同学，我们已经成为了电视中的一个主角，所以海选是《超级女声》最具革命性的方式之一。

除了海选之外，还有一个关键因素，就是短信投票。如果说海选方式只是让我们对电视具有一种参与性的话，那么短信投票则让我们对电视真正具有了一种掌控力。

但是短信投票赋予我们每个人掌控这档节目的权力，我选谁不选谁不是你制作方说了算，当然从实际操作角度来讲还是制作方说了算，但至少在形式上给了我们掌控电视的感觉，我来决定谁输谁赢。所以我们发现《超级女声》出现以后加上一夜成名的宣传，再加上它"想唱就唱"的口号，让我们对电视的认知发生了彻底变革，电视和观众之间的心理距离已经被消灭了。

传统美学，认知的主体和个体之间有"隔"这么一个东西在里面，而《超级女声》通过海选和短信投票这样的方式彻底消除了这种"隔"，因此它在美学上、现实上，对我们的认知产生了变革性的效果。也正在于此，电视的本体再度成为我们关注的对象，即电视的内容一定要跟我们的生活是密切相关的，才有可能成为一个文化现象，这就是2004年的《超级女声》。

近两年出现了一些比较著名的电视节目，比如刚才崔柯提到的《非诚勿扰》，从文化现象来讲，应该说它也是超越《中国好声音》的，因为它的话题恰好是我们生活中的刚性需要。

我们做电视节目研究时会发现，凡是涉及社会刚性需求的节目都比较火，第一个是婚恋节目，第二个是职场节目。尽管从游戏规则来看可以说有很多黑幕和不公平在里面，但是为什么收视率或影响力这么高？因为这是社会的刚性需求。

我们每个人都对情感有认知，最早我们看《单身男女》的时候就会发现，两排人坐在一个地方，很简单地问一些问题，每个人都很拘束，而且男女人数比例是相当的，处在一个均衡的状态；但是等到《非诚勿扰》出来，我们发现了一个问题——男女的比例是不均衡的，一群美女出来，从表面看是一个男的选一群女的，而事实上是把一个男的放在一群美女的审视之下，这种不均衡的状态跟我们传统相亲节目的方式是不一样的。

在国外还有一档知识竞答类节目叫做《金发美女》，是一百位美女对一个男生。在西方有一个观念，胸大无脑，或者说是头发长见识短。但是这种观念放在电视节目上呈现出来，尤其是女性打败男性的时候，就有可能引起我们认知上的一种变化。所以《非诚勿扰》从这个角度来讲，它的话题性和我们生活的关联性比较大。马诺只不过是一个话题，实际上她也是一个工具，更关键的是从深层来讲，她不过代表了一种观点，跟她个人其实没有关系。那么马诺出来以后吸引了我们的眼球，我们为什么会争议这档节目？是因为这个节目所传达出的观念和我们日常观念产生了一定冲突。

但是《中国好声音》从结构上来讲去掉了海选，没有短信投票，标志性的东西只有盲听，从歌唱节目角度讲，他把歌唱节目做到了极致。因为我们以前看歌唱节目视觉是第一位的，演唱者一出场我们要从外形看他是不是漂亮，一般不漂亮的我们对他的歌声就不是特别感兴趣。

正是因此，所以连北京奥运会都会假唱，就是要给我们视觉上的冲击，《歌唱祖国》那个小孩，她实际上并不是原唱，为什么？传统的习惯就是我要先看到你，然后再听你的歌。但是《中国好声音》用盲听的方式隔绝了我们的第一视觉，只让我们去听，它在专业性上达到了一定的极致。浙江广播电视集团副总编辑夏陈安，他在评价《中国好声音》的成功时讲了三个因素。

第一是《中国好声音》做到了足够专业。其实2012年《中国好声音》在业界引起的最大关注，就是让我们意识到"模式"这个概念的重要性，或者说"模式"成为各家电视台共同关注的一个话题。以前我们讲中国电视一般会用"类型"或"节目"来概括，其实"模式"在2006年就已经进入中国，但是我们一直没有对它做一个学理上的分析，包括现在都没有。我们一说电视，还是用"类型"分为谈话类节目、真人秀节目——这样来区分，但事实上"模式"节目的出现，已经将全世界的电视节目从"类型"推向了"模式"。

关于"类型"，我们讲究的是一种共性，比如说谈话类节目必须要有主持人，必须要有会场这些共同要素，"模式"则在于每个节目都有自己独立的个性。比如音乐节目，从"类型"来讲，它是被划为同一种类型，但是如果我们看2013年的中国电视就会发现，音乐节目比较著名的不下10档，"X因素""美国偶像""好声音"，世界上最著名的三档音乐模式更是在中国同时出现。

那为什么我们会发现它们彼此之间并没有完全的重复呢？是因为每一档节目都有自己的模式点。对于"美国偶像"来说，它的模式点就在于我不只是看你的唱功，更重要的是看你的舞台表现力是什么样的，所以《中国梦之声》在选评委的时候就会选择黄晓明这样的偶像，节目最终要培养的是偶像；而在湖南做的《中国最强音》（"X因素"），这档节目的看点在于集训营当中选手的表现，选手的真人秀是什么样的；而《中国好声音》源自荷兰的"好声音"，会想尽一切办法让你的声音凸显出来，至于你长得怎么样，舞台表现力什么样则不去关注。所以尽管同样是音乐类型的电视节目，从"模式"角度讲它们是有各自特点的，因此我们认为从"类型"到"模式"，标志了全世界电视节目开始从共性走向个性，只有制作出一档有个性的节目才有可能在电视台立足。

那么"模式"是如何出现的？我刚才也说过了，目前还没有学理上的分析。我特意浏览了一下，也看了一些关于"模式"方面的书，依然还是把"模式"等同于"类型"。事实上在2000年前后，荷兰推出了一档节目叫《老大哥》，我们认为这档节目是"真人秀"最早的出现，而且我们也习惯性地把"真人秀"归为类型，但事实上"真人秀"的出现突破了原有"类型"节目的特点。我前面讲过，每一种类型，谈话类节目、歌舞类节目还有喜剧类的节目，它都有一定的共同的框框，但"真人秀"是把每一种类型的不同元素融合在一个节目里面，也就是在这个时候我们讲节目的创新是什么。把不同元素合理搭配，同样就是这么几个元素，但是以不同的搭配方式呈现出来，这就是节目的创新。所以真人秀的出现与其说是一种"类型"的出现，倒不如说标志了"模式"的出现。也正是"真人秀"《老大哥》出现之后，经过美国的《幸存者》不断发扬光大，到现在我们会发现"真人秀"节目成了一种主流，事实上也就是"模式"开始成为一种主流。

为什么说"模式"已成为主流呢？因为西方电视节目的生产是一种产业化运作，不像中国电视，中国电视是四级办电视台，意识形态可能大于市场的要求，所以比较谨慎。但在西方不是这样。在西方讲究的是产业的流程，首先要有一个创意，这个创意经过最核心的几个人验证之后，要投入到市场选取受众样本验证，只有经过验证以后觉得可以投入生产，才会进入编剧和制作阶段。

而"模式"就在于把他们已经运作几十年的产业化的经验形成了一套东西出来，这就叫"模式"。所以从制作角度讲，"模式"包括两个重要方面。第一就是制作宝典，也有很多业内的人称它为"圣经"，比如夏陈安说《中国好声音》第一点就是专业，它的专业性在于制作好声音的这个团队不是按照中国人制作电视的传统经验，而是完全按照宝典要求的内容，一步一步去落实，这就是专业性的第一步表现。

那么这个制作宝典都包括什么内容？它的立意是什么，节目的内部构成是什么，每一个内部构成要表达什么意义，导师由几个人构成，导师选拔的标准是什么，演员如何选拔，他们的标准是什么，摄像机一共几台，摆在什么位置，呈现出什么样的特写，甚至在这个摄像机周围要有几位摄像师，连几支笔、几个橡皮他们写得都非常非常详细，所以一个完整的"圣经"是有上百页。

模式还有第二个要素，就是飞行制片人。做出一档好节目，飞行制片人非常关键，原版节目制片人一定会到节目现场去指点，你的灯光如何打，走位如何走，一般来讲要盯三天，而《中国好声音》同样非常重视原版节目制片人的意见，所以他们做的非常专业。

除了《中国好声音》，湖南卫视的《我是歌手》也很成功。《我是歌手》的总导演是洪涛，洪涛接受采访说，我为什么能把《我是歌手》做到极致，产生这么大影响？很简单，我被洗脑了，洪涛亲自去了韩国《我是歌手》的拍摄现场待了一个月，所有以前的经验都被抹去了，完全是按韩国《我是歌手》的制作流程来做。所以夏陈安说《中国好声音》能成功的第一点就是专业，这个专业就在于你是按"模式"的要求去做，而不是按照我们传统的经验去做。

第二点其实也是专业的体现，就是我们的选手是专业的，我们会发现今年对《中国好声音》的批评，其中很重要的一点就是我们为什么要让很多专业歌手回笼。像姚贝娜，还有比如说阿里郎的主唱金润吉，这些人为什么要回来？我认为他们回来是正常的，因为这个节目是选声音的节目，不是一个纯粹选明星的节目，也不是一个纯粹选秀的节目，你只要声音好谁都可以来。所以每一个节目、每一个模式的立意点是不一样的。这就是《中国好声音》成功的第二步。

　　夏陈安提到的第三点，是在《中国好声音》里注入了梦想这个概念。我们说一档非常好的"模式"在国外非常火，到了中国为什么不行？其实很简单，不要总是去讲本土化，更重要的一点是跟这个频道的定位是否吻合。浙江卫视在做完《中国梦想秀》之后终于不再是一个《我爱记歌词》的舞台了，而是一个梦想舞台。而夏陈安上来以后做的最大动作，是在理念上确认了浙江卫视的发展方向，就是梦想，而且他把梦想灌输到了台内其他电视节目当中，包括《中国好声音》。所以我们会发现，每一个"好声音"的歌手在登台或下台的时候所有旁白都会强调这一点：也许他没能继续留在舞台上，但他实现了自己唱歌的梦想，我们希望他以后能继续沿着自己的梦想前进，所以《好声音》这档国外优秀"模式"到了浙江卫视就和浙江卫视的频道定位融合在一起，成了一个梦想的舞台，这是成功的第三点。

　　另外，《中国好声音》的成功也有偶然因素。中国的电视生产机制和国外相比较，偶然性大于必然性，因为一档模式在国外出现是产业发展的必然结果，但是在中国它的成功却往往有一些领导意志或频道定位的因素在里面。比如说我去给山东台讲节目的时候，山东台他们的定位是文化，而他们对文化的理解和河南卫视对文化的理解又不一样。

　　河南卫视认为他们的文化就是汉字，因为他们现在做了一档非常火的节目叫《汉字英雄》，所以他们希望我们讲节目的时候一定要讲汉字类节目，让我们去国外找"模式"，国外怎么可能有汉字的"模式"呢？但是国外还真有关于英文单词编写的"模式"，这是他们对文化的理解。山东卫视同样也是讲文化，他讲的是一个大文化，讲的是经典、是回忆、是致敬，所以我们就会为他们推这样的节目。像山东台、河南台、浙江台、湖南台，基本都有自己的定位，还是相对比较正规的。但是对于中国大多数电视台来讲，是没有自己的规划的。他们就是在想，我是不是要靠一档或几档节目提升一下自己的品牌影响力，尤其是"好声音"出现以后，差不多所有电视台都认为他们不过是买了一个好"模式"，而没有去想这档"模式"是不是符合浙江卫视的总体定位？是如何去延续、去改造、去生发的？这些电视台想的都是我要去引进大的"模式"。所以在2013年我们会发现整个中国电视领域呈现出了混战的情境，《我是歌手》《中国好声音》《中国最强音》《中国梦之声》《星跳水立方》等等所有节目都来自国外，而且全部都是大制作。但是我们发现笑到最后的依然还是《中国好声音》，因为只有他们了解"模式"的精髓在什么地方，这才是最关键的因素。

　　我前面说到，从"类型"到"模式"是目前国际电视节目发展的趋势，好不容易在2012年由于《中国好声音》的出现让我们意识到了"模式"的重要性，特别是在2013年出现了复苏，甚至是井喷的迹象，在2014年它又会回归到一种抄袭状态。为什么这样说？国家新闻出版广电总局发文说：我们鼓励原创，不鼓励大家去买原版的模式，因为买原版模式一般来讲都是比较大的制作，就是劳民伤财，但如果我们不能学习国外的先进模式、经验，如何去实现原创？只有一条路可走，那就是把不同"模式"的要素再结合起来，形成一个自己所谓的原创性。人的头脑不可能一两天就生出一个好的"模式"来，大家会发现国外生产大"模式"周期有多长，每一档"模式"的出现都经过长时间的积累。我们现在的原创，就是把不同的节目因素拿过来放在一个节目里，然后还自信满满地说这就是我们原创的东西，这样可能给国际电视节目市场产生的一个印象就是中国不遵守电视市场的规范，所有节目都是抄袭。所以当我们发现在不合适的政策鼓励之下，对"模式"节目持一种抵制态度的时候，好不容易培养出来的一种市场规范意识，就可能会毁于一旦。

所以从《中国好声音》的爆发，它的影响力引发了中国"模式"的井喷，再到我们现在突然间发现市场的规范好不容易刚刚成型，又可能面临崩溃的局面，这就是最近一两年间或未来几年的中国电视格局。当世界电视发展都已经从"类型"逐步走向个性的时候，我们却还局限于依靠建立在自己经验基础之上生产电视节目的话，也许《中国好声音》也坚持不了多久，因为它早晚有一天会被跟它类似的节目或抄袭的节目打败。

毕竟今年《中国好声音》已经不像去年一样从容了。今年它基本处在被围剿的状态，在它之前已经出现无数个唱歌类节目，比如《我是歌手》《中国最强音》这些节目都出来了，但为什么《中国好声音》还是能保持这样的态势呢？

首先还是在于灿星执行能力非常强，他不会想怎么去改。但是我们看到，他已经显出自己的疲态。当我们发现《中国好声音》四位导师中刘欢不存在的时候，整个节目的分量就有点失色，因为刘欢算得上是整个中国流行音乐界的殿堂级人物，又有学术涵养。如果一个节目没有一个人能镇得住场，那么这个节目的专业性就会大打折扣。

英国的"好声音"制片人给我们讲，他们在选择四位导师的时候不是随便选的，因为每个人都有自己的角色定位。比如说我们会选一个比较老的人，一个是他的资历比较老，能镇得住场，同时他对老年观众也有吸引力；同时也会选一个比较年轻的人，他的存在能吸引年轻观众，而且代表了音乐的另一种力量。而今年的"好声音"你会发现四个人处于混战状态，没有一个人能压得住场。

所以整个节目编排的时候也出现了一个问题。如果我们仔细看，在导师 PK 的时候，首先出现的是那英组，因为那英组相对来说比较弱。一般从节目编排的角度讲，进入第二季第一场可以是中等水平的一组，这样不会因为特别高以致于后面跟不上，但是也不能特别低让大家没有兴趣。第二组一般来讲会选四个组里最弱的，让大家稍微缓一点，从第三组再往上走。今年很奇怪的是，一般我们认为最弱的是汪峰组，最强的是张惠妹组，所以当时我就预测第二组一定是汪峰，第三组一定是张惠妹，第二组和第三组应该是由弱到高。为什么要把庾澄庆放在第四组？因为庾澄庆的音乐风格比较怪异，他以个性见长，不是以专业见长，放在第四组吸引一下眼球。但实际效果呢？汪峰组真的出乎意料的好，尤其是最后一首歌《Hey Jude》，毕夏和那个老头钟伟强，他们唱的歌真的感动了全场，实际效果远远超出了我们预期。而张惠妹组出乎意料的差，她也许是很好的歌手，但不见得是很好的导师。所以我们想，要是有刘欢在，那么第三组一定是刘欢那个组，他的出现一定会让整个节目的品质往上走。

每个节目都有自己的生命周期，"好声音"面临的问题是，如果它不能找到更好的选手，也许明年就不会这样成功了。尽管收视率很高，现在是3.8往上走，最高的时候能达到5点几，甚至达到6，这实际上是不正常的现象。但即便如此，《中国好声音》的收视率还是没超过《超级女声》，因为就像之前说的，《中国好声音》只是在传媒领域、电视行业，通过赛事规则的一些改变，实现了声音选拔机制的创新，让我们认识到"模式"对于中国电视节目发展的重要性；但是它的话题并没有和我们的日常生活，和社会现实产生太多关联，所以并不能引起我们对自己的既有观念进行讨论，只能说这个节目的选手怎么样，是不是有黑幕或交易，只是停留在传媒和电视层面的一种街谈巷议。而《超级女生》也好，《非诚勿扰》也好，包括《百家讲坛》，这些节目是通过赛制、形式、结构各方面的改变，让我们认识到可能我们的一些传统观念是需要调整的。

其实《超级女声》当时通过赛事规则的改变，让有些外国人认为《超级女声》，也许是中国人意识到民主这个词的真正含义的一个起点。当然后来我们发现所有海选和短信投票都被取消了，也就是说国外和国内电视体制是不一样的，但体制再不一样，整个国际电视节目的形式的发展就是如此，"模式"已经成为一种潮流，是我们必须正视的。刚才我也提到了，到现在为止我们还没有从学理上进行充分分析，如果大家有兴趣的话可以一起探讨，如何在学理上对模式做一些界定。

崔柯：谢谢吴闻博，他从电视行业的角度对电视栏目制作的一些状况做了介绍，围绕"类型"和"模式"的区别解释了当前娱乐节目与传统娱乐节目的不同。他也对近期热播的《中国好声音》做了分析，听了他的分析，印证了我之前一个想法，就是这首先是一个电视节目而不是一个音乐节目，音乐只是一个题材，和另外几个要素如专业性的制作、故事讲述等一起构成了一个成功的电视节目。闻博也提出了一些有意义的观点，比如认为一个节目的革命性意义在于具有改变人们观念的作用。下面请第二位主讲，中国艺术研究院马文所当代文艺批评中心助理研究员孙佳山为我们做下一个报告。

孙佳山：刚才闻博兄对《中国好声音》《我是歌手》等一系列娱乐节目，带着业内一线的感受为我们做出了精彩、透彻的阐述，也为我们揭示了业内存在的诸多现状、问题及原因。现在我们先把目光暂时移开一下，今天讨论的是"娱乐文化的形式变迁与时代内涵"，所以我就从历史的角度追溯一下改革开放以来我们国家以电视娱乐节目为代表的娱乐文化的发展脉络。

改革开放以来，以电视娱乐节目为代表的娱乐文化形态的演化，大体上经历了三个阶段。我们先说第一阶段。中国电视娱乐节目的起源，最早可以回溯到改革开放之初，

1979年和1982年的春节，央视都录播了"迎新春文艺晚会"。到了1983年，现场直播形式的《春节联欢晚会》，正式奠定了一直延续到今天的春晚，同时这也是我国最早的电视娱乐节目。在今天，央视春晚已经发展成为现代春节民俗的重要组成部分，以央视春晚为代表的娱乐文化实践，在重新定义了传统节日的同时，也重新定义了当代普通中国人的日常生活。

在这个意义上，我们就可以很好地理解20世纪90年代《综艺大观》《正大综艺》的热播。1990年诞生的《综艺大观》前身是《周末文艺》《文艺天地》，不仅在国内，在海外华人地区都有着广泛的影响，也是央视唯一在黄金时间现场直播的、综合了各艺术门类的电视娱乐节目。现在看来，当时的《综艺大观》简直是标本式的电视娱乐节目，它直接延续了春晚的主要风格，被称为"小春晚"。当时与《综艺大观》齐名的还有《正大综艺》，这个栏目也开播于1990年，是迄今央视播出时间最长、播出数量最多的大型电视综艺益智节目。那句经典的"不看不知道，世界真奇妙"，差不多也成了两三代人标志性的文化记忆。该栏目的核心环节"世界真奇妙"其实是购买了当时台湾中视的"绕着地球跑"的版权。在20世纪90年代初期的特殊历史语境下，这种以旅游类节目为依托的电视综艺节目，极大地打开了普通老百姓的视野。在这个意义上《综艺大观》《正大综艺》实际上微缩了改革开放的文化逻辑：从央视春晚衍生出的《综艺大观》是日常生活中的"改革"，而《正大综艺》则提供了不同于过去亚非拉的另一个世界，是日常生活中的"开放"。以上是改革开放以来以电视娱乐节目为代表的我国娱乐文化形态的第一个发展阶段。

谈及第二个阶段，也要从《正大综艺》《综艺大观》入手，只不过是从这两个节目的困境入手。经过并不短暂的播映之后，20世纪90年代末，这两个节目都面临收视率大幅下降的尴尬。《综艺大观》在1999年被要求进行栏目改版，到了2003年更因为在央视收视率倒数第一而被末位淘汰。而《正大综艺》在2005年15周年特别节目后，在2006年彻底改版，抛弃了原来以观看旅游节目、选手答题、获取知识的益智类节目模式。之后的《正大综艺》以《墙来啦》为主线，包含了《吉尼斯中国之夜》《谢天谢地你来啦》等新的栏目。包括对春晚的批评和争议也是在那几年开始出现并形成一定声势，2005年提出的"开门办春晚"，也是基于同样原因，"开门办春晚"就是要进一步打破春晚的种种"壁垒"，现在被广为称道的"千手观音""旭日阳刚"，都是央视春晚在这些年自我调整的产物。

这种转变同样遵循着改革开放的文化逻辑，只不过来自另一条线索。1990年4月，亚洲1号卫星成功发射为中国的电视转播行业开辟了一个全新时代，之后，全国各省级电视台开始了陆续"上星"的发展过程。也正是从1990年开始，中国内地电视覆盖人数大幅攀升，这又与日后不断生成的中产阶级群体或不断被建构的中产阶级趣味有着很大的重合。邓小平南巡之后，1992年6月发布了《关于加快发展第三产业的决定》。在这个文件中，广播电视同金融业、体育业、旅游业、交通运输业、居民服务业、邮电通讯业等一起被列人第三产业发展的重点行业名单。这也就意味着，中国电视行业必须和其他第三产业一样，"以产业化为方向"，逐步建立起充满活力的"自我发展机制"。而1996年10月十四届六中全会通过《关于加强社会主义精神文明建设若干重要问题的决议》，电视行业在社会经济和文化体制全面深化改革的历史语境下，也被要求"直接参与社会大生产和经济体系的运作"。以上的这些大的历史转变特别重要，直接影响、决定了今天整个电视行业的生态。

正是在这样的思路下，1999年所有省级卫视全部完成上星，广播电视领域同年也开始实行"制播分离"，也就是包括电视娱乐节目、电视剧在内的相关内容的制作和播映实现逐步切割，并鼓励民营、外资参与制作。20世纪90年代末，任何一个电视台"上星"之初，都要花千万元以上基础建设费，每年还要支付1000万元的租星费和维护费，此外由于省级卫视上星数量增加，一些大城市如北京、上海等地开始对外地卫视收取落地费，基本为100万至200万元不等，在那个时代，对于任何一家省级卫视来说，这种投入恐怕都是天文数字。所以，直接决定广告费门槛的收视率，成为所有"上星"电视台的立台之本，而由此产生的激烈竞争则直接冲击了过去坐惯了收视率老大交椅的以《综艺大观》《正大综艺》为代表的央视娱乐节目。

1996年，湖南卫视的《快乐大本营》成为省级卫视电视娱乐节目中最早的成功案例。它模仿台湾的《超级星期天》和香港的《综艺60分》，邀请明星作为嘉宾与观众一起做游戏，消除了明星与观众之间的距离，增强了观众的参与度，收视率高企，导致中国社会第一次出现了因为家庭内部代际趣味差异而争夺遥控器的社会文化现象。

在《快乐大本营》获得巨大成功的同时，这种全新的电视娱乐节目类型很快被全国其他卫视效仿，出现了北京卫视的《欢乐总动员》、安徽卫视的《超级大赢家》、江苏卫视的《非常周末》、福建卫视的《开心100》等娱乐节目，原本是地方卫视主持人的何炅、李湘等人逐步成了全国性的明星主持人。

面对地方卫视"上星"后带来的收视率的强烈冲击，1998年央视推出《开心词典》《幸运52》两档全新的竞猜益智节目，一开播就受到观众的关注。与过去的《综艺大观》《正大综艺》相比，平民化的嘉宾参与、知识竞猜、巨额奖金和家庭梦想，都成为直接刺激观众参与的法宝。这类节目打破了娱乐节目和知识竞猜节目的界限，将游戏、娱乐和知识融合在一起，不仅吸引观众参与游戏，更接了当时娱乐文化的"地气儿"，从而得到了全国观众认可。

至此，我国的电视娱乐节目类型完成了一轮新变，从2003年开始，电视娱乐节目的总体收视率开始回升，一扫20世纪90年代末的颓势。到2005年前后，湖南、江苏、浙江、东方为省级卫视一线梯队的格局已初步形成，并为今天电视娱乐节目发展的第三阶段奠定了基础。

　　早在《开心大本营》《幸运52》《开心辞典》等益智娱乐类节目在国内方兴未艾之际，一批选秀节目就已经拉开了序幕，以电视娱乐节目为代表的娱乐文化进入到第三阶段，与之前一样，这依然离不开国家政策调整和科技进步，也依然遵循着改革开放的文化逻辑。

　　在2001年，我国"十五"发展纲要第一次明确提出"三网融合"的发展理念和目标，大力"促进电信、电视、互联网三网融合"。为进一步适应信息数字化发展趋势和新媒体应用所带来的冲击，2004年3月国家广电总局提出了"一个转变"和"三个开放"的产业发展思路。各级广电系统的行政管理部门在对传统电视媒体的数字化改造过程中，寻求角色转变，内容提供开放、网络传播开放、接收终端开放的"三开放"政策被广泛推行。对于传统电视行业而言，节目传播渠道的扩大和接受对象的兼容，宣告了原本单一的电视行业模式转型为跨媒体、跨行业的新模式。随着《国家"十一五"时期文化发展规划纲要》的出台和《关于鼓励数字电视产业发展若干政策的通知》的颁布，传统电视行业改革进入到与电信和网络运营商跨界合作的全新时期。

　　正是在这样的语境下，我国的电视娱乐节目进入到以《超级女声》《中国好声音》为代表的第三个阶段。2004年《超级女声》在湖南卫视开播，2005年李宇春登上了美国《时代周刊（亚洲版）》封面。2006年干脆被媒体形容为"选秀年"，各省级卫视纷纷加入选秀大军。央视二套打造的《梦想中国》和东方卫视推出的《我型我秀》也都取得了不俗的收视成绩。如果没有"三网融合"，没有顺着改革开放的文化逻辑展开的国家政策调整，就不会有以《超级女声》为代表的、开创性的短信投票和网络投票参与这种全新的电视观看关系。但是在这个过程中，也出现了很多的问题，极大地影响了选秀节目的发展。我个人印象很清楚，2006年就听说可以通过电信和网络供应商来为选秀刷短信、刷投票作弊，而这些问题又只不过是选秀"虚火"背后的冰山一角。后来出现了重庆卫视《第一次心动》中的柯以敏、杨二车娜姆的闹剧，这类节目迅速遭遇严重的瓶颈期。所以2007年9月广电总局公布了《进一步加强群众参与的选拔类广播电视活动和节目的管理》的通知，明确规定：不得采用手机投票、电话投票、网络投票等任何场外投票方式，投票方式转变为场内投票，要公开、公平、公正，不得以任何方式误导、诱导观众投票。

　　在这个意义上，当下的选秀类节目，《中国好声音》也好，《我是歌手》也好，评委的戏分都大幅加重，与其说是来自某种"模式"、某部"圣经"，不如说来自广电总局的"红线"。但是，"三网融合"的趋势不可逆转，经过不断的摸索，近几年来随着视频网站的高速发展，选秀类节目也找到了新抓手，很多电视选秀节目开始电视和网络同步直播，即便不是同步，也会在节目结束后第一时间上传互联网。在这里，电视、传统互联网和移动互联网找到了一个平衡点。一方面，电视娱乐节目的传播、辐射范围更广，保证了节目收视率和与此直接相关的广告收入等经济利益；另一方面，也避免了选秀类节目诞生伊始所出现的种种弊端，最大程度地杜绝了制播环节以外的人为操纵。在这个意义上，从《超级女声》到《中国好声音》，在"三网融合"的大背景下，确实有着一以贯之的发展脉络。

以上只是从科技进步角度进行的分析，我国娱乐文化的第三个发展阶段，还有更深层、更复杂的时代内涵。这一波火热的真人选秀类节目起源于20世纪末，来自欧美电视娱乐节目，即真实表现节目这种新的电视娱乐节目类型，该类型主要分为三大类：真实电视、真人秀游戏、真人选秀。真人秀游戏类节目始于荷兰，这类节目以真人冒险为主，或在丛林、或在城市、或在人为设置的游戏环境。现在热播的选秀类节目由真人选秀类节目发展衍生而来。

这种真实表现节目是纪实类节目和虚构类节目两类节目的综合体，它打破了新闻、纪录片等真实的电视节目与电视剧等虚拟的电视节目的界限，在为观众展示节目参与者的真实言行的同时也设置了一些游戏规则，从而使节目真实、可信的同时又不拖沓、冗长。另外，21世纪以来，特别是在"三网融合"的大背景下，青年群体、青年文化，开始为资本所捕捉，青年群体青春期身心的迅速成长，特别适合大众文化中欲望的商品化消费，因此青年群体就成为消费主义的先锋队，满足了资本不断开疆拓土的内在需求。这一切都和"三网融合"这一历史大趋势息息相关。以真人选秀类节目为代表的真实表现类节目，虽然有着现代电视行业发展的内在逻辑，但无疑更符合青年群体、青年文化的审美趣味。因此，在真实表现节目经过层层演化之后，真人选秀类节目在世界范围内成为稳定的电视类型，其地位已经很难撼动。

所以，在如今选秀节目中已经成为一般常识的PK、角色扮演、秒杀、复活、逆袭，实际上最初都是21世纪初期网络游戏文化的内容，它们最初只存在于特定的青少年群体中，属于典型的亚文化，有明确的边界，且都有反叛主流社会的内涵。但是从2005年前后开始，这些原本属于亚文化形态的诸多元素，在"三网融合"的潮流下迅速成为主流文化元素，并运用到当下社会生活的各个领域。眼前的现实中出现了众多选秀式、游戏式的情境，比如说奥巴马在总统选举时的海报，就是以电影《饥饿游戏》为背景，以一个真人选秀闯关英雄的面貌而出现。

崔柯：谢谢佳山，他梳理了几十年来电视节目发展的历史，为我们呈现了中国电视节目发生的诸多变化，并结合社会文化背景对这些变化发生的原因做了分析。两位主讲分别从幕后和台前的角度为我们剖析了电视娱乐节目的生产机制和历史演变，提出了很多问题值得我们继续讨论。

李玥阳（中国传媒大学中国文化国际推广研究所）：听了刚才几位的话，我受益匪浅，学到了很多东西。我想问吴老师一个问题，您的发言提到，目前我们正处于一个困境：一方面我们去西方借鉴所谓的"模式"，还有一个是本土自我创新，您刚才也提到本土自我创新不是所谓的创新，而是综合大杂烩。所以我想，从您专业的脉络来看，本土创新和外来借鉴哪种更符合当前的环境呢？

吴闻博：不是所有创新都符合当前的环境。

冯巍（中国传媒大学艺术研究院）：我看到一些评论，认为《年代秀》这个节目不错。

吴闻博：那也是国外的原版。我们在引进国外"模式"的时候会注意是否会牵扯一些故事性的东西，或者家庭方面的东西，我们做节目会附加很多这类东西在里面，因为国外注重的是人性，而中国人喜欢听故事，中国的家庭生活肯定和国外不一样，所以这个在情感上容易接受。我们首先应吃透究竟如何制作，而不是以我们的经验为准绳，轻易否定国外"模式"的成功。至于创新，应该说很多电视台都鼓励创新，但是我们看的节目大多数还是综合了很多国外节目"模式"的因素。因为国外不是一天两天就做出一个节目，是需要一年两年才会有一个非常好的创意，从纸面落实到考核，最后成型，不是在制作之前就有了，而是制作之后根据结果总结制作流程才形成的。我们现在太急功近利，想今天或今年就做出一个节目，那不现实。与其我们综合不同的因素弄出来一个所谓的创新节目，不如引入一个国外的"模式"，吃透"模式"生产的流程，搞清楚"模式"制作究竟是什么样的，再考虑这个模式跟我们电视台的定位是否匹配，只有在这个基础上我们才能再去想怎样形成自己一套做节目的思路。

李玥阳：您刚才说还不如吃透，就此我还有个问题：您认为在中国节目制作的媒体当中，有没有空间可以让我们用两年、三年一点点经过失败，然后总结出自己的"圣经"？在现有的节目制作、播出体制中，有没有这样的空间和可能？

王小峰（《三联生活周刊》）：我觉得中国电视领域还没有发明、创造电视节目类型、模式的环境和氛围。我去采访相关从业者的时候发现这些人心态都很急躁。按理说中国是一个几千年文明古国，却特别爱山寨，我就在想为什么会这样？因为存在这样一种不按规矩办事的风气，很多人都是唯结果论，为了结果而不择手段。我接触的一些电视台的人都非常急躁，因为收视率、广告这些硬要求，还有一些大电视台的互相恶性竞争。今年的"好声音"和去年比有一个很大问题，我觉得倒不是刘欢缺席的问题。其实我觉得他们没有受其他选秀节目的影响和干扰，相反其他选秀节目的陪衬让他们可以受到更多关注。夏陈安老想去改变一些东西，虽然不是特别明显，但是跟去年比就没那么好看了。包括今年第一期节目出来，我就给他们电视台的人打了电话，我说是不是广告不够？他说，是。很明显，第一期要吸引更多的广告，后来几期就有点平淡了。但收视率一上来之后，就把一些不足的东西掩盖了，中国人那种小聪明劲一上来就遏制不住，那么这个节目最后可能就必死无疑。

国外把节目做出来，是把所有能带来好的效果的可能性都考虑进去，然后从长远的角度设置这个节目，模式和类型的最大差异是模式不会让你看腻，但类型一看就容易腻。我的感觉是湖南也好、江苏也好、浙江也好，他们台里面的这些头头们，其实对电视这种媒体好像也不是特别懂。我不是电视行业的，也不太懂，但我作为电视观众，我有权不看不喜欢的节目。我想我为什么不爱看？我在采访报道他们的时候，真要问到什么重要问题，他们其实也说不清楚。我能感觉到的是电视台的生存压力，让他们从来不会有一个从长计议的思考方式，都是你死我活地争夺利益。今年是国内卫视台之间打得最凶的一年，跳水节目就弄了两个，都说自己有版权，这个节目在欧洲国家收视率第一，但在中国就受到质疑，说你为什么让明星跳水？可能在国外不会问这种低级的问题，我们很多的电视节目都会遇到这样的问题。

包括晚会节目就是在选秀节目类型出现后被淘汰了，晚会是特别落后的方式，但特别符合传统的思路。今年说让冯小刚去导演春晚，我想他也不会有什么太大的改观。春晚究竟是什么东西呢？我这3年一共写了7篇左右春晚文章，每年都从不同角度分析春晚。其实分析来分析去，我说不是中央电视台的问题，也不是新闻出版广电总局的问题。我最后写的一篇叫《别闹了春晚》，领导不高兴，说为什么这样写？其实我们批评那些导演、演员，批评那些创作者，一点用都没有，因为晚会这种形式就是掩盖所有缺点的形式，所以相声毁了，戏曲也毁了。现在该是这些选秀节目来毁音乐了。

现在大家对音乐已经不是唱片时代的理解了。包括"好声音"后期的处理，因为它不是直播，做一些处理音质会好一些，所以湖南台就因为这个说有本事直播什么的。但是湖南台的那个《中国最强音》，我有一天看以为是在海选，其实已经是最后PK了，水平都特别差。选秀在西方是和唱片工业联系在一起的，比如选出来的选手可以和唱片公司签约。而我们现在选出来的选手干什么用呢？选秀选手通常会被问，你的梦想是什么？这帮歌手都说能站在一个更大的舞台上，并有一个代表作。现实是不可能给他们提供代表作的，连唱片公司都没了。那四个导师都是唱片时代的产物，汪峰是最后一个。我记得2005年我采访超女，最后结果出来，我的朋友宋柯要签李宇春。后来我就打电话问他，为什么要签？他支支吾吾说，真的想签。我说，你知道中国最傻的就是被别人卖了还帮人数钱。他还问我，你为什么这样说？我说，走着瞧吧。现在过了7年，唱片这个行业基本上被选秀打散了，我那个朋友最后卖烤鸭去了，就是说选秀这么多年，把一个没有任何抵抗力的唱片行业彻底摧毁了。这些选手出来以后除了走穴，上电视节目以外，没有任何能做的事，而他们最初走上这一步，都是希望能像那英那样能跟海外签约，像汪峰那样能出唱片，因为唱片相当于一个歌手的试金石，但唱片业不赚钱，连唱片公司都没了，而这些选秀歌手一个一个就靠走秀却都成了名。

2005年之后中国的个性音乐里面，有谁是通过选秀还戳得住的？一个是吴莫愁，一个是李宇春，这两个人都不是因为音乐被大家记住，而是因为可辨识度，这就是对流行音乐的最大破坏。我记得有"玉米"跟我说过这样一个事，就是李宇春学狗叫的唱片她也买。现在网上谈一个歌手，说这个歌手歌唱的好坏，可以简化成唱功：第一是唱歌不跑调，第二是嗓门大。这都是选秀带来的负面东西，因为舞台上要选那种声音特别大的，能镇得住的，能吸引评委的，谁唱歌声大谁占便宜。选秀就是让观众对音乐的理解越来越浅薄了。

假如中国有10家实力特别强的唱片公司，他们签100个歌手，这些歌手出唱片，就能带动行业的良性循环。我以前就一直不愿意用唱片工业来形容中国流行音乐，其实没多少人，没创造出多大商业价值，不能算是一个工业，只能算是一个行业。如果没有唱片公司让这些选秀选手进一步发展，就只能停留在电视节目的层面上。

祝东力（中国艺术研究院马克思主义文艺理论研究所）： 这期论坛的主题比较大，咱们自由讨论刚开始，我建议还是先把有关的话题都提出来，然后可以再回到流行音乐的话题上。

罗锦文（清华大学社会学系）： 我是清华大学的博士研究生，听了吴闻博老师的讲演，我觉得特别有启发，接着刚才王小峰老师的讨论，咱们讨论的这个问题实际上存在这样几个主体的分离和两种上下文。我们以《中国好声音》这个节目为例。《中国好声音》作为一个文化产品，存在三类主体：首先把节目组称为导演；其次是选秀的歌手或者导师，其实他们是节目的演员；然后观众和传播事件的人群，我们统一叫做观众。这三类主体，他们对节目的接受、阐释以及节目是否满足他们的诉求是不一样的，存在一定的分离。另外，还有两种上下文，既是分离的，也有统一的地方，这就是音乐的生产、消费与创造，和电视娱乐节目的生产、消费与创造。王小峰老师您刚才说的是电视娱乐选秀节目是否真正推动了音乐的生产和创造，而主讲人说以现有选秀的方式能否参照国外类似的节目，并实现再创造，从而实现电视节目的繁荣，实际上是两个方面的问题，而这恰好又是这个主题一体两面的问题，我会结合我自己的观点谈这里面的三个张力。

第一个张力，我认为就是小众和大众的张力。因为我做新民谣研究，《中国好声音》有一个事件引起了我的关注。有一些特别小众的歌曲和自我创造的歌曲在一些独立场合传唱，这些并非以主流模式生产出来的歌曲，引起了很大的反响，虽然说没有让导师转身，但是在豆瓣、新浪、搜狐微博等这些媒体的小众中间引起了特别大的反响。比如说宋冬野的《董小姐》、万晓利的《狐狸》，我相信在座的年轻人都了解。这就特别有意思，我们会发现汪峰和那英他们这些评委没有转身，我觉得这不奇怪。当然，因为审美趣味的差异确实没有太多可争辩的，但他们对这些歌曲无法评价，这就比较有意思了，说明存在着代际文化沟壑的问题。前面主讲人也提到，汪峰和那英的接受视野可能过于主流，面对这种小众歌曲猝不及防，他们没有评价，是不愿评价还是无从评价？对这个问题，导师们是悬置的。这是一个问题。这些歌曲，能展示在这个舞台上是一次文化碰撞。这些小众歌曲，它通过这样一个节目的平台获得了一个大范围的传播效果，这是不意外的，因为这一现象背后的土壤是这几年发展特别迅猛的独立音乐的潮流趋势，以及支撑他们的 livehouse 兴起的一大群小众的、独立的文化人群。小众和大众只是对一个接受群体的特别简单的量的区分，但小众和大众是否意味着独立与非独立的区分，意味着艺术标准上的高与低的区分，原创和非原创的区分？我觉得这需要打一个问号，也恰恰是需要讨论的，因为它来自两种不同的音乐生产体制，还清晰地呈现出了文化代沟，这在节目中是一种很有代表性现象。

我想说的第二点是自然情感和制造情感的问题。我们知道，无论是古代乐曲，还是国外音乐，之所以打动人就在于情感特别自然。但是，在以歌唱为内容的电视选秀节目中，就存在着自然情感和制造情感的矛盾，实际上也是商业与艺术的矛盾。我发现"好声音"里有几个有意思的地方，节目的主题之一就是制作情感，包袱都是既定的。刚才主讲人在提到《中国好声音》歌手的时候，说的是演员，我觉得这很到位，评委老师与歌手究竟如何互动，情节是预定的。但是，有一个事件，就是毕夏和钟伟强 PK 的那个情景，我觉得我是被打动了。这个节目策划也许是有预谋的，但是我们无法决定毕夏什么时候会哭，究竟如何去挽留钟伟强，这些细节是无法操控的。以及后来全场自发地唱《Hey Jude》，这是无法完全操控的。所以在整体的情感制造当中，会看到自然的情感，我觉得是一个蛮有意思的地方。

我很想追寻一个问题，就是在这样一个舶来的电视节目中，我们很希望看到一种原创性民族情感的表达或者中国的色彩。因为选秀节目会有噱头、会强调情节性，在节目营造情节、创造传奇的时候，我们会发现有一种统一性，有一定的共通性，就是它都会强调一种中规中矩的融合性的中国情感。比如说钟伟强跟他的女儿，比如说很多歌手都是从小家庭破裂，比如像以前的超级女声张靓颖，她因为身世原因获得不少粉丝同情，以及后来在酒吧唱歌到最后成功的传奇经历。但是前面我们也提到了，可能在别的国家的选秀节目里，他们强调的情感价值，比如说可能是同性恋的情况，可能是其他的传奇，他们的价值是不一样的。那么自然情感和制造情感如何达到平衡？如何在有意与无意之间达到一种有戏与无戏之间特别有张力的效果？我觉得这些是电视节目制作过程中需要考虑的，也是我们研究者需要阐释和发现的。

第三个就是前面主讲人提到的专业性，其实这个专业性里也有张力。导演班底是很专业的，不管他们是否接受了国外节目制作的管理训练，至少他们希望有一个专业标准。但是我们会发现这些选手是草根的，换言之，它具有一定的非专业性。这背后有一个社会的上下文，我们可以反思一下音乐人才的生产机制。我们既有的音乐人才选拔体制不可能覆盖很多有才华的苗子。这类节目开拓了人才发现空间，虽然是以商业为驱动力，但也是一个新的空间，让那些有抱负、有音乐梦想的年轻人站在舞台上，向大家展现才华。我觉得专业性和非专业性之间的张力也反映了电视娱乐节目的生产、消费、创造和音乐生产、消费、创造之间相互促进的关系。以上是我想到的三个张力。

还有一点就是概念的问题，我觉得唱片工业在全球的衰落是一个趋势，所以我更愿意提到音乐生产机制以代替唱片工业这个概念。

崔柯：《中国好声音》和当前整个音乐生态肯定是有密切关系的，但是这档电视节目也是一种社会文化形式，它所反映出来的时代心理和社会内涵，也是值得探讨的问题。

王磊（中国艺术研究院马克思主义文艺理论研究所）：我还是从论坛题目开始吧，咱们的题目是"娱乐文化的形式变迁与时代内涵"，上半场大家主要还是围绕"形式变迁"在讨论，我想下面应该把重心往"时代内涵"方面稍微转移一下。因为谈以音乐选秀类为例的娱乐文化和大众文化，重点并不在这个形式本身或音乐本身，我们还是想通过这样一个大众文化现象来挖掘出时代背后所存在的某些文化特征和问题。从这个题目出发，我想把重点落在"大众"上，改革开放30多年来，所谓"大众"本身的性质发生了某种根本的改变。我们知道前30年我们的"大众"是和人民可以划等号的，人民大众，大众文化是一种人民的文化。而今天在市场经济和消费文化环境下，大众的内涵发生了质的变化，大众文化和娱乐文化开始划了等号。

刚才的讨论中有一个节目大家没有谈到，就是"青歌赛"，这是很重要的。1984年第一届，1986年第二届，最重要的是1986年，因为从那时起中国的流行音乐获得了广泛的认可，曾经被视为靡靡之音的歌曲获得了新评价，然后井喷式地发展起来，一直到20世纪90年代形成一个流行音乐的黄金时期。从流行音乐的发展过程来看，从20世纪80—90年代到21世纪以后，其接受群体有显著的变化，20世纪80年代电视没普及，但关心这个节目的群体却非常广泛，可以说整个市民阶层都在关注。但21世纪以后这个群体更加年轻化，超女、快男、"好声音"等各类选秀节目主要还是年轻人在关注，有一个原因可能是电视娱乐节目的多样化造成了接受群体的分化。

从20世纪80—90年代到21世纪，可以说是当代中国大众文化消费群体的一个养成的过程，是旧大众分解、新大众产生的过程，那么在这样的过程中我们看到了什么问题呢？中国30多年来社会结构发生了一个深刻变革之后，曾经作为一个群体、一个阶层存在的大众，从曾经的社会主体位置整体脱落，我们从今天的娱乐文化中可以看到这个群体生存状况的一个侧面，他们成了娱乐文化、消费文化和文化资本驾驭的对象。实际上今天这种大众娱乐文化和我们之前所理解的大众文化已经完全不一样了。娱乐文化、娱乐大众在某种意义上讲，也和愚昧大众有一定的联系。刚才吴老师谈到"超级女声"手机投选票时提到了民主，这种形式好像是民主的显现，其实恰恰相反，反而是一种资本主导的意识形态操纵，尽管它客观上有一定的大众参与度。因此由消费文化主导的娱乐文化有它自身的文化性质、价值取向以及政治内涵，这是我们研究和反思娱乐文化时应当关注到的。

刘浩洋（中国艺术研究院研究生院）：我想就刚才提到的"愚昧大众"和"娱乐大众"这个问题请教一下各位老师。我们这代人都是看这一类节目成长起来的，它会传输一种可能跟主流不一样的东西，对主流是构成威胁的，后来经过了解我们逐步发现，30多年以来娱乐文化领域处处发生这种问题。1984年春晚，李谷一老师一人唱四首歌，其中有

《乡恋》。但也是在当年，我们院的音乐研究所还专门开会，批判这首歌，说这是靡靡之音。那我们是应该把它当成经典看，还是当成靡靡之音来看呢？现在看，历史证明好像李谷一老师是对的，现在有主流的声音说，超级女声、选秀有可能影响年轻人……

祝东力：她那个《乡恋》是不是用的"气声"唱法，当年争论过的？

刘浩洋：对。现在我们这代人也是被骂大的，说你去看《超级女声》这种东西不好。可是若干年后会不会有人又把它承认了呢？还有一个问题，包括小峰老师也提到了大众传媒是可能会解构精英艺术的。我是学戏曲的，好像戏曲到了中央台11频道就低了，就不是好戏曲了；相声上了春晚，就被腰斩了，不穿大褂了。可是如果没有电视，传统平台可能还是无法避免它的局限性，这两者会不会找到平衡点，还是说一定会造成这种现象？

王小峰：电视作为传播媒介太强大了，以前我们只是看报纸、听广播，电视是图象和声音一起出来，电视产品出来的时候辐射力非常大。我记得我20世纪80年代上学的时候，每年春晚完了以后一定会有几个人红起来，而之前你不会听说过这几个人是谁。所以说那时候最强势的媒体不是《人民日报》、新华社，最强势的是中央电视台。虽然电视那时候还不是特别普及，但没有人不希望把自己的艺术表演放在电视上。电视的缺点是就给你这些时间，但你就必须得把节目表演完了，比如说以前看过的一些小品简直乱七八糟，观众都不知道怎么回事，可就是因为上了春晚演员身价就翻倍了，是否尊重艺术是放在次要位置的。有一年春晚就是让一堆人戏曲联唱，京剧唱完了，豫剧根本就接不上，但就是为了制造一种所谓的祥和、团圆的感觉，就不管这些了，后来有一回春晚还让阿宝和唱美声的一起唱，所以效果就特别滑稽。

王磊：当年青歌赛，1986年出现了民族、美声和流行，最后妥协就是三者同台演唱。

王小峰：我觉得青歌赛当时出现这个问题可以理解，不同音乐类型放在那儿，确实没有办法，所以就谁也不得罪，因为每个人也都唱得都不错。但在一个晚会的形式中，就不存在可比性了，还放在一块就不合适了。

王磊：正是当年的这种做法促成了后来这种情况的出现。我不知道这是从艺术本体性的角度来处理的，还是把杂乱的东西放在一起就一直是有明确针对性和延续性的？

王小峰：我觉得我们就一直没有去认真思考，怎样把几种不同的艺术类型放在一起效果会更好。当年江青做样板戏是真正下功夫了，交响乐和京剧就能很好地融合在一起。

王磊：现在都表面化了。

刘岩（对外经贸大学中文学院）：电视的传播力太强大了，它一旦影响到一批观众，就会左右这些观众的审美趣味。

祝东力：刚才这位学戏曲的同学说得挺好的。但是，他有个判断说"历史证明李谷一是对的"——为什么我们会有这样的感觉呢？是因为李谷一当时所代表的文化逻辑后来变成了主流的逻辑，我们今天仍然在这种文化逻辑所形成的引力场内在思考。如果若千年后我们进入到另一种文化逻辑里，我们可能就不这样看了，这正如同我们在20世纪五六十年代不会喜欢周璇，是发自内心地不喜欢周璇，不喜欢旧上海的娱乐文化，那同样是因为我们遵循的另一种文化逻辑。

所以，娱乐文化是和大的时代环境、时代背景密切相关的。再比如说20世纪70年代末、80年代初，就是刚才孙佳山说的娱乐文化刚刚在电视上出现的时候，整个社会的娱乐文化是什么？就是露天电影，在北京这样的大城市还有什么内部电影，有交谊舞会，当时娱乐文化的环境是极其有限的，所以20世纪80年代初电视里播什么大家都爱看。但是从20世纪90年代开始，KTV、夜总会以及形形色色的声色犬马构成了这个时代的电视娱乐节目的时代环境和背景，那么，这时候电视娱乐节目的设计、制作、播放，所面临的环境就完全不一样了。

再有一点，娱乐实际上总是有一个对立面，娱乐和严肃既对立又统一。这仍然涉及文化逻辑的问题，在不同的时代生活中娱乐的比重是不一样的，比如说我们经历的前30年，当时中国是生产型的社会，所以娱乐非常少。打个比方，前30年娱乐在生活中可能就占5%，家就是一个回来暂时居住休息的场所，主要生活的重心、精力、关注点都在单位，在机关、厂矿、学校。而到了改革开放之后，邓丽君刚刚进入中国大陆的时候，很多人确实有耳目一新、入耳入心的感觉，因为之前的生活太严肃了。只不过随后这个娱乐的比重不断放大，从改革开放初期到现在，娱乐的成分越来越多，需要刺激的力度越来越大，造成了电视节目争奇斗艳、高度竞争的结果。我想这种逻辑不会无限延续、放大下去，总会有另一个转折点到来。这个转折点，简单说，就是娱乐和严肃比配关系的逆转，在将来某个时候，可能严肃的因素会把娱乐的因素再次压下去。

任荭（中国艺术研究院研究生院）：我认为娱乐文化的形式变迁主要与大众媒体对公众的开放有关，互联网、博客、微博、微信出现之前公众很少有话语权，媒体展现什么，就只能看什么，没有一个媒介可以让最广泛的受众相对自由地表达观点。但是网络的出现使这种状况得到改善，每个人都有发表意见的可能和权利。选秀节目之所以受很多人欢迎，就是因为观众与电视节目之间的互动性增强了，人人都可以参与到节目中。

王小峰：互联网出现之后对电视的冲击特别大。我记得有一件事印象特别深刻，蔡康永主持的《康熙来了》，他的节目其实在内地没有播过，但是他在内地非常受欢迎，因为大家在互联网上可以看到他的节目。2000年互联网爆发式地增长，实际上对电视的冲击非常大，对报纸的冲击倒不太大，互联网和报纸交集不是太大，而网络那时候对新闻也不太重视。大家可以在线去下载海外的一些电视节目，这反而对我们的电视节目提出了挑战。

我觉得湖南卫视也好，江苏卫视也好，他们从20世纪90年代做电视节目开始，就一直想提高收视率。其实很简单，他们去找大众就是为了挣钱。现在看来，其实中央电视台还保留着古董一样的状态，我和央视打交道，他们说话的那个语气和十多年前一样，还用命令式的口吻跟另一个媒体说话。他们还没有真正商业化运作，所以收视率不断下降。现在很多时候是互联网抢了收视率。怎么把电视节目变得好看？比如说选秀是一种方式。但不管怎么去做，中国的电视节目在娱乐领域永远跟不上受众的需求，而受众的需求总在不断变化。通过网络，受众会接收到最新奇的东西，这样的娱乐形态和内容在过去是没有的，现在想听笑话随便哪都有，而假如电视还是原来那种样态，就不吸引人了，互联网不断在逼着电视改。

罗锦文：刚才王磊老师提到，对这种娱乐大众的方法我们需要反思，接着前面祝东力老师的讨论，我很同意他的观点。衡量某一种音乐类型，我们还得放在不同的文化和社会背景下理解。再有一个问题，就是艺术本身的价值和艺术的社会意义也有可能会产生分离。还有就是某些艺术类型本身要求更贴近民众，比如民谣。我们知道北大从20世纪初到20世纪20年代—30年代有很多学者，常惠，包括周作人、胡适，都在参与全国民谣的采集，编写了《歌谣周刊》。从民间采集的非常朴素的各种歌谣，从艺术标准和规范性上说，可能很粗糙，但却很有社会意义。在一个国运飘零的时候，英国有自己的民谣系统，俄罗斯也有它的民谣系统，《歌谣周刊》就是想告诉别人说我们中国也有自己的民谣系统，这里面有知识分子的家国情怀。这样一来，我们很难说那时的民谣是知识分子的，还是草根民众的；它的艺术是阳春白雪的，还是下里巴人的。在《歌谣周刊》里面，在那个时代的民歌运动中，它是和当时的新文化运动结合在一起的，我们要用那样的社会背景来看待当时的歌谣。

同样，现在包括《中国好声音》或其他选秀节目，我们要把这些标准先悬置起来，放远一点看它的社会意义。不管怎样，它是一个社会现象，我们想要知道为什么在这样的时代、这样的前提下，这样类型、这样形态的音乐被点亮了。问题在这里，而不是在这种电视娱乐节目中，这些歌曲一定是好还是不好的，是流行还是不流行的，是小众还是大众的，这是另一个问题。艺术的独立标准和它的社会意义，有时是可以分离的，而且特定类型，它的社会意义也不一样。

刘岩：刚才佳山和王磊都说到大众娱乐文化或消费文化是一种青年文化，具有年轻化的特征，而且佳山还说到，这种娱乐文化刚出现的时候，在很多家庭里，不同年龄段的观众会互相争夺遥控器。我由此想到的一个问题是，今天看选秀节目，年轻人是不是还在跟父母抢遥控器？我记得《中国好声音》刚刚火起来的时候有两个统计数字：一个是收视率，还有一个是网络上的点击率，两个数字都很高。年轻人在网上看视频一般是一个人看，而电视的受众单位则是家庭，包括他们的父母，考虑到这些中老年观众，我们该如何理解《中国好声音》的"青年文化"性质？回到20年前，今天40岁到60岁这批观众恰恰是当时刚兴起的大众文化的主要消费者，从那时到现在，他们一直是这种"青年文化"的稳定受众。因此，说娱乐文化是"青年文化"，并不等于说它所面向的群体就只是青少年。《中国达人秀》里有大爷、大妈参加表演，电影《飞越老人院》中那些老人最终抵达的也是时尚真人秀节目的现场，这类节目的"年轻"性，不能简单从观众或表演者的年龄来理解。最近，北京卫视也做了一个和《中国好声音》类似的节目，叫《最美和声》，网上有人评论说，觉得不顺溜，因为一说北京卫视，首先想到的就是《养生堂》这样的老年节目。但《养生堂》的观众也不仅仅是中老年人，因为像前面说的，电视观众是以家庭为单位的，年轻人也在陪爸爸妈妈看。北京卫视最近还要推出年轻版的《养生堂》，叫《我是大医生》，涉及美容、瘦身等时尚话题，据说"十一"之后就要播。看过《养生堂》的观众都知道，它非常娱乐化，养生节目也是娱乐节目，而反过来说，《中国好声音》这样的娱乐节目也是养生节目，一种符号性的养生，老年人看这类节目，会有"年轻"的感觉，感觉我还没老，还有生命的活力。这种"年轻"体现在什么地方？一个重要的体现是，我还有梦想，还有实现梦想的机会。刚才有老师说到《中国好声音》的"梦想"主题，而其他的选秀节目没有专门把"梦想"作为一个主题，但我们经常会看到这样的情景：一个选手被 pk 下去的时候，会泪流满面地说，我的梦想实现了，我的梦想就是能够站在这个舞台上。如果这种梦想就是在媒体上把自己"秀"出来，那现实当中的梦想呢？媒介似乎就是现实了，像佳山刚才说的，今天的选秀节目"比真实还要真实"。与之形成对照的，是佳山提到的 20 世纪 50 年代的那个春节联欢会上有工、农、商、学、兵各行业的英模，而且观众看到他们的感觉，不会像我们今天在电视晚会上看到的劳模那样，觉得不合时宜。也就是说，一个人在现实当中实现了梦想，在业界获得了承认，然后才由媒体呈现出来，这是过去的逻辑。今天的逻辑似乎正好相反，在媒介上获得了呈现，然后说，自己的梦想实现了。"梦想"和"年轻"以及"生命活力"密切相关，而这些重要的词汇如今正在由选秀节目、娱乐文化和大众媒介来界定。

祁艳（中国艺术科技研究所）：从暑假开始，电视节目全部都是选秀和音乐，我们为什么没有多样化的节目呢？我觉得好的娱乐节目应该激发人的想象力，但是我们现在的娱乐节目都呈现出了审美趣味单一化的趋势。以前有一个段子，如果一条街有一个人开一家店赚了钱，犹太人不会开第二家，如果是中国人，那一条街都会是这种店，这就是中国文化的体现。

第二点就是娱乐文化有好的、正面的作用。20 世纪 80 年代以来大众文化兴起，让个体凸显出来，但是随着商业意识形态的发展，又形成了对大众的重新控制，我们在去除了集体的、政治的控制之后，又被消费意识形态控制了，这也是我们担忧的问题。比如说很多老师都提到了《中国好声音》、《超级女声》和《快乐男声》，但是我个人更喜欢看《超级女声》和《快乐男声》，我觉得"快男""超女"更能凸显个体在一个节目中的个性。比如说赛制，快男选手不是被动的，不是完全让大众评委投票，自己有主动性，未知性因此会变强，还有包括对每个选手的故事的打造也很好。"好声音"去年很吸引人，但今年基本上是重复。湖南卫视很能抓住本土的喜好，虽然它不是最好的，但节目的编导还是很有创新点，我认为这是值得重视的方面。

另外就是文化的载体和传播方式、工业技术对文化本体的影响。比如说我们以前没有电话和电视机，只能阅读。印刷技术的出现对文化的传播有广泛影响，电影出现以后，我们从纯粹的书本阅读和文学想象过渡到视觉的动态再现。我觉得一个好的文化形式，最重要的是它能不能拓展我们的想象力，无论是互联网，还是电影电视艺术，如果能够拓展我们的思维，那么我觉得就值得发展。

徐刚（中国艺术研究院曲艺所）：刚才祝老师说现在娱乐强度非常大，让我想起本雅明曾说的，现代人都比较麻木，需要不断刺激才能产生一定效果。当今社会的娱乐形式确实非常丰富，几乎进入到了全民娱乐的时代。娱乐如此发达，让人怀疑是不是我们的社会出了什么问题？我相信很多人都有这样的经验，每天上下班，坐公交、挤地铁会发现大多数人都在摆弄手里的电子设备，他们目光呆滞，表情麻木。因为大家住得都比较远，上下班基本都得两三个小时以上，这么长的时间如果不娱乐一下根本就没法活。大家上班都很辛苦，在单位被领导呼来喝去，忍受很多明规则、潜规则，收入微薄买不起房，生活实在很累，这种情况下娱乐的意义就凸显出来了。因此当今社会娱乐强度这么大，其实和我们的生活压力变得更大有关系。我觉得娱乐的最大功能在于8小时以外的调节功能，也就是马克思所说的，生产关系的再生产。所以娱乐其实参与了这个社会的再生产的过程，所以反过来说娱乐强度这样大，能看出我们生活的变化，也就说是资本对个人的压力更大了。

刚才大家谈《中国好声音》比较多，我其实比较排斥这个东西。大家主要从行业发展角度谈这个栏目，讨论怎样能让电视节目的收视率更高。对于《中国好声音》，我其实看得不是很仔细，更没做专门研究，我就是大概了解了一下，知道是怎么回事。之所以不太喜欢，是因为我觉得这个东西跟我的生活没什么关系，而且我从这个节目里看不出它包含着什么新的可能，它没有讲出我关心的话题。反倒是刚才闻博兄把《中国好声音》和《超级女声》做了一番比较，我觉得很有道理。现在看来，无论《超级女声》这个节目怎么低俗，包含哪些内幕，不管场外短信的投票形式落入了什么样的操控形式，但不可否认的是，从这种娱乐的互动环节中，我们可以看到它与过去的娱乐形式的根本不同，因而也可以看到一种新的可能。不管"一人一票"这个东西有多大的局限性，不管有没有可能被人操控，但它通过娱乐形式所呈现出来的东西确实很有力量。尽管那些无所事事的小青年，他们发短信最后选出来的是李宇春这个"不男不女的怪胎"，但他们确实用这样的方式参与了历史，而李宇春就是他们选出来的自己的文化偶像，也是他们的一种文化表达。在这个意义上，反观《中国好声音》则难以看到这种新的可能性。这个节目最吸引人的东西就是导师听到声音之后转过身来，但这种转身实际上表明它复制了现实生活的逻辑，而不是超越这个逻辑。因为现实生活恰恰要求我们努力表现，取悦少数人，渴望通过他们的肯定来表明我们的成功，这种现实当然是压抑性的，而《中国好声音》却复制了这样一种现实的冰冷逻辑，而不是让我们想象一种新的逻辑。另外我也觉得这个舞台有许多消极的东西，比如成功者对失败者的假模假样的惺惺相惜，以及参赛者为了博取同情而编织一些悲情经历以此煽情。我觉得这样的方式极不真诚，我个人不太喜欢这种东西。

祝东力：不喜欢《中国好声音》，给自己找一堆理由。（笑）

李玥阳：我看了一篇美国政治学者乔迪·迪恩的文章，叫《传播资本主义与当下民主的界限》，我觉得当下的中国也是可以借鉴的。当然他是持批判态度的，他把娱乐、新媒体提到了资本主义的高度，我们进入到了传播资本主义时期。这种资本主义一个很重要的内容就是重构了民主，民主原有的各种形态已经变成了全新的形式。首先，这种民主被物化为社会媒体，它把每个人在一生中经历的种种事件转化为媒体故事，比如说亲情、爱情的媒体故事，我们可以进行评论，进行各式各样的评论，提出各种尖锐的意见都没有关系，这是因为所有评论的功能都变化了。他的原话是，信息转化为贡献，这样的信息并不追求反馈，而是完全像我贡献出两分钱一样，只要加在当中就可以了，这就已经是民主了，所以这个民主是失败的，因为它无关于人民的幸福，无关平等主义的斗争，无关劳动人民的福利，与这些都无关。

我觉得这和当下近十年来的情况还是很有对话性的，就是在2005年《超级女声》时，中国真的存在一种民主化的诉求，伴随手机的普及，人们觉得新媒体的出现能够营造一种全民民主的东西。同时2005年也被称为民营资本年，在那年中央让很多民营资本进入到原本的垄断行业中，比如说石油、煤矿、航空，在2005年都允许他们进来，在当时那种热情还是非常真切的。所以那时出现的《超级女声》就不仅仅是一个节目，而是构成了整个社会的话题。到了《中国好声音》的时候，社会变化了，我就觉得它是目前能出现的最无害的民主。比如，什么是好声音呢？这本身就是一个伪命题。说它是伪命题并不是指不存在好坏之分，而是可以随便说，随便定义，说什么都可以，都无关痛痒。我昨天看了看相关的访谈节目，"好声音"节目之后的那个节目，华少在节目里不断地提到民主，但他对民主的阐述就是，你看我们网络上有反对你的，有赞同你的，这就是民主。也就是说，把民主变成了娱乐化的东西，跟我们现实生活完全不搭边，这样民主就不存在了，就像乔迪·迪恩说的，不足以构成一种政治理想。造成这种结果的原因有很多，更多的原因可能并不是原有的行政权力发生了改变，而是其他新权力的出现，比如媒介技术这类权力不断地扩张，以及它和资本相结合，就出现了当下越来越不民主、不自由的现实状态。

张晨曦（中国艺术研究院研究生院）：我是研究生院红楼梦方向的学生，今天想请教各位老师，我们是不是可以从"艺术终结"理论或现象的角度去讨论娱乐文化在当前盛行的原因？"艺术终结"是我最近才了解和关注的一个问题，主要是源自上学期我们的一门课，是中国社科院哲学所的刘悦笛老师给我们讲的。当时授课老师对这个"艺术终结"的定义是艺术的发展超出了历史的边界，艺术失去了历史的意义，艺术史也不能按照以往的线性逻辑去编写。那么"艺术终结"作为理论已经被哲学家，像黑格尔之类的人所预言，艺术理论家，像阿瑟·丹托也对此有所认定。因此我也想请教一下，目前国内艺术理论界对此是如何看待的？还有想说的是，就是在这种所谓"艺术终结"的语境下，并且是在中国这个所谓"没有信仰的国度"，在这个时代我们好像有太多可以嘲笑的东西，我们不喜欢严肃，反对专制，反对强权，在绘画中打破文艺复兴的那种三角式构图的结构。那么当曾经有意义的东西都不复存在的时候，当我们不愿意把精力投注到以往关注的领域——像诗歌、哲学、纯文学这种相对严肃的领域的时候，似乎我们可能也只能用娱乐，甚至是低度娱乐，来填补时间和精神上的空白。所以说这种现象在我国，尤其是在我们和西方的广播电视体系不太一样的情况下，我们的公共媒体和商业媒体并没有明显区分的情况下，全民娱乐就更不可避免。所以我就是还想问大家一下，在这种娱乐文化盛行和"艺术终结"的背景下，像我们艺术研究院的学生，今后要从事艺术理论研究这个方向的学生，今后又该何去何从？

崔柯：你提到"艺术终结论"和信仰问题，这两个问题都很重要，但也非常复杂，有很多探讨的角度。当然今天我们是以娱乐文化为契机带出这一系列话题，这些话题我们今后还可以再深入讨论。

李松睿（中国艺术研究院《艺术评论》杂志社）：在我看来，《中国好声音》这个节目基本上可以概括为三个关键词：声音、梦想、情感，这三个关键词在《中国好声音》里不断出现，并成为影像上反复强调的对象。

第一个关键词是"声音"。在这个节目中，主创团队总是在强调《中国好声音》跟其他节目不一样，这个节目只关注声音，而其他选秀节目除了重视歌手唱得怎样之外，还关注舞台感觉、表演风格以及长相等因素。在某种意义上，这成了《中国好声音》的标志或品牌。不过在观看的过程中我就觉得这个节目其实存在一个漏洞。的确，四位导师是背对着选手倾听其演唱的，他们只能听到声音，但问题在于全体观众其实是可以直接看到选手表演的。在演出过程中，节目会在屏幕下方打出网友对这些选手的评论，我们经常会看到网友对选手的长相品头论足。因此《中国好声音》的娱乐性仍然来自于歌手的演唱水平和他们长相之间的反差。从网友对歌手的评论来看，歌手长得越"非主流"，演唱水平越高，他们的乐趣也就越大。因此单纯的声音反而并不是这个节目吸引人的地方。

第二个关键词则是"梦想"。正像刚才大家提到的，四位导师中的汪峰特别有意思，他在面对每个选手的时候，都会问一句："你的梦想是什么？"而所有选手的答案都很接近，即"我的梦想就是唱歌"，或者"我的梦想是站在这么大的舞台上演唱，而我今天站在这里就已经实现了自己的梦想"。而《中国好声音》这个节目恰恰不像大多数选秀类节目那样，主要以年轻人为目标观众，因为它将"梦想"作为自己的关键词，所以它总是要强调所有人都可以实现自己的梦想。从《中国好声音》选择的参赛选手来看，从十几岁的年轻人一直到60岁的老人，几乎所有年龄段的人都有，而且还有意识地把海外华人、留学生都吸引进来。因此我们可以说《中国好声音》这个节目的野心很大，他通过把梦想与音乐结合起来，要整合整个的华语世界，这也是我看这个节目非常吃惊的地方。

第三个关键词就是"情感"。在《中国好声音》中，主创团队选择的那些选手，往往有一个曲折而感人至深的故事。他们要么因一些情感经历而终身未婚，要么身患重病坚持比赛，要么来参赛是因为背负着下一代的梦想等等。另外我特别赞同崔柯说《中国好声音》不光是声音这个看法，这个节目的镜头语言虽然僵化，但表意非常清晰。两个人PK的时候，镜头会先拍一个选手，然后马上切换到他的家人；再拍另一个选手，然后再切换到他的家人。从这种镜头语言中，我们也能看出《中国好声音》在呼唤的是一种"情感"。因此这个节目重要的不仅是声音，也不仅仅是梦想，它还制造、分享着人们的情感。看完《中国好声音》以后我就觉得现在中国电视真的很厉害！一方面它是用"声音"创造出一种所谓的公正、公平的形象，超越了年龄、性别、地域的限制；同时又创造出好像每个人在现实生活中受挫的理想，都可以在《中国好声音》中通过自己的努力而实现的表象。

冯巍：我简单回应一下艺术终结的问题。刚才那位同学提到了丹托，我觉得他的艺术变容理论可以看看。艺术终结，意思并不是说艺术死亡、艺术停止了前进的步伐。借用丹托的变容理论，就是我们原来觉得界限特别清晰的各种门类艺术，现在看起来界限变得模糊了，其实是划界的标准变了。从积极的方面可以说，艺术现在是多元共生、多种类型杂糅的。像国内外的很多艺术双年展，参展作品的这种特征非常明显。

回到我们关于电视娱乐节目的讨论，我主要抓出两个词，就是"精神养生"和"电视传奇"。刘岩老师的话启发了我，他说一看到《最美和声》就想到《养生堂》。我觉得《最美和声》很符合北京电视台的定位，它体现出中国梦想的方式就是一种精神养生。像最近的八强赛，有一个环节是齐秦、杨坤、四位导师和八位选手，也包括那位刚被淘汰的选手，所有人站台上齐唱《大约在冬季》。王小峰老师谈到春晚以各种手段打造祥和氛围，这里也一样。这种祥和氛围，从受众心理来看，一反《中国好声音》的白热化竞争氛围，提供了人们最想要得到别人帮助的心灵上的抚慰。我没有关注《最美和声》的收视率、点击率的数字或业内评价，但是，我觉得节目的这种定位，对它的未来发展比较有利。我今天想说的第二个，就是这些娱乐节目都要打造一种电视传奇。不管是现在为学界所诟病的收视率、点击率标准也好，还是思想性和艺术性的统一标准也好，每个节目都在追求最大的成功。"好声音"第二季更加致力于吸引跨年龄和性别的观众，呈现各种唱法，透过音乐打造了一种大团结的镜像。如果所有人都在看这个节目，都在讨论这个节目，那么，回应第一位主讲人的观点，我觉得《中国好声音》还算是形成了一种文化现象，有它独特的价值在里面。

祝东力：我回应一下刚才这位同学关于"艺术终结"的问题。这是一个比较深、也比较大的问题，黑格尔美学最早提出这个问题，含义跟我们现在不太一样，但是就今天我们的观察而言，在现象层面上确实可以说存在着艺术终结的迹象。从历史上看，艺术并不是与人类始终并存的现象，比如说在欧洲的中世纪千年，在当时的环境下都是宗教，希腊、罗马有艺术，但在中世纪看来那是邪恶的异教，是要被消灭的东西。只是在人文主义复苏之后，也就是文艺复兴之后，才出现我们今天意义上的艺术，而我们今天意义上的艺术概念，是从18世纪开始的，以前的 art 这个词是手工艺的意思，汉语的"艺"也是种庄稼的意思。所以从历史上看，既然艺术不是从来就有的，那么它如果某一天终结就是可以理解的。那么，什么是艺术，怎么定义艺术呢？简单说，它是思想内容和感性形式的完美结合。但是现在看，一方面它越来越感性化，越来越娱乐化，思想内涵越来越少，另一方面思想内容也越来越把感性形式抛弃掉。比如说，今天我们寻找对社会问题、现实问题、人生问题的解答和说明，还会去读文学吗？像19世纪欧洲小说是人生的教科书，而现在不同了，今天的小说显然承担不了这样的任务，它的思想含量微不足道，而在19世纪，文学对时代问题的捕捉要早于同时代的社会理论。今天正相反，比如说中国现实中的三农问题是社会科学界首先系统地去观察、去思考、去解答的，而不是文学界。今天，关注社会问题、现实问题我们会读社会科学、搜互联网、看微博。理性内容是这样，而同时，感性形式则完全在向另一个方向发展，越来越感性化、娱乐化。从现象来看，内容和形式越来越脱离，而且确实不管是中国还是世界范围，艺术经典似乎已经绝迹了。总之，从现象看，艺术似乎面临终结，但是怎么解释这个问题，我现在也没有一个答案。

刘浩洋：刚才老师们都提到的民主，这个词如果把它引入到节目的范畴里面，我们是不是可以这样说，电视娱乐节目中传达出的这个民主，我们没有必要把它看成有很高正负价值的观念？它既不是洪水猛兽，也不一定是指路明灯。这种"民主"的概念对当今世界的意义其实并不明显，甚至也不会推动民主化进程，它仅仅是一个娱乐标志、一个社会行为。我觉得没有大家说的那么严重，我们这代人都接受这个东西了，但是我们没有明显感觉受到冲击，可能这就是区别。

丁亚美（中国艺术研究院研究生院）：大家都在讨论娱乐的变迁，娱乐媒体所倡导的价值观，我个人并不是很喜欢《中国好声音》。网上流行说《中国好声音》不如叫"中国好故事"，就我自己的喜好来看，还是更喜欢《我是歌手》，我认为它是让专业歌手，让已经成名的歌手纯粹通过改编音乐来 PK，这种形式也是很有挑战性、很新颖的。而《中国好声音》则有很多情感渲染的内容，一开始是感动，后来就有些雷同，渐渐就认为它是噱头，是编导故意设计的东西。

游戏也体现着娱乐文化的变迁与时代的内涵，从小时候用学习机玩"超级玛丽"，电脑普及后在电脑上玩"魔兽"、"仙剑"等，现在智能手机普及后我们随时用手机玩"疯狂彩图"等游戏，这时"超级玛丽"则成为我们回忆童年的符号。正如刚才那位同学所说的，游戏也有意识形态的内容，任何娱乐文化都或多或少承载着意识形态的东西。《超级女声》开始的时候大家都跟风，因为那时候我们从来没接触过这样的电视节目，它是个新鲜事物，我们对它没有免疫力。但是现在我们可看的电视节目越来越多，观众普遍的鉴赏能力也在提高，每个人都有自己的价值观在里面，有些人喜欢《中国好声音》，有些人喜欢《我是歌手》，有些人喜欢戏曲。我是学电影的，中国早期默片电影《奋斗》在我看来按现在的标准也是很好看的，一点都不过时。所以，我觉得当一个新事物出现的时候没必要过分强调它的社会影响力，好的会被留下，糟粕也会被淘汰。

孙佳山：刚才王小峰老师提到了互联网等新媒体，对以电视为代表的很多媒介都形成了冲击。其实"韩流"在中国的兴起也是依靠互联网等新媒体才形成规模的。"韩流"的初潮是2000年前后的网络游戏，当时《石器时代》《传奇》《千年》那一批韩国网络游戏特别火，直接影响了国内对网络游戏的理解和定义。接着就是韩剧，到2005年前后的《大长今》，甚至有点全民韩剧的味道，那差不多也是整个"韩流"的最高潮。韩剧退潮后，是韩国的电视娱乐节目。这三波"韩流"都是倚仗以互联网为代表的新媒体在中国落地生根。我们也可以此为参照来解释"韩流"为什么衰落。差不多2005年我们成了电视剧第一大国，那之后韩剧就再不像以前了，而2005年后不仅中国国产的电视剧越来越多，国产的网络游戏也越来越多。随着这两年《中国好声音》这批电视娱乐节目出现，不仅韩国，日本、台湾、香港的电视剧、电视娱乐节目也都远没有21世纪前十年那样的影响力了。这一切都与新媒体的深入发展有着内在的关联。

刚才那位同学说《中国好声音》不如说是"中国好故事"，我觉得连"中国好故事"都算不上。现在的《中国好声音》也好，《我是歌手》也罢，实际上都变成了一种唱功大赛，已不是人在唱"歌"，而是人被歌"唱"。因为所有的歌唱本身，一定要有歌唱者个体的情感体验，就是说通过歌唱来表达对人生、对命运、对社会的理解和感悟，这样才能构成一个说得过去的审美活动。齐秦就是典型的例子。他的歌曲原本是摇滚的、反叛的，有着现代怀乡病的音乐诉求，而在现在的选秀节目中，仅仅是多出一个唱法的版本而已。似乎是听着好听，但在这类节目中这些歌手唱的歌和他们的情感体验还有关系吗？没有了个人体验的歌曲，唱功再好，会给我们留下深刻印象吗？就我个人而言，这些年的选秀，给我留下印象的也就是张靓颖和去年的金池，剩下的都没什么明显印象。为什么说这些节目连"中国好故事"都不算？就是因为，那些试图被讲述的故事和那些似乎美妙的歌声，这二者还有关系吗？有哪些故事进入到了歌声里，或者说，有哪些歌声唱出了自己的故事？这是一个双输的结果。声音的商品化肯定是消费主义的大众文化的必然产物。用刚才大家提到的"艺术的终结"打个比方，如果仅限定在眼下这样的选秀节目类型或模式中，流行歌曲可能真要"终结"了，我们看到的、听到的，不过是些奇技淫巧而已，文艺一点说，谁还能唱出他心中的那首歌？

崔柯：我们今天的讨论就到这里，谢谢大家！

（根据速记整理，经过本人校订。王小峰老师发言由孙佳山代为整理）

青年文艺论坛**2013**

第十期

当前文艺作品的价值观和评价标准问题

■　　　■　　　■　　　■　　　■

关键词：小时代　文艺评价体系　价值观

主持人：孙佳山（中国艺术研究院马克思主义文艺理论研究所）
主讲人：林品（北京大学中文系）
　　　　　徐刚（中国艺术研究院曲艺研究所）
时　间：2013年1月24日（周四）下午2：30－6：00
地　点：中国艺术研究院334会议室

编者的话

文艺作品的价值观，始终是评价文艺作品的重要标准。近年来，一些文学、影视作品在商业运作取得巨大成功的同时，也引起了广泛的社会争议和忧虑。不久前《小时代》下线，这部成本不足五千万的电影获得了超过八亿的票房，但与此同时，专业影评人对电影品质的怀疑和主流媒体对影片表现的拜金主义价值观的批判也始终不绝于耳。同样的情况也适用于《甄嬛传》。只不过，对《甄嬛传》《小时代》等的所有批评，都似乎无法解释它们为何会具有如此大的吸引力，为何会产生这么广泛的影响，这也折射出当前文艺评价体系自身所存在的结构性的问题和困境。

本期"青年文艺论坛"以《小时代》《甄嬛传》《了不起的盖茨比》等当前热议的文艺作品为切入点，深入探讨了当前文艺作品的新特征和新症结，力图反思现有文艺评价体系所存在的问题，并为构建全面、科学、健康的文艺评价体系做出初步的探索和尝试。

孙佳山：大家好，欢迎参加第二十九期青年文艺论坛[1]。近年来随着《甄嬛传》《小时代》等影视剧的热播，在社会上引起了很大的争议，在网络上、在平面媒体上，尤其在传统媒体上有着很多截然不同的看法。今天讨论的话题，就是由这些热播影视剧所带来的当前文艺作品的价值观和评价标准问题。如果仅仅按照商业标准默许这些影视剧中存在的问题，显然是没有良知的；但如果只站在道德立场或理论正确的制高点来指责，也是不负责任的。文艺作品的价值观问题，始终是评价文艺作品的基本标准。当前针对《甄嬛传》《小时代》等的争议，深刻地折射出了当今不同价值观激烈交锋的社会现实，也充分暴露出当前文艺作品评价标准自身的混乱和缺位。

我们今天请来了北京大学中文系的林品博士，还有我们院曲艺所的同事徐刚博士。首先有请林品。

林品：本期论坛的主题是"当前文艺作品的价值观和评价标准问题"，这是一个非常宏观的题目，涉及的问题也很复杂。不过，由于佳山老师给我的"作业要求"提到"以《小时代》《了不起的盖茨比》等当前热议的文艺作品为切入点"，所以再三斟酌之后，我打算从《了不起的盖茨比》的关键词之一"爱情"与《小时代》的关键词之一"友情"这两个角度入手。因为，无论是在现实生活中，还是在文艺作品里，价值观在很大程度上都是在社会关系的层面上运作，并且经由人际情感显现出来的。

从人物情感关系的角度看，无论是《盖茨比》还是《小时代》，这二者都有一个共同的特点，就是亲情的缺席。在《盖茨比》中，亲属关系根本就没出现。巴兹·鲁赫曼的电影版对菲茨杰拉德的原著小说，在内容上做出的最大修改，就是大大缩减了盖茨比遭到谋杀后的情节，也就是小说最后一章——第九章那些延展到社会覆盖面、升华全书气蕴的叙事与抒情。因此，盖茨比的父亲——亨·盖兹的所有戏份也全都删除了。而在《小时代》

---

①即"青年文艺论坛2013"第十期。

已上映的前两部中，亲情也是隐而不显。占据一定戏份的三份亲属关系：一份是顾源与叶传萍的母子关系，但叶传萍在剧中是作为顾源和顾里为了实现经济自由与恋爱自由而要对抗的"反面角色""敌手""BOSS"的形象出现的，因而，这对母子只有亲属关系却无亲情；第二份是宫洺和崇光的兄弟关系，但他俩的兄弟关系在影片大部分时段里对于叙事者和观众来说都是未知的，最后突兀地揭秘更像是为了解决"卖腐"噱头与"玛丽苏"女主的异性恋需求之间的矛盾关系，而且更为纠缠的"秘中秘"是崇光其实是宫洺的继母带到家庭里的并无血缘关系的弟弟；第三份是顾里和顾延盛的父女关系，然而在电影中，顾延盛仅有的几次出场都极为短暂且面目模糊，其叙事功能最终被证明仅仅是以自己的死亡为顾里创造重新赢得友情的契机，为顾里提供在财经战场上战胜叶传萍的资本。

我们都知道，现代性的一个基本特征，是以个人主义、民族主义、自由主义、社会主义的意识形态话语，打破传统社会建立在血缘关系和亲属纽带关系之上的社会网络和伦理观念。具体到中国，五四新文化运动一个至关重要、影响深远的口号就是"冲破封建家庭的束缚"；而社会主义革命时代的意识形态建设则力图以"阶级情"取代"骨肉情"，用无产阶级革命感情去超越血缘亲情。到改革开放时代，在体制转轨、社会转型的历史进程中——关于这段重大历史进程的描述与评价在今天当然是众说纷纭，因为它造就了社会结构的分化、也造就了思想界的分化。在此我想援引大卫·哈维的术语，他将这个进程概括为"有中国特色的新自由主义"——在这样的历史进程中，一代又一代自由竞争的孤独个人被打造了出来。从20世纪80年代的"新启蒙"思潮开始，到20世纪90年代以来迅猛发展的"大众文化"，或者说表面上常被冠名为"大众文化"，实则定位于以询唤并满足那个在社会结构中尚未稳定成型的中产阶级为己任的文化工业，这些中国近三十年来最具社会效应的新主流文化，一直在建构着个人主义、自由主义的意识形态话语，同时或无心插柳或有意栽花地为上述那个社会转型进程推波助澜。在这样的历史语境下，阶级分化成了中国当下最基本却又处于匿名状态的社会事实，而社会主义革命时代曾一度建构起来的阶级认同、阶级感情更是早被消解殆尽。与此同时，那些自由竞争的孤独个人或主动或被动地投身于"现代化"的大潮，自然也丧失了所谓"前现代"的有机社群，丧失了"乡土中国"或传统社会的家族归属感。正是在这样的存在状态中，"爱情"和"友情"就成为了那些虽然自由却很孤独的"原子化"个人建立人际关系的最重要领域，也是获取情感慰藉或引发情感纠葛的最主要来源。在《盖茨比》和《小时代》中，"爱情"与"友情"正是其情节推进最基本且最重要的情感驱动力，相比较之下，《盖茨比》的故事主线由盖茨比对黛西的"爱情"驱动，《小时代》的故事线索则主要依靠林萧、顾里、南湘、唐宛如之间，尤其是林萧与顾里之间的"友情"来串联。

先说"爱情"。一方面，借用一个戴锦华老师爱用的喻体，"爱情"有如一叶亮丽的"涉渡之舟"，涉渡于资本主义的政治经济结构和个人主义意识形态之间；另一方面，"爱情"

也作为抵抗着启蒙现代性、工业文明功利主义的审美现代性、浪漫主义文化的母题之一，始终承载着非理性或反理性 —— 更具体地说或许应该是非工具理性、反工具理性的意蕴，携带着某种颠覆性的质素，因而成为文化霸权时常倚重，有时又难以挥洒自如的双刃剑。在商业电影的发展史上，美国好莱坞的文化工业生产出的最成功、最著名的爱情电影当属《泰坦尼克号》。那是一个经典的浪漫主义爱情神话：一位来自上流社会的名副其实的"白富美"——露丝，背叛了自己的阶级，跨越了阶级鸿沟，与一位来自底层社会的穷小子相爱。虽然我觉得不合适，但在社交网络上确实很多人这么称呼杰克，那就是"屌丝"。但《泰坦尼克》的意识形态魔术就在于，泰坦尼克号那艘巨轮在上岸之前就沉没了，杰克和露丝的爱情在开始"柴米油盐"的日常生活之前就因为不可抗拒的自然灾难而终结了，那段打破阶级壁垒、跨越阶级藩篱的爱情神话的纯洁性近乎完美地得到了保存。它是一朵"朝得真爱、夕死可矣"的绝美昙花，却永远不需要去面对、不需要去接受"忍耐"、"忠诚"的考验。在这个意义上，那份近乎完美的浪漫爱情与那艘号称当世最大、最快、最豪华的资本主义工业杰作"泰坦尼克号"，与那枚据说最价值连城、最稀世珍宝、最奢侈、最昂贵的钻石项链"海洋之心"构成了多重的换喻关系，它们都是只可崇拜却不可占有的意识形态崇高客体，因而都在短暂地绽放出夺人心魄的耀眼光芒之后，最终沉入了北大西洋的深深海底。《泰坦尼克》这部最卖座的商业电影，作为一个大众文化产品之所以取得巨大的商业成功，一个关键原因就在于，它可谓虚怀若谷地吸纳并利用了浪漫主义爱情神话的审美能量，同时又以人类的有限能力遭遇大自然的无限伟力，这样一种具有康德意义上的"崇高美"的悲剧文化逻辑，消化了浪漫主义爱情神话已然触及的阶级命题的颠覆性潜能，从而树立了使全球广大电影消费者心悦诚服、喜闻乐见的文化霸权。

当年出演《泰坦尼克》男主角杰克的演员与饰演2013年版《盖茨比》男主角盖茨比的演员是同一人，都是莱昂纳多·迪卡普里奥，因而，在社交网络上，许多敏感的影迷都在这两部影片之间建立某种关联。除了感叹莱昂纳多的容貌变化之外，不少影迷都虽然略显牵强但也不无洞见地指出了这两部影片的某种互文性，有一个被广泛转发的追问可以大致概括那些影迷的思路："如果杰克当年上岸，会不会成为另一个盖茨比？"

他们的洞见在于，敏锐地感知到了那艘冰山、那场海难在意识形态缝合术中的关键位置，指认出那个超越上流社会与底层社会、资产阶级与无产阶级的鸿沟的纯真爱情，在资本主义社会所要面对和必须克服的真正敌人 —— 并非来自《罗密欧与朱丽叶》式的家长反对、情敌攻击，而是更为结构性的、社会性的、长时段的、反浪漫的挑战，那就是：如果海难没有发生，没有惨烈到会致杰克于死地；如果露丝没有一边哭喊着"I'll never let you go!"，一边又极为反讽地松开杰克的手，任他远去；如果杰克与露丝全都能活着登陆纽约、在这片允诺"美国梦"的新大陆徐徐展开那些爱情童话的陈规滥套所允诺的未来——"从此他们幸福地生活在一起"——那么他们就将要面对真正的考验，那就是世俗的日常生活与沉重的经济压力。所以，"如果杰克当年上岸，会不会成为另一个盖茨比？"这种追问的潜台词就是：一方面，杰克在短暂地实现爱情的"逆袭"之后，就需要进一步完成经济上的"逆袭"，也就是说只有"成为另一个盖茨比"才能为爱情的天长地久提供坚实的保障；另一方面，即便是杰克成了盖茨比，也不一定就能确保爱情的地久天长。因为还有一个必须满足的前提条件，那就是在浪漫爱情的感召下，短暂地背叛了所属阶级的露丝，在离开了泰坦尼克号那样一个特殊的空间，进入到纽约那种资本主义大都会之后，能否一如既往地保持对爱情的纯真理想与忠实信念，而不是像黛西那样，由天真的专注于感情的少女转变为依赖于物质的"黄金女郎"？一旦那样的话，即便杰克"成为了另一个盖茨比"，但盖茨比式的暴发户依然难以逃脱汤姆关于其财富合法性的质疑，因而就难以匹敌那种已经充分合法化的资产所能提供的安全感与稳定感，那么所谓的爱情神话就依然会沦为悲剧。

但是，这种互文关联也有其牵强之处，那就是，在做这样的联想与追问的时候，事实上已然放弃了，或者说不愿再继续相信《泰坦尼克》所试图传达的爱情观，而是在一定程度上将《盖茨比》中黛西甚至盖茨比的爱情观与价值观作为一种先在的、固有的视域来反观《泰坦尼克》。那么这样就首先屏蔽了《泰坦尼克》的编剧兼导演詹姆斯·卡梅隆为了维护那段浪漫爱情的纯真性而设置的另一道"防波堤"，那就是片尾展现的露丝一直珍藏到她寿终正寝时刻的那一张张照片，这些照片在暗示：露丝始终坚持兑现着她与杰克的约定，用这种方式为已故的杰克守护着他们的感情。虽然这种守护约定、兑现诺言的方式，其实是在杰克的浪漫主义自由观念与中产阶级理想之间的一种折衷；但至少从《泰坦尼克》的内部逻辑，从它本身所试图达成的抒情效果和意识形态缝合效果来看，露丝与黛西还是有着不小的不可通约性。更重要的是，它屏蔽了杰克与盖茨比的本质差异性，杰克具有游离于资本主义世俗逻辑之外的艺术家形象，而盖茨比则是一位幸运的、"了不起的"、却又不彻底的商人。杰克从一开始就是凭借真实的自我打动露丝的，他虽然也一度西装革履出席上流宴会，但那完全是对正统规则的阳奉阴违、戏谑式的应付，他很快就带着露丝逃离了在他们看来分外无趣的上流聚会，跑到低等船舱的舞会上寻求更本真更奔放的快乐，他真正赢得爱情的方式，是与卡尔完全不同的。而盖茨比则从一开始，从路易斯维尔时期开始就向黛西隐瞒真实的自我，他深深地自卑于并且极力地摒弃自己的阶级出身，将上流社会精英统治者所设定和主导的社会规则和价值指向作为自己的唯一模式。他将黛西作为"理想的化身"，将自己的"美国梦"与黛西这位具体化了的美感对象结合到一起，并且将经济的"逆袭"作为爱情的"逆袭"的前提条件与最终保障。在这里，虽然盖茨比实现"逆袭"的敌手是一位富豪汤姆，但他实现"逆袭"的真正帮手是另一位富豪——那位犹太富商迈尔·沃尔夫山姆，而"逆袭"的可能性更来自于认同和利用为资产阶级服务的社会规则。

在这个意义上，虽然《泰坦尼克号》与《盖茨比》在社交网络上都被不少影迷指认为"屌丝试图逆袭，最终归于失败，而且付出了生命的代价"的故事；但如果参照网络上流行的"屌丝叙事"，杰克严格说并不能被称作"屌丝"。我这么说，不是因为16年前的莱昂纳多·迪卡普里奥可谓风华绝代，而是指杰克的"爱情"逆袭虽然昙花一现，但毕竟是从草根文艺青年的角度开辟了相对于"高帅富"的截然不同的另类可能性。当然，那是一个只有在泰坦尼克号那样的特殊空间才可能发生的童话故事。而盖茨比则不然，他与流行的"屌丝"形象确实具有某种可通约性，这不是因为16年后的莱昂纳多·迪卡普里奥已经"长残了"，而是说，盖茨比的"逆袭"途径注定了那只是在既定的权力秩序下生产出的封闭循环，无论从阶级的还是性别的角度都是如此。所以，盖茨比最终的失败并非飞来横祸，而可以说是情理之中。他怀揣天真的"美国梦"投身于一场为他的敌手服务的并不公平的游戏，他奋力地学习和利用游戏规则来实现"屌丝的逆袭"，却终究敌不过真正设定和主导游戏规则的"高帅富"，只有"高帅富"才拥有规则的阐释权，因而可以将"屌丝"的财富指认为高风险的、不安全的、不合法的。

之前提到了亲情的缺席，但是在这里，在那场发生在纽约市区某酒店的争吵中，亲属关系虽然未被明确地提及，但依然理直气壮地显影了——那句原著小说里并没有写过、而是电影剧本新增的台词——"我们的血是不同的！"使得这个事实昭然若揭：虽然亲情是缺席的，但亲属关系却是"缺席的在场"，甚至可以说是"缺席的原因"。汤姆作为一位豪门贵公子，他那祖祖辈辈积累而来的私有财产是合法的、神圣的、安全的——在19世纪的积累过程中那笔财富是否"流着鲜血和肮脏的东西"是无需追问的。而盖茨比作为一个出身贫寒、急功近利的暴发户，他的合法性则是岌岌可危的，随时可以被拥有立法权的既得利益者所否定，一个原本更可能是"五十步笑百步"或者"百步笑五十步"的问题变为了"先富不带后富"甚至"先富"要扼杀"后富"的事实。

在亲属关系这个问题上，更具有症候性的是《小时代》。就像《盖茨比》删去了盖茨比的父亲——那位来自美国中西部某乡镇的"终日操劳、一事无成的庄稼人"——亨·盖兹的戏份以及他在原著小说中所带出的社会历史脉络；在《小时代》里，那些占据戏份的亲属关系只与资产阶级家庭出身的顾里、顾源、宫洺、崇光有关，而中产阶级、无产阶级家庭出身的人物角色，如林萧、南湘、唐宛如、简溪、席城、卫海、Kitty，她们的亲属都没有任何戏份，其家庭情况没有得到任何展现。就像之前谈到的，在这里，亲情也是缺席的。虽然《小时代》自我宣称的主题，一个是"青春"，一个是"友情"或者说"友谊"：比如，《小时代1》的海报上就赫然写着"友谊万岁 青春永存"，开篇第一幕就是顾里、林萧、南湘、唐宛如这四位女同学合唱《友谊地久天长》；而《小时代2》海报上的"黑暗无边与你并肩"也是一个友情宣言，但两部《小时代》的友情观是什么呢？如果用一句虽然并非出自《小时代》，但是与《小时代》的热映几乎同步流行于社交网络上的一句话来概括，

那就是 ——"土豪，我们做朋友吧！"

"土豪"这个词语的语义演变，可以说从一个侧面折射了中国政治经济的变革与社会心理的变迁。"土豪"原先指地方上有钱有势的家族或个人，从封建时代到晚清再到社会主义革命时代，"土豪"一词经历了一个从相对褒义到相对贬义再到极度贬义的演变。清代学者郝懿行在《晋宋书故·土豪》一文中就曾写道："然则古之土豪，乡贵之隆号；今之土豪，里庶之丑称。"毛泽东在《怎样分析农村阶级》一文中则下了这样的论断："军阀、官僚、土豪、劣绅是地主阶级的政治代表，是地主中特别凶恶者。"在土地革命过程中，中国共产党更是提出了"打土豪，分田地"的口号。"土豪"最近的流行，发端于网络游戏与动漫亚文化的语境，新一代使用者在最初借用时也是略带贬义和讥讽，指的是那些无脑消费的"人民币玩家"，那些有钱又喜欢炫耀、尤其是喜欢通过装穷来炫耀自身富有的游戏玩家或动漫爱好者。当这个词从相对小众的网络社区传播到微博这样的大型社交网络之后，对"土豪"一词的使用虽然很多时候不无戏谑、调侃、恭维、玩笑的意味，但是已经趋于相对"中性"，指的是那些家庭条件优越、家境殷实的人。在"与土豪做朋友"以及"为土豪写诗"的微博活动兴起之后，对"土豪"的使用愈发频繁而强烈地具有谄媚的意味。《小时代》中的友情叙事尤其呈现出这样一种谄媚的趋向，为了与"土豪"（以顾里为主要代表）做朋友，林萧、唐宛如可以欣然地接受"土豪"的高傲、冷漠、刻薄及怪癖，甚至不惜以精神上的弱智与身体上的出丑而表现出某种"低贱的无辜"，作为衬托"土豪"之精英、之高贵、之美丽的可笑陪衬。为了与"土豪"做朋友，在文艺女青年、绿茶女孩或者用网络流行的污名化词语"绿茶婊"南湘与"白富美"顾里决裂之后，林萧与唐宛如毅然选择了与顾里而不是与南湘继续做朋友。当然，就像泰坦尼克恰好就在露丝与杰克刚刚在仓库里做完爱回到甲板上，露丝向杰克许诺当轮船第二天登陆纽约后就要和他私奔的那一刻撞上了冰山，顾里的父亲恰好就在顾里与南湘决裂的那一刻遭遇车祸，从而为林萧、唐宛如坚定地陪伴在顾里身边提供了充分的道德合理性。在这里，没有家庭背景的林萧、唐宛如，没有一丝一毫盖茨比式的"逆袭"理想，没有任何依靠自己的奋斗实现阶层上升的行动乃至意愿；有的只有自我降格、矮化，有的只是对顾里那样的"白富美"和宫洺那样的"高富帅"的顺服与膜拜，通过"与土豪做朋友"分得奢侈消费、高档享乐的一杯残羹冷炙，并为获得"土豪"施舍的这种恩惠而欣喜不已。

丹尼尔·贝尔曾揭示，资本主义经济增长所必需的消费主义、享乐主义意识形态逐渐掏空了资本主义赖以诞生的新教伦理，而从20世纪70年代开始膨胀的金融资本主义信用经济更是激化了上述这种"资本主义文化矛盾"，进而导致后工业消费社会的运行机制如同一种"羡慕嫉妒恨"的制度化生产。那么，如何在维持消费社会运转的同时，消弭群体性的"羡慕嫉妒恨"心理所蕴含的平等主义要求，以维护资本主义剥削制度的长治久安呢？在"后现代"的经济基础之上设立起一种"前现代"式等级制的上层建筑，似乎不失为一种"理想"的解决方案。《小时代》在"友谊万岁"的口号下包裹的毫不平等且谄媚十足的所谓友情，正体现了上述问题解决方案的某种意识形态幻象，在犬儒主义、拜金主义盛行的社会语境下，这种幻象无疑是非常容易流行的。

《泰坦尼克号》的结尾有一个富有历史象征意味的细节：英国国旗随着泰坦尼克号沉入海底，而露丝获救登陆后仰望着美国的象征——自由女神像。这可以解读为一个历史性的隐喻：由1913年泰坦尼克号的沉没预示的，以1914年第一次世界大战爆发为标志的资本主义世界格局的变化——老欧洲的沉沦与新美国的崛起——正是这样的剧变使得《盖茨比》中夜夜笙歌的"爵士乐时代"成为可能。正如齐泽克所说，21世纪头10年——从"911灾难"到全球金融海啸，已经血淋淋地呈现出一幅新的"泰坦尼克号"沉船画面，换句话说，以美国为首的西方资本主义世界如今正面临严重的危机，而与此同时发生的却是一个被称作"中国崛起"的巨大变动。正是在这样的背景下，《小时代》那如黛西一样"声音中充满了金钱"的中国故事诞生了。然而，《盖茨比》的叙事人尼克和原著作者菲茨杰拉德的价值观、叙事语调，与黛西并不相同，那是一种"既身在其中又身在其外，对生活的变幻无穷和多彩多姿，既感到陶醉又感到厌恶"的"双重视角"，虽然这种"双重视角"在电影的改编过程中被极大地削弱了。正是因为有着这样的视角，菲茨杰拉德才能敏锐察觉到"爵士乐时代"的隐忧并预感到"大萧条"的临近，并为20世纪20年代的美国作下了这伟大的"挽歌"。然而，这样的洞察与深思显然是《小时代》所无法承担的，今天，怎样的文艺作品才能承担？这就是我们文艺批评者要追问的问题。

徐刚：先抛开《小时代》和《了不起的盖茨比》这两个作品，谈谈其他的作品。首先是最近上映的电影《全民目击》，我觉得这个电影很有意思，它讲了一个很有症候性的问题，展现了一个极为离奇的故事。这个电影的魅力就在于它叙事的离奇，跌宕起伏，曲折无比，而在结尾，更是将电影的出人意料发挥到了极致。所以当事情的真相是孙红雷扮演的大富豪最终实现大逆转，证明自己其实是个好人时，也就很自然地对观众惯常的观影经验形成了极大的冲击。人们说这个电影依靠叙事致胜，表面看这样的表述并无问题，因为尽管存在一些硬伤，但从叙事来看确实结构精巧、叙事讲究。而且从价值观上看，电影展现了诚意，讲述父爱、拯救与责任的故事。因此总的来说，电影叙事和主题其实都无可挑剔，算得上质量不错的作品。然而，稍微深究一下电影主人公富豪林泰的最终大逆转所隐含的价值立场，就会让人不经意地想到一些问题：为什么偏偏是富人实现了最后的"大逆转"？

在我的印象中，文艺作品中富人的形象一般都不怎么好。革命年代的地主形象不用说了，什么张大善人、李大善人，一般都是恶人。新时期以后，尽管财富的崇拜是整个社会的基本现实，但文艺作品还是维持了一种基本的批判姿态，对富人的批判嘲讽也随处可见。但《全民目击》这部电影最有意思的地方在于，正当我们都以为故事中的富豪林泰会像我们所预料的那样，即将被揭露为一个道德败坏的阴谋家和罪犯时，最后却奇迹般地实现了他的"大逆转"。原来他并不是罪犯，事实的真相令人震惊：他为了救自己的女儿，租下了一座废弃的工厂，聘请演员拍摄了自己犯罪的"影像"。结合"龙背墙"的传说，电影将富豪林泰塑造成了一个伟大的圣徒，一位为了解救女儿勇于自我牺牲的慈父，一位被寄予了爱与责任的高大男人。他成了道德上的崇高者，也成了世人无法理解的旷世伟人，因为在他家的管家和司机看来，让司机去顶罪才是最好的结果……总之，简直是好得一塌糊涂。而这些行为也一扫他金融诈骗乃至杀人的嫌疑与污点，因而是一个没有道德瑕疵的富豪。电影最终别开生面地证明了这一点，这无疑极大地颠覆了我们寻常百姓对富有者"为富不仁"的想象。

我在想，这样的结尾意味着什么？这究竟是情节剧意义非凡的陡转，还是悬疑剧狗血式的真相揭示？当然，它或许并不是为了出奇而出奇，而是有着一种强烈的社会心理支持，一种无意识的流露。似乎是为了有意对抗整个社会的"仇富"心理，电影极为突兀地讲述了这个纯洁的有钱人的故事。"全民目击"隐含的意思在于揭示真正的真相，而一味仇富的暴民正是那些不明真相的群众，他们是真相的最大障碍。在此，有钱人用自己强大的力量，完成的是爱和责任的救赎，对家庭伦理的忠贞，这被认为是这个时代最伟大的情感。在此前提下，他的不择手段、他的致富的原因、诈骗的嫌疑，都可以忽略不计。由此也可看出，电影所表达的对财富的崇拜，对财富拥有者毫无抵抗的臣服——这种臣服不仅贯穿在故事讲述者的意识形态之中，其实也贯穿在我们整个社会的情感结构之中。

按照既有的观念，我们知道穷人才是"历史的主体"，但《全民目击》中的普通人，林泰家的司机及其妻子，他们因与林泰多年的情谊而成为忠诚的奴仆，他们死心塌地追随林泰，甘愿为他顶罪，甚至为此不惜编织出通奸的说法让自己名誉扫地。他们心甘情愿地拜倒在资本的权威之下，没有丝毫反抗的意味，因而其"历史的主体"位置早已丧失。与此相反，富人作为"历史的主宰"开始变得不可避免。不仅如此，《全民目击》还出其不意地展现了富人的内在价值，他们的美德、爱和责任，呈现了他们的主体性。因而从外在来看，他们不仅是财富的占有者，一掷千金，无所不能，同时占据大量的社会资源；而且从内在世界来看，他们还是道德上的完人，这无疑是一种全面的胜利。而"全民目击"这个题目有意思的地方在于，所有人都见证了这一切，并视其为自然发生的事件，整个电影没有对林泰展开丝毫质疑和批判。这种全面臣服确实让人感到不安。

这种富人或高富帅通过"大逆转"实现"全面胜利"，并不只有《全民目击》这个孤立的个案，在去年热播的电视剧《北京爱情故事》中，我们也看到了这样的场景。在那个故事中，同样是一个富人或"富二代"实现全面逆转，最后大获全胜。富二代程峰出场时无疑是一个不折不扣的纨绔子弟、花花公子，但整部电视剧却讲述了这个纨绔子弟成长为真正的男人的故事。他从花天酒地、不务正业的败家子，逐渐成长为有责任、有担当的家族企业的继承人，并且在这个过程中获得了人格的完善，并赢得真正的爱情。反观电视剧中的穷小子石小猛，这个来自农村的个人奋斗者，面对北京这个欲望之都，"清醒地"意识到自己无论如何努力奋斗，都不可能与同学好友"高富帅"程峰站在同一个起跑线上。他就是现在常说的"屌丝"，不甘平淡的生活，想出人头地，但这又何其艰难？为了获得机会，他不得不把自己的女友按照"公平交易"的原则"出卖"出去。这个不择手段的奋斗者，自然也会遭受世人的道德指责，并最终一败涂地。

然而问题在于，就在穷小子一步步变成唯利是图、一心往上爬的小人之时，"纨绔子弟"却通过爱情波折、父辈企业的失败在"逆袭"中找回成长的感觉。"笑到最后"的富二代不仅"赢者通吃"，包括收获爱情、兄弟情义并成为家族企业掌门人等，而且还把"屌丝""凤凰男"打回原形。这也不由得让人想起《了不起的盖茨比》中汤姆和盖茨比之间的争斗，一个是富二代，一个是屌丝暴发户，前者与生俱来的优越，注定要战胜后者的道德瑕疵，将之打回原形。因为"屌丝"的逆袭之旅注定是要向魔鬼出卖灵魂的邪恶之途，也终将在高贵的富家子弟面前相形见绌。石小猛的命运——当然也包括盖茨比，其实都表明了屌丝的悲惨遭遇，无依无靠又想出人头地，就必须不择手段，像腹黑的甄嬛一样出卖尊严，所以就陷入了道德败坏的境地。因此从道德理想主义的层面看，屌丝从一开始就注定失败。这样，电视剧的潜台词似乎是，屌丝从一开始就不配有出人头地的梦想。从这个角度看，现实冰冷而残酷的逻辑已经清晰可见：一方面，现实的残酷让人变得不得不如此，另一方面，社会无意识又会对屌丝的低贱与可耻予以歧视。这一切似乎都使得如今奋斗者的面貌早已脱离早期激扬的梦想层面，而开始变得腹黑、猥琐和屈辱。反过来看，"富二代"虽有诸多先在的道德瑕疵，但随着时间的推移，他们必会在历史中成长，并重新得到正名。这种叙事设置所包含的美化与期待，一厢情愿地表明了社会对财富的崇拜心理，以及对财富拥有者的历史主宰地位的屈服。与此同时也清楚地表明这个时代的精神状况：这是一个赢者通吃，屌丝永远是屌丝的世界。

更加令人气闷的是，《北京爱情故事》最后程峰和交换得来的石小猛的女朋友幸福地走到了一起，终于实现了"有钱人终成眷属"，而且这并不是像《盖茨比》中的戴茜和汤姆一样基于金钱的交换原则，而是一种真正的两情相悦。这一切都表明财富成了一种无意识的力量，让人喘不过气，不得不俯首称臣；而对财富的崇拜也幻化为对这个世界的财富拥有者的无意识的屈服，让人心悦诚服地为他们的美好前途衷心祝愿。由此似乎可以看出，大资本及其代言人，正在为其狰狞的面孔之上披上温情脉脉的面纱，进而抢占道德制高点，获得更大范围的文化领导权。

从这样的角度，我想再简单谈一谈饱受批评的电影《小时代》。我非常认同慧瑜文章中所说的"小时代"并不"小"的说法，应该说，已经很难看到一部电影如此深刻地展现当下的时代症候了。这确实是一个"小时代"，但其所透露出的其实是大时代的讯息。对这个电影，年长些的观众可能会严厉批判，像邵燕君老师的文章《＜小时代＞与"金钱奴隶制"》以及《人民日报》义正辞严的批判；但年轻的观影者并不以为然，他们甚至以各种不同的方式对前者的批判进行了反击。所以，在这里就因为年龄代际的冲突而产生了诸多争议。这也难怪，因为电影本身是为"低龄观众"准备的，电影观众以郭敬明的粉丝为主，大多数或许是中学生。这一点从它营销的方式便可看出：《小时代1·折纸时代》上映日期是6月27日，正好是中考第二天，很明显电影定位的对象就是中学生。这部电影几乎成了初中毕业生的毕业仪式，观看电影成了他们众多庆典活动中的一种；而紧接着的《小时代2·青木时代》也安排在暑期档，对象以90后"脑残粉"为主。影片发行方乐视影业总裁张昭曾说："《小时代》最重要的意义在于，它将在中国开辟一个以青少年观众为主体的新的电影市场。"对于青少年来说，看电影不是一次单纯的观看行为，而是一次反抗的仪式，一次对家长教导的有意识的逆反，一种别开生面的朝拜仪式，"脑残粉"对他们所崇拜对象的宣誓效忠，只要署名郭敬明，根本不用管它讲的是什么故事。

尽管从小说到电影，郭敬明在文本中展现了惊叹、迷茫、无力，甚至无奈的伤感和娇情的批判；但无论小说还是电影，所包含的浓郁的拜金主义气息是不可否认的。通过电影看，几乎所有戏剧性的谐趣桥段都是由"炫富"的行为所产生的，很多"看点"都与普通人对有钱人有钱程度的"不明觉厉"息息相关。比如，宫洺忘了带充电器，让林萧去取，不知老总手机型号的她向Kitty求助，Kitty的回答让人崩溃：她知道宫先生所有手机型号，但问题是不知道他今天带的是哪一部；再比如，林萧去给宫洺送材料，问保安宫洺先生住在几零几，保安回答，这里没有几零几，整栋楼都是宫洺先生的家，等等诸如此类。电影总是不自觉地流露出对物质主义符号的沉迷，比如顾里和宫洺之间的对话：顾里说，Anyway I love your Prada outfit. 宫洺回答，It's Ferragamo. 这些都挺能吓唬人的。

由此可以看出，电影似乎永远摆脱不了一股根深蒂固的"土豪"气，因而在此有必要分析一下郭敬明。这位来自四川自贡这个边缘之地的少年，到达上海这个全球化国际都市，对于难以置信的繁华最初难免产生一种挫败感。这个身材娇小、性取向不明的"男人"，或许是因为自卑而对自己的外貌过分重视，他像演艺明星一样，据说每次出席活动都要足足化妆一个多小时。就是这样一个通过写作实现个人奋斗而获得成功的商人，他对于成功、理想、金钱以及这个金钱社会的理解，都在他的《小时代》中展现了出来。

同样是表现不可一世的"土豪"气，《小时代》的顾里与《盖茨比》中的盖茨比不太一样。对于财富以及所处的金钱社会，《盖茨比》通过弥漫的颓废气和绝望感，展现了一种对金钱社会的内在的质疑和诘难，尤其是叙事人尼克与对象之间始终保持一种距离，因而有一种批判审视的间离感。这一点并不像《小时代》的叙事人林萧那样乐在其中，认同且生发出由衷的赞美，失去了反思的距离。

其实最让人难以接受的是，《小时代》中顾里周边的其他人，他们依附在资本的庇护下，甘愿为奴，这帮闺蜜跟班不停地装傻卖萌，不敢决裂，或以友情的名义，在短暂的决裂后又迅速重归于好。就拿主人公林萧来说，她去《M.E》实习，给宫洺当一个助理就兴奋莫名，而她这位敬爱的老总也被她极为矫情地认为是"即便远离了豪华汽车还拥有一颗柔软心脏的男人"。电影就是这样由衷地赞美资本及其代言人的无边力量。就像邵燕君所说的，理想彻底覆灭的时代，丛林法则才会堂而皇之地傲然于世。在这里，金钱是最大的怪兽，唯一的真神。不仅如此，电影的叙事及其情感倾向更强化了这一点，它将有钱人的变态和难以忍受，变得可以接受甚至无比可爱，电影力图呈现的是作为叙事者的林萧逐渐发现这样一个过程，这种发现非常具有蛊惑力。让人不得不相信，他们不但是最有钱的，而且是最精英的，所有的变态和难以忍受的背后都存在着似是而非的纯良。而且最重要的是，在所有人都惊慌无措的时刻，他们是拯救者、是大靠山。于是，他们的羞辱变得可以忍受，怪癖甚至有点可爱，这更使他们的形象变得高大无比。

正是这样的情感逻辑，使《小时代》中的励志元素也变得微妙而可疑。电影中的一切都在告诉我们，现实的压迫逻辑是可以理解的，而且压迫之中自有其温暖人心的一面，而后者足以让人对生活满怀希望。这就像邵燕君所说的，"小时代"是犬儒的时代，就是在没有机会做人的时代，只想做一条开心的狗。郭敬明其实是在告诉我们，在这个金钱社会里，普通人如何做一条开心的狗。为此，电影中那位矫揉造作的专栏作家周崇光有一段演讲词，是这样的：

> 我们活在浩瀚的宇宙里，漫天漂浮的宇宙尘埃和星河的光尘，我们是比这些还要渺小的存在。你并不知道生活在什么时候就突然改变方向，陷入墨水一般浓稠的黑暗里去。你被失望拖进深渊，你被疾病拉进坟墓，你被挫折践踏得体无完肤，你被嘲笑、被讽刺、被讨厌、被怨恨、被放弃。但是我们却总是在内心里保留着希望，保留着不甘心放弃的跳动的心。我们依然在大大的绝望里小小地努力着。这种不想放弃的心情，它们变成无边黑暗里的小小星辰。我们都是小小的星辰。

确实，这段话无疑就是周志强所说的那种自我弱化和"微"抵抗的生动写照，这当然恰恰就是这个时代最好的行为规范。在这样一个几乎每个平凡人都在自称"屌丝"的时代，尊严惨遭践踏而依然对生活笑脸相迎的人，足以无视这个金钱社会里残酷的压迫与不平等，进而维持社会的长治久安。没有任何人反抗，只是在这无边的黑暗里甘愿做一个小小的星辰，这种犬儒哲学实际上是让人们更好地匍匐在资本的牢笼里，根本不思改变社会的结构。

张慧瑜（中国艺术研究院电影电视艺术研究所）：刚才两位发言人讲得都非常精彩，他们的讲述带出了一个历史变迁的脉络。我和他们一样都是80后，都生活在一个郭敬明所说的"小时代"之中，也生活在徐刚提到的《全民目击》里面，一个"全民"成为看客、围观者，而不是参与者的时代。在那部电影中，真正的赢家、真正能决定法庭判决的、真正能 Hold 得住的人，是那个游走在法律边缘的金融大鳄，他"导演"了剧情的发展，以苦情的方式亲自把自己送进监狱，为闯祸杀人的富二代顶罪，这是一个伟大的男人和父亲的故事。这部电影满足了我们这些"目击者"对资本人格化的双重情绪：一种是怀疑的、不信任的，甚至是仇恨的，另一种是值得同情的、羡慕的、臣服的。在这样一个我们都感觉自己"手无缚鸡之力"的时代里，反而更容易沉溺于对强权的崇拜和渴望。我想说，为什么"我们"会变成屁民、炮灰，变成郭敬明笔下微不足道的"最最渺小"的存在呢？

从20世纪80年代的实现"四个现代化"到20世纪90年代的激进市场化改革，始终给人们许诺的就是个人自由和通过奋斗换来的"美丽人生"，个人是文化舞台中最耀眼的明星，个人成功的美国梦也是最被人津津乐道的传奇。20世纪80年代，个人是革命历史的牺牲品，个人是控诉历史暴力的公诉人，个人是嘲笑、解构大历史的顽主。20世纪90年代，个人开始在市场的汪洋大海中游泳，个人是王小波所说的"一只特立独行的猪"，一只生活在体制外的、获得自由梦想的猪。21世纪之交，这只猪开始变成小资，变成小剧场观众，变成有格调、有品位、有责任感的新中产。可是没过几年，2007—2008年以来，个人就变成了蚁族、炮灰、屌丝，变成了《小时代》中无边黑暗里的"小小的星辰"。与此同时，公平竞争、个人奋斗的职场变成了勾心斗角、尔虞我诈的后宫，逆袭、腹黑取代了励志故事。这种从个人解放到个人重新变成尘埃，正好呈现了30年来中国社会的极速转型。正像林品所说，20世纪90年代还可以讲述《泰坦尼克号》式的跨越阶级的完美童话，10年后就只能讲述《了不起的盖茨比》中屌丝即使变成"高富帅"也不能拥有"白富美"的故事。

郭敬明用《小时代》来描述这个时代，我们都熟悉"大时代"是什么意思，经常讲述大时代与风云儿女的故事。生活在大时代的人们不仅不是受害者或牺牲品，反而是时代的主人，以往的意识形态都在表述一种大时代赋予人们或人民的主体感。从"五四"到"文革"，整个现代中国都是一个大时代的故事。大时代还有一个特点，就是要不断地革命、不断地进步、不断地向前发展，就像"长江后浪推前浪"一样，一不留神就会"落伍"。"小时代"不是一个时间概念，而是一个空间隐喻。"小时代"坐落在哪里？在上海浦东，在陆家嘴，在外滩万国建筑群的对面。90年代随着浦东开发，陆家嘴地区出现了东方明珠塔、金茂大厦、上海环球金融中心等新的地标建筑，"小时代"就在中国经济崛起的心脏地带。为何在一个中国和世界都发生巨变的时代，人们对时代的感受却是"小"呢？

这种"小"体现在以下几个方面：第一，并不是时代变小了，而是给人一种无时代或者时代停滞的感觉，就像历史终结了，人们徜徉在小时代里感受不到窗外的风雨；第二，个人与时代的关系断裂了，在经历了大时代的洗礼和失败之后，人们不再关心国家、社会等宏大主题，只关心自己能否过上有车有房的中产生活；第三，小时代之小，还在于个人变得异常渺小，这种渺小感在《小时代》中得到夸张式的呈现，社会被想象成无边的宇宙，而个人只是小小的星辰。这种大与小的对比，一方面与孩子对社会的想象有关，另一方面也确实与个人变得异常赢弱有关，个人丧失了行动力，只有像屌丝一般自怨自艾。在《小时代》拍摄手记中，郭敬明把这种"渺小的存在"作为一代人的成长体验，"我们这一代人，活在一个孤独而又庞大的时代，从出生起，我们没有兄弟姐妹，我们仿佛一个孤零零的调频，在巨大的宇宙里呐喊着"。这与其说是"独生子女"政策所造成的孤独感，不如说是在强调个人主义的市场化改革中，体制、社会、组织的解体使每一个孤零零的个人需要独自面对市场经济的浩瀚宇宙。

生活在"小时代"的人们有三种选择。第一就是重新匍匐在更大的权力脚下，就像《全民目击》一样，把全能的资本书写为慈爱无边的父亲。或者像前几年电视剧《蜗居》、《浮沉》中那样，既然无法在自由市场中成为胜利者，小白领们就重新爱上市长秘书或国企掌门人等新贵——这第二种选择就是像甄嬛一样腹黑和逆袭。既然世界已经是无边的黑暗，"我们"不是像孙悟空那样造"黑暗王国"的反，而是以更大的黑暗来对抗黑暗，以更大的腹黑来打败腹黑。《小时代》里的主人公尽管看起来如此稚嫩，但是一旦玩起阴来将比大人更厉害，整个陆家嘴都是他们的天下。第三种选择就自轻自贱，比如"屌丝"就是一种自我贬低和嘲讽，既然无法逆袭，也无法离开无边的黑暗，就只能"宅"着自娱自乐，这背后有一种深深的绝望感。

最后，我想推荐一篇胡适的文章《非个人主义的新生活》，写于1920年，发表在《新潮》杂志上。20世纪90年代以来，胡适是自由主义的祖师爷，但是这篇文章却说一种自私自利的个人主义是假的个人主义，那种"改造社会要从改造个人做起"的说法也是不对的，因为"个人是社会上无数势力造成的，改造社会，须从改造这些造成社会、造成个人的种种势力做起"，也就是要把个人放置在一种社会生活中，只有建立了新的社会，才能拥有新的生活。这对于今天重新思考个人与社会的关系是有启发的，也只有改变这种你死我活的社会环境才能真正走出"小时代"的阴霾。

祝东力（中国艺术研究院马克思主义文艺理论研究所）：刚才两位的发言很有启发，他俩都涉及到时代这个概念。电影《小时代》的这个"小"字挺有意思，由此我想到了时代的大和小的问题。什么是大时代？我们经常说"伟大的时代"，我是这样理解的，这个时代首先有足够多的人具有一种远大抱负和志向，我们回想一下近代以来的几个大时代，比如戊戌变法那个时代，那一代知识分子渴望激烈地变革中国，辛亥革命也可以说是个大时代，然后是五四运动，以及之后连续的几个大时代，那个时候中国都有一大批人要彻底变革中国，怀有这样一种远大抱负。这是大时代的第一个特点。

再有，大时代的许多人所自觉从事和投身其中的是一个大的事业，具有大规模、全局性的特点，例子还是戊戌、辛亥、五四，等等。综合这两点，主观和客观两方面，可以这样理解大时代：大时代在历史的轨道上一定是跨出了一大步，形成一个历史的转折、质变和飞跃。这是大时代。相反就是小时代，主观方面，这个时代的人的行为动机大多是私欲私情，就像《小时代》所揭示的，关注的都是一些小的个人的物质利益，这个时代的历史庸庸碌碌，节奏很慢，是一个为大时代，为转折、质变、飞跃的时代做准备的时代，一个量变的时代。这是小时代。

但是，反过来看中国的现实，我们当今其实是一个飞速发展的时代，一个所谓中国崛起的时代。刚才林品讲，美国在衰落，中国在崛起，明明是一个带有许多大时代特征的时代。那么为什么这个电影又叫《小时代》呢？因为同时这个时代也有很多小时代的特征，比如说我们这个时代绝大多数精英都不再具备戊戌、辛亥、五四以来那几代中国人的那种远大抱负和志向，以及那样的信仰、道德、情感、操守，等等，确实是不具备，确实在追求一些蝇头小利。所以，我们这个时代的主观方面和这个时代的客观方面是不匹配的，我们本来应该有一种更远大的抱负。中国的确存在许多问题，但毕竟在迅速发展，应该说正面临一个千载难逢的转折、质变、飞跃的历史时期。但是，恰恰在这样一个时代，我们大多数人具有的是一个小时代的心灵，这是我们这个时代的矛盾和问题。

再一点，谈一下《小时代》所体现出的财富观念。《小时代》表现出一种对金钱绝对膜拜的态度，除了金钱之外，似乎不再有任何其他什么价值。当然电影里也讲到爱情、友情，但实际上都显得很虚假、很苍白。其实，财富本身，应该说是人类的创造，是人的本质的对象化，本身应该是一种正面的价值。但是在不同的时代，比如在中国古代这样一个生产力比较低下、比较匮乏的时代，对财富、金钱常常采取贬抑的态度，比如我们从秦汉以来就一直重农抑商，对商人这个能迅速聚敛财富的阶层，对能迅速增值的商业资本极其警惕，这种态度在2000多年中国历史上都是占据主导地位的，塑造了我们的价值观，我们对商人是鄙视的，在古代的"四民"当中，士农工商，其实商人在现实中的实际地位和能量要远远大于农和工，但却排在最后，还有一些国家政策对商人采取歧视性的待遇，像汉高祖有一个规定，商人不能穿绫罗绸缎，不能佩剑，商人穿的鞋必须是一黑一白。当然，由于商人本身的实际能力及其掌握的资源，实际上重农抑商政策在历代并不能严格执行，但不管怎么说，从国家制度和社会风气来讲毕竟有这么一套抑制的政策和伦理。根本原因在于，古代是一种匮乏性的社会，一旦纵容商人资本自我扩张的话，就会像癌细胞那样迅速繁殖，迅速吞噬整个社会的财富，在那样一个社会剩余极其有限的时代，这个过程是完全不可持续的，很快整个社会就会崩溃，出现"富者田连阡陌，贫者无立锥之地"的现象。

但是，工业革命以来有一个特点，就是人类通过技术更新、产业升级，创造的财富几十、几百、几千倍的增长。在这样的生产力条件下，能够容纳商业资本在社会中繁殖扩张，可持续的时间要长得多，所以就造成了我们对财富、对金钱、对商人阶层的容忍，再从容忍到羡慕到崇拜。但老实说，这是一种比较低级的层次，马克斯·韦伯的《新教伦理与资本主义精神》这本书讲，按照新教伦理，工作赚钱被认为是上帝赋予人的一种天职，也就是说，在积累财富的行为之上，在纯粹商业的行为之上，还有一个更高的价值在起着平衡的作用。而中国传统缺少一种超自然的信仰，缺少一种强有力的因素和力量，在财富迅速扩张的时代对它加以约束制衡，我觉得这是我们文化中需要弥补的一个方面。如果我们始终保持一种"土豪"心态的话，那么在中国崛起的道路上，我们可能走不太远。所以，还是回到刚才的观点，我们面对这样一个大时代的环境，但却只具备一个小时代的精神，包括这种财富观也是小时代精神的一个组成部分。总之，我们一定调整我们的文化，这样中国才能在崛起的道路上走的更远。

李云雷（中国艺术研究院马克思主义文艺理论研究所）：您刚才的分析，因为用的是全称，也就是说是针对所有中国人的，我觉得有点不够准确。

祝东力：大多数吧。

李云雷：但是我觉得持这种观点的人不是大多数，应该主要是《小时代》的接受群体，这可能与两个因素有关，一个是年龄，比如说15岁左右或更小一点，另外就是受教育程度，就是初中左右，所以作为一种思潮，并不能涵盖各个社会领域。

祝东力：你说打击一大片了是吧。

李云雷：我觉得其实包括我们在座的肯定不是这样，包括《人民日报》代表的政治文化也不是这样。

孙佳山：《小时代》的趣味肯定是一小撮人的趣味，但是被拥有文化领导权的阶级放大之后，就成了这个时代的主流趣味，这也正是我们要着手解决的问题。

张慧瑜：文化领导权声音最大。

冯巍（中国传媒大学艺术研究院）：《小时代》第一部，林萧有一句长长的内心独白，说在这个庞大的时代，感到自己个人是渺小微茫的存在。电影开篇不久就听到这样的台词，我心里一动，觉得"小时代"这种说法还是挺讨巧的。祝老师谈到时代的大与小的辩证，我也觉得《小时代》的"小"，不是指时代本身的小，而是指尽管人们生活在这样一个大时代，但它同时却是一个让人们自甘于"小"的时代。

其实，《致青春》《泰囧》这些引起大家热烈议论的国产片，都和《小时代》一样，套用网络上比较流行的说法，都是表现了某种"生活虐我千百遍，我待生活如初恋"的状态。一方面，你看这个电影的时候，会觉得它充满了时代气息：比如，表现主人公过去中学、大学时代如何如何，然后，怎么奋斗成了成功人士，至少精神上比较成功，有了一些土豪朋友之类的；另一方面，你又觉得它特别不接地气：林萧去《M·E》应聘的时候匆匆忙忙飞奔过大厅，那个大厅特别像电影的某种定位，人生的一个大秀场，其实你不是特别能够看到那些主人公真正的成长。

李云雷：我觉得《小时代》的价值观也不能代表所有的80后，包括徐刚他们也是80后，包括我觉得比较典型的像石一枫的小说，它的主人公是从一个嬉笑玩闹的纨绔子弟成长为一个负责任的80后，把一个成长过程写了出来。所以我觉得《小时代》只是代表了特定年龄、阶层某些人的价值观，或许也是他们成长过程的某一阶段，会有这种思想。即使处于同样的境遇中，也有不少人有另外的价值观。

祝东力：我不太赞同你的观点。当然，我不可能说13亿人口当中百分之百都这样，这当然不可能。但是，确实超过了一定的临界线，可以说有史以来，还没有过这样的情况，一切向钱看，20世纪90年代初就说十亿人民九亿商。而且上面说的金钱价值观也不限于80后这个年龄段……

李云雷：他们这一代其实成长在这个环境里。

祝东力：对，是成长在这个环境里，这个环境当然是上一代人营造的，官产学媒各界精英，包括老百姓也都在其中。应该说至少和以往时代相比，这是我们时代的一个突出特点，就是对金钱的价值估价过高。当然《小时代》也带有资产阶级的特点，就是它只讲金钱，不大讲权力，你看里面没有出现官员，这当然是另一个层面的问题。

孙佳山：我来总结一下你们两个的观点。先从云雷的观点入手，《小时代》毫无疑问不可能代表中国的所有年轻人，肯定是一小撮，极小一部分，用片中杨幂形容她那个主编的话，是像纸人一样的人物。在我看来甚至《小时代》中的所有人物都是"纸人"。但问题在于，祝老师观点的有效性在于，阶级身份和阶级趣味是两回事。现在的影视资本拍片子就是要挣钱，就是要塑造出这样的阶级趣味，哪个趣味有利于赚钱，就搞哪个。祝老师为什么说我们是少数？并不是说我们在人数上是少数的，而是说我们这些人的力量跟大资本相比，和大资本塑造出来的阶级趣味相比，是少数的、弱势的，而这个弱势的人群可能是一个大多数的人群，所以这是两个层面的问题。云雷的有效性在于，他实际上讨论的是一个类似美国"占领华尔街运动"中的1%跟99%的关系，属于99%的大多数，肯定不只是《小时代》这一种阶级趣味；但恰恰是属于1%的《小时代》现在占据着压倒性的优势，99%必须也只能接受1%的趣味，这显然是不合理的。云雷举文学的例子来说明，我们要逆转严峻的文艺现状。祝老师和云雷的观点其实是一体两面，进一步地为我们打开了今天的话题。

郭松民（《国企》杂志社）：我先接着祝老师讲的那个话题谈谈我的看法。祝老师说我们现在处于一个大时代，中国崛起正处在一个非常关键的转折点，但是社会心态是一个小时代心态，这构成了很大的张力，也非常不协调。我想解释一下为什么会出现这样的状况。前两天刚写过一篇评论文章，比较了一下美国电影《乔布斯》和《中国合伙人》，这两部电影其实在网络上不断被人们比较。乔布斯其实是人品非常差的一个人，比如说他抛弃自己的私生女，算计自己的合伙人，非常粗暴地对待下属。但是乔布斯有一个理念，也是他的座右铭："活着就要改变世界"。这句话在苹果的各种广告上都被打出来，也是《乔布斯》片子的主题，但是大家都没觉得这样一个浮夸的口号好笑，都觉得理所应当。

反过来另一部电影，《中国合伙人》里不断出现的主题，就是我赚钱就可以了，我根本就不想改变世界，这个主题至少出现了4次。最后他们到美国去跟美方谈判，那个谢晓骏就很推心置腹地对美国人说："中国一直在变，但是你们没有变。"这就证实了祝老师刚才提出的问题，我们处于一个大的时代却是小时代的心态，虽然不是所有人都是这样，但这种小时代的心态是相当主流的。

为什么会有这种差别？我觉得跟一个大背景有关，就是从20世纪80年代以来到目前为止，改革开放在经济上取得的成就，很大程度上是中国改变自己造成的。20世纪80年代以后，中国学界形成了很强的文化失败主义情绪，当时的代表就是《河殇》，认为黄色文明不行了，中国要走向蓝色文明才有出路。这导致了这样的逻辑：我们中国人不配改变世界，我们只能改变自己来融入世界。这也确实是从20世纪80年代以来实际走过的历程，20世纪90年代的口号就是"与国际接轨"，现在虽然不提与国际接轨了，但主流文化界和主流学术界，大家说来说去还是要融入国际主流文明。什么意思呢？就是说我们要改变自己，肯定现存的世界秩序是合理的，不合理的是我们自己，所以要改变自己。于是这种意识就沉淀到了我们每个人的心底，内化成为了潜意识：就是中国人不配改变世界，只有美国人才有资格改变世界。所以从逻辑上说，我们就只有赚钱，赚钱是我们唯一合理的选择。在这个意义上，我觉得《中国合伙人》比《小时代》更恶劣，因为《小时代》这种恶俗拜金，大家一眼都能看出来，而《中国合伙人》还包装成创业、励志、友情等面目，但它宣扬的逻辑却是既然我们不配改变世界，赚钱就是中国人唯一合理的选择，是我们唯一能做的事，我们能赚钱就不错了。刚才祝老师提到的问题，我觉得和20世纪80年代以来这个大的文化背景有关，这个大的文化背景不解决，文艺作品里边的这些问题是解决不了的。这是我要谈的第一个问题。

还有一个就是在《小时代》里我们看到了一个纸醉金迷的世界的炫耀性展示，这和作者郭敬明有很大关系。郭敬明在短短10年左右，就从一个自贡小公务员家庭的中学生，变成了一个亿万富翁。据报道，他在上海静安区的一座豪宅就价值好几亿，里面每件东西，包括杯子、台灯什么的都非常昂贵。郭敬明这样的经历，完全是资本统治秩序的一个极大受益者，所以他也完全认同这个秩序。郭敬明因此也丧失了想象未来的能力，他把自己的生活抹上一层奶油，告诉观众这就是未来，但对于绝大多数中国人来说，不可能过上这样的生活。我今天上午参加一个电视节目，有一个当事人讲他的故事，我们可以看到差别有多大。这个人叫成军伟，今年24岁，河北人。很小的时候父亲就去世了，母亲改嫁，把他留给爷爷奶奶，等到十几岁，爷爷奶奶也去世了，然后就跟着叔叔婶婶过。婶婶不断虐待他，比如说他要是出去回来晚了，就让他拿一把斧头自己砸自己的脚，一直要砸出血了才能过关。后来有一次他婶婶拧他的耳朵，差点没拧下来。他觉得无法忍受就跑出去流浪，加入了一个扒窃团伙，他们给他饭吃但让他当小偷，还好他没有堕落，又逃了出来。在这个过程中他得了尿毒症，但根本没法治病，他叔叔又把他接了回去。他讲到这一段，当时所有人都掉了眼泪，就是他躺在床上，他叔叔就在外面和一家人商量，现在棺材价钱是多少，把他埋在什么地方，是埋在他父亲旁边，还是埋在他爷爷旁边。他躺在床上不能动，不甘心这么死去，就打了120，完全靠着朋友的资助，勉强维持下去。他母亲经过两次改嫁，又生了4个孩子，也完全无法帮助他。我们可以看到在这个"小时代"，成军伟这样的人是完全被屏蔽掉的。《小时代》提倡的价值观，提倡的类似林萧式的这种个人的励志，根本解决不了成军伟这样的问题。《小时代》解决不了中国的问题，我们还是要回到大时代的主题上，必须把成军伟这样的人也带起来一起走，才有可能解决中国的问题。

王洪喆（香港中文大学新闻与传播学院）： 大家从文本上对《小时代》已经谈了很多，我的专业背景不太一样，我是学新闻传播学的，所以我想从它的文化工业的脉络上梳理一下。《小时代》电影的出现，标志着以郭敬明和湖南卫视的受众为代表的这样一个亚文化群体消费的文化产品来到了大屏幕上，成为了主流院线的票房大片，这是一个长期酝酿和变迁的结果。这部电影是这样一个标志，过去在我们主流话语当中隐形的观众群体忽然可见了，忽然跳到我们面前。那么这个受众群体都是什么人呢？有人做了一个微博的抽样，统计在微博里边提到《小时代》的人的社会统计学特征，发现了非常有趣的结果：他们跟微博用户总体的分布特征是非常不一样的。微博的总体特征是一线城市的20岁以上的男性居多，大学以上学历高知群体居多。而谈论《小时代》的这个群体，恰恰北上广的人不是最多的，而是像湖南、四川、福建这些省份的二线城市居多，而且是更年轻一些的20岁以下的中学生，60%到70%是女性的这样一个人群。

所以，如果把这个人群作为一个消费群体，或者作为一个文学类型的受众来看，如何来指称他们消费的文化商品？我觉得可以叫做青少年文学或青春文学。青少年文化的样态，在我们国家的社会主义脉络当中，经历了一系列变迁才发展到今天。我觉得大家都很熟悉，像在社会主义时期，青少年的文学是革命文艺的一部分，比如说我们小时候都特别喜欢看的《闪闪的红星》《小兵张嘎》。那里出现的青少年的形象，是革命的下一代和革命的未来。而这样的形象在20世纪80年代发生了一个重要变化，也是20世纪80年代启蒙思潮带来的一个结果，"青少年"这样一个身份被从革命中逐渐剥离出来，获得了个人主义和现代主义意义上的身份表达。从20世纪80年代的"潘晓来信"开始，青少年的亚文化及其市场开始出现，从文学、动画片到影视作品。当然那个时候的市场并不像现在这样是一种完全商品化的市场，那时候的市场其实是以体制内的文学创作者为主体，来为青少年生产文学作品，所以20世纪80年代末90年代初出现了一个叫青少年文学的亚类型。而且那时候呈现出来的青少年文学的样态跟今天很不同，实际上还带有20世纪80年代的启蒙想象，包括青年面对长大成人和新世界时的理想、追求与苦闷，依然是具有浪漫主义色彩的，比如我们80后都很熟悉的《十七岁不哭》《花季雨季》《十六岁的花季》等。所以，这个青少年文化市场也不是纯粹的商品生产，而是带有半公益的性质，是公共文化产品的一部分。

但是，我观察，从"新概念作文大赛"开始，从20世纪90年代中后期开始，这样一个从20世纪80年代开始发展而来的青少年文学市场开始逐渐萎缩，也就是带着体制背景的市场开始逐渐萎缩，出现了一个体制内市场向非体制市场过渡的过程。生产和消费过程都开始商品化，标志就是从《萌芽》杂志和"新概念作文大赛"走出来的这批作者，成了出版市场的宠儿，而郭敬明正是在这个商品化过程中诞生的。这时候青少年就变成了具有消费能力的市场主体。原有的半体制的公益性市场开始出现竞争对手，也就是郭敬明及其出版市场所代表的文化工业开始逐渐膨胀。在这个过程中，原来有体制背景的半公益的市场关系，逐渐被一个完全商品化的市场关系所取代，形成了一个完全市场化的、以青少年为主体的文化工业，直到今天发展成这样一个如此巨大的资本规模。大家从郭敬明拥有的财富，从他背后的文化公司和出版集团的市值，以及从湖南卫视所面向的那个受众群体的巨大收视率，就可以看到这个市场化的青少年文化商品市场在今日所具有的规模。

我想探讨的很有趣的一点就是：当我们谈这样一个变迁的时候，这是一个钟摆由一端摆到另一端的过程。我在想有没有另一种可能，就是钟摆开始向回摆动，有没有可能把国家应起到的角色重新引进来？就是说我们当代是否还需要一种非利润化的、公共的青少年文化的生产？不是完全以利润为驱动的，而是由体制或由一些机构和作者，专门从事这样专业的工作，来生产这样一种文化？

孙佳山：这位同学提出的这个话题，实际上青年文艺论坛上一期"娱乐文化的形式变迁与时代内涵"讨论过，这也说明论坛虽然每一期话题各不相同，但其实有着内在的连贯性和延续性。确实从21世纪以来，林品一开始就提到了，原来网游、动漫这些本属于青少年亚文化的东西，非常边缘的东西，突然就变成了主流。

王洪喆：就是公共文化产品。

孙佳山：在现有的文化生产体制下，我对此持保留态度，不是很乐观。20世纪80年代那个青少年文化看上去不错的美好时代，那个所谓的半官方、非盈利的阶段，不过是个错觉，属于混乱年代歪打正着的结果，我也是在那个过程中成长起来的，我说的都是我的感受，属于回过头来看吧。

所以这就回到郭老师刚才提到的，能否把另一个中国纳入到当代文艺生产的视野内？这可能不是文艺生产内部的问题，而是外部问题，就是社会变迁真的到一定地步的话，这些东西就瞒不住了。

鲁太光（中国作协《长篇小说选刊》杂志社）：王洪喆提了一个非常有价值的问题，尤其是对我们这些办期刊的人来说，因为我们这些期刊是文化生产流水线上的一个环节，现在国家正在提文化体制改革，你提的问题非常恰如其分。

王洪喆：那个社会主义的遗产到现在还没完全被市场取代，公共文化产品的空间在中国当下语境还是有的，所以我在想，它有没有可能被重新激活。

鲁太光：对，就是这个问题。我经常参加这方面的活动，有时候上面征求意见，据我观察，绝大多数人还是支持文化产品的公共性这个传统的。当然，原因也比较复杂，大家的动机和出发点不见得一样，但是多数赞成保持目前的状态。这并不是说我们一定要抱残守缺、固步自封，为了保证文化产品的质量，我们可以设计一个考核机制，或者建立一种退出机制。非利润不大可能，不过可以微利润啊。这的确是一个值得讨论的问题，因为有些东西不是郭敬明或其他什么人能承担起来的，尤其是那些教育、教化的功能，在相当程度上就是政府的职责呀。

郭松民：就比如说像我今天上午参加的那个电视节目，就是成军伟这么悲惨的命运，主持人、嘉宾，包括现场所有观众都在谴责他的母亲，问你为什么不愿意移植一个肾给他？没有一个人去反思其他问题，比如说我们的社会保障是不是健全？或者他沦落到这样的命运，社会应承担什么责任？没有一个人提出这些问题，所有人都在谴责他母亲。

鲁太光：可能不仅是文化方面，刚才郭老师讲的那个医疗问题也是公共服务，教育也是公共服务，文化里边有一块也是公共服务。

侯百川（中国艺术研究院艺术人类学研究所）：其实你说的国家干预，比如动漫领域，国家干预的想法虽然好，但实际操作起来却不容易。咱们动漫集团拍的一些片子票房很差，艺术性也欠缺，长官意志太多。长官又不是很懂现代动画，不怎么知道哪个作品为什么好，也就没有标准，没有确定的评价体系和机制。怎么做出市场需要的，同时又代表国家精神的，有一定升华的作品，是不太容易的，起码长官要有这样的素养，制作者要有这样的素养。

郭松民：我觉得由国家出面组织来搞这些东西，肯定会失败，肯定是垃圾产品，解决这个问题，最终还是靠文化界有这样的自觉。国家干预可以采用一些更弹性的方式，比如可以设立一个奖项，你符合我的价值观我就把这个奖给你。现在的价值观完全是混乱的，比如这次金鸡百花奖给了《中国合伙人》，我觉得有关部门在这个问题上确实没想明白。

李云雷：我前两天刚参加"华语青年影像论坛"，论坛上大家集中讨论的也是《小时代》和《全民目击》。知名影评人周黎明在《小时代》刚上映时，发了一篇批评性的文章，结果遭到2000万郭敬明的粉丝的反对，这件事情好像《纽约时报》《经济学人》也报道了。我觉得是这样，像周黎明这样一个在专业影评界比较知名的人，当他面对2000万粉丝的时候，其实是感觉很无力的。如果把文化分为政治文化、精英文化和大众文化，其实精英文化是处于特别无力的状态；但是政治文化，比如说《人民日报》的评论，其实在《小时代》

的接受群体里基本上不起作用，或者说会起逆向的作用。还有精英文化，就像做专业评论的人是处于两种文化的夹缝中，既没有那么多粉丝，也没有权力，很尴尬。还有一个问题，就是专业做评论的人，到最后讨论的也不是自己心目中认为的好作品，他也只能谈《小时代》这样的作品，因为大家都在谈《小时代》，如果你不谈，你的评论也无法被人关注。

所以整个文化生态处于一种比较混乱的状况，包括政治文化，比如《人民日报》几篇评论之间内在的差异，不只是关于《小时代》，还有《甄嬛传》的评论，政治文化没有形成一个强有力的对大众文化的批评与调控，也没有对专业的精英文化起引导作用。在"华语青年影像论坛"上挺有意思的一点，是周黎明谈到他批评《小时代》，但他发言的时候特别要强调跟《人民日报》的区别，因为他可能是在20世纪80年代以来强调艺术独立性与纯粹性的这个传统中强调知识分子相对于"体制"的独立或超然……

郭松民：老想撇清干系。

李云雷：还是精英知识分子的自我封闭，当他们觉得自己的观点跟《人民日报》接近的时候，内心会有一种紧张感，没办法确定自己的位置；但是在面临大众文化时，尤其是面临突破大众文化底线的大众文化——《小时代》是个典型的例子，它的价值观突破了一般大众文化的温情与幻像——时，政治文化与精英文化其实有互相交融或交叠的地方，这时候，有必要反思我们20世纪80年代以来形成的思维定势。现在的关键是怎么确立专业的文艺评论的位置，这也涉及文艺的评价标准问题，这可能需要专业的文艺批评在跟不同的文化——政治文化与大众文化的相互切磋过程中，逐渐形成一种新的状态。因为专业的文艺评论不可能像《人民日报》一样起导向作用，也不能像大众文化的追随者那样去当一个粉丝，怎么创造一种新的文艺的评价标准？这可能是未来的专业文艺评论要去探讨、解决的一个问题。

关莉丽（中国艺术研究院马克思主义文艺理论研究所）：今天论坛的主题是结合这两部作品来谈当前文艺作品的价值观和评价标准问题，大家刚才大部分谈的都是针对具体作品的分析，我更关心的是抽象层面的问题，就是我们怎么去建构起一个全面、科学、健康的评价体系。现在的文艺批评我觉得大概分为三个方面，一个就是官方媒体的批评，但是从网上的反应来看，这种批评已经是非常老套，落后于时代，甚至于成为一种反讽的存在。

王磊（中国艺术研究院马克思主义文艺理论研究所）：你具体指的是什么？

关莉丽：比如说在评价中会主要强调这个东西的方向正确不正确，反映问题正面不正面，以一种大的、道德的方式来评价。第二种就是最热闹的，主要在网络上存在的，娱乐化的、调侃性的评价，看似非常随意，非常个人化，但是量很大。最后一种就是学院式批评，所谓专业批评，评论者非常认真，但影响和认同度很小。这种专业的批评我觉得其实也分为两种，第一种就是借用一些西方理论话语对作品进行解读。第二种可以说是体验式的品读，就写看到一个作品后的感受。比如说前几年姜文的《让子弹飞》出来以后，票房非常好，各方面评价也非常好，很多专业人士在评论中对他的作品进行了大量不同角度的解读、阐发。但是这种阐发作者本人并不认同。记得好像是冯小刚说，他们有过一个对话，冯小刚问姜文，你这个作品真的有那么多想法，有那么扯吗？姜文说哪儿有啊。所以说，这种看似专业的批评即使是去肯定它，创作者也是不认同的。

现在的这种批评，就是在座的各位本着严肃的专业态度的批评，针对的是什么？不是作家，也不是作品，主要针对的是社会。更多的是一种文化社会学的批评，更关心作品反映了什么样的社会症候，以及为什么在社会能出现这样的作品等。这种批评对作家的影响是非常小的，因为没有针对作家的创作。现在大家很严肃很认真的评论，跟作家没有交集，没有直接的影响。记得前面有几次有画家和作家来的时候，他们说我们是到这里取经学习的，但是听了以后我感觉有的人是失望的，就是缺少交集。结合现在的作家培养方式，是谁在培养作家？学院专业体制里的大学中文系是不培养作家的，那么是谁在培养作家？一个是作协，通过作协体制培养作家，第二个就是出版商，通过网络培养写手，通过商业运作方式来培养。那么我们在专业批评中所希望产生的那种作家恰恰是没有途径培养的。现在大家这种专业的评价标准没有转化成学院培养中的生产标准，所以对当下的创作就不可能有直接的影响。

我们现在的文艺批评表面上很热闹、很多元，官方的、草根的、小资的、学院的，但是在这种热闹的背后没有争鸣和交流，如果说有，常常是对骂，这些批评没有相互的认同。我们缺少一种更为包容的，像我们论坛通知中所说的，更为全面、健康、科学的评价标准。我认为只有这样一种主流评价标准建立起来，才可能塑造出我们希望的那种主流的创作队伍，然后才能创造出我们希望的作品。就像刚才郭老师说的，我觉得它应该不会是官方的，也不会是草根民众的，它只可能是现在这种专业的批评者，吸收所有三种评价的长处之后，再整合成一种主流的评价标准。

还有一点，就是怎么来评价郭敬明。郭敬明从我的成长体验来讲跟他和他的作品是没有任何交集的，也就是因为要参加这个讨论，我才看了一些他的作品。他和韩寒几乎同时成名，他们有很多不同又相似的地方。在主流社会中，很多名人更认同韩寒，对郭敬明否定的更多一些。韩寒、郭敬明都有很多粉丝，很有号召力，但是好像专业人士对他们的态度反差非常大。我觉得郭敬明他本人可能不像我们想象的那么简单、那么拜金，他的电影表现的人物，并不完全就等同于郭敬明。比如说在《小时代》里，最接近郭敬明形象的就是林萧这个人物。林萧是什么人呢？她要去讨好顾里，像奴仆一样跟她在一起做朋友，是一个犬儒主义的小人物。但是现实中的郭敬明已经远远超出那个阶段，对于现实中的郭敬明来讲，他最初从四川一个小城市到上海，这个商业化大都市给他的压力，就像林萧面对顾里、宫洺这样的人所感受到的窒息般的压力。我专门去看了一下《小时代》的结尾，里面几乎所有的人物都死于城市的一场大火。就是前几年的新闻，上海的一个大楼着火，死伤很多人。小说的主人公大部分被烧死在大火中，这里面是不是有一定的隐喻或立场？韩寒也有类似的表现。2010年上海办世博会，主题是"城市，让生活更美好"，但是韩寒曾经就此发表一个演讲"城市，让生活更糟糕"，以此来表达他的反叛。而郭敬明在《小时代》中是否也讲了对上海这个大都市，从开始的向往，投入拜金主义怀抱，但是最后他所向往的那些人，那个城市、那种生活，可能在这个城市里被焚烧，自我毁灭了。所以不能那么简单地去看待郭敬明，他对任何事情可能不像韩寒那样急着把他的反叛、批判态度表现出来，但是他也有自己的态度，不只是已表现出来的拜金。

郭松民：其实我觉得像云雷完全不必感到失望，像你这种专业人士，你应该改变你自己的话语方式，向社会、向大众发言。咱们这个论坛我参与得比较晚，但是论坛所有的记录我都从你们的博客上全部下载下来看了一遍，将近30期。我觉得很多话题其实是非常有价值的，针对性非常强，但是非常遗憾，这些信息只在一个相对封闭的小圈子里循环，没有向社会辐射。我觉得你就有这样一个责任，在一定意义说上也是你的义务，把你的话语转化成大众，包括郭敬明的粉丝都能接受的话语，向社会去传播。

还有一个其实大家也不要低估了这个事情的重要意义。表面上看我们说了以后郭敬明也没听到，他的粉丝也没有听到，事情就过去了，但思想会沉淀下来逐渐发挥作用。比方说我是一个媒体人，我参加这样的活动，从这里面吸收很多的思想，然后最后就会出现在我的文章里，或在各种媒体活动中我会把这些思想贯彻进去，通过这样一个渠道向社会辐射。这个社会的文艺作品的改变，有一个滞后的过程，我们这个工作肯定是非常有意义的，在这个问题上不要妄自菲薄。

李云雷：上次那个论坛上，那些专业做电影评论的人，差不多有一多半在做电影文化产业，很少像我们这样围绕着一个作品的艺术性与价值观问题来讨论，做电影产业研究也有价值，从文化管理的角度或产业的角度去看问题，也很必要，但跟我们从文化价值上去看还是不一样，我觉得我们更精准的定位还是后者。如果没有较高文化价值、艺术价值的作品，我们的文学、影视也就没有太大的研究价值了。

徐刚：我也有一个同样的感受，去年有一个电影叫《泰囧》，大家都很熟，当时票房大概是12亿。这确实是非常可观的数字，尤其是对于国产电影来说。对此，包括专业的电影研究者在内，大家都非常振奋。我记得当时华中师大有一位老师对这个电影进行了并不严厉的批评，但即便是对这样的学院批评意见，包括专业的电影研究者在内都对之持非常不屑的态度，这在我看来是非常震惊的。也就是说，专业的电影研究者居然也唯票房是从，在他们看来，票房这么高，那么这个电影便是一个不可批评的电影。所以我觉得对于专业的电影研究者来说，电影产业固然重要，但是在此之外，还应该有一些其它的角度来看待这个文化产业。

孙佳山：慧瑜曾经写过一个文章，专门讨论中国电影市场化改革的弊端，我觉得很有借鉴意义。

崔柯（中国艺术研究院马克思主义文艺理论研究所）：我们说今天的小时代之所以"小"，是跟之前的大时代相比，比如说革命年代、建设年代，但是小时代有另一个脉络，就是今天为很多人津津乐道的民国时代，是胡适、张爱玲、徐志摩他们代表的时代。我觉得民国是一个幻像，之所以能吸引人，是因为"穿越"回去可以把自己想象为少数精英。很少会有人想到，自己在民国时代完全可能是一个连基础教育都没有机会接受的大多数人、普通人，很多人想像自己穿越回去会是林徽因、徐志摩，而忽视了当时基础教育极其落后的现实。比如《剑桥中华人民共和国史》中提到，20世纪30年代对中国农村的抽样显示，在7岁以上的人口中，只有30%的男性和1%的女性具有能读懂一封简单信件的文化水平。大家提到屌丝逆袭也是同样问题，"逆袭"明明是一个独木桥，为什么这么有市场？就是因为它给了人们一种幻像，让大家以为自己会是成功的那个人。我们一旦破除这种个人主义的视野，从一个多数人、从集体的视野去看待问题，不是考虑"我"的成功，而是考虑"我们"能不能成功的时候，就会发现这种逆袭是没有普遍性的，电影《了不起的盖茨比》其实已经宣告了逆袭模式的失败。

所以，所谓的大时代，就是一个具有总体性视野的时代。当我们不是从个人一己之私，而是将自己和大多数人、和集体联系起来，去思考多数人的命运和出路的时候，才能找到一个具有普遍性的、合理的发展模式。

任荭（中国艺术研究院研究生院）：这一期的主题是"当前文艺作品的价值观和评价标准问题"。我们现在普遍处于一个焦虑的时代，大家都不希望看到太过沉闷的东西，电视、电影等文艺作品基本以娱乐为主，创作时间比较短，很快地推出来，这些节目让观众看了之后可以放松紧绷的状态，缓解压力。《小时代》对于精英文化群体来说，可能觉得有点不负责任，太不精英了，会对它持批判态度。但为什么《小时代》受到那么多年轻观众的欢迎？其实我们应该反思的是"精英文化"到底是什么？我认为，当专业评论面对大众的时候，应该把专业性和娱乐性结合到一起。湖南卫视的节目观众比较爱看，就是因为把很多知识性的节目做的非常娱乐化；北京卫视的中医养生类节目也很受欢迎，如果中医养生的知识让我们去看书了解的话，我们肯定不会主动去看的。所以，文艺批评面对不同的作品和交流群体要分别对待。

刘欣（中国人民大学文学院）：我的专业背景是靠向西学这一块的，对郭敬明的作品不太熟悉。但我有一个阅读的经验，高中时追了郭敬明作为青春小说作家那段时期的一些作品，像《梦里花落知多少》都是第一时间看的，印象很深。我想谈的问题是，郭敬明创作的青春爱情小说，跟他新近的《小时代》的逻辑差不多。《梦里花落知多少》的主人公以高中生为主体，到了《小时代》又是同样一群人高中毕业了、工作了，再加上同样狗血的爱情故事。这些人物的阶级身份基本上是小资以上的，《小时代》里面弄堂出身的林萧，我们也不能说就是无产阶级，她也是服务于一个位于资本中心的《M·E》杂志的，也是资本运作的一部分。以这个杂志为中心的人物，可以看作是资本主义内部不同阶层的符号，有靠近上层的顾里，还有比她更高级的主编，他们经历了一些情感上、经济上的竞争，其实都不痛不痒，和谐地得到解决，毕竟是资产阶级的内部矛盾。最相似和突兀的是对他们命运的设置，《小时代》里写到最后是这些人意外烧死了，就像《梦里花落知多少》也是一些高富帅因为情变等原因莫名其妙地自杀，完全是一种"机械降神"式的处理方式，用完全偶然性的外力把所有矛盾全部解决，回到原点。

所以我觉得郭敬明从早期到近期一直停留在这个层面，但是他为什么现在越来越成为我们一些"学院派"操心的话题？可能跟书名有点关系，如果不叫《小时代》，起个像《梦里花落知多少》类似的名字，"学院派"估计没这么大反应。我们有一个幻觉就是他把这个时代定名为小时代，其实他写的不过是他本人45度角仰望天空所见的世界，他想象中的高富帅的世界。我们生活中的富二代是不是跟他小说里讲的一样，把名牌穿在身上还把名牌挂在嘴边，是不是真实的富二代的生活就是这样？不一定。一种批评的声音或维护的声音，说郭敬明的《小时代》反映了这个时代，因为这就是"小时代"，他抓住了80后、90后的"心理"，我很不赞同这样的看法。《小时代》的背景虽说设定在魔都上海，但其实随便把它放到任何一个国家都是成立的，都是全球资本主义称霸时代的表征，所以它根本就不具有特殊性，也就是脱离了真实的生活。

关莉丽：我们现在对这个文艺作品的讨论，不是关注这个作品本身，而是关注它带来的影响。《小时代》如果没有那么多粉丝，没有那么多票房，我们会去关注它么？它既然以这种面貌、这种影响出现，那么它的意义可能就不仅仅是文本的，而是作为一种文化现象存在的。很多专业的学者去评论他，其实关注的也是为什么我们这个时代、这个国家会出现《小时代》？为什么会有那么多人去追随它，这个现象背后的原因是什么？大家对这个作品的分析，大多是社会文化的角度。我们既然处在这样的时代，就不能单纯地去否定它，而是要全方位地认识它，就像马克思一样，要超越资本主义，首先要知道资本主义的内在规律是什么。

孙佳山：是的，在反对任何东西之前一定要先把它了解清楚。现在的理论界、批评界的滞后和荒唐就在于，要么是站在道德的立场上成了道德的卫道士，要么是站在既定的理论正确的制高点上说一些绕口令式的车轱辘话，根本不知道现实中发生了什么，不知道现实都已经成了什么样子。

王磊：我想之所以说《小时代》等电影不代表我们这个时代，主要是因为它们不代表这个时代的全部真实，只代表局部的真实；但是我们又能说，它们在一定程度上代表了这个时代，这主要是就它们所带有的某些趣味和价值观而言，这些趣味和价值观在这个时代占据着主流地位，掌控了这个时代的大众意识形态，影响着大多数人，也包括许多知识分子。而这个问题实际上可以转换为另一个问题：到底是什么样的价值观在主导着这个社会的思想意识，是哪种力量在无形中影响了这个国家的文化趣味和发展方向？今天众多所谓以商业模式生产出来的文化艺术产品，它代表和迎合了怎样的思想和美学趣味？我们应该怎样去评价它？这些正是我们要认真反思和讨论的。

李云雷：我举个例子，陈应松的《马嘶岭血案》，是底层文学的代表作之一，被两位大导演买了版权，但都拍不了电影，因为它表现了底层的生命力和对社会鸿沟的反思……

王磊：所以艺术生产是有选择性和遮蔽性的，今天我们看到的很有影响的文艺作品，并不一定代表全部的真实，不一定代表我们时代各个阶层人们的全部的真实生活处境和价值观念。

任茌：电影《小时代》之所以受到很多年轻观众的欢迎，可能是他们对世界看得还不够清楚，《小时代》里表现的那些场景可能是他们所期望的未来，或者他们认为现实生活就是这样的。

李云雷：《小时代》的特殊性在于它突破了大众文化的规范，一般的大众文化产品都不会这么直接地拜金主义，还是要强调一些温情、爱情、亲情等，资本是要通过运作、通过艺术发展成流行。《小时代》击穿了大众文化的底线，反而会有这么多观众与读者，所以我觉得这是很奇怪的一点。其实它吸引人的地方，或许恰恰是在这里，它是一种"反大众文化的大众文化"，反"大众文化"这一幻像走向的是他们认为的"真实"，其实他们走向的是庸俗、世俗或"反文化"，但"反大众文化"反而成为他们这种大众文化的特异或魅惑之处。

冯巍：我突然想起来琼瑶，《小时代》很奇怪地有一种琼瑶的味道在里面。

孙佳山：和琼瑶是完全相反，琼瑶是爱情神话的胜利，是《泰坦尼克》，《小时代》《甄嬛传》《了不起的盖茨比》等恰恰是琼瑶的对立面，启蒙主义以来的爱情神话在这些作品中都烟消云散了，这也是今天的现实。这些作品在这个意义上还真没"虚构"，只是勉强跟上了现实。

郭松民：而且这种拜金主义是不加掩饰的。比方说现在的很多电影人，都说我票房到了多少多少亿，这就是一切，其他的标准都不说；但作为电影人，还是应该以更有艺术性或思想性来自我要求，但是他们并没有这样的标准。

王磊：今天某些文化给我们一种强烈的感觉，就是文化也是个势利眼，嫌贫爱富。我们可以回头看一看历史，历史上有没有出现过不嫌贫爱富的文化？毛泽东在回忆自己年轻时说，他是非常喜欢中国古典小说的，看得多了有一天无意间想到，这些小说里的主人公没有农民，都是才子佳人，他说他开始也不明白为什么这样。这个问题困扰了他大概两年左右，后来想明白了，当然他是从经济社会和阶级的角度看待这一问题的。从那时开始他的一生都在为建立一种不是以才子佳人、王侯将相为主角的文化而努力，他致力于让工农兵成为文艺舞台和社会舞台的主角。我们今天的文化艺术生产在某种程度上也面临着类似的历史问题，文艺应当怎样面对和处理社会不同阶层的价值观和利益诉求，成为新的文艺和文化建构必须解决的问题。今天的某些影视作品更多的倾向于表现新贵阶层的价值与趣味，但我们的艺术评价标准体系似乎应当更为客观、科学，能否建立一种新的、符合当代中国历史和现实的、呈现不同审美趣味的文艺价值观和批评标准体系，就成为一个急迫的理论任务。

郭松民：陈凯歌的《霸王别姬》里有一个镜头给我印象特别深，就是北平解放以后解放军刚进城，一群风尘仆仆的解放军战士坐在地上看戏，舞台上在演《霸王别姬》，段小楼和程蝶衣俩在演，这个画面显得非常不协调，非常刺目。这个戏不是演给台下的战士看的，战士也不是来看这个戏的，我们这个年龄的人都知道，《白毛女》《红灯记》或《沙家浜》这样的戏才更适合战士们看。为什么会出现像刚才你说的那样的情况？我觉得最重要的就是台下的观众消失了，这些战士走了，没有了，台下坐的是新出现的一批人，所以舞台上跟着也变了。

李云雷："人民文艺"是一个整体的系统，以文学来说，包括创作的大众化倾向，从作家的自身思想改造开始；作品写出来后，发表出版环节的"大众化"，定价要便宜；然后进入一个"大众化"的流通网络，让即使偏远村庄识字不多的人也能读到、读得起，这是一个体系。同样，电影的生产 — 流通 — 接受也是一个"大众化"的系统，这个被击溃之后很难再找回。

孙佳山：现在的文艺作品已经被票房、收视率、销量、点击率绑架了，不赚钱就没人给你投资，没人投资那就根本没有任何出头的机会。

李云雷：刚才徐刚讲的我再接着说两句，就是你讲《全民目击》和《北京爱情故事》，现在富人是这么来表现自己的，一方面在经济上掌握主动权，另一方还要在道德上塑造自己高尚的形象。但我觉得这可能跟影视更受资本控制有关，文学相对来说好一点，文学作品里面还有一些描述底层人生活的，还有以底层立场书写的。但社会整体的结构确实越来越严密，像《了不起的盖茨》让我们看到，即使逆袭成功之后，也会被别人看不起。所以对于处于底层的人来说，如果陷到这种逻辑里面，是看不到任何的希望的。

孙佳山：就这一点而言，真的是从第一部中国式大片《英雄》就开始了，从那个时候起，整个中国电影语法就都变了。从《英雄》开始，原来传统历史演义意义中的献祭式的侠客，舍身取义反抗暴政的英雄，最后都变成了"无名"，原本毫无疑问的"刺秦"故事被推翻了，秦始皇第一次成了不可撼动的历史正义的化身，他才是为了"天下"而牺牲自己，刺秦英雄们反倒格局太小了，理解不了秦皇，最终成了历史中"无名"的尘埃。所以从这个脉络往下梳理，例子就太多了，比如《满城尽带黄金甲》、《夜宴》、《狄仁杰通天帝国》、《铜雀台》，这个中国式大片的逻辑也很被美国接受，刘德华因为扮演狄仁杰还上了《时代》杂志亚洲版的封面。于是我们看到的古装故事就都是这样了，秦王不能反、武则天不能反、曹操不能反，一切传统故事中的大反派都不能反，他们其实都是好人，原来的"英雄"就这样被历史无情地碾压了。《甄嬛传》也是顺着这个路子衍生出的结果，皇上代表的权力才是最重要的，其他一切都是搭配。从《英雄》到《甄嬛传》这十多年来，中国这一脉络的影视作品，就是将最大的权力塑造成了怎么讲都对的永恒的大道理。

《小时代》也一样。从《奋斗》开始，都市青年情感题材开始登场了，但是在2008年后迅速从励志转为了《蜗居》，"蚁族""屌丝"成了形容年轻人的词汇。2012年的三部代表性电视剧《北京爱情故事》《浮沉》《北京青年》也都是这个脉络，所以到了《小时代》，还有徐刚开始提到的《全民目击》，线索很清楚，就是谁有权有势就怎么都有道理，不仅经济、政治强大，道德制高点也是人家的。在这个意义上，今天的《甄嬛传》《小时代》倒是构成了一种上下文关系，严丝合缝地由《英雄》一步步蜕变成今天的样子，现有的那些骂街、作秀文章应该把注意力放到这里，这样反思才会有用。

关莉丽：我觉得其实《小时代》和《甄嬛传》的作者，他们某种意义上讲是挺真诚的。看这样的作品我就想起萨德侯爵，他那个时代很多作品写得很美好，好人有好报，宣扬真善美的普世价值，但萨德却写出了他所看到的和经历的另一面，发现只有丑恶才是普世的。

孙佳山：在这个意义上，《甄嬛传》也好，《小时代》也罢，倒真是接了这个时代的地气的作品。

关莉莉：我觉得至少他们没想故意去掩饰、去包装这些丑恶的东西，其实我反而觉得像20世纪80年代的一些作品，看上去要表现深刻，反而并不太真诚。

杨娟（中国艺术研究院马克思主义文艺理论研究所）：文艺创作应该源于生活，高于生活。

黄彦伟（中国艺术研究院研究生院）：我有点自己的想法，因为我在学校里教本科，也带专科，同时也和学编导的艺考的高中生有所接触，所以就发现一个现象，什么现象呢？就是真正喜欢《小时代》的学生，其实不是本科生也不是专科生，恰恰是高中生。这个问题其实是非常危险的，全国有这么庞大基数的高中生群体，他们喜欢《小时代》，并以此作为消费楷模，这个现象怎么改变呢？我觉得这不仅牵扯我们文艺评价标准的问题，更牵扯到我们该怎么去建立文化传统和文化记忆的问题，传统文化认同感一旦建立了起来，《小时代》或许就不会引起这么大的轰动效应。当然这种建构不是当下就能解决，但是必须在我们的教育，包括中等和高等教育当中，有某种导向乃至围绕这种导向形成一定的课程设置，这才是釜底抽薪、标本兼治的办法。

我的第二个感想是，《小时代》蛊惑的是高中生，它蛊惑不了80后，其实80后在当下是一个非常理性的群体或是已经体制化、被体制化的状态。我记得年初有一个片子叫《西游·降魔篇》，国内对"西游"系列电影的接受我觉得非常有意思，"大话西游"系列在我读大学时，大约2000年前后，可谓脍炙人口，很多人对一些经典桥段的台词都能朗朗上口，而这个时间正是80后群体进入大学、具有强烈颠覆和反叛意识、进入自我成长的时期。但是在2013年，当周星驰再次续接经典，基本沿袭原有套路的时候，却难以重复群体轰动的接受效果，这恰恰印证了80后的成长和成熟。其次，这部片子还牵涉到中国的国家形象该如何建构的问题，《降魔篇》在价值观的编码以及国家形象的传达建构方面，显然是不成功的。《降魔篇》也是以《西游记》为故事背景，并穿插了一个没有结局的爱情故事，主人公都是为了一个更宏大、更高尚的任务，而纠结于一份突如其来的感情，这是"大话西游"系列的共性特征。然而这种宏大、崇高抑或悲壮的理想精神，却在无厘头的戏谑中自我消解，在喜剧中透露出悲剧的味道。更重要的是，影片对主要人物极尽妖魔化之能事，这无疑会进一步歪曲西方受众对《西游记》故事的认知，以及对孙悟空、猪八戒、沙僧等人物的理解，从而加深了中国传统文化在西方世界"刮痧式"的遭遇。《刮痧》是郑晓龙2001年执导的影片，围绕中国民间流传的刮痧疗法在美国无法被理解而产生尖锐的矛盾冲突，展现了东西方文化差异所造成的误解。其中，控方雇佣的美国律师引征《西游记》中"野蛮顽劣"的孙悟空形象，用以证明影片主角，移民美国的许大同有严重暴力倾向。当然，我们无意于苛责《降魔篇》这部电影，但至少应该引起我们的思考，在文化冲突、碰撞的今天，应该通过影视叙事向世界传达什么样的价值理念？这是值得每一个电影人，以及有责任感、有担当精神的国人应该思考的问题。

关莉丽：我提个问题，这个艺术评价的标准，谁能总结一下？

冯巍：现在恐怕绝大多数人都存在这个问题，一个人在物质生活上属于一个阶层，在精神追求上属于另一个阶层，不能保持一致，也许高富帅之类除外。

孙佳山：这又回到了我们上半场谈到的阶级身份和阶级趣味的问题。

冯巍：这样的话，回到郭老师谈到的《霸王别姬》里的观众消失没消失的问题，观众跟台上的演出是否合适的问题，也就是物质与精神的问题。

徐刚：刚才郭老师说，舞台下坐的是士兵，上面演的是《霸王别姬》，这是一种分裂的状态，现在的情形是士兵消失了。我觉得可能并不是那样，说不定士兵就喜欢《霸王别姬》那种调调，他们并没有消失，只是他们的趣味已经转变了。

郭松民：不是说物理上的消失，而是一种文化上的消失。

徐刚：这就回答了刚才冯巍师姐说的那个问题。这是一种分裂的状态，他们身体上属于这个阶级，但是他们却偏偏认同另一个阶级的文化。

冯巍：我们以前常说知识分子如何如何，现在不单纯是知识分子的问题。就像很早以前"新工人艺术团"的讨论，有一位做底层研究的老师举例子说，收入很微薄的民工用的是苹果手机。

王磊： 所以刚才郭老师说那个"消失"，其实是阶层的文化消失和阶层知识分子的消失。这个阶层的知识分子消失了，自然生产不出他们自己的文化。

徐刚： 我觉得有一个最根本的问题，就是刚才云雷说的"人民文艺"这套东西。因为"人民文艺"并不是自然而然来的，它是通过革命争取来的。现在看来，"人民文艺"的丢失也不是自然而然丢失的。一个客观存在的事实，就是在文化的意义上确实存在斗争，这是客观存在的。我们现在谈的这个根本问题，"人民文艺"有没有可能？我觉得当然有可能，但是需要有很多人去做这个工作。

郭松民： 其实我们谈论毛泽东时代的革命文艺的时候，如果我们把它放到全球背景下，其实也是屌丝逆袭，就是想打破这个秩序。他是想开通一个新的格局，但实际上在全球范围，仍然是一个被包围、被孤立的状态，所以最后这个努力还是没有获得最初预期的结果。

《小时代》中我觉得最有隐喻的就是林萧。一群美女等在宫洺的办公室外面，这个林萧摔了一跤，倒在宫洺脚下，然后她就幻想宫洺把她扶起来。我觉得这就是《小时代》里最大的梦想，就是希望有一天能够一个土豪扶起来，这就是一种最大的幸福。

孙佳山： 今天讨论的特别深入，大家都从各自的角度展开了非常全面的交流，我们论坛以后还可以就这一话题进一步讨论。谢谢大家！

（根据速记整理，经过本人校订）

青年文艺论坛2013

第十一期

左翼文艺研究：热点与前沿

关键词：左翼文艺　再解读　前沿问题

主持人：李云雷（中国艺术研究院马克思主义文艺理论研究所）
主讲人：卢燕娟（中国政法大学文学院）
　　　　　张慧瑜（中国艺术研究院电影电视艺术研究所）
时　间：2013年12月26日（星期四）下午14：30—18：00
地　点：中国艺术研究院334会议室
主　办：中国艺术研究院马克思主义文艺理论研究所

编者的话

左翼文艺是"五四"以来新文化的一个重要组成部分，在中国现当代史上有着重大而深远的影响。由于多方面的复杂原因，左翼文艺研究在20世纪80年代一度受到忽视并被边缘化。但是自20世纪90年代以来，伴随着冷战结束和世界格局的变化及社会思潮的更迭，以"再解读"为标志，思想学术界开始重新关注左翼文艺的创作与实践，经过20年的发展，左翼文艺已成为当前文艺研究的热点与前沿问题。

在今天，我们应该怎样重新理解20世纪80年代以来对左翼文艺的冷落，以及20世纪90年代以来对左翼文艺的"再解读"，我们应该怎样重新认识左翼文艺？我们能否在当下的语境中汲取左翼文艺的历史经验和教训，为创造新的中国文艺进行新一轮探索？本期论坛围绕上述问题，展开了热烈而丰富的讨论。讨论中对左翼文艺的历史进行了分析与总结，也对20世纪80年代"纯文学"遮蔽左翼文艺的情况进行了反思，并在一种新的历史视野中重新思考文艺与人民、文艺与政治、文艺的民族化与大众化等经典命题，重新探讨文艺接近人民的方法和途径。

李云雷：今天是青年文艺论坛第31期，讨论的题目是"左翼文艺研究：热点与前沿"。为什么选这个题目呢，因为在今天这个比较特殊的日子，我们可以通过对左翼文学研究的梳理，来重新认识左翼文学，包括左翼文学与历史的关系，与世界的关系。

卢燕娟：在今天这个特别伟大的日子，我非常荣幸能来讨论这样一个话题。我准备发言的时候，觉得左翼文学范围太大，超出了我的驾驭能力，所以我选择了左翼文学脉络中的"人民文艺"来谈。我谈的题目是：《今天如何重新讨论"人民文艺"》，我需要先对"人民文艺"概念做一个简单界定。"人民文艺"是指以延安为起点，延续到新中国成立以后一个比较长的时间段——即通常称为"十七年文艺"的主流的文艺形态。之所以做这个界定，是把它和在它之前的左翼文艺和在它之后的、我们今天很流行的"大众文艺"做一点区分。

在"人民文艺"之前的左翼文艺，是一部分启蒙知识分子开始从个人启蒙转向探寻新的社会变革方案，但总体上仍然内在于唤醒民众的启蒙诉求当中，并且精英知识分子仍然是文化的主体。而在"人民文艺"之后的大众文艺，则显然是消费时代的文化产物，它的主体应该是全球资本体系所衍生的那些面貌模糊的"大众"。"人民文艺"区别于以上这两者的本质特征，是它非常鲜明的人民性，也就是文艺自觉地以人民为主体：一方面通过外部赋权，就是从外部赋予人民以文化权力；另外一面，也是更重要的，是从内部塑造人民的历史主体性，包括他们的觉悟，促使他们意识到自己在历史中的价值和作用。

"人民文艺"从产生到现在已经大半个世纪，在现代中国的文化历史上，可以说几经沉浮。延安文艺——我在此特别强调是1942年《讲话》发表以后的延安文艺，直到1949年新中国成立前，第一次全国文代会上，因为周扬的讲话，才被命名为"新的人民的文艺"，这一命名也因此一直被沿用下来，并且在这个命名之下，产生了文化艺术领域的新的主题、新的创作方法、新的风格形式、新的评价标准以及它的基本规范和生产管理机制。随着延安政权在1949年以后成为全国性的政权，"人民文艺"也就扩展到全国，并一度成为压倒性的主流文艺形态。"文革"结束后，这种文艺逐渐丧失了它的主流影响力，尤其是消费文化兴起后迅速边缘化。但是近年来，重新关注和讨论"人民文艺"好像又成了新的学术生长点，因此今天讨论"人民文艺"，就主要涉及三个问题：第一，为什么要重新讨论？第二，这种"重新"是什么意义上的"重新"？第三，如何才是有效的重新讨论？

第一个问题，先谈一下今天重新讨论"人民文艺"的必要性到底在哪里？我想这种必要性，第一不是面向历史的怀旧情绪，第二也不应该仅仅是作为一个个体的、纯粹的学术兴趣。应该说，是因为今天的中国正进入到一个前所未有的历史转折点，"中国道路"其实在今天已经作为一个新的问题重新提出来。这个"提出来"的意思包括两个向度：一个是回溯到现代中国历史进程当中，如何去重新评价和理解现代中国历史的道路，一个是在这个基础上探讨未来道路的可能性。在这条道路上，"人民文艺"是现代中国文化中重要的内容和结果，而且其自身也是重要的参与者，我想这是今天重新讨论"人民文艺"的核心所在，也是今天重新讨论"人民文艺"区别于此前一些近似的讨论的一个本质区别。

关于当下的历史转折，其实我们说的也很多了，在这里不想浪费太多时间。总的来说，我是觉得今天中国所置身的现实处境，其实已经突破了20世纪80年代的预设，而且和当下全球资本主义发展逻辑也并不是完全合拍。从20世纪80年代开始，我们建立了一个以经济发展现代性为核心的叙事，简单说就是把发展经济作为解决一切问题的途径。以此为核心，产生了三个相互关联的叙事：首先是解构政治，把政治和革命、整体性历史等概念合并为一，然后将其等同于集权、专政、保守；第二，是在此基础上，使得经济，包括效率、现代、发展、个体自由等话语成为与前者对立的叙事，进而获得合法性；第三就是从这个发展的逻辑出发，把经济的贫困直接等同于国家整体性的落后，而这种整体性落后又被解释成是高度政治化的发展模式造成的。

在这一阐释框架中，一个顺理成章的结论就是意识形态领域要去政治化，经济领域要全面自由开放。然而问题是，21世纪以来中国经济迅速崛起，在某种意义上已经实现了20世纪80年代的经济发展目标，但是可以发现深层问题不但没有解决，反而前所未有地尖锐突出，比如像阶层分化、社会公正、伦理价值、资源分配、环境污染等等问题。这些事实告诉我们，重新提出"中国道路"的问题，既需要重新反思对既有历史的评价，更需要重新设计未来道路。

这个新的"中国道路"，尽管也会有全球资本主义的时代共性，但必然有它的特殊性。最重要的是，作为一个有阶级革命和社会主义建设传统的国家，在它的历史轨迹、文化记忆和话语遗产当中，本来就存在着另一条独特的"中国道路"，这条"中国道路"和我们今天所说的，从传统中国直接向一个强大的现代中国的对接并不相同，后者最典范的表现，是奥运开幕式，那种通过宏大的传统文化和震撼的现代科技所拼接出来的国家形象。这种很有意识形态亲和力、具有奇观式民族文化商品意义的中国特色，恰恰遮蔽了我今天想讲的，真正本质性的中国特色。中国特色，应该是现代中国所面临的独特的现代困境，和在这一困境中形成的独特历史道路。这种困境是指从一个传统的文明帝国进入现代世界，空前的民族危机和空前的社会危机同时爆发：世界历史的发展使中国不得不现代，而中国所置身的格局，又使得这种现代注定是中国为避免沦为现代世界弱者的抗争之路。而所谓独特的历史道路，当然一方面区别于欧美资本主义的兴起，另一方面也区别于一些传统东方国家：这些国家或者通过把社会问题和民族解放问题分开，先接受一个资本的模式，然后再寻求民族解放；或者甚至是把自己复制为另一个侵略性、扩张性的力量。而中国这条现代道路，恰恰是将社会的解放和民族的独立，绑定为同一个问题，通过创造一个崭新的历史主体——人民，来创造新的政治、经济和文化格局，构建新的人民国家，并且重塑民族文化。它的特殊性在于，不仅仅是以武力去完成民族解放和政权更替，同时也必然包含重塑民族文化，创造新的现代国族文化的文化革命意义。正是在这个意义上，我们今天有必要重新讨论"人民文艺"，讨论它和现代中国的历史道路的关系。

接下来，第二个问题，我想谈一谈作为重新讨论的参照。具体说，主要是有三个历史脉络，第一个是"人民文艺"自身在创造和发展过程当中的自我定义、阐释和建构，这一个脉络，其本质由毛泽东《在延安文艺座谈会的讲话》、《新民主主义论》等一系列文献所规定，由周扬等一批理论家，丁玲、贺敬之等一批文学家所建构。第二是新时期以来，以"纯文学"为主要标准对"人民文艺"的评价，主要是否定和遮蔽，这一脉络以洪子诚老师那本《中国当代文学史》提出的"当代文学一体化"的学说为经典诠释。第三是近几年来，重新关注和讨论"人民文艺"，试图挖掘它的历史合法性，至少是追求更客观、更理性地探求它的学术意义，以唐小兵、李杨这些"再解读"思潮为开端，然后一直延续下来，包括到2010年李洁非、杨劼的那本《解读延安》。

从"人民文艺"的自我建构这个脉络看，有三点值得谈。一是对"人民文艺"和"人民性"的本质规定，第二是自我建构的方式，第三是这种自我建构的内部反省视角的缺失。毛泽东的《讲话》和《新民主主义论》这样一批经典文献，对"人民文艺"的本质特征做出了明确规定。后来李杨老师在《〈讲话〉与幽灵政治学》那篇文章中，提到《讲话》的"经与权"问题。他说，"人民"在不同时期有不同的历史内涵，"为工农兵服务"、"人民"在这一脉络中是"权"。这一点我不是特别同意，因为"人民"本身就是一个在历史中不断发展的、功能性的概念，应该是在不同历史时段，承担历史主体任务的受压迫者。所以我倒觉得，把"人民文艺"的性质规定为"为工农兵服务"，或表述为中国共产党领导的人民大众的文化，其实是对"人民文艺"本质层面的规定，核心是指出其"人民性"的根本性质。

在这个框架下，周扬他们的理论批评，包括柳青、贺敬之他们的创作，实际上是共同完成了对"人民文艺"的经典阐释，包括：主题，新、旧两重社会的本质区别，包括人民是如何团结起来自我解放的；文艺风格，朴素、刚健取代了纤细、柔靡，文艺的主要服务对象变成了不识字的劳动人民 —— 工农兵；体裁，由传统的小说、诗歌转变为秧歌、戏剧；以及语言风格的整体性更替。

同时，在这个建构过程中出现的 —— 当然这一点我们很难去苛求前人，但是我们今天应该意识到，"人民文艺"在现实的演进过程中，确实发展出了管制性的、保守性的力量。一方面，客观上说，是因为现代中国所面临的残酷境遇、中国革命独有的艰巨性；另一方面，主观上说，也有它内在的矛盾。最重要的是，这些矛盾与后来出现的新利益集团相结合，在客观上极大地削减了"人民文艺"的容纳空间，也破坏了像独立、公平、解放，这些最具有动员力和凝聚力的文化品格。最终，"人民文艺"随着知识分子精英文化和大众消费文化兴起之后，迅速边缘化。这是我们需要从"人民文艺"内部来做反思的。

第二个脉络，与20世纪80年代整个社会转型相合拍、同步的纯文学建构，是对"人民文艺"的否定和放逐。洪子诚老师的"当代文学一体化"的说法应该算是最成熟、最学理的一个解释。他把整个中国现代文学的发展描述为左翼文学和政治强权的合谋，取消了现代文学内部丰富的多元共生性。而这个叙述的背后，是洪老师的一个主导逻辑，就是呼应着20世纪80年代那种把政治和文学作为绝对二元对立的逻辑，就是说，政治的参与一定会造成对文学的破坏和压抑。这个叙事背后，实质有一个先验的标准 —— 虽然没有提出来 —— 一个纯文学的标准，而纯文学标准的合理性和合法性以及这种标准的意识形态性质，在这个叙事当中恰恰被遮蔽了，纯文学成为一种普世性的。这对学术界的影响是很深远的，很多流行的学术理论都跟它同根同源，或者是由此派生，或者是跟它呼应。

今天可以举出来互补的两个代表，一个是1988年陈思和、王晓明他们提出的"重写文学史"，以及陈思和随后提出的"隐性写作"。"重写文学史"其实完成的是对纯文学的全面重建，同时用这个标准对此前的文学史进行一个翻烙饼式的梳理 —— 简单地说，凡是敌人反对的我们都赞成，凡是敌人赞成的我们都打倒。如果说陈思和、王晓明这个"重写文学史"还显得比较学理，那么我们可以把视角再拉远一点，看一下海外的夏志清。夏志清和他们的很多结论都惊人地相似，但夏志清更加直白，比如他会把张爱玲、沈从文说成是现代中国文学最杰出的代表，反而将我们一直认为是旗帜的农民作家赵树理直接称为"笨拙的小丑"。相对来说，比较有意思的是陈思和的"隐形写作"，这个说法和后来唐小兵他们那个"再解读"有相近的地方。什么叫"隐形写作"？就是在强大的、一体化的主流文学的缝隙当中，他们认为那种原生的民间文学会不自觉地参与到其中，然后形成文学缝隙当中所隐藏的隐形写作。事实上这个说法在主流文学一体化的前提下，进一步彰显出了纯文学的普世性，一个潜台词就是：只要文学还存在，只要是文学存在的地方，这种普世性的"文学性"，就几乎是和人的生命共生的，这种力量是无论如何都压抑不掉的，一定会以某种方式彰显出来。那么这种无法清除的"民间"和"人性"是什么呢？其实我们看一下就知道，陈思和做了很多文本分析，而他所分析出来的所谓民间和人性，简单粗暴地总结一下，就是食色性也，无非是开启了最低级的欲望叙事。其实，这一欲望叙事和纯文学也有一个一脉相承的过程。在这个建构纯文学，贬低"人民文艺"的脉络里面，值得一提的是，近几年程光炜带学生做的20世纪80年代的研究工作，是从纯文学内部去反思这个神话的建构，以一种纯客观的学术姿态去介入20世纪80年代的思想研究。一方面这个内部反思在某种意义上还是值得肯定的，但更重要的是，今天在纯文学内部能出现这样的反思，是否也可以理解为是确实到了一个转折点的信号？另一方面，对他们的工作我也存疑，这种以纯学术姿态反思纯文学的研究，如何才能真正触及背后的意识形态性质？因为其实所谓纯学术和纯文学，在一些根本的逻辑上是一脉相通的。

接着，我想谈一下的是近几年来我们关注到的对"人民文艺"的重新讨论，在这里有一点套用汪晖老师的说法，我觉得是一种"去合法性的合法化"。其中的代表，一个是唐小兵2007年再版的《再解读》，一个是李杨老师2006年出的另一本同名的书，也叫《再解读》，然后就是2010年李洁非的《解读延安》。我想首先从唐小兵的《再解读》开始讨论。在这本书里面，大家比较熟悉的是孟悦对《白毛女》的重新讨论，立足于展现"人民文艺"的人情味和民间文化根源。一方面所有的"再解读"都有很大的积极意义，它试图重新挖掘那种被放逐、被边缘化的"人民文艺"，为其建构某种历史的合法性，同时在客观上，把长期以来被放逐到主流视野之外的一些话题，重新带回到我们讨论的视野中；但另一方面，从我个人来说，会觉得有一个致命的问题，就是这种合法性恰恰是暗合了纯文学对"人民文艺"真正具有本质性的合法根源的取缔。比如说，当谈及《白毛女》的民间文化根源、民间伦理是如何建立的时候，恰恰无法回答，它何以区别于此前的孟姜女、小白菜那样的民间文化，何以区别于陕北流传了几百年的秧歌？

祝东力（中国艺术研究院马克思主义文艺理论研究所）：你还是要介绍一下他们是怎么论证的。

卢燕娟：在孟悦对《白毛女》的讨论中，上来就讲，这一故事为什么会成立呢？因为它建立在对民间伦理的维护上。年三十对中国老百姓来说是一个特别重要的，具有绝对伦理性的民间节日，地主在这时候出场，要债、抢人，不仅违背了革命的阶级伦理，也打破了民间的伦理秩序，破坏人家过年，欺男霸女这些事同样不仅不容于革命秩序，也不容于民间秩序。当然我理解，在孟悦他们讨论这个问题的大语境之下，他们试图找出使"人民文艺"能和当时的时代语境可以沟通的角度，试图给这些被过度贬低的文学寻找一席之地，可能正是带着这样一种心态做这个工作。我想这也是为什么这些学者一度被称为左派，但是我重读他们的文章，我是觉得他们有一点冤枉的，因为他们使用的标准是非常纯文学的，他们建构十七年文艺合法性的方法，恰恰是放弃了十七年文艺的根本立场和根本性质，去讲这些文艺也有人性的地方、也有民间伦理的地方。事实上，《白毛女》真正成立的地方恰恰不在这里，而在于它是中国文学史上第一次清晰地讲出新社会和旧社会有什么本质区别——也就是那个非常经典的主题"旧社会把人变成鬼，新社会把鬼变成人"，这才是《白毛女》得以建立和这种文化得以建立的根本性的意义。这也就是我刚才说，其实孟悦的那个解读再往前走一步，就无法和此前陈思和的"隐形写作"相区分，都是用一个纯文学装置去打捞"人民文艺"里的东西，只不过认可度有所差别而已。

再进一步，我觉得做得更精彩的是李杨老师的《再解读》，当时他运用了例如巴赫金小说理论和一些现代政治文化理论，去重新解读十七年的小说。他比唐小兵他们更引人瞩目的是，努力去挖掘这些文学当中的现代性诉求。因为我们知道，在很长时间，这些文化以及整个革命历史，一直被塑造为一种封建的、保守的、负面的形象，而李杨老师重新把现代中国革命、社会主义建设纳入到中国追求现代的整体历史进程当中。有意思的是，李杨老师在引用当时的评论家李希凡对《红旗谱》的批评的时候，他自己说："五十到七十年代的红色批评家的水平并不如我们想象的那么低劣，直到今天我们对朱老忠形象意义的阐发听起来仍然是像对他们的陈词滥调的复述，虽然他们还不会用成长小说这样的时髦概念来定义《红旗谱》"。我觉得李杨老师还是挺有自我评判精神的，他可能也意识到了他更多是在将一些新的政治文化的理论框架移植进来，其实仍然是在一个旧的脉络上重新阐释"人民文艺"。他阐发了"人民文艺"的现代价值，在今天看来仍是很有开拓性、很深刻的洞见；但仍然不是对中国独特的现代性意义的阐发——用西方的理论拼贴过来，很难套进中国特殊的现代历史框架。李杨老师据说是拿到了一个很大的国家课题，关于延安文艺的，我想我们近几年可以更关注和更期待他的最新成果。

2010年，李洁非和杨劼出版了《解读延安——文学、知识分子和文化》，提出了一个"超级文学"的概念，相较此前把政治或者大历史同文学绝对二元对立的思路，这个概念意识到了文学在现代中国历史进程中的独特性，也试图超越这种势不两立的二元对立叙事，所以对很多具体文本和事件的解读也体现了精英知识分子当中难得一见的历史感。但我觉得这个概念的一个根本问题，恰恰在于"超级文学"仍然没有明确地解释中国现代文学的独特性，这一独特性恰恰在于它是现代中国革命的产物——它们的本质性的联系恰恰被回避了。这种回避导致它又绕回到了纯文学立场上，比如这本书我特别不能同意的，恰恰是对《讲话》的带有根本性质的解读。主要是两点：第一，《讲话》的主要影响力是通过政治暴力产生的，这是一个基本结论；由此派生出第二点，是说《讲话》在文化上既无创新之处，也不具有根本性的文化道路性质，只是服务于当时政治的需要。这本书和李杨老师一样试图阐释《讲话》的"经与权"，现在能查到的资料，是在胡乔木回忆毛泽东那本书里，说郭沫若说《讲话》"有经有权"，但郭沫若是在什么语境下以及他的全文是什么，迄今我没有找到，哪个老师和同学找到了可以告诉我。"经与权"在后来关于《讲话》的解读里，就成了一个很大的问题，究竟什么是"经"，什么是"权"？李洁非和杨劼的解读，直接认为整个《讲话》的根本原则包括为工农兵服务，包括改变文艺风格、语言习惯，都是一时的权宜，而且还提出了一个非常有意思的论据，说毛泽东本人其实非常不喜欢延安所创造的那样一套文艺，因为在新中国成立以后，他叫到中南海去专门为他演出的，基本都是很高端的传统昆曲，他喜欢的恰恰是这套本来要否定的精英的传统艺术。该书还认为，从专业角度看，很难说《讲话》在文艺理论上做出了多大贡献，因为一方面是对20世纪20年代到30年代左翼文艺，包括苏联理论的部分继承，另一方面，从后来的发展看，也没有彻底更新文艺的性质。我觉得这种解读很难回答以下几个问题：第一，像作者描述的，中国精英知识分子，在数千年的文化传统当中，一直是对政治权力持不合作态度，为什么偏偏在这个时候会千里迢迢去投奔一个被"政治暴力"所辖制的地区？要知道蒋介石当时所使用的那套动员话语，是他们更熟悉、更亲近的。第二，延安政权当时没有形成对全国范围的控制，又如何把这些知识分子从北平、上海、南京这些文化、经济繁荣的大城市，强制到一个西北交通闭塞和经济困顿的农村来合作？说到这里，我想起一个很有意思的小插曲，我博士论文开题的时候，我导师陈晓明老师就说，你要注意到，延安其实是很流行跳交谊舞的。他的大概意思是说，延安也在追求感性的欢乐等，而当时李杨老师就说，如果是要去跳舞的话，可能去重庆跳舞条件会更好一些 —— 李杨老师这个反驳同样也适用于针对李洁非的解读。第三，即使如他所言，延安的政策经历了一个从初期为了吸引知识分子而比较宽松 —— 他认为在1942年以前，知识分子大批奔涌到延安恰恰是因为那时候政策特别宽松，给他们非常好的物质待遇。据说知识分子俱乐部有延安唯一的一台留声机，而且到延安之后，很多人据说是可以拿津贴但什么都不干，不参加生产劳动，养尊处优。但是到1942年以后，随着日军进一步封锁，延安进出不再自由了。但这还是不能解释，为什么很多延安知识分子是终其一生与这个"暴力政权"合作？甚至不仅是合作，而是彻底的自我改造，即使在后来"政治暴力"大大放松的时代，到新时期之后，很多延安知识分子仍然不改初衷。第四，如果《讲话》本身没有任何创新之处，不过是早已存在的革命文学和左翼文艺理论的集成，那么又很难解释此前我专门做的一个区分，就是在"人民文艺"之前的左翼文艺，长期以来一直想努力解决而解决不了的诸多问题：比如说文艺大众化问题、民族化问题，尤其是理论先行而脱离创作实际的问题，为什么会在《讲话》以后的文艺实践中得到比较好的解决？比如像被李洁非称为特别宽松的1942年以前时期，今天去数一下，留下来的文艺成果，除了《黄河大合唱》，几乎乏善可陈。而恰恰是在他们所认为充满"暴力专制"的1942年之后，产生了包括像《白毛女》，包括到今天仍在流传的一大批经典文艺作品，这是他们很难解释的问题。

比较值得关注的一个问题是，"人民文艺"内部缺乏一个自我反省的视角。我们今天要重新讨论的，恰恰不是"人民文艺"在纯文学标准下有多少"文学性"可言，或者说有多少普世的、可通约的"人性"、民间伦理等 —— 事实上对民间资源的使用以及对整个民族文化的重塑，这本是内在于"人民文艺"之内的诉求。今天我们重新讨论，首先要意识到

"人民文艺"是现代中国文化道路的自觉选择，应该认识到它建构了一套新的文化标准，在这套文化标准的合法性没有建立起来之前，以文学性来建立它的合法性，或者以那种人性、民间伦理来建立它的合法性，都是一种"去合法性的合法化"。而这个文化标准的合法性如何重新建构？我想，要放在整个中国现代历史进程当中，要意识到它伴随着一整套权力关系的重构：谁来评价文化？谁来创造文化？是根本权力的变化。

第三个问题，这个问题我自己一直在思考，今天更想听一听在座的老师、同学的意见。一个首要前提是，重新讨论文艺和政治——或者把这个政治扩大，叫现代历史或者意识形态，总之，对长期以来将这两组关系二元对立的思路应该重新思考，不应该再翻一次烙饼。这就需要从现代中国历史来理解中国现代文艺与现代中国的特殊关系。

另外，我觉得最大的困难，是如何从内部对"人民文艺"进行有效的反思。就像李杨老师自己也意识到的，从合法性的建构和对经典诠释这个层面来说，我们今天能补充进去的工作，无非是站在当下历史节点上来看，可能会存在历史延伸性。周扬他们那一代理论家，已经达到了一个相当的水准和高度，但是他们没有也不可能在当时提出并回答——而我觉得我们应该回答的一个问题，是这样一种如此有力量，而且在现代中国历史进程当中带有权力重构性质的新文艺，为什么会被边缘化？归结于精英知识分子和全球资本主义的夹击有一定道理，但这些都是外因，我们更应该——当然也更困难，是从内部去反思。

我自己思考过的几个问题，也提出来请教在座的老师。一个是我曾经思考过"人民文艺"历史上针对官僚制度和官僚主义的批判和反批判，从中带出的是和人民权力解放关系最为紧密的制度问题。另一个问题是，"人民文艺"从翻身的劳动者到社会主义新人，一直到无产阶级"高大全"英雄形象的演变问题。在这里我的问题是，从内部去塑造人民的历史主体性，这种历史主体性是如何被抽空的？我想从中寻找内在矛盾的症结所在。第三，"人民文艺"在延安时代承诺的"幸福的明天"，到建国之后，在继续革命或在社会主义建设的话语下面，是被延宕的。最后，我想带出的问题是，人民翻身之后"怎么办"的问题？革命在完成利益格局重组之后，如何处理和容纳日常生活？

李云雷：燕娟做了一个信息量非常大的发言，她是把"人民文艺"放在中国探寻现代化道路这样一个历史脉络之中，然后阐释当时的起源以及整个历史的发展，然后又在三个参照中对新的"人民文艺"的研究做出了她自己的论述。其中一些细小的地方待会儿还可以讨论，比如说你其实忽略了一些重要的著作，比如蔡翔的《革命／叙述》、李杨的《抗争宿命之路》、李书磊的《1942：走向民间》，这些书如果放在这个框架里讨论会很有意思，也会有新的空间，不过待会儿可以继续讨论。

张慧瑜：这个题目对于我来说也是命题作文，我觉得在这样一个非常特殊的日子里担任主讲，确实非常荣幸。刚才听燕娟说了很多，她对20世纪八九十年代以来革命文化、人民文艺的几种研究思路做了很好的总结和反思。我讲的是人民文艺的另一个脉络、另一种文化形态，主要是 20 世纪 30 年代的左翼电影，这种特殊的文化形态发生在 1942 年《讲话》之前，是在国统区形成的左翼文化领导权。我从两个方面讲这个问题，一是新中国成立以来关于 20 世纪 30 年代左翼电影的评价，二是 20 世纪 30 年代左翼电影得以发生的历史条件和启示。

论坛的题目是《左翼文艺研究：热点与前沿》，在群发邮件中有一段"导语"："左翼文艺研究在 20 世纪 80 年代一度受到忽视与边缘化，但自 20 世纪 90 年代以来，伴随着世界格局的变化与文艺思潮的更迭，以'再解读'为标志，思想学术界开始重新关注左翼文学的创作与实践，经过 20 年的发展，左翼文艺已成为当前文艺研究的热点与前沿问题。"我觉得这段话可能适用于左翼文学、革命文学的研究，描述左翼电影可能就不太合适。相比文学来说，电影更像一个工业系统，更受制于社会环境的变化。20 世纪 90 年代以来，文学基本上死去了，很难再成为社会关注的焦点，就连燕娟刚才批判的纯文学，某种程度上也已经处在博物馆的状态，而电影正在文化体制改革，尤其是在新世纪以来的产业化改革中"浴火重生"。与毛时代以及 20 世纪八九十年代还留存的计划经济下的电影生产体制以及行政化的放映体制不同，现在的电影工业是通过市场的方式组织生产和院线放映，新的电影体制已经完全格式化了之前的电影体制，恢复到建国前以民营资本为主的电影制作状态。对于大部分电影创作者和研究者来说，电影是文化商品、文化产业，最多可以承担一些人文和艺术的功能，这种对电影娱乐功能的理解，倒是很像 20 世纪 30 年代左翼电影人所批判的"软性电影"。"软性电影"对电影的理解是"电影是给眼睛吃的冰淇淋，是给心灵坐的沙发椅"。在这种背景下，可能我们更需要反思，左翼电影、左翼文化的经验，就是在一种市场化、商业化的背景中如何创造一种进步的文艺形态。

我先讲第一个问题，关于左翼电影的研究。1962 年出版了一本重要的电影研究著作《中国电影发展史》，这本书从 20 世纪 50 年代中期就开始写。新中国成立后为了建构社会主义文化的历史，国家花了很大力量来组织对新文艺史进行研究，《中国电影发展史》也是集国家之力，集体完成的电影史写作。其中两位主要撰稿人李少白老师和邢祖文老师，就是我所在的影视所的创始人和前辈学者。这部电影史有清晰的"史观"，就是按照马克思主义和唯物史观来书写中国电影的发展过程，而且用"进步论"的方式结构全书。一开始是萌芽时期，考证出 1905 年第一部中国电影《定军山》，随后 20 世纪 20 年代"在混乱中发展"，接着 1931 年到 1937 年"党领导了电影文化运动"，最后是 1937 年到 1949 年"进步电影和人民电影"。其中，1931 年到 1937 年的左翼电影是 1949 年以前中国电影最辉煌的时代。这部书 1962 年作为初稿内部发行，但一发表就受到批判，因为 1962 年已经开始提倡"大写十三年"，就是写 1949 到 1962 年的社会主义文艺运动。这本书如此强调 30 年代左翼电影的地位，自然就卷入到当时文艺的意识形态争论之中。新中国成立以来，文艺界存在着《讲话》和 30 年代左翼文艺的争论，这是左翼内部的争论。《中国电影发展史》被认为是30年代左翼文艺路线的代表，1966年7月26号《解放日报》发表了丁学雷的《一本资产阶级反攻倒算的变天账——评<中国电影发展史>》，认为这本书是"宣扬所谓30年代文艺的大毒草"。这种判断来自《林彪同志委托江青同志召开的部队文艺工作座谈会纪要》，把20世纪30年代定性为"反党反社会主义的黑线"，是王明路线的代表，是反《讲话》精神的。因此，这本书没能正式出版，参与写作的人以及30年代左翼电影人都受到了冲击和批判。

20世纪七八十年代之交，随着拨乱反正，30年代左翼电影人以"归来的英雄"重新登上历史舞台，《中国电影发展史》也于1980年代重新出版，其实是第一次正式出版。这本书由当时的电影主管领导、剧作家陈荒煤同志写了一个"重版序言"，他把30年代左翼文艺作为新中国成立后十七年人民电影事业的源头，"我国社会主义电影事业不是从天而降，凭空诞生的，正是由于左翼电影运动时期就逐渐形成了一支战斗的队伍，并团结了广大的进步电影工作者，成为新中国电影事业的催化剂"。有意思的是，对于丁学雷的指责，"重版序言"并没正面反驳，反而"照单全收"，强调20世纪30年代在国统区展开的左翼文艺有着复杂性和特殊性，"当时的电影观众，主要是小市民、知识分子、青年、店员、小资产阶级和资产阶级，对充斥银幕的鸳鸯蝴蝶派和神怪武侠一类影片，已经看腻了，资本家为了迎合潮流，也要拍摄一些有点爱国主义、进步思想的影片，就不得不寻求革命文艺工作者的某些支持"。在这种背景下，左翼文化人"打入"电影界也是大势所趋。于是，"为了避开检查机关的剪刀，适应资本家的要求和观众的兴趣，在题材方面不能不反映一些资产阶级、小资产阶级的生活和爱情，描写小市民的悲欢和命运，在特定条件下，把进步、爱国、抗日的对话掺进影片里去，这样做，是不得已的，更是无可非议的"。

如果说，30年代左翼文艺产生于大上海的特殊时期，抗战爱国成为整合国共及社会各阶层共识的意识形态背景，那么，这与20世纪40年代的《讲话》确实有着不同的文化政治诉求。我觉得，人民电影与左翼电影的区别在于所诉诸的历史主体不同，正如《讲话》指出的，"在上海时期，革命文艺作品的接受者是以一部分学生、职员、店员为主，而文艺作品在根据地的接受者，是工农兵以及革命的干部"，左翼电影的受众是城市小市民或小资产阶级，而人民文艺的主体是占据人口大多数的工农兵。在这个意义上，丁学雷用《讲话》的标准来要求30年代左翼文艺确实有"苛刻"之嫌，而20世纪80年代初《中国电影发展史》把20世纪30年代进步电影叙述为无产阶级文艺的源头也有"削足适履"的问题。这篇序言还突显了陈荒煤作为"我们30年代从事革命文艺活动"的左翼电影人身份。而时代的尴尬在于，20世纪七八十年代之交的"拨乱反正"，并没有回到十七年，也没有回到30年代左翼电影，回到的恰好是一个前左翼电影的时代。更为悖论的是，30年代的左翼文化在20世纪80年代的文化建构中并没有成为主旋律，反而曾经作为负面的、消费主义的"夜上海"，成为上海怀旧的源头。有人评价这种关于上海文化想象的转变指出，张爱玲笔下的大上海取代了夏衍笔下的《包身工》，或者说，一个左翼的、红色的上海，并没有在"拨乱反正"之后浮现，反而人们更愿意看到旗袍美女、灯红酒绿的"摩登上海"。

20世纪80年代以来，作为《中国电影发展史》的主要撰稿人李少白先生，提出用新兴电影来取代左翼电影的说法。他觉得左翼电影的说法太政治，新兴电影既突显电影的政治性，又强调电影的艺术性。这概念本身是30年代左翼影评人王尘无最先使用的，用来描述当时新出现的电影现象，相对20世纪20年代以才子佳人、古装武侠为主的商业电影，20世纪30年代中国电影确实是一种"新兴"现象。受李老师的影响，影视所的高小健老师写了一本《新兴电影：一次划时代的运动》来描述30年代左翼电影运动。另一种研究思路就是海外汉学家李欧梵在20世纪90年代完成的《上海摩登》，把包括左翼电影在内的20世纪30年代电影作为一种现代电影、一种都市现代性的体现。说到这种思路，不得不提到20世纪90年代非常重要的研究范式，就是关于公民社会、公共空间的讨论，这对理解30年代左翼电影也有很大影响。这种公民社会的话语是七八十年代之交，对东欧社会主义国家的社会转型的描述。这套研究方法20世纪90年代从香港引进内地，认为中国专制主义传统之所以如此强大是因为没有公民社会，所以20世纪90年代随着市场化改革，大家都呼吁公民社会的出现，以及公民社会所带来的政治民主化。再加上20世纪90年代哈贝马斯的著作《公共领域的结构转型》传入中国，使得公民社会的讨论偏离了政治学，转向文化、媒体等公共领域的讨论，通过成熟的市场来建立理性的公民社会，从而带来民主精神。这使20世纪90年代的市场化媒体作为公共领域受到知识界欢呼，认为是代表自由民主的力量，这直接导致"南方系"、"公知体"的出现。这样一套思路对现代文学研究产生了很大影响，大家都研究报刊、媒体，而且都是晚清和民国媒体。好像很少有人从这个角度研究30年代的左翼电影、左翼文化，其实左翼在30年代兴起，就是一次成功的通过媒体完成的文化领导权的重建。

21世纪以来，电影研究基本上是去政治化的，中国现代电影也变成相对中性的民国电影。其中，给大家发的材料中有一篇李玥阳的论文《左翼电影与国民党的意识形态的暧昧性》，这篇文章以通常被作为左翼电影人的孙瑜为例，指出左翼电影与国民党的右翼文化之间的复杂性。其实左翼电影与国民党的主流文化并没有那么大的区别，国民党在20世纪30年代也在进行民族国家意识的培养和新生活运动，在提倡反封建、新文化和现代意识等方面与左翼文化并不冲突。这篇文章的核心观点就是，左翼电影一点都不"左"，从这一点也可以看出国共作为现代政党在文化上有相似的追求。不过，30年代左翼电影是在特殊的历史背景下产生的，抗战救国是国共合作的新基础，左翼电影的流行很难离开这种大的历史背景，否则也很难解释为何城市小市民阶层突然会接受这种"左翼"的表述。

第二个问题是30年代左翼电影出现的历史条件。为何在1931年到1937年电影文化会出现"向左转"的现象？首先，大家要知道20世纪30年代之前中国电影是什么样子。1905

年第一部中国电影《定金山》诞生，20世纪前十年有一些短片的尝试，20世纪20年代开始有故事片，20世纪20年代中后期掀起了第一次商业片高潮，主要是拍古装武侠片，和21世纪以来的古装武侠片很像。当时就有古装片《火烧红莲寺》《女侠李飞飞》等，有神怪片《孙行者大战金钱豹》《孟姜女》《义妖白蛇传》《珍珠塔》《忠孝节义》《济公活佛》《猪八戒招亲》等，还有一些受鸳鸯蝴蝶派影响的电影，如《大义灭亲》《红粉骷髅》《玉梨魂》《弃妇》《水火鸳鸯》《上海一妇人》《秋扇怨》《孤雏悲声》《空谷兰》《玉洁冰清》等。这个时期的电影一般被认为带有封建性和落后性，后来，国民政府下令禁止拍摄古装武侠片，武侠片第一次热潮结束。电影理论家、剧作家柯灵写过一篇文章《试为"五四"与电影划一轮廓——电影回顾录》，追问中国电影为何滞后于五四新文化运动，现在看起来，这些早期电影也具有现代性，比如对爱情、家庭的表现其实都是现代爱情和现代家庭。

其次，30年代左翼电影的出现有一个很重要的背景，就是国际经济大萧条。1949年之前中国电影始终面临好莱坞强大的市场压迫，20世纪20年代末期发生了世界性的资本主义经济危机，影响了好莱坞对中国的出口。另一个更直接的背景是20世纪30年代处在电影从无声片向有声片转型的重要时期，从无声片向有声片转型意味着整个电影工业的基础发生了改变，从拍摄到放映设备都要更新，尤其是院线，而此时中国的电影院线大多是放映无声电影，没有更多资金更新设备。好莱坞的有声片放不了，这就给国产无声电影提供了发展机会，中国有声片相对于世界滞后了六七年。第三，国内环境是1931年发生了"九一八事变"、1932年发生了"一二八事变"，日本鬼子已经打到了上海家门口，抗战救国成为当时市民阶层认同的理念。就像当时的《影戏生活》杂志，在"一二·八"之后收到了六百多封群众来信，呼吁电影界"猛醒救国"，担负起民族救亡任务。第四，还有一个背景，就是20世纪30年代国民党把电影纳入到中央管理体制，颁布电影检查法、剧本审查登记法、电影广告审查办法、电影文字审查办法，设立了电影检查委员会、剧本审查委员会等，电影被作为一种国家意识形态，提倡教育电影，用电影反映新生活运动。第五，20世纪30年代有国民党背景的罗明佑和黎民伟组建联华公司，提倡复兴国片，打出"国片复兴"口号，以"提倡艺术、宣扬文化、启发民智、挽救影业"为方针来进行电影制作。

在这样多重背景下，当时最大的民营电影公司明星公司的老板郑正秋、张石川和周剑云，听从剧作家洪深的建议，邀请夏衍、阿英、郑伯奇、田汉等左翼文人进入电影公司，担任编剧。夏衍在20世纪80年代写的《左翼十年》中回忆了这个过程，由于上海党组织遭受严重破坏，他们是在长期找不到组织的背景下开展电影工作的。事后一些民营老板回忆说，他们找这些左翼文人来编剧，并不是认同他们的政治立场，而是因为他们的电影确实有市场。这就使得当时不仅明星、联华、艺华等公司开始拍摄民族救亡和社会危机的故事，而且就连文化立场相对保守的天一公司也拍摄了这类影片。

左翼电影的成就主要有三点：一是促进有声片的发展，包括聂耳、吕骥、贺绿汀等左翼音乐人参与电影音乐创作，《义勇军进行曲》就是1935年田汉拍摄的《风云儿女》的插曲；二是在电影中讲述农村和苦难的故事，这也是左翼电影的传统；第三是左翼影评的出现，发起软性电影和硬性电影之争。我觉得左翼电影运动的优势就是有一定的组织性，善于利用现代媒体。当时左翼影评人很厉害，他们有计划、有针对性、有分工地去占领各大报纸的副刊，如《时报》的《电影时报》、《晨报》的《每日电影》、《申报》的《电影专刊》、《中华日报》的《银座》、《民报》的《影谭》等都是左翼电影人的阵地，对上映的影片展开批判，形成舆论压力。

最后，我想指出，随着21世纪以来中国电影的产业化改革，中国电影某种程度上已经成为一种只针对都市青年白领观众的艺术样式，在这一点上与建国前的上海电影很像，就是一种现代都市艺术，而不是真正的"大众艺术"。但不同之处在于，20世纪30年代在极端困难的情况下有左翼电影、左翼文化，而我们现在虽然同样处在一个危机时代，却很难建立一种左翼的文化领导权。

李云雷：慧瑜主要谈两个方面，一是对左翼电影研究与评价史的梳理，另一个就是总结左翼电影的经验，结合当时的历史环境，探讨左翼电影为什么能达到那种辉煌，这对于我们当下的电影研究也很有启发性。

李云雷：先请中国现代文学馆的张元珂给讲一讲，因为中国现代文学馆有很多这方面的资料，他不仅熟悉材料，也做这方面的研究，可以给大家介绍一些情况。

张元珂（中国现代文学馆）：我是第一次参加青年文艺论坛，很高兴能有机会和大家进行交流。关于左翼文学的研究，从作家、作品、思潮、理论等角度的阐释已经足够多了，因此我今天想从左联书刊的出版、传媒效果等方面，谈一点感想。

我们知道，左联以带有左翼倾向的作家为主，兼有少量中间派、自由派作家，以上海为阵地，侧重从事革命活动或政治运动的文学组织，因为对国民党的文化统治构成了直接威胁，从其成立始，便遭当局严厉监视和破坏。国民党制定、颁布了极为严格的书报检查制度，设立了专门的书报检查机关，对带有左翼倾向，甚至同情革命的书刊都严厉查处。左联书刊的出版、发行基本是在隐蔽的环境下进行的，任何环节都不容许出现差错。为确保作品发表或书刊出版，他们采用了多种策略，这些策略最大程度地保证了左联作品的传播。他们的策略主要有：以笔名隐匿身份。左翼文人在发表带有革命色彩的文章时，常用笔名或匿名，甚至一篇一个笔名发表，以免暴露身份。比如，鲁迅在《中华日报》副刊《动向》和《申报》副刊《自由谈》上发表了许多杂文，全是笔名。白道、张沛、苗挺、黄棘、公汗、邓当世、焉于、孟弧、翁隼、张承禄、仲度、越客、宓子章、樂廷石等笔名可谓五花八门。有学者考证，鲁迅笔名多达150个。沈德鸿以"东方未明"为笔名评论丁玲的《母亲》，而茅盾、蒲牢、方璧、止境、刑天等则是他最常用的笔名，他一生所用笔名达140个。冯雪峰曾用画室、F·S、S·F、文英、洛扬、成文英、何丹仁、丹仁、雪方、息方、武定河、O·V·、吕克玉等为笔名发表文章。夏衍也是革命作家中用笔名最多的之一，最早的笔名是宰白，此后用过黄子布、丁一之、蔡书生、徐佩韦等笔名，有学者考证他的笔名有120多个。左翼作家几乎每人都有多个笔名，每个笔名都有特定的背景和涵义，也是一个特定时代的产物，值得研究。

左翼文人的策略还有以翻译代替创作。这些翻译作品的主题、思想和艺术手法，大都和译者本人及中国的现实密切关联。他们对俄国、日本及东欧等国家反映现实、反抗压迫与专制，尤其是宣扬马克思主义的作家、作品有浓厚兴趣。鲁迅与野草书屋、联华书局、同文书局、兴中书局、现代书局等书局合作，以"文丛"或"译丛"形式，亲自翻译或主持了大量译著出版。目的无非是以翻译代替写作，打破国民党的文化封锁。

他们时常联合有实力、有背景的出版社或大书店，在国民党文化政策稍稍放松时，出版商出于利润考虑，往往协助出版左翼作家的单行本。比如，上海光华书局出版胡也频的《到莫斯科去》（1930年6月），现代书局推出郁达夫的《烧了她》（1933年12月），春秋书局推出《光明在我们前面》（1930年10月），天马书店推出鲁迅的《鲁迅自选集》（1933年3月）等。但是，单行本出版机会越来越少，至于公开宣传革命思想的单行本，比如蒋光赤的《新梦》，内页用浅红字体标注"这本小小的诗集献给东方的革命青年"这样鼓动性的话语，就几乎不能出版。图书除少量以单行本出版以外，还常以"文丛"、"文库"的方式，混同其他自由派或中间派的书籍，交由实力雄厚或有政治背景的出版社一起出版。郑振铎主编的"世界文库"、傅东华主编的"创作文库"、赵家璧主编的"良友文学丛书"、巴金主编的"文学丛刊"都收入了许多左翼作家的作品。再有就是，虚拟一个出版社，偷偷出版，私下赠阅。《丰收》（叶紫）、《八月的乡村》（萧军）、《生死场》（萧红）组成"奴隶文丛"，以"奴隶社"的名义，由鲁迅作序并资助出版。再或者利用特殊关系，与有特定背景的书店、出版社合作。比如1932年，蒋光慈的长篇小说《田野的风》（原名《咆哮了的土地》）就在湖风书局出版。鲁迅和内山完造私交甚厚，内山书店为鲁迅出版了很多书。1930年，鲁迅依托上海神州国光社，亲自编辑了一套"现代文艺丛书"。

左联也充分利用各种条件拓展期刊阵地，其方式主要有：

第一，利用国民党内部派系矛盾。《中华日报》原是汪系报刊，负责人林柏生为打开销路，创办了副刊《动向》，由聂绀弩任主编，叶紫任主编助理，陆续发表了鲁迅、叶紫等左翼作家的很多文章。该报预先设计的通过发一些左倾色彩的文章以达到畅销的目的实现了，后因蒋介石派系的攻击，于1934年12月18日停刊，共出刊240期。

第二，利用出版商的逐利特性。左翼的作品颇受学生、知识分子、小市民的欢迎，对出版商有极大诱惑力，他们躲避政府的书报检查，千方百计出版这类书刊。《良友画报》采用左翼文人的稿件，在措词、内容、风格等方面精心谋划，吸引了大批读者。《现代》在刊发丁玲小说《母亲》之前，对其"失踪事件"大肆宣传，以赢得读者关注。《母亲》正版卖了1万册以上，就连同期出版的《记丁玲》（沈从文）自1934年9月1日初版到1935年6月20日再版，轻松卖出6000册。其中原因除了丁玲本身是20世纪30年代著名作家，其身世又不平凡之外，还得益于这种宣传。

第三，在政府内部安插内线。湖风书局是个小书店，但它是左联唯一的出版机构，其幕后主持人宣侠文打入江苏的第25路军，任总参仪。他暗中支持左联的活动，出版了《北斗》、《文学导报》等左翼期刊。鲁迅、郁达夫、楼适夷、蒋光慈、阳翰生、张天翼等左翼作家的著作也多在此出版。截至1933年12月被查封，该社出版"文学创作丛书"15种、"世界文学名著丛书"12种以及《青年自修文学读本》3册。

第四，和国际友人合作，将作品推荐到国外。1934年，鲁迅和茅盾应美国记者伊罗生委托，编选了一本中国现代作家小说选集，命名为《草鞋脚》。他俩共同选择篇目，鲁迅亲自作序并题书名，茅盾写了《＜草鞋脚＞部分作家作品简介》。巴金、冰心、张天翼、艾芜、沙汀、丁玲、葛琴、魏金枝、吴组缃、草明、欧阳山、丘东平等左翼青年作家的作品被介绍到国外。由于种种历史原因，在中国大陆这部书一直搁置了近50年，1980年11月才出版。茅盾在他逝世前9个月，还为《草鞋脚》写了新的序言。

第五，利用有实力的出版公司，扩大作品的传播范围。良友公司业务遍及全国，直至海外，在南京、北平、汉口、广州、梧州、厦门、重庆及美国纽约，都有发行网络。左联作家和良友的合作取得了很好的效果。良友向左翼作家约稿，及时报道中国苏区、苏联的新闻，出版《苏联大观》、《活跃的苏联》，左倾色彩浓厚。"良友文丛"和"中篇创作新集"不仅推出鲁迅、茅盾等知名左翼作家，也推出草明、周文、艾芜、欧阳山等青年作家，产生了很大影响。

第六，利用中立立场的期刊。《现代》创刊于1932年5月，由上海现代书局主办，第一、二卷主编为施蛰存，从第三期起由施蛰存、杜衡合编，从第六卷第二期由汪馥泉编辑。该杂志在前三卷，特别是第一、二卷发表了大量左翼的作品。《为了忘却的纪念》（鲁迅）、《春蚕》（茅盾）、《离沪之前》（郭沫若）、《香稻米》（洪深）、《向导》（叶紫）等作品和瞿秋白、夏衍、钱杏邨等人的评论都在该刊发表，郁达夫、沙汀、艾芜、欧阳玉倩、魏金枝、楼适夷等人也常在此露面。左翼文人和"第三种人"的论战文章就发端于该刊，《现代》宛然成为了左联作家的另一个阵地。

第七，在国外主办或协办左翼倾向的刊物。文海文艺社1936年夏成立于日本东京，出版《文海》月刊。该刊由东京小石川区中华留日青年会主办、发行，得到郭沫若、秋田雨雀的支持。该社先后出版"东方文艺丛书第一辑"、"小丛书"、"诗歌丛书"等系列，其中有郭沫若、蒋光慈、殷夫、王亚平、蒲风等作家的作品。

左联书刊读者众多，许多左翼期刊在出版当期、甚至当日即告售罄。《文艺新闻》（1931年3月16日创刊，主编为袁殊）发行不到半年，发行量就突破1万份。《北斗》（1931年9

月21日创刊，丁玲曾任主编）往往一版再版，第二卷第一期连版三次，均告售罄。《海燕》创刊号（1936年1月20日出版，"海燕"二字为鲁迅题写）首印2000册当日即售完。读者一直争相购买、阅读鲁迅作品，其翻译作品也大受出版方和读者欢迎。《竖琴》在1933年1月1日出版2000册，几个月就销售完毕，乃至于在6月1日和11月1日不得不分别再版2000册，1935年第四版又印刷2000册。丁玲的《母亲》在1933年5月20日出版2000册，由于读者购买力太大，出版方又在该年6月20日、10月1日、12月1日分别加印2000册，1936年4月24日又出版2000册，总数超过1万册。就算很平常的文集，也能维持可观的销售量。郁达夫的散文集《烧了她》和《闲书》、张天翼的《在城市里》分别于1933年12月20日、1936年5月30日、1937年6月30日初版2000册、3000册、2000册，并很快销售完毕。左联的书刊出版、传播创造了传奇，为什么会出现这种情况呢？其原因当然有很多，比如：左翼书刊的主办者、编辑及投稿人本身就是一流的文学家，左联及左翼文学对市民、学生等普通民众产生了巨大吸引力，当局愈禁书、愈管治就愈能激发民众购买与阅读的好奇心；国民党的文艺政策及开展的"民族主义文学"运动确实没有出现好作家、好作品……文学创作及文学接受是一个复杂的精神活动，既有技术层面的要求，也有审美方面的规定性，因此，应该综合看待左联书刊热销现象。在这里我想从作品质量、期刊内容、与读者互动情况、期刊价格四方面谈谈原因。

作品符合文学与政治对立统一的艺术规律。鲁迅、茅盾、萧红、叶紫、张天翼等左翼作家以自己的亲身实践，在文学如何表现政治方面，创作出了符合中国实际的典范文本。他们的作品之所以备受关注，除了符合时代政治的要求外，更重要的是他们的作品首先符合文学的审美标准，且基本能达到"政治与审美的辩证统一"。且不说鲁迅对杂文、历史小说这两种文体的探索与实践，茅盾对长篇小说文体卓有成就的建树，单就青年作家的短篇小说而论，他们的艺术性也是经得起历史检验的。

左联期刊能引起作者、读者、文本、时代四者之间的共鸣效应。他们共同抵制了国民党势力的介入，营造了一个阅读场、交流场，创造了文学接受的历史奇迹。鲁迅、茅盾的影响力不必说，巴金、施蛰存、老舍、冰心等自由派名家的作品也时常在左联期刊上出现，自然提升了左联期刊的影响力。左联作家不但具有很强的思想性、艺术性，还有极强的现实针对性，满足了各层次读者的需要。像鲁迅的杂文、萧军的《八月的乡村》、萧红的《生死场》、柔石的《二月》和《为努力的母亲》、殷夫的《别了，哥哥》、叶紫的《丰收》等作品，不但有市民阅读所需要的动人故事、曲折情节、真挚情感，而且也满足了高层次读者关注现实、体悟生命的审美需要。也就是说，各层次的读者共同建立并维护了一个文学现场。这个现场几乎隔绝了官方作家、作品及意识的关联。左联期刊敢于发布被当局严厉禁止的消息、新闻，《文艺新闻》在国内首次登载"左联五烈士"信息，《现代》对丁玲失踪的报道，对读者的吸引力可想而知。像《文艺新闻》这样的左联外围刊物对时事新闻的报道非常及时，有关中共苏区、日军在上海、国内文艺动态的报道，几乎成了独家新闻。在国民党方面，尽管张道藩对国民党文艺政策倾尽了心血，并对"民族主义文学运动"抱有极大的期待，但是，其麾下的潘公展、王平陵、朱应鹏、黄震遐等作家，终因过于政治化、抽象化、宣教化的写作，完全成了党派意识的传声筒，与普通大众产生了巨大的隔膜。

左联书刊价格低廉，照顾到了普通读者的购买力。左联的办刊初衷是为了宣传，在文化领域内夺取话语权，因此，书刊价格不但远低于国民党刊物，还照顾到一般民众的购买能力。1929年爆发世界性的经济危机，在20世纪30年代弥漫整个中国，工厂破产、工人失业、农民生活没着落，社会危机四伏。左联大部分期刊本着公益性、宣传性的需要，尽量维持低成本运营。比如，《文海》为16开、96页，定价仅为1角5分，免收一切寄费。该社出版的三大丛书，每本价格均为2角。《故事新编》(鲁迅)、《羊》(萧军)、《团圆》(张天翼)、《路》(茅盾)、《南行记》(艾芜)收入巴金主编的"文学丛刊"，其价格分别为3角、3角、3角5分、3角、3角。良友出版公司策划的"中篇创作新集"收入《窑场》(葛琴)、《鬼潮》(欧阳山)、《悔恨》(吴奚如)、《绝地》(草明)、《在白森镇》(周文)、《老兵》(舒群)、《春天》(艾芜)等左联青年作家的作品，每本定价均为2角5分。该公司出版的特大本的《畸人集》(张天翼，807页)，定价为1元8角。《话匣子》(茅盾)、《移行》(张天翼)、《母亲》(丁玲)为"良友文学丛书"的三种，其精装本每本也不过9角。随便翻阅国民党扶持出版作家的作品，纸张品质普遍较高，印刷精良，定价大部分高于左联作家的书籍。

左联期刊与读者建立起了良好的互动关系。

第一，有影响的刊物都设置了"读者反馈"栏目，主编或责编定期回答读者提出的问题，真正把报刊办成了编者与读者共有的家园。《现实文学》在每期卷末设有读者问卷，调查读者喜欢的栏目、文章，还邀请读者提建议。《文艺月报》第一卷第二期设立"读者通信"，并在每期《编后》一文中通报办刊情况，详细答复读者提问。

第二，左联期刊定期组织读者见面会，建立各种形式的读者会。《无名文艺》长期征求社友，欢迎一切爱好文艺者加入，并且不收取会费。《文艺月报》还制定了《文艺月报》社社员章程，直接聘请读者担任社员。

第三，开展主题征文活动、图书优惠活动。湖风书店就曾施行"循环券"活动。每本书都附有"循环券"，下次凭此买书可八折优待。书局确认、盖章后，退还读者。积满十章，又可作为一元钱购买图书。该券也可转赠别人，介绍人只要在券上写明通讯地址，年末还可获利一次。《现实文学》规定："订阅全年特价连邮三元，遇增刊特大号时不加价，订阅半年特价连邮一元六角，订阅半年以上买书八折"。这实际上是一种高效率的培养读者群的营销活动。这种做法在国民党刊物上极难看到。其大型期刊《前锋周报》、《前锋月刊》、《文艺月刊》、《开展月刊》同读者几乎没什么互动，也缺乏真正的文艺作品的支撑。

李云雷：谢谢元珂，他根据馆藏的资料做了一个很好的论述，在资料上比较细致扎实，左翼刊物的传播效果也是我们今天讨论的一个前提和出发点。下面自由讨论。

鲁太光（中国作协《长篇小说选刊》杂志社）：最近一直在干另一件纪念左翼的事情，就是纪念毛泽东诞辰120周年，在写一本小书，我就从这里出发，讲一点感受性的东西。我在为写这本书查资料的时候，有一种比较强烈的感觉，那就是：毛泽东从十几岁时候起就一直在找可能性。也就是说，他一直在思想中试验各种道路，进行各种选择。他很小的时候，按照现在的学历，也就是上高中的时候，我看他那时的读书笔记，好像就对经世致用之学吸收得差不多了。后来到湖南四师和湖南一师读书，他对古文的研究，尤其对其中的经和史的研究，已经相当综合、透彻，而且，对里边蕴含的中国政治思想有更迫切的关注和研究，关注"古为今用"的可能性。同时，对戊戌变法的东西他又有所吸收，也从这里面找可能性。过了一段时间，又对资产阶级从改良到革命的思想进行了吸收和研究，后来一步一步接触到社会主义，他在考虑"洋为中用"的可能性。正是因为他一生都在寻找可能性，为中国寻找可能性，为世界寻找可能性，为人民寻找可能性，所以，他整个的思想都充满了活力、充满了可能性。所以，看材料的时候，总有一种不满意感浮现出来。为什么会"不满意"呢？跟毛泽东这个充满活力和可能性的存在比起来，我们的研究太没有活力，太没有可能性了。包括我们今天对毛泽东的纪念，也完全没有活力，无非就是开个会，无非就是敬敬礼、献献花篮，一阵风就过去了。

在某种程度上，这也是当前左翼文艺研究的困境。

我觉得左翼思想之所以到今天还是一个有力量的资源，很重要的一个原因就是它还能为我们的现实提供一种思想的活力、批判的活力。这是最基本的要求。高级一点的要求是，我们能不能以它为基础，找出一种新的可能性。优秀的左翼作家或者理论家，都是在遇到困境时提出新的可能性。我当然觉得元珂的研究非常好，他对史料的梳理很细致、很有条理，也很有启发，但在史料梳理之上，还要有思想的整理与再出发，也就是说，还要提出可能性。如果仅就是纪念一下、梳理一下，也完全可以不做。总之，一定要激发它的活力，如果把活力释放出来，毛泽东思想或者左翼思想应该是一个幽灵性的存在。

李云雷：其实这也是一个普遍性的问题，不只是中国，我们刊物最近要发一篇文章，谈20世纪60年代，美国的左翼文学批评界怎么从激进政治转向学术政治，这是很好的一个梳理，明年第一期，可以推荐大家看。

祝东力：刚才太光讲到马克思主义的幽灵，左翼的幽灵，这种情况跟左翼研究，跟整个全球包括中国的境况是直接相关的。燕娟刚才谈的太密集了，语速、知识和理论观点都太密集，听起来一时还很难消化。本来我的预期是你刚开始先介绍一些左翼文学研究学术前沿的发展情况，就是近20年来，从冷战后，20世纪90年代以来——苏联解体尽管是在1991年底，但实际上冷战结束比这还要更早一点，柏林墙倒塌是1989年11月份——的情况。其实左翼文学研究是在20世纪80年代纯文学时代之后重新复苏，和冷战结束的时间点高度吻合，这不是偶然的。冷战结束后资本全球扩张，这个新的时代开始后也出现了新的问题和困境。如果把左翼看作一剂药的话，那么它是针对这个时代的病症而出现的。左翼研究跟这个时间点相吻合并非偶然。其实所谓幽灵，就是脱离了躯壳，幽灵徘徊，就是在找它的躯壳，一旦灵魂跟躯壳结合在一起，就变成一个活生生的生命，躯壳就不再是行尸走肉，灵魂也不再是漂泊的幽灵，就会形成一场变革现实的历史运动。30年代左翼就是这样的情况，刚才慧瑜讲到30年代左翼电影的评价问题，非常辩证，我特别赞同。20世纪60年代批《中国电影发展史》，认为它对左翼电影估价过高，实际是用《讲话》后的标准衡量和要求30年代左翼电影。

郭松民（《国企》杂志社）： 丁学雷是上海市委写作组的笔名吧？

祝东力： 肯定是笔名。文革结束后，这些人又把左翼电影和1949年以后直接做了生硬武断的连接，也是没有估计到两个时代的差距。刚才提到文化领导权问题，在30年代除了左翼电影、左翼文艺之外，同时还有一场关于中国社会史的论战，持续三年时间，实际上奠定了整个中国现代社会科学的基础。而同时期左翼文艺又在上海有一个很大的发展，理论、思想和情感、想象这两个领域，文化领导权的两个方面相当程度上掌握在当时的左翼知识分子手里，一般知识分子和青年学生都受影响，这为中国革命的比较顺利的进行以及后来取得全国政权奠定了一个良好的舆论基础。另外，左翼文艺可以做一个区分，五四新文学是20世纪一二十年代，到20世纪二三十年代是左翼文艺，再后来就是燕娟讲的人民文艺，这是三个不同阶段，人民文艺也可以叫革命文艺，再往后人民文艺延伸到十七年，再往后就是文革文艺，又是一个新的历史阶段，到那个历史阶段出现了一种极其亢奋的、泡沫化的表现，等到泡沫破碎，一下就落到文革后的境况中。文革后，文艺先是想回到十七年，但实际上回到了五四，重新呼喊人性和个性解放，再往前走，到了20世纪90年代以后，就回到了五四之前，变成大众文艺、消费文艺这样的局面。

刚才燕娟对左翼文学研究有一个总的批评，就是说，他们还是在用纯文艺的标准来打捞人民文学当中的纯文学的颗粒，由此对人民文艺进行褒扬性的评价。这些人都是由20世纪80年代纯文艺的理论体系训练出来的，他们缺少一种独立的价值观和历史观来作为新的重新评价左翼文艺的标准。

卢燕娟： 可能他们的问题是，还没有意识到自己对人民文艺的解读是有根本问题的。

祝东力： 可能是这样，他们在感觉上喜欢左翼文艺，但是在力图说出一番道理来的时候，只能找到纯文学的道理，这种非革命文艺的道理。这种情况到今天已经20多年了，很多所谓左翼学者，他们理论的基础或评价标准其实跟以前还是一样的，不过是说当年的革命人其实也是非常"高大上"（高端大气上档次）的，这种逻辑很常见。

李云雷： 左翼文学一般狭义的是指左联时期的文学，广义的可以包括从20世纪20年代的革命文学直到十七年、文革文学。

祝东力：补充一点，左翼文学跟革命文学的区别在于，左翼文学主要是一种价值观和情感的表达，而革命文学，我的理解则是革命事业当中的一个部件，就是列宁讲的"党的组织和党的文学"，也是毛泽东《讲话》所提倡和要求的那个状态，党的事业需要意识形态部门，文艺又是一个重要分支。这样讲并不影响革命文艺的艺术性，而且事实上也的确有很多非常好的作品。

李云雷：左翼是指在整个思想界的光谱里面里面偏左的一部分。

祝东力：对，它也包含有自觉的意识，但是没有被组装到革命事业这架机器当中去。

郭松民：我觉得这个视野可以再拓宽一点，比如说像延安知识分子里面，像周扬当时在《讲话》以后发挥了很大作用。可是他在20世纪80年代发表的关于人道主义的讲话，实际等于背叛了他当年的主张，这样一个转变是怎么发生的或者说意味着什么？是很值得研究的一个现象。另外像慧瑜说的30年代左翼电影，其实我觉得如果从电影这个角度来看，今天也许更需要左翼电影的传统。现在的社会形势、结构更接近20世纪30年代，而不是需要延安文艺座谈会的传统。十七年文艺或者解放区文艺的一个重要特征，就是强调对共产党、对社会主义制度认同，批判的色彩比较少，尤其在十七年文艺里比较少。当然到文革，尤其是到文革后期，开始有批判现实的意思，但总的来说，这时候的文艺还是要教育群众，通过电影、小说等各种艺术形式，唤起大家对社会主义体制的认同、对共产党领导权的认同。包括像《白毛女》，《白毛女》强调旧社会把人变成鬼，新社会把鬼变成人，其实强调的还是对新社会的认同、对共产党的认同。那么在今天十七年文艺、解放区文艺，以一种特殊的形式继续往前走，就是现在的所谓主旋律，就是对中国特色社会主义的认同。

所以从现实来看，30年代左翼电影这样一种批判现实的传统，可能对于我们现在的文艺或电影创作更有借鉴意义，也许这种批判不够深刻，但是它可以促进人们逐渐觉醒，就是有了左翼感情，受到了左翼启蒙，然后开始寻找，去看马克思的书，或者到工人当中去。丧失了这样一个批判视角以后，我们今天的电影，今天的文艺作品，就觉得很糟糕。

李云雷：其实我觉得你去电视台做嘉宾，也属于左翼文学的传统，游击战的策略。

李松睿（中国艺术研究院《艺术评论》杂志社）：我谈一下自己做左翼文学研究的一点体会。我硕士论文的研究对象是20世纪20年代末期的左翼文学创作，主要研究后期创造社和太阳社这两个社团的小说创作。考虑到严格意义上的左翼文学应该是指20世纪30年代左联的文学，因此我的研究对象实际上是左翼文学诞生前的左翼文学，或者说是左翼文学的萌芽。

在我看来，今天的左翼文学研究可以分为两种倾向：第一种往往以某种类似于"抢救"的姿态来处理左翼文学，特别注重在左翼文学中寻找那些带有另类特征的作品，或者说那些受到压抑的东西。正是在这一研究思路的影响下，诸如孙犁、胡风、七月派、王实味以及萧军等在左翼文学中带有"异端"或"另类"色彩的作家获得了更多关注。似乎人们特别愿意在左翼文学中看到一些不一样的东西，以证明左翼文学并不总是那么"革命"，而是带有更丰富的色彩。

另一种研究思路是把左翼文学当做某种思考的资源加以利用，特别愿意去寻找左翼文学在当下的意义，或者说，是在资源或借鉴的意义上去理解左翼文学的创作与实践。当然，这也跟左翼文学自身在发展过程中的某些特点有关。比如说我查阅材料的时候，经常会感到有些乏味。因为在左翼文学的发展过程中，某些问题每隔几年就会重新提出来讨论一次，似乎在左翼的发展过程中，理论水平不是在发展，不是在解决旧问题的基础上提出新问题，而是不断就那些前人已经充分讨论过的问题重复争论。例如，左翼文学的受众应该是哪些人？这个问题就不断被提出讨论。当然，随着时代的发展，具体的名称会有变化，比如刚开始左翼文学理论家称阶级主体是普罗列塔利亚，后来改成无产阶级，再后来又有人民、劳动者等名称，但处理的问题其实是反反复复讨论过的。像知识分子算不算无产阶级中的一部分？知识分子怎么才能获得无产阶级意识等关键问题，在20世纪20年代、30年代以及40年代等不同时期被讨论，有些问题甚至一直延伸到新中国成立以后。这种状况似乎表明，在整个左翼文学实践中，某些相同的问题始终困扰着作家、批评家，没办法给出确定的答案，因此只能把这些问题一再提出予以讨论。因此，人们在今天重新回望过去的左翼文学实践时，就会带着当下特定的问题意识，把左翼文学实践在20世纪20年代、30年代以及40年代等不同时期对那些问题的思考，当作是一种值得借鉴的资源。

应该承认，这两种研究思路都非常重要。前者虽然有很强的意识形态预设性，但毕竟发掘了不少以往被忽视的史料；后者通过对左翼文学实践的历史进行探讨，为今后的文学发展提供借鉴，也有很好的问题意识。但我本人对这两种思路都有些不满，可能我内心还残存着小资产阶级对"文学"的一丝向往与留恋。这两种思路其实都遵循着某种思想与文学的二分法、革命和文学的二分法，或者说革命与个人的二分法。正是这种二分法的存在，使人们在研究左翼文学的时候，要么更看重革命思想的部分，通过对文学的解读，探讨作家背后的思想倾向、革命立场，在此之后就把文学抛弃了；要么更关心作为审美的文学，而把革命、思想这类东西看作是对文学的压抑，比如20世纪80年代以来人们讨论孙犁，就特别看重孙犁作品中的美、人性，将其塑造为革命队伍中的"异类"。

面对这两种研究思路，我经常会产生不满，因为在那里文学仅仅被当作审美的空间来理解，其丰富的意义被封闭了。我们知道，20世纪二三十年代的左翼作家其实有很多选择、很多出路，文学并不是他们惟一的选择。例如我研究比较多的太阳社作家。这个社团和后期创作社一起在20世纪20年代末发动革命文学运动，从某种意义上可算是左翼文学的源头。值得注意的是，太阳社中的作家全部是中共党员，属于闸北第三街道党支部下属的一个党小组。党组织给这个党小组分配的任务是在杨浦区的纺织工厂中发展工人运动，因此这些左翼作家并不是一定要从事革命文学运动来干革命的，他们其实可以在实践中真正参与革命，但这些革命者恰恰选择了文学作为实现自己革命理想的途径。因此对于当时左翼文学家来说，文学与革命其实是非常紧密地联系在一起，绝不是像第一种研究思路所理解的，革命是对文学的某种扭曲和压制，需要从革命中拯救作为美的文学；也不是像第二种研究思路所理解的，文学之于革命，不过是得鱼忘筌中的那个"筌"，只是某种工具。

相反，文学可能是一个结晶体，审美、社会、历史、理论、欲望、梦想等一切事物都凝聚在那里，使得左翼作家觉得只能通过文学来表达他们对生活的理解，来参与他们从事的革命活动。就好像尼采在《悲剧的诞生》里讲的，文学是人类生活的简化版本。简化在这里并不是贬义，因为在复杂混沌的人类生活里，情感、欲望、利益、思想以及立场混杂在一起，我们很难看清楚；但是在生活的简化版本中，可以被我们看清楚，因此文学是生活的高度提纯。所以在文学研究中，我们既不能简单地说文学如何美，也不能单纯探讨文学负载了某种思想，而更应该去分析文学形式本身蕴涵着怎样的社会历史内容，那些独特的文学表达背后潜藏着怎样的情感、思想、欲望以及社会历史背景等。这是我自己选择以左翼文学为硕士论文题目时试图解决的问题，因此我特别关注20世纪20年代、30年代左翼文学家，怎么用小说这种形式去想象革命，在他们创作的那些在今天看起来非常幼稚的文学作品中　蕴涵了怎样的激情与梦想，所以我自己把研究的关注点放在文学形式以及文学中的意象上。举一个例子，我在论文里详细分析了太阳社及后期创造社小说中经常出现的"手枪"意象。在某种意义上我们可以说，这些小说中的"手枪"并不仅仅是推动情节发展的道具，而是凝固了作家意识的化石，左翼文学家对革命的理解方式凝固在这个意象中，等待我们把它打开。在当时的左翼小说中，几乎所有革命者都带一把手枪。有意思的是，一定是一把"小手枪"，太大还不行，上面有很多花纹，非常精美，带有工艺品性质。这些作品中最典型的革命者形象，就是身藏一把小手枪在上海的地下室印刷革命宣传品。由此产生的疑问是，为什么小说中的武器不是大刀、长矛，不是机关枪、手榴弹呢？为什么左翼文学家对革命的憧憬和想象，总是落实到作品中的小手枪呢？这一疑问促使我去寻找当时的左翼作家以怎样的资源来理解、想象革命。我发现这些左翼作家最爱读的文学作品是俄国那些描写十二月党人的小说，而他们所创造的小说叙事模式其实也和那些俄国小说非常相似。因此这些左翼作家虽然在从事无产阶级革命，但理解革命的方式、思考革命的资源却存在着时代的错位，他们其实是以想象贵族革命的方式去描写无产阶级革命。在那些俄国小说中，贵族军官以及他们的夫人都是带着一支精美的小手枪去参加革命的。我们也可以说，19世纪俄国贵族干革命用的那些小手枪携带着无政府主义思潮进入到20年代末中国左翼作家的创作中。那些作品中的小手枪成了一个载体、化石、结晶，凝聚着左翼作家潜藏在无意识层面的对革命的理解与想象方式。像这样的例子在左翼文学的实践中还非常丰富，有很多值得挖掘的地方。我们今后在对左翼文学进行研究时，或许在关注左翼文学的思想之外，还应该对文学本身进行一些挖掘。当然这并不是说要回到所谓"纯文学"的研究，而是真正打开文学形式本身，考察其携带的社会、历史以及心理等方面的内涵。

崔柯（中国艺术研究院马克思主义文艺理论研究所）：左翼文学是一个历史性的概念，不是说只要介入现实问题、触及底层人民就是左翼文学了，比如，白居易、杜甫是左翼文学么？我觉得还不是。不仅是因为左翼文学产生的时间和白居易、杜甫所处的时代差得太远，更是因为，古代的这种文学传统是不触及现实秩序的。

石一枫（《当代》杂志社）：左翼文学和白居易、杜甫的区分也挺自然，关注同一个问题，他们是用两套思想在关注。比如杜甫就是儒家那套思想，20世纪30年代左翼的思想不是杜甫的思想体系，恐怕还是马克思主义。

鲁太光：原来讨论《那儿》的时候，关于它是不是"左翼文学"就有讨论。我跟曹征路老师说，你这个还不是"左翼文学"，因为"左翼文学"是有远景、有社会规划的，他那个社会规划是很清楚的。

石一枫：杜甫也有，儒家的伟大理想是恢复古代盛世。一个认为共产主义在1000年后，一个认为共产主义在1000年前。

胡谱忠（首都师范大学文学院）："左翼电影"在当代已经找不到什么痕迹了，但是左翼电影批评还是有迹可循，也是可以有所作为的。因为当下电影在商业化体制内呈现出的文化表述，正是充分意识形态化的，这为左翼电影批评提供了充足的批评素材和理论空间。郭松民老师的近作我觉得很好，给我们学院老师做了榜样。左翼电影批评这块我觉得其实可以有很多批评素材，具体到电影作品，不仅可以针对那些不大成功的反映底层生活的，如某些农民工题材的电影，也可包括像《私人定制》这些具有清晰的中产阶级意识的电影。我想学院老师要加强左翼电影教学和研究的自觉。根据我观察，综合大学影视专业的电影史教学，对20世纪五六十年代的内容都很马虎、草率，态度近乎刻薄。大多数情况下都是对一些成见的复述，缺乏一种左翼视角的引入和介绍。当然会有一些干扰，比如对一个左翼问题的陈述，经常会碰到学生从其他课程里接收到的一些相冲突的观点和说法，这就需要学院教师加强自身修养和学习。刚才有一位女同学说，也许可以从贾樟柯、陆川、冯小刚等导演关于小人物的电影里找到左翼叙述的传统，我觉得这近乎缘木求鱼，因为在这几个导演的电影中，他们召唤的都是所谓新的社会主体，很难找到左翼电影传统。比如说贾樟柯的《小武》那个角色，他不是一个阶级论意义上的"底层"的形象，他更像是以"边缘"为话语的反体制"新人"，作者用这个形象还是想召唤一个新的社会主体，小武的表情根本不是一个底层的表情，而是一个知识精英的表情。

李云雷：其实刚才松民讲的时候我也想，就是我去台湾发现，他们的左翼人士现在做的最重要的一个工作就是环保，我觉得这可能跟现代工业造成污染、资本进入乡村造成污染有很大的关系。

郭松民：当时有一个很强烈的感受，对环境问题的关注的很可能是一个严肃的知识分子走向左翼的起点，尤其是如果他不愿意欺骗自己，认真去探寻环境问题的原因的话。

孙佳山（中国艺术研究院马克思主义文艺理论研究所）：环保问题是生态政治的一个重要话语出口，而生态政治实际上是当代全球政治现状的一个典型症候。这套话语把原来第一世界、第二世界、第三世界的三个世界格局，这种巨大的时空差异性，转换成了简单的环保话语结构，就是只谈人类污染了这个世界，而不去追究是谁先污染了这个世界，谁更该为现在污染最严重的地区负责。陆川那个《可可西里》是典型的中国式小农投机，就是为了迎合西欧的审美趣味。在过去我们不保护藏羚羊并不是我们没有爱心，而是因为青藏高原植被稀少，只要去过那里的人都知道，在高原，植物的生存有多难；而藏羚羊是大型食草动物，对植被的食物需求很大，过去藏羚羊数量又比较多，所以过去政府从来不干涉对藏羚羊的正常捕猎。当然现在对那种过度捕猎、走私的犯罪分子严厉打击是对的，但关键是，类似的问题在中国太多了，陆川和贾樟柯一样偏偏选择了符合西欧审美趣味的切口，赶着生态政治的时髦。比如，在《可可西里》中，捕杀藏羚羊的匪首们都是穆斯林，这显然是高度意识形态化的，就是为了迎合西欧的一般趣味。中国电影导演界，从20世纪80年代起就风气不正，如果说张艺谋的第五代至少还是够格的美工的话，那么下一代则更小农，尽管看上去特别洋气。

鲁太光：刚才胡老师说的一个问题我挺感兴趣。他说《小武》表面上是说一个边缘人，背后其实是另一个主体。那个主体是谁他知道，不说而已。这还是蛮有意思的，那个边缘绝对不是底层，甚至是一个艺术家或者一个什么别的东西。总之，应该是一种主导性的社会存在。

胡谱忠：2007年在《读书》杂志上刊登了获多项国际大奖的贾樟柯电影《三峡好人》的研讨会记录，其实那个研讨会在学术界起了一个误导的作用，把贾樟柯电影中的小人物的美学意义抬高了，又过度阐释了影片中第三世界全球化图景的象征性，而恰恰忽视了这部电影本身就是要召唤一个全球化的文化主体。不可否认，《三峡好人》蕴藏着某种新的电影文化的可能性，但到后来贾樟柯在几部表达其历史观的《二十四城记》、《海上传奇》等影片中，那种投合全球化历史观的文化表述已经袒露无遗。

陈国辉（中国艺术研究院研究生院）：我是跨行的，是研究20世纪美术史的，我有三个问题想请教各位老师。

第一个问题，如何解读关于左翼文艺的过渡时期。所谓过渡时期的文艺，比如说延安文艺座谈会之前的状态是什么样子？包括从五四到20世纪二三十年代左翼文艺的过渡，我们怎么看？《讲话》之前状态在当时的美术界是挺有意思的一个话题。因为在《讲话》前，美术界有过充分的思想交锋，包括什么是文艺的对象以及文艺为谁服务等问题的讨论。正是这些讨论为《讲话》奠定了一定的基础。另外，我觉得新中国成立这样一个政治事件，作为文学的分水岭是否那么明显？这是第一个问题。

第二个问题，是根据卢燕娟老师讲的左翼文艺的内部研究和外部研究提出来的。我觉得刚才张慧瑜老师和张元珂老师所谈的基本上是内部研究。我的问题是，我们常用外部研究方式，甚至用西方的眼光，如唐小兵的"再解读"所用的"现代性"话语方式，是否能接近研究对象？这样的研究方式是低空飞翔，还是能真正进入到研究对象的历史语境，无限地接近对象呢？

第三个问题是再解读的方法，就是刚才卢燕娟老师提出来的，首先，我们再解读之前，该以怎样的角度来解读前辈的研究成果，比如洪子诚老师的纯文学的研究方式；其次，关于左翼文艺研究的具体语境问题，在左翼文艺的发生语境中有国统区、解放区，甚至包括解放区之前以江西为中心的苏维埃政权，这几大区域的文艺活动有着怎样的联系性和互动性？这将是再解读的新视角。

鲁太光：我问你一个问题，你刚才讲土改，我看文学文本里面确实随着形势变化而有不同的文本表现。你刚才讲美术上也有，你举个例子给大家讲讲，就是是否有不同的土改政策会导致不同的农民或地主形象出现？

陈国辉：首先，在"土改"图像里明显隐含着文艺大众化的文化政治诉求。事实上，从20世纪20年代到40年代，大众文艺和文艺大众化一直处于不断论辩的过程当中，土改中的地主形象建构也跟这种文艺话语的不断推进有关。另外，从鲁迅时期到延安时期，现代木刻运动表现出从批判到歌颂的图像语义。就是说，在鲁迅时期的木刻作品主要以揭露现实、批判现实的人道主义为主，而延安时期的木刻作品更体现为党的文艺话语，土改中的地主形象也随之转变，比方说古元的木刻作品中的土改地主形象。

祝东力：地主形象怎么转变了？

陈国辉：一直以来，我们理解阶级斗争都是以二元对立的视角，但事实上，在木刻作品中的地主形象是配合当时战争的需要所建构的不同角色。抗日战争时期，为争取地主阶级共同抗战，有的木刻作品把地主形象塑造成亲善的盟友关系；解放战争时期，为了战争和经费的需要，地主形象往往成为了阶级怨恨的对象。

郭松民：像《白毛女》里的黄世仁，黄世仁他当时是很坏的地主，不过好像还是一个比较小的地主；但是比如说南霸天，南霸天他有自己的私人武装，地主的形象也有一个变化。

陈国辉：三毛的形象也是不断变化的，解放前的三毛形象和解放后的三毛形象有很大的不同之处。

李云雷：你刚才说的那个地主形象的变化，是在古元一个人作品里面体现出来的吗？

陈国辉：古元应该说是延安鲁艺培养出来的艺术家，我们从沃渣、李桦等人的作品到古元、胡一川等人的作品中应该可以辨识出地主形象的差别。

卢燕娟：我这里有一幅1943年古元木刻的地主形象，地主比较肥胖和猥琐，但能看出来肯定不是南霸天，因为显然是比较弱势的，我不知道是不是可以注释你刚所说的想法。

李云雷：我记得延安还有木刻描绘当时的开明绅士，这也是地主，可能跟当时的政策调整有很大关系。

陈国辉：关于这个话题，2005年美术界在延安举办的"毛泽东时代美术学术研讨会"有过深入的探讨，比如白毛女的形象、地主和农民的形象是如何建构的等问题都有过讨论。

郭松民：改革开放之后地主形象又有了变化。

鲁太光：好多社会学的著作里面，比如杜赞奇的《权力的文化网络》，比如费孝通的《中国士绅》等，的确呈现了近现代中国农村地主身份演变的轨迹，确实有一个"变坏"的过程。原来他可能是双重性的，一方面是乡土社会的统治者，另一方面也可能是保护者，但是随着国民党的现代化运作，即所谓的乡村自治，现代政权向基层延伸，这种双重性就逐渐消失了，逐渐就只剩下乡村压榨者、统治者这一副面孔了。为什么会发生这种变化？因为伴随着农村现代化，伴随着行政权力深入乡村，农村一些比较恶的力量就取代了原来具有儒家色彩的乡绅的位置，夺取了对乡村的统治权。在文学作品里边也有相关的呈现，但需要具体文本具体分析。

陈国辉：是的，但我所谈的是这个问题的另一面，就是文艺形象建构和现实社会生活中的形象的差异。或者说，文艺创作是怎样捕捉、挪用、建构地主形象的，这当中隐含着怎样的革命叙事？这就是我认为应该注重文艺作品研究的内部问题的必要性。

祝东力：刚才讲到杜甫白居易的作品和30年代左翼作品，都是对底层人民的同情态度。在儒家思想系统里，民为贵，但这个民一定是顺民，是接受自上而下的良好统治的被动的人民。左翼不是这样，它是要让人民成为社会的主人，区别在这儿。

陈亦水（北京师范大学艺术与传媒学院）：前段时间我和一个朋友讨论《小时代》以及这一系列的电影，我当然是持批判立场的，但是我的朋友反驳我的理由很有意思。他说，为什么你们总是要批判？这些电影娱乐大众不好吗？大家工作已经那么辛苦了，现实压力那么大，观众来电影院里就是要寻开心的，电影本来就是给眼睛吃的冰淇淋，难道非要给眼睛灌辣椒水你才满意吗？

引发我思考的是，什么时候电影开始变成这样了，包括刚刚卢燕娟师姐和很多人都提到了"人民电影"这个概念。也让我开始追问我们对当下电影的现实批判问题。无论是当下中国电影创作界还是批评界，关于"人民"的概念，要么被改写，要么被绑架。所谓改写，就像《小时代》对贫穷的理解，不过是替人多画几张画而已，还有《杜拉拉升职记》里说，月薪4000元以下是小资，也就是穷人的意思。所以我在这个意义上说，如今我们的电影里的"穷人"已经被改写了。而"人民"是如何被绑架的呢？就是刚才很多师友都提到像贾樟柯那样的导演似乎是以人民的名义来绑架人民，正如刚刚胡老师所说，他们在试图创造一种新的主体，而这个新的主体是大家心照不宣的。换言之，人民成了炮灰。

这种改变和整个中国社会的根本变化有很大关系。20世纪30年代，当左翼电影乍现的时候，观众的情绪非常高涨，所以我们现在称1933年为"中国电影年"。因为那时候各大电影公司陆续推出一批左翼电影，老百姓非常爱看，但是想一想，难道当时中国老百姓的生活状况比现在更好吗？当然不是，那时候整个中华民族都面临危机，但为什么那时候老百姓喜欢揭露现实、喜欢悲剧情节的左翼电影？而现在却只愿意追求给眼睛吃冰淇淋了呢？我个人觉得可能是社会环境和人民的心态都变了，也就是说，今天中国的阶级构成、人民的性质，都已经发生了根本的转变。

所以在1933年"中国电影年"之后，1935年马上就爆发了"国防电影运动"，一波又一波的文艺与社会现实紧密结合的高潮接连发生。然后到了十七年，"人民"的性质又发生了根本变化。在这里我重复一些专家学者的观点，我个人也很认可：十七年百分之百是一个"人民电影"时期，那时候电影作为一个特别大众化、普及化的文艺形式，使得每个新中国的人们都可以看到。阶级在某种意义上几乎取消了，真的是个人民当家作主的时代，电影就是给所有人看的，"工农兵"作为历史主体，也就是电影的主角，"人民电影"时期的电影都要拍摄老百姓喜闻乐见的故事。从某种意义上说，这可能也是十七年时期留给我们的一种遗产。

最后，我也没有太成熟的思考，只是觉得现在"人民"的性质已经发生了改变，不管是左翼电影也好，还是当下左翼的批判也罢，我们文艺工作者该持有怎样的观点和角度去创作和评论，这是很重要的。

陈国辉： 左翼文艺在文艺界有没有具体的界定，是哪个时间段？

李云雷： 刚才我跟祝老师我们谈了，狭义的左翼文艺就是左联时期的文艺，广义的包括时间上20世纪20年代一直到20世纪80、90年代，甚至一直到现在的"新左翼文艺"——也有这样的说法，就是思想界偏左的倾向就是左翼。

石一枫： 刚才听了卢燕娟和慧瑜的发言，我比较感兴趣的在于，燕娟刚才也涉及了20世纪80年代纯文学的系统对革命文学的取代。取代的原因，是认为革命就是扼杀艺术、扼杀美。松睿刚才说的，也涉及政治性跟艺术性之间的关系，也是和审美之间的关系。好像在纯文学那个系统里有一个不证自明的主题，就是政治的东西、左的革命的东西一定是扼杀美的。松睿也说到了对燕娟所引用的材料的反驳，你的看法好像是两者能够更好的结合。

20世纪80年代以来每个知识分子都在重复的主题，就是政治扼杀审美，但可能不可能存在另一种情况，就是有一些艺术成就上相当高的作品，恰恰是因为政治思想而产生的？就是说，如果没有政治思想，就达不到这么高的成就？比如老舍的《茶馆》，今天即使是贬低《子夜》的艺术性，恐怕还是不能否认《茶馆》的艺术性是非常高的。但是如果老舍没有接触到左翼文学的思想，如果政治理念没有变成老舍思想里相当重要的一部分，他可能写不出《茶馆》，也写不出《骆驼祥子》这么好的作品，他的水平可能未见得比张恨水高到哪儿去。当然老舍自己也对左翼文学里缺乏艺术性的创作、口号式的创作，有明确的批评，用的也是老舍惯常的口吻，善意的调侃，"大家一二一齐步走，作品就写出来了"。他对左翼文学内部也有反思，但是在我们今天看来，恰恰是他的政治思想决定了艺术高度。

郭松民：其实你自己已经回答了你自己的问题了，我觉得好的作品一定是有很高政治性在里面的，没有政治性的作品都不可能是好的作品。

祝东力：这里面有一个关键，政治到底是什么意思？20世纪80年代把政治理解为领导，领导就是政治，非常肤浅。其实我理解，政治就是重大的利益集团之间的博弈，涉及人类基本的公正和正义。如果把人类基本的公正和正义完全去除掉，文学的思想性还怎么建立？

石一枫：或者说，过去总是在说人啊人，文学是人学，这是20世纪80年代的经典话语，但是"群"的概念，恐怕也需要在今天的文学环境下重提。我们不断的去政治化之后，那么作家的写作就陷入到了高度的碎片化，充满琐碎的无意义，这好像已经对文学造成很大的伤害了。

祝东力：细节肥大、语言肥大，只有一个躯壳，缺少灵魂性的东西。其实20世纪80年代中国社会进入到阶层重组的过程，传统的阶级划分已经不能用了，比如说地主，地富反坏右大部分在当时早都变成良民了，解放初的阶级划分方式确实不适用了，所以先把大家都变成普通的、抽象的人，然后再进行重组，重组是在20世纪90年代后期完成的。到21世纪初，正式文件里也提到"新的社会阶层"，就是指所有的计划经济时代不存在的人群，比如私营企业主、公司白领、个体户等。还有关于阶层划分的各种民间和学术的版本，像陆学艺的《当代中国社会阶层研究报告》都是新世纪之交出现的，是对20世纪90年代后期的总结。

所以，所谓抽象的人也是特殊时代环境造成的一种幻相，像王若水那本论文集《为人道主义辩护》，封面非常有意思，采用了米凯朗基罗的著名雕刻《大卫》，一个男性裸体的造型。应该说，这是"人"本身，纯粹的人，超时空，脱去了一切社会阶级的衣饰，作为一般的、普遍意义上的"人"的象征，巧妙地暗示了当时人道主义思潮的核心理念。但是，再想想就可以知道，这个男性裸体所代表的仍然恰恰是一种极为具体的人：欧洲文艺复兴时期的市民阶级的男性理想。

郭松民：可能还有一点，实际上文革期间也一直在重新做划分阶层的尝试，包括毛主席通过很多东西，通过共产党、资产阶级知识分子等等，但是等到文革一结束这套东西都没有了，原来的进程跟现实情况又不一样了，所以才换到一个新的出发点。

李云雷：孙犁其实更典型，大家看晚年他写的那些东西，那些读书笔记，他跟一个传统的旧式文人没有任何区别，但他一生中最光彩的部分，还是从《荷花淀》到《山地回忆》、《铁木前传》这个时期的创作，他之所以能够如此，恰恰是接受了革命思想的影响，他的主体性更强，作品中也有更多明媚的东西。

祝东力：许多横跨毛时代和后来时代的艺术家都出现过这种情况，比如芭蕾舞剧《红色娘子军》的编舞某某。《红色娘子军》的舞蹈多棒，到现在仍然是中国最高成就的舞台艺术作品，世界公认。这位舞蹈家新时期又排演了一个芭蕾舞剧《祝福》，里面有贺老六跟祥林嫂的双人舞，乏善可陈，甚至可以说有点滑稽。她的艺术才华本来是附着在一种社会理想上的，一旦无所附着，艺术才华就成为无本之木，这种例子其实非常多。

鲁太光：刚才祝老师讲的有一点我不大同意，就是说20世纪80年代提出所谓人性的时候，他们还没有明确的意识。我觉得那个时候有一部分人应该有明确的判断，就是提出新的政治判断和价值判断以取代原来的判断。"人性"就是那时候他们提出来的一种新的判断标准。现在好多年轻人反而看不到那是一种政治，好多作家就觉得没有政治这个东西，但是当时提出的"人性"，包括"人啊人"等，我觉得还是意识形态的判断，甚至是有意识的政治判断。

石一枫：现在更多人认为文学天生和政治无关。

鲁太光：包括当时好多作家他们提的也都是很政治的一些东西。

李云雷：其实李洁非那个书里面提出的"超级文学"，他的"超级文学"这一概念本身，就暗含着对文学有一个20世纪80年代式的理解。

卢燕娟：而且我觉得这个问题可能还有比较根本的层面，就是刚才一枫师兄说的，什么叫好的作品？刚才说到孙犁最光彩的时代是哪一段？他晚年的写作，在这个人民文艺的序列内是不好的，但是在洪老师的文学史里，孙犁的晚年的创作恰恰被作为他还有救儿那样一种叙述。

鲁太光：对他早期作品的处理，也是重点阐述其中的审美。

卢燕娟：对，所以什么东西叫美？这背后还是我们今天讲的近几年对左翼文艺进行的一些纯文学颗粒的打捞。事实上一个很根本的目的，是试图把文艺规约到这样一套审美标准里去，只有在这个标准下面它们才有美可言。历史上左翼文艺，尤其从《讲话》以来，完全建立了一套全新的审美标准，而在这个审美标准的背后，还是一个文化主体权力的问题，就是谁说美才叫美。比如说今天是知识分子说美，那才叫美，立法权在知识分子手里；

但是在延安文艺的时代，就是今天可以看到大量的文学批评和介绍文章讲一个作品为什么成功，是因为有多少农民特别欢迎，因为有多少工人欢迎，就是以有多少劳动人民来接受作为判断作品好坏的标准。所以什么叫美的背后是谁的美，还是一个文化权力的主体性的问题。

石一枫：这个我稍微有点保留，我觉得普遍的审美可能还是存在的。

祝东力：刚才太光说的我完全赞同，我可能没有表达清楚。我是说，政治是一种重大的利益集团之间的博弈，谁都跳不出这个博弈的格局，你最多只能装没看见而已。包括讲抽象人性、讲普遍的人，实际上也都是在一定的阶层当中的人，不可能是一个透明的人。

鲁太光：当时是不是有一些是有意识策划出来的？或者，只是摸着石头过河的结果？

郭松民：有时候也会有很奇怪的现象，比如说无论从我的家庭出身，还是后来从事的职业，应该说都属于无产阶级，但是我记得上中学的时候，我就是觉得冬妮娅最漂亮，可冬妮娅是小资产阶级，这很有意思。

石一枫：燕娟强调审美的阶级性，我觉得肯定是对的，但是我想这种阶级性可能也没有那么绝对。

卢燕娟：我想强调的不是审美的阶级性，而是哪种美成为主流形态背后的那个文化权力主体是谁。我相信《白毛女》盛行的时候，可能也有很多口味特别精英和小资的人觉得这个艺术不美，但是他们不能成为那个时代对这个艺术品的主流评价。我想说的是能成为一种标准背后的权力问题，还不仅仅是阶级性问题。

郭松民：小时候看一个宣传画叫《我是海燕》，画的是一个女战士雷雨之夜在电线杆上接电话线。我当时觉得这是最美的形象，可是现在看发现她根本就没有曲线，社会可以不断塑造自己的审美。

卢燕娟：李双双一个多么健康的劳动妇女形象，但是一转到20世纪80年代小资产阶级趣味，整个女性的美的标准和形象全变了，就是那种特别柔美、文弱的形象。

郭松民：特别矫情。

鲁太光：去年我把孙犁绝大多数作品和研究材料都看了，他的好多作品就是在土改前后写的，他自己是土改工作队队长，而他家也正"被土改"，这就涉及"再解读"。自"新时期"以来，大家都偏重孙犁的所谓审美化，偏重于所谓的"白洋淀派"，孙犁自己对这个文学命名是不认可的。我觉得他的本意就是排斥对他审美化的解读，而把政治性给去除了。包括孙犁后期写的一些表面像明清小说的东西，其实里面政治色彩还是很强的，像这些都应该拿出来重新解读。从这个层面看，唐小兵的"再解读"今天看起来就很荒谬。在对《暴风骤雨》的"再解读"中，他说整个农村是一种静穆的场景，是土改工作队到来后撕破了这种静穆，而这竟然成了流行的解读。

李云雷：这也要历史地看，当时他们提出这个问题已经不错了，比如说唐小兵写《霓虹灯下的哨兵》的那篇文章，写的还不错，虽然现在看也有很多问题。包括你们刚才讨论人道主义，其实我觉得他们也有历史的合理性，是对文革时期那样极端化的一个反拨。但是在理论上来看，他们还是有不少问题。

郭松民：《霓虹灯下的哨兵》让我突然意识到，当一个阶级在政治上和军事上处于进攻状态，正在取得节节胜利的时候，在文化上却可能处于防守的状态。整个毛泽东时代的中国在世界上的处境，就很像八连在南京路上的处境，以美国为首的西方世界就是灯红酒绿的南京路，中国一直没有解决这个问题。

李云雷：其实蔡翔那本书里，认为这是社会主义内在危机一个很重要的部分。就是在政治经济上解决这些问题了之后，怎么让无产阶级的文化领导权真正落实到现实生活中，落实到城市的日常生活中，能够建立一种具有吸引力的文化或生活方式，能够引领其他阶级。这也是我们今天重新思考左翼文化的一个出发点。

郭松民：这个问题其实没有解决，除非能在八连里创作出一种更好的，比南京路上那种灯红酒绿的文化更优质、更有吸引力的文化，才能真正解决这个问题。

卢燕娟：郭老师说到这里，有一个我长期思索，但是没有什么好的结论的问题，就是丹尼尔·贝尔有一个理论，叫革命的第二天，不仅是指无产阶级革命，包括人类的一切革命的第二天，一定会重新回到保守性的话语，就是革命所提供的所有的未来想象都会被粉碎掉，然后会重新退回到那种堕落的、保守的世界里。我一直在想中国革命的"第二天"和这个丹尼尔·贝尔所说的革命的"第二天"，当然会有可通约性，但是我在想肯定有不同之处，或者说不同的可能性在哪里？

李云雷：这些问题值得继续探讨，时间关系，我们今天就到这儿。

（根据速记整理，经过本人校订）

第一届全国青年文艺论坛：
转型年代、青年与中国故事

开幕式

■　　　　■　　　　■　　　　■　　　　■

主持人：祝东力（中国艺术研究院马克思主义文艺理论研究所）
时　间：2013年11月17日上午9：00—10：00
地　点：中国艺术研究院第五会议室
主　办：中国艺术研究院马克思主义文艺理论研究所

祝东力： 尊敬的各位领导，各位嘉宾，各位年轻的朋友们，大家上午好！第一届全国青年文艺论坛开幕式现在开始。首先，我代表主办单位向大家表示最热烈的欢迎！2011年6月，在中国艺术研究院领导的支持下，马克思主义文艺理论研究所成立了当代文艺批评中心，从那以后每个月举办一期青年文艺论坛，以中国艺术研究院以及在北京的各高校和各学术文化机构的青年学者为骨干，专题研讨当代文艺领域具有症候性的新作品、新现象、新问题，形成了一定的规模和影响。第一届全国青年文艺论坛就是以之前两年半以来共计29期青年文艺论坛为基础而设计和筹办的，并且取得了在座每一位的鼎力支持。下面我介绍一下出席今天开幕式的各位领导、嘉宾和青年学者：

中国艺术研究院常务副院长王能宪，《光明日报》副总编辑沈卫星，中国当代文学研究会会长白烨，中国艺术研究院副院长吕品田，中国艺术研究院副院长贾磊磊，中国艺术研究院马克思主义文艺理论研究所原所长、《文艺理论与批评》杂志主编陈飞龙，著名评论家、北京大学中文系教授张颐武，中国艺术研究院曲艺研究所所长吴文科，中国艺术研究院《中国艺术时空》主编贾宝兰，上海大学文化研究系常务副主任郭春林，海南大学文学院院长、海南省作协副主席刘复生，中国艺术研究院《艺术评论》主编唐凌，中国艺术研究院《传记文学》主编郝庆军，《人民日报》文艺部副主任李舫，中国艺术研究院《中国艺术年鉴》副主编孙伟科，南开大学教授、《中国图书评论》主编周志强，哈尔滨师范大学中文系副主任乔焕江，哈尔滨师范大学副教授徐志伟，上海大学中文系副教授周展安，《北京文学》副主编师力斌，山东师范大学文学院副院长张丽军，陕西师范大学文学院副教授赵文，陕西师范大学文学院副教授霍炬，观察者网编辑余亮，上海大学文化研究系副教授朱善杰，《光明日报》编辑饶翔，宁夏社会科学院社会文化研究所副所长牛学智，重庆师范大学文学院副教授李祖德，北苑出版社社长总编辑续小强，北京大学中文系副教授邵燕君，清华大学中文系教授旷新年，中国艺术研究院话剧研究所副所长宋宝珍，《十月》杂志常务副主编陈东捷，中国艺术研究院文化发展战略研究中心副主任沙惠，中国艺术研究院科研处处长杨斌，著名画家、北京服装学院教授王焕青，中国艺术研究院《文艺研究》副主编陈剑澜，还有全国各高校、文化科研机构的青年学者李玥阳、石一枫、文珍、赵志勇、林品、陈均、张慧瑜、冯巍、卢燕娟、李修建、李松睿、刘岩、王磊、鲁太光、杨娟、关莉丽、崔柯、陈亦水，还有中国艺术研究院马克思主义文艺理论研究所当代文艺批评中心主任、《文艺理论与批评》副主编李云雷，以及新华社、《中国文化报》、《中国社会科学报》、《中国艺术报》、《文艺报》、《中国青年报》等媒体的朋友，我本人是中国艺术研究院马克思主义文艺理论研究所的祝东力。让我们为大家的到会表示热烈的欢迎和衷心的感谢！

下面请中国艺术研究院常务副院长王能宪致词。

王能宪（中国艺术研究院）：各位专家、学者、评论家，青年朋友们：大家上午好！欢迎大家来到中国艺术研究院！经过一段时间的精心筹备，"第一届全国青年文艺论坛"今天开幕了！我代表中国艺术研究院对论坛的召开表示祝贺，对各位朋友的到来表示欢迎！

"青年文艺论坛"是由我院马克思主义文艺理论研究所牵头，一群青年学者发起组织的一项有意义的活动。自2011年6月举办第一期以来，每月一期，至今已举办了29期。"青年文艺论坛"以青年学者、评论家为主体，关注中国文艺的前沿与热点问题，以"专题发言＋圆桌讨论"形式进行研讨，在两年半的时间里在文艺界产生了不小的影响，为社会各界所瞩目。"全国青年文艺论坛"在青年文艺论坛的基础上加以拓展，邀请来自全国各地的青年学者和评论家，围绕当代文艺批评的理论与实践问题进行研讨，这必将对我国的文艺与文艺评论事业产生积极、健康的影响。

近年来，中国艺术研究院以艺术科研、艺术教育、艺术创作为支点，形成了三足鼎立的发展格局，为推动文化艺术的大发展、大繁荣作出了积极的贡献。文艺评论是艺术研究的一个重要组成部分，也是理论研究与艺术创作之间的一种中介与结合，"青年文艺论坛"的青年学者以他们深厚的学科基础和知识结构，介入当前文艺现象与作品的评论之中，是一种有益的尝试，也是理论联系实际的一种方式。

文艺评论是文艺整体生态中一个不可或缺的重要环节。我们党历来重视文艺评论工作，将之作为领导文艺工作的一种重要方式。近年来中宣部、文化部的领导一直强调需要加强健康科学的文艺评论。文艺评论的一个重要功能在于辨别优劣，通过选择、分析、评判，促使优秀的作品脱颖而出，同时也使粗劣的作品相形见绌，从而使整个文艺界形成一个良性循环，保持一种良好的生态，这是评论所应尽到的责任。

文艺评论要关注新的文艺现象，也要有大的历史视野，要深刻把握历史与时代的特征。近代以来，中国遭遇了严重的民族危机与社会危机，一直到新中国成立以后，中国人才开始掌握自己的命运；改革开放以来，在短短30多年的时间里，我国的经济、社会各方面发生了翻天覆地的变化，现在已成为世界第二大经济体，在世界上占据着举足轻重的地位。可以说我们这个时代是中国自近代以来一个重要的转折点，中国人正走在民族复兴的伟大征途上，我们不仅在探索中国的未来，也在探索着整个世界的出路。刚刚闭幕的党的十八届三中全会，研究了全面深化改革的若干重大问题，强调指出："全面深化改革的总目标是完善和发展中国特色社会主义制度，推进国家治理体系和治理能力的现代化。"在这样一个历史时期，我们有必要，也有可能讲述出与以往不同的新的中国故事。我们的文艺评论工作，应该引导作家、艺术家认识到我们当前时代的特征，并与他们一起发出中国的声音，为实现中华民族伟大复兴的中国梦、建设社会主义强国融入自己的创造与力量。

"青年文艺论坛"以当下的热点和前沿问题为中心，从现实的社会经验与文艺经验出发，不断提出新的问题，在讨论中深化、更新认识，探寻文艺发展的新思路。这是"青年文艺论坛"的探索，也是年轻一代的探索，或许酝酿着当代学术与批评范式的重要转换。今天，我们举办"第一届全国青年文艺论坛"，希望将"青年文艺论坛"的尝试推广开来，为评论界吹来清新健康的风气，为重建当代文艺批评的标准与公信力作出我们的努力和贡献。

在最近召开的全国青年作家创作会议上，刘奇葆同志强调要"焕发青春正能量，抒写文学新梦想"，指出"要重视文学批评，积极健康地开展文学批评，敢于讲真话、建诤言、褒优贬劣、激浊扬清，形成良好的批评风气"。我们期望"青年文艺论坛"沿着这一方向发展，努力成为一个稳定的、具有全国性影响和品牌的评论机制和平台。

今天，来自全国各地的青年学者与评论家汇聚一堂，举行"第一届全国青年文艺论坛"。这只是一个开始，希望"全国青年文艺论坛"能够持续举办下去，希望一代青年评论家能够在这里成长起来。"全国青年文艺论坛"的重要意义不仅在于为文艺界推出了一批青年评论家，更在于为文艺界带来新的视野、新的风气、新的面貌。

与会的青年学者、评论家都在各自的领域中取得了不同凡响的成就，是当前文艺评论的生力军，期待你们"百尺竿头，更进一步"，充分发挥你们的聪明才智，为我国的文艺和文艺评论事业做出自己的贡献。

希望青年学者与评论家在这里能够畅所欲言，为我国文艺的发展建言献策。预祝"第一届全国青年文艺论坛"取得圆满成功！谢谢大家！

祝东力：谢谢能宪副院长，他对文艺批评做了深刻的论述，提供了一个很宽阔的视野。下面有请《光明日报》副总编沈卫星先生致词。

沈卫星（《光明日报》社）：很高兴接受邀请来参加这个会，其实我在文艺界退出江湖已经好多年了，今天来主要是因为"转型年代、青年与中国故事"是非常好的、开放性的一个话题，而且我想这个指向性非常明确，就是当代青年在转型时期、转型年代抒写好中国故事。到这里来，也是想切身感受一下青年文艺家们的智慧、理想，分享一下大家的感悟，应该说这个会对我来讲是很有意义的。

说到青年和中国故事，我想到前一段时间我看到一个叫做周小平的网民，不知道大家都看过没有？他过去把自己放在一个跟社会、跟政府、包括跟体制对立的立场上，说了很多，或者是发了很多批判性的意见。最近一段时间，他说知识让他获得了正能量，书里面有很多、很好的一些东西，让他重新认识，重新调整思路，重新纠偏自己。这个就来源于对中国的一种正确认知，我觉得这个很好，转型时期中国确实有很多问题，但是他通过观察，通过认识，转到了一种相对主流的价值观上来。而且在社会上赢得了非常好的反响。我们在转型时期，我觉得社会也好，文艺也好，都面临着这个问题，需要我们重新认识。

怎么样来发现，怎么样来传播这种主流价值？就像刚才能宪同志说的青年正能量。那么，从我们的角度来讲，《光明日报》是中央主管主办的一张知识分子的报纸，今天我看到有很多在座的是我们的作者，在我们报上发表了很多很好的文章。其实我来一方面是学习，一方面也是约稿，好的东西，好的内容，好的观点，通过我们《光明日报》这个平台把它们传播出去。当代青年的文艺创作、文艺评论，使命还是很重大的，国际上对今天我们中国人的精神层面的批判是非常多的，包括撒切尔夫人2002年说过，不要怕中国人，别看中国向世界输出了这么多的电视机，但是电视机里面没有人，为什么呢？因为中国人的精神层面太单薄了。像这类言论，对我们来讲应该是非常刺耳的。所以，既然我们青年在这里选择了文艺的事业，或者从事了文艺的工作，这就意味着，我们的工作、我们的视野是作用于人的精神，作用于人的心理的，那么，我觉得在这个层面应该尽量发挥文艺的那种精神的厚度。我们不得不承认，我们在精神层面有很多问题：包括最近中央八项规定反对四风，这四风，不说形式主义、官僚主义，就说享乐主义、奢靡之风这一块，深层次的东西就是我们精神层面，确实很单薄，稍微有了点钱就不知所措，这种精神内在问题的出现，是非常可怕的。

所以说，我们应该在这个领域多提供好的文艺思想，多提供好的文艺内容，把我们的文艺创作和评论，把我们认为对的东西形成一个非常好的具有示范代表作用的话语。所以我也很敬佩中国艺术研究院，祝东力所长今天有这么大一个气派把全国著名的文艺评论家们都召集进来，进行一种思想的交锋，这个平台搭建得很好。其实文艺这一块阵地，还是很有力量的，我觉得，文艺在今天社会中、生活中所起的作用还是很强大的。本来说今天雷达要过来，我们05年、06年的时候发了一篇他的文章，我们也是为了这篇文章折腾了好长时间，第一次就文艺的东西从第一版开始讨论，当时引起了非常大的震动。陈福民今天没来，他说这是当年文艺界的第一大事件，作协可能正在开会，一看报纸拿来了，会也不开了，先学这篇内容，看看这篇文章背景、来头是什么。各界都非常认同这篇内容。虽然说的是文艺创作，但事实上我们社会科学方面所有的问题都在这里面，所以说它的涵盖面非常之大，影响非常之大，我也希望在座的各位都要创作一篇像这样分量重的、有社会影响的大文章。

最后我也祝愿这次论坛多进行新的探索，多出新的成果，用我们大家的智慧，用文艺的形式来抒写好中国故事，谢谢大家！

祝东力：谢谢沈总为我们带来了舆论界第一线的信息和动向，他刚才对论坛的主题阐释很有启发性。下面请中国当代文学研究会白烨会长致词。

白烨（中国当代文学研究会）：刚才往会场走，路遇邵燕君和沙惠两位，她们说看见你了，就感觉老同志的队伍不孤单了。她们自称老同志，那是在自嘲，而我作为老同志，则不折不扣。我想起四五年前有一次在作协开会，张炯突发感慨说，怎么没有几年我就变成冯牧了；旁边坐着的雷达说，我也觉得没有几年我就变成张炯了；我坐在雷达旁边，接过话茬说我觉得没有几年我变就成雷达了。确实是这样，岁月不留情，奔老没商量。所以今天这个会，首先给人的感觉是年轻的面孔特别多，这是一个很令人高兴的事情，说明年轻的批评家越来越多，正在登上批评的舞台。这也使今天这个会有一个不言而喻的意义，就是在文学批评的改朝换代上，有其一定的标志性意义：在文艺批评的领域，老同志开始少了，年轻人开始多了，文艺批评从中老年状态在向中青年状态逐渐过渡。我觉得这无论对于这个论坛，还是整体的文学批评来说，都是非常好的现象。我首先代表中国当代文学研究会向首届全国青年文艺论坛的隆重举行表示衷心的祝贺，希望我们这个论坛圆满成功。

我想说的话很多，我把它浓缩为四句话，这四句话跟这个论坛有关，也跟整个文学批评有关。

第一句话是散兵游勇需要整合。文学批评说起来是一支队伍，但是这个队伍其实散成不军。是散见于不同的领域，散布于不同的行业。这些年，在成立中国文艺批评家协会，已经都运作了两年多了，一直没有成立起来，但是即便成立了又能怎么样呢，我觉得文艺批评这种散兵游勇的状况，很难真正改变，切实改观。原因就在于文艺批评既分散于不同的领域，批评本身也因为个人化或职业化等因素，具有着越来越显见的内部分野。因此，不同领域与不同倾向的批评，在资源上、活动上进行一定的整合，是必要的，也是迫切的。最近看到云南人民出版社出版的一套"80后批评家文丛"，具体主事的周明全与文丛主编陈思和，都有序文推介，这样的文丛终于有了，是令人十分欣慰的。但他们在文章里谈到当下批评的时候，说现在的批评基本上是两种，一种是学院批评，一种是媒体批评。我看了之后感到有些吃惊，他们把另一种更为常见的批评完全忽略不计，那就是对当下创作的现象与动向的评论，对时下的作家与作品的批评，对宏观的文学症候与文艺思潮的研判，包括文情的跟踪与观察的年度报告，前沿话题的问题研讨，热点问题的青年论坛，等等。而这样的一种与当下文学现实互动紧密的批评，恰恰是一种介入性的和"在场"的批评。这种批评你可以把它看成是时评性的，但是它因为介入的及时和参与的深入，在整体的文学批评中是走在前边的，并承担着更为重要的责任。我认为我们的文学之所以还能与时俱进，这种批评在里头起的作用非常之大，而恰恰是所谓的"媒体批评"跟"学院批评"，在怎样发挥其作用上是需要检讨的，至少是需要增加"介入性"与"现场性"的。

反观或反思批评是需要的，但要有一种整体意识与全局观点。非属"媒体"与"学院"的，比如说文联、作协系统，怎么评估他们的批评工作呢？"媒体"不算，"学院"不算，它算什么呢？而我以为，这种更为常见的批评，处理着大量的日常信息，传布着新的阅读感知，应当是我们目前文艺批评的中坚力量。另外，我们现在的批评确实需要整合，还有一个原因是现在文学的演变带来了很多新的关系，比如文学与商业、文学与消费，文学与科技，文学与信息，文学与娱乐，等等。这种新型关系仅靠传统的理论准备和传统的研究方式都不够用，所以我们需要坚守，需要合作，也需要跨界，需要创新。我们有很多工作需要做。这是我要说的第一个意思。

第二句话是代际断档需要接续。批评的断档、断代现象相当严重，这既表现为"70后"、"80后"中的批评家成长较慢，接不上来，又表现为在一些新兴文学领域、文学版块，文学批评较少涉足，甚至基本缺席。

文学批评领域出现新人比较慢，比较难，到了"80后"这一代，似乎尤其难。"80后"里从事创作的作者比较多，前不久《人民文学》举办紫金杯文学新星评奖，仅30岁以下的作者，入围的就有七八十人，获奖的有近二十位。与这种群星璀璨的创作新星相比，出自"80后"的青年批评家，不仅数量太少了，而且出现得太慢，太晚。这些年陆续出来了一些从事批评的新人，但是这些人基本上活动于高校领域，而且经过大学和研究生阶段的学术训练，在学术的旨趣与批评的着眼点上，跟他们的父辈也就是我们这一辈，没有什么太大的区别，他们主要关注的，还是经典性的一些问题，文学史的问题，对于同代人的创作并不怎么关注。从目前看，还不能说以批评的方式，与同代人的创作一起前行。所以，我觉得批评确实存在一个严重的断档和断代的问题。新的代际的创作，新的文学现象，总是靠我们这些人去解读、去跟踪，是不现实的，不可能的，必须要靠他们同代人的跟进与把握。比如说让我们这些"50后"老同志，继续跟踪"80后"、"90后"的创作，就显得比较荒诞，尽管我自己确实比较关注他们，但是真正意义上的解读，应该是他们同代人自己的事情。目前在文学创作上，"30后"还在写作，加上"40后"，"50后"，"60后"，"70后"，"80后"和"90后"，有七代文学作者在同台演出，而文学批评现在主要是靠"40后"、"50后"和"60后"、"70后"，跟创作的七代同堂相比，主要是四代人，少了整整三代。所以我觉得对于文学批评后备力量不足的问题我们必须要有清醒认识，有了这个认识，才会去寻思怎么更快和更好地培养文学批评新人的问题。

第三句，是批评新人需要平台。我们的文学新人，尤其是文学批评新人的成长，需要时间，需要过程。在这里，新人们的自我努力当然是第一位的，但在目下的缭乱又复杂的文学环境下，新人们的成长需要切实的扶持与帮助。这种扶持与帮助，主要就是为他们的批评成长提供助力，为他们的演练和实践提供平台。这个助力与平台，包括报纸和刊物为他们提供阵地，也包括提供这种青年文艺批评的平台。像中国艺术研究院这个青年文艺论坛，开办两年多，举办了许多专题性活动，从载有论坛综述的小册子来看，可以说所有问题都在直面当下的文艺现状，而且是有备而来，有感而发，在最前沿的文艺观察与文艺思考中，体现了年轻批评家们的才气、生气与锐气。因为这个论坛本身具有现场性、互动性和对话性，它实际上成为青年文学批评工作者演练自己的最好舞台。这样的平台跟报纸、杂志比起来，自有它的优势。所以青年文艺批评论坛这样的平台，十分重要，难能可贵。

第四句话，是文学批评需要自救。我们都觉得文学批评确实有这样那样的不足，这都是事实。我觉得文学批评当下的最大问题，是相对滞后的批评在面对一个不断变异的文坛，一个相对萎缩的批评在面对一个不断放大的文坛。这是我们面临的最大的尴尬。怎样改变批评的现状，使批评本身有所进取，不要太过滞后，从上到下都在关注和寻思，党的十八届三中全会所作的关于深化改革的决定，在"推进文化体制机制的创新"部分，也说了一句跟批评有关的话，就是"健全文化产品的评价体系"。中国作协去年也重组了理论批评委员会，各高校的文学院与中文系都有现当代文学专业，这些都与当下的文学批评不无关联。但我觉得，批评问题的切实解决，恐怕需要我们自己去认清现状，进行自救。我们首先要看到问题所在，然后要多作努力，包括搭建新的平台，开展跨界对话，合作研讨相关问题，有意识地培养新人，等等。

我们中国当代文学研究会一直有一个愿望，就是想成立一个青年批评专业委员会，这个事情看来是迫在眉睫，需要尽快进行。社科院去年开始实施哲学社会科学的创新工程，我们文学所组建了"文学现状与文化发展创新工程"，要旨就是直面当下的文学现状，发出人文学者的声音。这样一些动向，也给我们提供了一些新的可能。所以，我想我们要靠自己的力量，自己的资源，多做一些跨界合作和联手的事情。我觉得首先把立足点放在自救上，这样可能更实在一些。

所以，在这个意义上，我高度评价中国艺术研究院创办的这个青年文艺论坛。原来初办的时候，看来是小事一桩，坚持两年半，出了这么多成果，就成了大事了。我希望这个论坛越办越好，而且既出新的成果，也出新的人才，能够在文学批评的自救上，文学批评自身的发展上，提供一些必要的经验。

祝东力：谢谢白烨老师。白烨会长作为一个前辈批评家，从文学批评的内部对青年批评家群体提出了期望。下面请中国艺术研究院马克思主义文艺理论研究所原所长、《文艺理论与批评》杂志主编陈飞龙先生致词。

陈飞龙（中国艺术研究院《文艺理论与批评》杂志社）：各位领导，各位青年学者朋友们，说起青年文艺论坛我就想起了很多，因为2011年4月份的时候，东力和云雷先后跟我说要成立一个青年文艺批评中心，当时我想这是一个好事情。因为当时刚刚看完一篇报道，文章院长在当文化部副部长时，他接受《中国文化报》的采访，谈了一个非常重要的观点，他说，应当通过具体作品的评论，建立起一整套文艺评价体系。我看到这句话触动很大，加上他们两个人一说，当时我想得很具体，我们所主要是搞马克思主义基础理论研究的，因为有一个知识积累和经验积累的问题，出理论人才是很难的，确实要很多年才能出一个理论人才，如果在文艺批评上做一个事情，也许很快就能出人才。我们所里面的一些博士生、硕士生要很快地提升起来，可能通过他们对文艺评论的提高，使他们的组织能力也能得到提高，跟高校、研究单位的年轻人有一个交流沟通的渠道，能使他们得到锻炼。

还有一个情况就像白烨会长所说的，我当时已经58岁了，所以我就觉得确实有一种后继有人的急迫感，我觉得通过这个论坛锻炼一下年轻人，不过当时的心理也是战战兢兢的：这件事情跟文章部长报告后能不能批准？因为王能宪院长是我们的分管院长，我跟王能宪院长说了，有一次碰到当时的党委书记张庆善副院长，我也跟他说了，他当时说了四个字，鼎力支持。他们两个院长这么一说，我就有一点信心了。于是，我就给王部长写了一封信，我就说要办这个青年文艺论坛。王部长非常快就批示了，很好，就写这两个字。这样我们就把整个的设想报王文章院长，王院长很快就批下来了，从资金上，从人力、物力上支持我们。贾磊磊院长一开始就支持我们，参加了第一次青年文艺论坛，今天吕品田院长也来了，现任党委书记高显莉副院长也曾给予我们很多帮助。所以我说院里的领导对这个论坛支持的力度是非常大的。办了29期以后，这一次，院领导从经济上、从体制上支持这个全国青年文艺论坛，我感到非常高兴，真的是一个非常高兴的事情，而且得到了全国青年评论家的支持。

今年3月我从所长职务上退下来了，东力接了所里的事情，他年富力强，他跟云雷做了非常多具体的工作，把这个事情完全接过去了，我看到他们做得很好，我从心里来说这是非常好的安慰。现在青年文艺论坛经过两年半的努力，在社会上产生了一定的影响，效果也是很好的，我想提三个具体的建议：

第一是继续贴近文艺作品，对文艺批评要有现实的针对性，还是沿着文章部长的思路，要贴近文艺实践，贴近文艺作品，这是他多次批示的，我们对这个思路还是要继续地保持下去。每期论坛必须都要着眼于现实，对现实的文艺作品要有针对性的批评，要提出问题，讨论问题，倡导积极健康的文艺批评。在讨论形式上还可以改进一下，我们第二任所长涂老师有一次跟我说，他快80岁了，他每期青年文艺论坛都看，他跟我说现在每期青年文艺论坛谈的有点散，我跟东力和云雷都说了他的意见，就是有点散。原来也想过，我跟云雷也说过，我说现在如果是两个主讲人，他们能写成文章，后面有一个综述性的大家发言，要是有一个既集中、又综合这么一个状况，就好了。后来东力跟我说这个做起来有点难度，但这是一个相对集中比较好的办法，我希望有些可以试着做，难度比较大一些的可以不做，但是我觉得我们在形式上还要考虑一下。

第二，我想到要加强青年文艺论坛自身的理论素养、修养和素质。青年文艺论坛在理论上一定要有哲思性的思考。陈涌老师，他93岁了还在看我们的青年文艺论坛。去年东力、云雷和我去看他时，他跟我们说，青年文艺论坛他每期都看，理论深度要加深，要提高一些，这是陈涌老先生提出的一个希望。中国古人也说，诗无达诂，文无定评。所以我说，虽然文艺与批评不像科学理论认识那样精确，艺术评价由于情感因素比较模糊，很难有精确的度量，但是文艺作品通过心灵的冲突来揭示生产生活的创造活力，在人类认识世界的深层结构中揭示其深埋其中的灵魂和思想的秘密。所以我觉得我有一个想法，如果我们的青年文艺论坛有了基本的批评尺度和评价的标准，这就有了一定的公正性和可信度。这是我的第二个希望。

第三个希望继续保持青年文艺论坛有好说好、有坏说坏的批评风格。加强青年文艺论坛批评的力度和引领性，这个非常重要。我们的青年文艺论坛每一次评论一定要有力度，还要有引领性。青年文艺论坛在具体文艺作品中进行有效的审美鉴赏，达到指导阅读和观看的目的，同时要对文艺家的创作进行批评和警醒，达到指导创作和引领创作的目的。我就说这么多，谢谢大家。

祝东力：谢飞龙老师，飞龙老师也是当年领导我们一起创办青年文艺论坛的老领导，他刚才从如何改进青年文艺论坛质量的角度提出了几点希望，我觉得提得非常好。下面请海南大学文学院院长、《天涯》杂志副主编，也是作为我们青年文艺批评家的代表刘复生先生致词。

刘复生（海南大学文学院）：各位领导，各位朋友，上午好。说实在的，论坛委托我作为青年文艺批评家代表做一个发言，我很惶惑。因为在一般意义上我已经进入中年。所以，面对更年轻的朋友们——70年代末出生的，80后出生的，我深感的确没太有资格来代表青年，他们才是真正的青年。但是另一方面，我又的确能够和他们分享某些共同的观念，故而，在这里冒昧地代表他们一回。

我有时候特别有紧迫感，尤其是面对更年轻的朋友的时候。时光并不从容，作为一代批评家，我们应该承担什么样的历史责任，我们应该做什么和能做什么？这个问题非常尖锐。它时时在逼迫我们，给我们提出要求。一不小心我们就可能把本该由我们完成的历史责任推给更年轻的人，而这是我们一代人的耻辱。

我们不妨简单地梳理一下当代历史上几代批评家的历史责任及其贡献。这是和他们所要面对的时代总问题紧密相联的。比如说从50年代到70年代的文艺批评家，他们的任务主要是完成社会主义新文化实践的一个构想，以及对它进行调试和诊断。到了"新时期"，时代的总问题变成了怎样批判性地回应旧有的社会主义体制遭遇到的危机，并且援引所谓西方现代性的资源来打开一个新的解放性的社会实践的空间。此后，大约在20世纪90年代以后，这样的现代性的文化想象也开始慢慢地遭遇危机，中国的现代性的社会危机的征兆开始越来越多地出现，当代的很多批评家，又开始了对新的时代总问题进行回应。

如果我们把2000年粗略地算作一个时间节点，那么新一代批评家——就是所谓70后和80后批评家，就具有了崭新的任务，他们所要面对的时代总问题已经完全不同。我们必须明白这个时代的总问题是什么？以这个总问题为核心，我们才能明白关于文学批评的要害问题是什么。简单讲，20世纪80年代以来的社会发展道路，已经面临了很多内在和外在的危机；但是，另一方面，这个时代也呈现了巨大的活力，为我们能够超越全球化的秩序提供一个新的想象空间和可能性。

在这样的语境里，我们新一代批评家，一方面感同身受，体验到了这样的时代危机给我们个人生活所造成的压力；另一方面也感受到了要创造一种新的文化的希望和冲动。据我个人观察，我们又来到了一个新的时代的开端，我们的文艺也面临着一次新生的机会。80年代以来的文学秩序其实已经渐渐地没落，新的文艺的因素已经开始出现。所以，一方面，年轻的同行们要对历史上的、意识形态化的、甚至利益集团化的文学秩序和文学话语进行一个深度的批判；另一方面，还要恢复对现实的敏感，创造一种新的文艺的形态和文学批评的话语，以之和活生生的中国生活建立能动的联系。只有这样，我们才能在"现代"的秩序之外，重新想象并创造一种更美好的生活。文学批评以及文艺创作其实总是和这个总主题密切相关，只有在这个基础之上我们才能够恢复文学的感受性与敏感度，才能有新的形式，这个总主题从来就不是一个文艺之外的问题。

所以也正是在这样一个共同的梦想之上，一批70后、80后的批评家，包括某些具有思想的再生能力的资深批评家，正在形成一个隐约的统一战线。我觉得，这次青年文艺论坛的举办，可能正是回应这个时代问题和历史的要求。也正是在这意义上，我觉得，只要青年文艺论坛确立了这样的宏大目标和自我期许，将来必会有更远大的前途。我个人对此是充满信心。我就说这么多。谢谢！

祝东力：谢谢复生。复生作为新生代或者晚生代批评家的代表，他的发言有很强的自觉意识。全国青年文艺论坛是原来青年文艺论坛的拓展和提升，我们希望它能够成为全国性的常设的文艺批评的一种机制和平台，定期为中国的文艺批评提供一份严肃的、年轻新锐的声音，为中国文艺的健康发展，为中国文艺批评的繁荣贡献一份绵薄之力。我们的开幕式就到此结束，下面休息10分钟，然后进入论坛的下一个单元，谢谢大家！

第一届全国青年文艺论坛：
转型年代、青年与中国故事

第一单元

新视野中的当代文艺批评

主持人：李云雷（中国艺术研究院马克思主义文艺理论研究所）
时　间：2013年11月17号上午10：30—12：00
地　点：中国艺术研究院第五会议室
主　办：中国艺术研究院马克思主义文艺理论研究所

李云雷：各位领导，各位老师，我们现在进入第一届全国青年文艺论坛的第一单元，我们请了一些业内外的专家学者和一些资深的评论家，对新视野中的当代文艺批评这一话题进行讨论，我们首先请中国艺术研究院的副院长吕品田老师做一个发言。

吕品田（中国艺术研究院）：首先祝贺首届全国青年文艺论坛的开幕，这个论坛经过老、中、青三代学人的努力，今天在这里举行，意义非常重要，因为这是推动文艺理论建设、文艺批评建设的一个非常好的学术平台。

现在文艺批评面临一些共同的问题，就是从"说"到"说什么"这样一个变化。今天这个时代并不缺少"说"，这个时代是众生喧哗，"信息量"非常大。我们知道，现在有大量出版物，大家都在"说"，这个时代比较自由、宽松，所以谁都可以"说"。但是，关键的问题是，有了说的机会，我们"说什么"，恐怕是需要思考的，这里特别需要强调"说"的建设性的问题。

针对"说什么"的建设性，我想提示两个我个人认为值得重视的视野，一个是比较大的视野，可以从跨文化的角度，从中西方文化的角度来看待这个问题。一百多年来，我们几乎可以说是在文化不自信的状况下"说"，所"说"的这些东西在价值判断方面，存在大量缺乏文化自信的自我批判、自我诋毁、自我贬低。我们对艺术问题，缺乏基于自身文化立场的独立、清醒的判断，以至于我们更多的是追随、附和西方话语，而不能切合自身文化特性和规律去认识。这是我们文化艺术界的一个比较普遍的问题。今天，随着国家综合国力的增长，如何才能回复到更加自信的文化心理状态，去重新认识人类艺术问题，在民族国家利益角逐的国际语境中，提出我们立足于中国文化立场的艺术认识，真正地表述我们自己的价值取向，这是一个很大的问题。

我想，无论是在座的老一辈学者，还是年轻学者，都肩负着解决这个问题的使命。这是一个追求建设性的使命。今天，我们在坚持自身的文化立场、切合我们的主流价值诉求的前提下去"说"，要"说"体现中华文化立场的、足以和我们的综合国力相匹配的话语。

要自信地表达我们的意见，根本地改变我们在国际话语体系当中的失语状况。

再一个视野是比较"内部"的，也就是说，我们也需要从新中国成立以来的当代中国文化视野中来认识"说什么"的问题，并追求其建设性。我做过好些年《美术观察》主编，为了使这个学术阵地的声音不局限于老一辈或者说在社会上已经形成影响的美术理论家、批评家，我们特别重视并有意识地刊发年轻人的文章，甚至当时还是在校大学生的80后的文章，希望多给年轻人提供"说"的机会。但在阅读他们的文章时，我总有一种话语断裂的感觉，很难把大家的所"说"联缀起来，追溯或还原到一种体系化的理论语境之中。新中国成立以来到改革开放初期的那一时期，包括中国艺术研究院在内的一大批前辈学者，都非常重视文艺理论、文艺批评理论的基础性和体系化建设，在美术、音乐、戏曲、舞蹈、电影、马列主义文艺理论等各个领域的建设做了非常细致的基础工作和体系化的努力。这个以马克思主义为基调的文艺理论和欧洲思想文化传统是相关联的。

随着改革开放的推进，我们几乎完全以一种逆反的姿态进入到一个新的变革时期，一时间整个思想界都强调批判、强调叛逆。当然这不是说以前的体系化的艺术理论不可以反思，不可以批判，甚至如果放置在更大的国际语境和历史视野中，我们已有的很多东西都需要重新去修订、变革，重新去思考。但在今天，最关键的问题是，我们不能一味地批判，更需要着力来建构，努力使我们的各式话语以及驳杂概念的背后意义，能够重新关联在一起，构成一个新的整饬的整体。我觉得，我们现在的状况是，驳杂概念背后的意义不能够连接起来，不能成为体系。以至于阅读时，我们所面对的都是一些零乱的话语碎片。由于话语断裂、概念飘浮，我们无法从纷纭的众说解读、寻绎出某种连续的、有严整逻辑和整体性的框架。这是当下文化艺术界的普遍状况。怎样才能从一种大家都"自言自语"的状况中，走向一个整体性的建构，走向理论体系化的目标，是我们下一步要追求、努力的。

艺术批评没有整体性理论基础的支撑，那只能流于一种行为意义上的"说"，而不可能在"说什么"的价值意义上取得建设性的成果。今天我们必须下大力气来考虑艺术批评"说什么"，不然我们可能就会错过大好的历史契机，不能形成一种艺术批评的话语力量，那么我们就对不起今天的历史。所以我迫切希望我在这样的两个视野中展开工作，展开建设性的整饬工作，希望大家高度重视这一工作，切实地下大力气把文艺理论体系、批评理论体系建构起来，以立场鲜明、取向明确、目标一致的艺术批评推动文化艺术的大繁荣、大发展。这需要大家共同努力，尤其是在座的青年文艺批评家们来共同努力。

李云雷：谢谢吕院长，接下来我们请各位专家发言，张颐武老师。

张颐武（北京大学中文系）：上午都是资深评论家。"资深"呢有两个含义，一个是说一个人资格老，另一个就是说他也该退出历史舞台了，基本上是行将就木的意思。过去，钱玄同先生讲过，40岁以上都应该枪毙。我觉得它标明了一个二元对立："资深"和"青年"。在这个二元对立里面，既有紧张的关系，也有和谐的关系。青年文艺论坛的议程标明，今天上午发言的都是"资深"评论家，所以我们其实都是一些"多余之物"，今天上午之后才是第一届全国青年文艺论坛的真正展开。可是我们这些"多余之物"还有一点用，"有用"在哪呢？那就是可以把我们作为青年的参照，供青年参考。其实现在的人们都不敢称"老"，因为"老"是一个非常宏大的概念。现在的人们一方面争取做一个资深的人，因为"资深"会获得更大的话语空间，各种可能性也更大；但另一方面现在的人们又恐惧"资深"，一旦变得"资深"，就表示已经被标定在青年的对立面，已经僵化、没有用了。这种二元对立特别有意思。

在这里，这种二元对立其实标定了文艺或者文艺批评在今日中国发展变化的轨迹。实际上，在80年代成长起来并接受教育的那一批人，现在已经"资深"了，这是一个重大变化。我们大家都是70年代后期到80年代接受的高等教育，是跟着所谓的新时期一起成长起来的一批人，在今天，我们这些人已经开始老化了，已经开始和那个时代一样"资深"了。这种现象不仅局限在文艺批评领域，在各个领域，大家都面临"资深"的问题。所以"资深性"和"青年性"之间的对立，其实就是现在中国社会的代际更迭过程中所出现的重要变化，我觉得这个"换代"已经基本完成了。我们今天所看到的社会状况，虽然跟大家当年想象的非常不一样，但你想想，这些东西其实就是这样的。我觉得当年所想象的理想社会，或者所追寻的更宏大的目标，当今天真正到来之后，大家好像都有了叶公好龙的感觉：当年觉得"龙"是非常美妙的东西，似乎"龙"只要一出现，我们这个社会的问题就能得到大规模、总体性的解决，我们一直期待的精神的解放就会到来，实现一个更美好的社会——可最后当"龙"真来了，我们发现，这个社会的各类问题比想象的还复杂、还微妙、还不可解决。

这是我们80年代那一代人都会遇到的困难和挑战，今天中国所面临的就是这样一种结构性的转型。我觉得，从2012年到2013年，是一个新的临界点，这个临界点有很多标志：去年年底莫言兄得奖是一个标志，《泰囧》的出现也是一个标志——它们标志着一个新的社会环境、文化环境出现了。莫言兄得奖当然是一个重大事件，是一个结构性的改变——这也是我们中国艺术研究院的光荣。莫言的获奖象征性地说明，随着中国人均 GDP 到了5000美元，文化领域也发生了结构性改变。尽管大家对这个改变有着各种不同的认知，但这个改变无疑很巨大。当人均 GDP 到了5000美元以后，《泰囧》的出现其实就标志着：它一方面创造了12亿多的票房，另一方面也涉及中国内部结构性的变化，即中国原有的劳动者——就是过去我们经常讲的底层劳动者，开始中产化了，而这个速度比我想象的要快得多。21世纪初，曹征路等人写底层文学，现在，底层变成了可以想跟范冰冰在一起的有闲人士，原有的"想象"已经结构性地改变了，过去想象的那种劳动人民、历史主体已经消失了，中国中产化的速度从来没有今天这么快。随着公共政策的转型、社会的转型，中产化的结构开始形成，80后的年轻人、90后的年轻人也开始跟着转型。所以我们会发现，过去我们想象的很多历史主体——一个是底层的历史主体，还有一个是中产阶级要求革命的主体——这些主体都没有了，消失了，而这就是前所未有的全新的格局。

面对这个新的格局，我们该怎么办呢？我觉得这种新的格局有三种方向可以探讨：一是我们原来作用于动员、生产的文化，现在转为作用于消费的文化，这个变化是最为重大的，而且这个变化过程今天已经完成了。现在，纯文学已经变成了一种可被消费文化操控的东西，过去所想象的那种社会动员的力量、激情和直接介入社会的力量已经消失了。莫言兄得奖在这方面也是一个标志。他得奖之后，我就发现某个县的县级常委们的书架上，除了四书五经等经典名著，一定有一套莫言文集——这表示他的书已经成了文化教养的一个标配。我们发现纯文学在今天其实已经转为一种高雅文化的消费品，这种变化我们过去从没有想象过，这是生产文化向消费文化的转变。

第二，我觉得批评理论从宏大叙事向小叙事的转变也已经完成了。现在有很多对抗小叙事的批评，左翼也对抗，右翼也对抗——都是20世纪80年代以来我们学到的那一套。比如很多年纪大的人非常厌恶郭敬明的《小时代》，但是我们会发现电影里有一个地方非常有意思。有一个小的镜头，杨幂演的女主角从上海的一个弄堂走出来，看到一个宏大的、璀璨的、泛着金属光泽的大广告牌，上面是广告式的三个大字，将电影主题表现出来：小时代。我们可以发现，我们现在用的新的生活工具，我们所用的文化想象的路径，比如说微博、微信这些互相联络的社交媒体都是一种微文化模式，但《小时代》里面的微文化已经变成了一个大消费，这是非常有意思的。这种由大叙事向小叙事的转型，在结构上已经基本完成了，但我们的文艺批评或批评理论，在这方面却没有任何准备，所以面对网络文学，面对以刘慈欣为代表的当代科幻文学，面对郭敬明和他的团队、他的庞大的生产体系，这些结构性的改变对我们的认知、理解力造成了很大困扰，这都是我们要面对的巨大挑战。

第三个方面，我们社会原先纵向的文化结构现在已经转向为一个扁平的结构。过去是高级文化底下有一个广泛的大众群体作为文化底座，是有纵深维度的文化结构；但现在已经变成一个扁平的、大众都能参与消费的文化结构，比如《小时代》和《蛙》同质化地并列在一起，其实意味着很大的变化。这些结构性的重大改变，表明工业化已经进入到了一个新阶段。中国正进行着人类历史上最大规模的工业化，在这个过程中，我们有很多焦虑、痛苦，但也有着在20世纪从来没有过的30年辉煌历史。现在经济学家、政治学家都在讨论，2023年左右，中国无论是GDP、综合国力，都将达到超级大国的水准。我在20世纪90年代提过一个概念，叫做"阐释中国的焦虑"，今天通过重新定位历史，我们会发现，现在的文化或者批评理论，正重新面临着"阐释中国的焦虑"。

我们今天这样的格局，中国的大改变，也是人类历史上最大规模的结构性的改变，而实际上，在文艺里出现的改变更加深刻。比如说，今年中国电影的票房突破230亿是没有问题的，去年是130多亿，这样的增长速度是人类历史上从来没有过的。这种改变把三、四线城市，原来底层的人民，都带进了电影院。原来我们以为农民工是不进电影院的，现在他们也都进电影院消费了。中国电影票房一下子涨到了230亿的大盘子，在这个盘子里，可以发现产业结构的转型。我到南昌看到万达做的大型的迪士尼式的游乐场，从直升飞机上看无比的宏大。我们可以看到中国电影票房所产生的新的消费能量，是人类历史上从来没有过的，好莱坞都在随着中国市场的变化进行再调整。今年有一部电影叫《赤色战舰》，马上要上映，是根据20世纪50年代一个电影改编的。重拍了以后，本来苏联是敌人，改成中国了，因为苏联已经不行了，只有中国是美国的对手。但后来，它的制片商、投资商和市场经理们都非常愤怒：如果在中国不能上映这部电影，那就意味着这个电影将来就没有任何前途了。怎么办呢？于是他们利用各种技术，把电影里的敌人改成了朝鲜。好在好莱坞还是灵活机动，历史想象可以随时在电影里面改变。通过这个重大变化，我们可以发现中国在全球资本主义中的位置。我们从来没有遇到过这种经验，中国一向是受屈辱、受压迫的，这种情怀左翼和右翼都有。右翼说我们为什么不如美国，于是提出各类追问；左翼说我们现在就要反抗这个世界秩序，于是发布各种宣言。但是，中国从来没有像现在这样接近历史高点，左、右两翼都有着阐释中国的痛苦和焦虑：左翼说下层人民是被抛弃的，很焦虑；右翼觉得人民没有民主自由，也很焦虑——但是双方却都又提不出对历史的解释。

所以当下重新面临"阐释中国的焦虑"，当然很多左翼和右翼说，在未来10年里一定会出现大的危机——20年前我就听到左翼和右翼不断跟我讲，到今天还是这种调调。今天的现实已经超出了左、右翼对中国的理解力，从西方学的那套框架不管用了，今天的现实对我们理论家来说、对文艺批评来说，是完全新的经验。我们过去受的训练是我们老师用来启蒙、救亡的，不管左、右的理论，教给学生的其实都很相似，他们理论上到现在还没有突破那时候的那套观念。现在我感觉很着急，我也无能为力。我感到着急的是，我看到的文章都很好，他们尝试去做大众文化，做很多新的研究。但是在这个新的研究里面，还没有一个能重新阐释大历史的新结构，没有给我们提供这种新结构。今天新的现实提供了很多人类历史上从来没有过的新经验，但是这些经验对于所谓"中国故事"，并不是讲不讲的问题，现在到处都在讲，西方人、中国人都在讲中国故事。只不过讲完了这个故事后该怎么去阐释，是我们批评理论的职责。现在，我们还没有看到现有批评理论能够提出重新阐释的框架。

所以我们现在面临一个脱节，年轻人虽然很了不起，创造力很强，但是面临着这样的历史境遇，好像有点束手无策。我们当年教给同学们的那套东西，现在看很值得再反思。我们自己不断在批判，尝试自我超越，怎么去摆脱20世纪80年代所受的那套教育，是我们现在面临的最大问题。

我想从五个方向上谈一下批评理论的重要转变，对年轻人来说，或者对我们来说，对我自己来说，是要不断尝试创新。当年黄子平兄那句经典的"被创新的狗追得都来不及撒尿了"的焦虑，现在已经没有了，大家发现反正也创不了新，就想开了。但是我觉得当下中国的经验、中国的故事，所提供的创新的可能性，已经出现在历史地平线上了。

第一，是理论话语的重构。现在重新建构理论话语变得非常重要，那么怎样建构一套超越现代性束缚的理论框架，一套重新阐释中国并具有想象力的理论呢？一是基于大家现有的理论框架：或从文化研究里吸取营养，或干脆从20世纪80年代启蒙、救亡那一套继续挖掘。二是来自新的理论，比如说巴丢、朗西埃等新大师们——福柯现在在法国已经过时了——那里吸收一些灵感。三是回到中国传统，去重新开创理论空间。用西方理论在阐释中国状况的同时创造出一套新理论，这是我们所希望的前景。因为，当下我们看到的大众文化研究，要么是阿多诺式的，要么是美国式的，文化研究的那套框架很难突破，我看到的文章基本上都是这样。所以，在这个情况下，怎么进行理论话语的重构，是一个问题。

第二个，跟理论话语重构密切相关的，是我们这些年来，看作是思想资源的文化研究的重构。因为现在，文化研究越来越倾向于文化产业的研究、文化政策的研究、城市空间的研究、互联网的研究、大众电视剧的研究，这些研究已经逐渐开展起来。比如说，中国将来要经历的大规模的城镇化，这个过程中的土地流转将导致在新的城镇里，农民通过拆迁变成最有钱的一批人，这个过程在迅速地进行。我们过去所幻想的那个底层正在消失，而且消失的速度比任何时候都快。所以我们会发现，现在富士康工人的生活，与那个时候曹征路讲的那些历史主体相比，我觉得要好得多；因为现在的情况完全改变了，他写作的那种时代框架现在完全找不到了。那么，这个时候，我们该怎么去做文化研究？这是个新的问题。怎么对文化产业政策等领域提出一个新的框架，对城市空间的改变提出新的框架，对互联网产生的微文化、微信、微博提出新的框架？这是第二个方面。

第三个，关于中国想象的重构，或者区域想象的重构。对于"亚洲"、"中国"这些概念的重构，有助于我们认识中日关系的现况，有助于搞清楚对日本的想象究竟是怎么回事。我还想提一个新的所谓"世界主义"的问题，原来我们20世纪80年代"走向世界"时提出了一个"世界主义"式的关怀，就是中国要走向世界。现在看来，不是走向世界，而是世界向我们走来。比如说我去参加韩国大使馆的一个活动，他们很焦虑，如果跟中国交往不好，就没有未来。韩国大使馆在微博上做了大量工作，最后微博粉丝突破了50万，就搞了一个宴会庆祝。为什么呢？因为现在中国软实力已经达到一定程度了，让韩国很重视他们文化在中国的传播，使馆微博粉丝超过了50万，就能让韩国大使出面，足见非常重视。各国使馆微博中，美国大使馆受关注度是最高的，除了美国大使馆，韩国微博排到第二位，就觉得是非常了不起，觉得他们自己取得了辉煌的成就。基于这种结构性的变化带来的区域文化想象，我们的"中华性"、"中国性"现在该怎么去定位，社会主义的关怀该怎么调整？关于这些问题没有既定的框架。中国现在就是世界了，中国走向世界，这个事并不那么焦虑了，莫言都走出去了，贾樟柯国际上再得奖我们现在也不太重视了。贾樟柯非常愤怒，20世纪90年代得一个奖还觉得光荣，现在得了多少奖都没人理了，现在都说几亿票房才是标准，中国市场的成功才是标准。因为这个非常残酷的结构性改变，美国人也不重视他了，所以贾樟柯非常愤怒，觉得社会是越来越堕落了，简直是糟得不得了。"糟得很"还是"好得很"？这个问题就很有趣，我倒觉得是"好得很"。

我们会发现，现在大家都没有走出去的愿望，不像我们过去想的，在海外得奖或者扩大影响才是真理。现在软实力在哪？在中国市场成功就是软实力，因为世界变了。美国电影去年票房下降了百分之三点几，一直在下降；观影人数下降了百分之四点几，也在衰败。而中国市场现在是前所未有的高涨，全球都希望把我们的文化市场变成自己的巨大利润空间。这种结构性改变怎么创造了一种新的"世界主义"？我觉得这是一个新的关怀。最近"世界主义"的问题又在提，西方的批评理论也在焦虑，最近看到西方好多的批评理论文章都在讨论社会主义的问题，又焦虑了。西方中心受到冲击以后，要求我们去重新认识中国崛起带来的新的世界性。假定中国是一个跟民族国家不太一样的所谓文明国家，如果这个假定成立，那么就会带来新的世界性。所以今天这个世界性该怎么认识？这种批评理论的变化，对于我们现在年轻的学者来说，是特别巨大的问题。

第四个是对现象认知的重构。最近年轻人都转向研究网络文学，通过大量的新情况，我们可以发现，相对于传统的研究、认知，我们的文化结构已经发生了变化。原来的纯文学已经被新的经验增量所取代或改写了，而我们的研究还是老一套。看看现在每一本学术杂志，真的激不起我的兴趣来：一篇文章要是研究莫言的象征性，一定还是用现代主义训练来研究莫言的象征性；研究贾平凹的复杂性，也都是那一套。这些论文里面缺乏新的生命，这是一个大的问题。比如，对郭敬明等的研究就很少，我编的那套"新世纪小说大系"，其实就是想表示这个结构性变化，我们正面临着文化结构的重新调整，而我们对这个现象的研究却极度欠缺。我们都集中在传统领域里，不断试图在传统领域里做出突破，其实传统领域里面也有大量新的研究，还没有被划出的版图空间还很大。当然我们的年轻研究者，怎样在这种没有地图的空间里画出新的版图来，这其实就是新的可能性，这个可能性还没有被我们充分认知，这很可惜。

第五个，就是怎么在教学法和批评运作法方面去寻求改变。目前，我们使用的还是传统的教学法，框架也是比较传统的。教学法之外，批评理论的研究并不像我们想象的那么深入，我们写了很多不是非常生动的批评，都没有深入。类似介乎两者之间的中间状况非常多，所以我们需要思考怎样促成教学法和理论批评方面的改变。

所以，我想现在来自这五个方向的挑战，对我们大家来说都非常巨大。我的困扰就是，在未来，如果我们想不断在这五个方向上取得进展，那么靠我们年纪大的、已经"资深"

的人士是没有用的。已经"资深"的人只能在那儿观察，就是周作人讲的"50岁以后就应该在台下看戏了"——虽然他自己后来还是扮演了一个历史的丑角，但我们要避免这样的可能性，避免扮演历史的丑角。我觉得，我们"在台下看戏"的时候，台上的戏应该演的更精彩，只不过我现在看到的这场戏还没有我想象的精彩，我觉得这是因为大家都遇到了挑战和困难。最困难的地方就是理论上的困难、文化研究框架上的困难、区域想象的困难、想象和认知的困难、教学法和理论批评运作上的困难，所以我们现在面临的是怎么去突破这五个困难、五个挑战。这五个问题怎么去解决，就是所谓的"阐释中国故事"的问题。过去的中国故事，已经提供了人类历史上最具想象力的，最让人充满了各种奇幻想象的故事。21世纪初，我们讲中国故事的情境是告别了100多年的失败，进入到一个从来没有过的空间，所以我们必须要搞清楚怎么去适应、调整自己的状况，适应这样大格局的转变。刚才几位都讲过，我也觉得必须重新讲中国故事，这是所有创作者们、批评者们都要不断努力的方向。

其实，我们今天也在讲中国故事，但这个中国故事，我觉得要真正把它讲出更具有世界性，同时又具有本地性的特色。怎么样讲得更有趣？我觉得难度极高，但是大家的工作都在向这方面努力。祝东力所长是我的老同学，云雷、佳山他们是我的学生，很感慨他们做了很重要的事，尤其是云雷做了非常重要的事，把这些力量集聚起来、集聚你我大家的力量。大家有很强的使命感，我觉得中国故事在青年身上，但是我们现在还没有这个信心，至少不像过去那么有信心。过去说青年必胜老年，现在我倒觉得好像我们还存在着，年轻人还没有给我更多的刺激。怎么样给我更多的刺激和挑战？就是在"阐释中国"方面，提供更多新的框架、新的经验、新的想象力，因为我觉得这个问题还没有解决。过去我们那一代年轻人取代老人非常方便，我们只要学一些新理论话语就比过去强了，我写的文章一看就是完全新的。那时候很容易写出新的东西来，因为那个时候我阐释的框架，比如"后现代"，就没有人说过，跟那个时候中国的现象又正好契合，于是一下子就变成了一个新的理论话语。这种事那个时候很容易，因为中国信息滞后，而现在我们大家学习的很快，我也每天在学，我学的速度可能不比各位慢，甚至还快，因为只要资料掌握得不够多，就会遇到很大的挑战。我也在研究巴丢，在看朗西埃，不断学这些理论，同时也接受一些新的文献，以便能够和大家共享。所以现在看的话，即便七八十岁了，也还是有用的。中国人过去都说"当代性"、"现代性"，但是杰姆逊到快80岁了，年纪也老了，仍提出了"后当代"概念。我觉得这个概念非常重要，"后当代"，就是在一个扁平的社会里边没有层级了，"资深"和青年在一个平台上工作，他们的工作平台是一样的。

所以我觉得，年轻人的工作还是需要更多的努力、更多的奋斗，要不断对"资深"提供更新的东西，让"资深"不可企及，遗憾的是目前我还没有看到这种更新。我看到大家还是在一个平台上面，所以我是充满希望，也充满信心，觉得各位一定能做伟大的工作，因为中国的历史正进入到一个从来没有的临界点，所以大家的机会其实比我们那时好。我们那一段虽然也是很重要的历史时期，但是没有大家现在实践得好，因为大家是在中国成为伟大国家进程中的最关键时期扮演着历史角色，我们的历史角色基本上已经扮完了，只是现在在台下还能写东西，还能做研究、做工作而已。我不希望抢戏，但各位如果做不好，我们就还要抢戏，如果年轻的总做不出来就只有我们来做了。我有信心在台下好好看大家演这场戏，而这场戏，就是青年与中国故事的转型年代。谢谢各位。

李云雷：谢谢张老师，张老师从中国经验新的变化提出了一些新的问题，给青年提出了一些希望和要求。下面我们请北京大学中文系的邵燕君发言。

邵燕君（北京大学中文系）：今天上午我本来以为是给师弟们捧场的，因为组织这个论坛的李云雷、孙佳山，包括刚刚发言的刘复生都是我的师弟。来了才知道居然是这么大的一个阵势，我特别惊讶，也特别为他们高兴。我和云雷、佳山他们当年是一起做"北大评刊"论坛的，这个论坛一直坚持了8年。在这8年中，我有一种深切的感受，就是年轻人自己做的论坛，如果要坚持下去，能获得体制的支持是多么的重要。我们当时也获得了支持，但是和我今天看到中国艺术研究院的支持差得太远了，所以我特别为他们高兴，作为他们的师姐我特别地感谢他们的领导，能够给予这样的支持。

今天上午，虽然有这么多"资深"专家，但我知道其实我们是垫场的，真正的讨论是从下午开始的，那时参与者才是年轻人，因为这是青年论坛。北大的学生是佳山联系的，我对他们说一定要来，一定要跟着师兄参与，因为现在是你们该冒头的时候了。

我特别同意刚才张颐武老师所说的。这几年我把研究方向转向了网络文学，我在做网络文学的时候有一种感受，懂行的没有话语权，有话语权的不懂行。懂行的人，比如说我们上课的那些学生，人家是真正的粉丝，是真正的网络一代，但是他们没有话语权。他们要获得话语权确实还存在一个巨大的困境，就是张老师说的，理论的困境，要想让他们给予前辈足够的理论上的新刺激，这对于他们来说，确实有巨大的困难。第一，这些年来，西方的大师们已经陆续被介绍进来了。第二，这些大师的理论对于中国今天的现实而言，也滞后了。比如，我们做网络文学研究时，借鉴的有关粉丝文化研究等理论，这些理论基本上是根据影视剧的经验提出的，没有多少是针对网络的。所以，当他们问我该看哪些理论书时，我也不清楚。我只能根据自己的问题，全面性地"盗猎"，针对性地吸收，并且主动性地创造。要讲出中国当下的故事，其实必须自己去创造出一套新的理论，这当然很难，何况也许只是写出了自己的经验。所以我觉得，现在能不能摆脱我们过去的学术体制和学术规范？如果他们的研究成果没有成套的理论支持，没有那么多注解，没有那么多参考书目，就把他们的生命体验用他们今天现有的理论表述出来，能否被承认？这样的成果也可以在期刊发表，也可以拿学位，也可以为他们开辟学术道路么？这就需要我们调整现在的学术体系，先让他们讲出他们的经验，然后在这个基础上，形成他们的批评话语，然后才有可能产生真正的中国的理论体系。

我觉得在这个过程之中，确实需要这么一个平台，像这次青年文艺论坛就是一个很好的平台。今天来的期刊界、出版界的大腕们，能不能也给青年以体制上的对接，扶持他们真正成长起来？为什么现在80后学者还在沿用启蒙话语？因为今天的学术体制只承认这套话语。年轻人面临的生存压力很大，今天的学生能来报中文系的，都是冒险的，是拿自己的青春在冒险，必须在有限的时间内得到这个体制的认可，未来才能有安身立命之处。所以我们讲述中国故事，首先要有中国的平台。我就说这些，谢谢！

李云雷：谢谢邵老师，下面有请陈福民老师。

陈福民（中国社会科学院文学研究所）：其实今天参加这个论坛，我自己也觉得千头万绪，不知道从何说起。题目叫做"第一届全国青年文艺论坛"，我首先的感觉是，能够参加这个论坛我感到很荣幸。刚才张颐武是高屋建瓴、宏论滔滔，说了很多，但我觉得我们这个论坛就是要说家常话，接地气儿，更何况，会说的不如会听的。

颐武兄的每次发言我都听得特别认真，我觉得他的话里面有真知灼见，我从他身上学到了很多东西。可以说颐武兄刚才给的大框架，其实是我们今天所有人都面临的问题，都是非常真实的问题。所以我是非常真心得钦佩张颐武老师，他用一种貌似开玩笑的、貌似夸张的表达方式——如果不认真听就忽略了——而如果认真听，里面其实都是真知灼见。我每次听他的会，都觉得他确实是有真知灼见的。从20世纪90年代开始，陈晓明老师和张颐武老师，一个被称为"陈后主"、一个被称为"张后主"。我觉得大家在面对他们时都没有表现出严肃性，事情的严肃性也因此被忽视了。在今天，历史重新走过来，比如说刚才颐武老师提到的"阐释中国的焦虑"，当时没有人把这个问题当成一个严肃的问题来对待，但是这个问题用更残酷的方式报复了我们，我觉得我们今天都仍处在这个僵局里面。

此刻千头万绪不知道从何说起，那些祝贺的话我就不再说了，因为开幕式的时候老师们都谈过了。我们今天确实走到了历史特别紧要的关口，这个紧要的关口有很多表征，对于我们从事文学研究的人，受到大学中文系训练的人，以及这一二十年、二三十年都在这个领域做工作的人，比如说做文艺批评、做文本阅读、做文学教育的这样一批人来说，我相信我们大家都能感觉到一些共同的困境。

首先，今天我们该如何面对历史的真实性与我们表达的无效性之间的困境？这是让我们抓狂的一个问题，大家都感觉到这个问题了，刚才张颐武老师给出了一些答案，他谈了框架的更新和结构性的调整。我自己还有一些比较小的看法，提出来跟大家分享。讲中国故事首先要学会讲我们"自己"的故事，因为中国故事太大了，我讲不了，但是我可以讲我"自己"的故事。这其中的"自己"，我加上了引号，专指我们每个人对自我的认知，并考察这种自我认知跟历史的关联。这一点如果不能解决的话，那么我们所有的话语其实都是无效的。刚才颐武兄讲的问题我也感同身受，现在的各种文章都还是学术体制当中的套路，还是这30年来沿袭下来的一些话题和方法——你不能说它们不对——文章写得很漂亮，但就是没用。很多人都会有这样的问题、这样的感慨，但按照现有的文章套路，折腾一大圈儿，又有什么用呢？这些文章与当下中国的结构性调整有关系么？刚才张颐武老师所谈的我就不再重复了，我有时候看很多文章，就看它们的内容选题，就想看它们表达的有效性在哪里？这背后，就是我最看重的问题的真实性。

所以我今天讲"自己"的故事，我会去讲30年前我读大学时是在什么气氛当中，哪些问题引领着我，这些问题的来源——无论是作为思想资源，还是作为煽情的方式，都是困扰我们人生的问题，而且这些问题的来源是有传统的。一方面是通过文学史训练、文学史传承，刚才张颐武老师说文明是有等级的，比如说从最高级的一点一点传播下来，最后辐射到每一个个体当中，那么有哪些问题抓住了我们？另一个横切面，就是社会的变动，面对社会变动不居的每一块板块的现状，有哪一个地方切中了我们的敏感点？至少我们当年学习的时候，由这两个来源构成的"十字架"，把我们给撑起来了。那个时候的问题似乎是有效的，文艺的表达无论是文本——通过文本的再创造的世界，还是文学批评——作为第二重、第三重的阐释，重新建构出来的精神世界，都在这个十字架的支撑点上打进了很多的钉子，把我们当时的精神世界建构得非常完整。

我们今天面临的问题，是似乎找不到类似当年的精神坐标。在现行学术体制当中，凡是我们认可的问题，只要一拿出来就都有一套学术规范来束缚，而只要按照这套学术规范做出来，就算是被认定为多完美、多漂亮的范例，都根本没有用，毫无意义。我也会参加一些杂志、社科选题的匿名评审，或者是一些课题的结项，有时候我会想：这对解决我们耗尽了半生、孜孜以求想处理的那些问题有用吗？有什么意义？这些甚至连理论都谈不上，这种一般知识的重复轮回，耗费了我们青年多少精力？为什么会这样？我想可能每个人对这一问题的解释都不一样，但是就我个人来讲，之所以会这么沿袭下来，是因为它相对的——在加引号的意义上是有效的，因为被学术体系认可，所以我们迫于生存不得不去那么做，而当下最真实的问题恰恰在于缺乏有力量的表达形式。谁都有表达的冲动，肯定每个人都有，有点像苦闷的象征，现在大家或沉郁、或不平、或苦闷，根源在于我们都缺乏合适的表达形式。

所以我也觉得，今天要讨论这个问题，应该打开大的思路。如果在原来意义上，在过去那种一般性的文明等级上，我们会说：原始文明、农业文明、前工业时期、工业化时期、现代化、后工业化，到今天我们是互联网或者"信息时代"，这当然是一个文明的序列。而如果这个序列能够成立的话，我们能不能这样考虑：今天文学所遭遇的问题，其实是一个新的文明问题，而不是在以往的文学史当中所惯常遭遇的问题。过去我们应对文学问题很容易，是因为我们在文学史训练当中形成了一整套标准，无论出现什么现象，都可以用我们在文学史教育中所形成的知识框架来相应地解决；但是今天文学所表征出来的问题已经超越了我们的文学史框架，在原有的文学史框架中已经处理不了今天的问题，所以我认为这可能是一个新的文明所带来的问题。那么无论是中国故事还是新的文明问题，究竟是一个什么问题呢？打个比方，就算中国人两三千年成熟的农业文明和帝国形态不算什么，就算现代化也不算什么 —— 欧洲老牌殖民主义者通过400年的殖民掠夺以及理性的基督教哲学思想和他们创设的一整套现代化制度 —— 这些东西已经快成为世界性的真理了，有的人把它叫做普世价值，其实也没什么了不起；但是今天我们已经把这两点结合起来了，中国人干现代化在今天就成了一个大事情，是一个全新的文明问题。

所以以前讨论网络文学的时候，我也写过一篇文章，叫做《网络文明的崛起与文学之痛》，我觉得如果不从"文明之痛"这个角度去考虑今天要面对的问题，在原有的文学序列中，是没办法理解的。而这种新的文明，无论是中国后现代的、消费的，还是平面的，这种看似缺乏深度模式的东西，我个人真的认为是一种新的文明问题。这个新的文明问题，不独是中国人在承担，整个由欧洲开启的现代化序列，都在面临这样的问题。所以我们现在要考虑的是，文学工作，无论是写作，还是批评研究，还是教学，如何去从一个深度的文明模式中挣脱出来，进入到一个平面的、消费的、小时代的文明模式，就肯定只是问题的开始 —— 我们必须还要寻求如何使"自己"在扁平的小时代中去处理、建构具有深度的模式。

因为万变不离其宗，或者说人类一思考，上帝就发笑，也可能真就是这样的轮回；但是"深度"和"浅度"、"平面"的关系，不是一个外在的问题。假如承认人类作为灵长类，在地球上是合法的生物的话，那这就是这个生物的内在要求。我们每一个个体最后连接成一个群体，个人的精神需求和集聚起来的社会能量，从深度模式，从以往启蒙的、革命的话语当中，向一个后现代平面的消费模式转移，总会有一个递进的过程或一个循环性的过程。今天这种平面的消费模式，在已经被大众文化形态完全合法化了的情况下，已经不需要证明了；但是我们现在需要做的是，从合法化的平面模式当中寻求人类精神生活中那种隐蔽的、具有深度模式的元素，因为这一点是通向未来文明之路的、一种框架性的努力路径。

今天的文学表达，无论是写作还是批评，必须建立新的文明的观念。因为，意识到和没有意识到是完全不一样的，我虽然处理不了那也没关系，因为意识到了就会知道以往的训练处理不了我们当下的历史现实。那么未来的这种表达模式和表达形式会转向什么方向？可能我做不出来，但是我知道与以往不一样，我会往这方面去努力，所以我们每一个人无论写文章还是在思考中形成问题，一定要特别警惕这个问题有效还是无效。当然，有时候我们可能会像学术体制做某种妥协："你这个文学史的序列，这个框架是很成熟的"，"你写的什么乱七八糟的，我们这个书里面都没有啊怎么办"，当然我们可以有一点妥协，但是我们青年的生命，真的不能消耗在那些很漂亮、很成熟，但完全无用的话语当中。

这样一个时代确实是扁平的，为什么？他把我们所有人拉在一个平面，资深也好，不资深也好，其实面对的问题是同一个。所以在这样一个时代里，讲中国故事也好，考虑转型时代也好，都是我们跟青年一起向这个时代学习，一起成长的过程。我觉得这个过程还比较漫长，不是一两天就能完成的。以往我们建立了一个老年的、"资深权威"的序列之后，青年有一个递进的上升过程，但是在今天这个阶段，因为这样的一个平面模式把资深也拉回来了，按毛泽东说的，资深的和权威的，真的成了"纸老虎"。这个时代的真实问题，把我们拉在了一个序列平面中，我们面对的是一个特别困难的状况；所以说，张颐武老师说他很努力，拼命地读巴丢，争取不比你们读的慢，这个不是客气，因为我们大家确实面对的是一个问题。我回想起20世纪80年代，我们作为青年的时代，以及20世纪80年代、90年代全国青创会的各种状况，到今天我们又举办了全国青年文艺论坛，我觉得这是一个历史性的时刻。张老师客气了，说历史的重担可能会落到你们身上了，因为历史平面又拉回来了，我们这一代也还要承担，但是我们力气没年轻人大，确实我觉得青年今天面临的是严峻的挑战，同时也是一个历史机遇。我会去想，在这样的文明裂变当中，要处理一个文明史框架的问题。中国人干现代化，这是一个叙事结构，中国人没什么了不起，现代化也没了不起，但是中国人干现代化这30年，干出了不得了的事情，提出来了结构性的问题，这在人类文明史上是一个新的状况，这宝贵的资源和财富留给了年轻人去消化和处理，当然再加上今天这样的平面化的时代，就更要我们大家一起学习，需要我们大家共同努力。

我们有的时候是处在一个很动荡的，或者很不稳定的环境，有时候会有一点悲观，觉得世界进入到了一个文明衰败期。有人说叫小时代，我个人一直认为是大时代，我们遭遇到了这样一种文明史，所有过去积累下来的东西在人们的表达中渐渐失效。当然以前也有灾难性的状况，比如说蒙娜丽莎也会被人搞上胡子，杜尚也会把马桶搬到展览会上去，用亵渎的方式去重建文明史，在人类文明史上并不罕见。但是像今天这样大规模、成系统的还是很少见，似乎文明史以往建构的那些经典，都成为了人民公敌，这样的一个时代，是以往从来没有过的。所以今天要认真考虑，在我们个人的精神成长当中，那些文明史给我们积累下来的财富，今天对我们的有效性发挥在什么地方？今天平面化的生存，它所表征的各种精神困扰，在文学当中是不是得到了最真实的表达？或者说尽管表达了，但我们有没有能力提炼出来？

比如，刚才说的莫言问题，莫言是20世纪80年代的写作者，他所面临的是解构历史和重构历史的问题，其实他基本没有处理中国现实。那么今天有没有写作者在处理中国的现状、处理这种新的文明变异？我相信是有的。但是我们搞文学批评的人，有没有能力去阐释它，把它提炼出来？我觉得这是一个非常紧迫的任务，大家需要共同学习。

最后我要特别祝贺云雷和东力，得到了中国艺术研究院的大力支持，举办了这个论坛，给我们提供了这么好的平台。云雷多年来一直是个靠谱的人，特别努力。当然我知道，东力背后给了他特别大的支持。中国人干现代化，干了30年，现在留下了巨量的东西交给我们去消化、处理。艺研院现在有这么好的团队，团结在这个论坛周围，我想围绕青年文艺论坛，我们可以有组织的，哪怕是虚拟的方式，集中力量共同面对我们今天所遭遇的精神折磨和困扰，相信我们一定能走出来。谢谢。

李云雷：谢谢陈老师，下面我们请吴文科老师。

吴文科（中国艺术研究院曲艺研究所）：时间已经11点半了，大家的肚子都开始咕咕叫了。但是我想，虽然"风在吼，马在叫"，黄河不一定会咆哮，我是想描述当下的文艺批评现状。我不像张颐武教授刚才的发言，雄辩滔滔，我虽喜欢听颐武兄的发言，我也最怕听他的发言：没有标点符号，令人喘不过气来。但是他用自己激情洋溢、没有标点、像古人没有句读的古版书那样的一番宏论，给自己的"资深"作了巧妙的"辩护"——似乎是想证明自己依然还很年轻，不希望如他刚才的引用之言"40岁以后都该拉出去枪毙"——他已经成功地逃脱了。我看他还像活在20岁的感觉，我可没有他那样的状态。

按理说，我作为中国艺术研究院的人，不该占用大家的时间，而是该让其他的来宾多说一些，但既然主持人让我来说，听了半天的会，确实也有些感触。我尽量用5分钟把我的愿望和我的体会，也来老生常谈地说一下。

在我看来，现在最困扰文艺批评的就是有效性和有用性。这就涉及到一个最为基本的问题：为什么要有文艺批评？我是搞表演艺术研究的，具体说是搞曲艺研究的。我深知在舞台上有三等演员，最末一等的表演，可以称之为"小学生背书式"，将要表演的内容（脚本）匆匆而又惶恐地"背"完，就算是完成了任务。这是任何表演从业人员在入行初期都要经过的阶段，算是一种十分自然的现象。比较麻烦或者比较热闹的，是第二等也是那些正占据舞台主体的表演者，姑且称之为"炫技派"。他们年富力强、技巧娴熟，靠"亮嗓子"、"展功夫"过活，滔滔不绝，自我陶醉，结果往往是乍看甚是了得，细想不知所云，有时连他们自己都会迷失在自我炫耀的展示中而浑然不觉，不讲有效性，不懂有用性。真正高明的一流演员，则永远像是一幅没有笔墨之痕的"画卷"，表演沉潜，从容自然，绝不炫技，毫无做作，素朴天成，润物无声。搞文艺批评的也应如是。应当蘸着自己的血，用灵魂、凭良知来说话。永远要用最真诚的姿态，像一流的演员那样，划亮火柴、燃烧自己、扔向读者，点着我、照亮你，也引燃大家、四两拨千斤。非常朴实、非常自如、非常投入，同时又是进入化境。就像巴金先生曾经说过的："最高的技巧就是无技巧"！"无技巧"并非没有功夫和技术。也好比吴冠中先生说过的同样意思的话："笔墨等于零"。可居然还有人会拿这个命题相互争论一番。我斗胆说句外行话，那些争鸣者们，因未能正确理解巴老和吴老的这类命意，因而不具备进行此类讨论的思想基础乃至资格。

正因为这样，我特别想在这里呼吁我们在座的年轻批评家们，一定要带着一种使命和情怀来做文艺批评，同时也要拥有开展正确和健康的文艺批评的理论素养和学理条件。为此还要重温并面对一些最为基本的常识，那就是，要时刻提醒并不断省思文艺批评是干什么的？一般说来，文艺批评首先是一种较为特殊的专业鉴赏活动，是一种对于作品对象的审美解读和理论阐释，同时具有一定的"桥梁"功能，能在文艺与社会或者说作家、艺术家与读者和观众之间搭建起某种对话和沟通的桥梁。这种"桥梁"作用有时或许还要宽泛一些，比如能提供某种信息的反馈，促使作家、艺术家更好地矫正乃至提升创作的姿态与水平，也就是帮助文艺家解决某些创演中遇到的实际困难与问题。当然，批评同时也有验证和丰富理论的功能。其价值是多向度的，作用是多方面的。

以此而论，我们当下的文艺批评做的还很不够。相反地，许多所谓文艺批评，更多地成了一种谋生的手段和跑江湖的凭藉。就像刚才有人指出的那样，批评家首先也要生存，而后才能有发展。好比有些单位，每年不写上几篇东西凑够那么几万字，年终考核就拿不到津贴，也评不了职称，过不下去。或者在当今，许多批评已然沦落为变相广告的情势下，写了说真话的评论，要么很难刊登，发表不出来；或者勉强发表了，也会招惹是非，引来忌恨。不仅"红包"从此无缘，就连正常的批评参与权，可能也会被排斥和剥夺。因而会有很多人为了生存，讨好去说顺情话，甚至专门"护短"打圆场。现在是"圆场理论家"吃香的时代，人也很众多，但经常是歪曲命题、跟风吹捧、过分解读、胡乱发挥，像是帮忙，实则添乱，看似厚道、实不地道，成事不足、败事有余，乃至四处沾光借道，为的是搭车炫耀自己。这是很可怕的。实际上，搞批评是一件非常难干的活计。常常为了写几千字的批评文章，动辄需要读数十万言的作品，还要具备厚实的理论功底和丰赡的知识储备，更要有独到的审美眼光，以及可贵的济世情怀。换句话说，批评文章似乎人人会写，但真正好的评论实在不是很多。这也说明，搞批评恰恰是最难做的事情。某种意义上说，它比做文献史料、基础理论、创作表演还要难。许多对批评的误解也从一个侧面说明了批评的难做。比如我自己就曾经遇到这样的诘问："他会说相声吗？他凭什么来批评我们？"这种话很可笑，但确实存在。好像只有得过艾滋病才可以做治疗艾滋病的大夫一样，而这样貌似深刻、振振有词的伪命题，在我们的周遭非常之多，这是很悲哀，也很麻烦的。

所以，我们首先要重新认识和反思，我们搞批评的究竟是干什么的，职责和使命到底是什么？同时我觉得在当下中国，搞批评尤其要有一种情怀，要将有效性与有用性，建立在紧迫的济世性基础上或者说是前提下。这就涉及到文化、文艺，包括文艺批评的社会功能。对此，官方近年来的表述是"教育人民，服务社会，推动发展"，后来又在前面加了一句最重要的——"引领风尚"。的确，社会风尚实在需要文艺去引领，而文艺也实在需要批评来引领。尤其面对口渴但别人给你水而不敢喝，见有老人倒地应当帮却不敢扶的尴尬现实，我们的文艺创演包括文艺批评，的确负有不可推卸的使命和责任！社会发展到这个份上，真的令人羞愧。如果我们依然还像某些明星、大腕那样，一味地把娱乐大众作为唯一的主题去经营，一味地把码洋、票房、收视率作为主要的尺度去尊崇，丧失起码的标准，放弃起码的操守，不讲是非，没有立场，缺乏情怀，迷失本性，实际上就是打倒自我，断送自身。为此，批评的目标应该更加明晰，立场应该更加坚定，方法应该更加切实，情怀也应该更加真诚。

关于视野，我不想多讲。我是搞曲艺研究的，希望大家也来多多关心曲艺，多开展曲艺评论。曲艺学属于弱势学科，干这行的目前总体上也属于弱势群体，但好多问题其实都是同病相怜。同在蓝天下、同在地球上、同在当下中国，比如非常热闹时尚的影视创作，现在就一定能说比曲艺发达吗？我看不见得。我每天晚上看电视拿着遥控器，转了好多圈，也没有多少连续剧能把我留住，也没有多少影片能够让我兴味十足地看下去。这不悲哀吗？戏曲是中国文艺的"大户"，但在我们首都的大舞台上，不久前居然出现了严重解构其写意美学传统、指鹿为马的所谓《赤壁》式的京剧剧目。这种彻底颠覆和羞辱戏曲传统的创演实践，在票房尺度面前却较少有人批评，或者即便有人批评了，也是白说，无济于事。环顾周遭，这种用技术替代艺术、用性感置换美感的所谓文艺创演比比皆是，假冒伪劣横行而批评之喑声哑。真是夫复何言！对此我们怎么办？恐怕情怀就显得愈加重要，或者干脆说，对于当下的批评界而言，没有或缺乏情怀这个东西，就实在是做不了大事。

为此我寄希望于年轻的新生代批评学者。刚才好多位先生倚老卖老，从白烨老师到张颐武老师，还有陈福民老师。我也快50岁了，但却不想卖老。我觉得自己还很年轻，尤其希望心态一定要保持年轻。俗言"有志不在年高"，同样才也不在年高，有为也不在年高，有理更不在声高。但面对畸形的批评环境，有时有理也需要发出高声来。对此大家特别要葆有相应的理想，年轻的同行尤其要胸怀大的抱负与理想。倚老卖老不对也不好，年轻而不愿意有所担当，同样不好。好多文艺家，恰恰年轻时候的成名作，就永远成了代表作，许多人此后很难翻出自己当初的那个手掌心。这就给我们一个真理性的启示，年高、年轻不是我们放弃担当和操守的理由与借口，年轻人的锐气恰恰是搞好文艺批评的可贵利器。当然，年轻人也不能光把自己摆在年轻的行列里优哉游哉地一味炫技，而是要有一种像老前辈那样的使命感和大情怀，包括在做文艺批评的时候，不仅关注文学、影视、音乐与舞蹈，也要关注曲艺和杂技。

话说到这里，我想拿鲁迅和莫言说点事儿。鲁迅不仅是伟大的文学家和思想家，还是伟大的曲艺学家。这样说大家一定会感觉错愕，但却是确实的判断。且不说鲁迅1923年出版的《中国小说史略》由于将宋元话本纳入了文学史研究的视野，并因此开创了现代曲艺学研究的先河，成为现代曲艺学研究的真正鼻祖；尤其是他当年在与所谓"第三种人"论战时所说的"而且我相信，说书唱本里是可以产生托尔斯泰、弗罗培尔的"宣言性话语，不仅为之前宋元话本对于中国章回体长篇小说体裁的孕育历史所印证，而且在数十年后由莫言获得诺贝尔文学奖所证明。曲艺不仅是文学之父，而且是戏曲之母。从古希腊"荷马史诗"到中国"少数民族三大英雄史诗"的孕育，到宋代说唱诸宫调对元杂剧的孕育，再到近代莲花落对于评剧、嵊州落地唱书对于越剧的孕育，无不说明了这一点。而莫言在领取诺奖期间于演说《讲故事的人》之中，对于自身的文学"乳母"就是幼时家乡庙会上、地头上和炕头上那些"说书人"的真诚而又朴素的体认，正是对鲁迅当年关于"说书唱本里是可以产生托尔斯泰、弗罗培尔"论断的有力印证。鲁迅与莫言的这些理论及实践，也从一个侧面，对包括说书和唱曲在内的曲艺及其价值与地位，进行了深刻的阐释和全新的注解。因此，我在这里不避"私心"和"本位"，吁请大家尤其是年轻的批评学者，在扩大批评的胸襟与视野时，也来关心一下曲艺，并多多参与和开展有关曲艺的研究与评论。

李云雷：谢谢吴文科，请陈剑澜老师。

陈剑澜（中国艺术研究院《文艺研究》杂志社）：东力叫我来参加论坛，没让我说话。我以为人到就可以了，没有任何准备。青年文艺论坛举办了29期，每一次都给我发电邮，事后还把论坛记录送给我。非常感谢！论坛经常在我办公室对面的屋子里开，说实话，我总是小心翼翼地回避着，生怕打扰了他们年轻人。我觉得自己比较有自知之明，没想到今天落了个"资深批评家"的下场。

论坛有很多优点，我私底下跟东力、云雷说过多次，就不重复了。我想提一点建议。论坛办到将近30期，我印象里参与论坛的主要是文学出身的青年学者，虽然大家也涉及文化研究的话题，讨论电影、电视等等，但我感觉中间缺了造型艺术这一块，也就是我们常说的狭义的"中国当代艺术"。中国当代艺术界一方面是一个大卖场，资本在里面进进出出，鱼龙混杂，泡沫多了去了；另一方面由于当代艺术生长的环境、条件比较特殊，情况复杂，从研究的角度说，正好可以成为不错的对象。关于当代经验的视觉表达，较之文学表达已经走得很远，其意义并没有从理论上得到充分阐释和揭示。所以，我建议论坛加强这一块。我是做理论的，这几年偶尔也参与一些当代艺术的展览。我举一个例子来谈谈，最近我接触几位做实验水墨和抽象水墨的画家，我尝试通过他们的工作来讨论一下"传统与现代"这个老问题。

我先讲一个故事，这个故事是美国哲学家麦金太尔讲的。库克船长在航海日志中提到，他和船员们造访波利尼西亚人的部落时发现一个奇怪的现象，波利尼西亚人性生活散漫，却不允许男女同桌吃饭。水手们问为什么？当地人回答说：这是"禁忌"（taboo）。于是他们想知道"禁忌"是什么意思，结果一无所获。后来人类学家推测，接受询问的土著民实际上并不真正理解自己用的这个词，进一步说，"禁忌"当初所产生的活生生的语境已经消失了，其效力也十分可疑。几十年后的一件事似乎证实了这个假设，首任夏威夷国王决定废除波利尼西亚人的禁忌，没有引起任何社会后果。麦金太尔用这个故事来形容现代人面对传统伦理时的尴尬境况，我借以指我们今天面对传统文化——具体地说——面对以山水画为代表的传统水墨造型体系时的情形。

20世纪八九十年代中国艺术界兴起了一个"新文人画"潮流，现在还很热闹。我对"新文人画派"一直比较关注，他们有不少好画家，也出了不少好作品，但是，我觉得"新文人画"追求的方向有点可疑。第一，传统文人画赖以存活的社会土壤以及相应的生活方式已不复存在，今天刻意去追摹这个传统，说到底，不过是在做修辞游戏。皮之不存，毛将焉附？第二，传统水墨体系博大精深，并有一套繁复的、程式化的训练方法，一旦你按部就班地学过来，多数情况下就被这个体系给束缚住了，很难有新的表现。李可染有一句著名的话："用最大的功力打进去，用最大的勇气打出来。"也就这么一说。如果没有解放后的知识分子改造运动，特别是"新山水画"运动的影响，李可染的画不可能是现在这个样子。

我关心的是：传统水墨里那些微妙的东西，如何在今天的艺术中得到表现？为此，有必要从理论上对传统水墨体系做一番解析。问题首先是：传统水墨的精髓究竟是什么？我想借用西方美学的一个概念工具来谈。如果要从西方现代美学中挑出一个最核心的概念，那么这个概念不是"美"或"艺术"（虽然它们出现的频率可能是最高的），而是"显现"。"显现"提示的是：深层的意义是如何通过直观的形式呈现出来的？从这个角度入手，我尝试把传统水墨分解成两个系统，一个是"象"的系统，一个是"书写"的系统。"象"的系统可参照宋代以及大部分元代山水来解说。这类画虽然也讲究笔笔相生，但总体上是以营造"象"为目的，而把书写过程降低到最小限度，这跟西洋传统油画有点近似。传统油画的平涂法一般要花费较长时间，但在完成的图像里，笔触或者制作过程中留下的痕迹是被覆盖的，"象"的系统可以说是无时间性的结构。另一个是"书写"的系统，典型的如"逸笔草草，不求形似"的写意画。其实这个系统并非不要"形"和"象"，只是更强调书写过程的呈现。书写的本质是时间性，不是物理时间，而是笔墨关系构成的心理时间，即"延绵"。所以一流的写意大师从不在枝节上过分用力，更在意书写过程的连续性、完整性。所谓"宁拙毋巧，宁丑毋媚，宁支离毋轻滑，宁真率毋安排"讲的就是这个道理，只有三流画家才专事雕琢。把传统水墨区分为两个系统，并非对画史的描述，而是着眼于如何激活传统提出的工具性解释。所以，我称之为"超时间的体验结构"，就是说，我们可以跨越传统的社会语境和生活方式来理解它们。今天的艺术家如果能进入这样的体验结构，有所会心，在水墨上是可以大有作为的。比如王镛的书法、篆刻和部分山水画，在发掘传统艺术的书写性方面就很有造诣。另一些画家，不仅仅是做水墨的，还包括油画家，比如尚扬，对传统水墨的"象"比较感兴趣。他们有意偏离传统的图式，也不一定用毛笔和水墨材料，注重"遗貌取神"，做出了不少有意思的作品。

我举这个例子，是想说明当代艺术中的许多问题是值得我们去关注的，水墨是一个文化味较重的问题。其他大量当代艺术现象则涉及社会生活的各个方面，跟当代文学更接近，但表达方式与文学不同。我希望论坛吸收一些当代艺术批评里面有成就的青年学者加入，同时研究文学的年轻朋友也不妨去关注一下这个领域。我觉得丢掉这块挺可惜的。我就说这些，谢谢。

李云雷：谢谢，下面我们请陈东捷老师。

陈东捷（《十月》杂志社）：本来我是学文艺学的，现在做编辑，做了20多年，文艺学关注的也少了。刚才说的关于思路路径的东西比较多，我就想说一点，我认为文学研究还是建立在一个实证的基础上比较好。我现在就感觉到做实证的研究相对太少，对于一个事实的判断，或者对于一个观点的论证的话，你会有意无意地会偏离一些真实。文学不只是通过文本反映出中国故事，它本身也是中国故事的一部分，特别是这个文学又是全生态的，从创作、生产、流通、接受到评价整个体系，它从一个过程来讲，或者从一个截面或一个环节来讲，都包含很复杂的意味，这个意味要去解读的话，还需要实证的基础。

包括我们现在很多的作品，这部作品到底有多少数量的评论，包括网上跟贴有多少。这种研究我觉得很少，西方做实证的研究我还是比较佩服的。我多年前看过美国的一本断代史，就是19世纪90年代的美国，10年的美国文学史，他基于大量实证研究，包括这10年文学的变迁，很引人入胜，非常令人信服。但是我们20世纪80年代的中国文学，我觉得在世界文学史上作为一个非常好的、不能复制的范本，我没有看到做那么透彻的研究，包括评奖系统、作品的研讨系统，包括现在这个论坛，不只是研究文学的提供一个思想方法，它本身也是文学研究的对象。我希望青年才俊们能有一部分将来致力于这方面的工作，为大家研究或者认知打下一个非常坚实的、真实的基础。谢谢大家。

李云雷：各位老师，因为时间关系，我们专家的发言就先到这里，特别感谢各位老师的到来，也欢迎各位老师能参加我们今天下午和明天的活动。最后我们请中国艺术研究院副院长贾磊磊老师做一个发言，做一个总结。

贾磊磊（中国艺术研究院）：谢谢大家！我不是做总结，我们艺术研究院主办这个活动，我有几句话讲一下。首先，我代表我院对所有今天到会的学者表示热烈的欢迎，你们能够参与我们院主持的这样一个全国青年文艺论坛，我们感到由衷的高兴，向你们致意。今天到会的人都是有志于或者说对艺术批评、艺术研究有非常大的热情的，这种热情应该充分地鼓励和支持。

我觉得论坛今天是一个起步，或者说我们把它看成一种启航吧，就是中国艺术评论界的一次历史性启航，航船上坐了很多的人，但是它的主体应该是我们的青年。当然今天上午主要发言的应该说是"前"青年评论家，现在都已经步入中年了。我还特别想听听我们年轻的评论家对现在的文艺现状的看法。刚才有一位老师说一个体制对青年评论团体的认可是非常重要的，其实，我们也不能代表一个体制，但是，我们总是希望能够在一个国家的艺术研究机构主办的学术论坛上听到青年评论家的表达。

今天谈了非常多有意义的见解，对我个人来讲受益匪浅。比如说关于中国文艺现状的阐释系统的问题，就是我们怎么样对中国现实的文化、当下的文化，建立我们自己的一个阐释系统，我们怎么样对过去的文艺批评进行重构，还有如何肩负我们批评家的使命，我觉得这都非常好。作为参与这样一个活动的一分子，我有一点随想提供给我们的论坛。第一，我觉得我们这个启航的航线应该是非常明确的，从文学艺术、社会历史到未来发展，但是，在这样一个明确的航路上，我们是不是应该有一个更开阔的视野，文学评论的队伍今天基本上云集在这里了，我们希望有戏剧、电影、电视、音乐、美术界的青年评论家，我们希望有一个集团的阵容能够在我们论坛里面出现，我们艺术研究院的学术优势不仅是单一的学科团队，我们是综合的艺术研究的力量，这是我们院的一个优势。我特别希望我们的批评能够多元化，我们现在更多的批评的视野是集中在中国的范畴内，我觉得它很重要。我看了这几期青年文艺论坛，大概有70%以上讨论的是中国电影，但是每年进入中国电影市场发行的有34部好莱坞电影，而且都是高规格的、娱乐性的商业电影，这些商业电影可以说席卷了中国电影市场，对我们青年一代的价值观，对他们的人生观有很大影响，包括对我们青年学生，我给他们讲课时，我说你们分好电影，也分坏电影，但是你们分中国电影和美国电影吗？他说我们不区分。我个人认为我们在这样的一个文化交流、文化产业的新时代里，应该有一个文化的阐释系统，这个阐释系统是要通过批评来建立的。

严重点说，实际上我们对好莱坞电影在文化上没有设防，没有思想的防线，好莱坞电影表达的是什么，我们的宣传媒介宣传的又是什么，我们电视台播的是商业广告，我们媒体登的是好莱坞的制片公司提供的对这些影片的介绍。美国电影都那么好吗，我们中国电影出来一部就骂一部——不管是网民也好，媒介的批评也好。当然这样的批评不是说不可以，但是好莱坞电影部部都是经典吗，美国电影真正体现的是所谓的普世价值吗？所以，我建议我们批评的维度将来可以更加高远，更为开阔，我们的视线可以站在一个国际化的视野上，或者站在一个更文化维度的视野上，把我们的青年文艺论坛做得更好。

第二，我们建立青年文艺论坛的目标是什么？我们是要建立一个艺术评价体系，艺术评价体系绝对不是对一个门类，对一个时期的作品的评价，是整个对艺术史，对艺术理论、艺术批评的评价。所以，这个体系的建立是非常宏大的一个任务。但是这个体系建立的路径是什么？这个路径就是通过对具体作品的分析来建立，所以，我特别想听到像吴文科，像陈东捷老师这样的，对一个行业，对一个门类的具体作品的分析，这种具体的分析往往是建立我们的批评体系的根基。比如说现在电影批评中劳拉·穆尔维建立的女权批评，就是在对《太阳浴血记》精细的读解基础上建立的，不光是一个逻辑的推演，它有对具体影片的分析。像电影的符号学，它是通过对《驿车》这部电影的分析来表达的；像巴赞的影像本体论是对整个西部片的空间关系的分析来体现的。他们都是在这样的基础上才真正建立了批评体系。所以，对一个作品的具体分析是我们建立艺术批评体系非常重要的一环。王文章院长也经常跟我们讲，在一些重要作品的讨论、阐释包括批评当中应该有我们中国艺术研究院的声音，这些具体的影片批评、作品分析，我觉得应该是特别重要的。我是希望我们青年文艺论坛，通过大家的共同的努力，能够建立一种真正的具有我们自己文化价值观的学术话语体系。刚才有位老师说，我们论坛可能在中国艺术评论的发展史上是有一笔的，我赞成这样一个看法，也希望大家共同努力。谢谢大家！

李云雷：好，谢谢贾院长。那我们第一届全国青年文艺论坛第一单元的讨论就到此结束了，欢迎大家参与下午第二单元的讨论和明天的讨论。谢谢大家！

第一届全国青年文艺论坛：

转型年代、青年与中国故事

第二单元

30年中国故事新解读
（上半场）

■　　　　■　　　　■　　　　■　　　　■

主持人：刘复生（海南大学文学院）
时　间：2013年11月16号下午14：30—16：30
地　点：北京西藏大厦三层会议室
主　办：中国艺术研究院马克思主义文艺理论研究所

刘复生：大家好，今天下午的第一场讨论由我来主持，非常的荣幸。上午是开幕式和资深专家的专场，张颐武老师有几句话让我印象非常深刻。他说："不是我们资深批评家不退出江湖，而是你们不太令人放心，所以我们还得出手。"今天下午也没有几个资深专家出席了，这样我们可以畅所欲言，用我们的实力和表现来回应一下资深批评家们的担心。这一场有7位发言人，再加上牛老师的评议，大概每个人的发言时间有13分钟左右，大家自己把握。下面我们有请第一位发言人鲁太光。

鲁太光(中国作协《长篇小说选刊》杂志社)：这是我近期以来参加的最重要的一个会，上午的会高端大气上档次，那下午呢？我们就低调朴素有内涵吧。我一直在文学期刊做编辑，是文学生产第一线的"工人"，有许多"工人"的体会，我就把我的体会跟大家交流一下，请大家多批评。

我先从我感觉比较矛盾的两个文学现象说起：第一个，我原来编《小说选刊》，这是一本选载中短篇小说的文学期刊，读了大量的70后、80后作家的中短篇小说，长篇小说也有选择性地看过一些。有一个感觉，就是这些年轻作家的作品从"技术"层面看都非常成熟、非常好，随便拿出一篇作品来，比20世纪七八十年代的作家们的作品都要好，比以"技术"闻名的先锋作家们的作品也要好。从整体上来看是这样的，换句话说就是，绝大多数70后、80后作家的文体意识、自我意识是相当自觉的，这保证了作品在"技术"上是可靠的，"质量"也相当不错。

但一个非常悖论的问题也随之产生：按照20世纪80年代中期以来流行的纯文学观念和理论来说，"技术"上可靠的小说就是好小说，但为什么当下这些70后、80后作家的"技术"那么好，可直到现在他们的创作却都没有什么影响，至少没什么大的影响呢？70后年纪大一点儿的都四十多了，80后年纪大一点儿的也三十多了，可为什么到现在他们基本上还处于默默无闻的状况？而他们的"前辈"，那些"技术"不那么好的作家，伤痕文学、反思文学、寻根文学、先锋文学作家的影响却那么大呢？而且即便到现在，他们的这些"前辈"依然在文学界有着很重要的影响，甚至不只是文学史地位的影响，而是实实在在的文学观念的影响。

我最近调整了工作，开始编辑《长篇小说选刊》，连续读了几部长篇，有余华的《第七天》、韩少功的《日夜书》、苏童的《黄雀记》、格非的《春尽江南》等，一口气读了十几篇。读着读着，突然很惶惑。为什么会有这种感觉呢？因为我突然发现他们好像仍然共享着一种写作资源，他们的作品几乎都回应着一个共同的主题，那就是他们对20世纪80年代以来整个中国社会的变化，对原来他们一直所呼唤的那种社会变化在今天的结果感到幻灭了，所以，他们小说处理的基本上都是这个绝望主题。在这里，我想到一个问题，为什么像他们这种年龄和名望的作家，在这一两年扎堆出版长篇小说，以至于有评论家说今年是长篇小说创作的丰收年？当然还有各种各样别的原因，甚至有赶"茅盾文学奖"的原因，但有没有另一种可能？就是这些作家，这一代作家，甚至70后以前的所有作家群体，在精神上、气质上、习惯上，有"集体作战"的默契？在他们年轻的时候、在他们需要成名的时候、在他们闯荡文坛的时候，他们大都是通过共同的文学思潮来集体出击的，通过共享共同的精神和思想资源，初步形塑了自己的写作风格，奠定了各自在文学界的地位。那个时候，不仅作家们之间"联合作战"，而且也和评论家们"联合作战"，甚至和其他艺术形式"联合作战"。但现在，以他们的地位和声望，以他们的文学实力，已经不需要像以前那样呼朋引伴地创作了，可为什么还是"不约而同"地推出了自己的作品？而且这些作品竟然"不约而同"地处理同一个文学主题？有没有可能他们在潜意识中习惯了"集体作战"，已经形成了一种默契，以致于不需要呼应，也能够在关键的节点集体出场？大家可以看看这两年的长篇小说创作，"先锋文学"前后的一些作家几乎都有重要的长篇小说，或者是他们自己认为重要的长篇小说出来。这一现象，在"先锋作家"那里表现得尤其明显：苏童、格非、余华、马原，这些"先锋文学"曾经的弄潮儿，在这一两年，都有重要的长篇小说出来，有的甚至不止一部。

这是两个看似风马牛不相及的文学现象，但其间有没有联系呢？这就涉及下一个问题，涉及当前文艺创作的症候问题。为什么这么说呢？因为我们反思30年来的创作不是为了反思而反思，而是为了寻找出路，尤其是为年轻作家寻找出路，为未来的文学寻找出路。从这个角度看，这两个看似不相关的文学现象就联系到了一起，即当前文艺生产的一个症候问题：现在几乎没有什么文艺思潮和文学思潮了，集群性的文艺思潮少之又少，以致于现在对作家群体的命名也非常简单了，就是以出生年代命名，就是70后、80后、90后、00后，甚至还有其他更后的"后"，这是非常简单的一种命名方式，也是一种非常不负责任的命名方式。我们看看现代文学史、当代文学史，哪有这样的命名方式？京派作家、海派作家、新感觉派、革命文学、山药蛋派、荷花淀派、伤痕文学、反思文学、寻根文学、朦胧诗、先锋文学、新写实、现实主义冲击波，这些文学命名，哪一个是以年龄为介质的？

没有，即使那些以地域命运的作家群体，也隐含着一个前提，就是这些地域共同孕育、享用着一种审美资源和文学品格。反过来，这十几年，除了底层文学，还有其他的文学群体吗？答案当然是否定的。

由于是同龄人，由于工作关系，我跟70后、80后作家接触得比较多，对他们的日常状况也相对了解一些，他们极少结合文学思潮和社会思潮进行创作，极少观察共同的时代问题，极少共享共同的思想和情感资源，大家基本上都是个人干个人的。现在的年轻作家，你说他们之间有联系吗？有，非常松散。他们来上鲁迅文学院的时候，或者借其他的机会，好不容易凑一起了，也多是一起吃个饭、喝个酒、聊聊天，很少谈文学，就是谈文学也多是谈文学的形式问题、技术问题，很少谈文学跟社会、跟思想、跟现实、跟历史的关系。而且，他们交流的圈子很有限，就是作家之间交流，作家跟文学期刊编辑、出版社编辑的交流，跟评论家的交流，在这之外就没有更多的交流了。在这种情况下，根本不可能形成思潮性的文学群体或流派。作家跟作家之间，跟评论家之间，跟其他人之间，大部分交流都是孤立的、个体的、原子化的。可我们别忘了，归根结底，文学创作是在跟整个社会对话，至少是跟一个系统在对话。当下的这些青年作家，这些微小的原子，他们这种创作状态怎么能跟那么庞大的世界对话呢？所以其当下的实际影响力就可想而知了。

那么，小说这种文学形式跟其他形式之间有什么联系吗？在我们现代文学，甚至革命文学，小说、戏剧等往往是打通的，是贯穿的。现在的文学界，是写小说的谈小说，写诗歌的谈诗歌，写散文的谈散文，互不搭界，互不穿越，跟美术、音乐、戏剧、书法、摄影、电影等其他艺术形式的交流更加有限，更不要说从中汲取营养了。前两天，我和几位美术策展人做了一个交流，他们反映美术界的情况也一样。我在去看他们的画展时，看他们的艺术空间的时候，突然有了一个顿悟。因为我一直觉得这几年的长篇小说创作中存在着一个技术问题，一个文体自觉的问题，可又一下子说不清楚，总是模模糊糊的，看到他们的艺术空间，我一下子明白了，找到了长篇小说创作中存在的这个技术问题。那就是缺乏空间感，都是平铺直叙，都是平面化的叙述，有的甚至是一个中篇小说的体量，也拉拉扯扯地写成一个长篇小说，其空间感自然单调的要命，甚至说不上有什么空间感了。产生这个问题的原因有很多，肯定有不自觉的原因，那么，如果我们的作家跟其他的艺术形式之间多交流，会不会有所启发？会不会意识到自身存在的问题？可遗憾的是，现在，作家和其他艺术形式之间，和自己的"兄弟姐妹"之间的关系，基本上还是"单干"的形式，甚至有老死不相往来的趋势。

那么作家跟现实的关系是怎样呢？这个问题，在座的各位都清楚，不需要多说了。前几年底层文学出来的时候，很多资深的作家甚至评论家都说，这个社会上哪有"底层"这个东西？既然没有这个东西，那你们搞底层文学的不是胡说八道吗？不是"虚构"吗？直到这几年底层文学稍微有些影响后，大家才认可了。不过，其他的批评声音也随之而来，当前我们作家跟现实之间的关系就是这样。

这就是我所说的当前文学创作的一个突出症候，即：我们当前文艺生产的主要方式就是"单干"，就是个人干个人的。大家都有一个迷信，只要我把手艺练好了，就总有一天会出名，就总有一天会实现屌丝的逆袭，成为高富帅。

大家都有这种迷信，真是一个很奇怪的现象。但是实际情况怎么样？那么多年轻作家，70后现在也写了十几年了，有的写了小二十年了，有几个逆袭了？有几个变高富帅、白富美了？像先锋作家那样大家耳熟能详的，有几个？恐怕一个也数不出来。大家抱着"单干"的想象干了这么长时间，仍然在矮穷丑着，仍然在屌丝着，可就是不去想一想、问一问：文学创作是不是一定是"单干"的？"单干"是不是最为重要的创作方式或生产方式？当然了，现在大家都说文学是纯文学，是需要"单干"的，是需要个人干个人的。但是先锋作家们起家的时候，他们的前辈起家的时候，大多是"集团作战"的，而且在今天仍然还潜在地呼应着。他们在文学界或者其他什么场合宣扬要"单干"，可他们自己为什么不"单干"呢？他们起家的时候为什么不"单干"呢？我记得本场主持人刘复生师兄写过一篇先锋文学与改革意识形态关系的文章，里面有一个论点，说20世纪80年代先锋文学对"单干"的倡导，其实是对改革意识形态的呼应。我觉得这个论点完全可以引到这个地方来，先锋文学在提倡"单干"，可现在看来，他们当时还是停留在口头宣扬的阶段，他们自己仍然是集体运作的方式。当然了，我没那么粗暴简单，不是说一部小说要哥几个一起写。我说的是艺术探讨，是文学潮流，是作家之间、文学与其他艺术形式之间的互相呼应，是大家共同思考带有时代特征的问题，是在创作中表达共同的时代精神和情感。当然，每个人对共同的精神资源和思想资源有不同的消化方式，不同的方式保证了艺术个性的形成。

这是我们当前的文学创作方式、生产方式的问题。而且，这个创作方式、生产方式跟我们的意识形态管理方式是息息相关的。汪晖老师有一句话，叫去政治化的政治，是说我们今天其实仍然有一种政治，有一种意识形态，在操纵着我们的思维，就是告诉我们不要关心政治，不要关心社会，不要关心现实，一切的一切都不要关心了，只要关心挣自己的小钱，过自己的小日子，发自己的小财就可以了。作家们的想法其实跟这没什么区别，就是写自己的小说，出自己的小名，赚自己的微利，就是过得比较舒服一点，有一点小名声，有一点小高兴、小苦恼、小清新、小郁闷。这一切，跟我们的整个文化生产管理方式是很契合的，而这种文化生产的管理方式又跟我们整个社会的生产方式和管理方式是很契合的。可对文学艺术来说，这恰恰是最要不得的。

我们睁开眼睛看看周围的社会。1978年以来，或者说改革开放以来，我们的一切领域似乎都是以"单干"为主的。农村是联产承包，国有企业是工人下岗、企业改制，商业上是鼓励个体户、个体经营，一切都是"单干"，这些跟文学是呼应在一起的。久而久之，我们好多人想当然地以为"单干"是可以成功的。今天我们反过来看看，这么想好像不那么对，不是吗？现在相对成功的，赚大钱的都是集体行为，不管是官方的，还是私人资本的，只有一些维持生计的行业是"单干"的，在各自为战。当然"单干"的也有不少成功的个体，但整体来看效果比较好的，好像还是很早意识到集体的力量，在初期以集体力量的形式进入到市场的。整个社会上都如此，那么我们的整个文化、文学的生产方式，为什么还要固守着这套所谓纯文学的成规呢？更不要说文学艺术还有其特殊性。

归根结底，就文学来看，"单干"不是一个成功的范例，那么反思这三十年来的经验，我们要提出一个什么问题呢？如果从新世纪文学的角度来展望的话，借用一个时髦的说法，我们要问一问：新世纪文学是不是需要"顶层设计"？需要重新思考文学思潮、文学运动跟文学创作的关系？是不是应该重提文学集群化作战的问题？是不是应该思考文学跟文化的公共空间之间的关系？如果这些问题有一定道理的话，那么我们是不是要重新考虑原来被抛弃的一些看似矛盾对立的问题？譬如文学与政治的问题、文学与生活的问题、内容与形式的问题、人性与人民性的问题等。我们是不是要考虑打破文学创作和其他的艺术形式之间越来越专业化、越来越壁垒分明的界限？我们是不是要打破多少年来的传统文学概念，让文学跟社会、跟现实，甚至跟政治之间重新产生新的关系和新的活力？我觉得这都是我们年轻的评论家和作家要考虑的问题。

刘复生：刚才太光的发言质朴平易、简单有力，这是他一贯的风格。太光对20世纪80年代以来的纯文学体制，有一种非常清醒的判断，也有一些非常激烈的批判。不过，他还是打到了纯文学的内部，不管是《小说选刊》还是《长篇小说选刊》，这都是纯文学体制的堡垒和炮楼。所以我们希望太光做好"潜伏"，将来从里面打开城门。好，下面请周展安来发言。

周展安（上海大学中文系）：谢谢云雷。云雷、太光等几位朋友一直是我阅读当代文学、了解当代文艺的重要窗口。但我今天不想直接谈文学，而是想从一个思想问题的讨论，迂回到接近论坛所设定的讲述中国故事这个主题。前段时间，也就是大概两个月之前，网上出现了一个题为"牛津共识"的短文，我读了之后，感觉有些话说，就写了一个文章。下面，我就把这个文章读一下。

近日在网上浏览，不经意读到一篇题为《关于中国现状与未来的若干共识》的文章。中国现状的复杂纠葛、中国未来的晦暗不明，是有目共睹的事实，也是亟待破解的难题。所以，乍看题目，立刻为其吸引。文章还提示说，这是中国的自由派、新左派、新儒家和基督教研究的若干有代表性的学者所达成的共识，的确是若干学者，粗看之下，竟有二十多个名字签署在下面，这就不能不让我以更郑重的态度来对待这篇文章。可读完之后，我却禁不住要为"中国思想界"捏一把汗。今天在《南方人物周刊》（2013年第31期）上又读到《"牛津共识"降生记》一文，对于这个"共识"产生的来龙去脉有了进一步的认识，特别是了解到这样一份"共识"竟然是多位学者几易其稿的结果，我在尊重之余，又不免对于"中国思想界"越发产生了怀疑。

"共识"的签署者的苦心是值得尊重的，其所提出的"真诚交流、互相砥砺"的态度对于纠正思想界长期以来的各种意气之争、私心之议乃至人身攻讦极有益。这种态度有助于将客观的问题而非个人的名声、利益、派别等放在论争平台的中心，既能推进问题，在逻辑上也将提升论争的水平。我感到困惑的是这种态度所指向的那四条"共识"。

或许是限于篇幅，这篇共识虽冠以"中国现状"之名，却对于中国现状并没有特别花费笔墨进行勾勒。诚然，"共识"也指出了"中国的社会问题变得日益突出"，但并没有做进一步的分解，而是径直提出了四个"希望"，然后把这些希望当做了共识、当做了思想。这或许只能说明，对于这些各家各派"有代表性的学者"而言，共识是靠虚空的希望和祝词就可以支撑的东西，而思想，是只要穿上标着自由派、新左派、新儒家、基督教等既定名目的衣服就能够获得的尊荣。从"真诚"一跃而至"希望"，是对"真诚"的滥用。所谓"真诚"，首先要显示在和现实的交锋当中，而思想和立场，也只能是在向着并且为着现实才能产生和存在的东西，一旦离弃现实，就立刻要萎缩并失去生命。没有对中国社会性质的判定，没有对中国社会主要矛盾的把握，没有对中国社会各阶层之结构的分析，没有对中国社会各阶层之生活状况的调查，一句话，不解析中国现实，或至少，不呈现中国现实，就径直来谈论希望和共识，是不是正走在一条歧路上呢？

自然，并不是不可以谈希望，其实今天最缺乏的恐怕也正是新的希望。但是如果没有现实的针对性和具体性，没有和现实对抗、紧张的关系，希望只能是虚妄的。中国的20世纪是以大希望为前导的世纪，但大希望是和对现实状况细密到近乎苛刻的把握相关的。不必说20世纪30年代从中国社会性质论争到中国农村社会性质论争的历史，不必说毛泽东反对本本主义和对调查研究的重视，就是康有为的《大同书》又何尝离弃过现实？再往前追溯，这一进程从知识上来说，是清初从心学到实学的转变，以及清代中期由章学诚所启动的从经学到史学的转变。以许愿的方式来寻求共识，当然，是会寻找到某些共识的。但是，这种"许愿型共识"的价值能有几许？其一旦和现实接触是不是会马上崩解垮塌？

退一步说，即使我们不把这篇共识放在思想的高度上来对待，而只是看成学院知识分子的观念操练和口号排演，我也忍不住想说，这并非是一个足够新颖的东西。纵览这篇共识，举凡"以民为本""公平正义""多元自由""互利共赢"云云，在现阶段，可以说都是一些放之四海而皆准的话，也正因为其放之四海而皆准，所以难免显得陈套和空泛。毕竟，即便是纯粹的观念操练和口号排演，也并非是全无用处，新的观念的创生，新的口号的提出，乃至于一个新词的臆造，都可以在一个有限的层面上，撕开既有的观念格局和词语的迷阵，让人借以换一套脑筋、换一副眼光，进而去捕捉被旧观念所掩盖的客观情势。但是，这篇共识提出的上述说法恐怕很难打动人、鼓励人，很难给人耳目一新的感觉。"以民为本"、"公平正义"之类难道不是一些只能在循环论证的层面上才能存在的话语么？它们除了自己看似中正、允和的面目之外，可曾对现实难题有任何介入性，对难题的解决有任何引领性么？况且，在漫长中国史的统治者当中，在言论层面，明火执仗地反对"以民为本"、"公平正义"的独夫民贼，屈指又能数出几人？

自我循环、陈陈相因且不说，它所反映的只不过是"中国思想界"思考能力的问题，这应该也和这篇共识是各方妥协而成密切相关。更让人费解的是，这篇共识的口吻，四点共识均以"我们希望中国……"开头。"我们"是清楚的，当然就是各家各派"有代表性的学者们"，但"中国"是什么呢？"中国"的主体是谁呢？显然不是发出请求的"有代表性的学者们"……不过，《共识》却令人遗憾地轻轻绕开了这一点，他们以"希望"明确了自己的任务，那就是拱手将对中国现状与未来的思考责任交给面目模糊的"中国"，然后自己坐在牛津大学或者其他什么地方，用着永远正确、永远安全的"道德情怀"和"理性精神"发些所谓的吁求。

《共识》以"共识"自名，也以"共识"自喜。然而究竟什么是共识，寻求共识的目的是什么，又或者进一步问，当下中国到底是需要辩论呢，还是需要共识呢？当我们处于社会各阶层利益激烈分化乃至对抗的时刻，当我们处于各种利益分化日趋凝固化的时刻，当我们处于对人的理解日益狭隘、对未来社会的想象日益匮乏的时刻，当我们处于大多数人们只能在要么作为劳动力、要么作为消费者才能找到自己的存在感的时刻，当我们处于整个社会的思想活力正日益板结、对基础性问题的讨论正日益被各种流行的概念覆盖的时刻，不正是只有首先将分化和对抗毫无顾忌地猛烈地暴露出来，才是打开解放空间的唯一一道路么？只有将真实的痛痒袒露出来，痛痒的"主体"才能真的成为主体，并在带给自己痛痒的社会结构中找到自己的位置，才能逐渐看清整个结构。如果寻求到的"共识"不能具有一种自我否定的性格，不能在紧盯着现实，并且在现实的变动中试炼自己、检验自己，并且从内部时刻保持自我破裂、自我更新的方向的话，那么所谓的"共识"，不管是出自地位怎样尊贵的话语操持者，也必然立刻变成对现实的粉饰。当整个社会的利益分化日趋激烈，而各种利益群体的诉求，特别是被剥夺者的诉求表达得日趋尖锐的时候，各家各派的"有代表性的学者们"竟然达成了"共识"；这或许只能说明，这些有的标榜为自由派、有的标榜为新左派、有的标榜为新儒家的思想者，看似名目各异，实际上屁股都坐在一张软垫子上，其所操持的派别之名，或许只是吃饭的家伙，类似于刀叉和筷子的区别。

《共识》第一条反复征用了"人民"一词，但是，其将人民和"理念"、"基础"、"目标"等等关联在一起，是有意无意地在驯服"人民"。或许意图是好的，但是，其所使用的思想方式却和各种"反人民"的思想方式高度重叠。因为二者都是将人民看成既定的、现成的东西，看成可以从数量上去一下子把握的东西。人民、群众、群众路线，是只有在对抗的态势中，在各种辩论的态势中，在存在自己的对立面的局面中，才能存在的。没有对抗、没有辩论、没有对立面，一句话，在所谓寻求"共识"的意图底下，谈不上人民。人民也好、民主也好，都不是静态的、在未来被许诺的东西，不是可以在别的地方去发现的东西，而是要在当下去争取的，或者更准确地说，就是当下的争取本身。而一旦回到当下，回到纷纭错综的现实当下，就必然面对激烈的分化，就必然没有"共识"的存身之处。

《共识》虽短，但颇能反映中国当下思想界的基本状况，这在和鲁迅所描绘的新文化运动结束后的思想图景的对照下，可以看得更清楚。

在1925年12月21日《语丝》周刊第五十八期上，鲁迅写了一篇题为《这样的战士》的文章。其中有这样的一段："他（这样的战士）只有自己，但拿着蛮人所用的，脱手一掷的投枪。他走进无物之阵，所遇见的都对他一式点头 …… 那些头上有各种旗帜，绣出各样好名称：慈善家、学者、文士、长者、雅人、君子 …… 头下有各样外套，绣出各式好花样：学问、道德、国粹、民意、逻辑、公义、东方文明 …… 但他举起了投枪。"

不避武断地说，今天的中国思想界正类似于"这样的战士"所面对的"无物之阵"。这一"无物之阵"的最大特点是各种好名称、好花样都已被瓜分完毕，那些瓜分了好徽号、好花样的学者文士们，也一致地宣称自己的"心都在胸膛的中央，和别的偏心的人类两样"。今天的中国思想界，也正面临着各种好徽号、好主义、好名称被瓜分完毕的状况。和20世纪90年代，乃至于21世纪第一个10年的状况都不同，今天的思想界已经无法祭起某些徽号、某些概念来指斥现实的弊病或者相互间产生有效的对抗。这并不是说现在思想界没有分化，就操持的理论体系的多样、概念主义的多样、思想资源的多样来说，思想界的分化没有停止，反而是花样翻新，愈来愈多。从传统脉络出来的概念也好，从现代革命的脉络中出来的概念也好，从启蒙运动的脉络中出来的概念也好，从西方古典中出来的概念也好，和自由市场相关的概念也好，都在轮番登场。但分化的同时，是各种权势集团直接、间接对于众多概念和话题的收编与接管。《共识》所展示的理论各异的各家各派可以在对其诉诸的主体毫无分析的前提下，就能围绕其名目达成"共识"，就足以证明这一点。被收编的直接结果就是概念的失效，就是概念只能表现为"心都在胸膛的中央"的不偏不倚的"共识"面相，就是概念的战斗性的丧失。主义、立场、理论的力量在于它所植根的现实的深广性，当它们被权势集团吸纳之后，而如果这个或者那个权势集团又是和现实脱节的时候，则主义、立场、理论就都毫无价值。

面对新文化运动之后的无物之阵，鲁迅的选择是"执着现在，执着地上"，我想，这也是当下中国思想界所亟需正视的课题。但凡离开"现在和地上"，任凭操持怎样的理论话语，都只能是留下恶浊扰攘而已，而其底色则是"寂漠"、"荒凉"，是"谁也不闻战叫：太平。"

刘复生：展安的发言风格和太光不一样，他的发言和具体的文艺问题似乎也不是太有关联，下面的发言人还是要回到文艺问题上来。下面有请赵文发言。

赵文（陕西师范大学文学院）： 我的主要研究领域是文学理论，当然文学理论和文学批评及文学创作是不太一样的。我们知道，特别是在新时期的30年以来，文学理论本身作为一套体制，已经有非常成熟的话语，但是这个话语又过于成熟，可以说，从整体上看，它已经越来越远离活生生的文学经验。在当代的学院体制当中，文学的"理论"与"实践"可以说是联系得非常弱了。我们今天谈论"如何讲述新的中国故事"，在出发点上就必须面对这样一个事实：文学理论自身和批评之间、与文学创作之间的关系已经变得非常薄弱。

着眼于"顶层设计"的批评者和理论家们对这个事实有自己的"构想"，并从这种"构想"出发去突破"表述当代中国的焦虑"：比如说想构建某种"阐释体系"，想在理论话语内部去构建一种新的理论话语，重构突破现代性的话语表述，或者在文学理论话语内部重构一种新的理论形态，或者建构一种"世界主义关怀"的中国想象，或者对文学批评方法"从上到下"地进行一种干预。

但事实上我觉得在当下的这种转型时代，这种"顶层设计"或类似的"构想"应该说也是与我们中国人的生活经验、生活世界及我们中国的文学经验相脱离的。作为一种方法，它从话语到话语，或者是从理论到理论，在学术体制内部去进行一种叙事建构，必然会陷入到一种表意危机当中。

就此而言，作为新时期的青年文学理论工作者，我切身经验体会是，我们更应该回头看一看中国现代文学理论的发生以及文学理论功能现代性发生的机制，以为借鉴。中国现代文学批评及其理论的一个基本功能就是对现代中国的表述和召唤，而这一功能的实现方式，则是扎根于活的中国经验及其文学经验之中的。今天看来，重新对文学理论、文学批评的功能进行强调是非常必要的，尽管这一工作甚至在当代文学理论机制当中并未获得足够的重视。从我个人的文学理论思考来讲，我之所以和云雷等具有相同兴趣的批评家有这么长时间的合作关系，正是因为我看到的这些批评家，能够非常好地意识到文学批评的活生生的特性。而他们从活生生的批评当中能够总结出一些真正的、有效的中国问题，应该说很好地继承了中国现代文学批评及其理论发生期以来的一个"本真性"脉络，我觉得这个脉络是不能割断的。

回顾地看，中国文学批评现代性的发生及发展，是中国现代性社会生成的组成部分。19世纪末，中国文学批评及其理论话语不仅通过"实践"有效地完成了启蒙与本土语境的对接，而且也自觉地使整体性的中国经验通过现代话语得到了表述，而文学批评及其理论本身也在这一过程中承担了传播理性的建设功能。在那个更为剧烈的"转型年代"，怀着中国现代化焦虑的写作者——就像太光刚才论及文学与政治的关系所谈的那样——作为"经验"的"一度表述者"，对问题性本身还没有明确的认识，对什么是政治、什么是文学，可能没有非常自觉的意识；而恰恰是一批有理论意识的批评家，作为"二度表述者"或"表述的表述者"介入进去之后，才历史地"开显出"现代中国文学的政治和政治的文学。这样的例子，我们随手就可举出：如梁启超的《论小说与群治之关系》、王国维的《〈红楼梦〉评论》、鲁迅的《摩罗诗力说》等，这些批评将生物学进化论、政治学契约论、美学悲剧理论和审美心理学、文学社会学等科学理性观念引入到文学批评实践当中，同时也使得中国经验的文学表述获得了政治意识。这一运动的结果，众所周知，就是中国文学的现代性生成。而在当代和新世纪的"转型年代"，我们作为文学理论工作者或者文学批评工作者，不应该用后现代性，用后现代语境中的各种理由去割裂当代活的中国经验，不应该与那个具有实践性的批评介入责任相割裂。

与此相关的一个方面，就是"新时期"以来的当代文学经验，怎样在"二度表述"中形成具有鲜明中国经验的概念系统。此外，即便形成了"概念系统"或"论域空间"，而对之进行理论化的途径，目前只靠有限的或者立场相似的一些批评家来完成显然还是不够的，因为文学批评的理论提升，就其生成机制而言，应该是在公共领域当中发生的。如果在批评的公共空间中，有更多的视角、问题意识和交锋的话，理论化的"二度表述"会更加丰满，也会更加切近活的，丰富性的经验。比如，今天上午有一位学者谈"底层文学"问题时说现在"底层消失了"，如果能就这个提法形成论辩，让具有历史视野的、社会学视野的、具体底层经验视野的批评者共同深化探讨，未尝不能形成一种更为系统的理论，它将更有益于我们认识"底层"的社会结构性存在及其当代意识形态表述机制。

多元交锋、视域融合，这一从批评到理论的发展机制，在中国现代文学批评史上也是有先例可循的。比如20世纪20年代—30年代，中国文学不仅出现了一个创作高潮，而且值得注意的是，在这个文学高潮到来之前，恰恰是有一个先行的批评的高潮。1922年以及稍后一段时间内，涌现了一批具有鲜明现代批评意识并形成观念交锋的批评著作：胡先骕发表《论批评家之责任》，沈雁冰发表《"文学批评"管见》《"文艺批评"杂说》，鲁迅发表《对于批评家的希望》《反对含泪的批评家》，成仿吾发表《批评与同情》《作者与批评家》《批评的建设》《建设的批评论》《批评与批评家》，周作人发表《文艺批评杂话》，王统照发表《批评的精神》，郭沫若发表《自然与艺术》《印象与表现》《批评与梦》《未来派的诗歌及其批评》等。它们所体现出的是一种全新的批评功能，不是在确认某种固定价值，而是形成"对批评的批评"，使文学批评本身成为广泛思考与文学相关或由文学引发的价值问题的反思机制。可以看到，如果说五四是现代文学的一个标志性起点，那么这一批批评作品，通过"多元交锋、视域融合"，为中国现代文学赋予了一个更明确具体的自我意识。当然，新中国建立之后批评话语空间经历了全新的理论建构，但有两点是不变的：其一是批评的重要的价值确认功能，其二是在这个价值确认的前提下进行理论探讨或者对表述中国经验进行再表述。

今天，作为青年文学理论工作者，我觉得我们可做的工作非常多，特别是在批评的价值申明和确认的过程当中，我们不仅要继承现代文学这样的传统，或者叫公共领域的传统，同时也要有一个明确的历史性目标，即让社会主义价值观重新回归到文学当中。在进行这方面的理论工作时，一则要结合实际的文学经验，明确什么是社会主义价值；一则是以系统的批评方式，解读社会主义价值在文学中的呈现方式——当然，"缺席"也是一种呈现。

当代中国从经济上已经打破了"经典形态"的社会主义生产方式，同样在文学中，"经典形态"的社会主义价值也在逐渐消失或经历形变。但这一现实也为我们提供了非常大的理论空间：文学的人民性、批评的人民性和我们人民的生活经验之间的联系，都是非常广阔的理论论域。中国当代的经济发展，已经具有了毋庸置疑的"世界性"，中国在成为世界第二大经济体之后，其经济结构和生产方式，总体上已经融入了全球化的资本运作过程当中。因此，中国经验和中国问题，包括中国人民的生活经验，都不再仅仅是"中国现象"，对人民性的价值体系的当代反思，同样也应在一个广阔的世界视域中进行。

20世纪90年代后西方左翼理论家，特别是像意大利新马克思主义者奈格里（Antonio Negri）、法国激进哲学家巴迪欧（Alain Badiou）等人，也在理论上回归"社会主义"核心命题"人民性"——但他们不讲"人民"，而是讲"群众"、"诸众"，他们是在自己的历史传统、理论资源和生活经验中重新发现、重塑"底层"的。而我们当代的批评关注点，则不能只看"第二大经济体"的"后现代景观"和光鲜的表面，而应该切入到"今天的人民表述和表述人民"的问题性之中。从我们的社会主义传统、新时期的伟大历史实践和世界性责任为框架来看，我们提"人民性"要比西方左翼理论家提"诸众"或"无主体的人民"在理论创造性和批评有效性上要先进得多。

最后谈一点，我们青年文学理论工作者或者是文学批评工作者，当然要追踪或者是紧盯当代新的文学家，推出新的文学家，但更重要的是，我们要重新去对当代作家进行具有文学史意义的理解和阐释。我觉得，可以对中国当代的文学创作和社会主义话语之间的结构关系做谱系学的探讨，这项工作是非常有必要的，是有中国气派的文学理论的可持续的增长点。我就谈这么多，谢谢。

刘复生：下面请李祖德。

李祖德（重庆师范大学文学与新闻学院）：各位批评家，大家好！首先非常感谢主持人，也感谢祝老师和云雷给我这个发言的机会。上午听了几位资深批评家的发言我也很有感触，下午几位批评家的发言也都让我受益匪浅。

上午张颐武老师提到的一些问题，比如我们今天的文学、文化批评面临着新的焦虑，还有复生师兄也提到了今天的文学、文化批评在不断变化的社会结构和文化构成当中该怎么去寻找新的"总问题"？这两个问题都和我们今天该怎么样去反思我们既有的文学批评知识，或者一些文学批评观念，可能有一些关系。

另外，我本人也是在当代文学教学第一线工作的。我发现有个现象，今天90后的大学生，尽管他们生活的现实，他们的文化体验和我们完全不一样，应该更有真切的现实感；但是，当他们进入到"当代文学"的知识结构或知识语境之后，似乎还是相信20世纪80年代的那一套知识观念，比如说他们相信"文学是人学"，还有文学的文学性、纯文学等。因此，我就有一个疑惑，究竟是哪些因素支配和影响了今天我们对文学的理解和判断？有次我在讲《创业史》的时候，我讲着讲着就脱离了作品，讲到农民合作化的可能性，还提到要怎么反思今天城镇化的问题，结果就有学生说我不讲"文学"了。我就感觉到很困惑，我们该怎么样重新反思和梳理我们既有的一些文学批评理论？因此，我就想借"文学是人学"，或者"纯文学"这个话题，谈一下我自己的看法。

新时期文学通常被我们认为是由"文学是人学"这种观念修复和重建的一个文学史段落。但是从新时期文学的历史发展来看，"文学是人学"并不是一个理论的或者说本质的观念和概念，也不是一个刚性结构。实际上，在20世纪50年代就有这个问题的历史"回声"。即便在"新时期"初期，它一开始也不是作为一个预设的方案而出现的，主要还是作为一个话语策略和批判工具，比如说对文革的反思与批判，再进一步对过去历史的反思和批判。那么，随着"伤痕文学"、"反思文学"的发展，"人情"、"人性"、"人道主义"等逐渐渗入到了"新时期文学"的自我建构。比如说，在"新时期"初期，绝大多数文本，在书写过去的历史过程中，都首先是批判文革，但是最初的一些文本基本上都会将共和国"十七年"写成一个美好年代，作为工具和话语策略的"人情"、"人性"、"人道主义"就逐渐地渗入到了这个"新时期"文学的建构过程。在脱离过去文学政治化或者说文学的阶级性的经验模式和观念模式的过程中，它确实在短时期着力于修复曾经被"政治"、"阶级"所遮蔽、所破坏的"个人的主体"。我想，在今天看起来，这个"人情"、"人性"、"人道主义"在"新时期"初期确实有这样的历史贡献。但是，随着"新时期文学"的发展和"人情"、"人性"、"人道主义"这些话语的渗入，就一步步地开始了一些新的话语建构。

在修复"主体"与"历史"的过程中，"人情"、"人性"、"人道主义"这些话语，借助20世纪80年代初反思批判文革及过去历史的合法性，从而获得了自身的合法性，由此渗入了"新时期"这个概念或"新时期文学"这个概念框架。我们大家都知道，"新时期文学"这个概念，最初叫"社会主义革命和社会主义建设的新时期"，当这些批判话语、批判工具逐渐地渗入这个框架，"个人的"、"人性的"这些因素同时也在展开新的"主体"和"历史"的想象。有哪些方面呢？首先，这个"主体"，在伤痕文学、反思文学中，最初是想修复"人民"这个主体的，但是在不断叙述的过程中，它建构了"个人"，建构了所谓的文学的"个人性"。所以，它们在重建和修复"主体"、"历史"的过程当中，我们原有的那个整体的"人民"、"人民的历史"，逐渐走向了崩溃。说到这一点，我的意思是想说，作为一种文学话语的"人情"、"人性"、"人道主义"，其实与很多历史复杂因素有关，它不是一个理论的和规范的概念，它本身就是历史的一种因素和结果。

那么，在20世纪80年代中后期以后，中国当代文学的想象，对"主体"和"历史"的想象，首先这种"主体"逐渐地被成呈现为"个人的"或者"欲望的"、"消极的"主体，我们的"历史"逐渐被呈现为"日常生活化的"、"欲望化的"所谓的"新历史"。在某种程度上，"新时期"初期"文学是人学"的批评理论重构，也表征着20世纪80年代初改革开放以来"改革开放"对当代中国的一系列社会重构和精神重构。可以说，正是作为一种文学话语的建构和社会的重构，导致了我们今天的困境和新的"阐释中国的焦虑"。

今天，我们可以追问，在我们的文学想象和书写当中，曾经的那个"人民"到哪里去了呢？这是一个问题。所以，在我们今天的社会结构当中，我们关于"主体"的想象和"历史"的想象，该怎样呈现在我们文学的表达当中？这可能是我们迫切需要思考的问题。可能正如刘复生师兄上午提到的，在我们今天的社会结构和文化构成中，我们该怎样重新提炼和发现什么样的"总问题"，从而丰富或者更进一步理解我们今天的处境？

当然，可能还有另一些问题，首先，我们究竟需不需要一个文学的"总体性"？接着一个问题是，我们难道不需要一个文学的"总体性"吗？最后我的疑问可能就是，我们该到哪里去、怎么去找到一个文学的新"总体性"？好了，谢谢大家。

刘复生：谢谢祖德，下面请李玥阳。

李玥阳（中国传媒大学中国文化国际推广研究所）：各位老师大家好。前面各位老师展开了很深入的文学方面的讨论，从我这里暂停一下，我将偏向于艺术方面的视野，讲一讲电影，因为我是研究电影的。

我们今天是关于青年的主题，我也选了一个青年的话题，说一下当代中国电影中的青年叙事困境这样一个问题。2013年出现了很多关于青春的电影叙事上的表述和尝试，比如说像《小时代》里的拜金主义，比如说像刘杰的《青春派》里的自我缠绕和鬼打墙，这些电影应该说凸现出青春片成为了当下的一个热潮，但同时也凸现出了这些青春表述的巨大的困境和尴尬。我想或许可以提出两个问题：第一个问题是青春可以在当下重新成为一个问题，第二是在于青春叙事何以又陷入到了巨大的困境当中？事实上当我们回忆整个当代中国青春题材电影的时候，会发现青春题材的这种紧张感并非是很晚近的事情，而是从新中国建国以来，在整个当代中国电影中，当我们提起青春的时候，都有一种紧张感存在。

提起青春，我们总会想起与它相关的问题，比如说青春是谁的青春？青春当然是一个人的青春，是一个个体的青春，而且是一个个体最旺盛、最美好的时代。在这个意义上任何的青春片表述，都可能包含一个范式，或者一个问题，就是个体成长的过程，需要从幼稚到成熟的转变，这个是青春片既定的范式，换言之，青春片包含了一个关于"个人"的命题。当"个人"的命题出现的时候，在当代中国意识形态建构之中一个非常有张力的症候，或者一个亟待处理的问题就出现了。或许可以这么描述，当代中国一直有一个漂浮的"个人"，在不同的时期都要对这个"个人"进行很小心的编码。比如说在新中国电影当中，我们一直试图处理20世纪40年代电影中遗留下的"个人"表述，当我们去看1949年桑弧导演、文华公司摄制的《哀乐中年》，一个小学校长爱上了一个独立女性那样的故事，我们就会发现它和新中国电影之间巨大的差异。这个差异是新中国电影必须要解决的一个问题，就是"个人"叙事的问题，而青春片作为关于一个年轻人，一个个体的表述，因此就成为了缝合"个人"的重要战场。

戴锦华老师经常讨论的一个文本是《青春之歌》，她说林道静一直在追求独立自由的主体，成为一个独立的"个人"，但是当她真正完成这个愿望，找到出路，是由她宣誓入党完成的，我们可以看到她自愿淹没在革命的洪流当中；也就是说当"个人"寻找到自我实现的出路的时候，"个人"就消失了，就融入到了更为宏大的表述当中。个体以自我消弭的方式实现个体的价值，这其实是一个充满悖论的表述，但就是这样一个充满悖论的表述，构成了20世纪50年代到70年代青春电影的深层结构。在其他一些更主流的电影当中就更加隐晦，比如说《战火中的青春》，在这个电影当中也有一个雷振林比较幼稚，是成长中的"个人"，经常犯个人英雄主义的错误，后来才被革命转变过来。在更为官方的表述当中，青年和国家是直接同构的，比如说1949年的青年大会，就说古老的中国都集中地表现在每个青年的身上，而每一个青年都把自己献给自己的领袖，毛主席和朱总司令。在这样一种表述里面我们完全看不到那一代有挣扎和纠缠。

而到了20世纪80年代，应该说青春的表述发生了非常巨大的转换，当然这首先是因为另一个新纪元出现了，我们从历史唯物主义转移到"作为意识形态的现代化"。在此我选用雷迅马说的"作为意识形态的现代化"，是因为他强调了现代化理论当中所具有的意识形态性。首先，历史唯物主义和现代化理论之间有本质的差异，它们在乌托邦的未来想象和发展脉络上是完全对立的：一个是共产主义，另一个是美国式的消费社会。因此伴随着现代化话语在20世纪80年代中期日渐取代唯物主义话语的历史过程，我们开始向西方现代性前进，关于"个人"的描述也开始发生了变化。在西方现代性中，"个人"是充分合理的存在，所以当我们向西方现代性迈进的时候，"个人"也就被重新询唤出来。20世纪80年代的青春表述就是这样，那时的青春不仅仅是祖国的未来、人民的希望，也开始具有充分的个体含义。比如说那时我们讨论青春的时候经常和美放在一起，你的青春怎么样更美呢？这种美既包括心灵美，也包括外在美，包括穿衣服，包括语言，它是一个非常完整的小宇宙，是非常完整的个体。

而展现个体美的领域当然是青春，这可以从一个侧面解释20世纪80年代青春的表述为什么如此之多。但是这种20世纪80年代的"个人"又和西方自由主义的"个人"不太一样，按照雷迅马的说法，现代化作为一种美国为冷战创造出来的理论，直接是以马克思主义作为对话对象的。比如说在现代化理论中，一个非常重要的著作就直接以《非共产党宣言》作为标题。由于二者直接的对话关系，现代化理论被创造出来的时候，是让第三世界和社会主义阵营的人们联合起来奔向美国式的乌托邦，这是它的最终目的。现代化意识形态所询唤的现代化主体与历史唯物主义的主体之间，存在某种形式上的相似，因为它们同样都是宏大叙事，是历史目的论，但内涵完全不一样。在这个意义上，"个人"虽然在现代化的意识形态中被呈现出来，但是在历史目的论和宏大叙事的语境当中，也同样呈现出了一种紧张关系。为了解决这个问题，20世纪80年代的春春片建立了一种叙述，它在某种程度上借鉴了20世纪50年代到70年代的《青春之歌》的方式，但是侧重有所不同。首先，它承认"个人"的存在，比如说1983年的《女大学生宿舍》，几个女生又有心灵美，又有外表美，都是完整的个体。这种对个体的肯定，和20世纪50年代到70年代的青春描述是不一样的。其次，二者也有巨大的相似之处，即在"个人"之上，还存在一个比"个人"更重要的东西，就是"个人"的升华和崇高化的过程。只表现"个人"美是不行的，那样容易走向个人英雄主义，一定要有一个最后的升华过程。不难看出，这种先个体，继而升华，从个体中解放出来，从小我到大我的表述，与《青春之歌》的表述是具有高度相似性的，虽然内在已经发生了巨大的置换。这种相似性造成了后来探讨青春片的时候常常出现混乱，比如说为什么我们自20世纪90年代以后总是拍不出优秀的青春片？人们总是会把原因归结到历史唯物主义压抑了"个人"，但很少有人讨论来自美国的现代化理论，同样也构成了对个体的压抑，这一直没有进入到讨论之中。

20世纪80年代建构的青春和个人的表述一直到现在都是主旋律，但对于这种主旋律的质疑从20世纪90年代就出现了。20世纪90年代有个电影叫《花季雨季》，呈现了很多重大的历史问题，比如说女性地位问题、城乡差别问题、贫富分化问题、腐败问题，对于这些问题，它提出了尖锐的质疑：难道这些问题仅仅依靠利他的、有朝气的、热情的主体就能解决吗？这个电影呈现了这样一个问题，现代化的现实和原有的现代化想象之间发生了差异，在这种差异当中，我们自然就对现代化的未来产生了疑问。因此，在那个时候，现代化理论所创造的那种"个人"表述、那种迎合方式，就开始站不住脚了，所以那个时候，有很多文章在探讨人们应该怎么做。当时大致的探讨结果，就是认为应该坚守个体的理想，不应该被金钱、被社会所左右，要保留这种个体的主体性。只不过这种坚守和保留并没有换来个体的重现，也没有使青春片走出困境，相反，这种困境愈演愈烈，这种分裂愈演愈烈，始终没有找到有效的缝合方式。近几年，比如说《北京爱情故事》，它就是80后讲述自己的青春，而这种讲述是前所未有的——对20世纪80年代以来所建构的现代化的青春表述进行了非常明确而彻底的否定。它明确提出，"个人"是怎么可能的？青春是怎么可能的？或者说，其实只有高富帅那样子的才既具有主体，又有外表美、又有心灵美；而如果是一个屌丝、一个穷人，比如说石小猛，他如何能拥有外表美和心灵美？他必然是丑陋的。也就是说，高富帅的未来，怎么可能也是矮穷挫的未来？这里的逻辑是很顺滑的，因为这种"个人"的分裂本身就是个人主义逻辑化的延伸，在个人主义中，对个体的尊重和对乌合之众的鄙视一直是并行不悖的，这同时也是全球化逻辑的延伸。比如说《了不起的盖茨比》，讲述了其实和《北京爱情故事》相似的内容，屌丝或穷人最后还是会被打回原形。这是整个世界共有的问题，但是在中国，这样的一种分裂宣告了20世纪80年代以来现代化缝合理论的失效，这种"个人"缝合方式不再发生作用了。而同时中国又没有建立起古典自由主义式的"个人"，所以当"个人"表述缺失的时候，一直纠缠在当代中国的"个人"问题就变得极为棘手，亟待解决。这时候，人们就非常想去重塑"个人"、重塑青春，于是青春片就重新变成问题。在这个语境中，人们以以下几种方式重塑自己的青春。一种是《小时代》拜金式的青春，而这种消费主义的青春和"个人"，其内在的虚伪性很容易被指认出来，从观众们的反应就可以看出来。另一种是日本和台湾的小清新式的青春片，也开始成为一种替代性的资源。这种小清新式的青春片是拒绝现实的青春片，比如说它经常会用到浅焦镜头，焦点特别浅，只有主人公在前面，后面全是虚的，所有现实都被排斥在外面，青春只有自己。这样的青春有什么呢？有爱情、校园、卿卿我我，就剩下这些东西。现在类似这种电影语言在大陆的青春片中频繁借用，比如《青春派》、《恋爱未满》等。还有第三种青春片，就是老人回忆自己的青春，比如说《致青春》、《中国合伙人》，它们内在的问题就是想让大家看看他们那时候的青春是什么样的。但是赵薇的这种青春，也借鉴了小清新的手法，却遭到了质疑，青春怎么只有爱情，除此之外什么也没有？当然还有另一种青春，我不知道是不是青春片，就是《甄嬛传》这种，事实上也是一种青春片，这种青春完全没有青春，青春是不可能的，这是一种屌丝式的青春表述。

在这样一些困境中，还可以看到一些拯救青春的努力。一种方式是《激情燃烧的岁月》、《血色浪漫》和《血色青春》，试图用一种激情化的青春，或者激情化的个体，来重新唤回统一的整体性"人"。与之相关的另一个文本就是赵宝刚的《北京青年》，其实意思是一样的，它是直接说我希望80后能够重走青春，改变自己的青春。这个电视剧认为80后太单一了，应该多看看世界，其实这种看法的内在逻辑，正是要以赵宝刚那种时代，那种辩证唯物主义的观点反思和质疑现代化的单一发展逻辑。因为现代化伴随科学主义的兴起，以及相应的学科化的实践，试图在充分的、甚至过度的学科划分中，将知识"客观化"和"中立化"，同时也斩断了事物间的联系。而赵宝刚让青年重走青春，重新看世界，也是要重建这种联系。非常遗憾赵宝刚的想法是好的，但他提供的方式非常可笑，就是户外，让大家通过户外运动重建青春。我们可以看到他的困境，重塑"个人"却只能内在于消费主义之中，以消费主义的方式进行。

以上只是一些简短的描述，从这些"个人"青春的表述中可以看到，尽管我们的青春对西方有非常多的借鉴，还是和西方有非常多差异，我们一直试图建构和摸索自己的青春表述，摸索自己的缝合方式，当然现在还没有找到出路，未来怎么样，需要拭目以待。谢谢。

刘复生：下面加快节奏。

林品（北京大学中文系）：大家好！很荣幸能有机会在这里和大家交流。刚才李玥阳师姐在她的发言中多次使用了"屌丝"、"高富帅"、"逆袭"这些词语，而我今天发言的主题正是"屌丝文化"。

"屌丝"这个新词，相信在座的各位都有所耳闻，甚至是耳熟能详了，这个词如今已经成为中国网民、尤其是年轻网民的习惯用语，并且渗透进他们的日常对话当中。它究竟是从何而来、如何出现的呢？从词源学角度说，它经历了这样的演变过程，先是英文单词"fans"，被翻译为"粉丝"。大约从2005年开始，一些网民出于一种被称作"高级黑"的文化心理与表意策略，将"李毅大帝"这位明星作为主要的"恶搞"对象或"恶搞"创意的生发点，将百度贴吧李毅吧作为聚集地和发布平台，参照着种种"粉丝"的构词法，把"毅丝"或"D丝"作为自我指认的身份标签。在2011年，由"D丝"演变出了"屌丝"，具体的变异过程在此就不赘述。重要的是，李毅吧的用户们以"屌丝"为核心词汇，提出了一系列与之具有密切语义关联的合成词，比如"矮丑穷"、"高帅富"、"白富美"、"黑木耳"等等，一些原本就在互联网络上具有一定流传度的词语被赋予了新的含义，比如"女神"、"喜当爹"、"逆袭"，从而编织出了一套风格化的符号体系。这套符号体系，成为一种特定的隐喻，承载了这个亚文化社群关于中国当代社会的集体想象和价值观念。这些"屌丝"们挂着这样的口头禅："给高富帅跪了"、"给跪求别说"、"吓尿了"、"跪舔"。我认为，这是用一种自我矮化、主动认输缴械的言说姿态，来表达和应对他们所感受到的存在于中国当代社会文化中的一种结构性矛盾，这个结构性的矛盾是：发展主义现代化语境下的中产阶级意识形态询唤，与阶层分化乃至阶层固化的社会现实之间的矛盾。

以"屌丝"以及它的衍生词为生发点，借助于种种新媒体提供的信息发布平台，在互联网络上出现了许许多多被称作"屌丝文"的帖子，这些帖子形成了一种叙事类型。我将这些文本看作是，那些青年网民对于他们在中国转型过程中所感受到的历史变动的一种文化表征。在"屌丝文"的意义结构当中，"屌丝"的"穷"与"高帅富"的"富"构成了一对核心的矛盾。"屌丝文"的创作者们感受到了当代社会发生的"断裂"，就是说，整个社会分裂为相互区隔、差异鲜明的两部分。在社会学的意义上我们称之为上层社会和底层社会，或者称之为强势群体和弱势群体。而在"屌丝文"中，他们使用"屌丝"也就是"矮丑穷"、"矮矬穷"与"高帅富"这样的词语，就不仅是"断裂"，他们还感受到了这种"断裂"的"定型化"与"结构化"，也就是代际之间的阶层关系再生产。而在他们创作的"屌丝文"中，断裂和阶层关系再生产，以种种夸张、变异或者黑色幽默的方式呈现了出来。同时，"屌丝文"也是一种"力比多的寓言"，它的意义深层结构是围绕着"矮丑穷"的"穷"和"高帅富"、"白富美"的"富"这一组核心二项对立式建构而成的，"矮丑穷"、"高帅富"这样的符号，将经济意义上的阶层属性与审美意义上的身体特性紧密地结合在一起。而在

"屌丝叙事"的情节主部，低阶层的经济失败，集中显影为情感上的自我压抑和被淘汰感，这种叙事情节推进的基本驱动力，在于主人公"屌丝"如何尝试摆脱那种只能充当"女神"之"备胎"——也就是可有可无的候补伴侣——的悲哀境况。社会经济上的阶层分化由此被"屌丝文"转喻为身体和情感的阶层分化，折射着消费社会中无所不在的视觉符号与话语实践，透过人们的身体和情感进行的阶层身份建构。

"屌丝"与"高帅富"的二元对立，是社会贫富分化的一种表征，而"逆袭"成为这个结构性矛盾的想象性解决方案。但是，在"屌丝文"的叙事设定下，"屌丝"的"逆袭"不可能来自阶级意识觉醒下的集体政治行为，而只能是个人主义意识形态的支撑和驱动。更具有症候性的是，"逆袭"的可能性来自于认同和利用既定的为"高帅富"服务的社会规则。正因如此，所谓"屌丝的逆袭"最终只能生产出既有结构的封闭循环，而无法开启另类选择的可能性。"屌丝文""逆袭"想象的意识形态症候性，既体现在"逆袭"途径的封闭性上，也体现在"逆袭"目标的单一性上。在"屌丝文"的文化逻辑内部，"逆袭"的目标仅仅是成为"富人"，更准确地说，是拥有较高阶层的消费能力。一旦"屌丝"在经济意义上的阶层地位获得提升，其审美意义上的身体特性也将随之改变，将由此自动升格为"高帅富"，并赢得同"女神"发生性爱关系的权力。可以说，无论是从"逆袭"途径的角度，还是从"逆袭"目标的角度，"屌丝文"对于个人和社会出路的想象力，都依然是被既得利益集团所主导的既定社会规则和权力话语牢牢地限定。当然，"屌丝文"的字里行间不时流露出某种反讽和自我消解，但它的抵抗能量止步于犬儒主义的限度之内，甚至是以对于"逆袭"的欲迎还拒、欲拒还迎的暧昧态度，突出地标识了当下社会的权力结构。人们感受到了富人对穷人的压迫，感受到了只有极少数人能成为"高帅富"而绝大多数人只能是"屌丝"的事实，人们知道"逆袭"叙事的致幻性，但是，由"高帅富"所设定和主导的社会规则和价值指向，仍然是"屌丝"想象问题解决方案的唯一模式。

在各种社交媒体上广为传播的"屌丝文"，将"屌丝"定位于社会二元结构的下层，但是，大多数生产、传播"屌丝文"的网民，事实上很难称得上是真正的下层。那些处于当代社会结构下层的人群，大多缺乏介入并使用新媒介的资源和能力，能够积极使用各种新型社交媒体的，主要是"白领职业人员"及其"后备军"——正在接受中高等教育的学生，正是他们对于"屌丝"这个能指的接受和挪用，使得发源于李毅吧的"屌丝亚文化"演变为席卷网络，进而渗透进日常交际的流行文化现象。如果说，"屌丝文"中那些"搬砖"的"屌丝"，在形象学意义上所再现的，是中国在融入全球体系、成为"世界工厂"的过程中产生的经典意义上的穷人，那么，在"屌丝亚文化"逐渐演变为某种新主流大众文化的过程中，那些使用"屌丝"符号的传播主体绝非经典意义上的"穷人"。但是，在"屌丝文"所提供的镜像序列中，他们似乎照见了自己，他们在与"高帅富"的参照对比之下，确认了自己作为消费社会中相对"失败"的消费者的角色地位；与此同时，在与那些"矮丑穷"的反向参照当中，在对于"屌丝"能指的语词狂欢当中，他们又在一定程度上疏解了自己作为失败者的挫折感。一方面，阶层上升通道日渐狭窄；另一方面，对于耐用奢华消费品的购物欲望被不断挑逗。在这样的社会文化语境下，这些主要从事白领职业的网络用户，在社交媒体上热衷于表达的，并不是成为"中产者"的阶层认同，相反，是作为"穷人"的相对剥夺感和贫穷感。他们使用"穷屌丝"作为自我指认的身份标签，带着诡异的快感自嘲自己的主要营生为"搬砖"，这无疑是一种刻意的文化误认和身份扮演，但这也是一种防御性认同或者说"精神失败法"。通过这样的方式，他们能够在种种新媒体为他们提供了种种想象性的自恋空间的同时，对消费社会所导致的自我形象焦虑进行宣泄和疗伤。

的确，"屌丝"符号体系包含着对于"穷"、"富"对立的凸显，但是，这并不意味着对阶级议题的强调，反而是"屌丝"能指的超量衍生异化和遮蔽了阶级议题，使得"屌丝"成了一个主体中空的共用能指。说它是"共用能指"，是因为不光是那些中等收入群体、那些"白领"，不光是那些通常被赋予"大众"之名的主流消费者，而且还包括文化精英和市场化媒体、电子商务创业者等等，各种社会力量都在彼此不同而又间或共同的利益驱动下，争相借重"屌丝"这个能指，合力推动了它的广泛流行。但是，我说它"主体中空"，是因为"屌丝"符号体系在去深度化、泛娱乐化地挪用"搬砖"意象之后，在编码和再编码的过程中，排斥和放逐了那些在现实生活中辛苦搬砖的农民工。那些无法借助媒介的权力来显影和表述自身的弱势群体——农民、农民工、产业工人、商业服务员工，才是在当下的贫富分化中受到剥夺的大多数，是"穷人"理所应当的所指，却在"穷屌丝"的编码过程中彻底缺场。这些经典意义上的穷人与消费社会的"新穷人"被"数字鸿沟"分隔在不同的空间，难以相遇，遑论联合。可以说，这是今日的文化实践、社会实践迫切需要突破的核心困境之一。

我的发言就到这里，谢谢大家耐心地聆听！谢谢！

刘复生：下面请孙佳山。

孙佳山（中国艺术研究院马克思主义文艺理论研究所）：青年、青年文化，在20世纪的中国与世界，都是一个非常重要的社会群体和文化现象。从1900年梁启超的《少年中国说》开始，第一次将现代中国的命运与青年直接关联了起来。20年后的1919年，改变中国命运的五四运动是由青年群体所主导。1922年至1925年，中国共产党完成了自身的青年建制，这甚至早于1929年才提出的群众路线，足见青年对于20世纪中国历史的重要性。整个20世纪上半叶，一代又一代中国青年投身到了改变中国命运的抗争中，即便到了20世纪下半页，红卫兵一代、四五一代等，也都深嵌在现代中国的历史结构中。

1980年5月，《中国青年》刊登了一篇署名潘晓的题为《人生的路啊，怎么越走越窄》的"读者来信"："有人说，时代在前进，可我触不到它有力的臂膀；也有人说，世上有一种宽广的、伟大的事业，可我不知道它在哪里。人生的路呵，怎么越走越窄，可我一个人已经很累了呀，仿佛只要松出一口气，就意味着彻底灭亡。"这段文字即便在今天看来也依然充满了文艺青年的质感，那种无力和彷徨丝毫不让人觉得有着30年的遥远和疏离。在当年那场几乎席卷一代人的人生观大讨论中，当时的青年一代，特别是都市青年挣扎在自幼接受的社会主义集体主义伦理和初露头角的改革开放的文化逻辑二者中间，懵懂地重塑了他们看待世界的方式。而在文化艺术领域中，那一代青年的最典型表征就是以王朔为代表的"顽主"一代。但是到了2009年前后，在王朔编剧的两部《非诚勿扰》中，冯氏喜剧、王朔风格原有的对权威话语和知识分子等一切精英立场的戏谑、嘲讽的艺术特征消失了，开始转变为对过往的"顽主"生活进行怀旧和追忆，在过去被其反复调戏的现实秩序，反倒是成了认同的对象。以王朔为代表的20世纪八九十年代的青年文化走向了终结。当然，这并不是一个孤立的文化现象，这种历史的纵深感为我们理解这个时代的丰富性提供了更多的维度。

21世纪以来，配合着"顽主"一代的是中产阶级理论、白领想象，这些也一度成为青年想象未来的重要话语，从电影《杜拉拉升职记》到电视剧《奋斗》等一系列文艺作品都流露出了全社会的乐观情绪，这从日常生活的角度配合了当时"大国崛起"的整体时代氛围。但是自2008年以来，在《蜗居》、《裸婚时代》、《北京爱情故事》、《北京青年》、《浮沉》、《致青春》、《中国合伙人》、《小时代》等影视作品中，蜗居、蚁族、屌丝、微茫、重走青春、重回体制内、逃离北上广等，成为描述青年以及青年自我描述的关键词。而这又与北京奥运会、上海世博会、GDP跃居世界第二等重大历史事件同步发生，这些现象与20世纪80年代青年一代的"人生大讨论"形成鲜明对比，在文化表征上呈现出了某种循环的意味。

在我国本土文化语境下，对青年生活、对城市空间的想象，往往是一个社会价值观走向的重要标尺。能否想象出一个明确的关于城市青年的文化价值图景，浓缩着整个社会文化大环境的方方面面。当年被指称为"温室里的花朵"、"垮掉的一代"的80后，在今天所面对的恐怕是比"残酷青春"，"梦醒了无处可去"的更为残酷的现实。所以在这个意义上，近年来以"重走青春"为代表的文化表述，更包含着人间五味的别样色彩。

与此同时，这一代青年，其文化特征有着更复杂的面孔。从生产社会转型到消费社会后，青年文化通常被指称为亚文化，今天已经成为日常生活常识的PK、角色扮演、秒杀、复活、逆袭，实际上最初都是21世纪初期网游、动漫文化的内容和范畴，它们最初只存在于特定的青少年群体中，属于典型的亚文化，有明确的边界，且都有反叛主流社会的内涵。但是从2005年前后开始，这些原本属于亚文化形态的诸多元素，在"三网融合"的潮流下迅速成为主流文化元素。为什么会出现这种现象？这就直接涉及当下青年文化的一个重要维度。

2001年，我国"十五"发展纲要明确提出电信、电视、互联网"三网融合"的发展理念和目标。为适应信息数字化发展趋势和新媒体应用带来的冲击，2004年3月国家广电总局提出了"一个转变"和"三个开放"的产业发展思路。这些21世纪最初10年来的深刻变迁，不仅改变了产业生态模式，更强烈冲击了互联网时代的艺术门类格局。青年文化成为主流文化，并不是因为当下的青年文化提出了新的价值观、新的文化议题，乃至塑造了新的文化规则，青年文化成为主流文化，其实是伴随着网络文化日益普及的历史进程，同步发生的。

在"三网融合"的大背景下，青年群体、青年文化开始为资本所捕捉，青年群体青春期身心迅速成长，特别适合大众文化中欲望的商品化消费，因此青年群体就成为了消费主义的先锋队，满足了资本不断开疆拓土的需求，而这一切都和"三网融合"这一历史大趋势息息相关。类似的例子有很多，《甄嬛传》、《小时代》都来自以互联网为平台的青年文化，甚至是专门针对青少年消费群体的精准营销。2012年直接根据网络游戏改编而来的《轩辕剑之天之痕》《天涯明月刀》受到青少年群体热捧，《轩辕剑之天之痕》更是开创了中国电视连续剧发展史的先河 —— 周播剧正式登上了历史舞台。而2012年号称我国史上最贵电视剧的《楚汉传奇》也在首播的同时，上线了同名的网络游戏，非常多的影视作品几乎都同步推出网络游戏、手机游戏。从《超级女声》到《中国好声音》的选秀节目，也不断贴近青少年群体的审美趣味、情感结构、价值标准，这也是近些年来不能忽略的重要现象。以互联网为代表的新媒体，这种全新的艺术传播途径，在塑造甚至定义艺术形态方面，已经开始发挥着前所未有的主导作用。

在这个意义上，在新旧世纪交替的同时，中国的社会结构也出现了重大的历史转折，在这个转型年代，讲述中国故事自然离不开青年，离不开青年文化。毫无疑问，当下的青年、青年文化，其内涵和外延与20世纪80年代相比，与漫长的20世纪相比，都发生了重要的变化。因此，在这个转型年代，重新发现青年、重新塑造青年，就成为文化艺术领域最重要的课题。

刘复生：好，感谢7位发言人，下面我们请牛学智老师做评议。

牛学智（宁夏社会科学院文化研究所）：其实复生兄刚才也点评了一些，我把我印象比较深的一些观点在这再说一遍。有的学者谈到纯文学，我印象当中，"纯文学"这个概念好几年前我们已经在刊物上都反思过了，但是它近年来有卷土重来的迹象，这并不是好事。文学作为一个门类，不但需要和其他艺术进行沟通才能打开空间，同时它也是社会的产物，而不是一个私人制品。如果说今天我们时代的文学仅仅是一个"单干"的产物，或者纯粹是一个私人制品，那么，谁也不会对那个"单干"的、私人的东西产生更多的共识，文学的社会性就会变得很有限。所以，刚才在这个概念上进行的反思不但必须，而且我觉得很有力量。

另外像展安谈到的话题，从所谓牛津共识窥斑见豹来反思思想界状态，这个思路很有价值。为什么？文学话语和文学理论话语，以及文艺批评话语，应该是二级话语，它是结构在整个人文话语框架里的。如果我们的眼界里面没有对整体人文话语的反思，在文学理论话语只顾自己，或者是在文艺理论话语里进行一些微调，那么，我们的眼光就会被遮蔽。另外，谈到目前，21世纪之交这个年头，我们熟悉的这些文学理论，它的功能是不是应该重新调整一下？这是赵文讲的。赵文进一步又提出了我们是否可能通过一些理论的梳理，对当前的成果进行理论化，理论化就意味着有了我们自己的话语系统，我觉得是很有意义的。

另外李玥阳讲到了影视，这是今天唯一一个谈到影像叙事学的发言。她讲的主题是在目前的影视叙事里，个人怎么可能，青春怎么可能，只有高富帅又怎么可能的问题。她的梳理很详实，很严密。

以上全部都听完以后，我认为刚才的研讨可能有几个概念需要继续探究。

第一个是我们应该有一个怎么样的视野。文学批评也好，影视批评也好，应该有怎样的视野？第二个是我们的文艺面临怎样的人文话语的规定？这个我觉得还是缺乏一定的有力量的反思。第三个是文学理论该怎样反思、怎样重构？这是刚才大家的发言中提得最尖锐的三个问题。

我有这么一个想法，就是我们首先在文艺理论批评的话语系统内，是不是考虑这么几个问题。

第一个是怎样走出学科的规定性。如果仅仅在当代文学或者影视叙事这些规定性里面，我们的反思总感觉欠了那么点东西，欠了那么点力度，穿透力不够，这就是学科规定性在限制。

第二个是能不能走出知识的规定性。听起来好像并没有错，但是总不能令人从心底产生信服的原因在于，我们对今天的现实可能了解得还不够，就是说我们所用的知识适合不适合今天的消费社会的问题。今天，消费社会的机制并没有引起普遍重视，我们的消费社会的知识仍然没有建立起来，这就是知识的规定性带来的问题。

第三个是能否走出自我经验的规定性。大家的发言都是一篇独立的文章，可谓自成体系，但是不是觉得有些自我缠绕？有点自我阐释？鉴于此，我认为能不能走出自我的经验，使批评变得有效，也很重要。

最后一个当然是一个更高的视界了，即能否走出当下意识形态的规定性。这样的话我想我们的理论研究也罢，我们文艺话语也罢，其实都该是有效性占据首要位置，而不是学科性为主。好了，我就说这些。

刘复生：按原来的议程，下面还有一个互动的环节，我看时间也不是太多了。现场如果哪位对这7位发言人的观点有问题的话可以提出来，没有的话就休息。

第一届全国青年文艺论坛：
转型年代、青年与中国故事

第二单元

30年中国故事新解读
（下半场）

主持人：周志强（南开大学文学院）
时　间：2013年11月16号下午16：45—18：15
地　点：北京西藏大厦三层会议室
主　办：中国艺术研究院马克思主义文艺理论研究所

周志强：论坛的第二个单元现在开始。这个环节只有90分钟，每个人的发言在8到10分钟之间，请大家遵守好时间。第一位发言人是来自中国艺术研究院影视研究所的张慧瑜。

张慧瑜（中国艺术研究院电影电视艺术研究所）：各位下午好，非常高兴参加这个活动，我也算半个东道主，非常高兴在这里见到这么多好朋友。虽然这个会叫做"全国青年文艺论坛"，我感觉这不只是一个学术论坛，而是一次好朋友之间的相聚，大家应该充分放松，见见面，聊聊天，平时只能通过杂志看到各位的文章，现在通过这个平台可以进行现场交流。这次会有一个特点，我觉得很好，就是不要提交论文，大家只要带着想法来就可以了，这也充分体现了"青年文艺论坛"的特点是学术和思想的交流。

这期论坛有两个主题："30年中国故事新解读"和"文艺前沿与未来生长点"，这两个主题是彼此关联的，一个朝向过去，总结这30年文艺发展的经验，一个是朝向未来，寻找文艺的新出路。我选择第一个题目谈一下自己的看法。这些年往往把这30年的讨论放在新中国历史，或者放在1911年现代以来、1840年近代以来的大历史中来展开，也有人把中国崛起、西方衰落看成是"地理大发现"以来改变以西方为主导的现代历史的标志。用大历史、大尺度来解读中国历史和世界历史，这一点有点像20世纪80年代，是宏大叙述，但是最大的不同在于，20世纪80年代是一点自信没有，就恨中国地理、人种、文化都是劣等，现在好像不同了，因为中国崛起了。这些宏大叙述不太关注20世纪80年代以来中国究竟发生了什么样的变化，20世纪80年代、90年代和21世纪的中国又有何不同？这30年的历史经常放在同一种历史逻辑中来理解，就是改革开放、市场化、现代化的历史，这当然有道理，这30年的主旋律确实是这些，但是，其实这30年内部的差异可能比大家想象中的要大得多，我想这也就是重新解读这30年中国历史的必要性。

这30年，我觉得区分为20世纪80年代、90年代和21世纪以来三个阶段是有道理的。如何叙述这三个时代的关系，有人觉得是一种逐渐进步的、往上走的，也有人觉得是一个时代不如一个时代，是逐渐往下走的，关键在于论述者站在什么角度。我更愿意用一种辩证的看法，当下呈现两面性：一些方面非常好，达到近代以来最好的状态，但另一方面又似乎有点糟糕，甚至有些地方带有封建性。对于这三个时代，我想到的比喻是三个台阶，这个台阶是往上的，也是往下的，但每个台阶之间有着重要的区别，某些问题是一个时代的主旋律，可能到下一个时代，思考问题的方式完全变了。下面我想通过三个作家来粗略地描述这三个时代之间的不同，或者说每个时代大家最关心的问题是什么？

这三个作家是王朔、王小波和郭敬明，他们分别对应着20世纪80年代、90年代和21世纪。这样三个作家彼此没有师承关系，创作风格也不一样，但也有很多相似点。比如他们与主流文学秩序都有某种隔阂，比如王朔并不被放在20世纪80年代的文学思潮中，他和寻根文学、先锋文学都不一样，勉强放在京味文学中，但王朔是第一个获得市场认可的作家；王小波也是如此，他的创作也很难放在20世纪90年代主流文学中，王小波不是新写实，也不是断裂的一代，但是王小波恐怕也是20世纪90年代纯文学中最畅销的作家；郭敬明就不用说了，他的作品最卖钱。这三位可以说都是很有市场的作家，也充分说明他们的创作以及人们对于他们本人的接受是吻合于不同时代的文化需要的。下面来看看他们是如何回应时代问题的。

首先，王朔和20世纪80年代的关系。王朔登上文坛是1984年在《当代》杂志发表处女作《空中小姐》，直到1992年发表《你不是一个俗人》、《过把瘾就死》等小说，此后王朔更多地投身于影视剧制作，虽然也发表文学作品，但其文学成就基本集中在20世纪80年代中后期。王朔创作的最经典的文学形象，就是喋喋不休和洋洋得意的"顽主"。其喋喋不休是为了嘲讽、解构革命话语，把庄严的、正襟危坐的革命叙事变成假正经，与此同时，顽主又是洋洋得意的精神贵族，这来自于其革命后代的身份，是"文革"后期成长的比红卫兵、造反派更为年轻的红小兵，这些革命"接班人"自认为有藐视知识分子和权贵的资本。顽主的这样两重面向被20世纪90年代王朔的两位精神传人冯小刚和姜文发扬光大。

顽主之所以能够出现，与20世纪80年代传统社会主义体制尚未瓦解有关。顽主对于革命叙事的嬉笑怒骂，在于20世纪80年代人们、尤其是城市居民依然生活在顽主所不屑的社会主义单位体制之中。就像20世纪90年代初期情景喜剧《我爱我家》里满口革命话语的老爷子，虽然被嘲弄，但依然在家中有权威，不过是退休而已。20世纪80年代的改革开放更多的是一种体制内部的调整，即便保守派与改革派的对立也是来自体制内部的争论。比如国企改革也多采用承包制、奖金制等方式，这与20世纪90年代让大部分国企破产重组不同。就连在农村大力发展乡镇企业也是一种在地现代化的思路，这种"离土不离乡"的现代化路线，使得"在希望的田野上"不是怀念远方的故乡，而是把脚下的故乡变成"四个现代化"的乐土，这与20世纪90年代走向以对外加工贸易为主的发展路径，农民不得不离开故乡涌向遥远的沿海城市打工——有重要的区别。在这里，尽管被顽主所解构的革命叙事变成空洞的话语，但是公有制、集体制的社会结构没有发生大的改变，这就使得顽主的喋喋不休并非无的放矢。20世纪90年代中期随着市场经济重组社会秩序之后，顽主也就丧失了其言说的社会基础。在这种背景下，王小波式的体制外英雄登上了文化舞台。

其次，王小波和20世纪90年代的关系。王小波1989年开始创作，被人们知晓是1991年《黄金时代》获第13届台湾《联合报》文学奖，然后国内开始出版其作品。王小波真正产生巨大影响是1997年意外早逝，到2002年逝世五周年，各大媒体对王小波的悼念达到高潮。王小波不仅构造了独特的文学世界，而且在20世纪90年代中期成为给《三联生活周刊》等刚刚创刊的都市文化杂志写稿的专栏作家，结集出版过影响巨大的《我的精神家园》、《沉默的大多数》等杂文集。如果说王朔的文学形象是顽主，王小波则书写了一个体制外的"特立独行的猪"，连同王小波本人也被媒体塑造为自由知识分子的代言人。尤其去世后，媒体最经常称呼他的是体制外的自由主义分子、民间知识分子和独立知识分子。这些命名方式是20世纪90年代最核心的文化想象，即体制内与体制外、官方与民间、依附与独立，还有地上与地下，比如把第六代导演使用民营资本拍电影指认为独立制片和地下电影。在思想文化领域，20世纪90年代中后期激烈讨论的话题是民间社会、公民社会、公共领域等。

这种对两种体制和社会空间的想象在20世纪80年代不曾出现，21世纪以来也不存在，是20世纪90年代特有的言说方式。因为20世纪90年代中国正处在从计划经济向市场经济转型的双轨制。人们对于这样两种体制的评价是不一样，大家都认为旧体制是社会主义大锅饭、单位制，是落后的、没有效率的，只有离开体制才能获得自由、独立，正如王小波笔下"一只特立独行的猪"就是要勇于打破大锅饭、离开旧体制，到市场经济中做一只自由、独立的小猪。这种离开旧体制的自由形象成为新世纪之交小资文化的主体，只是在这幅自由的图画中，看不见同样在20世纪90年代抛向市场的两类群体，一类是离开土地进城打工的农民工，一类是国企破产后的下岗工人，他们虽然也过着市场化的、体制外的"独立"生活，但显然不是"特立独行的猪"。20世纪90年代的两种体制，来自于20世纪80年代对社会主义计划体制的自我改造，在这样两种制度的争辩背后依然是社会主义制度和资本主义制度的对抗，也是20世纪50年代到70年代两条道路的路线斗争的延续。直到新世纪以来，这种双重体制的想象彻底消失，中国进入一个全新的时代。

最后是郭敬明与21世纪以来的中国，郭敬明因为拍摄《小时代》获得极大反响，也引起对于小时代和大时代的讨论。《小时代》中的一种比喻很有意思，有一段话给大家念一下："我们活在浩瀚的宇宙里，漫天漂浮的宇宙尘埃和星河光尘，我们是比这些还要渺小的存在。你并不知道生活在什么时候突然改变方向，陷入墨水一般浓稠的黑暗里去。你被失望拖进深渊，你被疾病拉进坟墓，你被挫折践踏的体无完肤，你被嘲笑、被讽刺、被讨厌、被怨恨、被放弃。但是我们却总在内心里保留着不甘放弃跳动的心。我们依然在大大的绝望里小小的努力着。这种不想放弃的心情，它们变成无边黑暗的小小星辰。我们都是小小的星辰。"很多人提到，郭敬明有少年情结，他的人物都长不大，所以说《小时代》中才会出现这种浩瀚宇宙和个人渺小的对比。

这里的宇宙是社会的比喻，"我"是"陷入墨水一般浓稠的黑暗里去"，"我"被宇宙所淹没，宇宙是一片永远也走不出去的沙漠。这种笼罩性的、看不到尽头的社会想象，很像鲁迅的铁屋子。不过，鲁迅可以走进、走出铁屋子，他纠结于要不要去唤醒熟睡的人们，因为他没有十足的把握打碎铁屋子，而郭敬明的"无边黑暗"却是看不到边界的宇宙，只能"被失望拖进深渊"，这才是真正的"大大的绝望"。我们的社会为何会变成一个无边无际的空间，这和20世纪90年代完全不同，20世纪90年代起码有两间屋子，我们可以从一个体制走向另一个体制，而对于郭敬明来说，对于21世纪以来的现实来说，只有一个体制，这也就是2008年奥运会的口号："同一个世界，同一个梦想"，世界只有一个，梦想也只有一个。我觉得21世纪与20世纪90年代的区别就在这里。21世纪以来这种单一的空间想象也在大众文化中出现，下面仅举几个例证。

第一是带动中国电影产业崛起的国产武侠大片。2001年李安执导的《卧虎藏龙》还在讲述玉娇龙从官宦之家逃离、奔向自由爱情的江湖故事，很像五四时期反对封建大家庭追求个人解放的启蒙叙事。而到2002年张艺谋执导的《英雄》则开始讲述侠客自废武功、归顺朝廷的故事，至此在中国21世纪以来的古装武侠大片中江湖消失了，只剩下尔虞我诈的宫廷和宫廷斗争，比如《夜宴》《满城尽带黄金甲》等。这种宫廷想象近些年又进一步被挪用到后宫剧中，以《后宫·甄嬛传》为代表的后宫剧把这种你死我活的"宫斗文"发挥到极致。

第二是职场励志故事。《后宫·甄嬛传》本身就是一种职场剧的后宫版，甄嬛的晋级之路与都市白领在外企公司中的"升职记"是相似的。而职场故事的前提在于，不管是公司，还是社会，都遵循着同一种丛林法则。这种丛林法则的竞技场在超女比赛、《中国达人秀》、《中国好声音》等娱乐节目中也成为支配性的叙事逻辑，舞台上只有两类人，赢者留下，输家离开，没有第三种选择。正像屌丝的逆袭并非质疑游戏规则是否公平，而是担心无法参与逆袭。在"同一个世界"里面，人们只能有"同一个梦想"，一个从"绝望中寻找希望"的逆袭之梦。

第三是电影中的"密室"空间。2006年谍战片《暗算》火爆荧屏，后来被拍摄成电影《风声》。两部作品把新中国电影史中地下工作者潜伏的故事变成了囚禁在密室中的杀人游戏。2012年第六代导演管虎的影片《杀生》也讲述了封闭的小镇空间的杀人故事，不再是"五四"式的封建愚昧空间与个人的对抗，而是个人在周密的、理性化的算计中被杀死。

20世纪90年代末期，好莱坞已经出现如《楚门的世界》（1998年）、《骇客帝国》（1999年）等作品，讲述个人被囚禁在封闭空间里的故事。

第四是民国先生的故事。20世纪90年代的知识分子是"独立之精神，自由之思想"的反体制英雄，新世纪以来这种知识分子形象被民国先生所取代，民国先生大多拥有留美背景，是文化知识精英，并在民国政府中担任要职，还保留着传统文人的风雅和趣味，可谓"脚踏政治、文化两只船"，民国先生不再焦虑于体制与民间的二元对立。

从这些大众文化现象中，可以看出个人置身于全球化"无边的黑暗"里的困窘境遇，寻找新的社会、文化空间显得尤为急迫，如何从"小时代"的浩瀚宇宙中"金蝉脱壳"是获得新的梦想、新的世界的开始。最后，我想说的是，这种"同一个世界"本身是一种幻想，因为从20世纪90年代开始中国就不是一个空间，而是两个空间，一个是消费主义的、小资的、去工业化的都市空间，一个是不被文化视野所覆盖的农民工的工业化的生产空间。这样两种空间才是当下中国最重要的社会结构。我就讲这么多，谢谢大家。

周志强：下面有请陕西师范大学文学院的霍炬发言。

霍炬（陕西师范大学文学院）：针对"30年中国故事"这个主题，我选了一个角度，既然题目里有30年的时间限度，就有一个文学史问题，涉及批评和文学史书写。涉及文学史，有两个因素要考虑：一是历史观，一是材料。先说历史观，赵文兄说到要用20世纪20年代的文学批评作为研究借鉴。这个问题套用本雅明的话说，历史的天使是倒着向前飞的，是面对着历史的废墟向未来飞去的。如果把20世纪20年代的那些材料作为一个借鉴的话，我们可以考虑一下用五六十年代，也就是30年中国故事之前的那个废墟来作为我们思考历史的一个平台。

这里首先想到的一个问题就是历史书写，就拿我们经常见到的文学史，比如古代文学、现当代文学来说，关于文学史的书写材料都是被限制在一个相当有限的文学划界里，太光兄前面说到打破纯文学的界限，这个观点我非常赞同。

把文学史的书写以一种文学自律的标准加以限定的情况，在历史上只是一个极其短暂的现象。在这30年以前，我们的历史书写基本是像游国恩的《中国文学史》、侯外庐的《中国思想通史》、冯友兰的《中国哲学史新编》那样，在某种特定的历史框架中进行。列宁说列夫·托尔斯泰是俄国革命的镜子，就意味着文学史除了社会的镜子之外什么都不是，这个提法应该赋予其理论上的含义。我们在思考这种文学史现象的时候，应当赋予一个真正的外在于文学的历史结构，至于具体的书写过程，我们能想到的最典型的例子就是从20世纪五六十年代的历史书写。

下面再谈材料的问题，我们现在如果说要写30年中国故事，可以从经典的题材扩大到网络文学，到影视等各种各样的材料，但是这里仍然保留了一个非常狭隘的关于文学的认定。章太炎在《国故论衡》里面那句著名的话："著于竹帛者皆为文学"，这个观念是有张力的。可以把"中国故事"的叙事范围进一步扩大，这个方面应该向周展安学习。他把"牛津共识"这样的一个文本当做文学研究对象，这个举动本身就是值得肯定的。我们的文学研究如果仅仅与文学有关，与文学自我封闭的界限有关，那永远都是自说自话。我最近在考虑进行"文革"时期儒法斗争运动的研究，对这场运动的思想史意义进行整理，这么做的初衷之一就是把那些在以前和现在都被认为是非文学的材料纳入到文学研究的视野中，越是不相干，越是被知识体系和普遍偏见所不认可的材料，越值得进行文学研究。

在这种情况下，我更希望我们的"青年文艺论坛"千万不要搞成"文艺青年论坛"，需要有这样一个认识。批评这个东西，它是在意识形态上对现在的各种话语的规定，就是祖德兄所说的文学话语的自我想象，这种文学话语的自我想象在批评中不断加强，因为批评说到底不是它论述出来的东西，而是在论述的过程中被认为是理所当然的那些东西，如果批评要有一点点进步的话，先要把这个理所当然的东西都忘掉。我就说这些，谢谢。

周志强：谢谢霍炬，下面请中国政法大学卢燕娟发言。

卢燕娟（中国政法大学文学院）：各位老师下午好，相对于今天之前特别青春的话题，我今天想谈的这个话题会相对苍老一些：我想谈一谈这30年影视剧中对清朝历史的叙事。从中想带出这样一个问题：当下存不存在保守主义与自由主义思潮合流？如果存在，这种合流是怎么重新改写了中国故事？如何去创造出一个畅销全球的中国故事？为什么这会成为一个问题？我们知道比较经典的对保守主义的讨论，比如像曼海姆，或者像施塔尔的讨论里面，保守主义和自由主义一直作为两种对立的思想方法和文化立场。尤其施塔尔，他把自由主义和后来的社会主义革命、共产主义革命作为一条线，共同作为保守主义的对立面。那么讨论这个问题为什么要选择清朝历史叙事呢？原因不仅是现在"盛世修史"，清朝历史成为一个热点问题，我们知道清朝历史的官方修订已经成为最富裕的一个学术行业了，这也一定程度导致近十年来清朝影视剧的热播；更重要的原因是，如何解释清朝的终结，这在很大程度上产生出如何叙述现代中国发生的脉络。这里面是有某种本质关系的。

在我们曾经很熟悉的历史叙事当中，不管是启蒙视角下，还是新民主主义逻辑下的晚清历史叙事，清朝一般是作为最腐朽，最没落的形象，集中了启蒙和革命这两种叙事所能建构出来的保守主义最负面的价值。启蒙主义视角下，典型的电影是1948年朱石麟导演、在香港上映的《清宫密史》，在那里面，慈禧太后是最保守、最没落也是最凶残的形象，她不仅扼杀了中国的振兴之路，而且也扼杀了光绪和珍妃的爱情。慈禧在这里代表了作为启蒙主义对立面的保守主义，她既扼杀了国家民主、进步的可能性，也扼杀了个体自由、幸福的可能性。

后来在新民主主义革命到社会主义革命这一脉的人民文艺里面，晚清形象延续了保守主义的负面判断，但产生出新的批判逻辑。1962年，有一个电影叫《甲午风云》，在这个电影里面清王朝昏庸、腐朽、没落、卖国，但作为它的对立面，不是光绪帝的爱情，也不是上层知识分子的理想，而是人民，是他们自觉的反抗侵略的叙事。在这两个叙事里，虽然保守主义的对立面发生了变化，对保守主义的批判策略和文化立场也发生了变化，但是整个来说，清朝作为保守主义代表、需要被更进步的社会克服的叙事是一贯的。

接下来我想谈一谈这30年，即20世纪80年代初以来清朝在影视剧中的形象，从影视剧这一最反映社会思潮、最反映大众情绪的文化载体探讨社会思潮整体的变迁。

20世纪80年代初有一个电影是《火烧圆明园》，它延续了把清朝作为保守主义大本营来批判这个叙事，但又发生了一个很有意思的变化：叙事重点放在慈禧的发迹史上。刘晓庆扮演的慈禧个人奋斗的故事成为讲述重心。虽然它仍然包裹在清朝腐朽没落导致国破家亡的大叙事中，但叙事重心的变化，使这种腐朽没落最终带来的是对刘晓庆个人奋斗史的终结，成为对个体情感的伤害。《甲午风云》里属于家国、民族的巨大创伤，被慈禧个体悲剧的感伤代替。而这个电影其实反映的是整个20世纪80年代初，包括伤痕文学、反思文学在内的叙述策略：从个体情感创伤出发批判封建保守主义，并在这一批判之下将"文革"纳入封建主义保守主义脉络。这一思想在1986年刘青峰、金观涛的《兴盛与危机——论中国社会超稳定结构》一文中得到体系性的表述。在这一社会思潮中，延续了对保守主义的批判立场和情绪，但保守主义的内涵、作为保守主义对立面的文化思潮开始发生本质的变化。

演变到1997年的《雍正王朝》和2000年的《大宅门》这样的叙事，我们会发现，保守主义不再是绝对负面的文化脉络。它的某些重要内涵，比如说家族结构，比如说血统，比如说皇权，都开始取得某种微妙的正面价值。这种正面价值的取得背后，体现出对剧烈·变革会造成的社会创伤和不安的焦虑，也体现出对国家主义、对稳定力量的暧昧呼唤。这个背后是整个中产阶级想象的兴起，一个国家保守主义力量的兴起。与之相呼应的，是早在改革之初就已经出现的"新权威主义"的提法。

短短三年之后，一个热播剧《走向共和》引起了很大的关注。在这个电视剧里面，清政府取得从启蒙以来的最正面的历史形象：不管是慈禧还是李鸿章都变成了悲剧英雄。更重要的是在李鸿章和孙中山之间开始产生某种暧昧的勾兑和传承：孙中山作为革命者的破坏意义被大大地弱化，而孙中山作为宪政的呼唤者的意义被凸现出来，而且李鸿章跟孙中山之间已经不是你死我活——甚至产生了某种师承关系，李鸿章对孙中山说："我们这一代人做我们事情，如果我们做不好的话，那么下一代事情是你们去做。"李鸿章和孙中山携起手来，事实上他们共同完成的叙事：面对风雨飘摇的中国，李鸿章那种顾全大局、调和鼎鼐的稳定的力量是一个国家所需要的，而革命对此是有破坏作用的。但如果这个风雨飘摇的中国被破坏了，那么他的修复和重建就是对宪政的呼唤，这是李鸿章暧昧的"遗愿"，由孙中山传承。问题是，在这样一个讲得很顺滑的故事里面，我们历史上实际发生过的比如抗日战争，比如从新民主主义走到人民的新中国，这种历史是不可能从这里面生长出来的。

我想这个背后呼应的是，早在20世纪60年代海外的新儒家唐君毅他们就已经开始把新儒学和自由主义相勾兑。包括钱穆，他始终想从中国的封建主义产生出民主自由的解释来。而到了近十年，很多新儒家的代表进一步宣称自己与自由主义的文化血缘或者情感认同。这也促成了辛亥100年的时候反思革命的新视角。

如果在这样的脉络里面，我们会看到超稳定的保守主义力量逐渐翻身，或者用一个很流行的话"逆袭"，以及他怎么和自由主义取得和解、进行勾兑，而这种和解和勾兑恰恰使一个很当代、很中国的故事产生。如果从讨论问题的重要性，从思想的含量，从艺术的成就来说，《甄嬛传》显然不在此前影视剧的序列中，但是在我们所说的这个问题脉络里面，《甄嬛传》又恰恰是这一思想脉络顺理成章的结果。在这个故事里，保守主义立场的文化复古和自由主义立场的欲望叙事，不再打，不再掐了。《甄嬛传》宣称自己对历史文化有非常严谨的研究，是非常严谨地再现历史细节和历史场景。但是我们仔细看一下这个"再现"，就会发现其实质是观赏性的，比如说器物、服饰以及怎么站、走、坐、蹲，这样一种可以让全世界看得很尽兴、可观赏的"传统中国"的再现，而背后包裹的是那么当下的、那么欲望的故事，在非常愉快的合作里面，最终完成了一个畅销全球的"中国"——好看的传统风景和好卖的当代故事，从这里我们也就理解了为什么《甄嬛传》成为今天中国文化向外输出的成功典范。

为了把我的上述反思和在今天重视传统文化做一个清晰的区分，我想最后引入一个可参照的视野，就是20世纪40年代在抗日战争期间——当时没有影视剧，但是在国统区的话剧里确实产生了一个重写中国历史的历史剧热潮。在那个热潮里，基本是两个特征，第一个相对于启蒙的西方中心，重新把中国的传统伦理，包括忠孝仁义建构为一个正面价值，第二结合时代的需求，重新阐释忠孝仁义，将其改造为中国可以走向现代的新文化。在那批历史剧中，你会更多地看到中国传统文明和时代的结合，以及一代知识分子严肃地思考再造国族的努力，和今天这样一个器物的、可参观的"复古"，以及里面包裹的很普世、很欲望的叙事是天渊之别。我想，这个参照视野的引入，可以避免了把我上述的反思当作说我反对传统文化的危险。时间关系我就讲这些，谢谢大家。

周志强：卢燕娟非常的遵守时间，听了她的发言我也忍不住插一句话，她的这种方法，我个人比较欣赏，这种寓言式的解读，和当前文艺学领域中文学形象的政治学谱系研究非常吻合，非常有趣。下面有请中国艺术研究院马文所的王磊。

王磊（中国艺术研究院马克思主义文艺理论研究所）：2011年，著名旅美画家丁绍光在一次访谈中提到，中国当代艺术价值的混乱其实就是标准的混乱引起的。他说，中国艺术界对"当代"这个概念的提法基本是按美国的标准。也就是说，中国是按美国的标准来评价当代艺术创作的。他呼吁中国画家，包括国家的文化领导，应该解决一个对"当代艺术"的看法问题。中国需要建立自己的标准，来对我们的文化艺术做出评价，而不是借用别人的意识形态来进行判断。

这个说法虽然主要是针对所谓"当代艺术"来说的，但其中关于建立中国艺术价值标准的问题却带有普遍性，是中国当代文艺评论的核心问题。

毋庸讳言，三十多年来，我们的文艺观念、文艺理论和文艺研究是以西方近代、现代以来的文艺观为基础的，这些文艺观背后有一个强大的文化价值观的支撑，这种价值观来自那个中国部分知识分子迫切希望融入其中的、似乎代表着绝对真理的世界普遍体系。当然，这个体系，与三十多年来的中国文艺不仅有着精神性联系，而且有着内在的制度性关联。

今天，我们重新审视三十多年来中国文艺和中国故事，首先应该检省一下新时期以来我们的文艺观念发生了哪些变化，三十年来的中国故事是在怎样的文艺观念主导下来被叙述的？

每当时代的转型期，人文知识领域总会有关于重大理论问题的集中探讨，比如新中国成立初期的美学大讨论、形象思维的争论，20世纪80年代关于人性、人道主义的论争和美学讨论，20世纪90年代的人文精神大讨论，新世纪也有关于"纯文学"的反思、关于文艺"再政治化"的提出、关于文学边界的讨论等等。每一次论争都与文艺观念的演变有直接的联系，都有着特定时代背景和现实指向。在这些讨论中，知识分子和文艺的意识形态功能也一次次表现得淋漓尽致。

在近三十多年来所发生的重大理论探讨中，发端于1979年的人性、人道主义讨论和美学讨论尤其值得关注和研究，这次讨论及其间接效果与新时期以来中国思想与社会的转型有紧密联系，而其美学后果则是20世纪80年代新启蒙立场下的文艺观念的建立。文艺主体论、文艺审美论以及对纯审美、纯文艺、精英文艺的追求是其主要表现。这种文艺观通过对人文精神的强调，通过对人性、主体性的抽象解读，割裂了文艺与具体历史情境和现实生活的联系，解构了文艺与政治的关系，完成了一个推动文艺回到自身的过程。当然，20世纪80年代新启蒙的历史感和理论自信，建立在对十七年和文革文艺的批判上，尽管这种以审美论、人性论为核心的文艺观念只是对西方人本主义思潮的简单重复，但因为它满足了中国特定历史的需要，作为时代思想文化转型的一个内在组成部分，成为主导的文艺价值观，很大程度上规划了当代中国文艺的走向。

20世纪80年代建构的这种以人文精神为内核的文艺观、审美观，在实践中是以个体主义为基础的，强调个人的自由与自主，其潜在的意识形态功能是为市场经济的变革做出自觉或不自觉的思想准备，并培养市场经济所必不可少的自由个体。然而，20世纪80年代的精英知识分子对人文精神与资本主义精神及市场经济的内在关联似乎没有自觉的认识，他们把人文主义理想主义化了。

因此，当20世纪90年代市场经济席卷而来涤荡一切，当基于金钱认同的、粗鄙化的世俗社会到来之后，文学，特别是那种充满人文精神和理想主义情怀的纯文学，便急剧萎缩。曾经在20世纪80年代呼唤人的自觉、人的主体和自由意识的精英知识分子们，只能一边惆怅自身精神导师和立法者地位的丧失，一边哀叹人文精神的失落。

20世纪90年代关于人文精神的讨论，意味着20世纪80年代所追求和建立的人文理想的衰落，尽管20世纪90年代以来的市场经济改革，正是20世纪由80年代包括审美启蒙在内的思想启蒙所推动的。面对消费主义、大众文化的急剧发展，20世纪80年代以来的文学经验和理论准备已经难以应对与解答。

尽管20世纪90年代至21世纪以来，当代中国文艺理论和文艺观念经历了后现代转型，对纯审美、纯文学也都进行了必要的反思和批判，但由于缺少超越性的理论框架和新的价值观视野以及对包括人性论、人道主义在内的文艺观念缺少深刻的检省，部分重返20世纪80年代的研究，实质上是在"重申80年代"，继续展现20世纪80年代文艺观念的历史合理性及其对世界普遍体系的向往与表征。

20世纪80年代以来的文艺观念、文艺创作与实践，适应着中国社会融入全球资本主义体系，树立了个体精神等自由市场所需要的社会意识形态。这种文艺观念已经完成了其历史使命。

因此，今天不仅应当从当代中国的历史视角重新审视20世纪80年代以来的中国文艺，更应当从世界历史的角度，从世界政治、经济和文化格局来看待20世纪80年代以来的中国文艺。

当代中国的文艺和文化建设应该有这样的魄力和理论自信。在中国借助资本主义全球化取得巨大经济成就之后，中国文化向何处去仍然是一个问题，我们为世界生产了大量物质产品，但我们是一个不生产文化价值观的国家。这是没有理由的，上午陈福民老师讲到中国的现代性、现代化是一个创造新的文明的问题，我很认同这个说法。但这个问题并不是今天才发生的，并不是在今天的中国与世界亲密对话三十多年后产生的新问题，而是自"五四"以来，自中国现代性发生以来就产生的问题。中国近现代历史的发展和现代性追求，其结果并不是对西方现代文明的简单模仿与追随，而是对一种新文明的追求和创造，并且曾经取得过辉煌成就。今天这个历史任务没有完成，只是面临新的历史情境。因此，中国的文艺和文化应当以这种创造新的文化和文明的冲动为基础，建立起不同于西方的理论框架和价值观体系。对世界资本主义全球化及其价值体系的反思，是当代中国建设真正自觉自信的文艺和文化的基础，是推动中国新的文化和社会转型的前提。

周志强：当今中国缺乏一个对全球资本主义的有效的文化斗争形式，他提出的问题非常值得我们关注。下面我们有请中国艺术研究院马文所的崔柯。

崔柯（中国艺术研究院马克思主义文艺理论研究所）：谢谢主持人。我的发言和大家讨论的一些问题有一些共同的地方，比如太光兄对20世纪80年代文学的描述，展安兄对"将希望当共识"的批评，李玥阳老师提出的有关个人与集体的悖论问题。当然我的思考是一些初步的、片段的感想，提出来跟大家交流。

马克思曾经提出物质生产和艺术生产不平衡的命题，在当下中国，也存在这个问题，新时期尤其是21世纪以来，与中国经济领域的改善尤其是21世纪以来中国崛起的趋势相比，文艺领域出现了一种不平衡或不匹配的思潮，我们不妨称之为"小时代"文艺思潮。所谓小时代，是与我们一度高扬的大时代相对立的，是以个人为支点的时代。而大时代，就是对个体进行反思、批判和超越，将个体与他人，与大多数人联系起来的时代。20世纪80年代以来，我们似乎挣脱了很多束缚，比如政治的、传统的、历史的，但是挣脱了束缚后却发现，我们想象的可能性越来越多，实践的空间却越来越小。个人挣脱锁链以后，不是得到、而是失去了整个世界。可以说，这种"小时代"形成了一种叙事传统，一种美学原则，乃至一套历史观念以及相应的价值体系，在今天讨论文艺的历史和未来的时候，应该对这一传统做一清理。

当然，个人和他人、个体和集体一定是处于辩证关系之中的，尊重个人的选择、权利，自然是社会文明与进步的一个标志。但是，站在今天，回望三十年，我们可以说，以个人为支点的美学原则已经耗尽了它的能量，而一种超越个人的新趋势正在出现，并有可能成为未来文艺发展的方向。

新时期初期，在当时的"朦胧诗"现象讨论中，有学者提出"新的美学原则在崛起"，不妨将之视为"小时代"美学原则的起点，这个以朦胧诗为基点建立起来的美学原则，正是将个体独立价值和人的觉醒视为哲学基础的。去年《文景》杂志做了一期朦胧诗专题，题目叫做"天空一点点醒来"，这个描述在一定程度上道出了朦胧诗的历史意义，但今天面对三十年来的文艺状况，我们还可以继续追问的是，醒来以后怎么办？"新的美学原则"将书写"溶解在心灵中的秘密"视为文学的根本，但心灵和现实之间，是有一个辩证的关系的，心灵一定是在与现实的关系之中，在反思现实的同时也反思自身。就像有个小故事讲的，有一位年轻科学家想发明一种能够溶解一切物质的溶液，老科学家则反问：你打算把它放在什么容器里呢？今天，我们把个体当做现实世界的支点，那么个体的心灵又该如何安放呢？

今天看新时期初期的文艺论争，有诸多暧昧不清的地方，限于当时的知识体系，尤其是当时的意识形态环境，争论双方有一些错位，或者说存在没有展开、没有点明的地方。有两点可以提出来讨论。

首先，围绕"朦胧诗"的争论，比如懂与不懂，现实主义还是现代主义等说法，其实都是表面，背后是一种政治意识的反弹。朦胧诗所凸显的个体价值，因其与当时的时代、政治形成紧张关系而具有历史性的意义。一旦这种张力关系失去，历史环境变化，其能量就会减弱乃至消失。后来文学的边缘化，除了社会环境的变化，其实是新时期文学自身建立起来的美学原则自身发展的必然。当个人不能与时代，与现实形成碰撞的时候，其美学也一定是没有力量的。

其次，我们应该对"五四"以来直到20世纪70年代的文学传统做一个反思，但反思应当在历史的基础上，而不是力图抹去整个历史。从新文学的发展来看，从"五四"到20世纪30年代的大众化、40年代的民族化、50年代向新民歌学习，新文学不仅初步形成了一个传统，也形成了一套系统、一种文风。一个传统是指一种力图将文艺与时代，与更多的人联系起来的传统；一种系统是指创作、生产和读者之间紧密互动的阅读循环系统，"五四"以来的文艺大众化、民族化，在作者、读者和更大范围的社会生活之间建立了这样一个系统；一种文风是指"五四"以来试图建立的平易的文风，就是陈独秀在《文学革命论》中提出的"建设平易的抒情的国民文学，建设新鲜的立诚的写实文学，建设明了的通俗的社会文学"——这一文风经由20世纪30年代左翼文学，到延安时期终于形成"为中国老百姓所喜闻乐见的中国作风和中国气派"。然而，在新时期之初的文学论争中，论者力图接续五四，却将20世纪30年代以来的这一传统视为异类。论争双方在政治情绪的对抗下，无法客观面对历史心平气和地讨论。其后文学的发展，是把好不容易建立起来的这套传统、系统和文风的探索，抽空乃至摧毁了。而实际上，新时期以来的文学在相当一段的时间内也是借助这一套系统进行传播的，抽空这一套系统，也就削弱了自身存在的基础。

新时期以来的文学是解放个人，为个人松绑，极力挣脱此前的传统和系统。然而到了新世纪，个人在取得充分的解放甚至是放纵之后发现，个人在挣脱了锁链的同时，也失去了整个世界。近些年的一系列文艺现象中有明显表现，比如2007年影视作品中出现的所谓三个不可靠——组织不可靠，朋友不可靠，女人不可靠。一切都不可靠之后，剩下的是什么呢，只剩下一个孤独的个人，一个原子式的个体。当一切都失去的时候，个人唯一能赖以慰藉的似乎就剩下消费主义的幻象。但消费主义的幻象就可靠吗？最近看电影《了不起的盖茨比》，给我印象最深的，就是那种纸醉金迷的繁华场景对比下盖茨比那种极端孤独与偏执的精神状态。

以个人为支点的叙事无法再生发出新的活力，其原因首先是，一个原子式的个体是没有实践力量的。就像鲁迅的提问，娜拉走后怎样？涓生和子君出走后的命运如何？第二，从个人，从自我出发的所谓"逆袭"模式，是强烈排他的，就像电视剧《甄嬛传》中所表现的，个人逆袭成功，是以其他人、身边人的青春和生命为代价的，这种残酷的"独木桥"式的丛林法则是不健康的。一个社会的健康发展，一定是以整个社会结构得到改善、走向合理为前提。也只有在一个健康合理的社会结构中，个体才能有可行的奋斗途径。第三，个人的权利和义务应该是平衡的。我们批评个人主义，往往会加一句，是西方个人主义思想，其实，西方有市民社会及宗教意识的制约，力图在权利和责任之间保持平衡，而我们的个人叙事却往往既抽空了历史，也取消了未来，只剩一个不知所措的个人，失去了对现实、对历史的担当，个人就只能萎缩起来逃避行动，逃避实践。一个表现就是当代文艺尤其影视作品中的"不容易"主题，此前我们会通过文艺作品表达，革命不容易，国家不容易，后来呢，变成了老百姓不容易，普通人不容易，知识分子不容易，而21世纪以来，则成了帝王不容易，坏人不容易，富人不容易。我们似乎被一种温情的人道主义关怀所笼罩，但是，如果每个人的行动都有足够的理由可以同情，我们又怎么去面对现实，做出具有历史责任感的实践行为呢。

所以，我们应该对新时期以来的这一美学原则与叙事传统做一个批判性的理解，并以此为基础探索我们的未来。这种探索已经开始，21世纪以来，与小时代叙事一起出现的，还有一些新的文艺契机，比如以底层民众为着眼点的底层叙事和底层批评，比如新工人秉持"用歌声呐喊、以文艺维权"的原则唱出的"团结起来，建立集体"的呼声，等等，我觉得，这些探索，已经超越了个人主义的视野，给我们提供了新鲜的活力。

恩格斯说巴尔扎克"在当时唯一能找到未来的真正的人的地方看到了这样的人"。如果我们去构想，这个"未来的人"一定是超越了原子式的个体，具有更广阔的视野，自觉开拓更广阔的实践空间的人。而所谓大时代，就是一个具有总体性视野的时代。当我们不是从个人一己之私，而是将自己和大多数人，和集体联系起来，去思考大多数人的命运和出路的时候，才能够找到一个具有普遍性的、合理的社会发展模式。我想，这也是我们未来讲述中国故事的起点。谢谢大家！

周志强：下面我们有请中国艺术研究院马文所的关莉丽发言。

关莉丽（中国艺术研究院马克思主义文艺理论研究所）：很高兴和大家分享自己的观点。谈及20世纪80年代以来所形成的文艺观念与美学规范，我想简单概括为这样三个关键词："政治意识形态"、"审美意识形态"和"生产意识形态"。

在我国的文学传统中，文学与政治始终有着紧密的联系。在20世纪80年代之前的文艺观念中，文艺更进一步被视为政治斗争和阶级斗争的工具，文艺要表现"政治意识形态"，文学创作和文学批评紧紧围绕国家的政治生活展开，观点鲜明、立场正确在文学创作中有着压倒一切的重要性。与之相关的美学规范简单而明确，"高大全"与"假恶丑"的对立显示了朴素然而僵化教条的美学观念。

20世纪80年代文艺思潮正是建立在反思和反叛把文艺等同于"政治意识形态"的文艺观念的基础之上，文艺理论研究者在"人性"与"人道主义"观念的影响下提出了文艺是"审美意识形态"的文艺观。这一"审美意识形态"在理论和文艺实践中有着截然不同的含义。文艺理论研究者提出"审美意识形态"中，着重在以"审美"取代"政治"，修饰"意识形态"，以"人性"取代"阶级性"，以"审美性"取代"工具性"，以"纯文学"取代"政治宣传"。而事实上，这只是文艺理论工作者的一厢情愿。

在文学实践中，"审美"取代"政治"成为另一种人人遵从的"意识形态"。这种"审美"不是具体人性中的"美"，更不是中国传统文化中的"美"，而是西方现代美学中的一系列冠以"人本主义"、"存在主义"、"无意识"、"意识流"等名称的美学观念和理论，唯有这些理论中所包含的"审美"感受，才是真实的、应有的"审美感受"，文学创作中只有揭示了这样的"审美意识形态"才能称其为真正的艺术作品，为国际所认可和肯定，从而得到国人的追捧。莫言曾坦言，他是在看了福克纳的小说之后才明白"原来小说就是这样写"，并逐步形成了自己的文艺观："把好人当坏人写，把坏人当好人写，把自己当罪人写。"如果没有外国作家的教导，没有西方美学理论的传入，中国人好像不会写小说、拍电影，没有国际奖项的肯定，中国人简直看不出什么是好的作品。而不看这些背后的美学理论，也真的难以看懂这些作品。

20世纪80年代的文艺作为"审美意识形态"，它的创作是一种失去审美感受能力的写作，它的文艺批评是一种失去评判能力的理论演绎和人云亦云的应和。文艺作为"审美意识形态"以反叛的姿态对抗"政治意识形态"，其作品所高调呼唤的"审美"、"人性"、"人道主义"的纯文学梦想其实往往是在盲从于另一种"意识形态"的不知所云。

"审美意识形态"以这种看似"别无选择"的无根的"审美"击碎了之前作为"政治意识形态"的文学观念，也随后以它的理论的无根性败坏了文学在中国文化中的主流地位，使文学走向没落和边缘。

21世纪以来，网络文学的发展似乎带来了文学新生的契机，网络文学创作者们也带来了截然不同的文艺观念。在他们眼中，文学与其他工业和商业活动无异，也是一种社会生产活动和部门，是爱好，也是谋生甚至赚取名利的重要途径。更重要的是，他们的创作不再是被动或主动遵从"政治"或"审美"的意识形态的命题写作，而往往成为当下中国最真实的写照和最直接的感受，从而赢得读者的认同和追捧，虽然它往往看起来"政治"导向不那么正确，"审美"不那么精致深沉，却因其鲜活的当下生活气息而使文艺重新进入人们的生活，描摹再现他们的喜怒哀乐，扼腕哀叹他们莫测的未来。

作为"政治意识形态"或"审美意识形态"的文学宏大叙事和纯文学梦想坍塌破碎之后，新的主流文学尚未建构起来，文学有了多样的可能性。当然，在市场化的背景下，商业的利益诱惑和市场规划往往使文学沦为类型化的写作，然而多元价值观带来的多元需求使文学真正地多元化了，文艺不再被作为"政治斗争的工具"，或某一种美学理论的阐释工具，而真正成为马克思所谓"人类把握世界的一种方式"，使不同的个体拥有了把握世界、展现自我感受并获得交流认同的途径和能力。秉持五四以来新文学传统的知识分子祈望以文学作为社会改造的工具，使社会各阶层特别是弱势的底层人群发出自己的声音，获得应有的关注；青春文学以活在当下、享受当下、适应当下的犬儒或曰无奈观照着父辈们所未曾经历的残酷的都市职场人生，建构自我的精神慰藉；婆媳大战、剩女爱情续写着新时代的家庭结构和女性命运 …… 文学的世界正在被建构、被生产，每一个创作者都是它的建设者，也是它的设计师，文学不再是被某一种"意识形态"所生产，建构出其所希望的面貌，而成为正在"生产"着的"意识形态"，谁也无法预料它的未来面貌，谁都可以按自己所希望的面貌去描摹它，去生产文学，生产艺术，去建构自己希望的艺术世界。这便是当下文学的"生产意识形态"。

上午听到很多发言，在谈到当下的文艺理论研究时，都谈到中国文艺理论的"失语"的问题。但是我注意到，今天谈到的"失语"与之前我听到的"失语"论有一个很明显的差别。我原来听到讲中国文论的"失语"主要是相对于西方话语的，所有的文艺理论都被西方话语霸占，我们运用西方的话语进行自我的叙说。但是今天谈论的"失语"主要是针对当下而言，就是我们的理论不足以阐释当下的艺术实践。

我对文艺理论探讨的兴趣，源于我感到无论是西方的理论，还是当下中国的文艺理论，都不能让我满足和信服。刚才牛学智老师提出一个问题，我们文艺理论应该怎样进行自我的建构和反思？我的思考就从"文艺理论"这个词开始。

我在最近的相关阅读中，发现文艺理论这个词现在开始面临一种合法性的质疑。文艺这个词的出现和使用在历史上受到了日本，还有苏联文艺理论界的影响，但它在中国现代学制建立过程中地位的确立更有着中国传统的"文"对"艺"的统领作用的深刻烙印。"文艺"在这里基本上有三层含义。第一个是作为中国的整体艺术的总称，可以等于西方的艺术理论体系中的"艺术"这个词。第二个存在于我们的学科体系中，文艺学等同于作为艺术的文学理论。还有一种就是指文学和艺术。

新时期以前，"文艺"是作为中国艺术的总称而存在的。比如说全国最高的艺术组织就是文学艺术界联合会。但是这个总称在新时期以来，开始面临一个被逐步抛弃的过程。在中国的传统文化中，文学一直在整个艺术系统中处于引领地位，但是新时期以来，影视、音乐等其他门类艺术快速发展，开始逐步高于文学，成为社会文化的强势影响力量，文学逐步边缘化。发展到2011年，艺术开始从文学门类中独立出来，形成一个独立的学科门类。

近几年，艺术研究和艺术学理论在刻意排斥文艺这个词，排斥之前以文学为主要研究对象，由文学研究者所开展的文艺理论研究。而同时在文学研究领域中，因为受西方学术话语的影响，还有学科体制建构的影响，文学研究者也更多地选用文学而不是文艺，比如说以"文学理论"、"文学原理"，而不是"文艺理论"来命名自己的学术研究成果。

在这样的一种状况下，我们应该怎么来看待"文艺"？怎样反思和定位"文艺理论"？论坛发言讲得最多的一个是"失语"，还有一个就是"焦虑"。而这个焦虑在艺术学理论中就很少提到，而更多为文艺学研究者所关注。我们当下的焦虑主要在什么地方？就我们论坛的主题来说，也就是在这样一个转型年代，我们青年人，如何讲述中国的故事，如何通过中国故事的讲述，重新建构起我们这个社会的主流文化和价值观念。我们的艺术学不太关心这个主流价值观念的建构问题，所以他们不存在这个焦虑。当下文学的边缘化和焦虑，正在于价值的多元化所导致的维护主流价值的文学的相对边缘化。

在这样一个原有的价值体系受到质疑，新的主流价值体系不能尽快建构这样一个历史背景下，我们的文学要讲好当下的或新的中国故事，就要首先走出这种价值建构的困境和焦虑。而怎样走出这种困境，摆脱焦虑呢？我觉得我们是否可以暂时跳出这种中国文学的价值建构的使命感，换一种角度来看待和评价文学。从这个角度来讲，我认为郭敬明的《小时代》，虽然很多人批判他，说他拜金主义，但是我认为《小时代》的意义不在于他是否宣扬一种拜金主义的价值观，而是敢于真切地反映当下，或者说反映他所接触到的那个阶层的人的生活。虽然说他里面的主人公，他们的行为，或者是他们的一些观念别人不是很认同，但是我认为他至少是诚实的，没有刻意去掩饰什么，在这个文学和电影中生产出来当下的真实，讲述了一个或许不全面但真实存在的中国故事，我认为这个是就是他的价值所在。

所以，我认为文学要摆脱建构主流价值的焦虑，可以借用一句西方谚语来讲，"上帝的归上帝，凯撒的归凯撒"。我们文学具有价值建构的功能，但这不仅仅是文学承担的，比如说哲学、历史学，也都有这样的责任。但是对于文学来讲，在没有明确价值指向的时候还可以承担起另一项重要任务，就是通过文学反映和建构当下真实的社会生活。如果文学能建构出这样的一种存在，就是成功的，就可以成为一个好的文艺作品。如果文学暂时剥离了这种价值建构的责任以后，我们当下面对文学的焦虑可能会得到缓解，文学创作和批评也会有更多的发展。

周志强：研究艺术学的人，他们很焦虑，觉得他们的理论都是文学理论，这是一个很有趣的问题。下面有请中国社会科学院《文学评论》的何吉贤。

何吉贤（中国社会科学院《文学评论》杂志社）：很高兴今天能在这里见到很多新老朋友。

今天听了一天会，已经临近结束，我想大家也比较累，我就不讲新的话题了，就接着大家谈过的一些话题，在大家的基础上，做更进一步的强调或澄清。

这两年因为编杂志的关系，也在考虑文学批评的相关事情。我现在总体的感觉，接下来批评的环境或处境可能会有所改变，会好一点。这话怎么说呢？一方面，正如上午白烨老师讲的一些情况，可能跟我们体制当中某些层面的重视有关，以后批评的平台可能会更好一些，包括出版、传播、经费之类，会有所改善。另外，可能跟党和国家关于宣传、文艺的方向的认识也有关，现在总的调子是在宣传上要加强引导性，增强主动，所以批评可能会加强，这是我的一个基本感觉。但是究竟会怎么变？最后还要看怎么做，因为各方面有自己的目的和要求。

另一个方面，我认为跟批评现有的状况有关。现有的批评状况，我们大家都明白，可以说，它整个的信用和有效性已经到了相当的低谷了，这里的原因当然很多，可以具体讨论。它导致的结果可能会触底反弹，新的批评可能也已经到了去努力、去探索的时候了。现在从事批评的主力已经是更年轻的一代，就像我们在座的这些人，从生活经验、教育养成、知识结构、社会处境，都大大地不同了。我觉得时机也差不多了。

还有另外一个因素，也跟这么多年文学和艺术界的创作情况有关，有些新的趋势已经出现了，批评界可以注意。当然这还是表象，背后是整个社会的变化。

最近我在考虑一个问题，20世纪80年代中后期，经过整个90年代，21世纪前10年，一直到现在，中国文坛上这些活跃着的重要作家，他们的创作，尤其是长篇小说创作，做一个简单的主题概括，可以这样说，他们都涉及甚至集中于一个共同的主题，这就是：如何叙述20世纪中国历史，尤其是中国革命的历史。他们用文学的方式进行表述，对20世纪中国历史提供阐释。与这一问题有关的作家和作品很多，这里就不说了。因为它不仅涉及几位作家，一些作品，而是整整一代作家，用一系列作品来处理这个问题。积累至今，在文学上是一个触目惊心的现象，里面有非常多的问题，值得去总结、批评和分析。可惜，迄今为止，批评界并没有认真处理这个问题。在这点上，批评界比创作界显得更迟钝和懒惰，创作界在20世纪90年代以来已意识到并回应了这个问题，但批评却缺乏足够的自觉。为什么会出现这种差异和脱节？其中一个重要原因与批评界目前的萎靡和落后的状况有关，尤其是批评界已严重脱离了当代中国的公共议题。

我对当前批评界状况的估计并不乐观，批评界不仅对当下创作的状况观察和总结不够，而且与整个社会思潮的变化也脱节。具体讲两点。第一个比较具体，在座的都是从事文学和文艺批评的青年批评家，但同时大家大部分都在大学教书，少部分是在研究所从事研究工作，而且绝大部分是中文系教育背景出来的，在这个背景中，具体的批评教育的养成，职业后面所能提供的平台，就批评而言，并没有提供足够的支持。我们可以问自己，批评作为一种"志业"，这是我的选择吗？大家的回答并不会那么肯定吧。这点我与云雷有过交流，他比较特别的是他在研究所工作，编杂志，我想如果他在高校，并不一定会有现在这样的工作环境和条件。新一代批评者已经越来越转向学院内了，学院体制给批评带来什么限制和变化，需要考虑，这一状况将长时间存在，这是一个问题。

第二个问题今天有不少人涉及了。上午艺术研究院的副院长讲到了当前批评缺乏整体性，下午鲁太光讲要在批评工作中加强协作，在一定程度上也与此有关。我将这个问题称作文学批评的公共性。怎样探讨文学批评的公共性问题？这个问题当然是蛮大的，但我想强调一点，就是我们现在的批评是在一个新的中国当代社会的处境下进行的，尤其是我们处在一个新的知识环境当中，那么批评如果还是限定在比较局限的、狭义上的文学范围内，做不出有效的批评来。这并不意味着我们要放弃擅长的，比如说文本解读，比如说跟人的深度体验有关的内容，等等。另一方面，就是批评与整个社会的议题，整个知识界的讨论构成一种什么样的关系。我们知道，文学批评在20世纪80年代曾处于思想界非常中心的位置，很多重要论题是文学界的讨论发起的。到了20世纪90年代，特别是20世纪90年代中后期，中国思想界发生了一个关于中国社会性质和前途的大讨论，争论非常大，而其中，关于如何认识20世纪中国历史是一个非常核心的问题，在这个过程中，文学批评界却被边缘化了。当然，参与20世纪90年代以来讨论的学者中，有不少是从文学界跨界过去的，但文学批评本身在这个过程中并没有提供有生产性的话题。我曾说过，底层文学的概念，如果离开了20世纪90年代以来知识界大讨论的背景，是不会产生那么大影响的，在一定程度上，底层文学的讨论可以看作是20世纪90年代以来知识界大讨论的余续，一个衍生性的话语。而且文学批评界最早开始提底层问题的时候，确实与更大范围内的知识界讨论相关联。后来创作界和批评界继续跟进，影响面就慢慢扩展开来了。我们这次会议提的"中国故事"问题，也有这个背景，它跟2008年之后关于中国经验的讨论这个大背景分不开。我觉得批评界一方面对社会议题的大背景要有充分的敏感，因为这样的大背景与整个社会的变化是密切相关的，在这样的议题的催逼下，原有的一些本来理所当然的前提才能被打破，批评的新目标才能出现；另一方面，批评要以自己的方式介入、展开和推进这样的论题。只有这样，新的批评才有可能在不断磨练中形成。

周志强： 何吉贤很沉重地表达了一些顾虑，下面有请徐志伟先生做点评。

徐志伟（哈尔滨师范大学文学院）： 大家刚才谈到的问题都很复杂，层次也比较多。慧瑜的发言主要是以王朔、王小波和郭敬明为中心，一方面分析他们的文化想象背后的知识构造，一方面也藉此反思了20世纪80年代以来中国社会的症候。我觉得这个反思是很深入的。但目前学界，包括慧瑜刚才的发言，对王朔的阐释都是定型化的，即把王朔固定在某个位置上，这可能和我们运用的分析方法有关。我的疑问是，对于王朔这样的作家，我们今天还有没有重新阐释的可能？当我们试图建立另外的现代性想象的时候，我们有没有可能从王朔这样的作家身上找到一些可供征用的资源？霍炬的发言涉及到当代文学史书写的问题，他觉得文学史写作需要文学史观，而20世纪80年代以来的"纯文学"史观有很大问题，所以他试图重新激活十七年时期的文学史写作经验。这个想法当然很有建设性，但是他所设想的文学史写作方式，可能还是赵文在刚才的发言中所批评的"顶层设计"。文学史这个东西最主要的用途当然是在大学的课堂上。但今天的大部分学生，经过20世纪80年代所形成的文学史观的教育，对社会主义文学史观都很排斥，这就涉及如何重新处理学生的文学趣味的问题。如果今天的文学史写作不能衔接当下的语境，不能进入学生的情感结构，那这种工作的价值是要大打折扣的。

卢燕娟主要是谈近年来电视剧中的清朝叙事，她认为近年来电视剧中的清朝叙事的新自由主义倾向是很明显的，这其实也体现了新自由主义对历史资源的一种征用。我认为指出这一点是很重要的，带给我的一个启示是，对于历史资源的征用其实是一场话语权的斗争。如果今天左翼对新自由主义叙事的大行其道感到不满，仅停留在理论批判层面是远远不够的，更有效的方式是加入到对历史的重新阐释中去，甚至包括参与到电视剧的生产中去。王磊的发言主要是谈近30年文学观念和文学评价标准的转变问题，他提出要重建关于中国文学的价值标准。这个吁求显然包含了他对全球资本主义的不满和对"中国道路"的期待。但王磊在这里似乎过多地强调了中国的"特殊性"，我觉得这种"特殊性"如果不能生产出某种普遍性，如果不能与所谓的西方文学标准产生一种对话性，就有可能重新走回"文化相对主义"的老路。

崔柯主要是分析20世纪80年代个人叙事的局限，其背后要探讨的一个更重要的问题是如何重建个人和集体、社会之间的关系。这当然是一个极其重要的问题，但到底能否重新建立起来？借用他发言中反复出现的一个词来说——"不容易"。关莉丽的题旨我还没有很好地把握住，她似乎是希望重建文学和其他艺术门类的互动关系，并恢复文艺的价值建构能力。这样的愿望当然是美好的，但具体的路径可能还需要进一步探讨。何吉贤首先谈到最近的体制环境对于文学批评是有利的，他说的显然不是官话，他的意思应该是，我们要学会利用这个体制环境，但不被它纳入到一个知识生产体系里面。其次，他谈到最近出现了好多不错的作品，但文学批评的跟进还不够，这在某种程度上导致这些作品中已经积聚的能量无法完全释放出来。在这一点上，我很同意吉贤的看法。我觉得当下文学批评的确存在话语僵化的问题，比如对余华的《第七天》这样具有明显转型色彩的作品，很多批评者还是运用一种简单的批判思维，轻易地对其进行否定。之所以如此，我想可能是因为我们还没有找到理解这些作品的方式。

周志强：简约有力，功力非凡，因为大家的讲话不是统一的主题，对各个主题要拿出一个意见非常了不起的。

刚才何吉贤提到的学术体制提醒我想到一个很有趣的现象，就是，咱们文艺理论和文学研究圈子里面有仇的人越来越少，谁和谁都没有仇，比如说我跟刘复生，怎么着我们两个都很好。这是学术体制的问题，因为你不晓得你学生的论文可能交由谁来评审，你评长江学者可能是另一个人评审。所以这在今天真是一个大问题，批评跟着这样一个体制走，要想拿出真正的批评，在某种意义上需要一些勇气。今天时间也到了，还有三位资深学者一直在参与我们的论坛，你们三位有什么要发言的？

郭松民（《国企》杂志社）：今天上午刚好有人跟我约了一篇稿子，让我评一下电视剧《火凤凰》，这部电视剧讲的是如何把一帮女兵训练成特种兵的故事。我觉得女性的中国故事确实有一个变化，像《红色娘子军》或者《青春之歌》，其实就是讲一个被侮辱被迫害的女性，或者一个小资女生如何成长为革命者的故事。这个故事到了20世纪70年代末、80年代初出现一个反转，当时谢晋拍了一部电影叫《啊，摇篮》。实际上他用的女主角还是《红色娘子军》里的祝希娟，《摇篮》女主角一出来，是一个男性化的解放军指挥员，一名骑兵营教导员，像男性一样很粗莽。后来她因为接到一个任务，就是护送延安保育院的儿童到后方去，在这个过程当中，她的母性逐渐回归，这是一个反向的故事，和《红色娘子军》是反着来的。实际上，20世纪80年代以后，中国女性基本上又重新回归家庭了，电影一般表现出她们身上女性的特点，一开始是母性，后来是性感，总而言之就是这些东西，越来越作为一个性别的对象。

比方说像20世纪90年代《渴望》中刘慧芳的形象，当时是万人空巷，我去过一次朝鲜，发现这在朝鲜也是非常有影响力的一个电视剧。《火凤凰》是一部商业性很强的电视剧，它实际上是迎合男性很诡秘的心理，漂亮女生穿上军服究竟是什么样？我不认为它有太高的境界想表述什么。但这部戏暗合了当代社会的特点，就是在现代市场经济激烈竞争的大环境下，把女生当男生，把男生当畜生。在职场里，如果一个女生不能变得比男生强悍，你就无法生存下去，这就是这部戏的大背景，你要是在职场当中能够胜出，就要比男的更加强大，最后战胜男人。

《火凤凰》里面这帮女兵被训练出来了，不仅打败了一个主力部队，还把旅长斩首了，不仅战胜了男人，而且战胜了男人中的男人。这个故事给白领女性、职业女性提出了一个新命题：你如果不变得比男人更加男人，你就没有生存的空间。那么我最后的结论是什么？我觉得这样做与其说解决了女性的问题，不如说把女性的问题变得更加不能忍受，如果一个女性最后变得比男人更加男人才能生存，说明她的确处于一种无法忍受的状况。中国女性解放的道路究竟是什么样的？简单地回到以前肯定不行，但是像20世纪80年代或者90年代的状况也是不行的，新的道路在哪里？我觉得现在的电视剧也没有指出这个问题。我先说这么多。

宋宝珍（中国艺术研究院话剧所）：我是年华老去却不够资深，青涩犹在却丧失青春，听大家的讲述给了我很多启示。

从现代主义以来，无论是存在主义、荒诞派，还是后来的残酷戏剧等等，其实文学和艺术的交融越来越深入。我在南开是学文学的，是南开中文系的。在南开待7年，现在做话剧史研究，当中我有很多困惑，特别想求教各位在座的青年评论家们。比如我写1949年以前，甚至新时期以前的话剧史的时候，相对来讲评价标准可以掌控。到了20世纪90年代中晚期，到了21世纪的10年，戏剧是什么？戏剧在传统概念中它是一个行动的完整的体系，亚里士多德就这么讲的。那后来反亚里士多德体系，然后是变成什么都是，它可以是唱歌，可以是跳舞，可以是我们这样子，也可以叫做戏。那么戏如果什么都是，那什么不是戏呢？我一直困惑这个问题，是不是就真的没有边界了。

我是 60 后出生的人，我一直习惯所谓恒久的存在和不断可开掘的内涵，就是文学艺术应该涉及人类悬而未决的问题和永远可以开掘的那个空间，或者是那个主题，以这样的意义来衡量一个作品，那么好了，现在剧场的一些作品，第一幕可以今天演，第三幕可以放在第一幕和第二幕再调换，所以每天都是在不断变化，你用你的永久性或者是思想价值这些词来衡量他们的时候，他不搭理你，这里面就出现了一个批评和批评对象之间的断裂，我们怎么把握它？

以前我们习惯于以主流意识形态来衡量一个作品是否有价值，目前文艺价值的层级也发生了转化，发生了断裂，我们集体失语。我们为什么失语？因为我们主流的批评标准丧失了，我们想重新建立，但我们真的能建立吗？我们现在用的叙事合法性、隐喻、能指、所指、符号等等不还是来源于西方吗？这些形成一套话语模式，成了新的俗套。

从 20 世纪 80 年代到今天，我们的文艺理论批评是应该要检讨的，因为在 20 世纪 80 年代的时候，我们曾经把崔健的《一无所有》当成了中国当代的典范，在 20 世纪 90 年代初期的时候，把金庸的武侠小说的价值做了过多的解读，把他划入文学史的现代十大家，在后来我们对王朔现象，对赵本山现象，对郭敬明现象，我们都当成了文艺发展的新趋向。我们今天热衷于解读，热衷于诠释的新的文学现象，还有没有真正的对于后代有启迪意义的价值？如果没有，我们今天在做什么？谢谢。

祝东力（中国艺术研究院马克思主义文艺理论研究所）：我说两句，今天上午也讲到，青年文艺论坛已经举办了将近 30 期，论坛最主要的特点就是"专题发言加圆桌讨论"，大家在这种随机的思想碰撞、互动当中的即兴发言，这样的方式所呈现的内容非常生动，也非常接地气。如果仅仅是那种规定式发言的话，就会比较死板。

明天下午是专门的圆桌讨论，就是上面说的那种形式，但其实每个单元我们都专门留出互动的时间，特别希望大家能重视这个环节。这个环节我们畅所欲言，三两句、一小段都可以，大家想到什么就可以说什么，这样会有互相的激发。

我有一个补充，刚才听卢燕娟的发言，你从 30 年的青春题材折射出的中国故事这个角度来谈，特别有启发。你提到新权威主义，新权威主义实际上是 20 世纪 80 年代后期的一个词，如果用这个概念命名一种思潮的话，那是 20 世纪 80 年代后期出现的。准确来说是 1986 年，代表人物有那么几位，是当时对 1984 年底开始的城市改革的一个反应，针对刚刚出现的市场和社会波动，他们的基本主张是强调政治的稳定、秩序、权威，在这个前提下放开市场化的经济改革，有点像这些年说的"政左经右"这样的路子。

卢燕娟：我不是完全按照这个字面定义的。

祝东力：对，我说的这个思潮肯定是要更早一些。

周展安：我们今天下午的讨论就到这里。谢谢大家。

第一届全国青年文艺论坛：
转型年代、青年与中国故事

第三单元

"文艺前沿与未来生长点"
（上半场）

■　　　　■　　　　■　　　　　■　　　　　■

主持人：郭春林（上海大学文化研究系）
时　间：2013年11月17号上午09：00—10：30
地　点：北京西藏大厦三层会议室
主　办：中国艺术研究院马克思主义文艺理论研究所

郭春林：各位早上好。今天上午开始第三单元的讨论，题目是"文艺前沿与未来生长点"，这一场有7个同志发言，先请第一位发言人余亮。

余亮（观察者网）：今天讨论的主题是"文艺前沿与未来生长点"。本来我到这里来是想听听文艺前沿都发生了什么事情。我现在不在学院了，在媒体工作，算是媒体前沿，对文艺前沿就不那么了解了。我想北京有农民工团体在做戏剧活动，大概算是一种前沿，希望等下能听人说说。那么我就分享一下我在工作当中接触到的跟文艺有关的情况。

我们说"文艺前沿"，意思有两个，一个是指技术化的前沿。我觉得昨天孙佳山老师讲的特别好，他说今天青年文化成为网络文化的主流，和三网合一、互联网兴起等技术进步有关系。仔细想想技术确实带来了很多新的变化，但这种变化是不可琢磨的。比如大概10年前，手机短信兴起时，就有很多人喊短信文学会兴起，那时有各种奖金活动都在鼓励所谓短信文学；但最后我们看到短信文学生出来的样子，主要就是类似微博上那些段子，很无聊，很难说有什么文学意义。

我们说"文艺前沿"的另一层意思是"前沿阵地"，包含着希望、突破、交锋。这与我们的文学观念有关系，对"价值"、"崇高"怀有敬意，在网络文学时代还是想寻找有价值的文学。那么这个意义上，文艺的前沿会在哪里呢？

20世纪80年代以来，曾经有过一个争论——写什么和怎么写哪个更重要？最后是"怎么写"比"写什么"更重要，占了上风，为现代派乃至先锋文学强调写作技巧的现代化，铺垫好了道路。但是我觉得还有一个问题蕴藏在新文学的历史脉络里，就是"谁来写"的问题，写作主体的问题。从白话文运动开始，文学主体一直在从上往下移，到20世纪30年代革命文学争论的时候，提出由无产阶级来写作，革命知识分子对于由自身代替无产阶级写作不满意，需要无产阶级自己来写。

今天我不会谈无产阶级写作，我对今天的无产阶级写作并不了解。昨天有几位老师都提到中国人做现代化这件事很特别、很了不起。确实，无论我们喜不喜欢，中国已成为第二大经济体，可能越来越像美国这样的超级大国。我今天想讲的就是与此有关的一种主体，什么主体呢？以往在网上，或者在思想界讨论问题的时候有一个左、右划分，包括中间道路，谈多了大家都有一些烦。其实在知识界之外，在网络上兴起了一种新的分法，叫做"工业党"和"情怀党"。当然这个说法乍一听有一些搞笑，比如网上有人批评说，"工业党"和"情怀党"算是一个政党么？谁会说自己是"情怀党"？当然不是一个政党，但这些说法包含着新的诉求，什么叫"工业党"和"情怀党"？有一些误解，比如有人认为是理科党和文科党的一个区分，文科生情怀多一些，但很多理科生也很"情怀"，政治观点也非常简单。也有人以为"工业党"就是实业救国那种人，也不全是，"工业党"也包含了一种情怀，一种意识形态。

那"工业党"算是理工科的意识形态吗？也不是，它的起源其实与中国的工业化以及民族实力的发展有关系。包括王小东、刘仰、宋晓军等人当年写《中国不高兴》，后来还有一系列的论述，他们重视国家实力，在一个大国时代先把实力发展好，先搞定美国，再搞定别人，其他问题再说，不要自己先闹崩盘。这些我不想展开。

"工业党"这个概念，我们从文学修辞的角度去分析，你能感觉到"工业党"包含着现代化和实践路线。我认为可贵的一点，是这个群体保留着实践的意义。他们看不起"情怀党"，认为"情怀党"不干实事，比如照着讲自由、民主的书，看到有不好的社会现象就发表发表情怀、发表发表批判，缺少办事的能力。

习惯于经典阶级分析的人都会问，"工业党"到底是代表什么阶层、什么利益？我在媒体接触到一些以"工业党"自居的写作者很有意思，他们都从事过各类实业工作，比如开过建筑公司，在非洲做过贸易、修路、做财务、做销售等。他们肯定不是无产阶级，但是你要说他们是工业贵族那也不对，他们是在现在这个条件下做过实业的人，是具有实践经验的人。但是你也不能把"工业党"理解成实业兴邦，也不是那个意思，他们是社会主义实践的产物，是社会主义的青年。

然后我要谈的就是，这些所谓"工业党"也有自己的写作要求，不光是包括像《大目标》《中国不高兴》这样的一些著作，他们在写作上有十分张扬的一面。比如乍一看，你能看到雄心勃勃的帝国主义色彩，看到他们的战略幻想，好多军事论坛上活跃着他们的身影。他们很多是从对动漫的喜好发展起来的，很有意思，很多在网上与公知战斗，坚持爱国主义的青年是从动漫论坛来的。这种青年，包括90后，他们没有被新文学"污染"过，有时候想法特别单纯，所以我觉得他们反而有一定的前沿性。因为他们对各种行业比较了解，相比之下，我们文学系的因为是做文学的，活在象牙塔内，出来也很难成为精英，因为根本不会去从事比如金融业、制造业这一类发展比较快的行业。当然文学系的人也不会是屌丝，因为心都比较高，都已经是天生丽质无法自弃。而"工业党"，这些各行各业的青年，也想把自己的生活经验和想象通过文学表达出来。

　　我今天要说的是"工业党"的一部代表性的文学作品，也是一部游戏之作。他们通过论坛组织，合写了一部小说，一部穿越小说，多人轮流写。与一般的穿越小说不一样，首先这部小说有一个很奇怪的名字，叫《临高启明》。临高是海南的一个地方，海南的一个县城，"启明"有启蒙、启明星的意思。小说写一帮做实业的青年，有做IT的、有开小厂的、有做化工的等，通过穿越回到明代，重新开始中国的资本主义工业建设过程。这个小说比较长，几百万字，他们又特别能写，从学院文学的角度，会觉得它缺少章法，或者是太长，或者有一些想法比较幼稚。但从这个小说，可以看出他们的观念和经验。比如他们在穿越之前——从时间之门穿越到晚明之前，为做好穿越的准备，每天开工作会议，有会议记录，决定采用什么计划、什么投资方式。我们很明显看到现代公司的工作方式——工作会议、会议记录、营销计划、产品规划等，这种生活方式与人文工作者不一样，非常有产品意识。主人公到古代，把现代的东西，小塑料瓶、小镜子这样一些现代工业品拿去和古人交换大宗商品赚钱——一听就能感受到，这其实是模仿了西方殖民者在美洲对印第安人干的那些事。没错，"工业党"的写作又重复了一次殖民史，因此很容易被批评有反动的一面。

　　但需要思考的恰恰是，这和"反动"有什么不同？比如说他们对科技的要求非常之高，非常认真，怎么找寻基地，怎么收集资源，怎么研发化工产品。对小说来说，他们在某种意义上又恢复了早期小说家对地理的感知，早期的文学家，比如英国作家，从笛福到康拉德，从《鲁滨逊漂流记》到《黑暗的心》，再到萨伊德在《东方主义》《文化帝国主义》里谈到的所有西方文学，充满世界版图视野和雄心壮志。我们的文学，在20世纪80年代文学变成了人学之后，就只有人的所谓心灵地图，都是在所谓人性里折腾。"工业党"这种文学在某种意义上恢复了资本主义兴起时期那种作家的风骨，那时候的作家同时又是一个殖民者，对地理学非常了解。所以他们会找到像"临高"这样的地方，我们平时根本不知道临高在什么地方。为什么选择那个地点？地理学虽然伴随资本主义兴起，但并不就和资本主义是同一个东西。21世纪的"工业党"的地理学到底是什么？这还有待探讨，甚至可能是伪装成地理学的历史学。

　　这样的一种穿越到过去，重新塑造历史，其实可以类比为鲁宾逊到荒岛上，但是鲁宾逊是早期殖民者面对未知的故事，有面对未知的勇气。我们今天的"工业党"，包括宅男在内，很多这样的写作，很多事情是已知的，只不过把这一切搬到过去，在看似简单的小说背后，有不少可以挖掘的东西。比如说我看到的是很多无处可用的知识，他们懂各行各业的知识，但是无处发挥。那么这些知识、能力依托到何处？他们觉得自己是懂行的，现实中的"工业党"对铁路、航天、特高压等等经天纬地之业都非常了解。他们看不下去媒体围剿高铁，会经常弄一些非常荒谬的言论来钓鱼，不少媒体被他们钓过。所谓钓鱼，就是他们会故意模仿公知造一些谣言，欺负媒体不懂科学，等媒体上钩了再来嘲笑媒体。他们对比如媒体制造医患矛盾也非常不满，因为他们觉得记者不懂瞎说，哗众取宠。这样的一些无处可用的知识，他们就通过小说来寄托。

这样的一种动能，被压抑的动能，在小说中被转化到过去。在未来有没有可能转化到别的方面呢？也有可能。随着中国崛起——我在中性意义上使用这个词——这是一个新的主题，而且他们也确实在自己的著作当中，比如说《大目标》这个书里明确发出号召：实业青年到非洲去。听起来近似以往帝国主义的声音，同时又混杂着"到祖国最需要的地方去"这样的感觉。当然，就算是帝国主义，他们觉得也没什么荒谬的，因为能做成这个事情也很了不起，总比没用的批判强。

最后一点，我觉得他们给我一个蛮有意义的启发，我刚才说了他们恢复了很多以前的文学，包括地理知识，包括建功立业这样的想法，最后他们恢复了文学作为一种组织的传统。以前列宁有一个著名的文章《党的组织和党的文学》，列宁的观念在20世纪80年代之后遭到中国知识分子的剧烈反弹，这在当时有合理性。不过，现在好像一提组织就不是文学了，文人一听到组织就有一些恐惧。但是"工业党"很有意思，他们通过论坛自发地组织起来，在他们身上能看到很多熟悉的东西，他们在平时的工作中也一定程度适应了组织生产，而且在前两年网上公知特别猖獗的时候，我们发现和公知斗争非常厉害的人，很多都是属于"工业党"的。他们很有组织纪律性，他们的生活方式也决定了比较喜欢合作。我就分享到这里，希望对我们自己也是一个触动。

郭春林：谢谢余亮。下面一位发言人是刘岩。

刘岩（对外经贸大学中文学院）：我发言的题目是"《钢的琴》与老工业基地的历史记忆"。关于《钢的琴》这部电影，相关的讨论已经很多了，我今天的说法可能只是一孔之见，有什么不妥当的地方请大家批评。

我想把《钢的琴》放在一个文本脉络，或者是作品的序列当中来讨论——就是老工业基地题材的电影，其中有两个非常重要，是必须作为参照的，一个是王兵的《铁西区》，还有一个是贾樟柯的《二十四城记》。这三部电影之间，有什么联系，或者说有什么相似性呢？它们都可以看作是关于老工业基地历史的"物质现实的复原"。《铁西区》是纪录片，《二十四城记》是仿纪录片，纪实或写实的特征非常显著。那么，这种"物质现实的复原"在今天中国这样的表意实践系统当中，在扮演什么样的角色，发挥什么样的功能，具有什么样的意义？

看过《铁西区》的观众，如果在10年后的今天再到沈阳铁西区，可能会有一种震惊体验，因为王兵纪录片中的铁西区已经不存在了，那些工厂完全看不见了，取而代之的是一个商贸、消费和休闲的空间，铁西区在今天已经成为沈阳最宜居的一个城区。在铁西区过去有一个工厂叫做沈阳铸造厂，现在沈阳铸造厂的旧址已建起来一个博物馆，叫中国工业博物馆，这个工业博物馆的一层是工业史的展览，二层是一个铁西区10年成就展。在这个成就展的第一块展板上，我们就能看到王兵《铁西区》的几个画面的截图，下面有文字的说明，说这就是当年的铁西区："工厂停产关闭，产业工人下岗，棚户区拥挤不堪，悲观、无助、失望、焦虑充斥着这片土地。"这是干嘛呢？今昔对比，经过10年的发展，当年凋敝、残破的铁西区已经变成了这么美丽、这么宜居地方。《铁西区》记录了老工业基地在市场化时代经历的阵痛，从今天来看，那好像只是阵痛，疼过一阵就过去了，创伤属于短暂的昨天，伤口现在已经抚平。

而《二十四城记》除了"物质现实的复原"之外，还有另一个面向，就是对历史的诗意缅怀，片中引用了很多成都诗人的诗句，而且"二十四城"本身就来自一首诗，"二十四城芙蓉花，锦官自昔称繁华"。同时它又是一个商业楼盘的名字，电影一开头我们就看到一个仪式，就是成发集团迁出老厂区，华润置地接受土地的仪式，而华润置地同时又是这部影片的投资方、出品方之一。在这部电影之后，"二十四城"的模式就不断地被复制。

我前一段时间去长春，长春有个吉林柴油机厂，就是生产中国第一台坦克发动机的工厂。我知道工厂已经不在那儿了，原址建了一个博物馆，但我没想到的是，这个博物馆是房地产商建的。吉柴的原址建了叫"万科蓝山"的楼盘，两个很醒目的广告是"有历史才时尚"，"在时光中品味蓝山"，几间老厂房被改造成了时尚的消费空间。最好玩的是，其中一个的厂房既是售楼处又是博物馆，可以先参观博物馆，然后再看房、买房。

在万科建的这个吉柴博物馆里，除了照片和实物，展厅的正中是关于吉柴历史的纪录片，就像《二十四城记》一样，是一个口述史式的纪录片，一代一代老职工的回忆，回顾他们的光荣历史，还有改革的阵痛。讲到最后，万科这个项目的负责人出来说话了，说对这样的一段历史，我们要尊敬它、铭记它，要让买房的人知道这个地方的历史。开发商在表达对历史的敬意，吉柴的遗产，或者说社会主义的工业遗产，成了一种文化财富。什么意义上的文化财富呢？本雅明意义上的文化财富，作为战利品的文化财富，被这个时代的胜利者，这个时代的凯旋队伍携带着，时代的凯旋队伍对这样一种历史遗产充满了敬意，也正是因为这样一种敬意，今天的消费逻辑才显得更有诗意。

那么《钢的琴》呢？《钢的琴》是不是也在进行"物质现实的复原"呢？是不是缅怀社会主义和工人阶级的历史呢？当然是。但它还有自己特殊的地方，什么特殊的地方呢？就是在对社会主义、集体主义时代进行"物质现实的复原"和缅怀的同时，包含着这种表意实践的自反。

《钢的琴》的故事情节大家都很熟悉了，就是钢铁工人陈桂林和前妻争夺女儿，谁能给孩子钢琴，孩子就跟谁。与此并列，还有另外一条线索，就是一批老职工要把作为工厂标志的两根烟囱保存下来，在电影差不多演到一半的时候，这两件事情全都失败了。而片头的场景又再度出现，在影片开头，陈桂林夫妻站在旧厂区的前面，非常具有仪式感地争夺女儿的归属，但当我们再次看到这个场景的时候，陈桂林已经放弃对女儿的抚养权了，他对妻子说，孩子你带走吧。这时他又突然感慨起时间的流逝，说时间过得真快，与此同时，镜头向前推进，从夫妻二人之间推过，推成了一个空镜头。当画面中只剩下厂区空间的时候，我们听到了陈桂林夫妻的画外音，争论女儿出生的时候有多重：一个说6斤6两6，一个说6斤6两8；一个说我生的我还不知道吗，一个说我称的我还不知道。这时候就出现了媒介的自反，对"物质现实的复原"的一种质疑、一种调侃。一方面，孩子归谁这件事情没有被道德化，没说那个傍大款的母亲怎么不道德；另一方面，物质细节的呈现却要被赋予立场，那么该把认同寄予谁？只有依据线性时间的"物质现实复原"才显得自然而然么？用本雅明的话说，很简单，寄予这个时代的胜利者。父亲想留住女儿和工人想留住他们的物质遗产——两根大烟囱，具有同构性。当陈桂林想通过把烟囱改造成某种创意景观而保留下来，就跟他要用一架钢琴把孩子留住一样，他好像要作为一个工人、一个男人、一个父亲而雄起，但他实际上已臣服于新的社会逻辑和符号/价值秩序，臣服于这个新秩序的阉割。反倒是在他把孩子的抚养权交给妻子，在烟囱炸毁之后，本来已分崩离析的造琴集体却重新聚合起来，重新回到工厂里面，然后就出现了华彩段落，就是西班牙斗牛曲，淑琴的红装热舞，一个展现工人的力量和尊严的非异化劳动的场景。

但这是曲终奏雅吗？不是。接下来我们看到有几个工人在给钢琴调音，另外的几个工人很累了，在那打盹休息，就在这个时候"砰"的一声响，打盹的人如梦初醒一样，被惊醒了，回头一看，一个特写，陈桂林的小摩托摔倒在地，尾灯摔的粉碎。这时，我们看到了非异化劳动想象的脆弱的现实基础，想象固然很美好，但是现实基础很脆弱。接下来的一个场景是火葬场，烟塔下几个工人在那聊着天，这个时候陈桂林和他的姐姐、姐夫抱着他父亲的遗像，抱着他父亲的骨灰盒就走了过来，工人就排成两队，形成一个送葬的仪式。而影片开头也是一个丧礼，工人在演奏悲怆的《三套车》，在给一个葬礼进行演奏，这个时候突然被叫停了，说听这个曲子老人走得多沉重啊，于是立刻改成欢快的《步步高》。好像是他人的葬礼，但镜头切换成大全景，杂耍般的丧礼后面，却呈现出还在冒烟的工厂烟囱，工人阶级其实是在演奏自己的挽歌。像这个用《步步高》演奏的挽歌一样，在市场化改革大势底定的语境中，对工人劳动的抽象赞美也只能是金钱或资本视点下的一出喜剧。影片显然包含着对这种时代喜剧的反思，造琴的华彩段落之后，是一个朴素的丧礼，已放弃留住女儿、失去父亲资格的陈桂林在给自己的父亲送葬，工人阶级的身份和父亲的身份都是一种传承，与陈桂林的滔滔不绝形成对照，陈父始终是个戴口罩的失语者，他的丧礼意味着，曾拥有"父名"的工人阶级不仅缄默无声，而且已逝如尘烟。

只有直面想象性历史主体事实上的沉默和死亡，新的创造才有可能。在父亲的丧礼之后，陈桂林把钢的琴送给了女儿，女儿开始弹琴的时候，是有声源音乐，但是很快就变成了无声源音乐，女儿另一次弹琴也是无声源音乐，就是和父亲一起弹纸壳琴。如果说有声源音乐有助于强化物质现实的感觉，弹纸壳琴和钢的琴时的无声源音乐，则意味着从不可能中创造出的可能性。造出一架能弹出优美音乐的钢的琴，陈桂林重新成为父亲，工人阶级重新成为历史主体，都是不可能的可能性。工人决定制造钢的琴的场景，是一个固定镜头中的画面，工人们一字排开，捧着饭盒吃饭。张猛明确地说，这个构图参照的是达·芬奇的《最后的晚餐》，如这幅名画所表现的，危机的时刻也是救赎的时刻，人子从此真正秉父之名。工人阶级没有外在的救世主，其父名就是其作为历史主体和领导阶级本身的名字。恢复对这个名字的记忆，并使之"名之必可言，言之必可行"，这是《钢的琴》在当下语境的启示。这部电影最值得关注的地方，可能不在对已经完成的历史的复原和缅怀，而在从不可能中创造可能的启示。

这种启示的前提是"物质现实的复原"的自反，但是不是说对老工业基地物质现实的历史再现，对当下就已经没有任何启示意义了？我觉得未必。《钢的琴》文本内部之所以会有这样的断裂、张力和自反，恰恰是因为它首先承袭了《铁西区》和《二十四城记》的空间呈现，什么能够代表社会主义时代、集体主义时代，能够代表工人阶级？最重要的标志性建筑似乎就是烟囱。王兵《铁西区》里一个重要的工厂叫沈阳冶炼厂，沈阳冶炼厂有三根标志性的大烟囱，其中一根是20世纪30年代伪满时期建的，另外两根是20世纪60年代建的。那么在毛泽东时代，我们做了什么？难道我们就是在日本人的烟囱后面另加了两根烟囱吗？我们也知道那个神话，今天几乎成为笑话了，就是梁思成反对对北京城的改造，彭真把他领上天安门城楼，说毛泽东的想法，就是站在天安门城楼，看到的全是烟囱，那该多么壮美。我来北京很晚，我不知道北京是不是有这样一个时期——站在天安门城楼上往前看，全是烟囱。但我知道，在沈阳这样一个工业城市，在它的核心老城区"方城"里面，从来就没有排放工业废气的大烟囱，没有重工业，但却有工厂和工人社区。每座城市都有自己的历史，工人和这个历史性的空间有什么关系？现在能看到的老工业基地题材的电影告诉我们的就是：没有什么关系。我们看不到城市，城市是缺席的，工人仿佛就被封闭在厂区里。

因此，我觉得"物质现实的复原"，并没有耗尽它的批判意义和提供启示的可能性。关键是，我们需要重新建构关于工人与城市的历史地理学。谢谢大家。

郭春林：第三个发言人是徐志伟。

徐志伟（哈尔滨师范大学文学院）：这个单元的主题是讨论文艺未来的生长点，有一点畅想未来的意思，云雷在会议通知中还提示了几个方向：其中一个是《钢的琴》，刘岩讲的很好，还有一个是"非虚构写作"。我接下来就谈一谈"非虚构写作"的问题。

关于近几年流行的"非虚构写作"，虽然无法预测其是否能成为未来文学的生长点，但在我看来，至少是一种比较有能量的写作方式。对于虚构与"非虚构"王安忆有一个区分，她说："非虚构是告诉我们生活是怎么样的，而虚构是告诉我们生活应该是怎么样的。"作为一个小说家，王安忆说："我是一个理想主义者……我觉得艺术还是应该回答生活应该是怎么样的"。显然，在王安忆看来"非虚构"至少不是一种艺术的方式。

我个人不大同意王安忆的看法，在我看来，近年来"非虚构"写作的兴起是有其深刻的历史性的。在某种意义上讲，它是一种更具时代形式感的文学。

首先，我觉得，"非虚构写作"的流行，可视为对当下虚构社会的一种反抗。在很多文化研究学者看来，当下社会，虚构已成为一个重要表征。他们的依据是：其一，在电子网络所创设的虚拟空间中，信息代替物质，符号代替身份，仿真替代真实，生活不是"身体"的生活，生命不是"物质"的生命。人们可以在网上交友、旅游、游戏，可以积累虚拟资产。在这个虚拟世界中，真实与虚幻的界限已变得模糊。其二，在当下的消费社会中，现实已裂变为一个庞大的符号系统，一切都被符号化了，消费者本身也失去了主体性，日常生活现实已颠倒过来，成为模仿的过程和虚构的过程。用鲍德里亚的话说："今天的政治、社会、历史、经济等全部日常现实，都吸收了超级现实主义的仿真维度：我们到处都已经生活在现实的'美学'幻觉中了。'现实胜于虚构'这个符合生活美学化的、超现实主义阶段的古老口号现在已经被超越了：不再有生活可以与之对照的虚构。"在鲍德里亚看来，再大胆的虚构也无法与当今的现实相比，因为当下世界的真实事物业已消失，只剩下符号的堆积。虽然对于"虚构社会"这一概念的涵盖性还有很大的争议，但我认为，借用这一概念对社会进行局部的分析还是有效的。简言之，在虚构性生存的时代，真实与真相已变得稀缺。更具吊诡意味的是，社会披露出来的一些"真相"甚至比"虚构"更难以置信。如果我们常看网络新闻的话，会发现很多真实发生的事是一些作家虚构不出来的。借用马克·吐温的话说："真相比虚构更奇怪。这是因为虚构要讲可能性，但真相不受这个限制"。我想，在现实远远超出艺术家的虚构能力时，寻找一种"非虚构"的表达方式，可能反而更能获得时代的形式感。

其次，"非虚构"写作的流行也是对既有文学观念的一种反抗。"文学高于现实"、"现代主义高于现实主义"，这是很多作家都认同的观念，但把这些观念绝对化是危险的。文学作为一种历史性的存在，需要不断地获得它的时代性的具体内容才能真正呈现自身。有些时代性内容是可以用文学已有的形式处理的，而有些时代内容已有的文学形式可能无法处理。在这时，如果作家还是坚持一种旧有的文学观念，不去分析什么是这个具体时代的复杂性、丰富性，靠二手生活来写作，它就极可能成为一种阻碍性的力量。

可以说，每当新的时代内容出现的时候，已有的文学形式往往无法满足读者的阅读期待，因为已有的文学形式已经不能界定我们的生活边界和范畴，已经无法穷尽我们生活的可能样式，它很可能沦为一种无效的形式。一个作家如果意识不到这一点，仍然坚持旧有的形式，固守所谓的"纯文学"观念，那其实是选择了一种最不文学的方式在进行写作，所完成的只是一种比时代内容更低的形式，无法提炼出这个时代的"文学"内容，这样的写作最终无法摆脱被某种意识形态所吸纳的命运。所以，一个有眼光的作家必须要意识到既定文学形式的有限性，自主地进行形式创造，如果暂时无法完成形式的创造，那么选择一种客观记录或白描的方式，也比那种旧文学理念下的创作有价值。也就是说，如果旧的形式已经无法承载新的时代的真实，那么取消自身倒是获得自身的一种方式。在这个意义上讲，包含着自觉形式创造因素的鲁迅杂文、20世纪50—70年代的工农兵文学和今天的"非虚构写作"反倒可能是一种更"文学"的存在。以既有的文学观念看，这些文本或许不是"真正的"文学，但却包含着某种大于"真正的"文学的东西。

以上两点，是我为"非虚构写作"存在的合法性提供的两点辩护。可能有人会认为，和"纯文学"相比，"非虚构写作"在"文学性"等方面还略显粗糙；但我却觉得，这种粗糙与生活本身的质感保持着一种同步，我们可以将其视为一种形式的自觉，因此无须把这种粗糙精致化。

郭春林：下一位张丽军。

张丽军（山东师范大学文学院）：我首先对昨天鲁太光的发言做一个小的回应。鲁太光的发言谈到了70后作家，我从2010年在《绥化学院学报》开设"70后作家研究"专栏以来，一直在对70后作家做全面的关注。我这几年看众多70后作家作品，大致形成了一个总体印象。我认为中国70后作家从总体上看，他们的中短篇小说创作已经非常成熟，甚至达到或超越了50后、60后作家的艺术水准。但是也应该看到，70后作家存在一个很明显的软肋或缺陷，即其长篇小说，特别是优秀长篇小说创作的缺失。我们看到现在像北京的徐则臣，广东的魏微，东北的金仁顺，河南的乔叶，江苏的鲁敏，山东的刘玉栋、艾玛、常芳、东紫等，他们之前的长篇小说创作都不是很理想，只有河南作家乔叶最近在人民文学发表的《认罪书》还是不错的。也就是说，在长篇小说创作上，他们仍然和50后、60后无法抗衡，这是他们很重要的问题。

昨天鲁太光提到一个问题说，我们依然用70后作家来命名，这种命名有它的合理性，就是同在一个天空下，同在一个时代背景下，具有共同成长经历的、共同精神气质。另一方面我们说70后或者80后作家的命名，毫无疑问带来研究上的遮蔽，因为每一个作家都是独特的。那么我们有没有更合适的命名？我想这个问题是非常复杂的，首先我们说为什么会是这样的状态？我们能不能给他们一些单独性的命名，或者说我们为什么会提到，21世纪以来没有新的思潮，新的重大的文学活动出现？70后作家的"无名状态"与中国21世纪10年没有大的思潮具有内在的关联。我们会发现，如果看20世纪80年代、90年代，我们看到一个一个的文学思潮、文学活动眼花缭乱，从伤痕文学、反思文学、改革文学，到先锋写作，到新状态、新写实。可21世纪以来，我们就没有一个很大的文艺思潮。对于21世纪10多年的文艺现象和文学作家，为什么我们没有命名？我进行了很长时间的思考，和一些朋友交流，后来我想到一个很重要的原因，就是70后作家没有提供命名的可能性或命名的欲望，缺少他们这一代人独特经验的呈现，他们依然被遮蔽，是一种分散性的写作。另一个问题是时代的原因，文学边缘化了。我们看到的文学命名来自媒体、出版社、机构与研究者"合谋式"的合作，比如像命名寻根文学的西湖会议，来自韩少功等人集体的谋划，做了一个"寻根"的命名。而今天我们看到文学被边缘化，没有人关注文学，是非常小众化的，这是时代的因素。从另一方面说，70后作家根本就没有提供这种可能性，没有独特性，这就是70后作家在新世纪的存在状态，当然，这也是70后批评家的"无名"存在状态。

70后作家，我们最早看到2000年之前有美女作家，出现了美女写作这样的命名，但是昙花一现，很多70后作家依然是处于被遮蔽的状态。昨天鲁太光建议说，今天70后作家，包括新生力量的成长，要以群体的方式出现，这是非常值得思考的。写作固然是个人的事业，但如何用群体的方式呈现？需要我们进一步采取可行的举措来落实，推动70后作家的"出场"。70后文学活动在新世纪文学思潮中的命名，仍然是一个新问题，特别对于处在"无名"生长期的70后文学研究者来说，尤其如此。

接着，我谈谈21世纪文学前沿和未来生长点的话题。第一个是底层叙述。新世纪以来的文学思潮，如果要找一个亮点的话，唯一的就是李云雷等现在倡导的"底层叙述"，这是21世纪文学思潮中的一个很重要的亮点。从2004年到现在已经快10年了，我们可以做一个很好的总结和思考。前两天我刚刚在《文艺报》发了一篇谈左翼精神的文章，编辑说多写一点吧，我写了7千字，发表的时候后面2000字还是被删掉了，文章主要论及左翼精神、新左翼文学和新世纪底层写作的可能性。我们看到很多优秀作家的作品，像曹征路、像陈应松，包括山东的刘玉栋、常芳，具有重要的代表性、影响力和冲击性。但我们也看到，近期所谓"底层写作"的泛滥，到底什么是"底层写作"，"底层写作"向何处去？这依然是一个值得探讨、需要总结思考的问题。底层写作还有它的美学特质、精神渊源，和左翼文学的内在关系是什么？今天如何规避"左翼文学"的负面影响，呈现文学的时代性和作家个体的独特性？都依然是问题。

我个人认为，21世纪的底层叙述有一个人民性传统的传承，这是毫无疑问的，这也是中国文学重要的资源。很多"底层写作"，缺乏独特的深刻体验，就像郑小琼提到的独特的生命痛感的缺失。另一个就是我认为，底层写作依然是代言的文学，我个人认为不是底层需不需要代言，而是如何代言的问题。文学对于任何阶层、群体来说都是代言的。我们今天的底层文学能不能实现真正的代言，如何为底层代言？这才是问题的关键所在。我们看到的现代文学，像赵树理、像老舍的文章，他们和底层是血脉相通的。赵树理那种与农民相通的思维、气质、追求和情感，对于今天的我们，依然是非常宝贵的，是需要继承的。

第二个文学的生长点是"当下现实主义文学"的写作，我把它命名为"当下现实主义"。去年孟繁华老师的一篇文章谈及50后作家表现现实的写作能力的终结，他认为50后这一批作家应该退出历史舞台了，他们不能呈现正在发生的现实。那么在这种背景下，

2012年我们看到贾平凹的《带灯》就是一个突破，贾平凹开始对正在发生的活生生的乡镇中国的命运进行思考。乡镇中国就像一辆老破车，乡镇中国的命运就是中国未来的命运，我们看到了一种对新乡镇中国整体性的叙事，对它的现状和未来做整体性的思考。贾平凹谈到高速公路修通之后发生了一系列的现代性命运，这是很重要的突破。另一个有突破的作家就是湖北的方方，方方的《涂自强的个人悲伤》是近期一部影响极大的作品。

前一段时间来北京参加"青创会"，"青创会"上有的作家就和我聊，说很多青年作家、很多读者都在谈论方方的《涂自强的个人悲伤》，我的研究生也说，老师你一定要看这部作品，它写出我们这个时代的痛感了。我就找来看，我觉得确实写得好。青年作家们认为这个小说技巧很粗糙，情节不是很优秀，但是方方写出了一个时代的问题。20世纪80年代的时候，我们看路遥的《平凡的世界》，就把它看作像底层文学的"圣经"一样，呈现了时代的样貌，起到了激励人心的作用。可我们看《涂自强的个人悲伤》，则产生了一种绝望，就是痛感，这个时代没有爱情、没有希望、没有出路。涂自强要和同样经历的底层女孩谈爱情，这是不可能的，女孩都坐高级轿车扬长而去。他工作之后，想和另一个女孩谈爱情，女孩说没有可能，谁还跟你玩，跟你创业？没有和你同甘共苦的女性，这是彻底的绝望和悲哀。尽管涂自强说这是我个人的悲伤，可我们看到这绝不是他个人的，而是一种时代的悲伤，这就是"当下现实主义"的痛感；这种痛感非常有力量，它不是文学技巧，而是打动了这个时代的人心，让我们思考这个时代的现实。

第三方面，我谈一谈具有现实主义美学与中国生命哲学特质的影视剧写作。这些年我开始关注影视剧，发现在新世纪以来可以呈现中国思想面貌的艺术作品就是影视剧的创作。贾樟柯的电影，能够独特地反映、呈现我们共同生命的记忆和关怀。像《士兵突击》，我以前没看到，后来我的学生说你看一看这部电视剧，山东大学、山东师大的学生都在看，里面没有一个女性，却吸引了无数女生的内心。这是一个"不抛弃、不放弃"的新故事，我们看到的是，一个很绝望的充满底层经验的人，没有任何城市生活经验的人，他所遭遇的一系列挫折。有一个挫折，许三多来到红三连5班，在草原上生活，这是孬兵的天堂，没有任何可能去改变命运，这里每个人都是最孬种的士兵，但许三多依然坚持，说，这一群狗都是顺时针跑，而有一条狗是逆时针跑，这条狗被杀掉了。他说，我就是那条狗。许三多的命运，不像西方的荒诞剧，没有改变的可能性；但是在中国的电视剧，在中国哲学里面，许三多的命运改变了，他被发现了。所以这是中国哲学很温情的东西，从绝望的深渊中走出来，获得希望。像《蜗居》，我就推荐给学生看。我说你们看过《蜗居》没有？我的学生说，老师我们不敢看，这里面是很残酷的现实。《钢的琴》也是很优秀的电影，刘岩老师提到我就不提了。

最后想谈"非虚构写作"。刚刚志伟也谈到一点，我正在读梁鸿的《出梁庄记》。我个人认为"非虚构写作"回答了一个问题。现在很多作家和我交流就说，我们今天生活的荒诞远远超出文学的荒诞，还要写作干什么？"非虚构写作"恰恰回答了这个问题。我说文学未必比生活更荒诞，但是文学依然不能缺席，文学依然被需要。因为文学是一种悲悯之心、一种关怀之情，这才是文学的独特力量所在，这是其他纪实性、新闻性写作所无法取代的精神抚慰。

今天这个时代是很伟大的时代，也是无比荒诞的时代，这也恰恰是这个时代的复杂性和多种可能性。中国的70后作家群，经历过30年改革开放的历程，所有生活的复杂性、所有的重大历史事件都经历了，可他们依然是沉默的。中国70后作家是大器晚成的一代，正是这种复杂性和多种可能性，以及他们生活的这种气质，注定了他们一定是大器晚成的一代。之前有人提到，我们从来不以50后来对张炜、贾平凹、莫言进行命名，说他们是50后作家。我们常常都提张炜如何如何、莫言如何如何，认为他们建立了属于他们个人的文学时代。所以我认为，再过一段时间，也许10年，也许不远的将来，我们不会再这样谈70后一代，而是建立起属于作家个人的，也是属于一代人的，乃至是一个民族的精神地理学。谢谢。

郭春林：下一位发言人牛学智。

牛学智（宁夏社会科学院文化研究所）：我谈的话题我看前面都谈了，所以害得我又要离开稿子说了，说到哪算哪，可能没有结论，也可能有相对的结论。有这么几个方面：第一个我想再重申一下《小时代》。第二个我会再谈一谈《钢的琴》。第三个因为是和丽军一样在前不久参加了青创会，结合青创会现场感受，谈一点青年作家的整体思想状态，看是否与《小时代》、《钢的琴》有某种关联。昨天我在评议的时候说了几个"走出"，如果我用我的个人经验，对《小时代》会的道德伦理、金钱主义进行一些批评，但是我觉得没用。对《钢的琴》，我可能会大加赞赏，但是按照我昨天说的几个"走出"，我觉得那也没用。

我对《小时代》得出的结论是，它并不是一个文化的症候，而是一种经济主义价值观的后果。为什么这样说呢？昨天有一位发言的说得很多，这里就不重复具体情节了。《小时代》就是一个在写实主义原则下的一部制造比较粗糙的影片。在座各位大多是高校教师，还有一些学生，高校我有时候也兼课，高校周围的小标间都是满满的，课堂上尽管是莫言、贾平凹、张炜、王安忆，但是学生的手机短信里头是不是谈的这些？教室走廊里面到处是名言、哲言，装饰得很好，就是所谓的校园文化很丰富，但是它的寝室内外是不是这些？总结一下大学生课堂内外的真实生活，以"网络文学"中所描述的那些生活为蓝本，或者纯粹以"网络文学"的写手——所谓成功的大神级人物的生活，不都是这批大学生，以及刚毕业的年轻人的生活楷模吗？而不是你在课堂上塞给他们的那些价值观、那些文学现象。所以这个影片基本是建立在一种写实基础上的，以青年人目前在精神与物质两方面状况为内容的影片，集中表现了经济主义价值观在青年人中的影响。也就是说，人家郭导演表达的是这个时代最正确的东西，所以他才敢放言说，《小时代》有资格超越张爱玲、王安忆、卫慧等上海作家。心里的底气从哪里来？就从他对这个时代主导价值的准确把握中来，这与文化症候有必然的牵扯么？凭什么还要在道德伦理、拜金主义、女权主义角度来批评人家呢？

还有一点，我今天着重反思的一点，就是我们该把《小时代》仅仅当做一个文艺作品来看待，别把它无限放大，或者过度阐释成社会生活中的现象，那样，就混淆了艺术与现实的界限。为什么是个症候？影片很巧妙地动用了长期以来很管用的个体化文艺理念，就是哈维尔批评过的所谓"内在性的消费主义"，大体说指的就是那种半径不出自我私密经验的自我打扮、自我折腾。郭敬明主打的点就是哈维尔批判的这个东西，你想，那些女孩子像狗一样跪倒在成功男士的膝下，我们觉得没有尊严，但是对于这样一个理论——个体化伦理，是没问题的。在现在的语境中，不仅认为正确而且还认为应该继续提倡，有意思是，只要是个体化视角，只要是个人故事，内在性的故事，就仿佛具有天然的批判性，这就是我们一贯所用的个体化文艺理念在实际创作中所起的逻辑作用。那些女性那样的做法，按个体化理论来度量，并没有损害他人利益，凭啥要在道德伦理层面批评人家，凭啥要在拜金主义层面批评人家？她们损害你了吗？没有，她们完全是个人选择，甘愿的。所以我们要反思该影片所"合理合法"使用的个体化理论本身，看看这个我们曾经很受用的理念，在今天这个转型的时代，是否还继续有用？

第二个《钢的琴》旨在构造某种精神性，但为什么又是断裂的呢？刘岩刚才分析了，他那个分析我借用一下。其实那个镜头由大到小，最后推到一小撮人、推到家庭、推到孩子身上，影片叙事于是完成。而镜头下废弃的工厂，我认为一旦有效利用，是可能会产生巨大张力的"材料"，导演在表达社会秩序、社会生活，以及每个人心中期待的意义生活之间的错位感时，废弃的工厂并没有起什么了不起的作用——废弃工厂这个背景就没有起作用。如果影片所建构的意义仍然在一个小孩身上，仍然是从小家到小孩，那么，要构建一种长久的机制化的意义生活是不可能的。真正的社会秩序、社会语境并没有有效地使用它。我觉得导演是意识到了，但是他懒得去用，或者他不愿意去用，最后他是在怀旧、亲情的主题上反而有个理论自觉，那就是个体化视角的运用问题。就是说，影片不琢磨外部社会秩序，只琢磨个人、个体、人性之类。张力一旦失去，建构意义生活的那个社会化的机制、秩序的叙事可能性，就彻底搁浅了，于是就只能导致怀旧，亲情叙事取代意义叙事或者精神叙事。如果不走出个人化和自我经验，那《钢的琴》最终阐释的精神世界就是断裂的，这是价值观的断裂，恰好是致命的断裂。

哈维尔为什么要批判内在性的消费主义？他希望我们走出人的自我异化，走出隐蔽的消费主义这样一个的价值框架。但是中国目前的这些大众文艺作品，还很受用个体化概念，实际上表明我们在意识上还很迟滞。我们所要获得的意义感，是一个价值秩序，不是一个个体的瞬间情绪反应，和一个此时此刻的经验能够撑起来的，它是要通过社会学视野的求索和叙事才能完成，这在影片中是没有的。

另外，就是青创会上我的一点认知。因为自己已有一篇谈青创会的文章发表过，这里不再赘述，只拎一下观点。

我感觉第一点是，70后、80后都很重视小人物的处境。在此我要提醒这个小人物的处境特指那种把庞大的底层社会群体、社会结构，分解成一个有问题的个体，然后再套用启蒙价值叙事来分析。作家这里的分解法和《钢的琴》，还有《小时代》是一样的。对《小时代》，许多人批评说影片冒犯了道德伦理底线，公然宣扬拜金主义。实际上，拜金主义是经济主义价值的必然后果，特别是弱势的个体，在经济主义价值占主导的社会里，必然要承担"成功"带给你的道德伦理后果。这才是"个体化"理念与经济主义价值合围后的可怕现实。

第二个我在青创会现场感觉到的是，大家都在网络大神范围里面谈文学、谈文艺，都很羡慕大神，文学、文艺最终可能要成为一个壮观的局面——赚很多钱，过所谓体面的人生。我就觉得他们首先致命的缺失，是社会学视野的缺失，好像前面鲁太光也说到这些了。

最后我的结论是，我们好像都放弃了在最恰当的时候进行一场文化现代性叙事革命的历史机遇。

不管是哈贝马斯、波德里亚，还是泰勒，他们都强调人是现代化的主体，而不是人是现代化的对象。我们应该重新追问在今天这个转型时代，人的现代性何为的问题。如果说我们未来文艺的生长点在哪，我觉得从大的普遍性思路来讲，我们应该抓住这个机遇。不然，在当下所有的"个性"中，似乎已经到了为"个性"而"个性"的程度，你是你的经验，我是我的经验，就是没有时代的经验，没有必要的总体性和普遍性，寻求共识显得如此之困难。那么，我们内心所呼唤的那种机制化的意义生活，只能是一堆看上去颓废的、令人恼火的情节和细节。

郭春林：下一位发言人徐刚。

徐刚（中国艺术研究院曲艺研究所）：今天的主题是文艺前沿，但是我临时换了一个题目，又重回到昨天的话题：中国故事。所以我接着刚刚牛老师谈的那个文学的话题来稍微展开一下。

最近在读阎连科的小说《炸裂志》，有一些感受和大家分享一下。确实如昨天太光兄和今天牛老师所说，最近两年长篇小说非常蓬勃，包括像我们论坛所说的，这批"资深"作家纷纷有作品问世，比如马原的《牛鬼蛇神》、林白的《北往》、苏童的《黄雀记》、韩少功的《日夜书》、余华的《第七天》、贾平凹的《带灯》以及阎连科的《炸裂志》等。但一个感觉是，和他们的身份相比，他们的作品却并不能令人满意。比较而言，青年作家，一些70后的中短篇小说处理现实就非常深入，写日常生活中敏锐的观察，写世俗社会和世道人心都极为出色。而马原、林白、苏童、韩少功等人，不能说写得很差，但似乎还是在咀嚼一些个人的记忆，而回避对现实的描摹。我想他们是不是丧失了对现实的书写能力呢？谈到现实性的描写，我重点谈两个作品，余华的《第七天》和阎连科的《炸裂志》。

余华的《第七天》大家批评得比较多，我觉得需要将这个作品与余华头两年出版的一个随笔集《十个词汇里的中国》结合起来看。《十个词汇里的中国》是他在美国一所大学演讲的讲稿，实际上是在向西方人贩卖他所了解的中国，当然包含着很多负面的形象。他的一些自传，个人记忆，包括中国的现状，都在这本书里有很大程度的体现。我觉得这个《第七天》是以文学的方式把他《十个词汇里的中国》的中国形象重新书写了一遍。这里当然有他被人批评得很多的地方，什么微博、新闻的热点串烧，现实拼接等。他用了一个比较讨巧的文学方式，就是鬼魂的叙述手法，大家觉得这很神秘、很文学，实际上他用这种方式掩盖了小说内在的现实经验的匮乏。当然《第七天》也很复杂，有一些非常伤感的、个人化的抒情段落，这有点像他早期小说《在细雨中呼喊》，也不是说完全没有亮度，实际上还是我之前所说的，他对现实经验的呈现存在着很大的问题。

另一个小说是阎连科的《炸裂志》，这是他最新的长篇小说。这个小说实际上是以寓言的方式把握改革开放三十多年的历史。它以"县志"的形式写了一个叫"炸裂"的山村，从村变成镇，由镇变成市，最后成为超级大城市的故事，阎连科说，炸裂的原型就是深圳，很明显，这是要隐喻中国三十年的发展。小说虽然写得一般，但如果用寓言方式对它进行解读，则别有一番趣味，也可以看出经典作家对现实的理解。小说中"县志"的正文写道，炸裂最初的发展来源于新村长孔明亮带领村民到后山扒火车，从火车上卸货，用这种偷盗的方式让大家走上致富的道路。而且，正是因为这种致富方式，老村长朱庆方黯然下台，另外由于孔朱两家还是"文革"武斗的仇家，所以老村长不仅下台，还被诅咒和羞辱，当时孔明亮以20块钱一口的价格，让群众朝朱庆方吐痰，而匪夷所思的是，很快老村长就被群众的唾沫给淹死了。由此可以清晰地看到，这一荒诞、夸张的情节，其实是想表达一种寓言和象征意味，即在新的意识形态笼罩下，旧有的政治话语方式退场，而且还遭受了污名化的命运。

小说随后有戏剧性的转折，随着火车的提速，扒火车致富的方式难以为继，人们发家致富的事业遭受挫折，与此同时，老村长的女儿朱颖找到了新的致富方式，那就是去城里当妓女。于是，权力又出现争夺，比的就是谁比谁更无耻！因此，改革开放的发迹史，被阎连科描述为炸裂村的男盗女娼的历史。这种多少有些情绪化的表达，也终究表现了作者对当代中国三十年来发展主义的一种评价。

小说中权力争夺的结果就是，孔明亮和朱颖这对不共戴天的仇家，最后奇迹般地结合到了一起，成为了貌合神离的夫妻，最终逐渐成就了炸裂的大业。当然，炸裂最终也在战争中毁灭。这也象征着改革时代，最不可能走到一起的权力和资本的媾和，以及它最终可能通向的命运。这其实就是一类人群对中国模式、中国崛起的流行看法，阎连科不过以寓言的方式将这个俗套的观念铺陈了出来。因而他实际上是对30年发展经验进行了一种简化处理，是一种"历史的减法"的工作，而不是去发现历史的复杂性和鲜活的经验。

另外值得一提的是小说的"文学性"。当下资深作家的小说，越来越表现出一种倾向，即对"文学性"的刻意展示。简单地说，就是小说里一定要展示"魔幻"的一面，仿佛唯有魔幻才能彰显"文学"，莫言是一例，阎连科也是。而相反，年轻作家的东西则朴实大气得多。《炸裂志》里写道"草纸黄历书"，这个神奇的历书昭示了每个人的命运，这其实是对《百年孤独》里梅尔加德斯的羊皮卷的拙劣模仿。阎连科总喜欢加入"魔幻"的情节，比如《四书》里面用人血灌溉麦地，结出玉米一样大的麦穗，用一种夸张和极致的想象，表达一种偏执的观念。中国这些资深作家永远走不出《百年孤独》，这是中国作家的悲哀。当然，作家们都有胡说八道的权力，作家的自信在于，他们认为自己的胡说八道是在说出时代的真相，小说家用谎言展示真实。但我觉得并不是所有的谎言都能自动地产生真实，还需要有写作的诚意，需要细致和耐心。因而《第七天》和《炸裂志》这两部小说：前者以微博、新闻的串烧和拼接，配置以鬼魂叙事彰显文学性；后者则是寓言的简单把握，县志的形式，再学一点《百年孤独》，而现实的丰富性和复杂性则被弃之不顾。由这样一些侧面，其实可以看出，资深作家在捕捉和描摹现实问题上，无论是敏锐性、把控能力，还是想象力，都显得有些捉襟见肘。未来中国故事的讲述，我觉得还是需寄望于青年作家。这是我的发言，谢谢大家！

郭林春： 我们这组的最后一位发言人冯巍。

冯巍（中国传媒大学艺术研究院）： 谢谢主持人。我在会议提供的两个论题中选择了"未来"，想集中谈谈青春，核心是以《致青春》这部电影为例，谈谈为什么关于青春的怀旧没有指向未来。我们常常说有未来的民族才会回顾历史，也常常说历史有种种无限的可能，未来也有种种无限的可能，我更喜欢想象未来。其实，我们在这里看历史也好，看未来也好，都是为了在现在讲述中国故事，一个有助于建设美丽中国的中国故事。所以，我从以下三点展开，主要谈第三点。

第一点是关于故事驱动。有一个英文单词storytelling，被翻译成"故事力"，或者"故事驱动力"，现在国内讨论这个也比较多。我前几在微信上看到一篇文章，题目就是"中国电影缺的不是故事，而是哲学"，这个观点是刘震云提出来的。刘震云是一个很会讲故事的人，但是，他在今年第二届"故事驱动中国"大会上特别强调，他认为不仅电影最缺的不是故事，是哲学，他自己的文学也主要不是在讲故事，而是自己关于哲学的见解和领悟，或者说，他是用自己的作品在思考哲学。

近来，我们看到资本驱动、技术驱动盛行，也可以说甚嚣尘上，这时，大家开始强调故事驱动。不只是文学领域或者是编剧在强调故事驱动，而是就整个影视产业而言，都意识到了故事的重要性。同时，作为小说家自己，率先提出了哲学驱动，虽然也有其他人提，但刘震云提出这个还是有点特别的意义。也许我们可以理解为，故事驱动的核心不在情节和人物，而在于哲学，或者是价值观。

第二点是关于哲学重启。我看到《中国社会科学》的一篇文章，一开始是被题目误导了：《哲学在中国思想中重新开始的可能性》，我好奇中国哲学又怎么了，就把文章仔细读了一下。当然，除了一些具体讨论，文章的主要立场就在于，哲学不是中国思想固有的部类，而是依赖对西方哲学的理解来剪裁与解读中国思想固有内容的结果，现在要立足本土进行更深层的反思。那么，我就想到我们现在常说的两个词：文化自觉、美丽中国。我们说文化自觉，我们有了自觉了，但要自觉的到底是什么样的文化？我们说美丽中国，我们把什么样的中国看成是美丽的？作为学术界而言，仅仅从生态文明的角度来阐释美丽中国是不够的，这些终归都是哲学问题。这两个方面，我不具体说了，就直接进入到第三个问题，希望在第三个问题当中能够展开前面的一点想法。

第三个是关于青春的未来。现在如此多的怀旧作品，都指向了青春。我看了之后就想确认一个问题，它们表现的青春有未来吗？博伊姆曾经对怀旧做了类型学研究，认为怀旧可能是回顾性的，也可能是前瞻性的。也就是说，怀旧既可能面向过去，也可能面向未来，甚至指向未来。她把怀旧具体分成两类，修复型怀旧和反思型怀旧。当然，她也坦然地表达了自己的想法，就是这两种怀旧不是绝对的类型，而是"给予怀想以性状与意义的倾向和方式"。事实上，人们关注怀旧由来已久，对于21世纪的文学、影视创作而言，它不是一个新话题，从理论探讨的意义上，也不是一个新话题。那么，为什么现在它成为一个新的热点话题？

博伊姆的分类，我并不完全赞同。博伊姆自己也没说这两种分类是绝对的，没说这个小说是修复型的怀旧，那个小说的怀旧是反思型，不是这样泾渭分明的划分，但是，她启发我们可以对影视作品中的怀旧做出更加哲学一点的探究。《致青春》全名是《致我们终将逝去的青春》。我突然想到特别有趣的一点，为什么是"终将"？终将就是在未来青春会逝去，难道电影中主人公们的青春不是已经逝去了吗？大家对《致青春》的否定性批评，最概括的一种说法就是《致青春》里没有"青春"。它为什么让很大一部分人觉得这里没有青春？虽然不是所有的人都这么认为，它的叙述也算是一个中国故事，也许是一个小故事。那么，它这个小故事叙述的青春里面为什么没有"青春"？我觉得根本原因就在于，它的这种叙述最终让人没有看到未来，或者说它的叙述没有指向未来。

怀旧现在是一个很普遍的社会现象，已经不是一个老人家专属的问题，而是在各个阶层都具有普遍性。简单地说，怀旧往往体现在难以掌控现在，怀想过去的完美，希望在未来实现这种完美。现在的这种难以掌控、这种不完美，其实和我们的速度狂热症有很大关系。"现在"在迅速的消失。达尔文主义的极端模式造成了隧道景观：我们在一个隧道里面，一直向前，没有弯路、没有岔路、没有交通拥堵，也没有旁边可以看到的花草树木、蓝天白云、小木屋。博伊姆赞赏的怀旧，是能够指向未来，或者如她所说，是指向侧面。我的理解就是，怀旧能够帮助人们打开隧道的侧面，但怎么打开？我理解的还不是特别深入。这种打开是给我们一双透视的眼睛，是把水泥墙变成玻璃墙，还是干脆把隧道的墙拆了？这种打开之后是什么？我不确定，但无疑，她让我们意识到，怀旧，至少有一种怀旧，有一种指向未来的能力。这样，怀旧才不仅仅是安慰。

我的发言不足以把我的观点阐述得很完美，我的目的是向在座各位提出一些问题，希望大家给我更丰富的、更完善的解答。所以，我就把《致青春》这部电影的问题发散出去，作为一个结束。《致青春》的怀旧类型，是采取了修复型怀旧的严肃姿态，以及反思型怀旧的个人陈述方式，在某种意义上，是从个人角度讲了一个青春故事。这种混杂的结果，是我们看到演员一以贯之，他们没有青春的面孔和青春的心，身材也没有变形，尽管道具和背景都是曾经青春的，以至于角色的形象本质上没有过去、现在和未来之分，也就是说，他们在 cosplay 自己的青春，一种假扮的青春。而像《1942》的怀旧可能更倾向于反思型，正如博伊姆所说的，"修复型的怀旧者不承认曾一度是家园之物的离奇和令人恐惧的方面。反思型的怀旧者则在所到之处都能看出家园的不完美的镜中形象，而且努力跟幽灵与鬼魂住在一起"。这当然是比喻，我也觉得很贴切。

我还由此想到，这些年近代研究特别火热，不管是近代文学还是近代史，显然这是一种怀旧，这个怀旧指向哪？再比如，鲁迅的《故事新编》很有趣，他重述了那些古老的故事，我们知道这些"新"故事都是生发于鲁迅自己的另一种独特的哲学观，他的哲学观如何重新推动了这些故事的进程，讲述了与传统不同的中国故事？再比如，像各位提到的《小时代》、《青春派》这些典型的青春片，还有刚才有位老师提到的小说《涂自强的个人悲伤》，以及赵宝刚的电视剧"青春三部曲"，这个三部曲让人觉得还是蛮有青春气息的，暂且不说具体的艺术表述是怎样的。这些作品因怎样的哲学，讲述了怎样的中国故事？总而言之，我在考虑，怀旧到底能在什么层面上指向未来，我对青春指向过去并不是不感兴趣，但我更感兴趣的是青春怎么指向未来，怎么让我们能从现在更好地走向未来？谢谢。

郭春林：我们请李祖德来做一个评议。

李祖德（重庆师范大学文学与新闻学院）：感谢主持人，感谢七位老师和批评家的发言，我就各位的发言简单发表一下我的感想。昨天我们第一个单元是"30年中国故事再解读"，今天的话题是"文艺前沿和未来的生长点"，可以说我们是从历史出发，是朝向未来的。今天七位批评家发言给我最大的感觉是，都有一种很强烈的现实感，他们从不同的角度，对于文艺前沿和未来生长点作出了自己的分析和评价，我就按着顺序简单谈一谈我自己的一些理解和看法。

余亮先生的发言，给我们突出了一个问题，在通常意义上所提到的文学、文艺的创作中，我们关注更多的可能是所谓作家、文艺家。他从他的研究视角，给我们呈现了可能与未来文艺有关的一个新的写作者或"写作主体"。比如他说到了"工业党"，可以引起我们对这一新的"写作主体"的关注，也是我们未来文艺研究、文学批评需要关注的新问题。那么，这些新的"写作主体"的出现，究竟会裹挟什么新的经验，甚至新的意识形态因素？我想，这是余亮老师发言中很新的一个观察。

另外，刘岩老师和徐志伟老师的发言，其实有一些相关性。他们都提到了与写作观念有关的一些问题，比如说"纪实"与"非虚构"的问题。比如，刘岩老师提到"影像纪实"在"复原历史"中的一些问题，为我们阐释当下中国提供了多重的表意空间，以及其中隐藏的一些复杂性，甚至是矛盾性。比如，我们用"影像纪实"、"历史复原"这些手段来呈现历史记忆的同时，它有没有被潜在地修改过？媒介的"自反性"会不会改变作品的意义？或被消费主义和时尚文化所吞噬？徐志伟老师提到的"非虚构写作"，从正面突出了"非虚构写作"的价值和意义。他认为"非虚构"首先体现了一种"真相"或真实性，或者说事实的力量；其次，他认为"非虚构"也是一种新的文学形式和文学观，并且还提醒我们注意"非虚构"的"危险性"。我觉得这是一个比较有意思的看法。

张丽军老师从作家群体、代际的角度，对70后或更年轻一代作家的"意义"和"缺失"，提出了一些质疑和反思。后面牛学智老师对几个作品的解读凸现了现实本身的力量，同时也提到文学现象和现实界限的问题，通过他的一些分析，也向我们表达了我们作为批评家，应该注意批评立场与社会伦理的关系。

后面徐刚老师的发言，通过对两个作品的解读分析，也通过对两代作家的比较，算是为70后作家正名了，也是对张丽军老师的观点的一点回应。徐刚老师的发言更凸现了70后，以及更年轻一代作家身上更真切的现实感和现实性。我想这也是我们未来文艺批评、文艺研究应该关注的一些问题。

冯巍老师从两个角度，一个是哲学内涵和哲学驱动对文学发展的影响，另一个是以一种文化自觉的意识去讲述中国的故事，发掘未来文艺的增长点或者当前的文艺前沿问题。她以当前的"青春片"为例讨论了这些问题。

总的来说，我们今天在这个单元里讨论的话题，既是两个问题，也可以是一个问题，所谓"文艺前沿与未来生长点"，也可以理解为一个问题。我想，文学、文艺的发展本身也是一个历史的过程，我们可能无法对此进行规划或设计，而更多是观察、批评和总结，但是我们作为研究者和观察者，可能需要对"前沿"和"增长点"做出一些预判。

在我自己看来，对于文艺前沿和未来增长点，可能有几个方面需要我们关注，一是我们在新的社会结构和文化构成当中怎样去理解，怎样去观察新的现象和未来文艺的发展？二是在这种新的文化构成当中，有哪些新的文化体验可供我们去总结、挖掘和呈现，从而观照这些"前沿"和"生长点"？三是我们该怎样展开新的文化想象，比如在文艺创作中重构"主体"的问题?

还有一点就是，牛学智老师有一个看法我觉得很有意思，文学、文艺的发展，我们之所以无法进行规划和设计，可能还有它本身的原因。比如说，文学作为一种知识生产，它本身的"惯例"会如何引导未来文艺的发展? 这值得注意，值得我们去观察追踪。

感谢各位批评家、各位老师为我们提供这么多的真知灼见。谢谢。

郭春林：昨天祝老师提到我们还是要有一个互动。我觉得互动环节非常重要，所以我们是不是延长个5分钟的时间，有一个与发言人和评议人的互动。

周志强（南开大学文学院）：我对志伟兄提的非虚构写作的定义很感兴趣，我想提一点想法。我有三个朋友，他们分别写了三个非虚构文学，一个是梁鸿，还有一个是熊培云，还有一个是张柠。

这三个人很有意思的一个写法是，都表现出对中国社会微观权利观察的欲望，但是有什么问题? 我为什么对您提出一个小质疑呢，您对非虚构文学作出了很有力的辩护，但有两个事情有没有考量过? 第一个非虚构写作在某种意义上是不是也是一个有效的消费策略? 比如说在今天，非虚构的写作方法，对远方的经验，对异地的经验，对他人的经验，这样的一个呈现式的抒写，对于城市人来说，尤其是所谓的微权力世界来说，卖点是很清楚的。我想说的这是第一个。

第二个小质疑就是非虚构非常可怕的一点 —— 在他们三个也在场的讨论会上我也提过，他们冒用了或者使用了私人的，或者我自己发明了一个词，就是亲密性记忆，就是他实际上建构的是一个想象性记忆，所以非虚构并不是真正的非虚构，他第一步只是要生产一个亲密性记忆这样一个感觉，最终把这个感觉纳入到他们所理解的大的叙事，我称这个是想象性记忆。

郭松民（《国企》杂志社）：我简单说两句，刘岩老师那个发言我觉得很好，就是谈《钢的琴》，有一点没有提到，就是电影里有一个卖假药的。这个卖假药的是《钢的琴》里最有力量的人物，实际上他是掌控全局的，他给主人公陈桂林制造了一个无法承受的压力，而且他最后取得了完胜。从一定意义上说，《钢的琴》实际上讲述了30多年的历史，这个历史也可以简单地被概括为卖假药的取代产业工人，成为历史主角的历史。至于这个电影开头那个丧礼的桥段，其实是国企的一个葬礼，当导演把镜头拉远了以后，我们看到背景明显是一个大型发电厂，高大的烟囱、冒着蒸汽的水塔等。这样的画面在《上甘岭》这种电影里面，是作为社会主义工业化的理想画面来展示的。电影一开始为国企举行了葬礼，之后，这些国企的工人就变成了孤儿，要么为娼、要么为盗、要么变成一个小手工业者，作为一个阶级已经不存在了，我觉得这体现了国企和工人阶级作为命运共同体的关系。

还有一点是他提到的 —— 现在去铁西区的观感，这个经验很有意思。我们看到这个传统社会主义企业的尸体被风干了以后，再分割出售变成商品。在北京也是这样，比如

798也是把以前工业化的历史当做商品在出售，而且他们是用狂欢的心情去享受这种胜利。798里面有一些摄影棚，有时候我会去录一些节目。我在798看到一个巨大的毛泽东塑像，是一个铁的塑像，就是"文革"时在天安门城楼上检阅红卫兵的形象，但这个塑像没有头，能看到他在招手但是没有头；还有一些塑像是20世纪60年代或者70年代工人阶级要掌握文化领导权的造型，工人粗壮的手臂高举着毛笔，非常有力，但是工人的头是裂开的。我们看到的是"资产阶级知识分子"在用一种完全不加掩饰的狂欢的心情，在以往年代的废墟上享受胜利、展示胜利。这确实是一个非常值得深思的事。

余亮：我觉得徐志伟老师讲的对"非虚构"的看法非常好，我也很少看文学的虚构作品。不过我觉得徐老师的表述里面埋了一个危险，不看虚构作品那我们去看什么？看新闻的话，包括性奴，或者是官员收集什么之类，包括上次记者造谣，说官员喝人奶，最后被辟谣了，但是辟谣信息我估计很多人没看到。这些东西做媒体的最清楚，就是媒体呈现的东西，你很难当成真实的东西，而这些都是"非虚构"的，像美国也有这种新闻。媒体有自己呈现世界的方式，也是一种表征，而且它可能迎合了我们今天的很多东西。两天会议下来，我觉得经常听到包括要表述工人阶级的痛感等。我挺担心，对工人阶级的这种挽歌在我们这里变成正确的了，我本来博士论文写的是工人文学，但是我今天不讲这个。

周展安（上海大学中文系）：我觉得徐志伟提出的这个"非虚构文学"非常值得讨论，我甚至觉得是我听到目前为止，从文学的角度来说最应该挖掘的一个问题。今天要重新探讨什么是现实，什么是现实主义文学，很显然"非虚构文学"并不等于现实主义文学，就像刚刚提到的，其实"非虚构文学"是有高度欺骗性的。这个问题从恩格斯讲巴尔扎克、从列宁讲托尔斯泰就已经提出了，就是左拉这样的作家写的非常细致，但他是不是现实主义文学呢？这个早就有讨论了。

再就是余亮提到的"工业党"问题。这个我觉得要更有历史纵深感地来认识，所谓"工业党"的社会实践，强调富国强兵，做实业，这是一个从北宋启动到明清时候发展的实学思潮的当代表现，到了晚清因为民族国家的崛起表现为金铁主义，表现有很多，这个东西我觉得是比较值得警惕的。

张慧瑜（中国艺术研究院影视所）：我也说两句，难得能讨论，我觉得这次论坛余亮跟刘岩排在一块，显然是偶然的结果。他们分别讲述了两个故事，刘岩讲的是老工人故事，余亮讲的是"工业党"的故事，刚才余亮提到他的博士论文写的是工人文学。问题就在这里，在"工业党"的故事当中，我们恰恰看不见老工人的故事；在老工人的故事中，同样看不见新工人的身影。这两个故事都是中国当下的故事，但是老工人和新工人却是彼此不可见的。就像余亮所说，在"工业党"的故事中一下子就穿越到明朝去，不会穿越到毛泽东时代。在刘岩的老工人故事中，老工人的消失使得人们错以为工人阶级已经变成了历史，反而无法呈现这些年中国正在经历的工业化过程。我觉得他们两个人的发言确实呈现了当下中国的两种状况，一种是再工业化，就是"工业党"的叙述，再工业化的叙述很容易走向一种大国叙述，把现代化变成富国强兵，变成走向海外的殖民故事。就像最近央视有一个纪录片叫《大国重器》，还有去年与《舌尖上的中国》同时期推出的纪录片《超级工程》，呈现的都是21世纪以来，中国工业化，尤其是装备制造业所达到的世界先进水平，这是以前很少被呈现的当下中国工业化的一面。第二种就是像《钢的琴》这样呈现的是城市中所发生的去工业化的过程，城市变成消费主义的后工业大都市，工厂、工业变成了过去年代的废墟、景观和工业遗迹，仿佛工业化是一个过去的时代。这样两种叙述里面，恰好不可见的是工人：在"工业党"、《大国重器》中只讲国家、老总、工程师，不讲普通工人，其实都是农民工；而老工人的叙述，就像刘岩分析的，工人和城市的空间，没有任何关系。工人的问题、工人在生产中的地位，恰好是毛泽东时代最为重要的政治问题，一方面要实现工业化，另一方面又要避免工业化对工人的异化，这些问题值得再深入讨论。这只是听他们发言的感想，不是提问。

徐志伟：我刚才的发言也是抽象的，我也说的很空洞，周老师的提醒我觉得很必要。当然"非虚构"的写作今天也是三六九等，"非虚构"怎么避免被消费社会所吸纳，怎么与消费社会、与资本保持一种紧张的关系？我觉得这是很值得继续探讨的，如果有这类作家，对他们做这个提醒是很必要的。的确这些能够成为一个商业的卖点。

另外余亮说的那个新闻也是一个幻觉，安德森《想象的共同体》比喻得很清楚，一条条新闻可能是真的，但是一个版面就是建立起一种关联，这种关联性的关系，其实是想象性的关系，提供了一个整体性的幻觉。所以可能是"非虚构"这个东西跟新闻不一样的地方。

余亮：我回应下二位关于"工业党"的观点。二位说的非常好，一个是要有历史纵深，一个是刚才张慧瑜讲的，我和刘岩的发言同是谈工人、工业却互相不可见。这可能跟时间也有关系，没能展开。第一，今天的"工业党"并不是过去"工业党"的复制，既不是诸如法国大工业资产阶级政党山岳派之类，也不是晚清的实业救国派。虽然强调工业强国，但也并不是周展安说的晚清的富国强兵论，并不是从那里穿越过来的。可能我们应该讨论一下这种"工业党"和以前有什么不同，他们也是社会主义的遗产，小说里写了很多，这些人都很朴实。对于展安和慧瑜的批评，就是说要警惕历史上这个东西的反动性，我觉得这个话说的很对，但是太对了，我不想做学理上的回应。假设我是一个"工业党"，我了解他们，当你说要警惕我是国家主义者，我们都会说：谢谢！我就是要把这个事情做成了，让你们去做无效的批评。但这也不会是"工业党"的真实意思，只是在修辞上懒得计较。包括我在面试的时候，经常会遇到一些人文学科来的青年，一上来就痛批高铁劳民伤财、损害自由。我常问：你从外地来，怎么来的？他们一般都说，坐火车来的，没买到高铁票。所以经常有一些太轻率的批评和警惕。我想看见刘岩的工人是容易的，但是刘岩要体会

"工业党"恐怕不容易。这里不展开，留待以后探索。周展安讲的是另一种警惕，可能我们还没有展开，时间关系，先说到这。

郭春林：感谢大家，其实高潮正在到来，我们却要结束了。下课。

第一届全国青年文艺论坛：
转型年代、青年与中国故事

第三单元
"文艺前沿与未来生长点"
（下半场）

■　　　■　　　■　　　■　　　■

主持人：张慧瑜（中国艺术研究院电影电视艺术研究所）
时　间：2013年11月17号上午10：45—12：00
地　点：北京西藏大厦三层会议室
主　办：中国艺术研究院马克思主义文艺理论研究所

张慧瑜：各位好！因为时间关系，下半场的讨论每个人控制在8分钟，不要超过10分钟。这一场的评议人是来自上海大学文学院的周展安老师。有请第一位发言人哈尔滨师范大学文学院的乔焕江老师。

乔焕江（哈尔滨师范大学文学院）：我今天的发言分两个部分，首先，我还是要把被掐断的高潮延续下去，这个问题刚才在走廊里几个人已经沟通了，但还有必要在这里说明一下我的一些说法。我回应一下祖德兄关于我们的任务是要观察和预测、预判的说法。我觉得仅仅这样是不够的。今天谈文艺前沿，我很赞同余亮的感觉，他就在前沿，他觉得前沿就是战场，我觉得我们这些人坐在一起，我们的研究的自觉，理论的自觉，批评的自觉，甚至是创作的自觉，都要上升到社会主义文化生产和资本主义文化生产对决的高度来实现。如果是这样，我们大概就不能延续原有的批评范式、理论范式和创作范式。我想起《乡村爱情故事》里有个场景，赵四和刘能打架，赵四在那里武武玄玄半天，刘能上来一脚把他踹倒了。我们恐怕就面临着这样一个尴尬，我们在这里武武玄玄的，那边可能连踹都不用，我们自己就晃倒了。

当下由资本驱动的文化生产，它的玩法和我们的玩法完全不一样。它绕过我们划定好的阵地，在这之外大展拳脚，我们是否应该调整姿态，参与到外面更大阵地的争夺当中？刚才大家谈《小时代》的时候，面临一个困惑，觉得那就是一种个人化的表述，从文本来看，当然可以把它作为一个时代的隐喻，但实际上你又能拿它怎么样？我想起看到一个网上关于《小时代》的帖子，也是一个影评，作者是湖北仙桃的电影爱好者。他看了很多贾樟柯的电影，他讲："我以前看过所有的电影被《小时代》这部电影全部击溃。"他讲他拿起电话给公安局打了一个电话，公安局说你没有证据证明你的孩子看这个电影就像吃毒奶粉一样。这就给我一个提醒，对于这样的一套资本主义的文化生产，是不是不能仅仅在文本技术的层面上来探讨它，更重要的，我们要通过其他渠道有更实质性的动作，对这样的产品，是不是可以诉诸社会公权力。电影里有几个镜头，一个是关于上海的，里面有一句话，说"我一出二环就过敏"，那么二环以外的上海人是否可以因此向电影局提出抗议或者诉求？还有个镜头说的是办一场时装展经费太少，少到在铁岭办一场秧歌会都不够，那么铁岭是不是能够以地域歧视的名义起诉它？

当然我说的这些各位可能听起来像玩笑一样，但是在更大意义上也的确应该给自己提个醒：是否应该更主动地参与到对社会公权力的争夺和使用当中，毕竟电影局还是有审片制度，这些也是可以操作的。当然除了社会公权力阵地之外，恐怕还有其他大量的阵地，我们怎么去做？我觉得还是有很大的可探讨余地。

接下来第二部分简单说一下我准备的话题，关于网络文学的话题。关于网络文学，我现在不太赞成用这个名字来指称一个正在进行的书写实践。网络文学刚出现的时候，一批理论家都认为带来了新的文学的可能性，因为有新媒体的技术革新带来的所谓前景，很快，这种技术的前景被代入到网络文学研究者对于网络文学的预期中，包括人文价值的预期。可是近10年来在网络上的这种所谓的网络文学写作，使得这种价值期许完全落空了，这是我们都能看到的。这个时候，理论就陷入了一种精神分裂的状况，一方面说网络写作会带来文学的民主化前景；另一方面又不得不面对整个网络文学的水准低下，谈不上多少审美创造力。

我用仅剩下的时间给各位提供几个数据来说明一下这个问题，实际上这个问题同样也关系到我刚才说的阵地问题。我先念一段盛大文学公司——这是网络文学生产的资本大鳄，它的CEO的一段话，这是在盛大官网上公布的。当我们还在纠结于网络文学够不够好，尽管它也许根本谈不上什么文学性，侯小强却这样说起"纯文学"。他说："纯文学从始至终根本是一个伪概念"，我觉得他好像比我们看得更清楚，那么什么是真正的文学呢？他说："被读者认同的文学才是主流，我相信网络文学会越来越接近汉语文学的核心价值……""作品能够在通俗性的基础上贴近时代，满足读者的精神需求，文学的价值在于阅读和传播，也许到了纯文学这个词退出历史舞台的时候了。我也深信网络文学以后必将去掉网络二字，而成为被大众所喜闻乐见的文字，也许是真正的文学。"显然他征用了很多我们曾经熟悉的表述。

这只是他的一个表述，当然除了表述之外，盛大文学已经采取了诸多措施，有效推动了网络文学主流化的进程，比如2010年网络写手唐家三少成功进入中国作协，一度被学界认为是作协对网络文学的收编，实际上却不过是网络文学商业网站向传统主流文学进军的象征性的收获。其实在2008年到2009年，盛大文学旗下的起点中文网已经举办了一个全国30个省作协主席网络写作大赛。在以盛大为代表的商业网站举行的网络文学商业比赛和其他一些活动当中，我们当代的一些重要批评家屡屡现身，给他们站台。

到了2011年8月份有这么一个活动，他们叫10位网络写手和茅盾文学奖评委结对，到2013年盛大文学旗下7名签约写手一起进入中国作协，按盛大官方的表述，网络作家入选作协已经不算新鲜事。当然这还远非故事的全部，我们看陈天桥是怎么说的——在2013年起点中文网作家春季沙龙上，陈天桥毫不避讳的说："成立了盛大文学以后我们做了一系列主流化的工作，我们办作家培训班，让传统的作家认识我们，我们把原创的作家带到作协去，我们把作家推到电视台去，我们在所有的领导来的场合，部长甚至更高的政治局常委，我跟他们讲文学是未来的方向，文学是整个产业未来的基础，文化产业发展的基础。"在他的话语里，网络文学俨然已经摆出接管中国文学的架式，这就是我刚刚讲的，你在这里武武玄玄半天，他又在干什么。

回过头来看，传统文学试图收编网络文学则显得多么一厢情愿，相反，产业化的网络文学收编主流文学的动作却有板有眼，扎实有效，它的每一步才是阵地战的方式。稍微留意一下就会发现盛大文学更多意味深长的举动，除了控制起点、榕树下、潇湘等国内最重要的网络文学商业网站，盛大文学现在还在数字出版以及营销、纸质图文出版和营销、影视版权等领域迅速扩大自己的领地。2011年2月，云中书城开始运营，仅1年时间它的安卓客户端6个重要的应用市场阅读类软件下载量就排名第一，这使盛大文学成为2011年三大移动运营商阅读基地的内容提供商，同时在中国移动阅读基地原创畅销总榜前10中占了6个；2009年到2010年，盛大文学通过注资等形式成立了华文天下、聚石文华、中智博文三大图书策划出版代理公司，类似的动作很多，包括要打造汉语布克奖。我要说的一个更重要的信息是今年刚发生的，2013年7月9日盛大文学宣布已经通过私募融资1.1亿美元，所得资金用于新的开发战略，它的这一轮投资方是值得我们关注的，包括高盛集团以及新加坡的投资机构淡马锡。7月16日盛大文学又宣布获得新华新媒的战略投资，并达成战略合作，而新华新媒的投资额度更大，根据这个协议，盛大文学就会完成它的全产业链的布局，并且巩固和提升盛大文学的排名领导地位。

我注意了一下数据，在现有的网络文学生产中，盛大占的份额已经达到了80%以上，近几年即使稍微有点变化，但基本是80%以上。我为此特意查了一下国家反垄断法，发现这里面涉及的诸多运营模式，包括签约作家的方式、市场竞争的方式，实际上已有垄断之嫌。就此而言，我们对这类文学生产的批评，除了在文本解读上下功夫之外，除了在文本构造上揭露其中隐藏的实现资本主导的生产关系的再生产这样一个意图之外，是否还有必要考虑在其他的领域展开？比如说最便捷、最直接的方式，恐怕就是诉诸社会公权力，我们是否注意相关的证据，关注其中涉及的文学和文化生产的垄断问题，这当然也还只是一个方面。

还有其他的一些方式，比如说对网络类型文学作品的使用环节的分析等等。我正在做一个国家社科课题——类型文学研究，类型文学的命名是2010年我们在大庆的一个研讨会上提出来的，我们不建议用网络文学这个名字，因为有很大的混淆性。我做这个类型文学的课题，就涉及对包括受众群体及其对类型文学作品使用的分析，也是跳出原有单一文本分析的一个尝试。我的发言就到这里。

张慧瑜：谢谢焕江老师，他提到了《乡村爱情》，在这部剧中最能治刘能的是谢大脚，所以我们打文化阵地战、游击战要有大脚的精神。下一个发言人是来自上海大学文化研究系的朱善杰老师。

朱善杰（上海大学文化研究系）：这些年我参与办会较多，发言却很少。这次承蒙祝老师和云雷兄抬爱，有机会在这里跟同道们交流。会开到这里，我发现还没来得及讨论文艺中的音乐。那么，我就从关于音乐的话题说起吧。可是，谈音乐，其实我并不懂，只是想跟大家分享一个与音乐有关的故事，它只是当代中国故事中一个很平凡的小事罢了。

今年10月10日的晚上，我如往常一样，穿过上海大学校园回宿舍。走近学校西门时，听见宏基广场上传来一阵阵嘹亮的歌声。在上大行走十几年，这我还是第一次遇到。于是，我寻着歌声，快步走去。

远远看见一个男青年站在广场的一角忘情地歌唱，他穿得非常整齐，站在那，很有尊严。我就在那静静地听，听了十多分钟后，我突然呆住了。原来，我发现他是个盲人！这时，我才注意到他身边的另两个人：一个挂着双拐的男青年，一个坐着轮椅的女青年。与他相仿，都是三十多、四十不到的样子。他们三人轮流唱歌。我吃惊的是，他们脸上洋溢着的笑容，是那么的自然、自信、真诚而灿烂。伴着歌声，人们争相向前，纷纷往他们面前的一个箱子里捐款，上面写着"爱心箱"。当然我也做了一次善人，但这确实是个久违的事情。

忽然，一辆警车呼啸而至，里面走出一个年轻的警察，走到挂双拐的男青年身边，轻语了几句，就走了。

不知不觉中，已到了"说再见"的时候。原来警察是来提醒，再晚了，声音会扰民，劝他们差不多了就结束活动。这时，一个三四岁的小女孩，从妈妈的怀中挣出，手捧鲜花，献给了坐在轮椅上的那个女青年，人群中立刻响起不息的掌声和欢笑声。

演唱结束后，有两三个大学生对挂着双拐的青年进行访谈。由此得知，他们这群残疾人，把自己命名为"歌者"，今晚来唱歌的只是他们中的一部分。这是他们第一次来上大西门宏基广场演唱。他们认为自己虽然身体残疾了，但还有健康的嗓音，就自发组织起来，张开喉咙，歌唱生活，唱出对生命的热爱，并以此共同应对艰难，坚强而有尊严地活下去。

路人散尽，但我心里颇不宁静，因我所看到的这一幕大大颠覆了我的日常生活经验。往日见到或听到的，常常是残疾人很不好的状况，肢体健康的人对生活与工作的各种抱怨，路人对求施者的视而不见，警察盛气凌人的模样，等等。那么，究竟是什么力量使这群残疾人如此"阳光"，"冷漠的路人"又是怎么陡然间有了爱心，警察也会偶然来一次"温暖执法"呢？

毫无疑问，正是音乐召唤出了弱者生命深处的生生不息的热力，也召唤出了路人沉淀心底的一丝善意。同感共情或将心比心的效应重建了人们之间久违的信任，施者不再担心自己的捐款会被受施者背后的黑暗势力所利用。这些，会像小草一样，"春风吹又生"，有时不在了，有时还会再来。

可见，好的音乐，不仅具有一种巨大的召唤作用，而且还有一种非凡的动员力量，能使一个个的个体充满生机并团结起来，获得集体的温暖与力量，并以此构建良性的社会文化氛围，积极向上地介入当下生活。

当然，好的文学也是如此。只是，这里所说的"好"，首先是文艺形式本身具备与现实"同呼吸"的艺术质感，换句话说，叫"接地气"；其次是它应具有立足现实之上的"超越性"功能；再次，这种超越性又指向介入性。此种文艺，能够解读人生，拷问灵魂，回应生活，以此积极地理解和影响现实世界。

刚刚有不少朋友提到了《涂自强的个人悲伤》这部小说，也介绍了它在社会上引起讨论的情况。为什么它会产生这样的社会反响呢？是因为很长时间以来，不少文艺创作已不接地气了。偶然出现这么一部"击中"当下社会问题要害的好小说，不能不令人耳目一新并产生灵魂的震颤。

这部作品"直击"现实又值得讨论的问题很多，我在此仅提两个：一个就是"为什么是个人的悲伤"，我们当然知道，涂自强的故事不是他个人的悲伤，但在现实世界里的痛感，确确实实又只是由他个人来孤独地承担，无法否认这不是他个人的悲伤。这提醒人们来发现一个非常大的问题，就是要重新审视当下社会中"个人"与"集体"的关系；另一个就是"这是一个什么样的年代"，"这个年代有什么样的青年"，"这样的青年又产生了怎样的焦虑"，"这种情绪又会如何影响未来的中国？"

正如这个关于音乐的故事给我们带来的启发与力量，不在于残疾人的歌唱有多么专业一样，这部小说之所以重要，也不在于它的形式是多么完美，内容是多么吸引人，叙事技巧有多高超，而在于它"接地气"，能够把当下社会中非常残酷的一隅用艺术的形式"撕开"给人看，从而"内爆"出了一种与现实血肉相连而又超越现实本身的审美效应与震撼力量。这正如一支道劲有力的笔，把沙漠中看似很小的树冠下面被掩埋的巨大躯干和庞大根系勾勒出来给人们看，这就是当下社会中沉默的大多数的人的生活，它们被喧嚣得不可一世的《小时代》之类的文艺所狠狠遮蔽。

无论是我开头提到的关于音乐的故事，还是后来说到的《涂自强的个人悲伤》这部小说，它们都是一种"接地气"的文艺实践。因此，就当代文艺而言，"接地气"并具有"介入性"，是使其重新焕发生机与活力的"灵魂"。

张慧瑜：谢谢善杰，通过善杰讲的故事，可以看出作为批评家的焦虑，面对弱者究竟应该给钱，还是不给，这种焦虑鲁迅就有，我想善杰也想告诉我们，现在依然没有走出鲁迅所处的时代。下面有请《光明日报》文艺部的饶翔老师发言。

饶翔（《光明日报》社）：大家好，因为我自己是做编辑工作的，现在不是专门从事学术研究，所以没有最新的学术成果跟大家分享，想跟大家交流一下我最新的一点文学的阅读感受。我最近在读一本杂志叫《民治·新城市文学》，很有意思，这个杂志是深圳的一个叫做民治的社区街道办的刊物，有点类似于《天南》、《大方》这样一些文学刊物，比较强调所谓纯文学性。这个杂志比较特别的是强调"新城市文学"，并且他们围绕这个命名开过研讨会，请专家研讨。包括孟繁华等都写文章参加讨论。它在今年秋天出了一期专辑叫"新城市文学专辑"，这个专辑"想以城市为话题，展现当代中国人的新的城市经验，强调当下性，强调当代中国在城市化高速发展过程中，个体生命的独特感受和发现"，这是他们在这一期专辑里写的。因为他们请我给这一期写了一个综述，我写了一篇文章，时间关系我就把文章的第一小节拿出来和大家讨论一下。

我这节的标题叫《城市病症与自我治疗》，我先给大家读一首诗："夜晚驶过高架桥／夜晚吊在城市的威亚上／孤独求败／你听夜晚多么绝望／你替夜晚委屈／二环是城市最疲倦的地方／连螨虫都睡了／轻轨还在一趟趟折磨二环／灯光无声无息划过／你以为那是飞船的前照灯／他们以为是噩梦／我以为抓住了白天的把柄／我在二环旁一间出租屋里／和抑郁症捉迷藏／把一张白纸撕破／交给一只流浪猫去点燃／左手狮子安慰右手羊羔／听轻轨一遍遍驶过二环线／耐心地等待羔羊吃掉狮子"这是发表在本期的唐子砚的诗作《躁郁症》。诗中，一名抑郁症患者，在城市并没有完全静止的夜晚，神经异常敏感，纤毫可闻，他被失眠折磨得疲惫不堪，孤独与绝望感如潮水般淹没了他，他"耐心地等待羔羊吃掉狮子"。可是，羔羊如何吃掉狮子？绝望的躁郁症患者是否还可能等到天明？

无独有偶，关于黑夜与抑郁症的意象也出现在本期弋舟的小说《而黑夜已至》中。弋舟是70后小说家里比较出色的一个。小说中的"我"——一个抑郁症患者，半年来每天都拍下夜晚的立交桥，并发到微博上，"坚持同一角度，坚持同一时段，坚持只配上同样的一句话：而黑夜已至"。

"而黑夜已至"是"我"这名抑郁症患者的世界感，"我"陷落在忧郁的无边黑夜中，难以自拔。而"我"只是这个日益壮大的群体中的一员，小说还设计了另两名抑郁症患者：艺术学院院长老郭，大公司老总宋朗。两人都是城市中有头有脸的人物，前者"割过腕，通过电"，已治愈；而后者仍在服用治疗抑郁症的药物。

可以说他们几个都是城市中的中上阶级，他们何以会患上抑郁症？小说将之归咎为心灵沉重的负累。在"我"，"这是一个罪恶衍生的链条"：母亲去世的那天夜里，"那时我躺在我儿子小提琴老师的床上"。"如果那一天我留下陪母亲了，她就不会死，如果那晚我不上杨帆的床，她就不会死"，这种罪恶妄想折磨着"我"，最终压垮了"我"。至于宋朗何以会抑郁，小说虽未揭穿，却暗示出这是另一桩"罪与罚"——多年前，他因酒驾撞死了一对夫妻，手下的司机为他顶了罪。而更深层的原因或许是像他的一段告白中所自我分析的那样："十几年来，我几乎全程参与了这座城市的改造，把它变成了今天这副样子，立交桥，一个个新区，但也让它如今一个早上就能发生46起车祸。这很可笑，我自己也觉得。这两年我总会想起这些事儿。不，还不是你们所说的那种什么原罪，我觉得要比那个模糊得多，也深重得多。"

小说的情节是这样的：有一个小歌手徐果来找我，希望我去向大老板宋朗索取100万，因为她说她是当年那个大老板撞死的夫妻的遗孤，而且她也知道了这个大老板让司机顶罪的秘密，所以她让我去帮她索取100万作为封口费。最后这个大老板很轻易地把这100万给了这个女歌手，而这个女歌手在取钱出来的途中被车撞死了。我就带着这些疑问去探究，寻找事实的真相，最后发现这个女歌手其实在撒谎，她并不是被撞死夫妻的女儿，她索要100万是为了给自己的老师买一套房子，并且送自己的男朋友去日本留学。经过这样一场意外的事故，一切真相大白，而我也意外地获得了某种心灵的救赎：

"是的，这个城市很糟糕，那么空，却又人潮涌动，一个早上就会有7个人死于车祸，下着和山里不同的肮脏的雨；人的欲望很糟糕，可以和自己儿子的小提琴教师上床，可以让自己的手下去顶罪，可以利用别人内心的罅隙去布局勒索。可是，起码每个人都在憔悴地自罪，用几乎令自己心碎的力气竭力抵抗着内心的羞耻。"

自我救赎便是直面病症而"不弃疗"，这有赖于强大的内心力量，有赖于顽强的自我超克。终于"我"拍下了城市的晨光，发到微博上，并写下：黎明将至。

这两个文本都写抑郁症，抑郁症是现在都市病的一个新的代表，它进入作者的笔下，成为一个新的经验书写。百度有一个数据说，抑郁症已成为世界第四大疾患，至少有10%的患者可出现躁狂发作，人群中有16%的人在人生的某个时期会受其影响，专家们预测到2020年，抑郁症可能成为仅次于冠心病的第二大疾病。

作者切入了一个非常切实的都市人的心理问题。虽然苏珊·桑塔格在她的《疾病的隐喻》一书中反对将疾病隐喻化的做法，但我还是想做一个隐喻。抑郁症表征的精神病症，其实可以隐喻为当下城市的精神病症。在前述诗作《躁郁症》中，有一个上帝的视角在俯瞰这个城市的"躁郁症"。人物从绝望到积极治疗的过程，显示了作家对城市精神病症的关切、探究，以及对精神重建的信念，其所建构的是一种"人文的维度"。

同期苍耳的散文《城市镜像》则提供了一个真实的自疗个案：一个城市的尿毒症患者自制了一台"透血机"为自己洗肾，顽强地延续着生命。出于文学家的联想惯性，作者不由自主地将这一"本体"而非"喻体"的肾，隐喻为这座城市"巨大的肾"——排水系统太过老旧，且患有"粥样硬化"症，难以承受持续的暴雨造成的内涝，令作者不禁满心忧虑："这巨肾病得也太久了。倘若它患上了'尿毒症'，谁来为它进行'血透'？"即是说，它是否有能力进行自疗？

两种不同的病症隐喻，一个指向城市的精神，一个指向城市的肌体。除了肾之外，还有"密布在城市肌体里的繁密静脉与毛细血管"。书写城市病症的自疗，这种方式超越了过往在对城市文明的病态书写中愤世嫉俗、归隐自然的浪漫主义倾向，呈现出城市文学的美学新质。我的发言完了，谢谢大家。

张慧瑜：谢谢饶翔老师，他告诉我们城市是充满罪恶的，可是我们每个人都愿意居住在这个罪恶的雾霾中，下面请中国艺术研究院《艺术评论》杂志社的李松睿博士发言。

李松睿（中国艺术研究院《艺术评论》杂志社）：参加这个论坛既让我非常高兴，也让我感到很惶恐。因为我一直在做中国现代文学的研究，更多地从事文学史研究的工作。让我对一个文学前沿问题去发言，真是感觉有点力不从心。今天在这里我只是就最近读过的两部作品谈谈一些感受。

我要谈的这两部作品，一个是陈映真的《赵南栋》，一个是莫言的《蛙》。把这两部作品放在一起肯定有很多人会感到奇怪，不过我觉得它们共同促使我们去探讨一个问题，即小说创造中的幽灵或者鬼魂的作用。

陈映真的《赵南栋》并不是新作品，而是一部20世纪80年代的小说。但我觉得这篇小说涉及一些非常重要的问题，对当下的文学创作仍然有借鉴价值。小说的故事并不复杂，讲的是1975年蒋介石病亡后台湾大赦，那些曾经在20世纪50年代被关进监狱的共产党员被释放出来。而小说最核心的情节是共产党人赵庆云从监狱出来后，陷入了非常严重的失语症。他没有办法讲述监狱中到底发生了什么事，认识了什么人，在狱中有哪些遭遇。当他的大儿子赵尔平反复让他讲述狱中的经历时，他表示，在今天这个社会里我根本没有办法讲述监狱中发生的事情，即使我讲出来，也没有人能够听懂。为了更好地突出这一点，陈映真在小说还塑造了一个令人印象很深的意象，即赵庆云回忆起当初自己曾在抗战宣传剧团帮忙。在一次演出过程中，站在后台的赵庆云一不留神跑到了前台。台上的演员各自有各自的角色、台词，只有他非常尴尬地站在那里说不出话来。赵庆云认为，当自己从监狱里来以后，在社会上的位置和自己当年误打误撞跑到台上完全一样，都只能保持沉默，因为社会上根本没有自己的位置。

我觉得这篇小说涉及一个非常重要的问题，即文学怎样去讲述那些无法被社会主流价值观所包容的故事。在某种程度上可以说，陈映真本人在台湾社会中也面临着类似的情景，即他在自己所身处的社会中没有安身立命的位置，不能顺畅地讲出他想言说的观点、他想讲述的故事。所以我们会发现，陈映真在小说的结尾，用了一个多少有些古怪的技法，在无法讲述故事的时候"硬"把故事讲出来，即召唤了"幽灵"。在小说快结束的地方，赵庆云在弥留之际忽然看到了自己当年在狱中的一个个难友，那些被国民党枪杀的共产党人。这些他无法在清醒的情况下讲述的故事，在弥留之际以"幽灵"或者"鬼魂"的形态得以出现。这也使得这部总体风格可以归为现实主义的作品，带有了一些超现实主义的色彩。有趣的是，陈映真对这个情节还进行了非常有意思的解释：为什么这些共产党人会出现？因为这些40年前牺牲的共产党人突然发现祖国还在分裂的状态之中，特别是中国大陆在改革开放以后发生了种种变化，他们内心感到非常不安，疑惑于他们当初抛头颅洒热血的革命努力是否还有意义。从某种角度可以说，正是这些共产党人心中留有困惑，不能在地下安心，使得他们不得不以"幽灵"的形态重新现身。所以"幽灵"在《赵南栋》里发挥的作用，是把那些被主流价值观所排斥的、压抑的东西重新召唤出来，让这些东西有一个得以言说的机会。

以"幽灵"的形式在小说文本中表达那些难以直接表述的东西，这一小说创作技法并不仅仅出现在陈映真的作品里，在另一个小说中也同样出现，那就是莫言的《蛙》。应该说，这两部作品无论是主题、立意以及形式等方面都存在着极大差异。但至少在小说文本中召唤"幽灵"以言说某种无法被主流价值观接纳的东西这点上，两部作品仍然有一些相似性。我们知道，莫言的小说通常会创造出一个长时段的历史叙述，从抗战或者民国时代讲起，让人物历经20世纪50年代到70年代，一直延伸到当下社会。不过值得注意的是，读者在阅读莫言作品时往往更偏爱前半部分，就是关于民国、抗战、或者是20世纪50年代到70年代的描写，对作家笔下的饥饿、苦难等主题心向往之。而对小说的后半部分，读者往往会觉得故事的叙述出现了崩溃的迹象，变得非常混乱、无序。似乎莫言没有办法讲述一个顺畅、可读的当代故事。对于《蛙》这个作品，读者也大多这么看，觉得小说前半部分，即对姑姑这个乡村医生的描绘非常好，生动地写出了她在推行计划生育政策之前是"送子娘娘"的形象，受到群众爱戴；但是在实行计生政策之后，她带领手下扒人的房子，把孕妇逼死，成了一个恶魔。由于今天计生政策在大多数民众心中已经成了十足的负面形象，因此莫言对姑姑形象变化的描写，以及由此引发的对计生政策的批判，基本符合今天主流意识形态的表述。读者也就更加认可这部分描写。

然而一旦小说进入到对当代社会的描写，很多读者都表示错愕、震惊，觉得莫言的叙事开始变得不可理喻。怎么来解释这一现象呢？我认为一个重要的原因是对中华人民共和国前30年的历史，社会上已经形成一套主导性的叙述逻辑，将那个时代指认为落后的、封建的、压抑的、毫无人性的，等等。作家在创作的时候，只要遵循这套逻辑去写，可以很方便地讲述一个可读、可感、叙述流畅的故事，而故事也可以被读者理解和接受。不过对于后30年的写作，虽然主导性的叙事逻辑同样存在，诸如发展主义、改革开放、中国崛起以及类似于"生活会更好"，等等。但鉴于20世纪90年代以来社会的矛盾和分歧，这套叙述逻辑其实并不能解释和描述现实状况。而莫言作为一个比较敏锐的作家，在书写当代社会时能够写出那些无法被这套发展主义的逻辑所叙述的东西。具体到《蛙》这部小说中，就是里面的女主人公陈梅。她曾经是高密乡最漂亮的女性，然而在深圳玩具工厂打工时因工厂着火，她被严重烧伤。也就是说她是一个被血汗工厂剥夺、残害的工人形象。

而值得注意的是，正是这样的工人，在小说中是以"幽灵"或者"鬼怪"的形象出现的。由于被严重烧伤，她整天穿着一身黑衣服，把自己的身体完全包裹起来。当警察伙同有钱人剥夺她的孩子时，她突然把自己的脸露出来，警察立刻吓得魂飞胆丧，以为见到了妖魔鬼怪。这个描写直接将陈梅对应为一个"鬼魂"。

从这两部小说的描写来看，今天的文学创作在尝试描述那些无法在主流叙述逻辑中表现的事物的时候，似乎不约而同地借助了"鬼魂"或幽灵"的意象，用这类意象来抒写那些无法被主流价值观包容的东西。在某种意义上，我们当然可以说这种创作方法在无法表达的地方，把那些不能言说的东西"硬"讲了出来。但问题在于，当这些事物以"鬼魂"或幽灵的形象出现时，它们其实是非常无力的。因此我在想，如果文学要有一个未来的生长点的话，那么怎样创造出一种新的书写方式，去超越以"幽灵"的方式表现那些无法被主流价值观所书写的东西，让这些"幽灵"真正地重返人间，这可能是未来文学真正的发展方向吧。

张慧瑜：谢谢松睿老师，他提到了陈映真，我想全国青年文艺论坛应该引入台湾作家的视野。另外松睿还讲述了一个并不太恐怖的鬼故事。下面有请中国艺术研究院戏曲所的陈均老师发言。

陈均（中国艺术研究院戏曲所）：我想简单说一下我关于新诗的一个观察，题目是《以"古"为新，中文当代诗的一个面相》。

我注意到最近关于新诗的一些新闻，比较关心的有三个：第一个是杨键的长诗《哭庙》，这首诗还没出版，但是引起一些争议，有意思的是，称赞的人一般是看过的，批评的人一般是没看过的。我也不想讨论它的文本，杨键的诗一直是有争议的。但是对这首长诗的争论首先是因为题目引起的，因为题目叫《哭庙》。

有一种批评意见，我觉得比较典型，就是说我们现在不要"哭庙"，要"建庙"。杨键的诗名"哭庙"是用了金圣叹的典故，内容大概是对于传统的反思。但是批评的人说"我们要'建庙'"，此庙非彼庙，这个庙指的是新诗。我理解，就是认为杨键的这种古典介入于新诗的方式太过了，他们希望以一种排除的方式来继续建设新诗。这种对照使我意识到，这其实就是从新诗诞生以来一直都存在的古今之争、新旧之争的延续，而且使我感觉像这样一种类似于民粹主义的态度和立场确实还是非常顽固的，即使在今天。

第二个新闻就是前几天在美国的诗人明迪，她对"胡适日记"里的一首诗进行了重读。虽然这可能不是专业的重读，但是她通过重读揭示了一些新的发现。比如，胡适写所谓白话诗之前，写过英文诗，明迪把那首英文诗翻译出来，还是非常现代的，和我们对胡适诗的印象非常不一样。当然也有一个翻译所选择的词汇的问题，但是或许也能使我们意识到，胡适诗的意识可能也是"现代"的，和他在白话诗里的写作并非完全一样。而且，明迪也提到新诗其实是在美国诞生的，其实我们也有这个意识，知道新诗有多个来源，但是一般追溯到胡适。明迪作为一个生活在美国的诗人，确认新诗在美国诞生，我觉得是一个很有意思的事情。

与我现在谈到的主题有点关系的，就是明迪对胡适日记里记下的，胡适写给梅光迪的一封信里面的诗，胡适没有把它当成诗，所以后来说一个月后写的那首《蝴蝶》是他的新诗"成立之始"。现在明迪把这首信中的诗当做诗来重新解读，这个诗大家都会有印象。我读几句：

> 老梅牢骚发了，老胡呵呵大笑。
>
> 且请平心静气，这是什么论调！
>
> 文字没有古今，却有死活可道。

以前我们讨论新诗观念的时候，一般是把这首诗当做材料来使用，但是明迪把它做作一首诗来重读。于是我也想到，其实胡适后来的诗，比如说他的《尝试集》里面，这种风格还是有的，其实就是"打油诗"的风格。

不光是胡适，像闻一多等诗人、或者鲁迅的旧诗、周作人的"杂事诗"，都有一种"打油诗"的风格类型。而明迪对于胡适的这首"打油诗"的解读是："从语言派到拼贴派，从概念写作，到多文体写作……似乎有很多都借用了胡适最早的写法，即把谈话内容或文字拼贴在一起，扩展，散文和诗体裁不分地这么搅在一起，就形成了信息量极大的一首诗。"

这首诗比胡适的《蝴蝶》诗早一个月，因此我们的新诗史——如果从胡适的《蝴蝶》诗开始算——是不是也可以提前一个月？这首诗，一方面有中国传统的"打油诗"的趣味和写法，另一方面，它和西方最新的写法也相应，这是很有意思的事情。

第三个就是柏桦的《一点墨》和杨典的《随身卷子》的出版。这两本书是当作随笔出版的，大概是因为随笔好卖一点。但是我认为，它们不能说是纯粹的随笔，而是诗。也就是，关于"诗"作为一种作品形式的更大的构想，一种"诗"的新的形态。我为什么这样认为？我们可以从三种角度、三个层次来读它。

第一个就是类书，我们知道类书就是中国古代关于社会各个方面的一个记录、指南和评述。前一段时间我读到明代姚遂的《露书》，他把生活的各个方面分门别类，比如从对易经、对儒家经典的评说，到民间的风俗、笑话、食物……分别予以记录和评述。这本书的命运就是没有被《四库全书》收录，因为他对儒家经典的评说有点离经叛道，所以没有收进去。

它这种写法，在我刚才提到的《一点墨》和《随身卷子》里都是存在的。它们的内容涉及古今中外，有作者的阅读和反思，还有对生活各方面的随笔式的记载和排列，在《随身卷子》里，有茶谱，喝茶的事；有拳谱，打太极拳的事；有琴谱，弹古琴的事；香谱，焚香的事；食谱，家常菜谱……各个方面都有一个分门别类的呈现，如果按照我们现在的解读，这就不光是一个百科全书似的著述，也是关于我们这个时代、生活的记录与反思。这是第一种读法。

第二种读法是小品文，对于明清小品，自五四以来都有谈论，比如说像张岱、沈复等人的一些著作，也成了经典。它在形式上是札记，是小品，但是由于汉语的特点，它们其实也可以说是一个"诗的"作品，我们没有称它们是诗，只是说它们是具有诗意的作品。如果我们把这样的写法放到新诗的脉络里，就可以看到，这也是新诗写作方式的一个拓展。为什么？沈从文、汪曾祺等作家都提到，把诗歌、散文和小说都混合在一起来拓展文体，和我们现在谈的跨文体和多文体写作相似。20世纪80年代以来，也有诗人提出，要把诗写得不像诗，20世纪90年代也有一些诗歌作品，比如王家新、西川，他们写过一些"诗片断"，把一段短随笔写得像诗或不像诗，但是在整体上呈现出"诗"的效果，这是一种对体裁的拓宽。但是到了《一点墨》和《随身卷子》，我觉得就完全不一样了，有一个特别大的变化，就是它们把我提到的这种类似于"类书"的概念——不管是诗，还是散文，还是新闻，还是生活经验，还是各种奇谈怪论，把它们放在一个文本里面，使它们整体上呈现一个"诗"的效果，因而也就更加庞杂、更加百科全书式，也就使其像是一个"诗"的更大的作品形式。其实我想的是，能不能说它们给现有的新诗增加了一些东西，或者是什么东西？拿刘慈欣的"三体"来打比方，可能类似于三体世界与地球世界。虽然也许还没有达到四维世界和二维世界与三维世界这样一种维度上的大的差异，但是观念和技术的变化还是非常大的。

当然，《一点墨》和《随身卷子》的样式还是非常不一样的，在座的诸位大概还没读过，我也不具体比较了。有一句话可以点出来：《一点墨》是一个文学的"革命"，《随身卷子》是一个文学的"反革命"，它们对于现代的新诗，以及文学，如果有一个实质性上的进展的话，起到的就是"革命"和"反革命"的作用。"革命"与"反革命"有差别，这里我就不展开了。

第三个我觉得挺有意思的，就是言说方式。比如说《一点墨》和《随身卷子》的名字，都是从古籍里面提炼出来的，但是这两个词出现之后，就成为了一种写作方式、言说方式的隐喻。我们的写作行为是不是"一点墨"呢？我们的言说方式就是"随身卷子"，比如郑綮说"诗思在灞桥风雪中驴子上"，唐代李贺被朱英诞称作驴背诗人（其实是马背），他得到诗句后就投到奚囊里，其实就是"随身卷子"。元代的陶宗仪，他写在叶子上，放在罐子里面，埋起来，也是"随身卷子"，到我们现在发的微博、微信，也是"随身卷子"。这实际上是人与世界的一种关系，一种言说方式。庄子在《寓言》里，说他的言说方式是什么样的？"寓言十九，重言十七，卮言日出，和以天倪。"所谓"卮言"也就是随便说说，他所碰到的一些事情，他的思考，他随便说说而已，但是"和以天倪"，表现的是天道。

所以我觉得，像《一点墨》和《随身卷子》这种写法，也是包含"寓言"、"重言"、"卮言"，它们和中国传统的写作方式是相应的。就是从老庄以来，不管是后来的志怪传奇小说，还是明清的清言小品，这种写作方式其实都是相应的，都是"卮言"，但是他表达的是"天倪"，是天道。所以《一点墨》和《随身卷子》提示了一个古典文化在新诗中的方式和作用。以前我们谈新诗和古典的方式，基本上集中在新诗和古典诗歌的方式，新诗和古典是"断裂"的还是"同构"的，还是"矛盾"的？以前我谈卞之琳，卞之琳提的"化古"不仅是古典诗歌。其实戏曲小说对于卞之琳也有很大的影响。

在这里，我觉得《一点墨》、《随身卷子》就是一种古典文化在新诗、在文学里的呈现。综合以上，我就有一个观察，就是我发言的题目《以"古"为新》，以中国的古典文化作为新诗建设的一种比较前卫的方式，是中国当代诗现今所表现出来的一个面向，也是面相。谢谢大家！

张慧瑜：谢谢陈均老师，他也是一位很有名的70后诗人，诗歌应该也是文艺讨论中很重要的组成部分，但是我们确实很长时间没有听到关于诗的消息了。最后一位是压轴演出，来自南开大学文学院的周志强教授。

周志强（南开大学文学院）：尊敬的主持人，各位同仁，大家上午好！我今天发言的题目是为了配合云雷的要求设的。他设立的这个点，叫做文艺的未来增长点。说到"未来"，我就迷茫，未来在哪里呢？前不久我出了一本书，在后记中我劈头盖脸第一句话就是，我觉得我们正在处在未来消失的时期——没有未来，也就没有能力去想象另一种生活的可能性。

我的题目定位在21世纪以来都市新伦理写作现象的研究，发言的主要内容已经以《伦理巨变与21世纪都市新伦理小说》为题发在《天津师大学报》2012年第3期上了。

昨天有学者提到说现在没有写作的思潮，但是社会却一脚油门一脚刹车地继续往前走，在走的过程中也就出现了一些新的社会现象、新的社会事物，这些东西也就会曲折的映射到文学作品中去，形成一个时期特定的主题倾向。

对于社会现象的抒写，我们往往用现实主义这个概念来标明。但是在我看来今天的现实主义已经发生了很大变化。我在一篇论文中称为现代主义的现实主义——我注意到张丽军先生提到了当下现实主义。那么现代主义的现实主义和传统的现实主义相比，最大的区别就是今天的现实主义不是以反映生活为目标，而是把生活作为故事，最终变成时代的隐喻和反思，作为一个新的抒写的范式。这也解释了刚刚徐刚先生提到的关于阎连科的写作的问题：他不一定是非常真实地写他看到的故事，而是要把故事作为寓言，呈现其隐喻性的层面。

那么现实不再是活生生的现实，更是对活生生现实的隐喻性呈现和仪式化的反思，阎连科干脆把他称作"神实主义"——"现实主义"这个词不要了，改为"神实主义"。这真是一个有趣的说法。按照这样的理解，21世纪社会生活的变迁和21世纪出现的都市新伦理小说，就有了一个有趣的隐喻关系。

我们看到，中国社会进入21世纪后发生了很多重大变化。导演贾樟柯很早就提到过"巨变中国"这样一个形象，这个形象的意义在现在的伦理生活中还是呈现得比较明显的。联合国教科文组织曾经统计，中国青年女性的人流数达到了1700万，咱们国家自己公布的是年均1300万。这个数字的可怕是什么？这意味着15岁到24岁的年轻女性当中一大部分作为未婚族群却曾经做过人流手术。这在伦理生活方面喻示着重大的变化。

我们想想20世纪90年代，孟京辉在做《恋爱的犀牛》的时候，爱情在社会当中还是一个需要冲破禁忌的话题；但是，在今天，武汉高校的一个调查报告显示，武汉一地一个月避孕套的销量达到了70多万。而在广东大学生性行为调查当中，只有30%的大学生愿意使用避孕套。按照这样的数字来思考，性生活、伦理生活在今天是面临剧变的。当然，这个剧变有一个现代性的基础。吉登斯在《亲密关系的变革》一书中曾经提到过避孕术的发明让女性得到了解放，让她们可以从性行为的恐惧和死亡的恐惧中摆脱出来，从而投入到性行为的快乐当中。

现在，这个快乐本身却对中国社会带来了很大变化，而这个变化在小说当中我们看的非常清楚，从20世纪90年代末王海鸰写新伦理小说之后，出现了《新结婚年代》、《成长》、《蜗居》、《双面胶》、《原谅我红尘颠倒》、《女人奔三》、《男人三十》、《窄门》、《屋顶上空的爱情》、《零年代》等作品，甚至包括《风雅颂》，里面的副教授惊天动地一跪，我觉得太令人震撼了。在这个小说的序列当中，我们看到了现代中国社会复杂交织的伦理元素。

但是，我不愿意把这种伦理的故事变迁看作小说对当前伦理生活的直接反映。今天石一枫没来，我看他的小说，他有一句话特别打动我，他说"教授的夫人是用偏执狂来掩盖忧郁症"。在今天，其实我们越来越多的伦理情感，都是用爱的偏执、感情的偏执、一种主体的偏执，来掩盖真实处境的困顿——这成了当前都市新伦理小说当中最令我震撼的一面。

我简单给大家介绍这样几部小说中呈现的三种不同的情感和主题景观。

第一种，合理性焦虑。

都市伦理和乡村道德的对立，在观念层面形成内在的精神分裂症。我们说用偏执狂来压抑忧郁症，这本身就是精神分裂有效的处理方法。在《新结婚年代》里面（这是2006年的作品），何建国和顾小西的矛盾大家都比较熟悉了。在一个简单的夫妻矛盾背后，却隐含着中国社会经济发展结构不平衡所造成的伦理的断裂。乡村的道德要求纯朴的回报：一个村子才能出一个大学生，兄弟两个都考上大学了，怎么办？只能是出一个，抓阄；他父亲写的都是务农，谁先抓到，谁先打开；他哥哥先抓到先打开，看到务农他就默默的走了；弟弟何建国打开一看也是务农，但是他没有说话。何建国就背负乡村原罪来到城市，所以父亲对何建国有各种"非理性"要求。而顾小西生活在一个知识分子家庭。在这个家庭里，顾小西有过一个非常美好的二人世界的要求，这跟何建国的报恩欲望是有冲突的。

值得注意的是，这两个人的要求都有其合理性。那么，它的不合理性来自哪里呢？我在前年的一篇文章里提到，中国社会30年发展，是一个跳入现代性的过程，或者叫做现代性跳转。这是一个突发事件，所以城市发展很快，乡村发展很慢，造成了中国在空间上的断裂，造成了他们这样一个家庭内在婚姻的矛盾。他们的都市新伦理故事呈现出来的就是一个观念的冲突：传统的乡村道德观念的合理性，就是滕尼斯所说的社群社会生存的合理性，跟现代的科层制条件下养育出来的、对休闲的私人小世界幸福感诉求的合理性，也就是社团社会的合理性之间，存在严峻的矛盾——这就是合理性矛盾。

第二种，合情性的矛盾。

这种矛盾来自陌生人社会当中的亲密关系的变革。我们北京外地的人口数量已经超过了本地人。几年前我在北京上学，当时谁用北京话在课上发言我就好羡慕：他是北京人！后来我读到博士的时候，谁用北京话课堂上说话，我们就说哎呀，北京人？！我去年博士面试的时候，有一个北京的学生来面试，他走了之后我心里就嘟囔了一句："京片子！"我们对北京人的"蔑视"，说明了我们进入了一个陌生人社会：就是互相都不认识的社会，一个移居者数量大于本地人的社会。陌生人社会典型的表征就是所谓的超市排队现象。对于陌生人来说，最合理的利益主张就是大家都遵守一个公共规则。哪个城市的陌生人多，同性恋指数高，哪个城市包容性就比较强——这是一个欧洲指数，就是同性恋的数字和城市的包容度是相维系的。

在这里，我想说是，今天生活伦理的核心是要在一个陌生人社会重建人们的亲密关系。谁也不认识谁，谁也不知道谁，所以感情就会发生新的变化，情和欲就会分离出来。情是传统的，欲是私人的，它们在消费社会有了独特意义。所谓合情性的焦虑，在我看来就是情和欲的分裂。这个分裂在焦冲小说中体现得非常典型。大家可能对这个作家不很熟悉，他是一个青年作家，他的一个系列小说叫做《女人奔三》、《男人三十》和《俗世男女》。在《男人三十》中他写了一个叫唐糖的女人，她对感情的那种偏执令人咋舌。我举一个小例子，她跟甘旭然在机场相遇，从陌生人变成旅伴，后来变成性伙伴；回到北京后甘旭然终于邀请唐糖去自己家，意思就是要上床；在楼下，甘旭然停下车，一个女人突然走过来打开车门，打了甘旭然一个耳光，说，你就是一个狼；然后转到那边，跑到唐糖那边，拉开车门指着唐糖说，他就是一个色狼，然后这个女人走了；这时，甘旭然很淡然的问唐糖，你还上去吗？唐糖想了想，说，上去！这个小小细节中的情感偏执贯穿了整个小说，唐糖对甘旭然的冷漠和自私行为有清醒的意识，她甚至知道，甘旭然只有想念她的下半身的时候，才会想起她；可唐糖却非要把这种感情营造成"爱情"。在这个爱情的偏执里面，我们看到当代年轻人走投无路之后宿命感情的自我麻醉，用爱情的偏执掩盖自己对生存困境的意识。

同样道理，《失恋33天》这部小说也可以改名为"寻找新的恋情的33天"。它典型地表达了陌生人社会当中情与欲相分裂的后果。情欲的分裂，让我们把陌生人社会背后一个重要的问题看清楚了：当我们把陌生人社会看成一个现代性后果的时候，就忘记了这个现代性更多地是为了创造利润和利益而被组织起来的。这也就把现代性社会的精神分裂叙述成了另一个故事。都市新伦理小说的合情性焦虑正是现代中国在资本社会和传统社会的较量中逐渐分裂和碎片化的生活本身的曲折的映照。

第三种，我想谈《蜗居》，分析一下合法化焦虑的问题。

《蜗居》这部小说，在我看来，乃是情爱的肉身和情绪的物化这两个逻辑的对立。海藻对宋思明的迷恋当中包含了两个有趣的方面：第一个是宋思明的权力可以被大型资本购买，第二个是海藻要用性高潮来掩盖她和宋思明之间的赤裸裸的购买关系。在小说里，宋思明告诉自己说这个女人很好，但是我不愿意再去了，因为我作为中年人了，有点消受不了；而海藻反复用热情拥抱着宋思明，她要暗示自己说，我和宋思明不是购买关系，而是有爱的关系，是情感的关系。

有趣的是，《蜗居》显示了权贵资本的一个独特的特点，就是当资本不用从事实体经济，而直接通过资本购买资本的办法就能获得利润的时候，资本就产生流氓特性。报道说，中国目前的资本有72%不再从事实体经济——钱在这里可以生钱，而不是通过从事生产、提供社会服务带来利润。所以《蜗居》呈现了权钱和权贵资本的流氓化和投机性的后果。在《蜗居》里我们看到，房价也好，爱情也好，都被卷到这个大黑洞漩涡里面，但是作者的历史观念是比较幼稚的，她竟然认为这是因为海藻这个女孩没有很好的道德，认为她不应该留恋大城市，离开北上广就完了，这个是比较粗暴的理解。

那么通过上面的分析，我想得出这样几个比较惊悚的结论。

第一个，今天处在一个精神裂变或精神分裂的时代。我们的文化，包括小说、影视，用各种各样的办法来生产一种忘记和掩盖你真实处境的文化逻辑。第二个，在我看来，"现实主义"当前也面临着一个可怕的状况，就是"现实主义"变成了只有抒写伪经验的时候才有可能被当做真经验。感情越丰富，经验越匮乏，这是现实主义伪经验命题造成的吊诡。第三个，当前的精神的生产呈现一种"解放性压抑"的趋势。什么是解放性压抑？就是一方面不断满足你的欲望——如情欲小说进行大量的性描写，即不断"解放"你的欲望，另一方面，被解放的欲望主体形象是高高在上的，让普通人永远不可能得到。如果我用一个非常庸俗的例子来说，就是自从有了封面女郎，男人的性欲望既被解放了，又永远被压制了，因为谁也不能在现实生活中找到那个热气腾腾的封面女郎，你只能遇到一个真正的女郎，她可能晚上打呼噜、磨牙，而封面女郎是一个 nothing，永远那样的美好，成为一个抽象的欲望主体的象征。

我们当前的各种各样的文学作品，各种各样的大众文化的现象，往往在不断生产超级的能指，解放我们的欲望，压制我们真实体验的可能性，这正是我今天发言所关注的问题所在。感谢诸位的耐心，谢谢大家！

张慧瑜：谢谢志强老师给我们讲了一个巨变中国的"那些人，那些事"，最后有请展安兄做简短的点评。

周展安（上海大学中文系）：乔焕江讲了一个我认为非常重要的问题，因为这两天在分析中国当代文学、当代小说、当下的一些影视剧的时候，都是一般性地来处理这个问题。要么是对文本做一些解读，要么把它看成是对社会现实的一个隐喻、一个反映，等等。乔焕江希望我们再往上提升一下，提升到一个所谓争夺阵地的高度。这一点非常重要，如果只是把文本，把电视剧看作是对现实的隐喻，好像穿透了这个作品，读到了社会现实——我也对这种状况是不满的，像昨天跟朋友私下聊天时，我也说，我们现在通过解读一些小说和影视剧，得到如下结论，今天是消费社会，贫富差距很厉害，今天是怎样怎样，坦白说这些结论早就在其他学科的研究里面，早已经存在着。在文学研究里，我们没有提供新东西。我们说文学是反映社会的一面镜子，好像我们透过镜子窥见了什么新的现实，是其他学科、其他门类不能折射和发现的。但是我看了好多东西，就觉得今天的文学批评还没有扮演这样的角色。我们没有通过文学，通过阅读，去发现、去窥见社会新的秘密。那么我觉得乔焕江试图绕开这个层面，不是去评论作品，而是用另外的方式对待作品，最直接的就是诉诸社会的公权力。我们是中国特色社会主义国家，还有空间可以诉诸公权力，是不是将来，现在已经有这个可能，公权力也没办法诉诸了？武器的批判需要，但恐怕更重要的是批判的武器怎么用。尤其是我们这些人，只能做批判的武器。这是一个问题。

朱善杰的发言是直接的感受，他很风趣，但我觉得他的发言没有包含一个问题，还需要再提炼。

饶翔兄的文本解读很细腻，是很完整的一个文章。他讲的这个东西我不熟悉，很难进入，非常抱歉。

李松睿的分析角度很别致，他选了两个小说，陈映真的《赵南栋》和莫言的《蛙》，这两个作品我也读过。他用了一个类比，说这两个小说都征用了一个幽灵，他认为这是可以类比的写作方法。这个类比我个人认为很难成立。在陈映真的《赵南栋》当中，其实真正的幽灵并不是和那个共产党人对话的那些人，而是大赦之后出狱了的那些共产党人，他们才是陈映真所写的20世纪70年代台湾社会真正的幽灵，所以我觉得这两个幽灵没有办法类比。幽灵是作为对现实的一个否定而存在的，李松睿说希望幽灵重返人间，如果说人间是现代的人间，是20世纪70年代台湾的人间，那么幽灵重返人间肯定带来人间的大改造，因为它本来是一个否定性的存在，怎么可能重返人间呢？如果硬要去和莫言的写法做类比的话，大概选贾平凹更合适，只要回想一下贾平凹的前两个小说，比如说《秦腔》，比如说《古炉》，贾平凹会设置一个在精神上有一点问题的人物角色，包括《带灯》，小说最后带灯本人有点精神异常，这是贾平凹的写法，这个写法使得他可以自由地穿行于小说的叙述当中，使他能发现更多的事实。别人发现不了，《古炉》里那个人物可以闻一种味道，就有一种预感，说什么人要死了，或者那个村子要发生什么，这种角色的设置和你讲的莫言小说里的幽灵可以类比，但和陈映真这个正好相反。实际上把陈映真和莫言做类比，我觉得有点冒险，这是在两个不同的世界里写作，在不同的两条延长线上存在的作家。这个莫言的问题很多，就不说了。

陈均兄的发言我觉得很知识很广阔，完全超出我的知识范围，我评价不了。

周志强兄的结论，我都同意，但是评第一个发言者，评乔焕江发言的时候，我就讲过，今天要真正认识什么是现实主义？怎么把握现实？上一场志伟讲到的非虚构，非虚构不是现实，这个从恩格斯，从我们所尊敬的马克思主义的文艺理论家们早就反复论述过了，不是写了现实就是真实，我们一说比如《小时代》就讲它反映了现实，是这样吗，它完全不是现实主义作品。像阎连科，他的《炸裂志》是一个神实主义吗？不是的，神实主义并不神秘，他当然不是神实主义作品，也不是现实主义作品，他是什么？他是像主流媒体叙述的小说版，或者说是南方报系媒体叙述的小说版，他毫不神秘，一个村子怎么样变化，他没有对这30年的中国现实提供任何新的分析，没有任何新的发现，他只是用极度夸张的，所谓小说的方式来展现，他有任何新的东西吗？完全没有。就说这几句。

张慧瑜：谢谢展安兄很有风度的评论，能评就评，不能评也不乱评。下面进入讨论环节。

孙佳山（中国艺术研究院马克思主义文艺理论研究所）：我顺着志伟和焕江的思路继续展开一下，他俩都触及到了文学在这个时代比较核心的问题。首先是志伟提到的虚构与非虚构的问题，在我看来，这其实还没有突破恩格斯在《德意志意识形态》中提到的"想象的真实和真实的想象"这个分析框架。志伟的基本判断大致可以这样解读：因为虚构是一种想象的真实，所以虚构是没有合法性的；而非虚构是真实的想象，所以非虚构是有合法性的。其实这种表述在中国现当代文学史、艺术史上是循环出现的问题。

我非常同意展安的观点，因为今天的现实已经溢出了这种二元对立的框架。在我父母那一辈人，他们那个时代在日常生活中遇到各类问题，常说小说里面是怎么说的，诗歌里面是怎么说的，而现在谁还能说这种话？人们现在在日常生活中再遇到问题，那恐怕是先看看新闻是怎么说的，如果新闻解决不了，会看看相关调研报告是怎么说的。比如，最近这两三年出现的文学作品，包括大家都提到的余华、阎连科那几部长篇小说，有多少内容没参考近些年来的新闻和社会调查？我们有没有像20世纪80、90年代一样，通过阅读他们的作品，即便没有震惊体验，但也至少获得了我们在现实中没有的经验，或提升了思想意识，改变了价值观？恐怕都没有。所以，我觉得当下文学的症结，不在于虚构和非虚构问题，也不在于周志强老师说的"现在"现实主义。因为无论是非虚构还是"现在"，都是我们日常生活中早就涵盖了的非虚构和"现在"，我们不需要通过阅读，至少不需要通过文学阅读来获得这么点体验，更别说提高思想意识、改变价值观，即便是作为"心灵鸡汤"，其实也不需要通过这种方式，所以只靠非虚构是无法为当下的文学"解套"的。志伟认为非虚构和20世纪50年代到70年代的工农兵文学，是一种更本真的文学，我觉得有些错位，非虚构没有20世纪50年代到70年代的工农兵文学所带有的未来指向，工农兵文学是要培养工农兵作为新一代主体登上历史舞台，这和今天的非虚构根本不是一回事。

在这里，我先从焕江说的思路迂回一下，从另一个侧面展开当下文学的关键问题。因为我本人也参与文化部在网络领域的一些相关审查工作，稍微了解一点情况。实际上现在网络文学这一块，包括网络游戏，包括整个网络娱乐文化领域，这一领域的兴起，其实深刻地折射出了国家经济上的结构性困境，宏观经济整体上不景气，但却导致了局部的过热。大资本的"热钱"和社会上的"闲钱"，一旦发现具有可生长的领域，就会迅速涌入。最开始是股票、房地产，是电影、电视，最近则是包括网络文学在内的网络娱乐文化领域。因为不管是大资本还是小资本，在保值、增值这个目标上是一致的。

但是现实的复杂性在于，并不能因为大、小资本开始席卷这个领域，我们就用二元对立的方式看待这个问题，比如主流的解释是资本戕害了网络文学。现实中的文学实践肯定是不断变动的，各类文学经验和模式，都可能被重新整合，二元对立式的解读肯定解决不了实际问题。不客气的说，像我们接触过的很多所谓体制内的作家，有相当一部分人其实即便想进入到网络文学这个领域，恐怕也进不去，但是在他们很多人的自我叙述当中，却还是大资本已经开始侵袭纯文学了，我们压根不看网络文学等类似表述，这种表述也反证了他们自身文学创作的瓶颈。刚才焕江说得非常好，我非常认同，网络文学非常复杂，它所负载的当代中国的鲜活经验，恐怕已经远超纯文学，仅仅用"网络"两个字来概括，就像根本不足以概括今天中国的现实一样，也没法概括网络文学所涵盖的复杂场域。所以我觉得如果我们真正能够先从题材和类型这两个维度把中国网络文学的基本坐标标识清晰的话，那就远比说一些绕口令式的理论描述更有实际意义，因为只有这样，我们才能认清，网络文学和纯文学的边界究竟在哪里？只有弄清这个问题，很多理论工具的使用，才真正能够有的放矢。

还有一点我不太同意焕江，的确，这一年来百度、腾讯、盛大等对网络文学的收购，泡沫非常大，动辄几亿、十几亿，甚至更多，但我觉得也不要对资本进行简单的二元对立式的认识。以恒大为例，我估计恒大很快也会介入到网络文学或者网络娱乐文化领域。别的不说，这些企业的管理水平，就远比作协高效得多，大资本的介入未必就是坏事。在市场经济环境下，大手笔投入是板上钉钉的，就像足球领域一样，哪一个足球俱乐部不烧钱？大家可以举出一个反例吗？区别只在于是否取得了应有的回报。为什么恒大进入足球领域花了三年钱就得了亚洲冠军？同样在中国足球领域，花钱的俱乐部很多，为什么只有恒大取得了这样的回报？鲁能、国安这种大国企，花了这么多钱，十年二十年都没做成的事，恒大怎么三年就做到了？那么，以恒大为代表的先进资本的管理模式和管理经验，能不能适用于网络文学领域，至少没必要现在就得出否定结论吧。所以回到当代文艺生产机制的问题，如果回到纯国家的、纯公有的模式，那会有什么结果？先不说将会发生什么，单是已经发生的，白纸黑字的历史就摆在那呢。

综上，因为今天的现实已经溢出了国有、民营，谁更公平、谁更有效的二元对立框架，这两种体制可能都僵化了。所以回到我们文艺领域，对于纯文学和网络文学的二元对立解读，是必须要打破的，我们首先要将二者的边界进行清晰的标识，虚构、非虚构等这些理论话语才可能有安身之地。在我们当下的文艺生产机制当中，肯定不是只有作协那个机制才管用，21世纪以来，正是底层文学和网络文学的出现，真正的松动了纯文学。我觉得只有在这种非常复杂的，犬牙交错的环境和结构里面，才有可能生成一种真正的，所谓新的增长点。

刘岩（对外经贸大学中文学院）：我想谈谈对于松睿说的幽灵重返人间的一点理解，如果理解得不对，请松睿给我纠正。冷战结束之后，德里达写了一本书，叫《马克思的幽灵》，直接的来源是马克思在《共产党宣言》开头说："一个幽灵，共产主义的幽灵，在欧洲游荡。"德里达针对的是冷战之后新自由主义主导性的霸权叙事，他要用幽灵把这样一种文本秩序扰乱。但是马克思做的是一个程序相反的工作：一个幽灵在欧洲游荡，关于这个幽灵有各种各样的说法，现在我要用共产党人自己的宣言回应这样的鬼故事，接下来就讲资本主义的发展历史和矛盾，最后是解决方案，共产主义的前景。

今天困境恰恰在于，我们没办法做马克思这样的工作，刚才几位老师都谈到了现实主义的危机，没有办法对今天的现实做总体性的呈现。列宁说托尔斯泰是俄国革命的镜子，当我们可以发现有效的现实主义的时候，可以对现实进行有效的总体性呈现的时候，也就看到未来的方案了，联系昨天周展安老师说到的"牛津共识"，说他们只是希望，而没有对现实的描述，他们的希望之所以是虚妄的，是因为他们没有办法在对中国现实的总体描述上达成真正的共识。以我的理解，松睿说让幽灵重返人间，就是说能不能克服这样一种现实主义的危机，走出对现实进行总体呈现的困境。

乔焕江：我回应一下佳山，我觉得我们对网络文学的理解是不一样的，我是想把它理清楚。当然网络文学里面曾经有一些可能，比如说初发期的一些自发性的写作，但是这个可能在今天几乎已经不存在。王晓明老师的那篇《当代文学：六分天下》，很直接的就把这种文学叫做新资本主义文学，他很直接的就这么说了，我也是想，我们对它的认识，要把它上升到资本主义文化生产的意义上去理解，它们这一套进程绝对不仅仅是闲钱砸进去的问题，要知道在盛大集团里现在最盈利的部门是盛大文学，他不是闲钱砸进去的，陈天桥的表述也很清楚，就是文学成为整个文化产业生产的基础，他认识得很清楚，有一系列的动作在里面，不是闲钱的问题，像高盛集团，像淡马锡。

孙佳山：我当然知道这个，我那个是加引号的。

乔焕江：我们如果能看到背后的跨国资本和大资本已经在里面，很明确的有它的意图。它那套运作方式远远超出我们的想象，包括它对作家的特殊签约模式，包括它对小说特定类型、特定故事架构的鼓励，这是有一套的。

鲁太光（中国作协《长篇小说选刊》杂志社）：前两天成立了一个网络文学的大学，那个谁请出来当校长，就有你讲的这个。

乔焕江：它聘请自己的签约评论家，把整个文学生产的全生产链都系统化了。因此它的野心非常大，超出我们的想象。

张慧瑜：今天上午的讨论就此结束，谢谢大家！

第一届全国青年文艺论坛：
转型年代、青年与中国故事

第四单元

圆桌会议（上半场）

■　　　■　　　■　　　■　　　■　　　■

主持人：赵文（陕西师范大学文学院）

时　间：2013年11月17号下午14：30—16：00

地　点：北京西藏大厦三层会议室

主　办：中国艺术研究院马克思主义文艺理论研究所

赵文：今天下午第一场由我来主持，第一位发言的是刘复生老师。

刘复生（海南大学文学院）：听了一天半会确实有一些感想，尤其是第一天张颐武先生的发言对我的刺激还是比较大，他当时提了一个非常重要的问题，就是我们批评的立足点的问题。后来宋宝珍老师也再次提出来这个问题：我们从哪个价值立场上来对文学艺术进行判断。这的确是一个非常重大的问题。其实通过这一天半的讨论，我们也不断在重申这个问题，同时也在暴露这个问题——我们也没有去寻找这样的价值和立足点。但是，如果这个东西找不到的话，我们就没办法对文学进行判断，也没办法找到文学和文学批评与现实对接的方式。用我这两年经常用的说法：我们没有办法重新恢复文学的历史能动性。

从历史上看，我觉得支持文学写作和文学批评的深层动力正是某种社会理想，这是我们进行文学判断或文学创作的一个内在动力源泉。什么是社会理想？简单说就是一种对于何为好生活的判断。卢卡奇有一篇文章大家可能不太注意——《关于文学中的远景问题》，他认为这个远景是文学写作或者文学批评中一个至关重要的问题。因为只有有了"远景"，我们才能够对当下的生活进行判断，好的、坏的、合理不合理？同时激发我们的某些理想性。只有在这个基础上，我们才能对生活进行总体化，才能理解个体生活的意义，以及它在广大的时空中的位置，才能建立历史感。也只有在这个基础上，才能找到文学的形式感，也就是我们讲述历史的方法。在卢卡奇看来，这是为什么资产阶级上升时期的文学，比如批判现实主义文学，要远远高于没落期的像左拉这样的自然主义文学。

在另一篇非常光辉的文章《叙述与描写》里面，卢卡奇提到，在巴尔扎克或托尔斯泰笔下，细节的意义，是在总体化视野里的意义，而不是像左拉那样，虽然写了很多细节，但它们没有意义，这就是细节肥大症。为什么会这样，因为没有远景。也正是在这个意义上，他认为社会主义文学，之所以优越于资本主义文学，就是因为它找到了这个远景，找到了这个将社会生活总体化的方法。

我们从历史上看，文学最有力量是什么时候？就是在它找到这种远景和讲述故事的方法，从而能够作为历史实践的能量推动社会变革，激发革命热情的时候。《旧制度与大革命》这本书的立场虽然很成问题，但是里面有一些观点还是非常重要，比如说，法国大革命之所以发生，并不是历史已经糟到了必须革命的程度，而是因为启蒙思想，以及启蒙思想催生的文学创作，使人们对现实变得如此敏感，再也不能忍受现实秩序。文学就是起到了这样的作用，它是革命或变革的前奏。历史上，文学最有力量，它的审美力量达到高峰，能找到强大形式感的时候，正是新的远景出现的时候，这个远景给文学带来了征服人的信仰的迷人力量。

这个时候，文学的批判性的能量和召唤的能量就会被激发出来。我们不妨看看批判现实主义文学，中国20世纪30年代到40年代的左翼文学，以及20世纪70年代末到80年代初所谓新时期文学，都是这样，远景出现了。比如，20世纪30年代到40年代是社会主义作为一种远景出现了，那个时候，即使你不信仰这个，它也已经刷新了人们的视野；20世纪70年代末，在旧有的体制坍塌之后的废墟上，现代性的理想作为一个新的彼岸出现了。所以它能够产生对文学强大的推动力量。当然，历史上非常无奈的规律就是看似非常完美的社会蓝图，一旦落实之后，必然就会被体制化，会僵化，而且不可避免地伴随着被强势的利益集团所绑架，形成一种新的权力化的体制。

所以，革命永远不是一个一劳永逸的过程，它是永远要进行的过程，这也是革命真正的艰难之处。重新回到我们的问题，一种文学产生巨大的影响，焕发出非常迷人的面貌的时候，就是在一种远景出现，同时这种远景还没有被体制化的时候。就是在这样的一个间歇，是某种文学思潮最兴盛、最高峰的时候。我这个不是指个体的创作，而是指整体的文学运动。就说20世纪70年代末、80年代初，当西方现代世界作为一个替代性理想出现的时候，它的确是非常正面，具有解放性的，这一点无可否认。那时候我们想象的西方世界，包括美国作为一个乌托邦形象，的确对于旧的体制具有某种批判意义，而且那时候我们想象中的美国或者西方也完全不是实体意义上的美国和西方，所以它替代了失效了的原有理想，产生了一种新的理想性，对于当时的社会解放的确起到了作用。

但糟糕的是，这个远景慢慢地实体化了，慢慢地僵化了，包括文学也随着这个过程体制化了，僵化了，生成了所谓的"纯文学"的东西——我一再对"纯文学"有所批判，这不是说纯文学本身不好，而是说"纯文学"作为一种压制性的体制或者意识形态化的文学安排是有问题的。

我们现在回到当下，当下的问题在哪里呢？文学或者文学批评的问题在哪里呢？就是远景消失了。这也是今天上午周志强老师提到的，未来没有了，历史终结了。原来我们知道，文学写作和文学批评的远处有一盏灯火，而现在灯灭了，没戏了，我们怎么办？在这个时代，革命理想已经整个被妖魔化了。左翼的力量似乎也没有信心和办法重建一种社会理想了，右翼就更别提了。

所以，整个全球性的社会主义失败的阴影覆盖在左翼知识分子心头，我们似乎只能进行局部的批判，没有能力也不敢提一个总体性的社会解决方案。怎么办？我在这里也尝试性地提一点解决的方法。我觉得重提一种非常明确清晰的社会解放的蓝图，目前是不太可能了。但是再以一种微弱的形式建立一种远景是可以的，而且是必须的。什么是远景？在这一点上要恢复共产主义理想或社会主义理想的原初含义，共产主义不是一个制度，不是一个可以一劳永逸地达到的目标，它是一个地平线。历史上种种失效的失败的社会主义的制度与实践，都不能取消共产主义本身的意义。这其实也不是什么新鲜话，但我们往往总是陷入这样的误解。在这个意义上，所谓共产主义、社会主义，它是一个未完成的方案，就像哈贝马斯在回应后现代主义的时候所说的，现代性并没有失效，后现代所说的失效的只是现代性具体的过程，而不是现代性本身。那些价值本身还在，还可以重新注入新的意义。所以在这个意义上，所谓资产阶级的胜利不但表现在制度上，也表现在对概念和价值的窃用上，包括自由、民主、人性，这些东西本来都是非常好的，都是具有解放意义的，但是这些意义都已经被置换了，被注入了特定的意识形态内容，以至于我们一提自由，就是个人自由，一提民主就是三权分立，就是代议制。实际上是这样的吗？这只是历史生成的概念，所以我们现在还要在这种符号的领域进行一个游击战，一个艰苦的争夺。

所以，利用各种各样的资源，利用各种各样历史上出现过的成功的经验或者失败的教训，我们还要再重新清理，重新出发，重新建立一个尽管微弱，但仍然有力量的社会远景。现在很多理论家已经做了这样的工作，如果我们再进行历史的分析和理论的批判，理想的远景仍然是可以依稀地建立起来的。在这个基础上，可以重新总体化我们的视野，在这个总体化的基础之上，我们再找到讲述现实的方法。所谓阐释中国的焦虑，其实就是没有远景的焦虑，因为没有总体化，所以找不到讲述中国故事的角度和形式。而只有在我们把社会主义理想或共产主义理想重新从一个实体性的概念泥潭里面拯救出来后，把它恢复为一个远景后，我们才可能重新建立这种文学的历史能动性。我就说这些，谢谢。

赵文：感谢刘老师的发言，刘老师在发言中提出了一个很重要的问题，涉及文学批评中的价值重建问题，也涉及在当代左翼理论整体资源中完成文化领导权的重新建构的问题。我觉得这个问题需要继续深入地探讨，可以留待下面的环节进行。现在请师力斌老师发言。

师力斌（《北京文学》杂志社）：复生兄刚才讲的我觉得特别有理论高度，如果他的讲话让当下的创作者听一听会非常好。当然我对你"谨慎乐观"的理想，或者是拯救某某主义这个想法到底有多大可能性有怀疑，不单单是作家，包括在座的批评家当中，到底有多大的信心可能是成问题的。这个远景、理想或总体方案，怎样和我们以前那种已经有过的历史和大叙事做一个区分，这是非常困难的事情。我来自期刊，特别想针对复生兄这个想法具体展开一点。和你这个想法恰恰相反，那种理想，那种远景，在我的体验中是消失了。我每天在看大量的稿子，包括我们那两本刊物，一本选刊，一本原创。在座各位，还有一枫兄、太光兄等几位期刊的朋友都会有这个感受。你们一会可以补充，看看我的感受是不是正确。

我总体的感受就是根本谈不上什么远景，更谈不上总体性的立场。实际上当下的写作者都是原子式的，想成名，想在体制内争出一方天地，分一杯羹。王朔那句话特别典型，就是想出名想得头晕。就是这样，其他的可能都谈不上。一些人可能有一个纯文学的理想，比如说要超过某个历史上的作家，或者向某个经典看齐，但实际上对社会的关注，整个社会理想，包括精神境界总体的追求，确实看不出来。一般的来稿就是个人化、私人化、肉身化、欲望化、八卦绯闻，反正就是这点事。然后就是上午大家都提到的问题。

我觉得有两个问题应该讨论，第一是批评的有效性，第二是创作到底处于什么状况。我觉得创作的特点就是刚才的"四化"，这"四化"完全和复生兄提到的文学创作现状、文学的理想和追求形成了一个反差，确实是一个反差。

当然我们想扭转，力量来自哪？是我们这个论坛？是某个体制？还是资本？还是市场？我觉得都已经很可怀疑了。比如说政府有"五个一工程奖"等，但是那个作品出来影响非常有限。那么期刊、出版社、出版商，包括网络等等，现在有各种不同的文化力量、文化资本，它们推出的作品、它们的想法和立场是完全不一样的。比如说郭敬明推出来的和《北京文学》推出来的，和《当代》推出来的，有很大区别。所以，创作现状非常令人遗憾。当然我们都怀抱着理想，比如说我们可以有左翼的理想，有社会主义的理想，甚至有共产主义的信念，隐隐约约还是有吧。共产主义或马克思主义对我来说还是最有影响力的。

前段时间我听说基督教在中国的信徒已经达到3亿，不知数据是否准确。我不知道大家遇到过这种事没有，我在北航的校园里散步，突然窜出两个年轻人来：先生，跟你谈谈上帝怎么样？我说非常高兴，天天有人跟我谈股票问题、房子问题，甚至有人问你离婚了没有，从来没人跟我谈精神问题，我非常愿意跟你谈。于是跟他们谈了两圈，然后他们灰溜溜地走了。我还是对马克思主义有感觉，而上帝还是需要讨论的问题。上帝有一个根本的悖论就是他不能让我感觉他是不是存在。我觉得刘小枫《拯救与逍遥》探讨的就是这个问题，就是上帝的问题，《卡拉马佐夫兄弟》也探讨这个问题，陀思妥耶夫斯基到晚年也不知道这个信仰到底解决了没有，就是上帝到底存在不存在。对于我来说这确实是个问题。但是共产主义确实有个实践，尤其在中国的实践，特别是在毛泽东时代，达到了一个前所未有的高度，比如说妇女解放，比如说民主。我们对民主的认识，当然复生兄刚才讲了，我们想象的民主，就是西方的民主，就是三权分立等等，其实这是非常浅薄的。民主是一个理想，大家都能参与。其实雷蒙·威廉斯在他那本书《漫长的革命》中也提到这个问题，就是强调公众的参与。国家这笔钱你是怎么花的，我们要知道；你这个规则是怎么制定的，我们能参与；你这个交通罚款为什么闯红灯要收200，收了以后这个钱花到哪了，我们要知道。这是民主。民主最基本的不是说我们对国家整个制度要改变，或者对整个体制要有一个顶层设计，老百姓可能谈不到这么高的问题，但是我觉得民主渗透到每一个个人层面，它是一种意识，是一种理想。如果我们大家都能有这种渠道，有途径参与到国家的文化、政治、生活等各个方面，那么我们这个制度是民主的。如果我们不能参与，可能我们认为它起码不够民主，或者不那么民主。

我觉得文化，包括文学也是这样，确实它无法参与到这中间去。社会主义的理想、共产主义的理想出现过，比如说当年大革命时期的农民协会，你枪毙一个地主也好，没收一个地主的财产也好，必须通过农民协会，不是你县太爷说了算。这样的事出现过。"文革"当然达到一个极端。整个这样的历史实践也好，包括理论提供的资源也好，确实在我们的记忆中没有消失。

其实我觉得旧景就是远景，过去就是未来的可能，未必将来的就是先进的。我看当下的文学，确实是太过个人化，太过私人化。这就是大家上午讨论的问题。当我们提到某个作品的时候，松睿兄提到陈映真的作品，我心里嘀咕一下：自己搞文学的都没看过，但是提到《小时代》的时候，大家没这种感觉，提到赵本山也没这种感觉。文学作品的公共性或者说接受程度，会影响到我们批评的看法。比如说提到刘慈欣，很遗憾在座的两天了都没人提到刘慈欣，但实际上刘慈欣是一个非常重要的作家，他的文本非常重要。中午和陈均兄在这聊，也出现这个问题，就是文学作品的公共性不够。这样的作品，在当下的创作中是非常难出现的。只有一个例子，就是《涂自强的个人悲伤》。

其实我今天想说的是，在一个大历史、大叙事或者远景消失的情况下，文学创作到了一个个人化、私人化、肉身化、欲望化这么一个情景下，更多的创作是在戴着镣铐跳舞。就是带着个人欲望这么一个框架下来触动社会。那么《涂自强的个人悲伤》可能是当下语境里最好的一种状况。文学当然是一个小叙事，它只是一个人的悲伤，它也是一个小时代，但我觉得恰恰是个人的悲伤和个人的遭遇反映了一个大时代整个社会的情绪，这可能是现在文学最好的结果了。很多朋友都提到这个作品，这个作品为什么能触动我们？它既是个人的，又不是个人的。我现在看中国最近10年的文学创作，在整个世界，在我们被传媒或者由欧美主导的这种文化里面，它处于一个什么位置，这就涉及这次研讨会的主题：中国故事，我觉得这非常重要。昨天张老师讲的阐释中国的焦虑，我们如何认识中国经验，实际上我觉得，涂自强个人的悲伤恰恰是中国最典型的个人经验。

大家可以看清华大学孙立平有一个演讲，他讲一个最基本的感受，现在许多人会有这种感受，一种草根的感受，就是在遭遇到社会现实的过程中有一种无力感，上到厅局级干部，下到进城打工的人，比如说在座的各位，比如说你的孩子要上学了，你找一个名校找找关系；你要调动了；你要去医院找一个床位，或者联系一个名大夫，你找找试试。就是说你在遇到这些具体的和社会权力机构，和社会分工打交道的时候，和这些职能部门打交道的时候，会有一种无力感。不像以前在社会主义时代，我们不需要操太多的心。孩子、住房、上学、医疗都不是问题，在单位内部就解决了。但是现在这个焦虑非常大，实际上包括干部、商人等等，很多人有草根情结。草根并不是说按经济来划分，而是按感觉来划分。我觉得方方这部《涂自强的个人悲伤》刚好表达了这种情绪，就是每个人都有这种草根情绪。所以我觉得这个经验恰恰是中国的经验，就是这种小情绪、小感觉可能是我们以后文学努力的方向。但是另外有一点让我很矛盾，我感觉到，比如说我们的这些作品和《尤利西斯》《卡拉马佐夫兄弟》这样有宗教情结、有人类普世情怀的作品相比，在对终极精神的追求上有很大的差距。

那么如何评价这类作品，我们是否会感到一种失落感，比如说我们在这些世界经典面前，打引号的"经典"，中国经验的这种表达，比如说《涂自强的个人悲伤》是不是确实有点低？但我觉得，如果我们作为一种整体的想象，像复生兄刚才讲的，就是总体性的或者远景式的提倡，可以抛开这种作品等级观念，没必要跟他比，反正中国的现在是独一无二的。我们不必有文化的自卑感，我们的经验是中国的经验、独特的经验，不一定跟世界"经典"比。

我回忆了一下太光兄昨天提到的单兵作战的情况，我们正是因为这样个人化、私人化的倾向，所以不能思考总体性的问题。批评现在需要向作家倡议，呼唤某些题材、某些主题，引导一种创作的潮流。中国经验也好，中国故事也好，某些立场我们是不是可以提倡？比如说中央有中央的提倡，郭敬明有资本家的提倡，出版社有出版社的提倡。我们在座的诸位可能有大致相近的立场。立足点选定以后就好办了，就容易解释各种思想现象，郭敬明也好，刘慈欣也好，方方也好，种种问题可以迎刃而解。我就讲这么多。谢谢！

赵文：力斌老师从经验的理论总结出发，对当代的文学生态做出了很犀利的描述。在他所描述的这一"景观"中，作家、批评家基本处于"原子化"的状况之中，批评话语与文学生产话语产生了制度性的危机。这一描述也是对刘复生老师做出的一个回应。力斌老师提出的种种问题，都是值得我们深入思考的。下面请李修建老师谈谈他的看法。

李修建（中国艺术研究院艺术人类学研究所）：我本人主要是做中国古代美学研究的，现在的工作单位是中国艺术研究院的艺术人类学研究所，近几年也在做艺术人类学理论方面的研究，所以我就从研究方法上简单谈一点自己的看法。我们知道，20世纪五六十年代和80年代有两次比较大的美学热，这两股美学热实际上跟社会政治运动是密切相关的。从20世纪80年代后期到90年代，美学研究突然变冷，很多从事美学研究的学院中人纷纷转行，或者寻找一些新的生长点来做，比如说在20世纪80年代后期应用美学热过一阵，20世纪90年代出现了审美文化研究，21世纪以来有所谓生态美学、环境美学、身体美学、生活美学等等，当然这些话题再也难以产生大的共鸣。可以说，美学研究很早就陷入了一个困境，研究框架和话题已经相当僵化了。现在真正在做美学的寥寥可数。

我的研究算是在传统美学框架内进行，不过我也试图有一些新的东西出来。这两年一直在做艺术人类学，我感到人类学给了我方法论上的启迪。人类学强调整体性的眼光，强调在社会文化语境中对文化现象和艺术现象进行研究，同时还需要有跨文化比较的视野。

艺术人类学，更多关注的是异文化中的艺术，比如少数民族艺术和民间艺术，还有非西方艺术，包括第三世界、第四世界的艺术，近些年也开始关注都市艺术。可以说，艺术人类学有自身独特的研究对象。比如，前几天我们开了个艺术人类学的会，有两个在日本工作的中国学者，他们的研究对象就很有意思。其中一位老师的题目是"萌作为一种美"，研究的是当代大众文化里的"萌"这个概念，我们比较清楚，这个概念和日本的动漫文化密切相关。还有一位老师，探讨的是黑色旅游的问题。所谓黑色旅游，是跟红色旅游相对的，就是游览具有负面价值的景点，比如说大屠杀遗址、地震后的废墟等等，这种旅游活动也是时常发生的。对传统美学研究来说，这些研究对象都很新鲜。当然，他们的研究在方法论上和美学有很大的不同。

那么就我们这次会议的议题，就文学批评来讲，能不能从人类学的方法论里面获得一点启示？从研究对象上，我们可能不必纠结于是纯文学还是网络文学这样一些概念的界定。一些重大的、值得关注的文学文本和文学现象，可能就需要我们去进行研究。从研究方法上，除了文本的细读之外，可以把文学作为一个活动和过程来看待。需要关注的不仅仅是文本问题，还涉及比如说文学生产的问题，其中有生产机制的问题，包括学院、作协，还有学术期刊、课题等因素，它们在文学生产过程中发挥一定的作用；再一个是对作家本身的研究，同样包含很多层面，如作家的个人生活史、社会交往、阅读经验等。还有接受的问题，就是读者的阅读和反应。比如说谈到《小时代》，它的反响非常热烈，批判的也好，赞赏的也好，总之引起了很大关注，对它的研究就不能只关注文本，还要探讨接受的问题。这个问题不能用传统的文学研究方法来看待，可能会用到社会学、人类学的方法来做一些调查。上午牛学智老师也提到这个问题，包括其他几位老师，在研究过程中也使用了一些相关的方法。

这一思路会不会对文学批评有所启迪，会不会有方法论上的触动？这是我的一点想法，谢谢大家。！

赵文：李修建老师从艺术人类学的角度对怎么整合批评方法和批评资源，给出了一些非常新颖的思考。接下来，有请李雷老师发言。

李雷（中国艺术研究院《艺术评论》杂志社）：大家下午好，我主要是结合自身的编辑工作以及近期的一些观察思考，跟大家分享一下"当下手机阅读时代文艺批评应该何去何从"这样一个话题。大家稍加留意，就会发现目前人们对手机的依赖程度与日俱增。在车站、机场、地铁或商场等公共空间，随时随地可以看到很多人都在盯着手机进行浏览和阅读，以至于现在出现了一个和"房奴"、"车奴"非常相似的名词——"屏奴"。相较于报刊书籍等传统纸质阅读媒介，越来越多的人，尤其是年轻人，在上下班路上，在短暂的闲暇时间里，更倾向于选择手机阅读这种新颖的阅读方式，甚至借助手机上网、聊天和阅读等已成为当下年轻人的一种时尚生活方式，可以说我们现在正步入手机阅读时代。手机阅读之所以受到当下年轻人的喜爱有很多原因，最主要的就是现代的快节奏生活将大家的时间分割成了许多零散的碎片，而手机阅读的方便快捷性恰好可以将这些碎片化的时间利用起来，既可以打发时间，还可以从中获得知识信息和娱乐放松。另外，手机阅读比较经济实惠、节能环保，这也是大众选择手机阅读的重要原因。

尽管手机阅读有着上述诸多便利，而且大有改变或颠覆传统阅读习惯的趋势，但也存在很多问题。抛开经常盯视电子产品导致健康隐患不论，手机阅读最大的弊端在于，手机平台上提供的阅读内容大多数来源于网络，而网络内容五花八门，良莠不齐，内容偏于简单的新闻资讯或娱乐休闲类，思想性和专业性较差。而且，目前大多数人对手机阅读内容缺乏判断力，基本处于盲目、随机的状态。以网络文学为例，尽管存在着速成化、肤浅化、类型化、商业化等问题，但网络文学作品的数量和读者却越来越多。面对这种文艺状况和问题，批评家，尤其是同样作为手机阅读者的年轻批评家，应该承担什么角色，发挥什么功能，我们的批评声音体现在哪里，又该如何有效体现等等，都是青年批评家应该思考的问题。

传统的文艺批评可能更多地呈现于报刊等纸媒，自从有了网络，文艺批评的平台更加广阔，批评家可以在个人博客、微博和手机微信等上发表自己的声音。而且，顺应当下的微时代，文艺批评不再是单一的宏大叙事或长篇大论，而更倾向于简洁化或微型化，产生了"微批评"。"微批评"简洁到何种程度呢，我们现在使用的微信，如果你看到一段文字、一些绘画或设计艺术作品，你可以在下面点赞或互动评论，这就是一种最简单的文艺批评。这种方式方便了创作者、接受者和批评家之间的及时互动，生动鲜活。批评家作为联通创作者与接受者的桥梁，在参与这种文艺批评时应扮演什么角色呢？批评家在分享一个链接，转载一段批评话语，或进行简短的文艺批评时应注意什么问题呢？我认为，最重要的，依然是坚持传统的文艺批评标准和价值判断，然后在有限的文字内进行切中肯綮的批评，而不是简单地点赞或一味否定，更不是随随便便地转发与分享。

所以，作为职业批评家，除了继续从事传统的文艺批评，还必须紧跟手机阅读时代，积极参与新型文艺批评。积极有效的筛选手机平台上的文艺作品，从大量文艺作品中找出那些具有艺术性、能满足读者需求的作品，并以微型批评的方式，告知手机读者为什么和如何去接受这些作品。简言之，批评者就是以"微批评"的方式为读者提供有价值的阅读搜索服务。这种专业的"微批评",不同于简单的、经验式的感性评价,而需要具备专业眼光和正确的价值判断,同时短小精悍,微言大义,我感觉类似于"颁奖词"或文艺作品的"专家推荐意见"。这类批评,一方面可以及时有效地将有价值的作品信息传递给手机读者,从而正确引导阅读消费;同时可以将专业的批评声音反馈给创作者,便于创作者及时调整方向与思路,发挥沟通文艺生产和接受的中介功能,这正是批评家的重要职责。

赵文:感谢李老师给我们分享了非常鲜活的具体经验。在移动传媒时代或者微时代,微阅读、微评论如何可能?我觉得这也是非常有意思的一个话题。我们有请杨娟老师发言。

杨娟(中国艺术研究院马克思主义文艺理论研究所):这两天听各位老师发言,我学习到了很多东西。前几天李云雷老师让我在会上做一个发言,这两天仔细想了想,第一个进入头脑里的题目,是当下我们需要什么样的文学。我先说一个背景,这个背景鲁太光老师和张丽军老师在发言中也提到了,新时期以来,包括先锋文学、寻根文学、朦胧诗等等,形成了一系列的文学思潮,构成了那一段时间文学繁荣的景象。但是21世纪以来有一定影响、有一定亮点的可能只有底层文学了。

我想说的是,当下文学在普通人的生活中扮演了什么角色?或者文学对普通人的实际生活究竟起了什么作用?他们到底需不需要文学?我觉得应该是需要的。但是,事实上文学现在在普通百姓的实际生活中所起到的作用是很小。2012年底,莫言获诺贝尔文学奖,这是中国当代文学史上的一件大事,按常理说,应该以此为节点带动文学向更好的方面去发展,但由于种种原因,并不是这样,只是带动了出版商的成功,文学对普通百姓的生活并没有产生什么实质性影响。

我们到底需要什么样的文学?去年李云雷老师出了一本《如何讲述中国的故事》,今天论坛的题目是"转型时代、青年与中国故事",就是说我们要如何讲述好中国的故事,如何创作出属于有中国特色的,写给中国人,写给中国普通百姓的文学作品。当然这种文学作品应该与生活、时代息息相关,还有好的写作技巧也都是重要的。我们现在到底需要什么样的文学?作家如何才能创造出更好的文学,这些问题我没有想太好也没有想太深,提出来与大家分享。

赵文:杨娟老师的发言提出了一个尖锐的问题,无论是文学理论,还是文学批评,文学作为一个对象来说是基础,如果文学在当下生活场景当中消逝,那么我们这一切还有什么意义?我觉得这是非常尖锐的问题。上半场发言都结束了,接下来自由探讨,对前面所有的问题都可以做出回应,让思想进行碰撞。

霍炬(陕西师范大学文学院):昨天说完了之后志伟兄有质疑,我回应一下,也是呼应今天上午焕江兄讲的,究竟批评的权力在谁手里的问题。昨天志伟兄的两个问题,一个是20世纪五六十年代唯物史观的历史著述本身也是一种顶层设计,前面很多同志都提到要质疑这种顶层设计的有效性。我是这样想的，把思想史、社会史、文学史归纳为阶级斗争的唯物史观，在操作上经常被人看作是机械的、粗暴的，被认为甚至是国家机器的宣传教条的文化镇压，但这个理解最大的荒谬之处，在于认为有一种无观念的历史书籍。唯物史观把历史归结为统治阶级和被统治阶级的斗争，这不是简化，是赋予历史以真正的客观形式。康德说的哲学是一个战场，历史就是一个战场，文学是这个战场中的阵地之一，这是上午焕江兄说的最核心的意思，这个说法不仅仅是比喻，因为在阵地战的争夺当中，不能用敌人建立起来的规则去斗争，要像扔掉破布一样扔掉关于文学的想象。马基雅维利说君主不需要有美德，需要的是有美德的样子，这句话根本不是教君主怎么骗人，而是告诉人民群众一条最朴实的政治真理，因为马基雅维利用他最大的声音把这个话讲了出来，也就把一切关于君主美德的想象扔掉了。反对文学的顶层设计不是声称自己没有设计，而是真正站在被压迫者、被欺凌被侮辱的人的立场上提出我们自己的设想。这是第一个问题。

第二个问题是，志伟兄说20世纪80年代的风气造成了对唯物史观理解的障碍，李祖德兄也说到这个问题，具体说就是学生听不进去。这涉及两个方面：第一，已有的唯物史观著作的确在操作上有缺陷，比如冯友兰的《中国哲学史新编》就被认为是冯对马克思主义的虚与委蛇。在这里要说，这不是理论本身的问题，而是对唯物史观理解的不足，用毛泽东的话说，"十批不是好文章"，郭沫若的《十批判书》不是好文章，《李白和杜甫》不是好文章，因为郭老把简单的切割当成了知识操作的方式，在唯物主义口号下隐藏了知识主体的武断。简单讲，知识分子根本不配评判历史，文学专家和文学家也不配评判文学，权力只能交给人民。这就引出了第二个方面的问题：怎么进行教学，进行写作？在当前语境下的确不可能再套用20世纪五六十年代的框架，我在这里只强调观念上、理论上的有效性。

教学和写作中该如何操作？我的设想是能不能有一种完全没有判断的"30年中国故事"的理论，没有任何判断，没有任何抽象观念的文学史？比如说现在一些学者搞的中国现代编年史，我觉得这个想法好，把材料拿出来，任人评说，当然这个东西最后搞成什么样子还不能确定。文学史要极端客观化，凡是可以客观阐述的要多详细有多详细；凡是观念形态的，凡是好或者坏的判断，能扔掉多少就扔掉多少，这么做不是知识上的自然主义，是把评判的权力交给学生，交到群众，就是乔焕江说的要诉诸于社会公权。以我的经验，这么上课没有学生不爱听的。就是这些，谢谢。

宋宝珍：我有一点疑问，我知道北大的文学编年史出来了，张睿他们搞出来了。我不知道高校的学生肯不肯花时间去读那个，你所讲的完备的、全面的、客观的、公正的编年史，学生要读吗？我不了解，希望大家给我一个解答。

霍炬：学生肯定是读的，因为我带的学生里面，他读这样的东西是有兴趣的，你要是在文学史里面有大量的判断，还有那种讲故事式的描述没人愿意听，编年史就是从工具书的角度来看也很好。

宋宝珍：傅斯年先生在中央研究院就讲过，所谓历史研究是什么？一是资料的不同比较，二还是资料不同的比较，三还是资料不同的比较。那么好，我们的编年如何还原历史，还原可以到什么程度，编年史是不是对海量的资料也有编选，也有裁切、整理和归纳，如果有，不还是有你的意念渗透在里面？

霍炬：尽可能地少。

宋宝珍：历史的还原大家一直有这样的主张，但是我觉得如何还原到真的历史发生的状况是有难度的。

霍炬：我说的是在教学上的操作，从理念上来说是有判断的，这是一定要有的，但是在操作上要让学生自己去下判断。

鲁太光：刚才复生师兄讲的重建社会远景的问题，力斌对这个社会远景有点怀疑，但是他也觉得应该有这一类东西，他只是比较纠结这个东西能不能建起来。我想，仅从我们的文学实践来看，是不是在重建社会远景的同时，或者在重建新社会的整体性之前，需要首先建构另一个整体性，就是我们的对立面的整体性。新文化运动用白话文把封建文化定义为死文化，他首先把以前文化的整体性建构起来了，当然，在这之前，他脑子里对这个社会愿景已经有了一些框架性的构想。我们新时期文学也提出一个想象性的欧美文学或者世界文学，以它为标准对社会实践中建构起来的革命文学下了一个整体性的判断，认为它是"封建"、"集权"的文学。这是20世纪80年代的主流看法吧？

今天大家都说焦虑。开幕式的时候，大家都说阐释中国的焦虑，现在我们也有这些焦虑。我们在大街上碰到好多人，上至高官巨贾，下至贫民百姓，他们也都有焦虑，你跟每个阶层的人交流，好像表达的就是这种焦虑。那么，这种焦虑感是什么呢，是我们原来的发展路径碰到问题了，要不然不会每个人、每个阶层都焦虑。就文学来看，相对资深的这些文学写作者，甚至不那么资深的，也已经意识到文学出了问题，出了大问题。那么，我们现在如果要创建一个新的文学——姑且叫新世纪文学吧，我们有没有能力对此前的文学做一个整体性的描述和建构呢？我想，有了这个清理性的工作之后，新世纪文学的远景才能出来。

现在的问题，我看好多朋友阐释的文本里面内容都是焦虑的，都是失败的，都是抑郁的，比如饶翔刚才讲的，就是一个典型案例。很多作品，原来欢呼雀跃，现在也失望透顶甚至破口大骂了。阎连科的《炸裂志》就对这30年破口大骂。余华的《第七天》也觉得现在彻底失败了，只有在阴间、在鬼魂那里才能找到幸福的感觉。格非的《春尽江南》，这里的"江南"可以阐释为中国，"江南"没有"春天"了，没有"春天的故事"了，那不就是彻底绝望了？上海作家金宇澄的《繁花》多么好的一个题目啊，好像百花齐放了，可里面写的都是绝望的故事，连基本的日常生活都是绝望的，连爱情也是不可能的了，小说中的一位主人公讲"纯爱情"，结果被人"纯骗"了一把，绝望极了……

讲到这里，我们此前文学的整体面貌已经隐隐约约地浮现出来了，原来倡导的那个纯文学或所谓的文学现代性，它的核心内容已经出来了，我们的任务就是要从各方面把它拎出来，从各层面加以剖析，而后为新世纪文学开辟道路，要不然我们开这个青年论坛有什么用？我们是捕捉到了问题才开这个会的。当此前的文学的从业者，包括倡导者们绝望的时候，这不就是失败吗？那么他们是从哪些方面失败的？我觉得只要能回答这个问题，纯文学的整体性就建构起来了，新世纪文学的远景也就浮现了。在座的各位有想法的话，可以从各个角度先把这个整体性建构起来，就像当时新文学运动的发起人，首先提出的也是封建文学的整体性。所以，我们要重建文学的远景，重建社会的远景，首先要做历史的清理工作，把我们此前文学的优点和缺点做一个整体的梳理。这可能需要大家共同来做，有分工有联合才是有效果的。所谓的文学活动，除了写作之外，更是一个实践的活动。它的实践性就表现在我们今天的呼吁上，表现在新文学运动、新文代运动、五四运动的一些文学研讨、文学论战和一些重要文章的实践性上。我们千万不要开了这个会，回家就继续乐乐呵呵地单干，要把会上提出的重要东西总结出来，而后分头研究，写文章，出成果。我甚至觉得全国青年论坛要有延续性，下一届论坛是不是还要设置一个环节，就是对这一届会议提出的议题及其成果加以总结，看提出的议题的落实情况？要做才能出东西。

乔焕江：这个全国青年文艺论坛，应该叫全国青年文艺工作者论坛。我接着太光说，包括复生刚才讲的远景问题，还有师力斌兄都谈到这个问题。我不从宏观方面讲，就说微观方面。我们可能对《第七天》的判断有所不同，《涂自强的个人悲伤》和《第七天》这两个文本我是对照起来看的，先看的《涂自强的个人悲伤》，然后又看《第七天》。后来我又拿这两个文本在我的读书会上，领着学生一起读，学生们的感受非常好，一个是切中了他们自身真实存在的问题。另一个是《第七天》提供了新的东西。我的判断和你不同在哪呢？我不认为它就是一个绝望，当然我不从和20世纪80年代新文学整体性的关系这个方面来考虑，我说的是余华的《第七天》实际上提出了，或者在感觉的引领上提供了某种想象、某种远景，尽管他提出的还是一个很原初的状况，尽管它是"死无葬身之地"。你看余华在《第七天》不长的篇幅里，对"死无葬身之地"里面的人和人的关系，对里面的那些情感的描述是非常细致的，小说整个篇幅不大，可是在这部分投入的力量非常大。读到最后，我和读书会的学生几乎人人为之感动。为什么呢？他里面很重要的一句话，就是——"在那里，我们在一起"，这使我觉得恐怕这是区别于以前个人式的、上午饶翔提到那种个人超克式的一种解决方案。

你看他里面鼠妹和她男朋友之间的情感描述，包括鼠妹穿着婚纱，穿着那个像是婚纱的东西走向男朋友给她买的墓地，走去火化的时候，那个场景，就是众人一起，实际是那些行走的骨头和她在一起。我头脑中出现的画面，就好像我们在一起唱着国际歌，很从容、很坚定地走向某个地方的那种感觉。而且关键的是，这种场景对于现在年轻的读者，就是90后的学生们而言，显然迥异于《小时代》提供的场景。所以读书会上，我着重跟他们探讨了"在一起"这个东西有多重要，而且小说所涉及社会不同层面的人，基本上是底层，你看行走的骨头那些基本都是底层。因此，我倒是觉得他里面实际上是有某种，我们不说远景，也许不是远景，但一定是远景所滋生的情感土壤。

太光兄刚才讲的，要从历史清理的角度来对当下建设起到一些作用，我倒是觉得恐怕我们也还要在现实的土壤上，就是各个不同的阵地上——比如说我们多数是高校老师，就我们自己来说，是否把握住了自己的阵地？应该怎么去做？

鲁太光：你们有讲台，你们是最重要的。

乔焕江：其实都很重要，我上午讲的时候，说诉诸公权力，就那一个事件来说诉诸公权力是明确可行的方法，除了有形的公权力之外，其他大量的阵地我们同样也可以参与进去。刚才霍炬讲的那个问题，在完全还原历史和庞杂的资料这两者之间，其实还是存在着恰恰是我们这些高校学者能够实践的大量阵地。我们并不是说因为不能完全还原历史，所以就不能做出那种努力。两者中间大量的阵地是我们必须要自觉把握的。当然，这种情况现在很多领域——其实不光是高校，很多领域都差不多如此。社会上现在流行一种感觉，就是说"这个社会已经这样了，我又能怎么样呢？"其实在完全改造和毫不作为这两者之间，存在的恰恰是我们讲的那种推动历史前进的力量，是这两者之间的广阔领域中的大量实践。所以作为我们这些批评工作者或教育的工作者，真的应该走出那个框架，就像太光兄说的那样要做出来。为什么学生不读这些书？不是我们必须接受的现实条件，而是我们必须处理的一个问题，并不是一个应然的状态，而恰恰是我们应该去做什么以面对和解决的，不能因为学生不读这些书，我们就开始迎合他们讲另一套东西，完全不对。这是我的一个补充。

周展安：复生在一开始所论述的远景，他提出的这个问题非常重要，我也能感受到复生的论述所包含的拳拳之心，这是非常沉重的一个话题。今天还能不能提出远景，如何看待远景？我同意复生这个论述。我有一个小小的方法论上的修正，要提出远景，提出理想，要提出方法，但是我们如何处理乌托邦、理想、远景这些东西和现实之间的关系？就像复生在论述里所显示的那样，在一般意义上我们是将乌托邦、理想、远景和现实分离开来的，乌托邦、理想和远景是在现实之外的存在，是这样的思想方法。我们是不是可以再调整一下，让理想、远景、乌托邦位于现实之内，在现实内部，而不是现实之外来思考远景、理想和乌托邦。

复生这个论述让我想起来前几年萨科齐上台的时候，巴迪欧写了一本书，他提炼出一篇文章，就是《共产主义设想》。我觉得复生的论述和他的设想很相近，不是从制度层面，不是从革命实际操作的层面，而是从价值的、规范性的意义上来重新提出共产主义，但是我觉得这种设想，包括复生的论述还是将远景、理想、乌托邦和现实分离开来，还是从外部来思考理想、远景和乌托邦。而重点应是从内部来思考，这非常困难。但是在内部思考乌托邦、远景和理想将呈现为你的每一步思考、每一步实践都是一个步步负重的状况。就像我昨天说的，民主、人民这些我们认为好的东西，不是在未来被许诺的东西，它就是当下的争取本身。文学上的远景也是如此，它就在当下紧紧咬住现实。用鲁迅的话说，纠缠如毒蛇、执着如怨鬼的那么一种实践形态，我觉得这是每个批判者都应该自觉的意识。但是要做到这一点非常难，因为我们习惯于在现实的外部来思考好的东西。

祝东力（中国艺术研究院马克思主义文艺理论研究所）：刚才复生提出远景问题，确实很打动人，我接着说几句。首先可能有一个小的商榷，就是你提到的历史终结，讲未来的灯灭了。福山不是这个意思，福山的意思是我们走到了灯下面，是最完美的境界，就像《浮士德》里说的时间可以停止了。

关于远景，有这么几点，一，什么是远景？远景肯定是一种好的状况，但是好的状况不等于远景，远景不是空想，一定是看上去从现实出发，经过努力，有可能 —— 甚至很多人相信一定可以 —— 达到的好的状况，这才构成远景。这是我要说的第一点。

第二点，我不太同意说远景，比如说共产主义是一个永远达不到的地平线，这就等于康德说的那个理念：你可以不断接近，但是永远达不到。我觉得作为一种社会理想不是这样的，如果说永远达不到的话，那么这和空想还有什么区别呢，那不就是一个骗局了吗？这个社会理想还是能够达到的，只是说达到之后它可能会打折扣，那么我们需要继续努力，不断逼近那个目标。以前讲革命的阶段性和连续性，需要兼顾这两个方面。

听复生的发言，我觉得他的后现代主义的成分还是比较多的，也体现在对远景，对共产主义的理解上。再有一点，跟刚才展安说的有关系，就是谁能发现远景，这个远景是怎么出现的，各种人可以提出各种好的理想，但是只有被社会，被足够规模的人认同，它才能构成一个社会远景，那么谁能够提出来可以被大家认同的远景呢？这是一个重要问题。刚才太光也涉及了这个问题，他梳理历史的脉络，由看清当下，再延伸到未来，这当然是一种重要方法，但可能还不够。比如说共产主义或社会主义的理想，首先是由马克思这样的原创性的思想家总结欧洲工业革命以来的阶级斗争历史而提出来的远景，巴黎公社是初步的尝试，等到俄国十月革命就把它变成一个庞大国家的现实社会制度。而到中国，提出这个远景就比较容易了，因为已经有一个新社会矗立在那儿了。对于我们今天来讲，最困难的就是：谁能发现那样的远景，能够让大家信服，认为这是一个经过大家的一致努力能够到达的理想状况？这是一个关键问题，谁能发现，怎样发现，这也是我们的一个困境。就说这几点感想。

刘复生：我只是从另外一个立场，他当然认为世界已经没有办法进步了，但是从我的立场来讲，那就是灯灭了，那个远景在，立场还在。

张慧瑜（中国艺术研究院影视所）：我接着几位的发言说两句。我觉得刚才太光说得有意思，从昨天到现在讨论了很多20世纪80年代以来的文学现象，包括人性论、消费主义、个人主义，现在看来这些说法已经很难成立了，就连当初鼓吹这些观念的人都不相信了，就像刚才提到余华、贾平凹的最新作品，我觉得这是和20世纪80年代、90年代非常不一样的地方。这也是一个新的历史契机，10年前如果批评个人主义和消费主义，很多人不相信，现在小资、中产都感觉活得很艰难了，甚至有绝望感了，这正是左翼批评有可能获得领导权的时刻。

李云雷（中国艺术研究院马克思主义文艺理论研究所）：我说两句，我们今天和昨天讨论的两场，我觉得是同一个问题的两面，一方面是梳理20世纪80年代以来30年的叙事，另一方面在梳理之后，怎么站在前沿发现新的生长点，这也是我们试图重建一种新的远景和新的总体性的一个尝试。现在的问题大家都可以意识到，关键是怎么去提出一种整体性的方案，像我们谈的"中国故事"，也可以说是一种整体性的方案。

那么，是什么是"中国故事"呢？在我看来，所谓中国故事，是指凝聚了中国人共同经验与情感的故事，在其中可以看到我们这个民族的特性、命运与希望。而在文学上，则主要是指站在中国立场上所讲述的故事，主要包括以下几个层面：相对于20世纪80年代以来的"个人叙事"、"日常生活"、"私人生活"，"中国故事"强调一种新的宏观视野；相对于五四以来，尤其是20世纪80年代以来的"走向世界"，"中国故事"强调一种中国立场，强调在故事中讲述中国人，尤其是现代以来独特的生活经验与内心情感；相对于"中国经验"、"中国模式"等经济、社会学的范畴，"中国故事"强调以文学的形式讲述当代中国的历程，在中国经验的基础上有所提升，但又不同于"中国模式"的理论概括，更强调在经验与情感上触及当代中国的真实，包括内心真实。在这个意义上，我不想在"现实与虚构"这一普遍的范畴中看待中国与故事的关系，而将讲述"中国故事"作为一个整体，一种新的文艺与社会思潮。我想这可能会更有意义，也更能启发我们思考。我们讲述"中国故事"，并非简单地为讲故事而讲故事，而是以文学形式凝聚中国人丰富而独特的经验与情感，描述出中华民族在一个新时代最深刻的记忆，并想象与创造一个新的世界与未来。

"中国故事"是一个创造，并不是有一个凝固的中国在那里等着你写，或者有一个固定的中国故事在那里等着你讲。近代以来，中华民族遇到了前所未有的危机，也处于巨大的转型之中，这一过程至今尚未完结。在历史的剧烈变动中，人们的思想观念也在发生巨大的变动，现代中国早已不是儒家中国，也不是共产主义中国，那么是什么样的中国呢？这需要创作者去观察、思考与表达，也需要讨论与争鸣。当然每个作家的认识与理解可能不同，但"新的中国故事"的诞生，恰恰在于创作者的探索之中。但在探索中，我们必须对这个时代有清醒的认识，也必须摆脱长期以来形成的思维与认识惯性。比如长久以来，我们习惯于将中国认定为"弱者"或"落后者"，这是我们思考很多问题的出发点，但现在事实已经发生了很大的变化；再比如，多年来我们习惯以追赶的心态面对西方发达国家，将他们的现在当作我们的未来，但是现在情势也发生了巨大的变化，我们必须以一种新的眼光去重新看待中国与世界。

"新的中国故事"既是历史的创造与展开，也有赖于文学家创造性的感知、体验与表达。在价值观念与美学风格方面也是这样，我们讲述的中国故事，既要是"现代"的，又要是"中国"的，我们可以继承传统中国的某些价值观念与美学风格，也要融入现代中国人的生活与情感，熔铸成一种新的价值观念和美学。在一部优秀的文学作品中，我们会发现一个新的艺术世界，在其中凝聚了我们共同的经验与情感，比如《红楼梦》，比如鲁迅的《呐喊》与《彷徨》，而只有通过这样的作品，我们才能更深刻地认识一个时代，更深刻地认识世界与我们自身。

郭松民（《国企》杂志社）：刚才几位老师的讨论蛮有意思的，我记得在历史学方面有两个主要学派，一个认为是客观历史，还有一个认为是主观历史。第一种认为确实存在客观历史，我们可以发现它，还有一个认为历史一旦离开历史的原点就会变成主观历史。我倒是相信历史是一种主观历史，如果你编一套文学史，这套文学史看上去是非常客观的，但实际上我们主观的理念隐藏在后面，让学生读起来也是客观的，但实际上并不是，如果这样的话那我觉得就可以理解了，因为你要观点太明显的话，学生阅读的时候会产生反感，最好是实际上是你在灌输你的观点，但他觉得是他自己的结论。

还有一个我个人的一些体验，因为我有机会参加过一些电视节目。上个星期我在北京电视台参加一个节目，就是讨论延时退休的问题，讨论现场有大量老工人，有50来岁的蓝领工人。阶层对立确实挺明显，主持人几次提醒我们不要往阶层对立上引，但明显的你就能看出这个阶层或者阶级对立这种情绪。清华大学的一位女教授提出50岁的人可以去做园丁。我就问她，你们交不交养老保险？她是不交的。不交养老保险金的人设计一套方案来管交养老保险金的人，主张延时退休。这当然让大家感到不公平，大家对这个问题明显形成两个不同的阶层，同样一个问题，你是蓝领的话就坚决反对延长退休，反过来这些教授都认为延长退休是可以接受的，我们就会发现其实中国阶层分裂是一个现实。

但是我有一个什么感觉呢？当面对这样问题的时候，我发现年龄越大的人，理论武器就越充足。记得当时现场有一个50多岁的出租车司机生气了，指着那个清华的教授说，孔子为什么杀少正卯？就是因为他巧言令色，把不是道理的道理讲的非常像道理，对这样的人怎么办呢？只有一个字就是杀。从他这个年龄来看，我认为他这套东西一定是当年批林批孔运动留下来的。因为他自己讲述他的生活经历，他都没时间陪伴他的母亲，因为他下班已经很晚了，我不认为他有时间专门研究孔子，这应该还是以前他在国营企业里参与政治运动留下的印象。

还有一个老头当时慷慨激昂，说毛主席教导我们，人民得到的权力，绝对不能轻易交出去，必须用战斗来保护，赢得热烈掌声。但是你发现年轻的一代，他们在面临这些问题的时候，就拿不出更多的理论武器。我觉得搞文学的也好，搞文学批评的也好，实际上从社会现实来看，对垒的局势已经形成了，不同的阶层已经形成了，但是处于弱势一方他们手里没有理论武器，争论的时候找不到话语，在新自由主义强势的话语中他们没话可说。那么锻造这些武器从一定程度上来说是我们这些人的责任，我不是自负，是从义务的角度来说，我们有做这些事情的义务，或者有责任应该去为他们锻造这个武器。但是我觉得这一点恰恰做的还很不够的，这是我个人的一个经历。我当时跟祝老师说，听到那个老工人引用毛主席语录，就感觉好像一支大军被解散了，有一个人从溃散的军队里出来，他把枪揣在怀里没丢，经过很多年他看见一个敌人，就开了一枪，使用的还是毛泽东时代遗留下来的武器。现在是新时代了，需要新的武器，我们应该提供这些武器。

张丽军（山东师范大学文学院）：我接着说一点，我回应刚才祝老师和复生提出的观念。其实远景的建构有两个途径，远景肯定是存在的，但是怎么来做需要探讨。现在很多作家的创作，并不仅仅像师力斌提到的那样个人化、欲望化、肉体化，而是同样存在着很多作家非常喜欢去读文学经典，有意识地进行经典性创作。像我熟悉的山东70后实力派作家刘玉栋等人是有着宏大的思想建构意识的，拒绝了很多诱惑，比如说去写影视剧，他是在追寻一种理想的文学创作。这种严肃的、诚恳的、宏大建构愿望的创作特别是在山东是很多的。山东作家赵德发老师写的中国宗教文化题材的作品，对儒家文化、道家文化、佛教文化重新建构，思考在没有理想、没有伦理的时代怎么来重新建构新的文化伦理。另一方面我想，怎么去接近我们的远景。像孔子所遇到的是礼崩乐坏时代，没有远景怎么办？孔子没有绝望，而是选择知其不可而为之。即使达不到，我们一样可以去做，就从日常的途径出发去建构我们每个人所在世界的"远景"。具体说来，作为一个大学老师，我要在日常教学中、与研究生的日常对话中去传递我的理念；那么，作为一个编辑，我们能编辑很多种类的文学经典和好作品，尽可能从不同的途径去做一些基础性的工作，这是很重要的力量。也许远景就不仅仅是一个远景，而是一个我们通过日常的工作方式去不断达到、乃至是无限接近的远景。

李玥阳（中国传媒大学中国文化国际推广研究所）：我接着刚才那个老师讲的远景问题说两句。我对文学是一个外行，但是可以分享各个老师在总体上的焦虑，因为大问题在各个学科都是相通的。我想起一个亲身经历，前一段时间去听英语课，老师站在台上，先是诉说屌丝的痛苦，他怎么样从中产阶级沦为现在的状况，买房子很艰难，孩子上学很艰难，最后掷地有声地得出一个结论，他说这都是因为红色造成的。接着他就倍加推崇撒切尔改革，以及追随撒切尔的那些中国改革，然后就觉得未来充满希望，觉得远景就在他眼前。

这是一个非常主流的场景，在哪里都能瞧见。它至少说明两个事情，一个就像刚才张慧瑜说的，是中国的阶级分化，阶级前所未有地固定化了，穷人越来越多，所以大家去渴望一个新远景的这种激情随处可见，网络上的批判越来越有见地。但是另一方面，可以看到他们好像都走错了路，他们寻找的自我拯救的方式恰恰是毁灭他们的那个。当下中国的情境里有一种趋势，是我们都可以感受到的，前一段时间听传媒大学伟亮兄他们那儿的一个会，叫"马克思回来了"，其实大家都可以感受到这一点，马克思主义现在越来越具有有效性。当我们寻找抽象的远景而不可得，反倒觉得这个理论相对来说越来越有效。但是为什么它在中国被妖魔化呢？当我们去希望一个未来的时候，可能我们要从历史中重新发现它，因为未来可能是关乎历史的，历史也是关乎未来的。所以当我们去处理一个远景的时候，可以先进行一个社会思想的清理工作，如果我们现在还是那些主流的意识形态，把所有的社会福利、所有的平等，都归结为撒切尔改革的话，那么我们永远都不可能找到未来的远景。我们一直以来只是很有限地进行了严肃的遗产和债务的区分工作，那么趁着马克思主义回来这个浪潮，我想我们可以展开这样的一个工作，对我们这个远景的实现还是有帮助的。

吴新锋（石河子大学中文系）：我的专业方向是民间文艺学，祝老师提出："谁能发现远景？怎样发现？"我认为这是根本的问题；刚才张慧瑜老师也提到"这是一个新的历史契机"。我认为眼睛应该向下，民间的民众或许能成为"远景"的真正发现者。我们看到诺贝尔文学奖评委会在莫言的颁奖词里强调他对民间故事的叙述，尽管这证明不了什么，但至少为我们展示出民间、民间文学的一种丰富可能性。

另外，我想回应一下刚才李雷老师提到的手机阅读时代的问题。我认为手机阅读也是我们"远景"里面非常重要的一点。我们处在网络时代，无论微博还是朋友圈，大家都非常熟悉，李雷老师提出了一个如何在网络时代进行微批评的问题。前几年，南京大学出版社出了一本叫《21世纪理论批评述介》的书，介绍西方最新理论，其中专门有一章谈"网络批评"。西方的网络批评形成一套非常完整的理论体系，我们可以共享全球化时代的"网络批评"资源来建构中国的网络批评；同时，从我们的历史传统去寻找一些理论资源，来建构我们网络批评的价值观念。这也是一种对"远景"的实践方式。

第三，听了霍炬老师说的"谁具有批评权威话语"的问题，有些启发。上周六北大社会学系的高丙中老师召集一个会，主题为"非物质文化遗产保护的中国实践：创新与问题"。与会学者也有一个反思，就是政府和民俗学学者评判民间的非物质文化遗产项目，学者从某种程度上有一个话语权，决定你是不是能进入国家名录，与会学者对这个话语权威有深刻的反思。同样，霍老师的话题提醒我们的青年评论家在进行文学批评的时候可能也会有一个"批评的伦理"问题。如果我们用列维纳斯伦理批评的眼光来审视这个问题，青年评论家们"以他者的眼光去理解他者"是不是更能展开文学批评主体性的丰富讨论。这是我的一点粗浅思考，谢谢！

赵文：上半场就到这里，谢谢大家！

第一届全国青年文艺论坛：
转型年代、青年与中国故事

第四单元
圆桌会议（下半场）

主持人：乔焕江（哈尔滨师范大学文学院）
时　间：2013年11月17号下午16：30—17：45
地　点：北京西藏大厦三层会议室
主　办：中国艺术研究院马克思主义文艺理论研究所

乔焕江：各位好，现在由我来主持后半场的圆桌讨论。上半场实际上有很多问题争论很激烈，有很多很有价值的问题已经出现了，但首先，还是让我们来听听以下四位的见解，首先我们请石一枫先生。

石一枫（《当代》杂志社）：我还是就着大家讨论的"远景"问题，当然也要结合中国故事这个主题发一点感慨。对于"如何讲述中国故事"这个问题，以前在云雷那本书里见到过，前一阵开青创会，他也是很认真地在会上阐述了对这个问题的看法。那天我认真听了云雷的阐释，感触很深。

但具体结合我个人平常的工作、创作，我感觉对于如何讲好中国故事，还是存在一点点现实的疑惑。中国故事固然是好，但是该如何去讲，可能还需要更多地思考。比如说我们作家也好、编辑也好、评论家也好，作为一个文学从业者，如何把自己的故事和中国故事结合起来的？这个问题我觉得在现在还是挺难解决的。在过去，这可能不成问题。比如前一阵看了一套新中国成立60年来北京作家的短篇小说集，从赵树理、王蒙到张洁等作家都有。我感觉赵树理那个时代的作家往往都有很好的办法，真的可以把"个人的故事"讲成"中国故事"。赵树理写的《登记》，就是几个年轻人想自由登记，把村干部告倒了，也把区干部告倒了，然后他们就结婚去了。那个故事很明显，讲的是农民个人的故事，但是它实际上是中国的故事。这个时候，个人故事和中国故事之间是不存在障碍的。到了张洁那个时代，《爱是不能忘记的》实际上是把中国故事讲成了个人故事，作者认为中国的故事就是文革的破坏，左倾的破坏，但她把历史的动荡讲成了一个未遂的爱情悲剧，把中国故事讲成了个人故事。在那个时期，中国故事和个人故事中间似乎也不存在着隔阂，是互通的。

但是在今天，就面临一个比较大的困惑，中国故事和个人故事之间好像存在着一个鸿沟，中国的作家，像刚才师老师说的，都在讲个人的故事。师老师说得更直接一点，其实八卦绯闻或功名利禄这些东西，也可以理解为个人故事。但是哪一个个人故事能代表中国故事？好像真的不能。这种状况是什么时候形成的？是不是20世纪90年代之后纯文学高度体制化的结果？这个我不好说。但是个人故事和中国故事之间的确有了鸿沟，而且当代作家从创作能力上来说，一个挺大的特点就是往往只能讲自己的故事，不能讲别人的故事。比如说像王朔，当年的朱小平、王小波，他们都是写自己写得非常好，写别人就不那么好了。能够把别人的故事写得绘声绘色的作家，在中国非常少，而且也只能做到绘声绘色。

当然我们从比较乐观的角度来考虑这个问题，哪怕讲的是自己的故事，哪怕讲的就是个人故事而不是中国故事，可能也还是有一些比较光明的东西存在。我比师老师还是幼稚一点，我更相信有一些光明、温暖的东西存在。哪怕像当年的王朔那样，也是退守到爱情，退守到风花雪月里面，用个人温情对抗社会。我也比较相信很多人在写作的状态中，还有一颗赤子之心，这种赤子之心会让人们非常渴望在现实生活中给自己找到一个支点。世界如此残酷，现实如此不堪，我们用什么来对抗这样的现实？可能就是人们之间的一点温情，也有可能是一念之善。当然，这种一念之善解决的是个人问题，不能解决中国问题，它依然是个人故事的讲法，不是中国故事的讲法。

这也就说到了刚才复生老师提的"远景"问题。展安那个说法还是给我一些启示，这个远景可能真的存在于现实之中，可能就像佛家所说的，就是一念成佛，在一瞬间之内，这个远景就会现身，当然这也许是过于乐观的想法。但因为有这种乐观的前提存在，我们才相信个人故事有可能上升为中国故事。我也就是发发感慨，说一点感想吧。

乔焕江：谢谢一枫兄把自己的困惑说出来，在今天个人故事和中国故事之间似乎存在一条鸿沟，这里面还涉及一些可以展开的问题，比如存在于现实之中的那个远景的支点是什么？当然我们更多所见的，是作家个体感受到或观察到的，甚至是生活中瞬间的、一闪即逝的那样的温情。但这还是需要更深入的探讨，个人的这种基于个体体验的瞬间，到底应该以什么样的方式聚合起来？或者是哪些个体的、什么样的瞬间，是值得聚合的？哪些又是需要去反思的？我觉得都还是需要继续深入探讨之后才能化解我们的困惑。第二位，陈亦水。

陈亦水（北京师范大学艺术与传媒学院）：各位下午好。首先，作为艺研院马文所的毕业生，我非常荣幸这几年以来可以伴随青年文艺论坛一起成长，也很感祝老师和李老师的邀请。我想结合各位老师和师兄、师姐们这几天的发言，以及我最近的思考，谈一谈在主流商业电影中，中国都市故事的表述方式。

首先，转型期所指何止是中国，整个世界都面临着转型期。如果非要有一个时间点的话，那可能就是2008年，当次贷危机以美国为原点向全世界爆散开来的时候，西方资本主义世界经受了一次重创，而中国恰恰是在这前所未有的重创之中，某种程度上通过经济崛起的方式，证明了自身的合法性。

也是在大时代的语境之下，中国电影近几年来发生了井喷。比如说，前年中国电影内地票房达到了120亿，去年160亿，今年可能突破180亿，明年据保守估计能突破200亿，后年我们就可以"250"了。但是，在电影产业的胜利背后，电影文化到底呈现出何种状态，我们到底是在什么意义上讲述故事的呢？在这里我仅以讲述都市故事的主流商业电影为例。

最近，中国电影批评界提出了一个概念叫"新都市电影"，认为在我们现在中国影像里面的都市呈现，都是非常美好的一面。据我并不严谨的考察，至少在2008年，也就是在中国与世界都开始遭遇转型期之际，冯小刚的《非诚勿扰》中的都市面相，就开始和第六代导演所谓"都市的一代"的那种阴郁、灰色、狭窄的空间表现完全不同，这部电影在进入征婚正题时的转场，是通过高度现代化的立交桥、高楼大厦等声画蒙太奇的方式实现的。2011年的《奋斗》和2013年的《小时代》，片头字幕出现的时候，都不约而同地以航拍方式对上海大都市予以全景式呈现。还有，2010年的《杜拉拉升职记》、《无人驾驶》、《与时尚同居》等电影，也都以时尚的都市空间为背景。2012年大陆和台湾的合拍片《爱》的开场，更是以长达12分钟的长镜头，展现了光鲜亮丽的都市空间。这就像今天上午李玥阳老师提出的小清新电影中浅焦镜头的使用一样，现在我们拍摄都市电影呈现都市景观的时候，都已经引用到了CG蓝屏技术。这意味着什么呢？就是现在的影像叙事，几乎达到了波德里亚意义上的拟象叙事的仿真维度，这种虚景呈现、去杂质化、高饱和度的都市面相已经到了无以复加的地步。如果说这种拟象叙事是电影中讲述的中国故事，那么在我们生活的当下现实中的都市故事又是什么样的呢？

2011年初，国家统计局的数字相信大家也都知道，中国城镇化率首次超过了农村，达到52%。但就在前不久，11月初清华大学的统计是说中国户籍城市化率是27.6%，我们可以清楚地看到现实和影像表述中的分裂。

正如刚才我提到的都市电影，其实是在讲述那27.6%里面的中产阶级的故事，所以这时候什么叫底层，什么叫穷人？这个概念恐怕已经被大幅度改写了。

我这里举一个关于《杜拉拉升职记》里关于什么叫中产、什么叫穷人、什么叫高产的例子，它的台词说："在公司里，经理以下级别叫小资，其实也就是穷人的意思，月薪不超过4000；经理级别算是中产阶级，有自己的私家车，年薪超过20万；总监级别是高产阶级，年薪超过50万；总裁呢，年薪超过百万是标准的富人。"

再来看《小时代》对贫穷的理解，主人公四姐妹里最穷的应该就是那个叫南湘的女孩，她说"我顶多不过是替路人多画几张画而已"，但是"如假包换的富二代"顾里，则被刻画为"脑子里并不只是奢侈品"的国际金融天才。还有，如何处理贫富差距引发的社会心态问题呢？2011年《幸福额度》这部电影的解决方案特有意思，主演林志玲一人饰二角的同胞姐妹修辞：贫富矛盾，最终被血浓于水、无法割舍的孪生姊妹亲情化解。某种程度上，这是来自上层阶级内部的自我整合。

我个人因此觉得，其实所谓"新都市电影"中对个体的关注和文学是完全不同的。现在的电影关于个体的表述，某种程度是在取消现实个体，或者说变现实个体为一种虚拟的个体，最后在修饰都市空间的时候，也在修改着观众的生活真实和观众的影像审美。而且这些电影几乎全是支撑国产电影产业的主力军。那么，谁才是我们时代的英雄呢？《中国合伙人》结束之后给出了清晰的答案，罗列出柳传志、马云、李开复、王石等中国驰名符号，也就是说，他们现在成为了我们这个时代的英雄。

第二个方面，目前还有一个中国电影批评界的新动向，是关于女性问题的讨论，不过这个新动向似乎让我更悲观。其实不管是在电影创作与批评界，还是在文学批判界，女性议题一直处于被压制的状态，而且这种被压抑的状态最近居然被误认为是新女性主义的崛起，这一点让我感到非常地绝望。

2009年《非常完美》这部电影被认为终于证明了中国有能力拍摄"小妞电影"。什么是小妞电影？英文名字叫 chick flick，直译应该叫小鸡电影。这个概念来源于美国讲述女性白领的都市生活的电影，以1961年《蒂凡尼的早餐》问世为标志。实际上这种亚类型片在美国崛起的时间段，正是从1961到1971年，美国战后经济进入"黄金时代"的期间。小妞电影在中国的崛起也不例外，它与中国经济腾飞的时间段几乎吻合，也就是2008年这个转型期的节点。但是中国式的小妞电影通过新自由主义与消费主义的文化逻辑合谋，女性身体在摄影机和男性观众面前被观看、被欲望、被消费的同时，更让观众通过这个写满时尚与消费的身体，进一步饱含欲望地窥见了高产阶层。有人说小妞电影是中国新女性主义发展的重要成果，但这是这么多年来中国妇女解放进程所取得的一个令我不太愉快的成绩。

最后就性别问题我想说的是，虽然很多人都认为《小时代》有这样或那样的不好，以我的价值判断和立场来说，当然也主要持批判态度。但是如果把它搁置在女性与性别议题下去考察，至少我觉得它呈现出一种前所未有的色情消费的想象，也就是说，它同样也把男体作为一个欲望消费对象展现了出来。当然，这种呈现方式并没有真正颠覆整个看与被看的性别权力关系，它某种程度上表露出中国21世纪以来经济崛起的进程中，男性和女性所遭遇的同样的性别压抑症候。由于时间的关系，我就不展开更多了。

最后，我今天和大家分享的这些议题，是基于我最近专业学习和研究的思考。我们今天在什么意义上分享着西方战后大都市崛起的消费主义面相？我们又在什么意义上有意无意地剔除了那些发达资本主义文化中对资本主义时代和文化现状的自觉批判？哪怕这些批判是具有某种修正主义式的，而且还不包括对中国的女性与性别议题的反思。我先说这么多，谢谢大家。

乔焕江：谢谢陈亦水对中国新都市电影的分析，这里也有一个在都市故事当中来检讨中国故事的问题。她后面讲的个人故事涉及一个，其实我们每个人都意识到了的，就是有没有上升到那个自觉层面，并且用自觉的认识来指导我们解决实践的问题，这就是立场的问题。我们是否在很多领域都退守得太彻底了？甚至把这个阵地都拱手相让了？确实是有这么一个问题，这需要我们再认真思考。现在请第三位，赵志勇发言。

赵志勇（中央戏剧学院戏文系）：本来想讨论我在戏剧领域关注两个问题，一个是记录式剧场，一种是应用剧场，考虑到时间问题，我就只讲记录式剧场。我会非常简略地梳理一下脉络，然后举一两个案例来探讨我从当下中国记录式剧场里观察到的一些问题。

什么是记录式剧场？大家可能更熟悉的是纪实文学和纪录片。记录式剧场在中国也被称作文献剧，英文名是 DOCUMENTARY THEATRE，其实意思就是用舞台的手段来做纪录片。

记录剧场有两个来源，一是俄国十月革命时期的政治宣传剧，包括活报剧和群众性戏剧集会；二是20世纪20年代德国戏剧大师艾尔温·皮斯卡托的戏剧实践。这两个来源其实都是我们比较熟悉的，特别是俄国十月革命的政治宣传剧，对我们的影响很大，20世纪30年代抗战时期有很多类似的戏剧政治宣传，其中有一些借鉴中国传统戏曲，但更多的还是受十月革命后俄国政治宣传剧传统的影响。吊诡的是，今天我们提到这些东西，比如我上学的时候，老师会说这种政治宣传根本不是艺术。但今天重新回去看这些东西，会觉得很有趣味，甚至可以说，当时最前卫、最激进的戏剧艺术只过了一二十年，就已经被中国艺术家所接受和实践了。实际上十月革命之后，从事类似这样的戏剧集会和政治宣传剧工作的，都是戏剧史上最伟大的一些艺术大师。

这几张图片可以让大家了解一下，那个时期的政治宣传剧和戏剧集会的状况（放幻灯——编者）。这里我们看到它采用的是中世纪马车广场演出的形式，通常在城市中心广场演出，会有成千上万工农群众参加，而且它是纪实性的，会把当时内战的战况直接在舞台发布。比如有时演出正在进行，会有来自前线的士兵直接走上舞台，说我们前线正在进行着什么战役，然后传捷报；或者他会直接在现场征兵，演出结束后观众真的跟着苏维埃军队去参加战斗。这个图片是类似场面的典型，这就是十月革命后群众性的戏剧集会。

这张图片是1921年的一个演出，叫《冬宫风暴》，它复原了1917年苏维埃革命攻打冬宫的场面，我们看下面这张图片会以为是一个纪录片电影，实际上是戏剧演出。可以想象在那时候，这是一个非常庞大的行为艺术，把攻打冬宫的整个场面重新复制一遍。这样的行动无疑要涉及大量人力和物力，而那时苏维埃还处在非常困难的时期，之所以会调动庞大的人力、物力从事这样一种艺术行为，是因为苏维埃对这种艺术形式的意识形态动员和宣传教育力量有着充分的认识和高度的期待。

大家看了之后，可能会联想到后来苏联的一些电影，比如《战舰波将金号》和《罢工》，导演爱森斯坦早期就跟着他的老师梅耶荷德做过这类戏剧活动。这张是《攻打冬宫》

的演出效果图，这是它的舞台调度图。这种演出今天称为实景演出，在中国实景式的演出基本都是和旅游业挂钩的，而那个年代它是用来做政治宣传。这张图片是梅耶赫德的作品《黎明》，我们看他的舞台是非常构成主义的，但舞台场面的调度还是延续了20年代初期政治宣传剧里的大规模群众场面。

下面这张图是皮斯卡托20世纪20年代的史诗剧，我们都知道后来布莱希特的史诗剧从皮斯卡托那里借用了很多技术手段。通过这两张图片可以大概感受一下皮斯卡托舞台的效果。可以看到，他会把一个无产阶级的劳动场面和私人生活场景并置在舞台上，产生了强有力的效果。在下一张他把新闻时事纪录片通过投影打在舞台上。皮斯卡托曾经做过一个很有意思的事情，1927年他在当时柏林的人民剧院当导演，执导过一个剧作叫《神之国度的雷雨》，大量放入关于十月革命的纪录片，结果因为这个作品而被解职。

这种创作方法到了20世纪50年代到60年代变成主流。当时民主德国曾有一批年轻戏剧工作者创造了很多著名的文献剧，包括吉普哈特的《奥本海默事件》，作品文本来源于真实的庭审记录，没有任何虚构成分。还有霍克胡特的《代理人》，讲二战期间罗马天主教会与纳粹势力勾结迫害犹太人的故事，该剧涉及的情节和事件也是来自真实的历史档案资料，这些作品中国观众都颇为熟悉。

从20世纪五六十年代至今，记录式剧场在西方一直是主流。这是一个20世纪60年代英国 THEATRE WORKSHOP 的一个著名作品 "OH，WHAT A LOVELY WAR"。许多后来的激进左翼艺术家当年都受过它的影响，所以我给了两张图片。

接下来是当代一些比较重要的作品。这个是德国的一个记录戏剧团体叫里米尼记录，我的同事李亦男老师最近有一篇文章，专门介绍过。他们把生活中的形形色色人物请上舞台，向观众展示其工作生活。有一个作品，其主要人物是两个来自保加利亚的大货车司机，剧团把大货车的货箱改装成剧场，货箱的箱体被安上透明玻璃，观众就坐在货箱里的座席上，两个大货车司机开着车拉着这些观众，让他们去领略其每天的工作路线和内容，怎样去仓库运货，去超市交货，去加油站加油等。车厢里有监控器，司机边开车还会给大家介绍。实际上以纯粹的记录手法，再现了这两个保加利亚大货车司机的工作状况。

这是里米尼记录2009年的一个作品，他们请了来自开罗的两位清真寺宣理员，并拍了很多视频和图片介绍和再现他们平常的工作，在当时欧洲民众对穆斯林群体普遍抱有敌意的情况下，让观众直接看到穆斯林的信仰、仪式和生活。

里米尼记录把真实生活中的人物带上舞台，而有的记录戏剧则用演员来扮演现实生活中的人物、事件。比如德国一位年轻的记录剧场导演凯·图赫曼，他今年4月曾来北京做了一个工作坊。他的工作方式很特别，他会和某一些特定群体一起来进行工作，让他们讲述自己的生活，然后让演员去演。他在讲座里介绍说，自己会去被占领的西岸地区难民营和巴勒斯坦人一起工作，或者在德国一些难民集中的城市去和难民一起做戏剧工作坊，结合新闻报道与这些难民自己讲述的故事，来做舞台的呈现。

这几张图片是上个月我去伦敦的时候了解到的一个纪实戏剧作品，它把所谓的"叙利亚革命"搬上了舞台，实际上这是2012年的作品。一位BBC的记者和一位《每日电讯》的记者去战乱中的叙利亚做了大量采访，回来之后就变成舞台演出的素材，效率之高令人吃惊。我看了一下剧本，我并不认同其价值立场，因为他们把叙利亚反政府军说成是争取解放和民主的革命者，如果大家看过前阵网上曝光的那些反政府军暴行的视频和图片的话，恐怕很难接受戏剧作者这样的描述。由此我们也可以思考一个问题，实际上记录式剧场在今天是非常重要的的政治和意识形态宣传工具，我们不占领的话，敌人就会去占领。对于这种宣传手段，我们现在恐怕关注得太少。

在中国实际上从20世纪30年代开始，记录式的戏剧作品就已经广泛出现。20世纪50年代初，上海话剧艺术中心的佐临先生还曾执导过非常有名的活报剧《抗美援朝大活报》。可惜到了20世纪80年代之后，戏剧界兴起"戏剧观讨论"时，人性论开始成为主流意识形态，而这种紧密结合政治形势的纪实性戏剧创作则被弃若敝屣，戏剧学院老师们讲课，会直接说这种粗糙简陋的政治宣传根本不是艺术。实际上，在整个中国左翼戏剧传统里，纪实性的政治戏剧是一个非常重要的遗产。

20世纪80年代之后，类似作品就很少再出现。直到最近这十年，才慢慢出现了一些类似的记录式戏剧作品，最近几年比较值得关注的，专注于记录式戏剧的团体是吴文光的草场地工作站。大家知道吴文光早年是拍纪录片的，他现在一直跟太太文慧主持的生活舞蹈剧场一起做记录式的戏剧作品。他们的作品在形式上可能还比较简单直白，但近年他们持续关注20世纪50年代到60年代大饥荒主题，比较值得注意。在做这个工作坊时，他们会发动年轻人，主要是一些有农村背景的年轻人，参加吴文光的工作坊，然后回到自己的村子里去拍纪录片。最后的成果就是一个纪录片和一个在纪录片基础上发展出来的记录剧场，剧场形式是肢体与影像的结合。他们的作品很值得关注，但我感觉他们这些创作的主要目标是主打欧美戏剧节，并不很在意跟国内的观众和思想界进行沟通和交流。因此在讨论大饥荒时，他们对主题的呈现以及作品中传递的意识形态，跟主流自由派知识分子的观点，比如说杨继绳的《墓碑》等一脉相承。而实际上，在当下意识形态话语权争夺的战场上，如何看待20世纪五六十年代的"大饥荒"是一个焦点战役，争论非常激烈，有很多不同的观点和看法。草场地工作站的创作似乎并不太关注这些争论和不同观点，而只是呈现了一种声音，这是令我比较失望的事情。

今年北京青年戏剧节上也出现了两三个记录式的或具有记录风格的戏剧作品，我想谈一下比较不错的一部，就是青年导演李建军的《美好的一天》。李建军和他的剧团在创作前期做了一些工作坊，找了许多生活中形形色色的普通人来讲述自己的故事。然后从中选择18个人来到舞台上，每个人都即兴讲述自己的生活片断，观众进场时剧组会给你发一个耳机和一个可以调频道的类似收音机的东西。演出开始后，18个人同时开讲，一派众声喧哗景象，观众戴上耳机，每个讲述者都有自己的频道，观众可以通过调频选择倾听某个讲述者的讲述。有人讲述他们年轻时恰逢知青上山下乡的经历，有人讲的是自己作为解放后南下干部后代的青少年时期的经历，有进城的农民工，还有做着明星梦来北京上演艺学校的外地青年，当然还有文艺小青年，讲的是诸如"我早晨醒来，觉得有一点忧伤，打开窗，外面天气很晴朗"之类无病呻吟的废话。耐人寻味的是，这个形式颇为"先锋"、"前卫"的戏演出之后，获得的评论几乎是一片赞美，有人甚至说这种众声喧哗在剧场中虚拟地实现了民主和平等的乌托邦。

众声喧哗是不是就意味着平等和民主？这个问题当然见仁见智。回顾记录式剧场的历史，其纪实呈现的背后，总有强烈的政治态度的和意识形态立场，这一点几乎概莫能外。而在我们当下的社会生活里，每天几乎都能看到很多重大的公共事件，并引发激烈、尖锐的社会冲突，比如冀中星事件。当下的公共平台如微博等，实际上呈现的是中国社会矛盾尖锐、共识分裂、族群冲突的现实。看《美好的一天》的时候，不难感觉到创作者是有意识地要把现实生活中的众声喧哗导引到舞台上，但在众声喧哗的舞台上，创作者自己的身影则消失了，所有的声音貌似平等地呈现出来，但他们之间可能的冲突和矛盾却并非被处理，而是被隔绝在18个孤立的频道之中。最终，这18个频道的声音彼此互相消解，变成了一种没有深度的噪音。在一字排开的讲述者背后，有两把水壶在烧水，每当水烧开，蜂鸣器响起的时候，演出就暂时中断。或许这样一种处理方式是想暗示我们，舞台上的一切言说最终只是和日常生活的世界相连接的罢。

《美好的一天》作为一出颇有新意的作品，似乎传递了一个信号：当下记录式剧场作品重新出现，恰逢社会矛盾和意识形态冲突尖锐之时，但剧场中的呈现却恰恰消解了以往记录式戏剧传统中突出的政治性和意识形态性，以一种客观中立的姿态展现着众声喧哗，这是很耐人寻味的现象。

乔焕江：非常感谢赵志勇，他把一种非常重要的戏剧形式重新拿出来。为节省时间我不多说了，因为他说的已经很多了，我们请最后一位——文珍。

文珍（人民文学出版社）：下午好，我的身份是人民文学出版社的编辑，另一个身份是写作者，所以有机会来参加这样的一个青年文艺论坛。听到这么多批评家非常关心现实，关心现实的文学创作，以及其他文艺创作的这些声音，觉得很受启发，我也很关注。我很认真的听了这么多批评家老师的话，其中石一枫是我的同事，也是我的师兄，他也是这里面我知道的另一个在写小说的创作者，他刚才跟大家分享了一个创作者在这个时代怎么把自己的个人经验和中国故事相调和的困惑。然后我就稍微说一下从创作者的角度，我对批评的一些想法。刚才很多老师都提到了刘复生老师提出的"远景"问题，就是进行文艺创作肯定是希望，除了解决自己的困惑以外，还希望解决现实的问题，向着遥远的、美好的前景有所前进。但是作为创作者肯定会遇到很多很多问题，除了在传播的层面上和普通大众发生互动以外，他们当然也更希望能听到真正对他们创作有用的批评家的声音，希望批评家能对文艺创作有一个现实的干预。我想第一是批评家会需要自己的读者，其次就是对文艺创作者的创作有一个真正的干预，不是兵来将挡，出来一种现象进行评论，然后在学者圈进行传播的那种，而是需要对创作者的创作现实能有一个最大限度的互动。从文学批评来说，我现在非常害怕看到的文学批评是一种等待式的论述，就是先说一遍这个怎么好看，这个故事特别好看。这种批评不是特别有意义，因为很多这样写的批评家，文采也不见得佳妙，还要用自己的语言说一遍故事，读者看了一无所动，觉得没意义，就是大概知道这是个什么类型的故事。对于写作者来说，这种批评家把故事说一遍，然后是夸夸其谈的评语，也没意义。还有一种从理论到理论的评论，把作品放在一个不仅作者意想不到，就是看到以后也没想到自己的作品居然和这一套理论能发生关系，对于作者来说看到了这样的批评会觉得莫名其妙，而且对自己的创作也没什么帮助。一般作者要么觉得这类批评者看不懂，要么就是看得不对，是随便把自己的创作和这类批评家的论点牵扯进去，勉强作出了关联。

但是我有时候也会看到一些让我印象非常深刻的批评，完全看穿了我为什么要这样写，我面临什么样的困惑，我在什么的创作阶段，意图表达什么样的观点，用我的写作来解决我想要解决的什么问题，包括个人问题。还有一种有用的批评，就是也许实际表现的没有那么宏大，但是因为有一个很宏大的创作意图，被批评家很敏锐的捉住了，而且可以把它放在什么样的创作序列里，可以和气质相近的前辈作家做一个类比，和前辈的经典作家到底有多少的差距，在这个气质序列的作品里面完成了多少，有没有体现出这个时代的特色，解决了当下的什么新问题。像这样的批评我就会印象非常深刻，觉得这个批评者非常懂行，它有用，甚至在某些层面上能给我将来的写作一个很大启发。这才是对作者有意义的批评。大概就是这样，谢谢大家。

乔焕江：好，我们大概还有10分钟自由发言的时间，各位有什么未尽兴的地方，抓紧时间，我们一会儿可就戛然而止了。

祝东力（中国艺术研究院马克思主义文艺理论研究所）：石一枫的发言特别好，提出个人故事和中国故事的关系，我觉得是对云雷这些年一直讲的中国故事的某种质疑。石一枫的感觉很细腻，分辨率很高，还区分了怎样把个人故事讲成中国故事，和怎样把中国故事讲成个人故事，还有就是只有个人故事没有中国故事，我就想知道这里的区别在哪？

如果说既讲了个人故事也讲了中国故事，不管是把中国故事讲成个人故事，还是把个人故事讲成了中国故事，这一类两者兼得，是不是有这样的特点——通过个人经历的描述，呈现了一个中国这样大的视野，就是过去讲的同呼吸、共命运。比如说刚才讲的赵树理小说《登记》，通过个人命运的变化呈现了中国当时的进步，张洁小说是把中国动荡的大背景凝缩成一个个人的不幸遭遇，总之就是大和小，殊相和共相能有机联系起来，而后来《一地鸡毛》这些小说就只有一个个人的视野。我想知道你如何用理论化的语言来界定或描述，怎样讲它们的区别。

石一枫：可能更多的还是自我比较直接的感觉。确实我也不是专业做理论工作的，平常干的事儿就是看稿子和写东西，因此想法会比较直接。如果要说得理论一点，可能还是可以借用比较老的文艺观念，个人故事和中国故事的结合，大概可以类比为个人经验和时代命运的契合，作家既写出了一个个体的命运，而这个个体的命运又能折射时代的命运，可能还是这一套逻辑，马克思主义文艺观的逻辑。现在这套逻辑在很多作品里面存在断裂，当然也是我比较直观的感受，只是感受到断裂了，但具体究竟怎样断裂的？为什么断裂？我个人也考虑得不多。

郭松民（《国企》杂志社）：我提一个问题，就是个人故事和中国故事，不管正的、反的，合在一起都是中国故事，这个好理解，因为你作为个人生活在中国这个大环境里面，你的命运就是中国故事的一部分，有纯粹的不是中国故事的个人故事吗？我有点疑心，你能不能举个例子，举一个不是中国故事的纯粹的个人故事。

石一枫：从相对主义的角度来看，个人故事一定都是中国故事，中国故事肯定也是个人故事，这是没有问题的；但是在更大的范围内看，有些个人故事确实不能算中国故事。

周展安（上海大学中文系）：我说两句接着刚才松民老师提到的，刚刚一枫也说了，其实都是在中国，但是我们不是在这个层面上讨论问题。所谓个人故事是什么呢？只要对于他自己来说是成立的就可以。但是中国故事一定要在公共的层面上，要让众多读者来判定这个故事，觉得自己也能带进去，有代入感。我在阅读的时候，能找到自己的位置，而不再是作为旁观者看这个故事。讲一个中国故事，不是作者自己说了算的，不是对作者自己来说这个故事能成立就行，这不算数，一定要让其他人，让读者认为这个故事和他们相关，能在故事里找到自己。

石一枫：我举个例子，前段时间《涂自强的个人悲伤》那个小说，个人故事和中国故事就结合得比较好，同时期的很多作品都无法唤起我作为中国人的情感共鸣。

师力斌（《北京文学》杂志社）：有没有、是不是中国故事，确实有一个公共性，就是能不能唤起大家的共鸣。比如说《涂自强的个人悲伤》是这几天讨论中基本上唯一一部很多人都谈到的作品。剩下的作品，其实大部分作品都不是中国故事，不是我们时代发生的故事，是在家庭里、客厅里、卧室里、厨房里发生的，中国难道就这样吗？就是两个人的恩恩爱爱么，就两个人么？

郭松民：如果你认为反映了我们时代的本质，那么他就是中国故事；如果他没有反映时代的本质，他就不是中国故事。是不是可以这样理解？

石一枫：可能还是要有这个时代的特质。

郭松民：我再讲一点，我想起张艺谋的《金陵十三钗》，里面有一个非常神勇的国军李教官，带着几个人在南京保护"十三钗"。这个故事我觉得就不是中国的抗日故事，因为没有反映国民党抗战的本质，这可能只是他个人的故事。

师力斌：我觉得《万箭穿心》是中国故事。

李云雷（中国艺术研究院马克思主义文艺理论研究所）：20世纪80年代以来，更多的作家在讲述"个人"故事，其实在"个人故事"与"中国故事"之间，还有不少层次，比如家族故事、阶级故事、村落故事等。有意思的是，在五四时期，即使讲述个人故事其实也是在感时忧国，比如郁达夫的《沉沦》，主人公自杀前还问祖国为什么不强起来，郭沫若的《女神》更是以个人的激情在呼唤祖国的"凤凰涅槃"；而在20世纪50年代到70年代，即使讲述一个村子的故事，其实也是在讲述中国的故事，比如《创业史》中蛤蟆滩的故事、《艳阳天》中芳草地的故事，都有一种整体性的宏阔视野。中国故事这一视野的消失可以说是20世纪80年代末、90年代初的事情，而其消失的原因一则在于"宏大叙述"的消解，个人故事的盛行；二则在于中国视野的消失，以西方文学为规范，在这个意义上，我们今天重提"中国故事"，也是重建一种新的历史与理论视野。

"中国故事"的主体是中国民众，在当前历史阶段，有两个阶层最引人注目，一个是新富阶层，他们在社会生活及媒体上更多为人熟悉，另一个是包括工人、农民、打工者、"新穷人"在内的底层民众，他们是沉默的大多数，但他们是历史发展的主体与动力。这两个阶层的出现，也是社会整体结构变化的结果，其他社会阶层也在重组、变化，也有"新的故事"，但在我看来，新的中国故事应该更多关注底层民众，当然我们应该在新的社会结构与历史视野中关注。

"中国故事"并不是绝对的，中国作家也可以讲述人类故事或宇宙故事，但就当前的历史阶段来说，作为一个社会主义国家和一个独立的文明体，中国在资本主义世界体系中的崛起是前所未有的事件，不仅对中国，对世界来说也是需要重新认识、理解与接受的。在这样一个具有世界史意义的时代，能否讲述或如何讲述中国故事，如何理解中国在世界上的变化，如何理解中国内部的变化，可以说对当代中国作家构成了巨大的挑战。在这样的挑战与机遇面前，作家或许只能在探索中寻找最为适合的立场、观念与写作方法，但我认为，始终站在当代历史的主体——底层民众的立场上，可以为作家打开一个开阔的视野。

刘复生（海南大学文学院）：还有一种类型，个人故事讲成了外国故事，《金陵十三钗》基本上就讲成了外国故事。

牛学智（宁夏社会科学院文化研究所）：关于中国故事，其实我们青年文艺论坛有一个共识，并不都是焦虑，我觉得就是上午我没展开的那个个人故事跟中国故事之间的连接之处。在今天这个时代，其实就是个人命运和社会秩序之间的错位。刚才师力斌兄说的是对的，在客厅里的、在卧室里的、在下半身的这些单元化的空间里要实现中国故事，很难。因为你有你的语言共同体、利益共同体，他有他的民族共同体、宗教共同体，即便在某个共同体里面也很难形成共识。关于个人故事怎样和中国故事重合的问题，我们强调的其实是在中国现实的共同体下，不管哪个个人命运总会与时代有或大或小的错位感；而方方恰到好处地叙述了我们每一个人，无论知识分子、农民工，还是中产阶级，都有的这种错位感，这个意义上，方方笔下人物的个人故事中的命运感，程度上似乎就显得比较深一些、比较宽一些。

我们有时候很容易把一个理论问题谈得玄而又玄，蔓延开来后很难凝聚。我觉得我们的共识已经形成。第一个阶段我们发现了问题，第二个阶段我们认识到应该有一个追问：我们的知识合不合理，我们的知识分子情怀在哪里。这就是一种批判的声音，这个批判当中就有建构。

第一届全国青年文艺论坛：
转型年代、青年与中国故事

闭幕式

■　　　　　■　　　　　■　　　　　■　　　　　■

主持人：李云雷（中国艺术研究院马克思主义文艺理论研究所）
时　间：2013年11月17号下午17：45—18：00
地　点：北京西藏大厦三层会议室
主　办：中国艺术研究院马克思主义文艺理论研究所

李云雷：因为时间关系，我们就讨论到这里，我们举行一个比较简短的闭幕式，首先请郭春林老师给我们做一个学术总结。

郭春林（上海大学文化研究系）：首先，要说我是一个不称职的主持。其次，我肯定也是一个不够格的学术总结。我把这个理解成云雷、祝老师想让我做一个忠实的听会者。于是，这两天我就一直坐在前面，可以享受有桌子和茶的特权，在做会议记录，以便能够做一个充数的总结。这是一个意思。

第二个意思，为什么我说自己不够格呢？因为，我是从文学专业逃跑的人，是一个逃兵。我在一年多之前从同济大学中文系逃到了上海大学文化研究系，逃跑的原因是因为我对文学失望了，我对文学批评也失望了，对文学理论则几乎从来没有过奢望，我自己感觉我也没有能力去改变。而我从文化研究看到了希望，看到了更有力量的一种方式，然后我就逃跑了。我也可以把这个逃跑理解成一个相对比较积极的姿态，当然这是自我安慰，请允许我这样的自我安慰。

我在到上海大学文化研究系一年多的时间里，基本不读文学作品，这既是学术的要求，也是我自己的内在要求。现在确实没多少作品可以让我激动起来，现在大学中文系讲的很多东西都变成了中文系自己玩的东西，就是中文系师生们在一起互相安慰。我这么说肯定要得罪很多中文系的老师、同学，但是说老实话，我确实觉得现实恐怕真是这样。比如说，举一个最简单的数据就可以说明，莫言成了诺贝尔文学奖得主之后，作品发行量很大，发了多少我不知道，应该说很多，其中一定会有昨天张颐武讲的"标配"的那一部分发行量在内，大概会有数十万，甚至上百万，但一般文学作品的发行量差不多在5万左右。

石一枫：你太乐观了。

郭春林：其实几千发行量的文学作品还是很多。我就在想，不说我们全部人口，13亿还是多少，就取一个年龄段，比如说从15岁到45岁，差不多这个年龄段还有所谓文学热情，把这部分人群作为一个人口基数，和文学作品的发行量体现出来的文学人口相比，几千简直可以忽略不计，5万也差不多可以忽略不计，因此，我不知道文学存在的意义在哪里。当然我这个话不是质疑，我是在想这个问题，我自己提出来以后，选择的一个办法就是算了，我不玩了。

虽然不够格，但还是勉力试一试。我无力为这两天的发言做一个完整的总结，而且我可能，不是可能，是一定，一定会说一些在场大多数朋友都不乐意听的一些意见。我希望用几个"多"和几个"少"这种对应性的东西，来对这两天的会议做一个非常简略的总结。

从会议的议题，就是"转型年代、青年和中国故事"来讲，这是一个非常好、非常有意义、和当下中国现实也非常贴切的一个题目。可是我马上要说的是，这两天很多的讨论比较集中在"中国故事"上，而"转型年代"和"青年"这两个关键词就很少涉及；尤其是"转型年代"这个概念，两天听下来，我从来没听到一个人来解释这个转型年代是从哪转到哪，是从什么地方转到另外什么地方。我们都知道现在是转型年代，似乎这个东西是不言自明的一个东西，可是实际上仍然存在一个从哪转过来的问题以及会转向哪里，这里涉及一个比如说什么是真正的中国故事，或者什么是正确的中国故事。其实刚才的讨论就包含这样的问题。我的理解，真正的中国故事应该是代表历史发展方向的中国故事，而不是说只是讲述一个当下中国的现实或某个局部的现实，我觉得这其实是很不够的。

在这个意义上，作为整个论坛，好像中国故事我们更熟悉一些，更有话说，而对"转型年代"这个前提反而忽略了。论坛组织者为什么把"转型年代"放第一个，我想这个关键词恐怕没引起我们足够重视。虽然不少朋友确实提到了，比如说网络，比如说技术，比如说资本，尤其是金融资本对当下中国的影响，这些方面有朋友提到；但是恐怕从程度上来讲是远远不够的，我们还在讨论这个故事应该怎么讲，而这个怎么讲其实和"转型年代"有着直接的关联。

好的一面就是所谓"多"的那一面，我听下来的印象是，问题非常多，换一个说法是我们的困惑很多，有很多的问题、很多的困惑、很多的迷茫。我们确实和当下中国绝大多数人一样，其实也提不出一个解决方案，这种明确性的东西，比如说所谓未来中国的发展方向，应该向什么方向去，我们也是模糊的。复生兄提出来一个远景的问题，我们还是模糊的。我估计我们大多会自认为是左翼，但左翼所共享的远景究竟是什么？可能还是有蛮多分歧的。

所以在这个意义上好像分歧更多、共识更少，虽然牛学智兄说我们已经有一个共识了，然后他很高兴，把这个共识拿出来和大家分享。我个人感觉好像分歧远多于共识，当然这也是我们的一个现状。然后解读很多，更多的是我们掌握了一些解读的办法，比如说对文学作品的解读、对影视作品的解读，但是好像这种解读中的批判性的东西还不那么够，好像我们只要把这个东西解读了，解构成很多碎片往那个地方一放，似乎就具有了天然的批评性。从这个意义上讲，我们的批判性还没有足够地表达出来。然后是发言很多，很踊跃，甚至还有一些朋友都没轮到发言，但是一定程度上对话却不够，争论不够，就是说我们吵架吵得还不够。很多共识其实是需要吵架来达成的，用吵架来明确一些我们希望确定的东西，能够把讨论往前推进。再然后，相对来讲，我们对理论的探讨和思考要多一些，而实践方面的东西相对少一些。其实我本来对赵志勇讲话剧是很有期待的，但他最后只讲成了一个知识性的东西，我知道他在做实践，他是有介入性的、实践性的。

　　整个论坛，可能是因为我们参与者出身的限制，好像很难讨论所谓介入性、实践性的话题。可是当代中国的复杂性就在于，如果我们还是在一个知识性、理论性的范围来讨论，恐怕远远不够，必须有实践性的介入，这个后面还会再讲。

　　再有一个，就是现实的感受比较多，历史的维度虽然有不少朋友也都提到了，但不够充分。可能是跟议题设置有关，云雷他们设置了一个30年来这个历史语境，其实在30年的历史语境里，还有一个往前回溯的前30年历史，甚至还可以继续往前推，整个19世纪后半叶之后，我们可以命名为中国革命或革命中国的这样的历史阶段。但似乎这个更长时间段的历史没有成为我们绝大多数人思考当下中国的思想资源，这给人造成一个印象，似乎近30年我们把握得清楚些，尤其是与当下的关联，好像能更清楚地看到两者的脉络。可这30年是从哪儿来的？当然是从更久远的地方来。另一方面，我们现在需要找资源，就我的理解，历史其实是能够为我们提供资源的。尤其对于中国来讲，整个中国特别是1949年之后，新中国的实践其实为我们提供了很多非常值得借鉴的——如果可以称为"社会主义遗产"的东西。哪一些东西真正应该成为我们值得去继承的，其实这一块可能我们讨论得也不是太多。

　　另一个就是我们的专业性也不能太强，从交叉的角度来讲也不够，当然这个可能是我自身跑到文化研究领域去了的缘故。我很自然想到文化研究之所以是跨学科的，就是因为有过于专业化、过于知识化的那种文学研究或者艺术研究等的专门知识。实际上，这些专门知识已经不足以应对当代，譬如文学生产方式以及文学接受方式，整个生产和再生产格局，它不再能用传统的那种——从创作到作品，再到接受之类的简单模式来面对，它已经根本无法涵盖文学的生产和再生产的复杂过程。在这个意义上来讲，交叉性的一面还有进一步加强的必要。

　　最后我想说的是，我们对旧的形式或类型的讨论比较多，而对比如说现在出现的一些新的文化样式的讨论比较少。如果说杰姆逊在20世纪80年代初期所讲的，在晚期资本主义，阶级文化日益成为一个支配性的存在是一个事实的话，那么我们如何面对今天资本主义生产出来的，比如说像上午乔焕江说到的盛大这样的文学工厂？文学就是一个资本主义化的文学生产方式，包括它的消费方式也是如此，可是资本主义文化确实会成为一个支配性的东西，而且在当代已经成为一个支配性的东西。那面对这样支配性的资本主义文化，我们用什么，以什么样的方式去和它对抗？我们确实需要重提"阵地战"这样的方式，我们是需要去战斗的。虽然赵志勇没有讲他做的实践，我从活报剧这样的一个历史里面确实看到一种可能性，就是戏剧原来是具有很强的战斗性的，可能现在变成了消费品或者是文化资本的象征。从这个意义上讲，我们可能需要从历史里面去寻找资源，去培植新的文化，靠新的文化去和资本主义的文化工业做"阵地战"的战斗，以此来培养我们未来社会的新的主体。当然这个新的主体应该是真正拥有主体性的，是应该拥有文化自觉的主体。这是我期待第二届全国青年文艺论坛能够有这样的一些成果、一些实践、一些讨论。耽误大家很多时间，谢谢。

李云雷：好，谢谢郭老师，现在请祝东力老师致词。

祝东力：刚才春林老师的总结很精彩，但是我不太赞同他用"逃跑"那个概念，因为我也有相似的经历，我觉得还是用"转进"这个概念吧（笑），这也比较实事求是，因为实际上是为了更透彻、更全面、更深刻地理解原来的研究对象。

听了四个半天的会，感觉信息量和观点非常密集，还有待进一步消化。好在我们按照以往习惯，还要把所有会议的发言，包括自由讨论的发言整理出来，还会再返给大家，请大家再辛苦一回，把自己的发言润色一下，我们把它们编辑成册。这是后续工作。

最后讲几句。我想还是回到总的议题，刚才春林老师谈的特别有针对性，他说"转型年代"这话题在发言中涉及得太少，我有同感，但这应该是我们会议主办方的责任，是我们的安排有点问题。开句玩笑，我觉得我这个发言应该放在前面，就好了。因为我是想把我们总的意图，就是总议题背后的意图跟大家汇报一下。这个总议题用了三个关键词：转型年代、青年、中国故事，这三个之间实际上是有逻辑关系的。"转型年代"很好理解，就是我们这30多年以来的社会改造，并同时融入到全球产业体系的过程，这是转型年代的第一个含义。第二个含义是170多年来，即鸦片战争以来，中国被强行纳入到资本主义世界体系中的过程，中间经历了半殖民地化的过程，革命的过程，以及建设和改革开放的过程。这30年改革开放只是这170多年以来的历史当中的一个环节。

还有一个转型，一个更大的转型，就是我们现在看到的正在发生或者刚刚开始的西方的整体性的衰落，这种衰落在产业、金融、社会结构和日常生活上都可以反映出来。这应该说是500年以来世界史上最大的变局，我们正在目击这个变局，这是更大的转型。

我要强调一下，我不同意某些过于乐观的观点，我认为，这个世界格局的剧变不能简单地等同于"西方衰落、中国崛起"，如果谁是这种简单的结论，那就是一种土豪腔。说崛起的同时一定要强调中国有非常多的问题。总之，这是一个关键词，转型年代。

中国故事我觉得相对简单一点，就是对中国历史过程的主观的叙述，比如说革命文学或者伤痕文学，或者清宫戏，它们所体现或折射出来的中国故事，是一种主观的叙述。关于中国故事，应该强调这样几点：中国故事应该把中国的转型，就是刚才说的这些转型过程叙述出来，这是一点。再有一点，应该把几个阶段的中国叙述出来，包括鸦片战争以来从古典中国向现代中国的转变，把古典中国、近代中国和当代中国，把这三个不同的中国以某种方式整合起来，这是"中国故事"需要做的一个工作。再有，我们还要把中国与世界整合起来，这非常重要，因为中国早就不能自外于这个世界，从鸦片战争以来，我们就跟世界是一种高度互动的关系——当然明清时期就已经有大量国际贸易，按照《白银资本》的描述，那时候中国就已经与世界充分互动了。所以中国故事不是单独中国这个国家的故事，要和世界整合起来。另一方面，中国故事不仅仅讲述过去和现在，还包括对未来的构想和规划，这是特别重要的方面，这就是今天复生老师提到的远景问题。

再一个关键词，介于"转型年代"和"中国故事"之间的"青年"，实际上对"青年"，我的理解是把它当作叙述中国的主体，把中国的转型和整个世界的转型过程叙述成一个完整故事的主体，当今的青年要承担这样一个主体的职能。

大家都知道，青年不仅仅是各年龄段当中的一个年龄段，还是现代社会的一种主流价值。传统社会因为技术更新、社会变迁的速度太缓慢，过去的经验同样适用于当下，所以那时候年龄大的、胡子长的，就意味着权威，那时候历史和时间的重心都在过去。所以中国历史上经常讲"三代"、讲"先王"，西方历史也一样，比如希腊历史也讲黄金时代，时间的重心都在过去。但是从地理大发现之后，技术更新和社会变迁突然提速，经验不断被刷新，所以从17世纪欧洲就出现了古今之争，出现了厚今薄古的思潮。而所谓现代性的本质，其实也是未来成为时间的重心所在，这是现代性的本质特征，其他的特征都是从这个特征派生出来的。在中国，五四以来的青年，整体性登上了历史舞台——当时最大的一个社会团体就是"少年中国"，这个名字直接拷贝自欧洲，来源于意大利，其实少年中国就是新中国，就是和旧中国、老中国相对立的。青年站在历史的前沿，成为时代的变革性力量，这种情况一直从五四持续到20世纪80年代；只是到近几年，可能由于社会结构的固化，竞争的剧烈化，就业的压力，生活成本的提高，这几个方面造成了对青年群体的挤压，所以不少青年的生活态度和行为方式有了一种保守化的趋势。与此同时，近年来，青年很大程度上底层化，很多青年约等于屌丝，这是新世纪以来的一个新特点，而20世纪80年代以前不是这样。所以在这种充满张力的困境中，怎样恢复青年群体作为社会变革者的心态和能力，是我们面对的一个大问题。

这次论坛应该说距离这个大问题的解答还比较远，而且，怎样以新的变革者的身份重新讲述我们刚才说的中国故事？我们论坛离这个距离就更远，但是，这也为我们今后论坛的讨论留下比较大的空间。

我的所谓的致词马上就要结束了，在这里要表示感谢：感谢每一位参加论坛的朋友，特别是感谢远道而来的朋友，还要感谢为我们这个论坛提供各种支持的朋友，特别是我们马文所几位幕后筹备会议的老师，他们特别辛苦，再有也要感谢我们这两天的速记员，她也非常的辛苦，我们的发言是轮流发言，但速记员只有一个，很不容易。

我希望明年可以召开第二届全国青年文艺论坛，以便我们能够在一起继续深化这两天的讨论。我的话就到这里，谢谢大家！

李云雷：我觉得祝老师说的话也代表了我们工作人员的心情。我再简单说两句，青年文艺论坛不仅是一个思想交流的平台，也是一个感情联系的纽带，包括这次来的很多外地朋友，大家聚在一起很不容易，平常我们青年文艺论坛也是每月一次，为大家提供一个见面、交流的机会，也不断有新朋友加入。希望将来全国青年文艺论坛每年我们可以聚一次，希望我们明年还可以再相见，谢谢大家！

（根据速记整理，经过本人校订，沈卫星、张颐武、陈福民、陈东捷的发言由孙佳山代为校订）

附　录

"青年文艺论坛"的探索

李云雷

2011年6月，中国艺术研究院马克思主义文艺理论研究所组建了"当代文艺批评中心"。组建这个批评中心，是出于以下几方面考虑：第一，最近几年，中宣部、文化部领导一直强调需要加强健康科学的文艺评论，但是现实中的状况并不尽如人意，我们希望在力所能及的范围内做一点工作；第二，当前文艺界不断涌现新的文艺作品、新的文艺现象与新的文艺思潮，需要及时追踪研究、分析、评判，并加以引领；第三，马克思主义文艺理论研究所主要以理论研究见长，组建一个对当前文艺现状进行研究与批评的专门机构，既可以为理论研究提供当代文艺新鲜活泼的经验，也可以为观察当代文艺提供一个理论视野，让理论与批评在良性互动中健康发展。

当代文艺批评中心成立后，每月举办一期"青年文艺论坛"，对当前文艺的热点与前沿问题以"专题发言＋圆桌式讨论"形式进行研讨，在文艺界产生了较大的影响，为社会各界所瞩目。

"青年文艺论坛"至今已举办29期，其中既有对具体文艺作品的讨论，也有对整体性文艺现象的研讨，前者如对短篇小说《归来》的讨论，对《金陵十三钗》《甄嬛传》《一九四二》等影视剧的分析等，后者如"新世纪中国电影的'繁荣'与忧思""红色题材影视剧的传承与新变""当代大众文化中的美国想象""娱乐文化的形式变迁与时代内涵"等专题讨论。在这些讨论中，论坛既关注文艺热点焦点，也注重由点及面，探讨当代文艺的整体性问题；既重视不同艺术领域的具体作品与现象，也注重其背后深层的理论与历史问题，力图把握当代文艺的发展趋势和规律。以"消费文化时代的四大古典名著"为例，触发这期论坛选题的是当时新版电视剧《红楼梦》《三国演义》的播映。但在讨论中，我们没有止于这一文艺热点，而是梳理了四大古典名著在20世纪的传播过程，它们的影视剧改编史，以及四大名著在中国文化结构中的位置和作用，在此基础上着重探讨了消费文化时代新版改编的特点及得失。这样，我们便将具体作品的评价放置在一个更开阔的视野中，通过审视历史的变迁更准确地把握其时代特征。再如"窃听故事与意识形态的表述"，筹办这期论坛的起因是刚发生不久的斯诺登事件，我们以这一新闻热点为契机，从表现窃听故事的《窃听风暴》《全民公敌》等作品入手，梳理了有关的影视作品演变史，分析了冷战中及冷战后的西方意识形态在窃听故事中所起到的支配性作用，并结合意识形态理论的发展，探讨了西方大众文化与其现实政治之间的矛盾与悖谬。这样一个理论与历史的新框架，为我们打开了探讨问题的新空间。

"青年文艺论坛"的核心成员主要来自中国艺术研究院，同时汇集了中国社会科学院、北京大学、清华大学、北京师范大学、北京电影学院、中央戏剧学院等高校与科研机构的青年学人。他们既经过良好的专业训练，有着扎实的学科基础和知识结构，同时也具有敏锐的艺术感受力，对当代文艺有着独特的观察与思考。20世纪90年代以来，学科化、职业化是人文社科领域的一个重要趋势，这当然有助于中国学术理论循序渐进地建设和发展。但另一方面，过度的学科化、职业化也造成分科窄细、脱离现实、问题意识淡漠以及学术等级森严等缺点。"青年文艺论坛"以当下的热点和前沿问题为中心，努力使学术理论和知识重新回到现实，针对现实，从现实的社会经验与文艺经验出发，不断提出新的问题，在讨论中深化、更新对世界的认识，探寻文艺发展的新思路。这是"青年文艺论坛"的探索，也是年轻一代的探索，或许酝酿着当代学术与批评范式的重要转换。

"青年文艺论坛"所关注的，是当前最新的文艺作品、文艺现象与文艺思潮。我们试图站在中国文艺发展的前沿，对这些新的作品及新的美学经验做出及时而深入的分析和判断，以理论的自觉对新经验、新现象、新问题做出积极的回应。2012年9月15日，电影《白鹿原》首映，同月20日，"青年文艺论坛"便组织了以"《白鹿原》：如何讲述中国故事"为题的讨论。莫言获诺贝尔文学奖的消息是在2012年10月11日发布的，一周之后，"青年文艺论坛"便在18日举办了题为"诺贝尔文学奖与当代中国文学"的座谈会。类似这样新鲜话题，是"青年文艺论坛"在选题时特别关注的。当然，我们也并非简单地追逐热点，而是选择那些能够由点及面、深刻反映时代症候的"热点"加以讨论。另外，在关注热点的同时，我们也会选择那些尚未被普遍关注但处于文艺发展前沿的主题，比如"当前文化语境中的文风问题""现代主义思潮再反思""'底层叙事'与新型批评的可能性"等几期论坛，都是针对当前文艺思潮中的深层次问题进行讨论，试图在理论上做出探索与创新。

"青年文艺论坛"的组织与举办形式也颇富新意。在每期讨论之前，我们会做这些准备：第一，根据文艺发展的现况精心选择主题；第二，物色在相关研究领域富有创见的青年学者担任主持人、主讲人；第三，搜集相关学术资料与评论文章，通过网络群发给论坛的所有参与者，使大家提前有所准备。这些措施为提高论坛的学术质量提供了保证。在讨论形式上，我们发展出一种"专题发言＋圆桌式讨论"的方法，论坛一般分为上下两个半场，上半场是主讲人的专业解读，下半场则是所有与会者的自由讨论。在讨论中，有思想、观点的商榷和交锋，也有跨学科、多角度的交流互动，逐渐形成了一种既严肃认真又平等开放的学术氛围。每次论坛结束，我们将发言录音整理后，请发言人审阅，编校印成内部资料，以供业内交流。这样的学术组织与讨论形式，构建了一个适合学术规律，特别是适合成长中的青年学人的思想特点的机制和平台，在重视思想导向的前提下，注意调动青年人活跃的、创造性的思维。在这方面，"青年文艺论坛"进行了一种有益的尝试，因而在青年学者中产生了越来越大的影响。

"青年文艺论坛"在发展过程中，得到了各方面的肯定和鼓励。中国艺术研究院的领导始终对论坛给予有力的支持和指导。文化部、中国作家协会的领导和文艺界、学术界的名师宿儒也十分关心论坛的成长和发展。《红旗文稿》三次转载了"青年文艺论坛"的发言，《中国文化报》《中国艺术报》《工人日报》《新华每日电讯》《文汇报》等多次报道论坛讨论的主题，刊发了讨论者的文章，《文艺理论与批评》《南方文坛》《文艺新观察》《诗群落》《艺术手册》《今天》等学术刊物也刊载了"青年文艺论坛"的座谈内容。特别是，一些耄耋之年、德高望重的文艺界老前辈也十分关心论坛的健康发展，不但仔细阅读论坛发言记录，而且通过各种渠道向论坛提出珍贵的意见和建议。

进入2013年下半年，"青年文艺论坛"又迎来了新的发展契机：以论坛成果为基础申报的国家社科基金艺术学项目重点课题《中国当前文艺热点与前沿问题研究》获得立项，体现了国家有关部门及课题评委会对论坛的充分肯定；"青年文艺论坛"将与出版社合作，持续推出"青年文艺论坛"的年度文集；2013年11月，马克思主义文艺理论研究所在中国艺术研究院领导支持下将举办"第一届全国青年文艺论坛"，这是在"青年文艺论坛"原有基础上的拓展，届时我们将邀请来自全国各地的青年学者与评论家，围绕"转型年代、青年与中国故事"这一总议题展开为期两天的讨论。

在最近召开的全国青年作家创作会议上，刘奇葆同志强调要"焕发青春正能量，抒写文学新梦想"，指出"要重视文学批评，积极健康地开展文学批评，敢于讲真话、建诤言，褒优贬劣、激浊扬清，形成良好的批评风气"。"青年文艺论坛"将沿着这一方向发展，努力成为一个稳定的、具有全国性影响和品牌的评论机制和平台，为此我们将继续付出心血与努力。我们期待社会各界的关注和支持，同时也将继续为社会奉上我们的礼物，那就是来自青年人的新颖独特的思考、朝气蓬勃的声音！

（原载《中国文化报》2013年11月6日）

2011年6月至2014年4月各期论坛目录

第二十四期：青年亚文化与当代社会思潮（2013年5月16日）

第二十五期：当代大众文化中的美国想象（2013年6月20日）

第二十六期：新视野中的世界与文学 —— 青年作家座谈会（2013年7月4日）

第二十七期："窃听故事"与意识形态的表述 —— 以影视作品为中心（2013年8月22日）

第二十八期：娱乐文化的形式变迁与时代内涵（2013年9月26日）

第二十九期：当前文艺作品的价值观和评价标准问题（2013年10月17日）

第一届全国青年文艺论坛：转型年代、青年与中国故事（2013年11月16、17日）

第三十一期：左翼文艺研究：热点与前沿（2013年12月26日）

第三十二期："中国梦"与当代文艺前沿问题（2014年1月23日）

第三十三期：春晚：新民俗与文化共同体（2014年2月27日）

第三十四期：文艺与政治：意识形态去哪儿了？ —— 以当前文艺作品为中心（2014年3月27日）

第三十五期：移动互联网时代的文化形态（2014年4月17日）

后 记

在"青年文艺论坛"的创办和发展过程中，得到了各方面人士的支持与帮助，中国艺术研究院王文章院长，高显莉书记，常务副院长王能宪，副院长吕品田、牛根富、贾磊磊对论坛给予了大力支持，中国艺术研究院院内各部门也对论坛给予了无私的帮助。马克思主义文艺理论研究所原所长、《文艺理论与批评》主编陈飞龙是"青年文艺论坛"的倡议者与创办者之一，一直关心论坛的发展。文化艺术出版社沈梅社长、李世跃副总编辑及责任编辑陶玮老师、徐建华老师不辞辛劳，为本书的出版付出了心血和汗水。在此，我们对他们表示衷心的感谢。

图书在版编目（CIP）数据

热点与前沿:青年文艺论坛 2013 / 祝东力，李云雷主编
—北京：文化艺术出版社，
2014.5
ISBN 978-7-5039-5476-4

Ⅰ.①文…　Ⅱ.①祝…　Ⅲ.①李…　Ⅳ.①文艺创作—
研究　Ⅴ.①I04

中国版本图书馆CIP数据核字(2014)第085399号

热点与前沿
——青年文艺论坛2013

主　　编　祝东力　李云雷
副 主 编　孙佳山
责任编辑　陶　玮　徐建华
装帧设计　姚雪媛
出版发行　文化艺术出版社
地　　址　北京市东城区东四八条52号（100700）
网　　址　www.whyscbs.com
电子邮箱　whysbooks@263.net
电　　话　（010）84057666（总编室）　84057667（办公室）
　　　　　84057691—84057699（发行部）
传　　真　（010）84057660（总编室）　84057670（办公室）
　　　　　84057690（发行部）
经　　销　新华书店
印　　刷　国英印务有限责任公司
版　　次　2014年5月第1版
印　　次　2014年5月第1次印刷
开　　本　787毫米×1092毫米　1/16
印　　张　33.75
字　　数　650千字
书　　号　ISBN 978-7-5039-5476-4
定　　价　98.00 元（上下册）